Stefano Massini

DIE LEHMAN BROTHERS

Ein Roman

Aus dem Italienischen
von Annette Kopetzki

Hanser

Die italienische Originalausgabe erschien 2016
unter dem Titel *Qualcosa sui Lehman*
bei Mondadori in Mailand.

Die Bildtafeln auf den Seiten 731–737 stammen von
Alessandro Vitti nach dem Drehbuch von Stefano Massini.
Das Glossar der hebräischen und jiddischen Begriffe
wurde in Zusammenarbeit mit Serena Fornari erstellt.

Die Übersetzerin dankt dem Deutschen Übersetzerfonds
für die großzügige Unterstützung durch ein Arbeitsstipendium.

Questo libro è stato tradotto grazie ad un contributo alla
traduzione assegnato dal Ministero degli Affari Esteri e della
Cooperazione Internazionale italiano.

Dieses Buch wurde übersetzt dank einer Übersetzungsförderung
des italienischen Ministeriums für auswärtige Angelegenheiten und
internationale Kooperation.

1. Auflage 2022

ISBN 978-3-446-27405-1
© 2016 Mondadori Libri S.p.A., Milano
Alle Rechte der deutschen Ausgabe
© 2022 Carl Hanser Verlag GmbH & Co. KG, München
Umschlag: Peter-Andreas Hassiepen, München
Satz: Greiner & Reichel, Köln
Druck und Bindung: Friedrich Pustet, Regensburg
Printed in Germany

In memoriam
Luca Ronconi

DIE PERSONEN

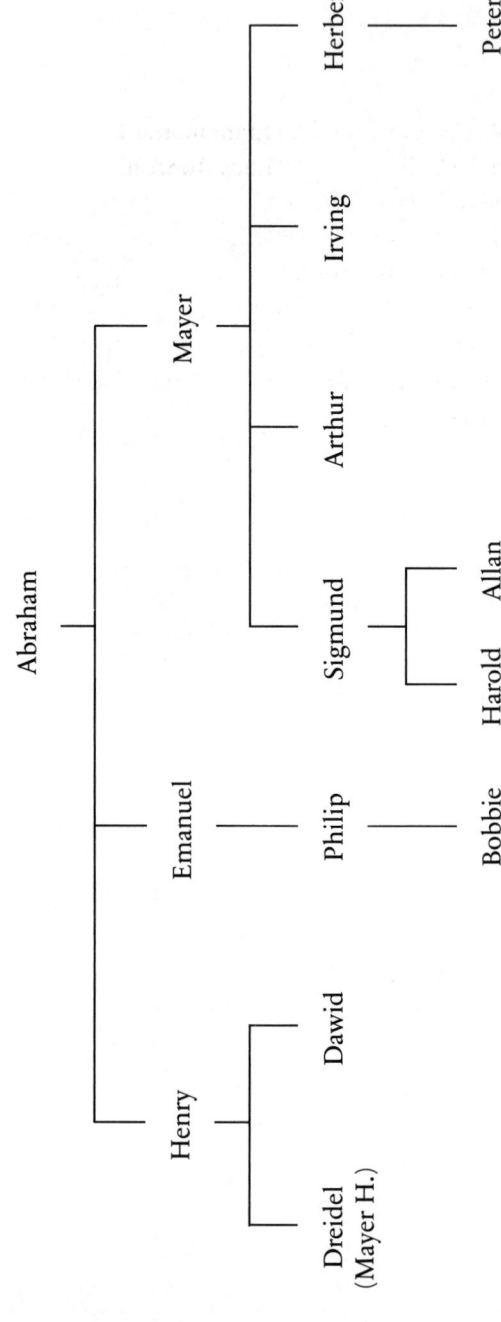

»Wir wandern auf dem steilen Grat
wo die Geschichte zur Legende wird
und die Tagesnachrichten im Mythos verdampfen.
Wir suchen die Wahrheit nicht in den Märchen
auch nicht in Träumen.
Jeder Mensch kann eines Tages sagen
dass er geboren wurde, lebte und starb
nicht alle aber können sagen, dass sie zur Metapher wurden.
Verwandlung ist alles.«

Erstes Buch
DREI BRÜDER

Erstes Kapitel

LUFTMENSCH

Sohn eines Viehhändlers
beschnittener Jude
nur einen Koffer neben sich
steht er reglos
wie ein Telegrafenmast
auf dem Pier *number four* im Hafen von New York.
Wir sind angekommen, Gott sei's gedankt:
Baruch HaSchem!
Wir sind aufgebrochen, Gott sei's gedankt:
Baruch HaSchem!
Wir sind endlich da, Gott sei's gedankt
hier in Amerika.
Baruch HaSchem!
Baruch HaSchem!
Baruch HaSchem!

Schreiende Kinder
Träger mit schwerem Gepäck
Kreischen von Eisen und Knarren von Karren
mittendrin
er
reglos
soeben vom Schiff gegangen
an den Füßen die besten Schuhe
nie getragen
aufbewahrt für den Moment »*wenn ich in Amerika bin*«.

Und wirklich, da ist er.
Der Moment »*wenn ich in Amerika bin*«
riesengroß angezeigt
von einer gusseisernen Uhr

dort oben
am Turm des Hafens von New York:
7 Uhr 25 morgens.

Er holt einen Bleistift aus der Tasche
auf einem Zettel notiert er am Rand
die 7.25 Uhr
merkt gerade noch
dass seine Hand zittert
es wird die Aufregung sein
oder vielleicht der Eindruck
nach anderthalb Monaten Überfahrt
auf festem Boden zu stehen
»*He! Nicht schaukeln!*«
ein merkwürdiges Gefühl.

Acht Kilo abgenommen
in anderthalb Monaten Überfahrt.
Ein dichter Bart
dichter als beim Rabbiner
nie rasiert
in diesen 45 Tagen rauf und runter
zwischen Hängematte Koje Deck
Deck Koje Hängematte.
Abstinenzler bei der Abfahrt in Le Havre
geübter Trinker bei der Ankunft in New York
kann beim ersten Schluck unterscheiden
Brandy von Rum
Gin von Cognac
italienischen Wein und irisches Bier.
Laie im Kartenspiel bei der Abfahrt in Le Havre
Meister im Wetten und Würfelspiel bei der Ankunft in New York.
Schüchtern, schweigsam, grüblerisch abgefahren
angekommen und glaubt die Welt zu kennen:
die Ironie der Franzosen
die spanische Fiesta
den flackernden Stolz italienischer Schiffsjungen.

Abgefahren, Amerika als fixe Idee im Kopf
angekommen, hat er Amerika vor sich
doch nicht mehr in Gedanken – vor den Augen.
Baruch HaSchem!

Von Nahem gesehen
an diesem kalten Septembermorgen
reglos
wie ein Telegrafenmast
auf dem Pier *number four* des Hafens von New York
glich Amerika einer Spieluhr.
Für jedes Fenster, das sich öffnete
eins, das sich schloss
für jeden Karren, der um die Ecke bog
ein neuer, der hervorkam
für jeden Gast, der vom Tisch aufstand
einer, der sich setzte
»*als wäre alles schon vorbereitet*«, dachte er
und einen Augenblick lang
war Amerika
das wirkliche Amerika
– in diesem Kopf seit Monaten ersehnt –
nichts als ein Flohzirkus
keinesfalls beeindruckend
nein, höchstens komisch.
Amüsant.

Plötzlich
rüttelt ihn jemand am Arm.
Ein Beamter der Hafenbehörde
dunkle Uniform
weißer Schnurrbart, hoher Hut.
Schreibt in eine Liste
Namen und Anzahl der Ankömmlinge
stellt einfache Fragen in schlichtem Englisch:
»*Where do you come from?*«
»*Rimpar.*«

»*Rimpar? Where is Rimpar?*«
»*Bayern: Germany.*«
»*And your name?*«
»*Heyum Lehmann.*«
»*I don't understand. Name?*«
»*Heyum …*«
»*What is Heyum?*«
»*My name is … Hey … Henry!*«
»*Henry, ok! And your surname?*«
»*Lehmann …*«
»*Lehman! Henry Lehman!*«
»*Henry Lehman.*«
»*Ok, Henry Lehman:*
Welcome in America.
And good luck!«
Er stempelt den Pass ab:
11. September 1844.
Schlägt ihm auf die Schulter
und geht den Nächsten befragen.

Henry Lehman blickt sich um.
Das Schiff, aus dem er stieg, – *Burgundy* –
gleicht einem schlafenden Riesen.
Schon legt ein anderes Schiff an
um am Pier *number four*
weitere 149 wie ihn abzuladen:
vielleicht Juden
vielleicht Deutsche
vielleicht mit ihren besten Schuhen an den Füßen
und nur einem Koffer neben sich
auch sie vom Zittern überrascht
teils wegen der Aufregung
teils wegen des festen Bodens
teils weil Amerika
– das wirkliche Amerika –
von Nahem gesehen
eine riesige Spieluhr
verwirrend ist.

Er atmet tief ein
nimmt den Koffer
und mit schnellem Schritt
– obwohl er nicht weiß, wohin –
geht auch er
hinein in die Spieluhr
namens Amerika.

Zweites Kapitel

GEFILTE FISH

Der Rabbi Kassowitz
hatten sie Henry gewarnt
ist nicht die angenehmste Bekanntschaft
die man sich wünschen kann
nach 45 Tagen Überfahrt
wenn man gerade einen Fuß
aufs andere Ufer des Atlantiks gesetzt hat.

Denn seine Grimasse
ist gelinde gesagt irritierend
ihm ins Gesicht gepappt
auf die Lippen geklebt
als verachte er aus tiefstem Herzen
jeden der kommt und ihn sprechen will.
Und dann seine Augen:
Wie soll dir da nicht mulmig werden
bei einem so bösartigen Alten
versunken in seinem dunklen Anzug
lebendig scheint's allein durch diese Augen
schielend, anarchisch, verrückt
die immer woanders hinblicken
unvorhersehbar
abprallen wie Billardkugeln
unvorhersehbar
und obwohl sie nie stillstehen
entgeht ihnen nichts von dir, kein einziges Detail.

»Bereite dich gut vor: Ein Besuch bei Rab Kassowitz
ist immer eine besondere Erfahrung.
Du wirst bereuen, dass du da warst,
aber du musst hingehen,
drum fass dir ein Herz und klopf bei ihm an.«

So raten sie Henry Lehman
die jüdischen deutschen Freunde
die schon so lange in New York sind,
dass sie alle Straßen kennen
und eine seltsame Sprache sprechen
wo das Jiddische sich mit dem Englischen tarnt
zu jungen Mädchen sagen sie *Frau darling*
und die Kinder wollen *der ice-cream*.

Henry Lehman
Sohn eines Viehhändlers
ist noch keine drei Tage in Amerika
tut aber so, als verstünde er alles
bringt sogar ein *yes* heraus
wenn die jüdischen deutschen Freunde
lachend fragen, ob er an seinen Kleidern
den Gestank von New York riecht:
»*Vergiss nicht, Henry: Anfangs rochen wir ihn alle.*
Dann merkst du ihn nicht mehr
du erkennst ihn nicht mehr
und das bedeutet
du bist wirklich in Amerika angekommen
du bist wahrhaftig hier.«
Yes.
Henry nickt.
Yes.
Henry lächelt.
Yes, yes.
Ja, Henry riecht ihn an seinen Kleidern
den starken Gestank von New York:
ekelhaftes Gemisch aus Hafer, Rauch und Schimmel aller Art
darum scheint dies heiß ersehnte New York
zumindest in der Nase
schlimmer als der Stall seines Vaters
drüben in Deutschland, in Rimpar, Bayern.
Yes.

Doch in dem Brief, den er nach Hause schickt
– der erste auf amerikanischem Boden –
schreibt Henry nicht vom Gestank.
Er schreibt von den jüdischen deutschen Freunden
das ja
und wie freundlich
sie ihn ein paar Tage lang beherbergt
ihm eine köstliche Suppe mit Fischklößen serviert haben
aus den Fischresten vom Marktstand
denn auch sie sind im Handel tätig
jawohl
aber sie verkaufen ein Vieh mit Flossen, Gräten und Schuppen.
»*Verdient ihr denn gut?*«
hat Henry geradeheraus gefragt
nur so, um sich ein Bild zu machen
um zu verstehen
schließlich ist er wegen des Geldes nach Amerika gekommen
und irgendwo muss man ja anfangen.
Die jüdischen deutschen Freunde
lachen ihn aus
denn in New York gibt es niemanden
auch nicht bei den Bettlern
der kein Geld verdient:
»*Mit Lebensmitteln verdient man immer, Henry
denn die Menschen werden immer hungrig sein.*«

»*Und außerdem? Womit verdient man noch gut?*«
hat er gefragt
zwischen Kabeljaukisten und Heringfässern
wo der Gestank von New York
eine ziemlich gute Konkurrenz hat.
»*Was für Fragen stellst du?
Geld macht man mit dem, was die Leute kaufen müssen.*«

Die sind auf Draht, die deutschen Freunde:
Geld macht man mit dem, was die Leute kaufen müssen ...
eigentlich kein schlechter Tipp.

Stimmt, wenn man nicht isst, stirbt man.
Doch, mal ehrlich, kann ein Lehman
der die Ställe seines Vaters verlassen hat
nach Amerika gehen
um auch hier Tiere zu verkaufen
egal ob Fische, Hühner, Enten oder Rinder?
Veränderung, Henry, Veränderung.
Aber etwas suchen, was *die Leute kaufen müssen*.
Das muss er sich merken.

So ist das.
Während Henry überlegt, was er tun wird
geben die deutschen Freunde ihm ein Bett
und zum Abendessen Suppe mit Klößen
immer aus Fisch
so lässt sich trefflich sparen.

Henry will die Gastfreundschaft nicht missbrauchen.
Nur bis er versteht.
Nur bis die tauben Beine
wieder in Gang kommen
taub, und wie!
denn wenn man so lange auf dem Meer war
    Hängematte Koje Deck
    Deck Koje Hängematte
ist es nicht leicht
die unteren Gliedmaßen
– Abteilung Fortbewegung –
wieder auf Trab zu bringen
zumal es in dieser Spieluhr namens Amerika
zigtausend Straßen gibt
nicht wie Rimpar mit seinen paar Wegen
an einer Hand abgezählt.

Tja. Die Beine.
Aber es geht nicht nur um die Beine.
Das wäre ja leicht.

Um in Amerika zu leben, wirklich hier zu leben
braucht man mehr.
Einen Schlüssel, den man im Schloss umdreht
Eine Tür, die man aufstößt.
Und alle drei – Schlüssel, Schloss und Tür –
sind nicht in New York
sondern in deinem Kopf.

Darum
– erklären sie ihm zwischen Kabeljau und Heringen –
braucht jeder der vom Schiff kommt
früher oder später
über kurz oder lang
den Rabbi Kassowitz
der kennt sich aus.
Und wir meinen nicht die Schriften oder Propheten
das wäre ja normal für einen Rabbiner.
Rab Kassowitz aber
steht im Ruf ein Orakel zu sein
für die, die *von einem Ufer zum andren* gefahren sind
für die, die aus Europa kommen
für die transozeanischen Juden
für die Söhne von Viehhändlern
kurz und gut
nun ja, eben
für die Einwanderer.
»*Sieh mal, Henry, wer nach Amerika kommt
sucht etwas was er selbst nicht weiß.
Wir alle haben das durchgemacht.
Dieser alte Rabbiner kann trotz seiner Schielaugen
dahin blicken, wo du nichts siehst
und dir sagen, wer du im neuen Leben sein wirst.
Hör auf uns: Geh zu ihm.*«

Auch diesmal sagte Henry *yes*.
Um acht Uhr morgens erschien er
mit einem prächtigen Exemplar der Spezies Pisces

als Geschenk für den Alten
doch nach langem Nachdenken
kam er zum Schluss, mit dem fetten Fisch in der Hand
gäbe er kein würdiges Bild ab
er stopfte das Tier in eine Hecke
zur unbändigen Freude der New Yorker Katzen
atmete tief ein und klopfte an die Tür.
Yes.

Es war ein Novembertag
eiskalt wie drüben in Bayern
und Schneefall lag in der Luft.
Wartend wischte sich Henry die Flocken vom Hut.
Er trug seine besten Schuhe
die aufbewahrten, für den Moment *»wenn ich in Amerika bin«*.
Es schien ihm richtig, sie wieder anzuziehen
für diesen eigenartigen Besuch
bei dem er – das ahnte er –
Amerika wirklich ins Gesicht sehen würde
dem ganzen, gewaltigen, grenzenlosen
und er würde es in seiner Hand halten.
Das hoffte er inständig.
Denn noch sah er sich von Nebel umgeben.

Tief in Gedanken versunken
hörte er die Tür nicht aufschnappen
hörte die Stimme nicht, die ihm wie aus dem Jenseits
kundtat, dass bereits geöffnet war.
Kurz, das Warten
zog sich hin
was genügte, den Greis zu verdrießen
und ihn zwang, von drinnen
ein vielsagendes *»Ich warte!«* zu rufen.

Henry trat ein.

Rab Kassowitz
saß weit hinten im Zimmer
schwarz auf einem schwarzen Stuhl aus Holz
ein Mann ganz aus Kanten
die geometrische Summe
aus Wangenknochen, Knien, Ellenbogen und verhärteten Falten.

Der Sohn eines Viehhändlers
erbat und erhielt sie nicht
die ausdrückliche Erlaubnis, näher zu treten.
Auf seine Bitte
höchst respektvoll vorgebracht
wurde nur befohlen: *»Stillgestanden! Ich will Euch ansehen.«*
Dem folgte ein Tanz der Pupillen.

Henry Lehman wich nicht aus.
Blieb reglos wie ein Telegrafenmast
zehn Schritte entfernt stehen
den Hut in den Händen
in ewiger Stille
und konstatierte, dass
in diesem Zimmer aus Büchern
der Gestank von New York
in voller Stärke
konzentriert war.
So dass Henry
Hafer, Rauch und Schimmel aller Art einatmend
kurz sogar glaubte
er müsse ohnmächtig werden.

Zum Glück blieb dafür keine Zeit.
Denn stärker als sein Geruchsinn
war der Eindruck
plötzlich Gegenstand
gnadenlosen Gelächters zu sein
was nach der langen Begutachtung
wahrlich wie eine Beleidigung klang

mehr noch: wie ein Gewaltakt.
»*Ich bringe Euch zum Lachen, Raw?*«

»*Ich lache, weil ich einen kleinen Fisch sehe.*«

Henry Lehman konnte ad hoc nicht entscheiden
ob dieser Satz
eine rabbinische Metapher war
oder ob der Alte
ihn wirklich verachtete
weil er nach Brassen und Sardinen roch.
Er hätte auf letztere Vermutung gesetzt
hätte der Rabbiner nicht
glücklicherweise
seine Einleitung ergänzt:
»*Ich lache weil ich einen kleinen Fisch sehe
der mit dem Schwanz in der Luft schlägt.
Er ist aus dem Wasser gesprungen
und will jetzt ganz Amerika genießen.*«

Erleichtert und stolz konnte Henry erwidern:
»*Dem kleinen Fisch mangelt es nicht an Mut
würde ich sagen.*«

»*Oder es mangelt ihm nicht an Dummheit.*«

»*Sollte ich nach Hause zurückkehren?*«

»*Hängt davon ab, was man unter zuhause versteht.*«

»*Ein Fisch wohnt im Meer.*«

»*Nein. Ihr seid ebenso lästig wie dumm.
Ich könnte Euch rauswerfen.*«

»*Ich verstehe nicht.*«

»Ihr versteht nicht, weil Ihr zu viel nachdenkt
und beim Nachdenken verirrt Ihr Euch
Ihr seid dumm, weil Ihr spitzfindig seid
und Spitzfindigkeit ist ein Fluch.
Ihr handelt wie der Mann, der schon drei Tage hungert
aber vor dem ersten Bissen überlegt
welche Teller er nehmen soll, welche Gewürze, Soßen
ob die Servietten, das Besteck, die Gläser passen
kurzum, bevor er das alles entschieden hat
liegt er mausetot am Boden, verhungert.«

»Helft mir.«

»Ganz einfach: Ein Fisch wohnt im Wasser
und Wasser gibt es nicht nur im Meer.«

»Also?«

»Also stirbt man außerhalb des Wassers
im Wasser lebt man. Punkt. Neue Zeile.«

»Ich eigne mich nicht für Amerika?«

»Hängt davon ab, was man unter Amerika versteht.«

»Amerika ist Festland.«

»Das ist eine Tatsache.«

»Ich bin für Euch ein Fisch.«

»Und auch das ist eine Tatsache.«

»Fische sind nicht fürs Land bestimmt, sondern fürs Wasser.«

»Dritte und letzte Tatsache.«

»Was soll ich tun?«

»Die Frage ist berechtigt
also schenke ich sie Euch:
stellt sie Euch selbst.«

»Ein Fisch stellt sich keine Fragen, Rabbi,
ein Fisch kann nur schwimmen.«

»Aha, wir werden langsam vernünftig.
Fische können nur schwimmen
sie können nicht auf zwei Beinen gehen.
Also ist unser Fisch nicht dumm
weil er Amerika genießen
nein, weil er es nicht im Wasser tun will! Baruch HaSchem!
Wenn der Fisch, der übers große Meer nach New York kam
von diesem Meer in einen Fluss schwömme
und vom Fluss in einen Kanal
und vom Kanal in einen See
und vom See in einen Tümpel
dann frage ich Euch: Könnte der Fisch nicht auf diese Weise
Amerika der Länge und Breite nach durchqueren?
Möglich ist es, Wasser fließt überall.
Der Fisch darf nur nicht vergessen, dass er im Wasser lebt
wenn er herausspringt, stirbt er, so einfach ist das.«

»Ja, Rab Kassowitz, aber was genau wäre denn mein Wasser?«

»Sagtet Ihr nicht, ein Fisch stellt sich keine Fragen?
Genug. Ihr habt Euren Teil Aufmerksamkeit erschöpft.
Lasst mich jetzt in Ruhe.
Mir bleibt wenig Zeit, bis ich sterbe
und Ihr habt Euch eine Gratisportion genommen.«

»Ach ja: Wenn Ihr erlaubt, möchte ich Euch
ein paar Dollar für Euren Tempel geben ...«

»Fische haben keine Geldbörse
Münzen ziehen sie zu Boden. Raus!«

»Eine letzte Frage, Rabbi, bitte
Amerika ist riesig
wohin soll ich gehen, was ratet Ihr mir?«

»Dorthin, wo man schwimmen kann.«
Und bei diesen Worten
fand Henry Lehman
sich auf der Straße wieder
verwirrter und versonnener als zuvor
nur gewiss, dass Rabbiner in Rätseln sprechen
weil sie von Ihrem Vorgesetzten lernen
der, statt sich klar auszudrücken
Dornbüsche anzündet, und das verstehe, wer will.

Unterdessen
tobte der Schneesturm über New York in ungewöhnlicher Stärke.
Doch, mal ehrlich, kann ein Lehman
der die Tannenwälder Bayerns verlassen hat
nach Amerika gehen
um auch dort Schnee zu schaufeln?
Veränderung, Henry, Veränderung.

Darum war ihm jedenfalls eines klar:
Wohin auch immer er gehen würde
– er wusste nicht genau wohin –
er fände gewiss
viel Hitze
viel Licht
viel Sonne.

Diese Idee ging ihm im Kopf herum
während er den amerikanischen Winter verfluchte
und seinen Mantel bis über die Kehle zuknöpfte.
Warm anziehen muss sich der Mensch ja auch
genauso nötig wie essen.
Yes.

Drittes Kapitel

CHAMETZ

Das Zimmer ist klein.
Der Fußboden aus Holz.
Bohlen, aneinandergenagelt
insgesamt – er hat sie gezählt – 64
und geht man drüber, knarren sie.
Man hört den Hohlraum darunter.

Eine einzige Tür
aus Glas und Holz
am Türpfosten hängt die *Mezuzah*
wie das *Schema* vorschreibt.
Eine einzige Tür
führt direkt auf die Straße
in das Wiehern der Pferde
in den Staub der Kutschen
in das Knarren der Karren
und die Menschenmenge der Stadt.

Die Türklinke
aus rotem Messing
lässt sich schlecht drehen, sie klemmt
man muss sie kräftig hochziehen
dann bewegt sie sich wohl oder übel.

Oberlicht an der Decke
über dem ganzen Raum
bei starkem Regen
prasseln die Tropfen darauf
und immer scheint alles einzustürzen
aber so gibt's am Tag wenigstens Licht
auch im Winter

man spart die Öllampe
die nicht ewig brennt
wie das *Ner Tamid* im Tempel.
Denn Öl kostet.

Hinter dem Ladentisch das Lager.
Mitten zwischen den Regalen ein Vorhang
und dahinter, da ist das Lager
kleiner als der Laden
ein Hinterzimmer
vollgestopft mit Paketen und Kisten
Schachteln
Stoffballen
Resten vom Zuschnitt
kaputten Knöpfen und Fäden.
Nichts wird weggeworfen
alles wird verkauft
alles irgendwann verkauft.

Der Laden, zugegeben, ja, der ist klein.
Und scheint noch kleiner
weil mittendrin
der hölzerne Ladentisch steht
massiv und wuchtig
schwer wie ein Katafalk
oder wie der *Dukan* in der Synagoge
lang
zwischen vier Wänden
an denen überall
bis zur Decke
Regale
aufragen.

Ein Schemel, um die halbe Wand hochzusteigen.
Eine Leiter, will man höher, falls nötig
wo die Mützen liegen
die Hüte

die Handschuhe
die Mieder
Kittel
Schürzen
und ganz oben die Krawatten.
Denn die kauft keiner hier in Alabama
die Krawatten.
Die Weißen nur für die Feier des Unabhängigkeitstags.
Die Schwarzen am Tag vor Weihnachten.
Die Juden – die wenigen hier –
für das Abendessen an *Chanukka*.
Dann ist Schluss: Die Krawatten bleiben oben.

Rechts unten im Ladentisch
Stoffballen
grobe Stoffe
gewickelte Stoffe
gefaltete Stoffe
Textilien
Tücher
Lappen
Wolle
Jute
Hanf
Baumwolle.
BAUMWOLLE.
Vor allem Baumwolle
hier
in diesem sonnenverbrannten Montgomery, Alabama
wo bekanntlich alles
auf der Baumwolle beruht
sich auf die Baumwolle stützt.
BAUMWOLLE
Baumwolle
jeder Art und Qualität:
der *seersucker*
der *Chintz*

das *Flaggentuch*
der *beaverteen*
der *doeskin*, der dem Wildleder gleicht
und zuletzt
der sogenannte *denim*
robuster Barchent
ein Stoff für Arbeitshosen
– »*der reißt nicht!*« –
kam aus Italien nach Amerika
– »*der reißt nicht!*« –
blau mit weißer Naht
in Genua verpacken die Matrosen Segel darin
das sogenannte *blu di Genova*
auf Französisch *bleu de Gênes*
auf Englisch zu *blue-jeans* entstellt.
Überzeugt euch selbst:
Der reißt nicht.
Baruch HaSchem! für die *Bluejeans*-Baumwolle der Italiener.

Links im Zimmer
keine Stoffe, nein, Kleidung
ordentlich in den Regalen gestapelt
Jacken
Hemden
Röcke
Hosen
Kittel
und ein paar Mäntel
obwohl dieser Süden anders ist als Bayern
selten klopft die Kälte an.
Immer die gleichen Farben
grau
braun
weiß
denn hier in Montgomery bedient man nur arme Leute.
Im Schrank nur ein guter Anzug
für den Gottesdienst am Sonntag

an anderen Tagen gehen alle
mit gesenktem Kopf
ohne Murren
in Alabama arbeitet man nicht, um zu leben
man lebt, das ja, um zu arbeiten.

Und das weiß er genau
Henry Lehman
26 Jahre alt
Deutscher aus Rimpar, Bayern
das im Grunde fast
wie Montgomery ist.
Auch hier ein Fluss, der Alabama River
genau wie drüben der Main.
Auch hier eine große Straße aus weißem Staub
führt aber nicht nach Nürnberg oder München
nein, nach Mobile oder Tuscaloosa.

Henry Lehman
Sohn eines Viehhändlers
schuftet wie ein Pferd
hinter diesem Ladentisch
verdient sein Geld zum Leben.
Arbeiten, arbeiten, arbeiten.
Geschlossen ist grad mal am *Schabbat*
Geöffnet aber, o ja! ist am Sonntagmorgen
wenn alle Schwarzen von den Plantagen
für zwei Stunden in die Kirche gehen
und Montgomerys Straßen füllen:
Alte, Kinder und ... Frauen
Frauen, denen beim Kirchgang einfällt
der Rock hat einen Riss
das Tischtuch muss genäht werden
die Gardinen der Herrschaften bestickt
und weil Sonntag kein *Schabbat* ist:
»*Bitte sehr, kommt herein, Lehman hat sonntags geöffnet!*«

Lehman.
Er mag ja klein sein, der Laden,
ist aber wenigstens sein Eigentum.
Eng, klein, winzig, aber seiner.
Auf der Glastür steht groß H.LEHMAN
bald wird es auch ein feines Schild über der Tür geben
breit wie die ganze Vorderfront:
H.LEHMAN TUCHWAREN UND BEKLEIDUNG
Baruch Haschem!

Eröffnet mit Hypotheken, Garantien, Wechseln
und dem bisschen Geld, das er hatte
allem.
Nicht mal ein halber Cent übrig.
Alles weg.
Und jetzt, wer weiß wie lange
arbeiten, arbeiten, arbeiten.
Denn die Leute kaufen Stoff nach Metern
knausern sogar mit Zentimetern.
Für hundert Dollar in der Kasse
braucht er drei Tage.
Nach seiner Kalkulation
von Henry Lehman täglich neu überschlagen
nach seiner Kalkulation
mindestens drei Jahre noch
um die Ausgaben hereinzubekommen
die Schulden zu begleichen
denen zu geben, denen er geben muss.
Wenn dann alles bezahlt ist
dann, ja dann wird er
nach seiner Kalkulation …
doch hier hält Henry Lehman inne
erst einmal arbeiten
wie der Talmud sagt:
chametz untermischen, Sauerteig
und dann?
Dann wird man sehen.

Chametz untermischen, Sauerteig
und dann?
Dann wird man sehen.
Chametz untermischen, Sauerteig
und dann?
Dann wird man sehen.

Viertes Kapitel

SCHMOCK!

Wenn in Montgomery Wind aufkommt
schützt Henry Lehman
Sohn eines Viehhändlers
seine Geschäftspapiere
mit einem Briefbeschwerer aus Metall und Stein
geschnitzt und bemalt
wie eine Weltkugel.

Er steht auf dem Ladentisch
hält einen Papierstapel
Einnahmen und Ausgaben
aber seine Aufgabe
seine wirkliche Aufgabe
– und Henry Lehman weiß das genau –
ist nicht, dem Wind zu trotzen.
Nein, die kleine Weltkugel
steht dort, um ihn immer zu erinnern
dass es Nacht ist in Alabama, wenn daheim Tag ist.
Ja, daheim.
Das wirkliche Daheim.
Denn er lebt zwar schon lange in Amerika
aber noch immer gilt
»*Daheim ist nicht, wo ich bin, daheim ist, wo sie sind.*«
Weltkugel in der Hand.
Sie betrachten.
»*Ich hier.*« Die Kugel drehen. »*Sie hier.*«
»*Hier Nacht.*« Die Kugel drehen. »*Hier Tag.*«
Alabama, die Kugel drehen: Bayern.
Montgomery, die Kugel drehen: Rimpar.
Unbeschreiblich weit weg.

Umso weiter, als man
zwischen einer Nacht und einem Tag
nur miteinander sprechen kann
indem man schreibt.

Ein Brief alle drei Tage.
Verehrter Herr Vater.
Liebe Brüder.
Ein Brief alle drei Tage
das macht 120 Briefe im Jahr.

Unbeschreiblich teuer.

Die Versandkosten
gehören nicht zufällig
zur Bilanz des Ladens
Soll-und-Haben-Rechnung
doch bei diesem Soll wird nicht gespart.
Im Rechnungsbuch
steht dieser Posten
sogar obenan
vor allen anderen
und heißt nicht PORTO
sondern DAHEIM
strikt getrennt vom Posten UNTERKUNFT
das ist da, wo Henry schläft.

Man kann am Essen sparen.
Daran ja.
Und Henry isst nur Bohnensuppe.
Aber der Briefwechsel …
Man kann an der Kleidung sparen.
Daran ganz sicher.
Und Henry hat nur drei Hemden, zwei Hosen und eine Jacke.
Aber der Briefwechsel …
Man kann am Barbier sparen, das ist Luxus
ein Rasiermesser tut's auch.

Und ist nicht auch das Pferd ein Luxus?
Man kann sehr gut zu Fuß gehen.
Der Briefwechsel dagegen ...
Der ist sakrosankt.
Liebe Frau Mutter.
Geliebte Schwester.
Und so weiter.

Koste es, was es wolle.

700 Dollar im Jahr.
Eine beträchtliche Summe.
Aber unvermeidlich.

Doch der Dialog
zwischen Henry und den Bayern
ist nicht nur teuer
er ist auch kompliziert.

Erstens, weil der junge Mann
jedes Mal
daran denken muss
– aufpassen, gut aufpassen –
dass er nur in Alabama Henry ist
drüben aber immer noch Heyum
wehe, er unterschreibt mit dem falschen Namen.
Das würden sie nicht verstehen.
Ich muss mit Heyum unterschreiben.
Ich muss mit Heyum unterschreiben.

Umso mehr
als drüben in Rimpar
sein Vater kommandiert
und er
nur er
Abraham Lehmann
– mit zwei ›n‹ –

Viehhändler
nur er hat das Recht, Briefe zu empfangen
und zu beantworten:
Er öffnet die Umschläge
er liest
er schreibt.

Und das ist Henrys zweites Problem:
was schreiben?
Oder besser: wie viel schreiben?

Während Henry lange Briefe schickt
macht sein Vater wenig Worte.

Das will nichts heißen.
Der alte Abraham Lehmann
war schon immer wortkarg.
Sein Motto:
»Wenn es etwas zu sagen gäbe
würden Ziegen und Hunde sprechen lernen«
und weil er sich verbunden fühlt
mit den Tieren, die er verkauft
bringt er keinen Laut hervor
der nicht zwingend notwendig wäre.
Schon immer.

Auch jetzt macht der Alte keine Ausnahme.

»LIEBER SOHN
WO ZWEI JUDEN ZUSAMMENKOMMEN
GIBT ES SCHON EINEN TEMPEL.
DEIN VATER.«

So der inhaltsreiche
letzte Brief
mit dem Stempel von Rimpar
im versiegelten Umschlag angekommen

an die Adresse Herr Heyum Lehmann.
Mit zwei ›n‹.

Henry hätte es wissen müssen.
»*Wo zwei Juden zusammenkommen
gibt es schon einen Tempel*«
ist einer der Lieblingssätze
seines Vaters
oft mit dem Zusatz, zwischen den Zähnen gezischt
»*Schmock!*«
Was Idiot bedeutet.

Denn dem Viehhändler
passt es nicht
ganz und gar nicht
dass gewisse Juden vom Land
über eine Stunde mit dem Karren
ins Tal hinunterfahren
und sich stinkend
neben ihn setzen
»*in unserem Tempel*«.
Nein, ganz und gar nicht.
Warum kommen diese Bauern?
Warum nur?
Wenn zwei Juden zusammenkommen
braucht es keinen Tempel
Idioten.
Sollen sie doch auf den Feldern bleiben.
Idioten.
»*Schmock!*«

Tatsache ist
dass Abraham Lehmann
– eisern mit zwei ›n‹ –
seit jeher
nur in Sentenzen spricht.
»*Wo zwei Juden zusammenkommen*

gibt es schon einen Tempel«
ist nur eine von Tausend.
Er prägt sie zu Dutzenden.
Eine permanente Produktion.
Erstaunlich.
Kein Satz auf seinen Lippen
der nicht wie ein Urteil klingt.
Unerbittlich.
Und schlimmer noch
Abraham Lehmann
Viehhändler
liebt seine Urteile heiß und innig
für ihn ein Konzentrat aus Weisheit
einziges Mittel gegen den Verfall der Schöpfung
darum
teilt er sie der Welt aus
im reinsten altruistischen Geist
und verlangt sofortige Anerkennung.
Bleibt sie aus
folgt unvermeidlich das »*Schmock!*«
zwischen den Zähnen
geknirscht
geknarzt
verächtlich
aufgedrückt
wie das Brandzeichen aufs Vieh
wie das L von Lehmann
Schafen Kühen und Ochsen mit Feuer eingebrannt:
Unauslöschlich, unvergänglich
»*Schmock!*«

Seine geliebten Söhne aber
unterscheidet vom Rest der menschlichen Fauna Bayerns
dass sie sich niemals
ein einziges »*Schmock!*« verdient haben
Zeichen absoluter Vortrefflichkeit
und edelster Abstammung.

Henry hätte es wissen müssen.
Er hätte damit rechnen müssen
bevor er riskierte
– ein großes Risiko –
sich auf der anderen Seite des Ozeans
Trottel schimpfen zu lassen.
Dennoch …

Dennoch hat er gewagt
vor lauter Begeisterung
seine Idee brieflich kundzutun:
»WIR SIND MINDESTENS ZEHN FAMILIEN
HERR VATER
DIE HIER IN ALABAMA PESSACH FEIERN:
AUSSER MIR
HERR VATER
GIBT ES DIE SACHS, DIE GOLDMAN UND VIELE ANDERE.
FRÜHER ODER SPÄTER
WERDEN WIR UNS EINEN TEMPEL BAUEN
UND DEN
HERR VATER
WERDEN WIR IM DEUTSCHEN STIL ERBAUEN!«

O nein, mein Herr
Nein.
Auf keinen Fall.
Dem Viehhändler
gefiel die Sache gar nicht.

Für ihn war Amerika
nicht Alabama
Amerika war nur New York.
Dorthin sollte sein Sohn gehen
das hatte er versprochen.
Warum verkroch er sich dann im Süden?
Außerdem, wer braucht schon einen Tempel
und sei's im deutschen Stil

in dieser gottverlassenen Gegend
wo Heyum bloß ein paar Jahre bleiben wird
genug, um reich zu werden
und dann zurückzukommen?

Dann zurückkommen.
Das war die Abmachung.
Dann zurückkommen.

Nach Amerika geht man nicht, um zu bleiben
in Amerika ist man nur mit einem Bein
das andere bleibt daheim.
Vor allem, wenn man verspricht
nach New York zu gehen
und dann in Alabama landet.

Also?
Was soll also ein Tempel?
Wem nützt also ein Tempel?
Einen Tempel bauen
um ihn dort unten
den Amerikanern zu überlassen?

Keuchend
im feurigen Zorn seiner Gedanken
knurrte Abraham Lehmann
ein deutliches »*Schmock!*«

In seinem ganzen Leben
war dies das erste Mal
dass damit ein Sohn gemeint war.

Fünftes Kapitel

SCHAMASCH

Ohnehin konnte sein Sohn Heyum
nicht zu lange
in Alabama bleiben,
schließlich hatte er eine Verpflichtung.
Und was für eine!

Eine Verlobung.

Mit Bertha Singer.
Ein Mädchen in blassen Farben.
Und nicht nur die Farben – auch das Wesen.
Und nicht nur das Wesen – auch das Verhalten.
Man darf sagen, Berta Singer
war die weibliche Essenz der Blässe.
Und der Magerkeit.
Und der Schüchternheit.
Ein Mädchen von neunzig Jahren
Tochter von Mordechai und Mosella Singer
beide dem Augenschein nach jünger als sie
mit jenem Minimum an Schwung versehen
das Todkranke von Leichen unterscheidet
und der Tochter
in dramatischem Ausmaß
fehlte.

Trotzdem
hatte
Heyum Lehmann
sie auserkoren
hatte
sie respektvoll gefragt

ob es ihm gestattet sei
sie von nun an *Süße* zu nennen.

Eine kluge Wahl
waren die Singers doch allseits bekannt
welch letzterer Aspekt
dem Viehhändler
mit zwei ›n‹
über die Maßen gefiel
und so segnete er die Verbindung
mit einer seiner besten
Sentenzen:
»Die Liebe sieht man nicht
wie Geld riecht
das weiß auch ein Blinder.«

Darum
hatte Heyum Lehmann
bevor er abreiste
die *Süße* um ihre Hand gebeten.
Und sie erhalten.

Man sagt sogar
die *Süße* habe ein Lächeln angedeutet
ein denkwürdiges Ereignis
das selbst ihre Mutter stark bezweifelte.

Kurz, bevor er Henry wurde
hatte Heyum
den Schritt getan
und man würde das *Kidduschin* feiern
wenn er zurückkam.
In ein paar Jahren.
Vielleicht drei.
Vielleicht vier. Höchstens vier.
Zeit genug, um Geld zu verdienen.
In Amerika, wie gesagt.
In New York. Wie gesagt.

Doch unterdessen kam
während dieser Wartezeit
aus Alabama
von der anderen Seite der Weltkugel
kein einziger Brief
im Haus der Familie Singer an.
Denn so wie zwei Verlobte
nicht allein sein durften
von den Eltern unbeobachtet
so schrieb auch der Sohn des Viehhändlers
aus Respekt
aus Anstand
aus Scham
niemals direkt an das Mädchen
sondern sandte ihr seine
herzlichsten Grüße
durch seinen Vater
der sie prompt ausrichtete.

Nun
besteht kein Zweifel
dass Abraham Lehmann
höchstselbst
im Laufe der Zeit
ein gewisses Verkümmern dieser Verlobung
gewahrte
war sie doch
einzig und allein
jenen *herzlichsten Grüßen*
anvertraut
von einem wortkargen Alten
einem Mädchen überbracht
das eher tot als lebendig schien.

Nun, die Zeit verging.
Die Monate. Die Jahreszeiten.
Ja, und?

Der Moment der Rückkehr stand bevor
und mit ihm die *Chuppa*.
Warum wollte sein Sohn Heyum
jetzt unbedingt
dort drüben in Alabama
einen Tempel bauen?
Warum schrieb er nie
von seiner Rückkehr?
Ahnte er denn nicht
dass Bertha Singer
seine *Süße*
über dem langen Warten
traurig werden
und dann welkend erlöschen könnte
mehr noch als sie ohnehin schon
entsetzlich
traurig, verwelkt und erloschen war?

Mittlerweile
war es fast normal
im Vorbeigehen
am Hause Singer
zu jeder Uhrzeit
den Amtsarzt der Stadt
Doktor Schausser mit lockigem Haar
und kindlichen Zügen
rein- und rauskommen zu sehen
betrübt den Kopf schüttelnd.
Andererseits
welches Heilmittel gab es denn
für eine Braut
die verdammt war
einzig und allein und immer noch und wer weiß wie lange
zu warten?
»*Berthas Lebenslicht*
war schon immer ein Flämmchen
aber jetzt erlischt es.«

sagt Mordechai Singer
den Alten im Tempel.

Und seither
fragt sich ganz Rimpar
warum
Heyum Lehmann
Sohn des Viehhändlers
sich nicht endlich entschließt
zurückzukommen.

Das fragt sich auch
Abraham Lehmann
der zwar nie viele Worte macht
aber weiß, wann man sprechen muss
und darum aus eigenem Antrieb
beschließt
eine weitere Sentenz
über den Ozean zu schicken
die im versiegelten Umschlag ankommt
an die Adresse Herr Heyum Lehmann.
Mit zwei ›n‹.
»DAS WORT EINES MANNES
LIEBER SOHN, IST IN STEIN GEMEISSELT.
DAS WORT EINES DUMMKOPFS
IST AUF STOFF GESCHRIEBEN.
IN ERWARTUNG
DEIN VEREHRTER VATER.«

Nichts
in diesem Brief
blieb unbeachtet.

Henry registrierte
sehr genau
die Verachtung
die aus dem Wort *Stoff* sprach

und einen Augenblick lang
durchfuhr ihn
wie einen echten Händler
ein Schauder, er musste *seine* Baumwolle verteidigen.
Doch klar war ihm
vor allem
die Bedeutung des Schlussworts IN ERWARTUNG
wie ein Befehl ans Vieh:
Zurück in den Stall
sonst setzt es die Peitsche.
Ohne Ausweg.

Er reagierte instinktiv.
Und knüllte zu seiner eigenen
Überraschung
den Brief zusammen.

Wäre Henry in dieser Nacht
in Rimpar gewesen
er hätte gesehen
dass der alte Abraham
vor Verzweiflung
fast kein Auge zutat
und als er einschlief
sah er im Traum einen großen Tempel
voll stinkender Bauern
die vom Land kamen
aber Englisch sprachen
und unter ihnen war sein Sohn
als *Schamasch*.
Er lacht böse
blickt nach oben zur Frauenempore
wo ein Mädchen im Sarg weint
und seinen Namen ruft: »*Heyum! Heyum!*«
doch er, laut lachend
schert sich nicht drum
und als er aufs Pult steigt

die Schriftrolle zu öffnen
erscheint die Thora
wie ein Spruchband
aus weißer Baumwolle
mit einer Aufschrift
in riesigen Buchstaben
AUF WIEDERSEHEN.

Sechstes Kapitel

SÜSSE

Es hat sich herumgesprochen
auch jenseits des Flusses
die Ware von Henry Lehman ist *first choice*.
Baruch HaSchem!

Das hat ihm heute Morgen
Doktor Everson gesagt
der die masernkranken Kinder der Sklaven kuriert
und während er sie untersucht
hört er die Gespräche
in den Hütten auf den Plantagen.

Die Ware von Henry Lehman ist *first choice*.
Das sagen die Leute.
Baruch HaSchem!
Die Baumwolle von Henry Lehman ist die beste.
Die beste am Markt, sagt man.
Baruch HaSchem!
Auch in den Salons der Herrschaften
hat Doktor Everson Gespräche gehört
über den Gardinenstoff
über die Tischtücher
über die Bettlaken.

Henry feiert.
Allein, hinterm Ladentisch
mit einer Flasche Schnaps
vor drei Jahren gekauft
bei der Ankunft
aufbewahrt
um früher oder später

zu feiern.
Baruch HaSchem!

Auch spricht
das Kassenbuch
eine klare Sprache:
Die Einkünfte
sind um fast ein Viertel höher als im Vorjahr
und es ist erst Mai.
Unter dem Schild H. LEHMAN
klemmt
die Türklinke aus rotem Messing
wenn die Kunden sie drücken, um einzutreten
und aus reinem Geschäftssinn
will der Eigentümer
sie nicht reparieren
denn sie wird Glück bringen
lässt man sie, wie sie ist
wird sie Glück bringen
so viel Glück wie schon jetzt.
Und noch mehr.

Darum
ist es kein Wunder
wenn die Klinke aus rotem Messing
auch jetzt
zum x-ten Mal
unter dem Schild H. LEHMAN
erneut klemmt
in der schüchternen Hand
einer unbekannten Kundin.
Am Ladentisch schneidet Henry Stoff
hebt nicht mal die Augen:
»*Sie müssen die Klinke anheben, Fräulein*
ziehen Sie kräftig
dann wird sie wohl oder übel einschnappen ...«

Da geschah es.
In diesem Moment
ließ eines der Geheimnisse des weiblichen Wesens
die schüchterne Hand wütend
gegen die Klinke ankämpfen
mit unvermuteter
und so gewaltiger Kraft
dass die Tür nicht nur aufging
nein, auch aus den Angeln sprang
und zu Boden fiel
mitsamt der Glasscheibe
deren Scherben der unbekannten Kundin
die Wange zerschnitten.

Und Henry Lehman
Sohn eines Viehhändlers?

Reglos
hinter dem Ladentisch
sieht er sie bluten
ohne einen Finger zu rühren
auch nicht, als sie
in gereiztem Ton
um ein Taschentuch bittet.

»*Welche Sorte Taschentücher möchten Sie kaufen, Fräulein?*
Ich habe welche zu 2 Dollar, zu 2,50 und zu 4.«

»*Ich will sie nicht kaufen*
ich will mir das Blut vom Gesicht wischen
ist Ihnen klar, dass ich mich geschnitten habe?«

»*Ist Ihnen klar, dass Sie meine Ladentür zerstört haben?*«

»*Ihre Ladentür klemmte.*«

»*Man musste die Klinke nur vorsichtig anheben.*
Wenn Sie mir zugehört hätten ...«

»*Ich bitte Sie, zum letzten Mal:*
Würden Sie so freundlich sein, mir ein Taschentuch zu geben?«

»*Und würden Sie so freundlich sein*
mich um Entschuldigung zu bitten
für den Schaden, den Sie angerichtet haben?«

»*Was ist wichtiger, Ihre Tür oder meine Wange?*«

»*Die Tür gehört mir, die Wange Ihnen.*«

Auf diesen Satz
erwiderte die unbekannte Kundin nichts.
Sie konnte nicht
da sie eine wirkliche Meisterleistung
eine seltene Meisterleistung
an rationaler Argumentation erlebt hatte.
Sie war voll Bewunderung
und wie es manchmal geschieht
war die Bewunderung
stärker als der Schmerz.

»*Die Tür gehört mir, die Wange Ihnen.*«
war tatsächlich ein sehr gutes Beispiel
für Henry Lehmans realistische Weltsicht.
»*Du bist ein schlauer Kopf*«
hatte sein Vater gesagt
der Viehhändler
drüben in Rimpar, jawohl, in Bayern.

Henry Lehman: ein KOPF.
Die reine Wahrheit.
Rab Kassowitz hatte Recht gehabt, damals:
Henry würde nach langem Fasten

wirklich verhungern
nur um nichts Ungeplantes zu essen.
Und auf dieses sein Wesen
war Henry sehr stolz
wie könnte es anders sein
er glaubte sich ausgestattet
mit einer tödlichen Waffe
– dem Kopf, wie gesagt –
vor der jeder kapitulierte.

Bis zu diesem Tag.

Denn der Zufall wollte
dass die unbekannte Kundin nicht fügsam war.

Hören zu müssen
»*Die Tür gehört mir, die Wange Ihnen*«
hatte sie augenblicklich abgekühlt.
Aber nicht besiegt.

Und so geschah es.
Eines der Geheimnisse des weiblichen Wesens
lässt die blutende Bestie näher kommen
bis vor den Ladentisch
blitzschnell
Henrys kurze Krawatte packen
sich damit übers Gesicht wischen
um sie reichlich mit Blut zu tränken
dann Mister Kopf anzusehen
und wenige Worte zu sprechen
aber Worte *first choice*:
»*Die Wange gehört mir, die Krawatte Ihnen.*«
Dann, ohne auf Antwort zu warten
dreht sie sich um
und zertritt mit ihren Absätzen die Scherben.

Der Begegnung zweier Köpfe
eignet immer etwas Schreckliches.

Sie hat sich ihm nicht ergeben?
Er kann sich ihr nicht ergeben
verfolgt sie draußen, sie soll den Schaden bezahlen
sie weigert sich
er bedroht sie
sie lässt das kalt
er packt sie
sie entwindet sich
und mit diesem Kampf
auf der öffentlichen Straße
unter der Sonne des Südens
legen sie schreiend
zum Vergnügen der Kinder
den nicht grade kurzen Weg zurück
vom Laden Lehman
zur Tür des Hauses Wolf
wo sie ihm ins Gesicht sagt:
»*Falls es Ihnen nichts ausmacht, ich bin angekommen*
danke, dass Sie mich begleitet haben
danke für Ihre Freundlichkeit, für die Konversation
die Komplimente und die Taschentücher.
Sie sind ein Gentleman.«

Auf diese Provokation
erwiderte Henry Lehman
zunächst nichts
er konnte nicht
da er eine wirkliche Meisterleistung
eine seltene Meisterleistung
rationaler Argumentation erlebt hatte.
Er bewunderte sie aus ganzem Herzen
und wie es manchmal geschieht
war die Bewunderung
stärker als der Schmerz.

Doch währte das nur einen Moment
denn er spürte
den heftigen Drang
sie zu verletzen
und tat es ohne Erbarmen:
»Sind Sie Hausmädchen bei den Wolfs?«

»Nur wenn Sie Verkäufer bei den Lehmans sind.«

*»Lassen Sie sich gesagt sein, dass ich Henry Lehman bin.
Es ist mein Geschäft, seit drei Jahren.«*

*»Lassen Sie sich gesagt sein, dass ich Rose Wolf bin
und es ist mein Haus. Seit drei Tagen.
Darum sollten Sie, wenn ich Ihnen einen Rat geben darf
sich die Kundschaft nicht zu Feinden machen.«*
Ein treffsicherer wirkungsvoller Satz
von Miss Wolf gesprochen
mit jener sarkastischen Miene
die auf dem Gesicht einer Frau
unschuldige Opfer fordert.

Überdies
fiel der Satz als das Tor sich schon schloss
wie ein Bühnenvorhang
zur großen Enttäuschung interessierter Passanten.

Der Begegnung zweier Köpfe
eignet immer etwas Göttliches.

Und ökonomisch Vorteilhaftes.

Denn von diesem Moment an
dezimierte Henry Lehman
faktisch
ohne sich dessen bewusst zu sein
seine Korrespondenz

was die Portokasse
merklich
entlastete.
Von einem Brief alle drei Tage
wechselte er zu einem pro Woche
dann alle zehn Tage
und blieb zuletzt bei durchschnittlich zweien im Monat.

Erst nach sieben Monaten
wurde ihm schlagartig klar
dass Rose Wolf
Glastürzerstörerin
ihn in Alabama halten konnte
weit länger als drei Jahre.
Vielleicht fünf.
Vielleicht zehn.
Vielleicht für immer.

Schade, dass für einen Kopf
nichts unbequemer ist
als das undankbare Schicksal
sich zu verlieben
ist es doch allgemein bekannt
dass Liebe
von allem, was die Welt bewegt
die am wenigsten zerebrale Kraft ist.

Henry Lehman versuchte seinen eigenen Weg
der ihn zur Liebe führen sollte, ja
aber auf rationale Weise.
Darum:
keine Blumen
keine Schirmchen
keine schönen Augen
keine kindischen Galanterien
sondern nur
einzig und allein

Rabatte auf die ausgestellte Ware
die für Mister Lehman
weit mehr war als Ware
nämlich
Existenzberechtigung, Selbstachtung, Lebensunterhalt und Stolz
also war sie
nach seiner Kalkulation
nicht mehr und nicht weniger als das Leben selbst.

Die vom Briefverkehr
abgezogenen
finanziellen Ressourcen
wurden umsichtig reinvestiert
in einen extensiven Kredit
und generöse Warenangebote
»... DIE ICH EIGENS FÜR SIE ENTWICKELT HABE
   MISS ROSE WOLF,
GESCHÄTZTE KUNDIN MEINES GESCHÄFTS.«

In Henry Lehmans Kopf
konnte und musste
dieses Billett
als ausdrückliche Liebeserklärung
gelesen werden.

Das wurde es nicht.

Im Gegenteil.

Miss Rose Wolf erzählte
überall
nicht nur in Montgomery
nein, bis nach Tuscaloosa
dass Lehman
ja, Lehman
die Preise senkte
ja, Lehman

worauf halb Alabama sich empörte
weil es nicht dieselbe Behandlung erfuhr.

Um die Protestwelle zu dämpfen
musste Henry am Eingang
ein großes Schild anbringen

ERMÄSSIGTE PREISE FÜR AUSGEWÄHLTE KUNDEN

und in den Südstaaten
war LEHMAN wohl der erste Laden
der so einen Köder auswarf.

Glaubte Henry Lehman, er würde dabei verlieren?
Er machte Gewinne, verdiente das Zweifache
drum lobte er seinen Kopf
und erzählte von da an
sich selbst und anderen
er habe es absichtlich getan.

Wichtiger aber war, dass er nun
nach diesem breit gestreuten Rabatt
für Miss Wolf
eine andere Behandlung ersinnen musste
als für die Masse
darum musste er
wo Nachlass nicht reichte
sein Zögern bei Extras aufgeben
und für die Glastürzerstörerin
begannen gute Zeiten:
Bestellte sie zwei Päckchen Bänder
erhielt sie wie durch Zauber vier,
bezahlte sie fünf Spannen Spitzen
bekam sie mindestens zehn,
kostete der Meter Baumwolle
laut Preisliste soundso viel Cent
bezahlte sie ihn mit einem Lächeln

und so
verstand Miss Wolf
zu guter Letzt
denn – nebenbei gesagt –
ein Kopf fühlt die Liebe nicht
er versteht sie.

Sie freute sich, dass sie verstanden hatte.

Darum erlaubte sie
Mister Lehman
sie von jetzt an
Süße zu nennen.

Aber.
Genau hier entstand das Problem.
Denn von diesem Moment an
atmeten
auf dem Planeten Erde
theoretisch
zwei *Süße*
geographisch verteilt
eine in Alabama
eine in Bayern
umfassten sie die Planisphäre.

Der *Süßen* in Amerika sagte Henry nichts.
Der *Süßen* in Bayern sagte er nichts
sonderbar aber
war das Schicksal
der *herzlichsten Grüße*
die seit vier Jahren
in jedem Briefumschlag
über den Planeten Erde
reisten
gerichtet an Fräulein Bertha Singer.
Sein Charakter als Kopf

ergo also schrulliger Typ
bewog Heyum Lehmann, jetzt Henry
plötzlich
an Bertha direkt zu schreiben
und immer wenn er die Wahrheit sagen wollte
packte ihn umso stärker die Angst
und verleitete ihn
zum – schriftlichen– Übermaß
liebevoller Küsse
zärtlicher Umarmungen
süßer Liebkosungen
Versprechungen
Wünschen
und jeder Art Liebesbeweis
nur um der *Süßen* nicht zu entdecken
dass er
– er fühlte es –
nicht mehr zurückkehren würde.
Doch wie ihr das sagen?
Allein und verlassen
auf der anderen Seite der Welt
würde sie sich wohl umbringen
wenn er sie verstieß.

Die totenbleiche Bertha
ihrerseits
reagierte überrascht
als sie sich überschwemmt sah
von so großer Leidenschaft.
Anfangs zögerte sie.
Dann ließ
eines der Geheimnisse des weiblichen Wesens
sie unerwartet Anlauf nehmen:
Auf den amerikanischen Überschwang ihres Heyum
antwortete nun
bayrischer Überschwang der *Süßen* Singer
und über den ganzen Atlantik

ergoss sich
zentnerweise
Liebesschwursirup.

Zum Glück sind Alabama und Deutschland
sehr weit voneinander entfernt
wenn hier Tag ist, ist drüben Nacht
und wenn hier die Sonne strahlt, wird es dort dunkel.
Glücklicherweise.

Denn bei diesem Austausch
feuriger Liebesschwüre
verschwieg Henry zwar seine Rose
doch auch Bertha
verschwieg ihr Geheimnis.
War es denn ihre Schuld
wenn nach vier Jahren
herzlichster Grüße
ein Amtsarzt mit kindlichen Zügen
sie kurz vor Walhallas Tor zurückgeholt hatte?
War es ihre Schuld
wenn der sanfte Schausser mit lockigem Haar
beim Bemühen, ihren Körper zu heilen
ihre Seele berührt hatte?
Sie hatte sich in den Arzt verliebt.
Was übrigens auf Gegenseitigkeit beruhte
so sehr dass
Schaussers Visiten und Konsilien
bei weitem
die ärgste Tuberkulose
übertrafen.

Aber wie es bekennen
dem in die Ferne emigrierten Heyum
der ihr jetzt
all diese Liebesbeweise schickte?
Allein und verlassen

auf der anderen Seite der Welt
würde er sich wohl umbringen
wenn sie ihn verstieß.

Darum
reisten Liebesbriefe
über den Ozean
hin und her
über ein Jahr lang.

Es war der Viehhändler
der zur Tat schritt
als ihm ein Zweifel kam
als er bemerkte
dass es Bertha seit einiger Zeit
offensichtlich
viel
sehr viel besser ging.
Obwohl Doktor Schausser
noch immer den Kopf schüttelte
und die Aderlässe vervielfachte.

Also dachte Abraham
dieser Zweifel
könnte seinen Sohn bewegen
endgültig
in den Stall zurückzukehren
und er schrieb die schicksalhafte Sentenz:
»WER DAS NEST ZU LANGE VERLÄSST
BEKLAGE SICH NICHT
HÜNDINNEN WIRD BEKANNTLICH KALT.
AUF DEINE WACHSAMKEIT HOFFEND, DEIN VATER.«

Nie wurde
ein väterlicher Brief
mit größerer Freude aufgenommen.
Es war wunderbar

phantastisch
dass einer Hündin kalt wurde!
Dann sollte sie sich wärmen lassen!
Bertha, die *Süße*, sollte in ihrem Nest bleiben!

Und die *Süße* Rose?
Würde ihre amerikanische Hochzeit haben!

Über Montgomery strahlte
eine helle Sonne an diesem Tag
tausend Meilen entfernt vom frostigen Bayern.
Das Geschäft lief auf Hochtouren
die Baumwolle war *first choice*
die Rabatte lockten Kunden an
und nicht weit vom Court Square
nahm man Maß
um ihn eventuell
zu bauen
den Tempel.

Siebtes Kapitel

BULBE

Später Vormittag an *Rosch Haschana*.
Farbeimer auf der Straße
vor dem Laden
vor der Tür
die Klinke klemmt noch immer.
»*Hallo, Rundkopf!* God bless you!«
»God bless you, *Mister Lehman! Ihr malt das neue Schild?*«

Farbeimer auf der Straße
vom Wagen laden sie
Rollen zu 1,40 Meter Baumwolle
25 Ballen
7 Stränge und 12 aus Rohbaumwolle
alle auf der Liste vermerkt
die Henry Lehman in der Hand hält
er steht an der Tür
hakt die Mengen und Maße ab.
»*Ins Lager damit, Rundkopf, bring alles ins Lager!*«

Farbeimer auf der Straße
Henry hat ihnen befohlen:
»*Bis heute Nachmittag malt ihr das Schild fertig.*«
6 Meter lang, 1 Meter breit.
Das Schild fertigmalen
während Henry die Baumwolle annimmt
die Qualität kontrolliert
er kontrolliert sie persönlich, besser als andre
er kontrolliert sie oben auf dem Wagen
bevor sie abgeladen wird
vor allem die Rohbaumwolle
die Henry

direkt
von einer Plantage kauft.
Er hat eine Abmachung mit Rundkopf Deggoo
ein großer Schwarzer, fast zwei 2 Meter lang
Rundkopf genannt, weil er wirklich
einen vollkommen runden Schädel hat
den er in einen alten Strohhut zwängt.
Rundkopf Deggoo ist Vorarbeiter
auf der Plantage Smith & Gowcer.
Denn die Weißen haben erkannt
die Sklaven arbeiten mehr und besser
wenn ein Schwarzer kommandiert
doch es muss einer sein, der's draufhat
und so
ist Rundkopf Deggoo einer, dem man vertraut
ein Mittelding zwischen Sklaven und Weißen.
Pünktlich jeden Sonntag
kommt Rundkopf Deggoo
Psalmen singend
den alten Strohhut auf dem Kopf
im Anzug für die Kirche (wo er die Orgel spielt)
durch die Hauptstraße von Montgomery gefahren
bringt den Wagen mit Baumwolle, Stränge und Ballen
zum Laden von Henry Lehman:
»*Rundkopf, du hast mir faserige Baumwolle gebracht!*«
»*Rundkopf, die hier ist nicht die Beste! Bring sie zurück!*«
»*Rundkopf, für die zahle ich dir weniger!*
Bring sie rein, aber ich gebe euch ein Drittel.«
»*Was ist denn das für ein Zeug, Rundkopf?*
Das ist ja nicht mal den Hafer fürs Pferd wert!«

Farbeimer auf der Straße.
Für das neue Ladenschild
haben sie Gelb ausgesucht.
Familienrat im Hause Lehman.
Alle zusammen, am Abend zuvor, im Laden.
Nur Rose fehlte:
»*Du bist schwanger, bleib zuhause.*«

Ja. Gelb.
Gelbe Schrift auf schwarzem Grund.
Das wird auffallen
das wird Kunden bringen
hat Henry gesagt.

Einer nach dem anderen
tauchen die beiden
den Pinsel ein
und mit tropfendem Pinsel
arbeiten sie weiter
gewissenhaft
achtsam
bleiben in den Linien
die hat Henry gezogen – mit Bleistift–
schlampige Buchstaben darf es nicht geben
hat Henry gesagt
sie vergraulen die Kunden. Er hat Recht.
Henry hat Recht.

Das »L« von Lehman wird ein Großbuchstabe sein.
Emanuel malt es, einer der beiden
Emanuel Lehman
Oder besser: Mendel, sein richtiger Name.
Aber hier in Amerika ändert sich alles, sogar der Name.

Emanuel, ja.
5 Jahre jünger als Henry
zwischen den beiden sprühen Funken
darum klare Absprachen:
»*Wenn du nach Amerika kommst, gehorchst du mir!*«

Abgemacht.
Der kleine Emanuel ist schnell groß geworden.
Haare, dunkler als Pech
Schnurrbart wie ein preußischer Kanonier
reizbarer Charakter

einer, der leicht entflammt
und entflammend hat er zum Vater gesagt:
»*Ich gehe auch nach Amerika
Bayern ist eine Zwangsjacke.*«

Emanuel, jetzt ist er hier
vorgebeugt
kniet auf dem Boden
bewaffnet mit einem Pinsel
einer Schürze, dass der Anzug nicht schmutzig wird
denn der Laden hat geöffnet
wenn nun jemand kommt
einen Verkäufer mit Farbflecken darf man nicht sehen
das vergrault die Kunden.
Sagt Henry.
Und er hat Recht.

Auch das »B« von Brothers wird ein Großbuchstabe
ein Großbuchstabe wie bisher das »H« von Henry
auf seinen Beschluss entfernt, weg damit:
ab heute nicht mehr HENRY LEHMAN
sondern
LEHMANN BROTHERS.

Das »B« von Brothers malt
schwitzend
tief gebückt
mit größtem Eifer
der dritte und jüngste Bruder
vor einem Monat wie ein Paket ausgeladen in Amerika
verschreckt von der Reise, den Stürmen, dem Ozean
sogar vom alten Rabbiner, dem er anvertraut war
dass der ihn zu den Brüdern bringt, unten in Alabama.

Mayer Lehman
fast 20
Ebenbild seiner Mutter

die Wangen immer gerötet
ohne Wein zu trinken
und eine glatte Haut
noch sprießt nicht mal ein Bart
glatt wie eine frisch geschälte Kartoffel
und sein Bruder Emanuel
nutzt jede Gelegenheit, ihn vor allen
auf Jiddisch zu rufen
nach ihm zu pfeifen wie einem Hund:
»*Mayer Bulbe!*«
Mayer »Kartoffel«.
Bulbe hieß ein Hund
drüben in Europa
bei ihnen daheim, drüben in Deutschland
in Rimpar, Bayern
wo ein Viehhändler
endgültig keinen Schlaf mehr findet
und pausenlos brummt »*Schmock!*«

Drei Jungen, die Lehman Brothers.
Henry.
Emanuel.
Mayer.
Henry ist der Kopf der drei
– das sagte sein Vater, drüben in Bayern –
Emanuel ist der Arm.
Und Mayer?
Mayer *Bulbe* ist das
was zwischen Kopf und Arm gebraucht wird
damit der Arm den Kopf nicht zerschlägt
und der Kopf den Arm nicht beschämt.
Darum wurde er nach Amerika geschickt
um, wenn nötig, die beiden zu trennen.
Ein Kopf, eine Kartoffel, ein Arm:
Alle drei
werden sie auf dem neuen Ladenschild stehen
jetzt zum Aufhängen bereit

groß schön und schwer
breit wie die ganze Fassade:
TUCHWAREN UND BEKLEIDUNG LEHMAN BROTHERS
gelbe Schrift auf schwarzem Grund
eingerahmt
ins Holz geschnitzt von Henry und Emanuel
in Überstunden, nachts
viele Nächte
wenn die Ladentür geschlossen war
damit sie der Kundschaft keine Zeit stehlen
denn sonst, wetten?, kommt sie nicht wieder
sagt Henry
und:
»*Der Kunde ist heilig, vergesst das nie*
– Baruch HaSchem! –
wie die Tiere unseres Vaters!«
Auch damit
hat Henry Recht.

Jeden Morgen
auch an diesem Morgen
stehen die Gebrüder Lehman
um 5 Uhr auf.
Es ist noch dunkel, sie zünden die Lampen an
die mit Walöl.
In der Dreizimmerwohnung
dort im Court Square
gibt's nur einen Eimer Wasser zum Waschen.
»*In Deutschland war es besser!*«
sagt Emanuel
an seinem dritten Tag in Amerika
doch seit der Ohrfeige von Henry
wagt er das nicht mehr.
Jeden Morgen
auch an diesem Morgen
stehen die Gebrüder Lehman
wenn die Stadt noch schläft

– und Amerika noch keine Spieluhr ist –
jeden Morgen
bevor sie hinausgehen
um den Tisch
sprechen die Gebete
alle gemeinsam
wie in Deutschland
wie früher in Rimpar, drüben in Bayern.

Dann setzen sie den Hut auf
und gehen hinaus
in die Spieluhr, die sich zu drehen beginnt
öffnen die Ladentür
mit der Klinke die noch immer klemmt
denn so wurde sie wieder eingesetzt
nachdem Rose Wolf, verheiratete Lehman
die Tür zerschmettert hatte.

Ein weiterer Tag.
Ein weiterer Tag.
Ein weiterer Tag.
Wolle
Hanf
Baumwolle
Baumwolle
Baumwolle: *The King Cotton*
denn Henry – der Kopf –
hatte heute eine Idee:
Am offenen Fenster auf dem Fensterbrett sitzend
die Beine angezogen
den Arm als Stütze im Nacken
hat er beschlossen
dass die Lehmans
ab jetzt
nicht nur Kleidung und Stoffe verkaufen, nein
Kleidung und Stoffe genügen nicht mehr:
»*Wir werden auch alles verkaufen, was man braucht*
um den King Cotton *anzupflanzen.*«

Emanuel – der Arm – hat aufgeblickt
und ihn finster angeschaut:
»*Ich bin nach Amerika gekommen
um Geschäftsmann zu sein
nicht Bauer.*«
»*Aber genau das tun wir
wir machen Geschäfte.
Wir verkaufen und werden weiter verkaufen.*«
»*Ich will keine Eimer und Spaten an Sklaven verkaufen.*«
»*Du bist hier, um zu tun, was ich will
ich habe den Laden gegründet.*«
»*Auf dem Schild steht aber* ›Brothers‹*.*«
»*Weil ich das so gewollt und entschieden habe
doch der Laden bleibt meiner.*«
»*Mit Plantagen mache ich mir nicht die Hände schmutzig
ich will Stoffe verkaufen.*«
»*Ich habe meine Schätzungen gemacht:
Die Plantagenbesitzer kaufen
Samen, Werkzeuge und Wagen.*«
»*Deine Schätzungen sind nicht meine.
Ich will Sicherheit!*«
»*Halt den Mund, hier bestimme ich, was …*«

Jetzt greift Mayer *Bulbe* ein
Glatt, geruchlos wie eine Kartoffel:
»*He du, Rundkopf Deggoo, sag mal
wenn wir Samen und Werkzeuge verkaufen würden
würdet ihr die kaufen?*«
»*Samen und Werkzeuge, Mister Lehman?
God bless you! Die würde ich sofort kaufen
der nächste Laden dafür liegt hinter Tennessee!*«

Emanuel spuckt auf den Boden
bückt sich und malt weiter das Schild
schwarz und gelb, das lockt die Kunden an
und auf der Straße wird's auffallen, mehr als die andren
hat Henry gesagt.

LEHMAN BROTHERS
das klingt gut
das klingt sehr gut.
Auch das
hat Henry gesagt.
Und *Baruch HaSchem!*
Henry Lehmann hat immer Recht.

Achtes Kapitel

CHANUKKA

Baruch atah Adonaj
Elohejnu Melech HaOlam
ascher kideschanu bemitzwotaw
we'tziwanu lehadlik ner
schel'chanukkah.

Es ist Abend an *Chanukka*
Henry zündet die siebte Kerze an
steht am Tisch
mit der ganzen Familie
Baruch HaSchem!
Es ist Abend an *Chanukka*
noch sind die Geschenke nicht ausgepackt
da klopft es an der Tür zum Hause Lehman
plötzlich so wild
dass die Tür fast einstürzt.
Noch nie sah man Rundkopf Deggoo so aufgeregt
ohne den alten Strohhut auf dem Kopf
er zittert, weint, schreit:
»God bless you, *Mister Lehman: Feuer!*
Auf den Plantagen! Es brennt!«

Sie laufen auf die Straße
Henry Emanuel und Mayer
lassen Rose am Fenster stehen
»*du bist schwanger, du bleibst daheim!*«
Sie laufen auf die Straße
Henry Emanuel und Mayer
im Dunkel der Nacht
das nicht dunkel ist, nein, taghell
sie laufen auf die Straße

Henry Emanuel und Mayer
in der Luft, im Wind
überall Rauch
der in den Augen brennt
und Karren rasen wie verrückt
durch die Straßen, wie verrückt
Menschen mit Eimern, Männer, Kinder
Rauch in der Luft
in der Kehle in der Nase
– Henry Emanuel und Mayer –
»*Alles brennt drüben auf den Feldern!*«
Die Schlafplätze der Sklaven
die Lager, die Hütten
ganz Montgomery ist auf der Straße
ganz Montgomery rennt
– Henry Emanuel und Mayer –
»*Vier, fünf Plantagen brennen! Alles in Flammen!*«
Rauchsäulen 40 Meter hoch
wie die Kirchtürme drüben in Bayern
dichter Rauch, undurchdringlich, kompakt
wie der Rauch auf den Schiffen von Europa nach Baltimore
die Mayer *Bulbe* noch immer im Traum sieht.
Sogar die Nacht hat sich rot gefärbt
angemalt wie das Ladenschild
die Hauswände, die Straße
Lichtreflexe
Blitze
ohrenbetäubende Explosionen dort hinten
wohin sie laufen, um zu helfen
andere fliehen
retten sich
Kinder im Arm
halbnackt
Männer und Frauen
Weiße Schwarze auf der Flucht
stürzen zu Boden
ohnmächtig

man kriegt keine Luft
Rauch in der Kehle
in der Nase
den Augen
»*Alles verbrennt, alles, die Baumwolle ist verloren!*«
Die Pferde scheuen
im Rauch
stürzende Kutschen
schlingernde Karren
splitternde Räder
»*Lauft zum Fluss! Den Kanälen – Wasser!*«
Der Lärm ringsum
ist ein Donnergrollen
entsetzlich laut
hallt es wider
dröhnt
zwischen den Wänden
den Fenstern
»*Alles verbrennt, alles, die Baumwolle ist verloren!*«
Staub Asche
wie Regen von oben
grau rot schwarz weiß
Flammen wie Schwerter am Himmel
– Henry Emanuel und Mayer –
Verletzte, auf dem Rücken getragen
durchweichte Verbände
verbrannte Beine Arme Köpfe
heiße Luft, Hitze
»*Wind kommt auf – er facht die Flammen an!*«
»*Zum Fluss! Zum Fluss! Bringt Wasser!*«
Rundkopf Deggoo auf seinem Wagen
die Familie in Sicherheit
»God bless you! *Hilfe!*«
die einen fluchen
andere beten
tiefe Nacht, aber es ist Tag
Montgomery ist wach

die Plantagen brennen.
Nichts wird übrigbleiben.
Nichts wird übrigbleiben.
Nichts wird übrigbleiben.

Baruch atah Adonaj
Elohejnu Melech HaOlam
ascher kideschanu bemitzwotaw
we'tziwanu lehadlik ner
schel'chanukkah.

Es ist Abend an *Chanukka*
Henry zündet die siebte Kerze an
er steht am Tisch
mit der ganzen Familie
Baruch Haschem!
Es ist Abend an *Chanukka*
als die Nachricht kommt:
Die Baumwolle brennt
alles ist verloren.
Andererseits
Baruch HaSchem!
muss alles neu gekauft werden:
Samen Werkzeuge Karren
alles ersetzen
um wieder anzufangen:
Samen Werkzeuge Karren
»*Treten Sie ein, Herrschaften: Lehman Brothers hat geöffnet!*
Lehman Brothers hat alles, was Sie wünschen!«

»*Nun, Rundkopf Deggoo, lass hören*
was braucht ihr bei Smith & Gowcer?«
»*God bless you, Mister Lehman*
reinweg alles, ganz von vorn!«
»*Wenn das Feuer euch ruiniert hat*
wie werdet ihr bezahlen?«
»*Die Eigner verpflichten sich*
schriftlich, mit einer Zusage.«

Emanuel, der Arm
blickt Henry böse an.
»Ich bin wegen des Geldes nach Amerika gekommen
nicht wegen schriftlicher Versprechen.«
»Wie sollen sie bezahlen, wenn sie kein Geld haben?«
»Wenn sie kein Geld haben, verkaufen wir ihnen nichts.«
»Du bist hier, um zu tun, was ich will!«
»Auf dem Schild steht aber ›Brothers‹.«
»Schrei nicht so und fass mich nicht an!«
»Ich hab's ja gesagt, ist besser, Stoffe zu verkaufen!«
»Wir verkaufen, und wie, sie kaufen jetzt alles.«
»Sie kaufen, aber sie bezahlen nicht!«
»Halt den Mund, hier bestimme ich, was ...«
Jetzt greift Mayer *Bulbe* ein
geht dazwischen
glatt geruchlos wie eine Kartoffel:
»*Hör mal, Rundkopf Deggoo*
wenn ihr jetzt aussät, wie lange dauert es bis zur Ernte?«
»*Eine Jahreszeit, Mister Lehman*
aber bis wir die Rohbaumwolle verkaufen können ...«
»Dann bezahlt ihr uns damit
ein Drittel der Ernte, abgemacht, von jetzt an.
Ihr gebt sie uns und wir verkaufen sie weiter.«
»God bless you, *Mister Lehman!*«

Es ist Abend an *Chanukka*
Henry zündet die siebte Kerze an
er steht am Tisch
mit Emanuel und Mayer
Baruch HaSchem!
Es ist Abend an *Chanukka*
als etwas ihr Leben verändert:
Sie verkauften Stoffe und Bekleidung
die Lehman Brothers.
Aber jetzt
hat das Feuer entschieden:
An- und Verkauf von Rohbaumwolle.

Das Gold von Alabama.
Wundertaten einer Kartoffel.

Neuntes Kapitel

SHPAN DEM LOSHEK!

Doch ein leichter Schritt ist das nicht
der Entschluss will gut überlegt sein.

Wenn sie zusammenkommen
wenn es um wichtige Beschlüsse geht
sitzen die Gebrüder Lehman
nicht an einem Tisch.

Emanuel geht im Zimmer auf und ab.

Mayer sitzt lieber auf seinem runden Schemel
auf halbem Weg
im gleichen Abstand zum Kopf wie zum Arm.

Henry dagegen
betritt das Zimmer jedes Mal
mit festem Schritt
und setzt sich
am offenen Fenster aufs Fensterbrett
die Beine angezogen
den Arm als Stütze im Nacken.

Ja.
So sitzen sie immer.
Auch heute, während sie entscheiden
ob Schluss ist, weg mit Servietten, Tischtüchern, Laken
um mit dem Handel zu beginnen
– dem richtigen Handel –
noch immer Baumwolle, aber roh, nicht gesponnen.

Mayer ist dafür.
Emanuel stimmt dagegen.
Sie sind zu dritt, Henrys Stimme entscheidet.

»Nun, Henry? Was sagst du? Dafür oder dagegen?«

Henry nimmt sich Zeit.
Privileg eines Kopfes.

Er sitzt reglos
am offenen Fenster auf dem Fensterbrett
die Beine angezogen
den Arm als Stütze im Nacken.
Dann sagt er nichts.
Nickt nur.
Und die Wende ist beschlossen.

Sicher, Rohbaumwolle ist nicht wie Banknoten.
Seit Rundkopf Deggoo
für die Plantage Smith & Gowcer
wie auch Mister Saltzer, Mister Bridges
und Mister Halloway von der Plantage hinterm Fluss
sogar Mister Pellington aus Tennessee
seit alle die Lehmans nicht mehr mit Bargeld bezahlen
sondern mit Rohbaumwolle
seitdem reicht das kleine Lager
– das Hinterzimmer hinter dem Vorhang –
nicht mehr, nein, es reicht nicht.
Sie haben ein größeres gefunden
drei Häuserblocks weiter, hinter der Kapelle der Baptisten
wo Rundkopf Deggoo jeden Sonntag die Orgel spielt.

Es läuft so:
Die Lehmans liefern
den Plantagen Samen Werkzeuge
und alles Nötige
die Plantagen geben den Lehmans Rohbaumwolle

die Lehmans füllen damit ihr Lager
und verkaufen sie weiter an die Fabriken
zu einem höheren Preis.
»Ein bisschen höher!«
sagt Henry
»Das Doppelte!«
meint Emanuel
»Ein Drittel mehr – der Mittelweg!«
so Mayer *Bulbe*.

Du gibst mir Baumwolle, ich verkaufe sie weiter.
Du bezahlst mich heute mit Baumwolle
ich kassiere morgen Banknoten.

Geschäfte?
Geschäfte.
Egal, ob auch andre es versuchen
Lehmans machen es besser.
Besser als alle anderen.
Besser auch als gewisse
Juden wie sie
Deutsche wie sie
die aus der Gegend um Rimpar nach Amerika kamen
ja, sie:
die Familie von Marcus Goldman
auch die von Joseph Sachs.
Alle in Alabama.
So dass ein Viehhändler
um seinen Schlaf gebracht
nicht versäumte
ein sarkastisches Briefchen zu schreiben:
»LIEBE SÖHNE, IN EUREM STÄDTCHEN
KÖNNTET IHR EIN SCHILD AUFSTELLEN
MIT DER AUFSCHRIFT ›RIMPAR‹
WENN DIE AMERIKANER LESEN KÖNNTEN.«

Tatsache ist: der Baumwollmarkt
läuft phantastisch
denn der Trick – der richtige – besteht darin
zu verkaufen, *was die Menschen kaufen müssen.*
Das sagt Henry Lehman
denen, die ihn um Rat fragen
Marcus Goldman, Joseph Sachs
all den deutschen Juden
die mit ihren besten Schuhen vom Schiff stiegen
verloren und verwirrt
wie kleine Fische, die ans Ufer sprangen.
Kehrt ins Meer zurück, das rät er ihnen.
*»Abgesehen davon, wohlgemerkt, Handel ist Krieg
also macht ihr eure Geschäfte, wir machen unsere
und geben keinen Rabatt, bloß weil ihr Bayern seid.«*

Das wahre Geheimnis der Lehman Brothers
verrät Henry natürlich mit keinem Wort.
Wie könnte er es auch erklären
das Rezept von Kopf und Arm in Kartoffelsoße?
Doch er weiß: Hierin liegt der ganze Unterschied
übrigens mit der – zigsten Sentenz beschrieben
die gestern aus der Ferne gekommen ist:
»LIEBE SÖHNE, HANDEL TREIBEN IST NICHT GELD VERDIENEN.
ES IST EINE WISSENSCHAFT.
SEID SCHLAU, ABER AUCH VORSICHTIG.
EUER ERGEBENER VATER.«

Schlau und vorsichtig.
Treffliche Kombination. Und nötig.
Zum Glück fehlt sie hier nicht
wo eine Knolle als Wasserscheide dient
zwischen einem vorsichtigen Kopf und einem schlauen Arm.
Ein prekäres Gleichgewicht, gewiss
und um es nicht zu gefährden
entfernt sich Henry Lehman
unter keinen Umständen aus dem Laden

auch nicht, als Rose ihm seinen ersten Sohn geboren hat.
Stattdessen
hat er Mayer *Bulbe* zu ihr geschickt, das ja
mit einem Strauß Kamelien
er soll Frau und Kind für ihn küssen
und ihr ins Ohr flüstern
»Dein Mann schickt mich, dir zu sagen, dass er sich freut
aber leider hat er zu tun.
Jedenfalls, mein Kompliment
ein hübscher Junge, feiern wir? Masel tov!«

Es gibt wirklich viel Arbeit
sie schaffen es kaum zu dritt.
Im kleinen Ladenraum
an der Hauptstraße von Montgomery
mit dem großen Schild LEHMAN BROTHERS
herrscht ein buntes Kommen und Gehen.
Man sieht die Strohhüte der Plantagen
doch auch die brennenden Zigarren der Fabrikanten
die Stiefel, die Kittel der Plantagen
doch auch die Gamaschen, die Leinenanzüge der Fabrikanten
Schwarze, wie Rundkopf Deggoo
und weiße Nordstaatenhändler
wie Teddy Wilkinson
ein Fass mit Krawatte
blonder Bart, immer schwitzend
von Mayer *Bulbe* sofort umgetauft in
»Seidenhändchen«
Denn Wilkinson rühmt sich:
»*Ich habe Hände ohne Schwielen, perfekte Hände*
nie eine Schaufel angefasst
immer nur Geld gezählt.«
Für die einen verkauft Lehman Samen und Werkzeuge
für die anderen handelt Lehman mit Baumwolle.

Sie kaufen Baumwolle für teures Geld.
Sie kommen vom andren Ufer des Mississippi

und aus den Fabriken der Nordstaaten
die Rohstoffe im Süden kaufen
um daraus »Produkte« zu machen.
»Produkte« sagt Teddy Wilkinson Seidenhändchen:
»Gebt mir 8 Wagen Rohbaumwolle
ich zahle euch den vollen Preis
dann sorge ich dafür, mit den Produkten zu verdienen
das ist mein Geschäft, mein Unternehmen.
Wenn euch das passt, unterschreiben wir.«
Und sie unterschrieben. Yes.
Lehman Brothers auf der einen Seite
Seidenhändchen auf der anderen.
Abgemacht.
Baruch HaSchem!
Baumwolllieferanten vom Süden in den Norden.

Kann man bei so viel Erfolg
die Arbeit unterbrechen
weil ein Sohn geboren wurde?
Mal ehrlich!
Andererseits würde ein wenig
gesunder Menschenverstand ja genügen.
Zum Beispiel, dass man sich
nach den Öffnungszeiten des Ladens richtet.
Als Rose zum Beispiel
die ersten Wehen
ihres zweiten Sohnes spürte
hatte sie Henry sofort rufen lassen
doch die Lagerinventur war in vollem Gange
also wurde Mayer *Bulbe* als Ersatz geschickt
mit einem Strauß Kamelien bewaffnet
hat er ihr ins Ohr geflüstert:
»Dein Mann hofft, dass du nicht zu sehr leiden musst.
Er ist noch bis spätabends beschäftigt
er fragt, ob du versuchen kannst, die Geburt zu verzögern
dann kann er vielleicht dabei sein.«

Doch erst beim vierten freudigen Ereignis
erzielte Mrs Lehman
das perfekte Ergebnis
die Zeit der Wehen abzustimmen
auf die vorrangigen Erfordernisse der Firma.

Unterdessen sieht man
seit der erste Vertrag unterschrieben war
Teddy Wilkinson
immer öfter in Montgomery.
Seine silberglänzende Kutsche
hält vor der Tür
Seidenhändchen erscheint auf der Schwelle
ein Fass mit Krawatte
verlangt 8 Wagen Rohbaumwolle
»*Hättet ihr mehr, würde ich das auch nehmen!*«
Das sagt er jedes Mal, wenn er
seine zwei Bündel Banknoten auf den Ladentisch wirft
sich den Schweiß abwischt, die Zigarre anzündet:
»*Eines Tages wird einer von euch Lehmans kommen
und sich meine Fabrik ansehen.*«

Eines Tages
nahm Emanuel Lehman die Einladung an. Yes.
So entschied er.
Und fuhr nach Norden
um sich die Fabrik
von Teddy Wilkinson Seidenhändchen anzusehen.
Vier Tage Hinfahrt, drei für die Rückfahrt
dann sind die Baumwollwagen leer
können schneller fahren.
Emanuel fuhr hin, sich das anzusehen
sich persönlich zu informieren
was im Norden
aus der Rohbaumwolle der Plantagen wurde.
»*Hier gibt's viel Arbeit
und du bleibst zehn Tage lang weg?*«

hatte Henry mit finsterer Miene gesagt
kurz bevor Mayer *Bulbe* einfiel:
»*Wir sind uns schon einig:*
Seine Arbeit in diesen zehn Tagen mache ich.«
Und so brach Emanuel auf
unter dem Vorwand
die 8 Wagen Rohbaumwolle, zum vollen Preis bezahlt
müssten begleitet werden.

Es ist eine riesige Fabrik mit einem Schild
WILKINSON COTTON
erzählt er hinterher
voller Menschen, die für Seidenhändchen arbeiten
bezahlte Arbeiter, entlohnt, keine Sklaven
»meine Arbeitskräfte« nennt er sie.
Gewaltig die Halle, 20 Meter hoch
auf dem Dach ein gigantisches Rohr
das stößt Rauch aus
ununterbrochen, Tag und Nacht
mehr als die Zigarren von Seidenhändchen
der im weißen Anzug durch die Fabrik geht
alles kontrolliert
ringsum ein Höllenlärm
von Dutzenden Webstühlen, dampfgetrieben
die mit mechanischen Rechen
7 Meter lang und 4 Meter hoch
die Baumwolle kämmen und wickeln
andauernd
vor und zurück
kämmen und wickeln
vor und zurück
kämmen und wickeln
vor und zurück
kämmen und wickeln
dann sammeln und in metallene Röhren schieben
lange Röhren voll Wasser
an denen Frauen sitzen und Stränge formen

von Seidenhändchen im Vorbeigehen geprüft
während eine Haspel
Tausende Stränge
auf die Wickler verteilt
und von dort auf die Weber in der nächsten Halle
und von dort in die nächste und wieder in eine
aus der dann das Gewebe kommt
»*Das reißt nicht!*«
Geschafft.
Fertig.
»*Das reißt nicht!*«
Brandneu.
»*Bitte sehr: das Produkt!*«
hat Seidenhändchen gesagt
und sich den Schweiß abgewischt
denn dort drinnen
zwischen den Dampfwolken
schwitzt man für zwei.
»*Je mehr Rohbaumwolle ihr für mich habt, desto besser
ich kaufe
alles alles alles ...*«
Alles.
Da hat Emanuel – so erzählt er–
die Dampfmaschinen betrachtet
die Rohbaumwolle schlucken
8 Wagen zum vollen Preis aus Alabama
ganze Wagenladungen fressen sie
gierig, unersättlich
und hingerissen
hat Emanuel Lehman sich vorgestellt
dass die Maschinen, hätten die Lehmans
100, 200, 1000 Wagen mehr geliefert
sie allesamt geschluckt hätten
pausenlos
zur Freude von Seidenhändchen und seiner Arbeitskräfte
bezahlte Arbeiter, entlohnt, keine Sklaven.
Baruch HaSchem!

Als Emanuel seinen Bericht beendet
spielt Henry hinterm Ladentisch den Dummen.
Einfach weil er der Kopf ist und sein Bruder der Arm
nicht umgekehrt
und kein Arm schwatzt dem Kopf Ideen auf.
Mayer *Bulbe* aber
– der eine Kartoffel ist und bleibt –
darf eins und eins zusammenzählen
mit der unschuldigen Klarheit der Knollen:
»*Gut, einverstanden*
wenn es so ist, wie du sagst
liefern wir mehr Baumwolle.«

Keiner der anderen Lehman Brothers
gibt einen Laut von sich.

Einfach weil kein Kopf und kein Arm
von einem Erdapfel Ratschläge annimmt.

Mayer *Bulbe* aber darf
– gerade als Gemüse –
zwei und zwei zusammenzählen:
»*Und wenn die Baumwolle nicht reicht*
die sie uns geben
kaufen wir sie eben.
Wir verkaufen sie ja dann an Seidenhändchen
der Verdienst ist garantiert.«
Keiner der beiden Lehman Brothers
scheint ein Wort gehört zu haben.
Sie beäugen sich
einer hinter dem Ladentisch
der andere an die Wand gelehnt
ein Kopf und ein Arm
erforschen sich gegenseitig
als jemand sich einmischt
eine Art Kartoffel
obendrein sprechend:

»Mal sehen:
wenn Rundkopfs Plantage uns die Baumwolle
für 15 Dollar den Wagen verkauft
könnten wir 25 von Seidenhändchen verlangen.
Und uns blieben 10.
Multipliziert mit 100 Wagen
macht das 1000 Dollar.
Mehr als das Doppelte von dem
was wir jetzt verdienen.
Wie sagte unser Vater immer?
Dem Pferd die Sporen geben.
Und es antreiben, weit hinaus
bis nach New Orleans!«

Dem Pferd die Sporen geben.
»*Shpan dem loshek!*«
Mit diesem Satz
kann eine unbedeutende Kartoffel von 21 Jahren
zwei Menschen endlich eine Antwort entlocken.
Das heißt, um genau zu sein
der Kopf erwidert im reinsten zerebralen Stil:
»*Auf dem Schild draußen*
steht nicht
An- und Verkauf.«
und der Arm im reinsten manuellen Stil:
»*Das schreibe ich morgen.*
Wenn du willst.«

Dieser Schluss »*wenn du willst*«
ebnet ganz klar
einen Weg für den Dialog
zwischen Henry Lehman und Emanuel Lehman
und so steht am nächsten Morgen
prompt
Shpan dem loshek!
wieder ein Farbeimer auf der Straße
neben dem abmontierten Schild:

AN- UND VERKAUF BAUMWOLLE LEHMAN BROTHERS
Alle Initialen in Großbuchstaben
wie der Kopf und der Arm
einvernehmlich
entschieden haben.

Doch jemand schwört
das Schild
habe gebückt
am Boden
nicht ein Arm
sondern eine Kartoffel
geschrieben.

Zehntes Kapitel

SCHIWA

Die Luft ist trocken hier.

Sie sitzen auf hölzernen Bänkchen
an die Wand gelehnt
die zwei Brüder Lehman
warten
grüßen
danken.

Die Tür wird geschlossen
dann wieder geöffnet: der Nächste.

Langer Bart, beide unrasiert
seit die Trauerzeit begann.

Seit es
heimtückisch
ohne zu klopfen
innerhalb von drei Tagen
einen von ihnen holte
das Gelbfieber.

»*Es ist das Leiden der Antillen, wenn ich nicht irre*«
sagte Doktor Everson
der die masernkranken Kinder der Sklaven kuriert.
Er sagte es kopfschüttelnd, vorgestern
als er ins Zimmer kam
die Petroleumlampe hob
und ihr ins Gesicht sah
dieser Farbe
gelber als das Gelb des Ladenschildes der Lehman Brothers.

»*Es ist das Leiden der Antillen, wenn ich nicht irre ...*
Wenn ich aber, was Gott verhüte, Recht habe ...«
Er hat den Satz nicht beendet
vorgestern, Doktor Everson.
Ist verstummt
wie jetzt die beiden Brüder
die auf hölzernen Bänkchen sitzen
an die Wand gelehnt
während die Tür geschlossen wird
dann wieder geöffnet
und der Nächste hereinkommt.

Sie befolgen alle Vorschriften, sie waren sich einig:
Schiwa und *Schloschim*
wie drüben in Deutschland
alle Vorschriften, als wären wir in Rimpar, Bayern.
Eine Woche lang nicht aus dem Haus gehen.
Kein Essen kochen, die Nachbarn drum bitten
es annehmen, mehr nicht.
Sie haben einen Anzug zerrissen, wie vorgeschrieben
haben ihn in Fetzen zerrissen, als sie zurückkamen
von der Bestattung
auf dem alten Friedhof
müde durstig verschwitzt
denn die Luft ist trocken hier.

Auch das *Kaddisch* haben sie gesprochen
jeden Tag
morgens und abends
die beiden Brüder Lehman
seit die Trauerzeit begann.
Jetzt
sitzen sie auf hölzernen Bänkchen
an die Wand gelehnt
warten
grüßen
danken

mit hauchdünner Stimme
mit müden Augen.

Die Tür wird geschlossen
dann wieder geöffnet: der Nächste.

Der Leichnam liegt in einem Sarg aus dunklem Holz
Rundkopf Deggoo hat ihn zugenagelt
er wollte das tun
ist gekommen
mit den besten Nägeln
dem besten Holz, dem allerbesten, teuersten
von den Brüdern gekauft.

Der Laden bleibt heute geschlossen.
Heute wie gestern und vorgestern.
Heute und noch für eine Woche.
Es gibt ihn seit zehn Jahren
und in zehn Jahren
war er nie so lange geschlossen
der Laden der Lehman Brothers
an der Hauptstraße von Montgomery, Alabama.
Die Vorhänge zugezogen.
Die Tür abgeschlossen.
Der Schlüssel zweimal umgedreht.
Kein Anschlag, keine Nachricht:
Alle wissen, dass einer der drei gestorben ist
einer der Lehmans
einfach so, plötzlich
am Gelbfieber.
»*Das Leiden der Antillen*«
hat Doktor Everson gesagt.

Jetzt
sitzen sie auf hölzernen Bänkchen
an die Wand gelehnt
die zwei Brüder Lehman

warten
grüßen
danken.

Die Tür wird geschlossen
dann wieder geöffnet: der Nächste.

Der erste Lehman der hier in Amerika stirbt.
Er wird einen Grabstein haben
mit einer Inschrift auf Englisch, Deutsch und Hebräisch.
Das ist teuer, aber was soll's.
4? 5 Wagen Rohbaumwolle?
»Auch wenn es 50 wären!«
sagt einer der beiden
»Auch wenn es 50 wären!«
stimmt der andere zu.
Beide dunkel gekleidet.
Den Hut auf dem Kopf.
»Auch wenn es 50 wären!«
»Auch wenn es 50 wären!«
Die Tür wird geschlossen
dann wieder geöffnet: der Nächste.
»Auch wenn es 50 wären!«
»Auch wenn es 50 wären!

Elftes Kapitel

KISCH KISCH

Martha kann bis 5 zählen
Ja, bis 5.
Denn jetzt ist auch Mister Tennyson dabei
und so verkaufen genau 5 Plantagen in Alabama
Rohbaumwolle an die Lehman Brothers.

Martha kann bis 5 zählen.
Ihre Lebensjahre kann sie nicht zählen
denn Martha ist 14
die beiden Brüder Lehman haben sie für 900 Dollar gekauft:
ihre erste Sklavin.
1, 2, 3, 4, 5! Sehr gut, Martha!

Bis vor kurzem
bevor das Gelbfieber einen Lehman holte
waren es nur 4 Lieferanten:
Die Plantage Smith & Gowcer
wo Rundkopf Deggoo arbeitet
die kleine Plantage von Oliver Carlington
kurz vor Montgomery
die von Bexter & Sally mit 200 Sklaven aus der Karibik
und die sogenannte Mexikaner-Plantage
weil der Besitzer, der alte Reginald Robbinson
81 Jahre
niemals auf die Felder geht
alles erledigen seine drei treuen Mexikaner
vom Sklavenkauf bis zum Baumwollverkauf.

5 Plantagen.
Knapp 400 Wagen mit Rohbaumwolle
für den An- und Verkauf.

200 Wagen nimmt sich
Teddy Wilkinson Seidenhändchen
der Rest geht an zwei Fabriken in Atlanta
und zwei an der Küste, in Charleston
die hat ihnen aus New York
der Neffe von Rab Kassowitz besorgt.

Fixer Ertrag für die Lehman Brothers
12 Dollar pro Wagen.

Anfangs schien das viel.
Unterm Strich ist es sehr wenig.

Denn der Transport der Baumwolle
von Alabama in den Norden
kostet.
Die Pferde kosten, die Wagen kosten
die Träger kosten, die Auslader
obwohl Rundkopf Deggoo, wie vereinbart
ihnen manchmal die Sklaven
von Smith & Gowcer überlässt.
Doch auch mit den Sklaven
sind 12 Dollar pro Wagen erbärmlich
ein Almosen
der Verlust
zu groß
das lohnt sich nicht
mit 12 Dollar
verliert man
alles zusammengerechnet
mit 12 Dollar
schließt man den Laden und Gute Nacht.

Verdienen würde man erst bei 20 Dollar pro Wagen
Mindestens.
Und bei wenigstens 400, 500 Wagen Rohbaumwolle.
Wenigstens.

Das bedeutet doppelt so viele Plantagen.
Doppelt so viele.
Würden die 10 größten Plantagen in Alabama
den Lehmans
hin und wieder Baumwolle verkaufen
dann würde der Handel
dann ja
– und wie –
anfangen
sich zu lohnen.

Emanuel Lehman
ist von den zwei Brüdern, die bleiben
der Zupackende.
Emanuel will handeln
wie jeder Arm, den man respektiert.
Zahlen auf Papier genügen ihm nicht, er will Fakten schaffen.
Was ist kompliziert daran?
Man geht zu den Baumwollherren
und erklärt ihnen, dass auch sie
bei diesem Spiel gewinnen.
Denn nach der Ernte vergeht kein Tag
schon kassieren sie
wenn sie ihre Baumwolle Lehman Brothers verkaufen
die von jetzt an nur für sie da sind
ihnen die Baumwolle sofort abkaufen
und sie bezahlen
jawohl, meine Herren
die ganze Ernte
zum maßvollen Preis
aber in bar.
Das ist alles. Was ist kompliziert daran?
Emanuel will handeln
und tatsächlich geht er
– mit dem langen Bart der Trauerzeit –
an die Türen aller Plantagenbesitzer klopfen
setzt sich auf ihre Wohnzimmersofas

nimmt an den Abendessen auf der Veranda teil
hört dem Klavierspiel ihrer Töchter zu
er, der weder Musik noch Klaviere erträgt
»Ausgezeichnet, die kleine Miss!
Eure Tochter ist ein Wunderkind!
Spielt weiter!«
Doch diese Sätze, ausgestoßen
mit zusammengebissenen Zähnen
dem grauen Gesicht
und der Halbschlaf während der Konzerte
sind das Maximum an Diplomatie
zu der er fähig ist.
Emanuel Lehman ist kein raffinierter Verhandler
kein politischer Mensch
kein Lächler
das sagte sein Vater immer
drüben in Rimpar, in Bayern:
»Du bist kein Kisch Kisch!«
was »Küsse Küsse« bedeutet.
Und das stimmt.
Ohne Frage.
Kein Arm ist ein *Kisch Kisch*.
Vor allem Emanuel nicht.
Der sich aufregt, in Wut gerät
im Gesicht rot anläuft
schrecklich rot
wenn die Hausherren
die Plantagenbesitzer
das Angebot nicht verstehen
und sagen:
»Ich denke drüber nach ...«
»Wir werden sehen ...«
oder schlimmer noch:
»Warum sollte ich gerade Euch meine Baumwolle geben?«
und danach die Tochter rufen
damit sie Klavier spielt.

Alle guten amerikanischen Familien im Süden
haben eine Klavier spielende Tochter.
Alle lassen sie für die Gäste spielen
auch für den, der kommt, über Baumwolle zu sprechen.

Das unmögliche Ideal
die Utopie
das Wunder
wäre ein Geschäftsmann, der Klavierstunden gibt.
Baruch HaSchem!

Die Idee
dass der dritte Lehman
es versuchen könnte
wird nicht mal in Betracht gezogen.

Erstens, weil Kartoffeln
nichts von Diplomatie verstehen.
Zweitens, weil Mayer *Bulbe*
ganz andere Dinge im Kopf hat
seit einiger Zeit
seit er beim *Purim*-Fest
hinter dem Tisch mit den Krapfen
Barbara Newgass
genannt Babette
auf die Stirn geküsst
und ihr – sagt man – zugeflüstert hat
»*Babette, schön wie der Mond …*«
eine ungewöhnliche Leistung
für ein poetisch gestimmtes Gemüse.

Babette, 19 Jahre alt.
Babette, ein kleines rotes Muttermal auf der rechten Wange.
Babette, helle Augen.
Babette, eine Haarspange aus Korkholz.
Babette, Haare dunkler als das Holz des Ladentischs
der Ladentisch, wo Mayer

seit einer Weile
sogar bei Additionen und Subtraktionen Fehler macht
– Babette –
und das Lager zu schließen vergisst
– Babette –
und
– aus reiner Zerstreutheit –
das Fasten bricht
die Suppe von Rundkopf Deggoo probiert.
Eben: Babette, immer nur Babette.

Wer die Lehman Brothers sind, wissen sie genau
die Eltern von Babette Newgass.
Auch ihre 9 Kinder.
Auch sie kommen
auf der Hauptstraße von Montgomery
am schwarzgelben Ladenschild LEHMAN BROTHERS vorbei.

Aber genau damit fängt er an
der Vater von Babette
der im Sessel sitzt
umringt, eingekreist
von allen 8 Söhnen
– denn Babette ist die einzige Tochter: *Masel tov!* –
wie ein Exekutionskommando
aufgereiht
vor Mayer *Bulbe*
im eleganten Anzug
den man schon beim Begräbnis sah
die Haare aber gekämmt
ein Sträußchen Blumen, kalter Schweiß
und leider auch der lange Bart der Trauerzeit.

Sein Bruder Emanuel drei Schritt hinter ihm
reglos, stumm
zum Dabeisein gezwungen
in Vertretung der Familie.

»*Da Ihr Euch vorstellt*
junger Mann
würde ich gerne wissen
was genau Ihr in Eurem Laden macht.«
»*Früher verkauften wir Stoffe*
Mister Newgass
jetzt nicht mehr.«
Im Nebenzimmer stehen Babette und die Mutter
mit den schwarzen Dienerinnen
ein Ohr an der Tür, ein Auge am Schlüsselloch.

»*Wenn Ihr nicht mehr verkauft*
wozu braucht Ihr einen Laden?«
»*Wir brauchen ihn*
weil wir verkaufen, wir verkaufen noch immer
Mister Newgass.«
»*Was verkauft Ihr denn?*«
»*Wir verkaufen Baumwolle*
Mister Newgass.«
»*Ist Baumwolle kein Stoff?*«
»*Wenn wir sie verkaufen ... ist sie noch kein Stoff*
Mister Newgass.«
»*Wenn sie kein Stoff ist, wer kauft sie Euch ab?*«
»*Die Leute, die Stoff daraus machen*
Mister Newgass.
Wir stehen dazwischen, ja.
Wir stehen genau dazwischen
Mister Newgass.«
»*Was soll das für ein Gewerbe sein*
dazwischen stehen?«
»*Ein Gewerbe, das es noch nicht gibt*
Mister Newgass.
Wir haben es erfunden.«
»*Baruch HaSchem!*
Keiner lebt von einem Gewerbe, das es nicht gibt!«
»*Doch, Lehman Brothers kann das.*
Unser Gewerbe, das ist ...«

»*Na los, wie nennt man es?*«
»*Das ist ein erfundenes Wort:*
wir sind ... Zwischenhändler, ja, genau.«
»*Aha! Und warum sollte ich meine Tochter*
einem ›Zwischenhändler‹ geben?«
»*Weil wir verdienen*
Mister Newgass!
Oder besser: Wir werden verdienen.
Hand aufs Herz: Vertraut mir.«

Dieses »vertraut mir«
begleitet Mayer *Bulbe*
mit einem Lächeln
so selbstgewiss
so zuversichtlich
so glaubwürdig
dass Mister Newgass und seine 8 Söhne
sich tatsächlich ergeben
ja, mehr noch
sie *vertrauen* ihm
und da sie ihm Vertrauen schenken
vertrauen
sie einer Kartoffel
die einzige Tochter und einzige Schwester an
die jubelnd ins Zimmer stürmt.

Am meisten aber überrascht dieser Triumph
Emanuel Lehman.

Denn seit Henry nicht mehr
am offenen Fenster auf dem Fensterbrett sitzt
die Beine angezogen
den Arm als Stütze im Nacken
hat Emanuel sich – bis jetzt –
immer allein gefühlt, ganz allein
als hätte er keinen Bruder
als sei der nur ein Gemüse.

Darum mustert er Mayer jetzt
mit Erstaunen
mit ehrlicher Bewunderung
sieht, wie er die Dame des Hauses hofiert
hört ihn lachen, entspannt, scherzen
und sogar
sehr höflich
Küsschen austeilen – *Kisch Kisch Kisch Kisch ...* –
was Emanuel als guter Arm
nie und nimmer könnte.

Am nächsten Morgen
1. Tag nach der offiziellen Verlobung
– 720 noch bis zur Hochzeit –
wird Mayer Lehman
– früher *Bulbe* genannt, jetzt *Kisch Kisch* –
formell verpflichtet:
Im Namen von Lehman Brothers
ist er zuständig
für die geschäftlichen Kontakte und Beziehungen
wird bei allen Plantagenbesitzern klopfen
im eleganten Anzug vom Begräbnis
sich auf die Wohnzimmersofas setzen
an den Abendessen auf der Veranda teilnehmen
Klavier spielenden kleinen Mädchen zuhören ...
und das fällt ihm nicht schwer, denn auch Babette
– Babette, die *Süße* –
spielt Klavier
unterrichtet Klavier
wie keine andere.

Im März 1857
94. Tag nach der offiziellen Verlobung
– 627 noch bis zur Hochzeit –
steigt dank Mayer *Kisch Kisch*
dank Babette und Chopin
die Zahl der Plantagen

die Lehman Baumwolle verkaufen
von 5 auf 7.

Im September 1857
274. Tag nach der offiziellen Verlobung
– 447 noch bis zur Hochzeit –
steigt dank Mayer *Kisch Kisch*
dank Babette und Schubert
die Zahl der Plantagen
die Lehman Baumwolle verkaufen
von 7 auf 10.

Im Januar 1858
394. Tag nach der offiziellen Verlobung
– 327 noch bis zur Hochzeit –
steigt dank Mayer *Kisch Kisch*
dank Babette und Beethoven
die Zahl der Plantagen
die Lehman Baumwolle verkaufen
von 10 auf 15.

Im Juni 1858
544. Tag nach der offiziellen Verlobung
– 177 noch bis zur Hochzeit –
steigt dank Mayer *Kisch Kisch*
dank Babette und Mozart
die Zahl der Plantagen
die Lehman Baumwolle verkaufen
von 15 auf 18.

Im Dezember 1858
720. Tag nach der offiziellen Verlobung
– 1 noch bis zur Hochzeit –
steigt dank Mayer *Kisch Kisch*
dank Babette und Johann Sebastian Bach
die Zahl der Plantagen
die Lehman Baumwolle verkaufen
von 18 auf 24.

Masel tov!
24 Lieferanten roher Baumwolle.
Von Alabama bis zur Grenze nach Florida.
Von Alabama bis South Carolina.
Von Alabama bis New Orleans.
Plantagen, Plantagen, Plantagen.
Wo Scharen von Sklaven Tag und Nacht schuften.
Und ihre Rohbaumwolle kaufen
früher oder später
die Lehman Brothers.
2500 Wagen Rohbaumwolle im Jahr.
50 000 Dollar Einnahmen
gehen durch ein kleines Zimmer in Montgomery
wo die Türklinke
zum Gedenken an Henry für immer klemmen wird.
Kaufen und Verkaufen.
Kaufen und Verkaufen.
Kaufen und Verkaufen.
Kaufen und Verkaufen.
Zwischen dem einen und dem anderen
genau in der Mitte
»Zwischenhändler«
da sind die Lehman Brothers.

WEGEN HOCHZEIT GESCHLOSSEN
steht auf dem Zettel an der Tür.
Und das Hochzeitsgeschenk
das Emanuel Lehman
aus New Orleans kommen ließ
ist ein wunderschöner
Flügel.

Zwölftes Kapitel

SUGARLAND

א wie Avraham
ב wie Beìn ha-metzarìm
ג wie Ghever
ד wie Daniyel
ה wie Yeled
ו wie Vehaya
ז wie Zecharya
ח wie Hannukkah
ט wie Tu BiSchvat
י wie Isaia
כ wie Kippur
ל wie Lag baOmer
מ wie Mosche
נ wie Nisan
ס wie Sukkot
ע wie Asarah Be Tevet
פ wie Pessach
צ wie Tzom Gedalja
ק wie Katan
ר wie Rosch Haschana
ש wie Schabbat
ת wie Tischri

Was hätte Henry gesagt
hätte er gesehen
wie sein Sohn
das Alphabet auswendig aufsagt
mitsamt jüdischen Monaten, Propheten und Feiertagen?

Wirklich aufgeweckt
dieser kleine Dawid.
Vielleicht sogar zu sehr.

Kein Wunder also
dass Onkel Mayer und Onkel Emanuel
auf Reisen lieber
seinen Bruder mitnehmen
wie heute, wo sie in Louisiana erwartet werden.

Noch drei Stunden Fahrt.
Auf der Karte scheinen sie nah
Montgomery und Baton Rouge
Doch die Reise ist keine Kleinigkeit.
Kaum zu glauben, dass die Sklaven
diesen ganzen Weg
zu Fuß gehen
wie Rundkopf Deggoo erzählt
der früher
vor der Baumwolle
Zucker in Louisiana erntete.

Zucker.
Rohrzucker natürlich
nicht der weiße
aus Rüben
den Tante Rose
– so nennen sie Henrys Witwe jetzt –
als kleine Würfel
in einer Kristallschale hat
und wenn die Kinder sie kirre machen
    »Bertha! Harriet! Lasst die Katze in Ruhe!«
lockt sie, um ein Weilchen Frieden zu haben
    »Dawid! Hör auf zu schreien!«
die Kleinen mit einem Spiel:
»Aufgepasst, Kinder: ein Zuckerwürfel
für jeden von euch.
Auf der Zunge behalten
der Mund bleibt zu, nicht lutschen
wer ihn zuletzt auflöst, gewinnt!«

Das ist der einzige Trick
will sie ein wenig Stille genießen
in dem Haus ganz aus Holz
von Henry Balken für Balken gebaut
der schon in Rimpar, drüben in Bayern
mit Holzlatten
einen ganzen Stall
für das Vieh seines Vaters baute.

Doch unter den vier Kindern
die Henry hinterließ
gibt es eins
das Zuckerwürfel auf der Zunge
nie geschmeckt hat
einfach weil
man keine Tricks braucht
damit der Junge still ist:
Er schweigt
von sich aus
freiwillig
stumm wie ein Fisch
würdiger Nachfahr seines Großvaters Abraham.
Obwohl er den Spitznamen *Dreidel*
just in dem Moment bekam
als er
ein Kleinkind im Alter von *da-da-da*
am Abend des Festes
alle erstaunte
weil er mit seinen Händchen einen Kreisel packte
und ohne zu zögern
in fast perfektem Jiddisch
sagte
»*Dem iz a Dreidel!*«
applaudiert von den Verwandten
die mit Küssen und Umarmungen
das frühreife phonetische Debüt
eines geborenen Redners feierten.

Sie irrten sich.
Gewaltig.

Denn die Redegabe des kleinen *Dreidel*
der eigentlich Mayer hieß
wie sein Onkel, einziger Zeuge der Geburt
blieb in den Anfängen stecken.
Dieses Feuerwerk
markierte Beginn und Ende
seiner Eloquenz.
Von da an
beschränkte sich das Kind
ein paar Jahre lang
auf eine bizarre Buchführung der Worte anderer.
Er hörte sie sprechen und schlagend genau
platzte er plötzlich
mit Sätzen heraus wie
»*Onkel Emanuel, du hast 27 Mal das Wort PFERD benutzt*
42 Mal das Wort HANDELN
25 Mal hast du LEIDER gesagt
14 Mal ZU MEINEM BEDAUERN
Und 9 Mal hast du KONSTRUKTIV gesagt.
Was bedeutet KONSTRUKTIV?«

Das war die fixe Idee des Kindes:
Außerstande, selbst zu sprechen
vermaß *Dreidel* die Reden anderer
mit mathematischer Präzision
und konnte sagen, wie oft
seine Mutter in der letzten Woche
Trottel, Teufel und Quälgeist
zu seinem Bruder Dawid gesagt hatte.

Dann schwand auch diese Gabe langsam
und er verfiel
in ein Schweigen, so befremdlich
dass man im Hause Lehman

zu der Überzeugung kam
Dreidel spreche nicht
weil er die ganze Menschheit ablehne.

Keine Kleinigkeit
für ein Kind in kurzen Hosen.

Tante Rose, das sei erwähnt
tadelte ihn nicht.
Im Gegenteil.
So groß war der Krach der übrigen drei
dass ein schweigsamer Sohn
ihr als Himmelsgeschenk erschien
und vielleicht auch
– so dachte Tante Rose –
ein Geschenk seines Vaters
so vorzeitig dahingegangen
welcher als guter Kopf
der er war
recht getan hatte
ein schweigsames Kind
in eine zänkische Familie
aus Armen und Kartoffeln zu setzen
die sich plötzlich
ihres Gehirns beraubt sah.
Darum akzeptierte sie diesen Sohn
und dankte dem seligen Henry.

Emanuel und Mayer
aber
befielen zuweilen bange Zweifel.
Die Zukunft betreffend vor allem.
Die Zukunft der Firma.

Denn es war klar
– auch der alte Abraham hatte es ihnen aus Rimpar geschrieben –
dass Lehman Brothers, die Baumwollkönige

eines Tages
ohne es zu gewahren
wie von selbst
die schiefe Ebene der Generationenfolge
hinabgleiten würden
also
von drei Söhnen eines Viehhändlers
hin zu den Enkeln jenes Lehmans mit zwei ›n‹.
Ja, aber? Zu wem?

Emanuel Lehman
unbelehrbar ein Arm
und als solcher
mehr von Muskelkraft belebt
als von Herzklopfen und Zärtlichkeiten
schien weit entfernt
nicht nur von Vaterschaft
auch vom bloßen Gedanken an eine Frau
und sein Bruder war sicher
dass der Ärmsten ohnehin
bei der ersten Umarmung
Rippen, Brustbein und Wirbelsäule gebrochen wären.

Mayer *Bulbe* dagegen
hatte bereits eine schwangere Frau
und da er in ihrer guten Hoffnung
weit mehr sah als die Geburt eines Kindes
nämlich die Zukunft des Familienbetriebs
sagte er seiner Babette jeden Tag
»*Ich weiß, es liegt nicht an dir*
aber wenn du etwas tun kannst
mach, dass es kein Mädchen wird.«

Unterdessen vertrauten
die Lehmans
– Rangfolge nach Bedeutung –
auf den Allmächtigen, das Glück, Babettes Bemühungen

und Mutter Natur
beobachteten aber auch
aufmerksam
die Söhnchen von Tante Rose
denn obwohl noch Milchbübchen
saßen die Jungen für sie
schon an den Hebeln der Macht.

Genau das
ließ sie erzittern.

Warum nur hatte ein Kopf wie Henry
pflichtbewusst bis zum Exzess
als Nachfahren zwei Jungen geliefert
die keinerlei Hoffnung
auf professionelle *Heldentaten* boten?

Dreidel sprach nicht
und sein Bruder Dawid
hätte zweifellos
denselben Spitznamen verdient
freilich in gänzlich anderem Sinn:
War er doch selbst der Kreisel
konnte nicht stillstehen
vom Teufel besessen, unbezähmbar
verkündete seiner Mutter gar:
»Ich will nicht schlafen, das ist verlorene Zeit.«
wusste die Zeit aber nicht anders zu nutzen
als dauernd Faxen zu machen
was ihn
eindeutig
für alles andere bestimmte
als für das Handelsgeschäft.
Eine glänzende Karriere freilich
– sagten die Onkel mit strengem Blick –
stehe ihm durchaus bevor
aber im Zirkus.

Fest steht, dass
Dreidel & Dreidel
Enkel eines Viehhändlers
nicht ungestört Verstecken spielen konnten
oder Seilspringen
oder Schaukeln
weil Onkel Mayer und Onkel Emanuel
sie wie Fliegen umschwirrten
sichtlich besorgt
so sehr dass Emanuel
als Dawid der Schwester einen Lutscher entriss
zornentbrannt vor Tante Rose stand
und schrie:
»*Keiner in unserem Familienunternehmen
hat sich je des Besitzes andrer bemächtigt!*«
und Mayer
mit finsterer Miene ergänzte
sein Neffe habe
vor drei Tagen
von ihm auf die Probe gestellt
gewöhnlichen Hanf
für Baumwolle *first choice* gehalten.
Unverzeihlich.

Nun da er ausgesondert war
der unbändige Dawid
weil ernsthaft bestimmt
für ein Los als Soldat, Athlet oder Reiter
mussten die beiden Brüder
ihre Hoffnungen
auf den stockstummen Sprössling setzen
dessen messerscharfer Blick
je älter er wurde
Zweifel bei allen weckte:
Dreidel war zwar ein Ausbund an Weisheit
gefährlich sogar
würdiger Erbe des väterlichen Kopfes

doch dank des perfekten Intellekts
verstand er das Räderwerk der Welt so gut
dass ihm die Worte fehlten
um seine Verachtung auszudrücken.
Also schwieg er, ja
aber absichtlich.

Tante Rose
missfiel dies Porträt mitnichten.
Sie akzeptierte daher
dass ihr dreijähriges Kind
in der Familie
das von allen gefürchtete
Etikett eines Mitteldings
zwischen Philosoph und Rabbiner bekam
dereinst also
– das versteht sich von selbst –
eine Rolle im Unternehmen spielen würde.

Darum wurde
ein paar Jahre später
beschlossen, dass *Dreidel*
die Onkel Mayer und Emanuel
mitunter begleitete
bei gewissen Geschäftsreisen
wie dieser hier
auf der Sklavenstraße
nach Baton Rouge in Louisiana.

Hatte der unwiderstehliche Lockruf des Zuckers
demnach auch im Hause Lehman gewirkt?
O ja.

Der Zucker.
Benjamin Newgass
einer von Babettes Brüdern
die in New Orleans leben

wo der Rohrzucker alles beherrscht
war der Erste, der ihnen sagte:
»Sicher, ihr habt die Baumwolle
zum Glück habt ihr eure Branche schon gefunden
aber ich schwöre euch, der Zucker in Louisiana
ist eine Goldmine.
Wenn's interessiert, kommt her, schaut es euch an!«

Emanuel interessiert das, und wie.
Denn alles in allem
fühlt sich ein Arm in Baumwollärmeln beengt
und *ich bin nicht nach Amerika gekommen*
um mich in Montgomery zu vergraben
wie drüben in Bayern.

Mayer nicht.
Er ist nicht einverstanden.
Und sagt es mit finsterer Miene:
»Hier gibt's viel Arbeit und du willst nach Louisiana?«
Doch weil eine Kartoffel nicht sprechen kann
wenn sie finster blickt
und ein Arm auch mit vierzig ein Arm bleibt
sitzen sie drei Tage drauf schon in der Kutsche
begleitet
von einem stummen Kreisel
auf dem Weg nach *Sugarland*
wo Hunderttausende Sklaven
in langen Reihen
so weit das Auge reicht
die Ernte riesiger Zuckerrohrfelder
schneiden, schälen und stapeln.

Dort
freundlich empfangen
setzen sich
Arm, Kartoffel und Kreisel
in den Schatten einer weißen Veranda

nippen an einer kühlen Limonade
in Gesellschaft dieses bärtigen Mannes
weißer Anzug
hell wie der Zucker
der, sagt man, über die ganze Gegend herrscht:
»*Sie wollten mich sprechen?*
Ich will ehrlich sein: Ich verstehe nicht, warum.
Ihr Ruhm, meine Herren Lehman
ist natürlich bis zu uns
nach Louisiana vorgedrungen.
Es heißt, Sie haben wahre Wunder
auf dem Baumwollmarkt vollbracht.
Aber ich handle nicht mit Stoffen.«

Aus dem Terzett
Arm, Kartoffel und Kreisel
antwortet
leider
Emanuel, die instinktive Extremität
besonders nach strapaziöser Reise:
»*Halten Sie uns für Kurzwarenhändler?*«

»*Ich halte Sie für das, was Sie sind*
tüchtige Baumwollhändler
und ich schätze Sie, aber meine Branche ist das nicht.
Darf meine Enkelin jetzt zu Ihren Ehren
Klavier spielen?«

Entsetzt, da es jäh wieder auftaucht
das nie besänftigte Gespenst des Geklimpers
bricht Emanuel in Gebrüll aus:
»*Ich bin nicht nach Amerika gekommen*
um mich in einer Branche zu verkriechen!«

»*Was soll das heißen, Mister Lehman?*
Dass Sie die Baumwolle aufgeben?
An Ihrer Stelle täte das nur ein Verrückter.
Serenella, spiel Chopin für uns.«

»*Halten Sie das Mädchen im Zaum.*
Ich gebe weder die Baumwolle auf noch etwas andres
ich will nur wissen: Was kostet Ihr Zucker?«

»*Über meine Zuckerpreise spreche ich nicht*
mit Leuten, die nicht mal wissen, was das ist.«

»*Weil Sie nichts von Geschäften verstehen*
Sie wissen weniger als unser Junge hier.«

In diesem Moment
schaltet sich sein Bruder ein
glatt geruchlos wie eine Kartoffel
bringt ein Lächeln hervor wie gemalt
nimmt Serenella an die Hand
und setzt sich mit ihr ans Klavier
wo sie vierhändig ein schönes Allegro spielen
eine Musik, zu der Mayer
leicht eine kunstvolle Rede anstimmen kann:
»*Mein Herr, mein Bruder will sagen*
der Baumwollhandel ist ein hartes Geschäft
alle drei Tage macht er uns Ärger
hätten wir darum – wenn wir wollten –
nicht das Recht, ihn nach Belieben zu zuckern
uns seinen bittren Geschmack zu versüßen?
Komm nicht aus dem Takt, Serenella, du hast Talent!
Wir haben viele Kunden, mein Herr – Geschäftsleute.
Wir könnten gut verdienen, Sie und wir.
Ich habe eine Vorahnung. Vertrauen Sie mir.«

Der Zuckerkönig
wiewohl durch das Duett erfreut
betrachtet Mayer Lehman
mit einem gewissen Verdruss
er fühlt sich nicht angegriffen
fragt sich jedoch
wie dieser charmante *Kisch-Kisch*-Stil

zu den groben Manieren des Bruders passt.
Um die Situation zu versüßen
lässt er einen Flakon bringen
böhmisches Kristallglas
mit Zucker gefüllt, als wäre es Gold.
»Versucht meinen Zucker, dann reden wir
der Beste in Baton Rouge: Nektar pur.
Schmeckt er Ihnen, Mister Mayer Lehman
können wir verhandeln.«
Und er reicht ihnen drei silberne Löffel
fürs Probieren.

Seltsam, wie manche Kinder
nur einen Moment brauchen
– einen einzigen –
um aus der Kindheit in die Reife überzugehen.
Dreidel
(der für alle Welt schon reif war, mehr denn je
fast schon an der Grenze zur Altersweisheit)
nahm die umgekehrte Richtung
er fiel
von einem Moment zum andren
aus der Höhe des schweigsamen Genies
in die würdelose Niederung
einer dummen Rotznase
als er nämlich
auf der weißen Veranda
wo alle den *King Sugar* feierten
sein Schweigen unterbrach
mit dem Satz
»Der schmeckt eklig.«
obendrein mehrmals wiederholt
   »Der schmeckt eklig.«
beharrlich
   »Der schmeckt eklig.«
nicht mehr mit Kinderstimme, nein, in Tenorlage
   »Der schmeckt eklig.«

durch nichts zum Schweigen zu bringen
weder
durch die Blicke der Diener
das lächelnde Bedauern von Onkel Mayer
den Wutausbruch des bärtigen Zuckerfabrikanten
das hysterische Weinen von Serenella am Klavier
auch nicht
die schallende Ohrfeige
die ein Onkel-Arm
ihm verpassen musste
und die den Jungen lehrte
dass es im Leben ratsamer ist
zu schweigen
als sich
den verheerenden Gefahren
des Sprechens auszusetzen.

Sie brachen auf
Richtung Heimat
schweigend
denn der Lehman-Ausflug
ins Land des Zuckers
war mehr als bitter gewesen
überaus bitter
und jetzt, da *Dreidel*
sich der Sabotage verschrieben hatte
fiel überdies ein Schatten
auf die Zukunft
der Familienmarke.

Nun lag alles in den Händen
– oder besser: dem Bauch –
der zarten Babette
die ihre letzten 4 Monate Schwangerschaft
erlebte
wie ein Angeklagter
den Freispruch

oder das Todesurteil erwartet.
Würde ein Mädchen geboren
täte sich ein Abgrund auf
darum betete
kein Lehman
inständiger
als Mayer und Emanuel
in ihrer Angst
vor diesem Tag.

Es war ein regnerischer Nachmittag
da blickte Babette plötzlich
beim Kartenspiel
– sie hielt ein gutes Blatt in der Hand –
Tante Rose in die Augen
als wollte sie einen Joker ausspielen
und konnte eben noch sagen
»*Was für ein komisches Gefühl* ...«
bevor sie sich krümmte vor Schmerz
und ihre Karten auf den Tisch warf.

In aller Eile
schickten sie Rundkopf, damit er
in aller Eile
ihren Mann und den Schwager holte
in aller Eile
denn das Warten war sicher beendet
und die Wehen hatten begonnen.

Man erzählt
dass die beiden Brüder
in höchster Aufregung
kaum eingetreten
erbleichten
von schrecklicher Vorahnung gepackt:
Babettes Karten
auf dem Spieltisch hinterlassen

wie ein Zeichen
waren
ein Damenvierer.

Es wurde eine Nacht aus Wehen
aus Qualen und Schweiß.
Babette litt im Schlafzimmer.
Doch ebenso – vielleicht mehr –
litt man im Wohnzimmer.
Emanuel, auf und ab gehend
Mayer auf seinem runden Schemel
und in der Luft das vage Gefühl
dass jemand dabei war
am offenen Fenster auf dem Fensterbrett sitzend
die Beine angezogen
den Arm als Stütze im Nacken.

Als es tagte
erschien Tante Rose in der Tür
lächelte Mayer zu
und sagte nur
»*Ihr dürft hereinkommen*«.

Sie hatte den Satz noch nicht beendet
da waren die zwei schon im Zimmer.

Dreizehntes Kapitel

LIBE IN NEW YORK

Als Mayer zum ersten Mal eintritt
staunt er ungläubig.
Hier klemmt die Türklinke nicht
der Raum ist viel größer
zweimal größer vielleicht
als der Laden, den Henry Lehman
vor 15 Jahren aufmachte
in Alabama.

Mayer steigt aus der Kutsche
genau an der Stelle
die sein Bruder ihm nannte
Liberty Street 119
nicht mehr Montgomery, nein
New York
wo es seltsam riecht
nach Hafer, Rauch und Schimmel aller Art.

Gerade ziehen sie das Ladenschild hoch
schwarz und gelb, frisch gemalt von drei Jungen
die Farbeimer auf der Straße.
Mayer Lehman steigt aus der Kutsche
und ist sehr beeindruckt
als er am Haus Nummer 119 Liberty Street
dieses Schild sieht
LEHMAN BROTHERS COTTON
FROM MONTGOMERY ALABAMA
von drei Jungen mit Seilen hochgezogen
über das Fenster dieser New Yorker Filiale.
Denn jetzt weiß man
der Handel mit Rohbaumwolle

the King Cotton
läuft nur von hier aus
nicht mehr vom Süden.
In New York
wo man nie ein Baumwollfeld sah
wird
LEHMAN BROTHERS COTTON
FROM MONTGOMERY ALABAMA
wie durch Zauber
zu Banknoten.

Unten in Montgomery gibt es ihn noch
den kleinen Laden an der Hauptstraße
mit der Klinke, die nicht mehr klemmt
denn Rundkopf Deggoo hat sie repariert
und hinter dem Ladentisch
wo Mayer und Emanuel nicht mehr stehen
– keine Zeit keine Lust –
zwei Buchhalter, vor kurzem eingestellt:
Peter Morrys mit Kaninchenzähnen
und Isaac Kassowitz
Rechnungsprüfer mit *tefillin*
Enkel eines Rabbis
den Henry in New York kannte.

Keiner will, dass er schließt
der kleine Laden in Montgomery.
Im Gegenteil.
Er bleibt der Sitz von Lehman Brothers
in jeder Hinsicht
LEHMAN BROTHERS COTTON
FROM MONTGOMERY ALABAMA
so das schwarzgelbe Ladenschild
denn hier in Alabama liegen sie
die Plantagen
nicht in New York
wo man nie ein Baumwollfeld sah.

Doch Montgomery
ist im Vergleich zu New York
wie das Deutschland von Rimpar, drüben in Bayern:
passend für Rundkopf Deggoo
der sonntags die Orgel spielt
passend für Doktor Everson
der die masernkranken Kinder der Sklaven kuriert
passend für die Familien der Plantagenbesitzer
mit Klavier auf der Veranda.
Doch Geschäfte
Vereinbarungen
Verträge
Geld
ja, Geld
Geld
richtiges Geld
Geld
Geld wird hier gemacht.
Das weiß er sicher, Emanuel Lehman
der wieder einmal
dem Rat von Seidenhändchen Teddy Wilkinson gefolgt
und eines schönen Morgens
nach New York aufgebrochen ist
um die Baumwollmesse zu erleben
wo die echten Käufer sind
die Industriellen der Nordstaaten
die »Produkt« sagen
die Fabriken voller Arbeitskräfte haben
bezahlte Arbeiter, entlohnt, keine Sklaven.

»Die New Yorker Messe?
Was hat New York mit Baumwolle zu tun?«
In New York hat man noch nie
ein Baumwollfeld gesehen!«
sagte sein Bruder Mayer mit finsterer Miene.
Doch weil eine Kartoffel nicht sprechen kann
wenn sie finster blickt

und ein Arm auch mit vierzig ein Arm bleibt
saß er drei Stunden später schon in der Kutsche.

Emanuel war noch nie in New York.
Ein Bienenstock, denkt er
hinter den Fenstern der Kutsche
während Menschenmassen aller Art
Karren, von Pferden, von Hand gezogen
ihn umströmen
New York
Verkäufer
Kisten und Steigen
Kinder und Alte
New York
orthodoxe Juden und Scharen von Schwarzen
katholische Priester, Matrosen, Chinesen und Italiener
New York
Das Grau der hohen Häuser mit steinernen Fassaden
Statuen und Gärten, Brunnen, Märkte
New York
Prediger und Polizisten
Tiere, Hunde an der Leine und Streuner
New York
adelige Püppchen mit Sonnenschirmen
todkranke Bettler
Karten lesende Hexen
New York
Trommelspieler
englische Gentlemen
inspirierte Poeten, Soldaten
New York
Uniformen und Kittel
Hüte und Talare
New York
Stöcke und Bajonette, Fahnen, Standarten
alles und das Gegenteil von allem
gleichzeitig

ohne den geringsten Anstand: schamlos und doch
groß, ungeheuerlich, erhaben
New York
Baruch HaSchem!

Die Baumwollmesse
besetzte, kann man sagen
etwa ein ganzes Stadtviertel.
Verkäufer und Käufer
Gedrängel überall
Verhandlungstische, Preisschilder
Stoffballen
und Baumwolle, roh oder gesponnen
Tafeln mit allen Preisen
soeben geschrieben, sofort korrigiert
Nullen
Nullen
Nullen
Nullen
Kreidewolken
Hunderte von Akzenten
der Händler von überallher
Zylinderhüte und brennende Zigarren
aus New Orleans, aus Charleston, aus Virginia
grellbunt gestreifte Anzüge der Großgrundbesitzer
aus dem Süden angereist
mit ihren fetten Gattinnen
anders die weißen, grauen, strengen Anzüge
der Industriellen des Nordens
die aus Boston aus Cleveland aus Washington
kommen, um zu verhandeln
unterschreiben und zahlen
Münzenklimpern
Banknotenbündel
100 Mal mehr als bei Seidenhändchen Teddy Wilkinson
Münzenklimpern
Banknotenbündel

und hinter der Kuppel aus Glas und Stahl
die Schiffe im Hafen von Manhattan
sie laden Baumwolle aus Amerika
für die ganze Welt.

Emanuel geht durch die Menge
das Kinn hochgereckt
keck, obwohl er ein Niemand ist
denn er weiß
– weiß ganz genau –
hinter seinem Namen
hinter Lehman Brothers
warten unten in Alabama
derweil
ordentlich aufgereiht
2500 Wagen Rohbaumwolle pro Jahr.

»*Ich suche Baumwolle, natürlich*
aber die Qualität, die ich will
kommt nur aus Alabama.«
Dieser Satz erreicht
Emanuel Lehman
von einem Tisch zu seiner Rechten
wo ein Dutzend Juden mit Krawatte
umhüllt vom Zigarrenrauch verhandeln
er dringt sehr klar
an sein Ohr
trotz Menschengedränge und ohrenbetäubendem Lärm.
»*Wie Ihr wünscht, ich verkaufe Rohbaumwolle aus Alabama.*«
Ein vornehmer, ein sehr großer Herr
mit schlohweißem Haar
und einem Rabbinerbart mustert ihn.
»*Ihr? Ihr besitzt eine Plantage. Ihr?*«
»*Ich besitze keine Plantage*
aber ich verkaufe die Baumwolle
von 24 Plantagen.«
Die Alten lachen herzhaft.

»*Ich handle mit der Baumwolle von 24 Plantagen
die verkaufen sie mir, ich verkaufe sie weiter an Euch.*«
Die Alten lachen herzhaft.
»*Was ist das denn für ein Gewerbe?*«
»*Lehman Brothers: Zwischenhändler.*«
Die Alten lachen noch herzhafter.
»*Zu welchem Preis?*«
»*Dem Preis, der sich für Euch und für mich rentiert.*«
Keiner lacht mehr.
»*Gut, junger Mann, wir werden sehen.
Ihr habt ein Büro hier in New York, denke ich.*«
»*Noch nicht, mein Herr.
Doch ab nächster Woche auf jeden Fall.*«
»*Dann fragt nach Louis Sondheim, in Manhattan.*«

Mit diesen Worten
greift der sehr große Herr
nach seinem Gehstock mit goldenem Knauf
und macht jemandem ein Zeichen
es ist spät, er will gehen.
Aus der Menge kommt
im weißen Kleid, mit Strohhut
ein Mädchen, schlank wie die Zweige junger Bäume
drüben in Deutschland, in Rimpar, Bayern.
Sie blickt Emanuel an
einen Sekundenbruchteil lang
pikiert
amüsiert
indigniert
interessiert
denn dieser Mann starrt sie an.
»*Das ist meine Tochter Pauline*«
sagt der schlohweiße Rabbiner
hakt seine Tochter unter
und verschwindet zwischen den Leuten.

Seinem Bruder Mayer
erzählte Emanuel
drei Tage später nur
dass es in der Liberty Street 119
ein leeres Lokal gab
daraus könnte sofort ein Büro werden.
»Denn in New York, Mayer
nur in New York
verwandelt sich Baumwolle
in Banknoten.«

Er sagte kein Wort
er konnte nicht
natürlich
sagte er kein Wort
von Pauline Sondheim.
Ihrem Strohhut.
Ihrem weißen Kleid.
Er sagte kein Wort.
Nur, dass er zurückmuss nach New York
sofort
unverzüglich
in größter Eile
ohne Zeit zu verlieren
sofort Koffer packen
nein, lieber nicht
nein, lieber doch
oder besser morgen früh.

Der andere Lehman
verstand kein Wort.
Oder besser
er verstand sehr gut
dass auch ein Arm
manchmal
den Kopf verlieren kann.

Vierzehntes Kapitel

KIDDUSCHIN

Mayer lebt in Montgomery.
Emanuel in New York.
Es gibt zwei Lehman Brothers
Tausende Meilen entfernt
aber sie sind wie ein einziger Mensch
von der Baumwolle zur Einheit verbunden.

Geschäftsheirat
zwischen Montgomery und New York.

Mayer lebt in Montgomery
wo die Baumwolle zuhause ist.
Emanuel wohnt in New York
wo aus Baumwolle Banknoten werden.
Mayer lebt in Montgomery
zwischen den Plantagen des Südens.
Fährt er in der Kutsche durch die Hauptstraße
ziehen die Schwarzen respektvoll den Hut.
Emanuel lebt in New York.
Fährt er in der Kutsche durch Manhattan
zieht niemand den Hut
Leute wie ihn gibt es hundertfach in New York.
Trotzdem fühlt Emanuel sich einzigartig
der Größte.
Und nichts ist gefährlicher als ein Arm
der sich groß dünkt.
Ein Kopf mag im schlimmsten Fall *groß denken*
aber ein Arm, herrje, ein Arm handelt.

Das zeigte sich an dem Tag
als Emanuel Lehman

mit einem Blumensträußchen
an der Tür des Hauses Sondheim
in Manhattan
offiziell vorstellig wurde
nicht um den Vater zu besuchen
nein, seine Tochter Pauline:
»*Guten Tag, mein Fräulein.
Ihr kennt mich nicht:
Ich heiße Emanuel Lehman
ich werde ein wichtiger Mann
und Euch bitten, mich zu heiraten.*«
Das Mädchen
diesmal im hellblauen Kleid
und ohne Strohhut
sah ihn an, viel länger als einen Moment
pikiert
amüsiert
indigniert
interessiert
bevor sie ihn auslachte:
»*Ich bin schon verlobt!*«
»*Ach ja? Aber nicht mit Emanuel Lehman!
Wer immer es ist, er passt nicht zu Euch.
Nicht so wie ich.*«
»*Und wer sagt das?*«
»*Ich selbst.
Eine bessre Partie könnt Ihr nicht machen
und gleichzeitig ein Geschäft:
wir verkaufen die Baumwolle von 24 Plantagen!*«
»*Glückwunsch, aber was habe ich damit zu tun?*«
»*Viel habt Ihr damit zu tun
da wir heiraten werden
Ihr und ich.*«
»*Ich und Ihr?*«
»*Ich überlasse es Eurem Vater
den Tag und die Ketuba festzulegen.*«
»*Und was überlasst Ihr mir?*«
»*Warum? Habt Ihr Extrawünsche?*«

Als die Tür des Hauses Sondheim
krachend
vor seiner Nase zufiel
verlor Emanuel Lehman nicht den Mut.
Er machte mit sich selbst ein Treffen aus
vor dieser Tür
in genau einer Woche
und steckte das Blumensträußchen in eine Vase
um kein neues kaufen zu müssen.

In den folgenden 6 Tagen
traf er Baumwollverkäufer und Käufer
aus ganz New York
unterschrieb Verträge mit Geschäftsleuten
aus Wilmington Nashville und Memphis
setzte 100 Tonnen Baumwolle im Osten ab
wohin jetzt die neue Eisenbahn fuhr
man also
enorm viel
Geld für die Karren sparte.
In das Büro in der Liberty Street 119
unter dem schwarzgelben Schild
LEHMAN BROTHERS COTTON
FROM MONTGOMERY ALABAMA
kamen die Rothschilds und die Sachs
die Singers und die Blumenthals
außerdem
eines Abends
ausdrücklich eingeladen
ein sehr großer schlohweißer Herr mit Rabbinerbart
und Gehstock mit goldenem Knauf:
Louis Sondheim
der Baumwolle wollte, aber nur aus Alabama
bei Lehman Brothers fand er sie
und wie!
in großen Mengen
außerdem

– was nicht unbedeutend war –
zu einem für ihn sehr günstigen Preis
außerordentlich günstig
denn wenn ein Arm
ein guter Arm ist
weiß er, was zu tun ist
konkret
und ob er das weiß!

»*Guten Tag, mein Fräulein.*
Ich war vor 7 Tagen schon einmal hier:
ich heiße Emanuel Lehman
wichtigster Lieferant Eures Vaters
und bitte Euch, mich zu heiraten.«

Pauline Sondheim
diesmal im violetten Kleid
sah ihn an, viel länger als einen Moment
pikiert
amüsiert
indigniert
interessiert
bevor sie ihn wieder auslachte:
»*Hatte ich Euch nicht schon geantwortet?*
»*Ja, aber nicht so, wie ich wollte.*«
»*Und daraus folgt?*«
»*Dass ich es Eurem Vater überlasse*
den Tag und die Ketuba *festzulegen.*«

Als die Tür des Hauses Sondheim
zum zweiten Mal
krachend
vor seiner Nase zufiel
verlor Emanuel Lehman nicht den Mut.
Er machte mit sich selbst ein Treffen aus
vor dieser Tür
pünktlich

in genau einer Woche
und steckte das Blumensträußchen in eine Vase
um kein neues kaufen zu müssen.

In den folgenden 6 Tagen
schüttelte er über 100 Industriellen die Hände
Amerikanern und Europäern
aus Liverpool
aus Marseille
aus Rotterdam
zündete Zigarren an, schenkte Whisky ein
kassierte bündelweise Banknoten
und sah mit eigenen Augen
zum ersten Mal
Güterwaggons mit der Aufschrift: COTTON.
Er unterschrieb Verträge mit Geschäftsleuten
aus Norfolk
Richmond
Portland
und hörte die Reden von Pessimisten
über Abraham Lincoln, der mit Krieg drohte.
In das Büro in der Liberty Street 119
unter dem schwarzgelben Schild
LEHMAN BROTHERS COTTON
FROM MONTGOMERY ALABAMA
kamen die Größten
und die Besten, alle:
der Palast des *King Cotton*
der Hofstaat von New York
vorwiegend jüdisch
außerdem
– was nicht unbedeutend war –
alle Verwandten
alle Freunde
von Louis Sondheim
denn wenn ein Arm
ein guter Arm ist

weiß er, was zu tun ist
konkret
und ob er das weiß!

»*Guten Tag, mein Fräulein.*
Ich war vor 7 Tagen schon einmal hier
und 7 Tage davor auch:
Ich heiße Emanuel Lehman
bin einer der reichsten Juden von New York
und bitte Euch, mich zu heiraten.«

Pauline Sondheim
diesmal im türkisblauen Kleid
sah ihn an, viel länger als einen Moment
pikiert
amüsiert
indigniert
interessiert
und wollte ihn gerade wieder auslachen
da kam er
ihr zuvor
als guter Arm
konkret:
»*Ich habe verstanden, mein Fräulein:*
wir sehen uns in 7 Tagen.«

Nach 7 Tagen kam er wieder.
Und nach nochmal 7.
Nach nochmal 7.
Nach nochmal 7.

Im 3. Monat
beim 12. Mal
hatte Pauline Sondheim
diesmal im Sommerkleid
ihm die Tür schon öffnen lassen
und ein Dienstmädchen
erwartete ihn am Eingang.

»*Ist Miss Pauline Sondheim heute nicht im Haus?*«
»*Sie erwartet Euch im Salon, Mister Lehman
mit ihrem Vater.
Gebt mir Euren Hut.*«
In nur zwei Stunden
legten sie alles fest:
den Tag der Hochzeit
das Pergament für die *Ketuba*
den Baldachin der *Chuppa*
sogar die Tischtücher für den Empfang.

Am Tag der Hochzeit
kam sein Bruder Mayer
nach New York
mit Babette Newgass
und ihrem kleinen Sigmund
dem Erstgeborenen
der unwissentlich
nur durch seine Geburt
das Schicksal der Familie gerettet hatte.

Tante Rose kam
mit ihren vier Kindern
auch den beiden Kreiseln
einer in asketischem Schweigen.

Rundkopf Deggoo schickte einen Truthahn aus Alabama
der wurde der Dienerschaft geschenkt
die ihn nicht anrührte
weil er aus dem Süden kam
wetten, dass der vergiftet ist?

Eingeladen war auch
– und er kam gerne –
ein vollbärtiger dicker Mann
Herr des Zuckers in Louisiana.
Wie hätte er fehlen können

da ihn ein *Kisch Kisch*
ohne Kreisel im Gefolge erneut besucht
und geduldig
überzeugt hatte
zum gegenseitigen Vorteil
die Baumwolle ein wenig zu verzuckern.

Zuletzt
kamen Industrielle aus dem ganzen Norden
und die Besitzer der 24 Plantagen im Süden
aber mitten im Hochzeitsmahl
mussten sie getrennt werden
weil sie sich gegenseitig
Beleidigungen und Teller an den Kopf warfen
als Oliver Carlington
beim Anzünden seiner Zigarre
zu behaupten wagte, dass George Washington
– ja, genau der, na und? –
Sklaven besaß.

An dem Abend
denkt Emanuel
in seinem Bett liegend
die Augen zur Decke gerichtet
dass es jetzt wirklich
aufwärts geht für ihn.
Er hat eine Frau.
Einen Firmensitz in Montgomery.
Ein Büro in New York.
Bündelweise Banknoten im Tresor.
24 Baumwolllieferanten im Süden
51 Käufer im Norden
und über allem eine Zuckerglasur.
Von diesen Gedanken eingelullt
will er gerade
in seligen Schlummer sinken
als ein eisiger Wind

ihm Sekundenbruchteile lang
übers Ohr streicht:
Es gibt nur eins auf der Welt
was vielleicht alles zerstören könnte
nämlich ein Krieg
zwischen Nord und Süd.
Aber das ist nur einer
dieser bösen Gedanken
die das Ohr beim Einschlafen streifen.
Er verschließt ihn in einer Schublade
und
ergibt sich seelenruhig
dem Schlaf.

Fünfzehntes Kapitel

SCHMALTZ

Mayer lebt in Montgomery.
Emanuel in New York.
Es gibt zwei Lehman Brothers
Tausende Meilen entfernt
aber sie sind wie ein einziger Mensch
von der Baumwolle zur Einheit verbunden.

Gewiss
verglichen mit früher
ist Mayer Lehman
nicht mehr derselbe
Er kennt sich kaum wieder
in dem Porträt
das über dem Kamin hängt.

Fett ist er geworden, Mayer
ja, übermäßig
fett ist er geworden
und woran liegt das
wenn nicht an den Geschäften?
Denn hier im Süden
macht man Geschäfte
ausschließlich
bei Tisch
bei Mittagessen, die sechs Stunden dauern
zwischen Schwaden von Braten
und Strömen von Likör.

Einen guten Koch zu finden
ist darum
entscheidend.

Er ist Teil der Betriebsausgaben.
In einem Unternehmen zählt der Koch
heute mehr als der Buchhalter.
Mayer Lehman hat sogar
öffentlich
– Einwänden zum Trotz –
gesagt:
»*Ein guter Koch?*
Ich wäre sogar bereit, ihn zu bezahlen.«

Zum Glück
war das nicht nötig.

Auf der Suche nach einem kulinarischen Talent
haben Babette und Tante Rose
all ihre Sklaven
auf die Probe gestellt
insgesamt 18
Männer und Frauen
ohne Unterschied
jedweden Alters
ohne Unterschied
»*Zeigt uns, was ihr wert seid!*«
»*Eine Wachtel farcieren!*«
»*Eine Brühe würzen!*«
»*Eine Nachspeise kandieren!*«
Loretta, Tea, Reddy und Jamal
hätten um ein Haar
die Küche in Brand gesetzt: aussortiert.
Robbie, das Spatzenhirn
hat Zucker mit Salz verwechselt: aussortiert.
Nanou, der Trottel
konnte einen Schenkel
nicht vom Flügel unterscheiden: aussortiert.
Rundkopf kümmert sich besser um die Baumwolle.
Mama Clara und ihre sechs Töchter
haben zu fragen gewagt

warum Schweinsfüße
bei Lehmans verboten sind: aussortiert.

Von den wenigen, die übrigblieben
und mit einem Kapaun in Salzlake
gegeneinander antraten
verdiente sich der alte Holmer den Thron.

Seit dem Tag
ist die Küche im Hause Lehman
eine Kriegsmaschinerie.
Holmer kommandiert sie wie eine Kaserne.
Seine Frau Tilde sorgt für die Vorräte.
Ellis, Dora, Sissi und Brigitta
unter den Hübschesten ausgesucht
gewaschen gekämmt
Häubchen auf dem Kopf
werden bei Tisch servieren
das Tafelsilber ist vom Feinsten
darum gebe der Himmel
dass sie der Aufgabe gewachsen sind.

Brandneue Tischtücher
Krüge
Karaffen
mit Schwänen verzierte Tabletts.
Die Investition
im Esszimmer
wurde mit Firmenkapital finanziert
denn
nicht zufällig
hat Lehman Brothers
seine Gewinne verdoppelt
seit der neue Koch
– Ratschlag einer Kartoffel –
neue Speisen erfunden hat
strikt koscher:

Truthahn im Teigmantel mit Granatapfel
   »Möchtet Ihr kosten?«
Soße aus grünen Tomaten
   »Mister Tennyson, noch eine Portion?«
Hühnerfrikassee
   »Meine Frau ist verrückt danach!«
Creme aus roter Beete
   »Mister Robinson, darf ich Euch verführen?«
Entengeschnetzeltes
   »Noch einen Teller bitte, das ist köstlich!«
und Fasanensuppe
   »Unwiderstehlich!«
doch über allem triumphiert
an erster Stelle
stolz
das Dessert
stark gezuckert
»Schmeckt es Euch? Mit Lehman-Zucker aus Louisiana!«
nämlich
»aromatische Anistorte«
die Tante Rose eigenhändig
höchstpersönlich
auf den Tisch bringt
im Moment der Unterschrift
dem ein Hauch Klasse gebührt.
Und das funktioniert.
Besonders wenn man die Torte
in seltenen Branntwein tunkt
aufbewahrt
für exzeptionelle Anlässe.
»Welch erlesener Geschmack!«
»Mein Gott, dieser Duft!«
»Ihr verwöhnt uns!«
»Noch ein Stückchen?«
»Wie gut das zum Wein passt!«
»Ist noch etwas übrig?«
»Wo sollen wir unterschreiben?«

Seine gesamte Garderobe
musste Mayer
neu schneidern lassen.
Die Hosen waren zu eng
die Westenknöpfe sprangen ab
die Fliegenknoten würgten
das ist der Preis des Geschäfts
und sein Büro
liegt mittlerweile
im Esszimmer
er sitzt am Tischende
eine Serviette um den Hals
die Gabel in der Hand.
»*Wo sollen wir unterschreiben?*«

Andererseits ist der Einsatz
hoch, sehr hoch:
Fehler müssen vermieden werden.

Denn sein Bruder Emanuel
oben in New York
– wo aus Baumwolle Banknoten werden –
mag zwar geschickt
Industriellenhände schütteln.
Aber nur hier
hier in Montgomery
im verfluchten herrlichen tiefen Süden
bringt der Boden, von der Sonne gespalten
Tonnen und Tonnen und Tonnen
prächtiger Baumwolle hervor
und Mayer Lehman will sie
jetzt
nicht mehr
nicht mehr nur
zum besten Preis
von 24 Plantagen
kaufen

sondern sie
– Intuition einer Knolle –
auch garantiert bekommen
– Ambition einer Knolle –
für weit länger als eine Ernte
– Passion einer Knolle –
was bedeutet
die Plantagen liefern
mit schriftlichem Versprechen
von nun an
exklusiv an Lehman Brothers
für wie lange?
5 Jahre?
  »*Darf ich Euch zum Mittagessen einladen?*«
10 Jahre?
  »*Darüber sprechen wir beim Dessert!*«
oder sagen wir 15, erneuerbar um den gleichen Zeitraum?
  »*Die aromatische Anistorte ist serviert!*«
na gut, 20 Jahre, abgemacht.
  »*Einen Bitter für die Verdauung?*«

Größenwahn einer Knolle:
die Konkurrenz ausschalten.

Denn sie ist das Problem.
Die Konkurrenz.
Mayer Lehman
hat schlaflosen Nächten
den Kampf angesagt.
Seine Ruhe ist hin
seit dem verdammten Abend
als Oliver Carlington
von der kleinen Plantage vor der Stadt
ihm gesagt hat
»*Nehmt es nicht als Affront*
ich bin mehr als nur ein Freund, Mister Lehman.
Aber man hat mir in diesem Jahr …

ein anderes Angebot gemacht.
Meine besten Wünsche und Gruß an die Gattin.«

Gruß an die Gattin?
Ein anderes Angebot?
Meine besten Wünsche?

Zum Teufel, welche besten Wünsche
konnten das sein
für ihn, Mayer Lehman
wenn irgendein Beliebiger
Dahergelaufener
den Mut hatte
– die Unverschämtheit! –
ihm die Kundschaft zu stehlen?
Sein Kartoffelgeist
hatte
noch nie
auch nur annähernd
gedacht
dass aus den 24 Plantagen
statt mehr zu werden, 25, 27 oder 30
weniger werden könnten
so wie jetzt
23 … oder vielleicht 22 oder gar weniger als 20.
Kurz
gab es demnach
für Lehman Brothers
die Möglichkeit
das konkrete Risiko
Rückschritte zu machen?

Jähe Identitätskrise
einer Knolle:
Diese neue Perspektive
war inakzeptabel.

Emanuel schrieb er nichts davon.
Lächelte Babette weiterhin zu.
Sagte auch Tante Rose nichts.
Und wie es dem häufig ergeht
der sein Problem verschweigt
fand Mayer Lehman nachts
keinen Schlaf mehr.
Sobald er die Augen schloss
träumte er
sofort
– wer weiß, warum –
vom Stall seines Vaters
drüben in Deutschland, in Rimpar.
Ein gewaltiger Stall aus Holz
– von Henry erbaut, Balken für Balken –
vollgestopft
mit Ziegen Färsen und Stieren
doch jedes dieser Tiere trug
seltsamerweise
nicht das Brandzeichen der Familie
sondern
– Irrsinn der Alpträume –
die Aufschrift FIRST CHOICE.
Und damit nicht genug
in den Futtertrögen
fanden die Tiere
weder Heu noch Gerste noch Hafer
denn ihr Futter
waren weiße Baumwollbüschel.
Durch diese seltsamen Ställe
geht Mayer
Schritt für Schritt
bis er
deutlich
das Weinen seines Vaters hört.
Er läuft zu ihm
kniet nieder, ihn zu trösten

doch der alte Abraham Lehmann
– auch im Traum mit zwei ›n‹ –
packt ihn am Arm
stößt ihn weit von sich
und schreit
»Sieh, was du getan hast, Bulbe!
Du hast die Stalltüren offen gelassen!
Sieh doch, du Schurke: Sie stehlen mein Vieh!«
Tatsächlich
mit großem Getöse
fliehen alle Tiere
Ziegen Färsen und Stiere
nach draußen
in Sekundenschnelle.
Und der Stall ist mehr als leer: öde.

Nächtliche Schrecken einer Knolle.

Darum beschloss Mayer zu handeln.
Die geringste Eventualität
er könnte die Stalltüren offen lassen
auszumerzen.

Zunächst galt es
die Kundschaft zu panzern.
24 Plantagen waren es
und 24 Plantagen würden es bleiben
einschließlich der von Oliver Carlington
der – Mayer war sicher – gebeugten Hauptes
zurückkehren würde.

Sein Bruder Henry
hatte damals
ein Schild vor den Laden gehängt:
ERMÄSSIGTE PREISE FÜR AUSGEWÄHLTE KUNDEN
Mayer Lehman aber
hängte kein Schild auf

er tat mehr und Besseres
überarbeitete die Preisliste
erfand Konditionen
beispiellos, unwiderstehlich
und
um den Schlaf nicht gänzlich zu verlieren
plante er
all seine Kunden
einen nach dem anderen
zum Essen einzuladen
um ihnen zu erklären
einem nach dem anderen
dass das Angebot
– beispiellos, unwiderstehlich –
nur galt
unter der Bedingung
dass sie sich schriftlich verpflichteten
dauerhaft und bindend:
Geschäfte ab jetzt nur mit Lehman Brothers
ohne Konkurrenten.

Der Tanz konnte also beginnen:
Truthahn im Teigmantel mit Granatapfel
    »Möchtet Ihr kosten?«
Soße aus grünen Tomaten
    »Mister Tennyson, noch eine Portion?«
Hühnerfrikassee
    »Meine Frau ist verrückt danach!«
Creme aus roter Beete
    »Mister Robinson, darf ich Euch verführen?«
Entengeschnetzeltes
    »Noch einen Teller bitte, das ist köstlich!«
und Fasanensuppe
    »Unwiderstehlich!«
Zum Abschluss natürlich
aromatische Anistorte
mit einem Schluck seltenen Branntweins.

Dieses ganze
gastronomische und vertragliche
Zeremoniell
multipliziert mit den 24 alten Lieferanten
deren jeder
im Durchschnitt
3 Mittagessen braucht
um zu verstehen
und mindesten 2 weitere
um zu kapitulieren
woraus folgt
dass das geschäftliche Manöver
um den Schlaf nicht gänzlich zu verlieren
in seiner Gesamtheit
gleichbedeutend ist
mit etwa 120 Mittagessen
oder auch
einem Zentner Truthahn im Teigmantel mit Granatapfel
 »Möchtet Ihr kosten?«
zwei Fässern Soße aus grünen Tomaten
 »Mister Tennyson, noch eine Portion?«
einem ganzen frikassierten Hühnerhof
 »Meine Frau ist verrückt danach!«
zwei Tonnen Creme aus roter Beete
 »Mister Robinson, darf ich Euch verführen?«
einem Gemetzel im Ententeich
 »Noch einen Teller bitte, das ist köstlich!«
dem Aussterben des Fasans in Alabama
 »Unwiderstehlich!«
doch über allem
an erster Stelle
triumphierend
industrielle Mengen an
aromatischer Anistorte
in seltenen Branntwein getunkt
so selten
dass er breiter strömt als der Mississippi.

Fettleibigkeit eines Knollens.

Da aber Hartnäckigkeit
sich immer bezahlt macht
erzielt Mayer Lehman
dieses Ergebnis:
Oliver Carlington kehrt in den Stall zurück
und aus 24 Baumwolllieferanten
werden
24 Exklusivverträge
unterschiedlicher Dauer
meist um die 20 Jahre
was konkret
eine Garantie bedeutet:
Egal, was passiert
was auch immer geschieht
Lehman Brothers
bleibt
Beherrscher des Marktes
mächtiger König der Baumwolle
unbestreitbar
unbestritten
und wenn einer ernsthaft streiten will
lädt man ihn einfach zum Essen ein
denn auf diesem Gebiet
siegt Lehman
konkurrenzlos.

Die Türen des Stalls
sind jetzt
mit Schloss und Riegel versperrt.

Die 24 Verträge
werden gerahmt
im Esszimmer aufgehängt
an den Wänden
über dem Kamin

rings um das Porträt
eines viel schlankeren Mayers.

An diesem Abend
nachdem er ganz oben
den letzten Rahmen
mit dem vierundzwanzigsten Vertrag
aufgehängt hat
denkt Mayer Lehman
in seinem Bett liegend
die Augen zur Decke gerichtet
dass es jetzt wirklich
aufwärts geht für ihn.
Er hat eine Familie.
Einen Firmensitz in Montgomery.
Ein Büro in New York.
Bündelweise Banknoten im Tresor.
24 Baumwolllieferanten im Süden
51 Käufer im Norden
und alles mit Zucker versüßt.
Von diesen Gedanken eingelullt
will er gerade
in seligen Schlummer sinken
als ein eisiger Wind
ihm sekundenlang
übers Ohr streicht:
Es gibt nur eins auf der Welt
was ihm vielleicht alles vernichten könnte
nämlich ein Krieg
zwischen Nord und Süd.
Aber das ist nur einer dieser bösen Gedanken
die das Ohr beim Einschlafen streifen.
Er verschließt ihn in einer Schublade
und
ergibt sich seelenruhig
dem Schlaf.

Sechzehntes Kapitel

A GLAZ BIKER

Der erste Kanonendonner des Sezessionskriegs
weckt Mayer Lehman
noch bevor der Morgen dämmert
3 Tage, nachdem Montgomery
sich zur Hauptstadt der Südstaaten erklärt hat.
»*Die Baumwolle grüßt Nordamerika!*«
schrie gestern auf der Straße
die neue Fahne schwenkend
selbst ein so friedlicher Mann
wie Doktor Everson
der bis vor einem Jahr in New Orleans
die masernkranken Kinder der Sklaven kurierte.

Zum Kriegsdienst einberufen
ab an die Front!
Ausgenommen nur
wer 300 Dollar bezahlen kann
wie die Gebrüder Lehman.

Der erste Kanonendonner des Sezessionskriegs
weckt Mayer Lehman in Montgomery
und sein einziger Gedanke sind die Baumwolllager.
Er reißt die Fenster auf.
Montgomery spielt verrückt
Flaggen und Fahnen
auf der Straße feiern die Menschen den Krieg
überall Plakate mit Jefferson Davis:
Der Tag der Revolte ist da
die Baumwollstaaten verlassen die Union
die Staaten der Plantagen
der Sklaven

der Mittelsmänner zwischen Schwarz und Weiß
der Grundbesitzer und Großgrundbesitzer
die Staaten des Südens
die Staaten von Lehman Brothers
bloß weg, raus hier, Flucht aus Amerika.
Unabhängigkeit!
»*Die Baumwolle grüßt Nordamerika!*«

Der erste Kanonendonner des Sezessionskriegs
weckt Emanuel Lehman in New York
und sein einziger Gedanke sind die Einkäufer.
Wenn Norden und Süden sich plötzlich
trennen
wie können die Lehmans dazwischenbleiben?
Wenn einfach so
eine Mauer aufragt
zwischen Rundkopf Deggoo
und Seidenhändchen
wie können aus Baumwolle Banknoten werden?
Er reißt die Fenster auf:
New York spielt verrückt
eine misstönende Spieluhr
Flaggen und Fahnen
auf der Straße feiern die Menschen den Krieg
überall Plakate mit Abraham Lincoln.
Der Tag der Abrechnung ist gekommen
die Industriestaaten wollen Gerechtigkeit
Schluss mit der Sklaverei, Schluss mit den Privilegien
Gleichheit für alle: Verfassung und Menschenrechte!
Und wer nicht mitmachen will
wird mit Blut bezahlen
denn es gibt nur ein Amerika
mit nur einem Präsidenten!

Alles läuft zur Armee
in Montgomery wie in New York.
Offiziere in maßgeschneiderten Uniformen

und normale Leute in Montur vom Regiment.
Mützen, Bajonette, Gewehre
Kanonen, Artillerie, Karabiner
Norden gegen Süden
Süden gegen Norden
geschlossen marschieren
geschlossen antworten
Abraham Lincoln für die Union
Jefferson Davis für die Konföderation
mittendrin
zwischen beiden
eingequetscht
eingezwängt
wie ein Glas Wasser
ein gigantischer Berg
Baumwolle.

Emanuels Schwiegervater
in New York
Louis Sondheim
sehr groß schlohweiß Rabbinerbart
tritt stramm
für Abraham Lincoln ein:
»Wenn der Süden gewinnt
schließen die Industrien, und dann
lieber Emanuel
verkauft ihr kein Pfund Baumwolle mehr!«

Mayers Schwiegervater
in Montgomery
Isaac Newgass
in seinem Sessel versunken
umringt von 8 Söhnen:
»Wenn der Norden gewinnt
schließen die Plantagen, und dann
lieber Mayer
bekommt ihr kein Pfund Baumwolle mehr!«

Mittendrin
zwischen beiden
eingequetscht
eingezwängt
wie ein Glas Wasser
die Lehman Brothers.

In der Liberty Street
lernen die Kinder eines New Yorker Arms
die Hymne der Nordstaaten
auswendig
und singen sie
mit der Hand auf dem Herzen.

Auf der Hauptstraße von Montgomery
sieht Tante Rose die Parade.
Mit der Hand auf dem Herzen
auch zwei Kreisel sind dabei
zehn Jahre alt oder fast
einer singt die Hymne aus voller Kehle
der andere flüstert sie
darum ist nebensächlich
dass *Dreidel*, genannt »der Schweigsame«
sein Schweigegebot abermals brach
im unpassendsten Moment
als er
auf das Gerüst am Marktplatz stieg
und schrie, die Fahne sei eklig
was allgemeine Verlegenheit hervorrief.

In New York
in der Kutsche
unterwegs zu einem Benefizdinner
für die Armee der Nordstaaten
will Pauline Sondheim
Mrs Lehman
nichts von diesem Abschaum hören:

»Ich warne dich, Emanuel: Kein Mensch
darf von dir erfahren
auch nicht versehentlich
dass wir noch immer einen Sitz
dort unten haben
an diesem Ort der Schande
wo die Schwarzen in Ketten liegen
und deine Schwägerin
sie vielleicht sogar auspeitscht.«

In Montgomery
in der Kutsche
auf dem Weg zu einem Benefizkonzert
– Stiefel für die Südstaatenarmee –
erklärt Babette Newgass
Mrs Lehman
wie man Parteinahme ausdrückt:
»Mayer, ich will, dass du eine Flagge
an den Laden und unser Haus hängst
überall Fahnen, wenn möglich
Abraham Lincoln zum Trotz.«

Mittendrin
zwischen Kindern und Ehefrauen
eingequetscht
eingezwängt
wie ein Glas Wasser
die Lehman Brothers.

Im 3. Kriegsmonat
schließt Teddy Wilkinson Seidenhändchen
seine Fabrik:
Die Arbeitskräfte
– bezahlte Arbeiter: entlohnt, keine Sklaven –
sind alle eingezogen
zwangsweise
denn sie können

keine 300 Dollar pro Kopf zahlen.
Alle in den Krieg, für den Norden!
Bahngleise gesprengt, Züge in Flammen
Verträge annulliert
im Krieg braucht man keine Baumwolle!
Rundkopf Deggoo
und alle Sklaven von Smith & Gowcer
müssen jetzt Patronen füllen
Munition, Zündschnüre und Schießpulver
die Plantage geschlossen, verbrannt
ein Schlachtfeld.
Wo früher Baumwolle wuchs
schlafen jetzt die Soldaten.
Alle in den Krieg, für den Süden!
Verträge annulliert.
Im Krieg braucht man keine Baumwolle!
Mittendrin
zwischen beiden
eingequetscht
eingezwängt
wie ein Glas Wasser
die Lehman Brothers.

Von 24 Plantagen
die ihnen Baumwolle verkaufen
sind 8 verbrannt
9 bankrott
7 widerstehen mit Zähnen und Gewehren.

Von 51 Einkäufern
sind 30 geschlossen
10 im Krieg
11 widerstehen mit Zähnen und Gewehren.

Der Süden verkauft keine Baumwolle mehr im Norden.
Der Norden kauft keine Baumwolle mehr im Süden.
Der Lehman-Sitz in Montgomery

stellt den Betrieb ein:
Vorhänge zugezogen, Schlüssel zweimal umgedreht.
Das Lehman-Büro in der Liberty Street 119
Fensterscheiben eingeschlagen
Ladenschild verbrannt
während des Aufstands in New York
der Barrikaden
gegen den Krieg
gegen die Krise
gegen den Norden, gegen den Süden
gegen Union und Konföderation
gegen die, die nicht zahlen
gegen die, die nicht verkaufen.
Mittendrin
zwischen beiden
eingequetscht
eingezwängt
wie ein Glas Wasser
die Lehman Brothers.

Emanuel Lehman
in New York
der ein Arm ist
gibt nicht auf, er will handeln.
Für ihn zählt das Geld
für ihn zählen die Geschäfte
nur die Baumwolle
nur die Baumwolle
er muss retten, was zu retten ist.
Inmitten des Kanonendonners
(während 120 000 in Chattanooga sterben)
lädt
(während 70 000 in Atlanta sterben)
ein Lehman verzweifelt
(während 40 000 in Savannah sterben)
700 Tonnen Baumwolle
auf ein Schiff nach Europa

wo kein Krieg herrscht
wo es weder Union noch Konföderation gibt
weder Nordstaaten noch Südstaaten
vor allem aber
kauft man dort
noch
Baumwolle!

Zur gleichen Zeit
in Montgomery
verteidigt
Mayer Lehman
der *Kisch Kisch* ist und *Bulbe*
also eine gefühlvolle Kartoffel
von ganzem Herzen
Alabama, wo er lebt
und inmitten des Kanonendonners
(während 50 000 in Georgia sterben)
nennt sich ein Lehman
(während 70 000 in New Orleans sterben)
heroisch
(während 20 000 in Virginia sterben)
»Beschützer des Südens! Ich, Mayer Lehman!«
und mit dem Geld der Lehmans
kauft er Gefangene frei
mit dem Geld der Lehmans
finanziert er die Bewaffnung
mit dem Geld der Lehmans
unterstützt er Witwen Waisen Verwundete
doch vor allem
wirft er sich auf die Rettung
dessen, was von der Baumwolle bleibt!

Dies ist der Moment
da Lehman Brothers
ohne es zu wissen
inmitten des Kanonendonners

wunderbarerweise
standhalten kann
denn
während halb Amerika in Scherben liegt
wohin man auch blickt
– Norden
– Süden
– Union
– Konföderation
– Abraham Lincoln
– Jefferson Davis
hielten die Brüder
Emanuel und Mayer
ihre Fahne hoch
und nach dem Erdbeben
war
in einem Trümmerhaufen
nur
ein Glas Wasser
stehen geblieben.

Siebzehntes Kapitel

JOM KIPPUR

Alles steht still.
Nichts bewegt sich.
Ist das Ende der Welt gekommen?

Die Pendeluhr
wirft
tickend
einen gelben Lichthof
auf die Tapete.

Die Stille ist verheerend.
Nicht mal die Vögel
dort draußen
geben noch Laute von sich
sie haben ihre Stimme verloren
sahen zu viele Feuer und Flammen
bis zum Horizont
überall.

Die Vorhänge
aus erlesener Baumwolle
von Tante Rose genäht
sind zurückgezogen
vor den weit geöffneten Fenstern
aber unbewegt
kein Lüftchen regt sich.

Alles steht still.
Nichts bewegt sich.
Ist das Ende der Welt gekommen?
Diese unwirkliche Ruhe

klebt wie Leim
an den Möbeln
an den Teppichen
an den Stuckaturen
des großen Hauses in der Hauptstraße von Montgomery
das belagert war
erst von den Soldaten
jetzt von der Stille.

Alles schweigt
an diesem Nachmittag
von *Jom Kippur*
an dem man seine Sünden gesteht
und im Tempel der *Schofar* erklingt.
Heute nicht.
Heute bleibt er stumm.
Die Stille ist an der Macht
und wehe, sie wird besudelt.

Emanuel Lehman
steht
neben dem Klavier.
Dunkler Anzug.
Seit der Krieg begann
ward er hier in Alabama
nicht mehr gesehen.
Er füllt Tabak in seine Pfeife.
Drückt ihn mit dem Daumen fest.
Zündet ihn an.
Bläst. Inhaliert.
Stößt aus der Nase
eine Rauchspirale
die sich hinauf
zum Kronleuchter windet.

Mayer Lehman
sitzt auf dem Sofa

mehrere Meter entfernt
zählt die Bohlen des Parketts
unter den Stühlen
unter dem Tisch
entlang der Wände
aufmerksam
konzentriert
ohne sich zu verzählen
ohne sich ablenken zu lassen.

Früher oder später
wird einer der beiden
wohl anfangen müssen
an diesem Nachmittag
von Jom Kippur
an dem man seine Sünden gesteht
und wenn der Ewige will
wird dir verziehen.
Doch zwischen einem Arm und einer Kartoffel
lässt sich nicht leicht entscheiden
wer anfängt
vor allem wenn der Arm Arthrose hat
und Bomben im Garten der Kartoffel fielen.

Dennoch.
Dennoch gab es einmal
in Rimpar, drüben in Bayern
einen Viehhändler
der mit knappen Worten
sagte
»*Wenn der Himmel regnen will.*
ist es egal
welche Wolke beginnt.«

Darum begann
im Hause Lehman
das Gewitter an *Jom Kippur*

zufällig
als der Arm
auf dem Klavier eine Partitur bemerkte
mit der Aufschrift: »MISS EVELINE DURR«
und das
erinnerte ihn an klimpernde Mädchen
und machte
aus dem Arm eine tatkräftige Faust:
»Du bist immer noch im Geschäft
mit John Durr, diesem Gauner?«

»Ich dachte wir wären uns einig.
Du herrschst in New York, ich in Alabama.«

»Ich frage, ob du verbündet bist
mit John Durr, den ich nicht mag.«

»Durr arbeitet in der Baumwollbranche.«

»Durr arbeitet in jeder Branche, die ihm nützt.«

»John Durr macht Geschäfte, wie wir.«

»John Durr ist ganz und gar nicht wie wir:
Es genügt nicht, Geschäfte zu machen
um wie die Lehmans zu sein.«

»Warum, was sind denn die Lehmans?«

»Die Lehmans sind keine Kaufleute, sie sind Händler.«

»Und Durr verkauft Baumwolle.«

»Durr verkauft nicht, Durr verschleudert.«

»Durr passt dir nicht, weil er kein Jude ist.«

»*Stimmt, so ist es, du hast Recht: Er ist kein Jude.*«

»*Und deine Fabrikanten im Norden
sind das nicht alles Protestanten?*«

»*Aber sie kaufen, sie geben uns Geld
nicht wir geben ihnen Geld.
Du aber benutzt das Geld der Lehmans
um mit einem* Gojim *Gewinne zu machen.*«

»*Jude oder Nichtjude, was will das schon heißen?*«

»*Es ist entscheidend. Oder vergisst du, wer wir sind?*«

»*Wenn du nur mit Juden Geschäfte machen willst
bin ich nicht mehr dabei. Geld ist etwas anderes
dem ist egal, wer beschnitten ist und wer nicht.
Durr bewegt Kapital
Lehman braucht es. Ein Hoch auf John Durr.*«

»*Dann lassen wir unseren Familiennamen weg.*«

»*Was willst du weglassen?*«

»*Der Name unseres Vaters
kann nicht überall stehen, wo du willst.*«

»*Hast du unser Geld nicht benutzt
um die Armee der Nordstaaten zu finanzieren?*«

»*Und hast du es nicht für die Armee der Südstaaten benutzt?*«

»*Ich habe Uniformen bezahlt, du Waffen
das ist ein Unterschied.
Die Soldaten des Südens hatten Bajonette
die des Nordens Repetiergeschütze
das Geld dafür kam aus New York
also auch von uns, auch von dir.*«

»*Ich konnte nicht anders.*
Jedenfalls weiß ich
dass du den Südstaatlern Sprengstoff besorgt hast.«

»*Wir haben also die einen und die anderen*
gleichzeitig finanziert?«

»*Unser Vater verkaufte Vieh.*
Hast du je gehört, dass er einen Kunden fragte
auf welcher Seite er steht?«

»*Jetzt widersprichst du dir.*
Sehr gut, genau: Unser Vater
hätte mit Durr Geschäfte gemacht.«

Und hier
wurde Emanuel blass
die richtige Reaktion
sah er sich doch in die Ecke gedrängt
von einer aufgeweckten Kartoffel
mit beträchtlicher
dialektischer Begabung
deren Stolz
sie sogar drängte nachzutreten:
»*Ich verkaufe John Durr wenigstens Baumwolle*
welchen Geschäften wirst du dich noch beugen?«

Aber
das Naturell eines Arms
lässt sich nicht unterdrücken
auch wenn er in der Defensive ist.
Und obwohl man an *Jom Kippur*
Sünden gestehen soll
hielt Emanuel Lehman
sich nicht zurück
fuhr wütend auf:
»Zum Teufel! Was für eine Kartoffel bist du?

Es gab Krieg, Mayer
alles hat sich verändert:
mit der Scheißbaumwolle ist Schluss
Schluss! Die ist am Ende!
Jetzt gibt's was Anderes!«

»*Ach ja? Was denn?«*

»*Keine Ahnung. Aber was auch immer das ist*
es lohnt sich, beizeiten danach zu suchen.«

Und er beglückwünschte sich.
Denn wie es manchmal geschieht
kann auch ein Arm
einen Moment lang
seine Grobheit als Extremität überwinden
und wunderbarerweise
erahnen
dass seine Muskeln
statt nur Mühen und Lasten zu dienen
anmutig kreisen können
wie es
bis zum Beweis des Gegenteils
die ästhetischen Arme
von Akrobaten und Tänzern
vermögen.

So geschah es
an *Jom Kippur* in diesem Salon
einem New Yorker Arm
namens Emanuel Lehman
der sich plötzlich
selbst überraschen konnte
mit einer
luftig leichten Drehung
eines Kopfes würdig
wie sein Bruder Henry einer war.

Schade jedoch
dass auf der anderen Seite
eine Knolle saß
zudem gebeutelt vom Krieg
der den Boden um sie herum ausgedörrt hatte:
»*Dann erklär mir doch*
sollte ich auf Geschäfte mit Durr verzichten
um etwas zu suchen, von dem du nichts weißt?«

»*Sag mir, Mayer, wer hat die Baumwolle erfunden?*«

»*Was stellst du für Fragen? Die war immer da.*«

»*Nicht immer. Jemand, den wir nicht kennen*
stand eines Morgens auf
und beschloss
diese Pflanze – genau diese! – zu benutzen
um daraus ein Kleidchen zu machen! Verstehst du?«

»*Was soll ich verstehen?*«

»*Ich will eine andere Baumwolle erfinden*
als Erster, vor allen andren.
So macht man Geld, Mayer
nicht mit der Baumwolle von John Durr
die alle haben können.
Ich will woanders hingehen!«

»*Wohin?*«

»*Keine Ahnung.*«

»*Eben.*«

Und beiden war klar
sie würden nicht leicht da herauskommen
einfach, weil sie zu zweit waren

und wenn zwei Stimmen
uneins sind
entsteht keine Mehrheit.
Instinktiv ging der Blick darum
zum Fensterbrett am offenen Fenster
wo aber niemand
mit angezogenen Beinen saß
den Arm als Stütze im Nacken.

Emanuel spürte klar und deutlich
dass es keine Lösung gab.
Mayer schwieg
aber er hatte denselben Eindruck.
Sie standen zum ersten Mal
an getrennten Ufern desselben Flusses.

Nur, um sagen zu können
dass er alles versucht hatte
spielte Emanuel noch diese Karte:
»*Das Geld steckt in den Taschen der Leute, Mayer*
wenn wir es haben wollen
müssen wir bereit sein
bereit, etwas dafür zu geben …«

»*Was denn?*«

»*Tja. Wer weiß.*
Was gebraucht wird. Was sie haben wollen.
egal was, Mayer.«

»*Genau das ist es, was mir nicht gefällt.*«

»*Du verstehst gar nichts. Du bist ein Ballast.*«

»*Und du bist eine Bedrohung.*«

Dies waren
die letzten Worte
die sie sagten
bevor ein sehr langes Schweigen begann.

Wären sie
statt im Salon
im schönen Tempel am Ende der Straße gewesen
den der Krieg rußgeschwärzt hatte
wäre dort schon der *Schofar* erklungen.
Jedem wären die Sünden
verziehen
und wieder wäre ein *Jom Kippur*
mit seinen 25 Stunden Reue
vorüber.

Hätten sie
in normalen Zeiten gelebt
sie hätten das Fasten
mit einem gesegneten Festmahl beschlossen.

Doch der Koch war im Krieg gestorben.
Und die Diener waren keine Slaven mehr.

Darum ließen Kartoffel und Arm das Essen aus.
Und grübelten
an getrennten Orten
über die erste wahre Krise
in der Geschichte der Lehman Brothers.

Achtzehntes Kapitel

HASELE

Seit einigen Jahren
sprechen sich Emanuel und Mayer
nicht gern.

Emanuel in New York
Mayer in Alabama
also hat sich nichts verändert
auch wenn alles anders ist.
Wirklich alles.

Seit die Nordstaaten den Krieg gewonnen haben
ist Montgomery
nicht mehr, wie es war.
Der Sitz der Lehman Brothers
mit dem schwarzgelben Ladenschild
ja, natürlich
der ist noch da
mit der Klinke, die plötzlich wieder klemmt.
Der hat sich nicht verändert.
Auch die Veranda von Mayer Lehman hat sich nicht verändert
im großen Haus an der Hauptstraße von Montgomery
wo Babette, seine Frau
ihren Kindern Klavierunterricht gibt:
Sigmund, Hattie, Settie, Benjamin …
»*Ihr seid die Kinder von Mister Lehman Cotton*«
sagte Rundkopf Deggoo früher
als er noch herumlief
mit seinem alten Strohhut auf dem Kopf
früher
vor wenigen, doch gefühlt tausend Jahren
als es in Alabama noch Plantagen gab
und Sklaven.

Seit die Nordstaaten den Krieg gewonnen haben
seit Abraham Lincoln
mit seiner Unterschrift auf einem Dokument
in einer Sekunde
alle befreite
in einer Sekunde
alle Sklaven
seitdem
ist Montgomery nicht mehr, wie es war.
Doktor Everson
der in New Orleans
die masernkranken Kinder der Sklaven kurierte
schüttelt den Kopf
wie damals beim Gelbfieber:
»*Die Freiheit, Mister Lehman*
in einem Stück geschluckt
ist erstickend
sie bleibt dir im Hals stecken
wie ein zu großer Bissen Truthahn.
Und wenn ich, was Gott verhüte, Recht habe ...«

Rundkopf Deggoo
ist kein Sklave mehr
dank des Nordens, des Krieges und Abraham Lincoln
ist er jetzt ein freier Mann.
Kein Leben in Hütten mehr.
Kein Gemeinschaftsessen mehr
keine Ketten für die Hitzköpfe
kein Arbeiten unter der Sonne
kein Auspeitschen für unpassende Worte.
Trotzdem.
Trotzdem läuft Rundkopf nicht mehr herum.
Rundkopf ist verschwunden, spurlos.
Auch in der Kapelle der Baptisten
sieht man ihn
sonntagmorgens nicht mehr die Orgel spielen
mit den viel zu großen Händen
die zwei Tasten auf einmal drückten.

Auf der großen Veranda von Mayer Lehman
wo Babette, seine Frau
ihren Kindern Klavierunterricht gibt
zupfen die beiden Kleinsten
sie eines Abends am Ärmel
und fragen
ob Rundkopf
vielleicht
gestorben ist.
Babette spielt weiter.
Lächelt den Kindern zu
lässt sie neben sich sitzen
und Klavier spielend
wer weiß warum
erzählt sie eine Geschichte:
»*Es war einmal ein Rabbiner.*
Der kannte alle Regeln der Thora auswendig
er kannte sie wirklich alle
auch die lästigsten, auch die schrecklichsten.
Doch dieser Rabbiner hatte eine so flinke Zunge
dass er die Worte verschluckte und das war sehr lustig
alle suchten seine Gesellschaft
nannten ihn »Reb Lashon«, den »Rabbiner Zunge«
und lachten sich krumm, wenn er anfing zu reden.
Jeden Abend betete der Rabbiner im Tempel:
Riboyne shel oylem, hilf mir
mach, dass meine Zunge nicht mehr so schnell spricht.
Und nach vielen Jahren wurde sein Gebet erhört.
Von dem Tag an sprach der Rabbiner normal
und man verstand alle Regeln der Thora
die waren so lästig und schrecklich
dass die Menschen ihn kurz darauf
einer nach dem anderen
allein ließen.
Abends im Tempel hob er die Augen und sagte:
Riboyne shel oylem
du warst böse, als du meine Zunge normal sprechen ließest

*denn, als ich noch schlecht sprach, sprach ich mit allen
jetzt aber ...
habe ich nicht mal mehr einen Hund
um ein Gespräch zu führen!«*

Doch die Kinder
verstanden kein Wort
und blickten einander
verwirrt an.

Das wäre nicht so schlimm
wäre der Ratloseste von ihnen
nicht der sanfte Sigmund gewesen
der Erstgeborene und Lieblingssohn
der nicht verstehen konnte
ob Rundkopf nun wirklich tot
oder eine Art Rabbiner geworden war.

Dieser zarte Zweifel in seinen Augen
– ausgerechnet in seinen! –
musste den Eltern Sorgen machen
wussten sie doch
dass der Kleine eine Sonderrolle hatte
im wohlbedachten Plan der Leitungsposten.

Die Unschuld der ersten Jahre
und die Freude der Kinder am Spiel
waren ihm achtsam verziehen worden
doch diese Konzession hatte es nur gegeben
in der gespannten Erwartung
des möglichst baldigen Übergangs
zum Zynismus eines Erwachsenen
eines erwachsenen Kaufmanns.
Außerdem kann im Blick eines Geschäftsmanns
nicht nur Licht sein.
Ein Schatten ist immer vonnöten
er zeigt, man lässt sich nichts vormachen.

Dieser Schatten aber wollte partout nicht erscheinen
im so überaus sanften Blick
von Sigmund Lehman, dem Liebling von Alabama.
Sein Gesicht sandte
ein strahlend helles Licht aus
ohne den kleinsten Funken Argwohn
und so liebenswert war sein Zartgefühl
dass die Erwachsenen der Familie sich sorgten.
Merklich sorgten.
Tag für Tag verlangten sie nun von Sigmund
eine gewisse Distinktion zu zeigen
eine Intuition, die ihn heraushob
eine Form der Exzellenz – welcher Art auch immer –
am besten ein Quäntchen merkantilen Genies.
Stattdessen
wuchs er zwar als ein Leitbild heran
aber in Großzügigkeit.
Ein überzeugter Philanthrop
ein Muster an Selbstlosigkeit
das man gerne als Vorbild hingestellt hätte
wären Kindergärten und Hospize seine Zukunft gewesen
statt der blutrünstigen Arena des Geschäfts.
Stattdessen
zeigte sich Sigmund bei dümmsten Spielchen
in ergreifender Weise wehrlos
eine reine Seele mit Babylächeln
und leider
bei jeder Form von Tauschhandel leicht zu betrügen.
Einmal gab er 10 Marionetten für 2 Donuts
schlimmer noch, er prahlte damit
darum sperrte sein Vater ihn ein
in der Abstellkammer unter der Treppe.
Eine strenge Strafe
doch Mayer bereute sie keine Sekunde
teils weil der Junge dem Ansehen der Firma geschadet hatte
teils weil Mayer von ganzem Herzen hoffte
das erlittene Unrecht möge Sigmund verhärten.

Es nützte nichts.
In dem dunklen Loch, wo er gefangen war
sang Sigmund
fröhlich
die ganze Zeit
selbst erfundene Liedchen von Häschen
und als Tante Rose
hinunterging, um den Gefangenen zu befreien
bat er mit gefalteten Händen
»*Darf ich bitte noch länger zur Strafe eingesperrt sein?*«

Da wurde allen klar
dass sie mit diesem Häschen
ein Problem hatten.

Neunzehntes Kapitel

SHVARTS ZUP

Seit die Nordstaaten den Krieg gewonnen haben
ist der Zuckermarkt ruiniert.
Keine Sklaven mehr
keine Arbeit
keine Ware
keine Einkünfte
kein Versüßen
die bittere Zeit hat begonnen.

Denn man verkauft keinen Zucker mehr
man investiert in Kaffee.
Ertragreicher.

Den Zucker aber konnte man sehen, wie die Baumwolle.
Den Kaffee nicht. Der wächst in Mexiko, in Nicaragua.
Weiter südlich sogar, in Brasilien.
Mag sein, dass es dort noch Menschen gibt
denen man den Rücken brechen kann
aber hier – wo die Sklaven befreit sind–
wollen alle in Lohn und Brot stehen.

Kaffee lohnt sich also.
Den kauft man, verlädt ihn auf Schiffe
lädt ihn überall aus
fix und fertig für den Verkauf
durch Leute, die wissen, wie man den Preis erhöht
beim Transport spart
die Lieferanten in Schach hält.
Kurz, durch die, die von Berufs wegen
Lust am Verhandeln haben.

»Lehman Brothers ist führend im Baumwollgeschäft.
Hatte Erfolg mit Zucker.
Wer hindert Euch, es mit Kaffee zu versuchen?«
Das sind die Worte
mit denen Miguel Muñoz
ein mexikanischer Bär mit mehr Gold am Körper
als eine Madonna bei der Prozession
einen New Yorker Arm zu überreden versucht
indem er einen ganzen Sack
dunkler Bohnen vor ihm ausschüttet
stark duftende Bohnen
»... mein Kaffee ist first choice.
Vertraut Ihr mir nicht, kommt und seht es Euch an.«

Emanuel Lehman
ging sich das ansehen
fuhr hinunter bis nach Mexiko
denn *ich bin nicht nach Amerika gekommen*
um mich einsperren zu lassen.

Bei strömendem Regen
begleitet von einem mit Gold bedeckten mexikanischen Bär
geht Emanuel Lehman über die Felder, wo die *Coffea* wächst
zwischen hohen Bäumen voll dunkelroter Flecken
wo Hunderte und Aberhunderte Frauen und Kinder
von Aufsehern mit Hunden bewacht
ganze Wagen füllen
sie schütteln Stämme und Zweige
treiben die Pferde an
peitschen die Esel
und wenn Streit ausbricht
wird geschossen.
Gold glitzernd lässt Miguel Muñoz
seine Truppen aufmarschieren
wie ein General
klagt nur über den Schlamm
der auf seinen weißen Anzug spritzt.

»*Die Landschaft gefällt Euch, Mister Lehman?*
Seht doch, wie schön die Kaffeepflanze ist
sie wächst nur am Äquator ...
Darum muss alle Welt
wenn sie eine Tasse davon trinken will
bei uns oder in Afrika kaufen ...
In Äthiopien sind die Kosten lächerlich, heißt es
dort schuften die Eingeborenen sich zu Tode
für eine Schüssel Suppe und eine Hütte.
Hier ist es nicht ganz so günstig.
Aber der Transportweg aus Mexiko ist kürzer
darum macht mir kein Äthiopier Konkurrenz
wenigstens nicht auf dem amerikanischen Markt.
Den Sack verkaufe ich Euch zu meinem Preis
danach gehört der Markt Euch allein, wenn Ihr wollt.
Weiß Gott, wie viel Kaffee
man von Florida bis Kanada trinken wird
Lehman Brothers kann darin schwimmen!«

Wer weiß, ob Miguel Muñoz
auch den Kaffee verkauft hat
den Mayer Lehman in Alabama trinkt
just in diesem Moment
ohne daran zu denken
nicht mal im Traum
dass sein Bruder Emanuel
im strömenden Regen Mexikos steht
und Geschäfte macht.

Der Grund mag sein
dass Mayer Lehman unterdessen
von morgens bis abends
kreuz und quer
durch Montgomery läuft
und weiter durch ganz Alabama
bis zum Mississippi und weiter nach Baton Rouge
und sich einzureden versucht

dass der Krieg nicht verloren ist
dass der Süden
mit seiner gesegneten Baumwolle
im Grunde eigentlich
noch besteht
noch nicht tot ist.

»Wie viel Baumwolle habt Ihr für mich bei der nächsten Ernte
Mister Tennyson?
Wir machen einen Vertrag
alles wie früher, wie damals.«
»Wovon sprecht Ihr, Mister Lehman?
Welche Baumwolle? Welche Ernte?«
»Ich kaufe Euch alles ab
zum gewohnten Preis.«
»Es gab einen Krieg
habt Ihr das nicht bemerkt?«
»Ja, aber er ist vorbei, zu Ende
Eure Plantage ist noch da
ich kaufe ...«
»Macht die Augen auf, Lehman
seht Euch um!
Was nicht zerstört wurde
ist trotzdem zerstört!
Hier muss man wieder von vorn anfangen
von ganz unten neu anfangen, alles wieder aufbauen!«

In der Kutsche
auf dem Rückweg nach Montgomery
mit dem müden Pferd
betrachtet Mayer Lehman
an diesem Abend
zum ersten Mal
die Landschaft:
die Plantagen geschlossen
davor ein Schild: ZU VERKAUFEN,
die Lager verbrannt

die Hütten der Sklaven leer
die Zäune eingerissen
der Boden aufgewühlt
Gerippe von Wagen
und obendrein
überall
Stille
wie auf einem riesigen Friedhof
der sich über ganz Alabama erstreckt
vielleicht den ganzen Süden
versunken
verloren
sterbend.
In der Kutsche
auf dem Rückweg nach Montgomery
mit dem müden Pferd
denkt Mayer Lehman
an diesem Abend
dass es vielleicht
wie damals ist
vor 15 Jahren
– Henry lebte noch –
als das Feuer ausbrach
und sie
die Lehman Brothers
Montgomery wieder zum Leben erweckten.

Am nächsten Tag
steht Mayer Lehman
im dunklen Anzug
unter zwei Fahnen
lächelnd
– das kann er gut, der *Kisch Kisch* –
vor dem Tisch des Gouverneurs
der, Brille französischer Machart auf der Nase
ihn erstaunt mustert
als sähe er einen Verrückten:

»Würdet Ihr Euer Angebot bitte wiederholen
Mister Lehman.
Ich glaube, ich habe nicht recht verstanden.«
»Gerne, Exzellenz.
Wir übernehmen den Wiederaufbau.
Von Grund auf
alles
so wie ...«
»Pardon, einen Moment!
Ihr baut mit Staatsgeldern?«
»Jawohl: Ihr gebt uns das Kapital.
Und Lehman Brothers baut Alabama neu auf, besser ...«
»Moment mal, Halt
soweit ich weiß
verkauft Lehman Brothers
Baumwolle.«
»Wir sind führend im Handel mit Rohbaumwolle
Exzellenz
also steht es uns zu ...«
»Nicht so schnell, bitte
wenn Ihr so hastig sprecht, kann ich nicht folgen.
Ich, der Gouverneur von Alabama
soll das Geld für den Wiederaufbau
einem Textilunternehmen geben?«
»Wir sind keine Schneider, Exzellenz
wir sind Geschäftsleute.«
»Aber Fachleute für Baumwolle.«
»Ja, einverstanden.
Wir haben mit Baumwolle angefangen.
Wie Ihr selbst übrigens auch
hattet Ihr nicht früher eine Plantage?
Wenn aus der Baumwolle ein Gouverneur hervorgeht
kann sie dann nicht auch eine Bank hervorbringen?
Vertraut mir.«

Und dieses »vertraut mir«
begleitet Mayer Lehman

wunderbarerweise mit einem Lächeln
so selbstgewiss
so zuversichtlich
so glaubwürdig
dass der Gouverneur von Alabama
sich tatsächlich
ergibt
ja, mehr noch
er *vertraut* ihm
und da er ihm Vertrauen schenkt
vertraut er einer ehemaligen Kartoffel
einige Millionen Dollar Kapital an.

Einzige Bedingung:
über der Tür
mit der Klinke die klemmt
soll
wieder einmal
das Schild geändert werden:
LEHMAN BROTHERS
und daneben
BANK FOR ALABAMA.

Braune Schrift
wie der Kaffee aus Mexiko.

Zwanzigstes Kapitel

DER BOYKHREDER

A   wie Atlanta
B   wie Boston
C   wie Chicago
D   wie Detroit
E   wie El Paso
F   wie Fort Worth
G   wie Greensboro
H   wie Halifax
I   wie Indianapolis
J   wie Jacksonville
K   wie Kansas City
L   wie Los Angeles
M   wie Memphis
N   wie New Orleans
O   wie Oakland
P   wie Pittsburgh
Q   wie Quincy in Illinois
R   wie Raleigh
S   wie Saint Louis
T   wie Toronto
U   wie Uniontown
V   wie Virginia B.
W   wie Washington
X   wie Xenia in Ohio
Y   wie Youngstown
Z   wie Zenith West Virginia

Philip
hat das Alphabet gelernt
mit den Städten, wo sein Vater Geschäfte macht.

In der Liste
die er auswendig aufsagt
ohne je zu zögern
fehlt natürlich New York
aus dem einfachen Grund
weil New York Heimat ist
kein Ort für Geschäfte.

Um die Wahrheit zu sagen
fehlt in Philips Alphabet
auch Montgomery
denn seine Mutter sagt
es sei nicht nötig
allen kundzutun
dass sie von dort kommen.

Besonders jetzt nicht.
Denn seit die Nordstaaten den Krieg gewonnen haben
ist die Atmosphäre aufregend
und New York
scheint noch schöner.
In die Liberty Street Nr. 119
mit dem schwarzgelben Ladenschild
flammend neu
sah man noch nie so viele Leute kommen
von jeder Art, jedem Kaliber
seit
Emanuel Lehman
Sohn eines Viehhändlers
einer der Gründer
der New Yorker Baumwollbörse wurde.
Hier in New York
wo man nie ein Baumwollfeld sah
kommt alle Baumwolle Amerikas an
alle Baumwolle auf dem Markt
alle Baumwolle zum Verkauf
seit der Krieg schlagartig

Schluss machte
mit der Arroganz des Südens
und der Schande der Sklaverei.
Schluss, aus
alle frei, alle gleich
Abraham Lincoln hat gesiegt
Washington hat gesiegt
doch vor allem
vor allem New York
wo alles
alles
alles
nicht nur Baumwolle
alles
schnell zu Banknoten wird
darum sagt Emanuel von
the King Cotton
dem Gold des Südens
»*Er bringt Geld, das ja
macht aber nicht reich.*«

Seit die Nordstaaten den Krieg gewonnen haben
hat New York
sich verändert.
ein Feuerwerk nach dem anderen
eine Überraschung nach der anderen
immer mehr
immer mehr
immer besser
und das spürt er
das wittert er
in der Luft
Emanuel Lehman
während er und seine Frau Pauline
die Kinder in der Kutsche
zur jüdischen Schule fahren:
Milton, Philip, Hariett und Eveline.

Tadellos gekleidet
gekämmt
brav
wohlerzogen
sie werden mit den Kindern
der Sachs
der Singers
der Goldmans
der Blumenthals
in einer Klasse sein.
Wie diese werden sie *Bar Mizwa* im Tempel feiern
wie diese werden sie Reiten lernen
wie diese werden sie die neue Sportart ausprobieren
die Miss Mary Outerbridge nach New York gebracht hat
Tennis genannt.
Und wie diese werden sie natürlich Geige spielen
denn jede New Yorker Familie
hat ein Kind, das Geige spielt.
Die Geige ist elegant
»sie betont die Silhouette«
man spielt sie stehend
vor den Zuhörern
ein modernes Instrument
der Zukunft, flexibel
steht nicht als Koloss im Weg
wie die Klaviere auf den Veranden des Südens.

Philip Lehman
ist noch nicht sechs
und spielt schon perfekt.
Er ist der beste Geigenschüler
der Beste in der jüdischen Schule
der Beste bei den Chorproben
er kann schon lesen und schreiben
auf Hebräisch Deutsch und Englisch
kann bis 100 zählen
auf Hebräisch Deutsch und Englisch

bei Festen, um die Gäste zu verblüffen
bittet ihn seine Mutter
auf einer Weltkarte zu zeigen
wo der kleine Punkt liegt
genannt Rimpar, Bayern.
Philip könnte auch zeigen
wo Montgomery, Alabama, liegt
aber das – sagt seine Mutter –
interessiert die Gäste weniger.
»*Philip, lass doch lieber*
alle hören
wie gut du in Wirtschaftslehre bist.
Welches sind die beiden Schätze der Familie?«
»*Die Baumwolle!*«
»*Die Baumwolle?*
Was sagst du da, Philip?
Konzentriere dich!
Was sagt dein Vater immer?
Lehman Brothers stützt sich
auf zwei Pfeiler
und die sind …?«
»*Der Kaffee und die Industrie!*«
»*Sehr gut, Philip!*
Jetzt geh spielen.«

Der Kaffee und die Industrie.
Denn seit die Nordstaaten den Krieg gewonnen haben
ist New York
regelrecht
verrückt
nach einer dunklen Flüssigkeit namens *Kaffee*
und nach einem dunklen Ort namens *Fabrik*.

Neben der Baumwollbörse
wurde die Kaffeebörse eröffnet.
Emanuel Lehman gehört dazu
wie die Goldmans

die Blumenthals
die Sachs
die Singers
Baruch HaSchem für *the King Coffee!*
Großartiger Ersatz für die Baumwolle.
Der Kaffee startet in New York
ausgehandelt
unterzeichnet
bezahlt
verschifft
die Anker gelichtet, los geht's, um die halbe Welt.
Sie wollen Kaffee in Europa
in Kanada, überall.
Lehman Brothers hatte 24 Baumwollplantagen
hat jetzt 27 Kaffeelieferanten.
Doch auch vom Kaffee
sagt Emanuel Lehman
»*Er bringt Geld, das ja*
Macht aber nicht reich.«

Was reich macht
wirklich reich
weiß Emanuel
und sein Schwiegervater nickt
ist der Run auf die Industrie
die überall finanziert werden muss.
Ganz Amerika muss gefüllt werden
überall
mit Hallen und Betrieben
Textilfabriken
Werkzeugfabriken
Chemiefabriken
pharmazeutischen Fabriken
von Norden bis Süden
von Osten bis Westen
Brennereien Eisenhütten Hochöfen
von Washington bis Los Angeles und Sacramento

vom Atlantik bis zum Pazifik.
Auch Teddy Wilkinson Seidenhändchen
hat die Branche gewechselt
zur Hölle mit der Baumwolle
jetzt fertigt er Muttern und Bolzen aus Eisen
und zählt doppelt so viel Geld wie früher.

»Einen Moment, Mister Lehman
soweit ich weiß
verkauft Lehman Brothers Baumwolle«
sagt der Präsident des Industriellenverbands
als Emanuel Lehman
sich als Zwischenhändler anbietet:
Ich liefere Rohstoffe, Ihr verarbeitet sie
und wenn Ihr wollt, baue ich auch die Fabriken.
»Ja, aber warum bitte
sollten wir Kapital für den Bau von Fabriken
einem Textilunternehmen geben?«

»Ich verbitte mir diese Beleidigung!«
schreit Emanuel
zornesrot im Gesicht
der auch mit fast fünfzig
ein Arm bleibt.
»Ich weiß nicht, Lehman
ich will drüber nachdenken.«
»Natürlich, mein Herr
ich komme in einer Woche wieder.«

Und Emanuel
kommt nach 6 Tagen wieder
mit demselben Angebot.
»Ich weiß nicht, Lehman
mir ist das noch nicht ganz klar.«

So ging es weiter
jeden 6. Tag

unerbittlich
mit typischer Arm-Strategie
unermüdlich
dennoch
in diesem Fall
verzweifelt
vergeblich
bis
Emanuel Lehman
eines Abends
im Bett
vor dem Einschlafen
einen Windhauch spürt
der sein Ohr streichelt
wie die beste aller Lösungen
und dieser Hauch
der aus Montgomery weht
mit dem vagen Duft einer *Kisch-Kisch*-Kartoffel
ist so stark und eindeutig
dass Emanuel sofort abfährt
am nächsten Morgen
bei Tagesanbruch.
Ziel ist der kleine Laden im Süden
mit der Klinke, die wieder klemmt.

»*Hör mir gut zu, Mayer*
ich bin nicht gekommen, um Hallo zu sagen.
Ich habe etwas beschlossen
das dich betrifft:
Du kannst hier nicht länger leben
wir brauchen dich in New York.«

»*Ich in New York?*
Wir waren uns einig, dass ich hierbleibe
ich in Montgomery
du da oben
in der Liberty Street.«

»Zum Teufel! Was für eine Kartoffel bist du?
Es gab Krieg, Mayer
alles hat sich verändert.
Mit der Scheißbaumwolle ist Schluss
Jetzt gibt's was Anderes!
Ganz Amerika muss industrialisiert werden!
Und ich habe beschlossen, du kommst, ich brauche dich!«

»Ich baue Alabama wieder auf
mit Geld vom Staat.«

»Das kannst du auch von New York aus machen!
Sogar besser.
Alles passiert jetzt in New York.
Egal, ich bin dein älterer Bruder
ich weiß, was gut für dich ist.«

In diesem Moment
erscheint im Rechteck der Tür
das stumme Gesicht von Dreidel
knapp fünfzehn Jahre alt
Beine mager wie zwei dürre Zweige.

Seltsam, wie Worte
sich manchmal
auflösen wie Schnee
unter einem einzigen Sonnenstrahl.
So etwas
passierte in diesem Zimmer.

Nicht, weil Dreidel
etwas Bestimmtes
getan hätte.
Auch gab er sein striktes Schweigen nicht auf.

Dieser Junge an der Tür
sah Onkel Emanuel nur an, sehr lange

auf eine wirklich ungewöhnliche Weise
und ebenso lange sah er Onkel Mayer an
um dann mit festem Schritt einzutreten
und sich nicht an den Tisch
nicht auf das Sofa
nicht auf einen Sessel zu setzen
sondern am offenen Fenster aufs Fensterbrett
die Beine angezogen
den Arm als Stütze im Nacken.

Mayer wirft dem Bruder einen Blick zu
gerade lang genug, um in dessen Augen
seinen eigenen Gedanken zu lesen
die Gewissheit
mathematisch genau und verrückt
dass dieser Junge eine Marionette ist
auf mysteriöse Weise bewegt
von einem Opfer des Gelbfiebers.

Im gleichen Abstand zum Kopf wie zum Arm
in einer Stille wie Klebstoff
bringt Mayer *Bulbe* mühsam Sätze hervor
die Kiefer zum Gehorsam zwingend:
»*Wir überlegen, ob wir nach New York gehen
nicht als ein Unternehmen
nein, als eine Bank.
Emanuel will es, ich bin nicht überzeugt.
Aber wir sind zu dritt, Henry: Bring du die Mehrheit.
Wofür stimmst du? Bist du dafür oder dagegen?*«

Henry nimmt sich Zeit.
Privileg eines Kopfes.

Er sitzt reglos
am offenen Fenster auf dem Fensterbrett
die Beine angezogen,
den Arm als Stütze im Nacken.

Dann sagt er nichts.
Er nickt nur.

Und die Wende ist beschlossen.

Zweites Buch

VÄTER UND SÖHNE

Erstes Kapitel

THE BLACK HOLE

Yehuda Ben Tema
schreibt
in den *Sprüchen der Väter:*
Du hast fünfzig Jahre, um klug zu werden
du hast sechzig, um weise zu werden.

Emanuel Lehman
auf halbem Weg zwischen fünfzig und sechzig
fühlt sich tatsächlich
unwiderleglich
sowohl klug als auch weise.
Daran zweifelt er keinen Moment.
Denn Klugheit heißt für ihn handeln.
Auch Weisheit heißt für ihn handeln.
Woraus folgt
wenn dies die Zutaten sind
hält er sie als Akteur
beide fest in der Hand.
Das reicht.

Wer würde nicht handeln
wenn er mitten in New York wohnt?
Hier ist alles Bewegung
hier ist alles Machen
hier ist alles Energie
darum fühlt sich ein Arm
hier immer in seinem Element.

Umso mehr
als das Losungswort
nur noch ein einziges ist: Brennstoff

Wunder der Moderne.
Warum haben wir so viele Jahre nicht daran gedacht?
Nur eins unterscheidet Menschen und Götter
Erstere müssen sich schinden.
Götter dagegen arbeiten nicht
Götter kommen nicht außer Atem
weil sie in den höheren Sphären
offensichtlich
über eine nie versiegende Energiequelle verfügen.
Sehr gut.
Lassen wir uns inspirieren.
Lasst uns ihr Vorbild kopieren.
Geben wir auch uns, allen Menschen
einen göttlichen Brennstoff!
Die Menschheit wird keine Grenzen mehr kennen
wenn wir Motoren mit Energie versorgen.

»*Das könnte, wer weiß, vielleicht
eine Investition sein ...*«
dachte Emanuel Lehman
als Mister Wilcock, Herr der Kohle
ihn einlud, in die Bergwerke im Norden
um sich das zumindest mal anzusehen.

»*Ich muss es mir überlegen*«
sagte sich Emanuel
wodurch er entdeckte, dass ein Arm
zwischen fünfzig und sechzig
sich sogar Bedenkzeit erlauben kann.

Schade, dass diese Zeit
nicht von langer Dauer war.

Gerade genug, um zu erkennen
dass sogar Dawid, den wilden Sohn von Tante Rose
wiewohl erst um die zwanzig
die Kräfte irgendwann verlassen

ja, ein paar Stunden
kann er sogar schlummern
und seine Eskapaden einstellen.

Nicht zu glauben
denn Dawid ist ein Pferd, das durchgeht
in New York herumrennt
von Manhattan in die Vororte
von den Vororten nach Queens
Dawid ist ein rastloser Wirbelwind
in ihm brennt ein starkes Feuer
das hektische Knappheit des Ausdrucks erfordert:
»Heda! Onkel! Hallo!
Heda! Was sagt Ihr? Wird's regnen?
Ihr geht aus? Nicht? Was?
Ihr bleibt? Ja? Ich? Na ja!
Abendessen? Meine Mutter? Heda!
Das Pferd? Wo?
Bin weg! Bis heut Abend!
Heda! Macht's gut! Bye bye!«

Wenn Dawid dann sitzt
bewegt er permanent die Beine
er steht auf
setzt sich wieder
er steht auf
setzt sich wieder
seine angespannten Halsmuskeln
zucken unaufhörlich
er blickt nach oben
er blickt nach unten
er blickt nach oben
er blickt nach unten
doch trotz alledem
muss auch Dawid Lehman
mechanisches Agglomerat in Form eines Neffen
Wunder der Industrie im späten 19. Jahrhundert

dank der Naturgesetze
in regelmäßigen Abständen
innehalten
wieder aufladen, unumgänglich, notwendig.
Und das legt ihn still! Macht ihn untätig!
Anders gesagt, es schadet ihm
wie Dawid selbst – eines schicksalhaften Abends – sagte:
»Onkel! Heda! Darf ich?
Müde? Stör ich? Nein?
Hab was berechnet! Interessiert? Möglich!
Gut! Wie alt bin ich? 24?
Wie lang schlafe ich? 6 Stunden! Am Tag!
Folglich? Kommt Ihr mit? Alle 4 Tage geht einer verloren!
Nein? Doch, ist so! Alle 4 Tage!
Einen ganzen Tag verschwende ich mit zzzzzzzzzzz! Na?
Und in einem Jahr? Haltet Euch fest! 91! Tage! Na?
Verstanden? 91 Tage Schlaf! 91 Tage zzzzzzzzzzzz!
Und in 24 Jahren? Ein Schock! 2190! Macht? 6 Jahre! Ganze 6!
Und Ihr? Über das Doppelte! Onkel? Alles klar? 15 Jahre! Fast!
Na? Wahnsinn! Mann! 15 Jahre zzzzzzzzzzzzzz!
Okay, wollte ich Euch mal sagen! Macht's gut!
Bis dann! Bye bye!«

So viel dazu, wie man einen geliebten Menschen tötet.

Es gibt Momente im Leben
da erkennt man, dass es ab jetzt
ein Davor und ein Danach geben wird.
Emanuel Lehman spürte es sofort
im Magenmund
dies war so ein Moment.

Nicht mal die Nachricht vom Tod seines Vaters
drüben in Deutschland in Rimpar
hatte ihn so erschüttert
und das nicht
weil auch die in lakonisch knapper Form ankam.

Die 57 Sekunden
der ungewöhnlich langen Rede seines Neffen
markierten eine unauslöschliche Etappe
auf Emanuels Lebensweg.

Denn alles war richtig.
Tragisch richtig.

Nein, sogar schlimmer
da die unbarmherzige Rechnung des Jungen
auf einem Schlaf von 6 Stunden basierte.
Wie sich eingestehen, dass er 8 Stunden schlief?

Allein im Büro
bei einem dramatischen Aug in Auge mit seiner Misere
stellte Emanuel fest
dass er tatsächlich
seit seiner Ankunft in Amerika
tatsächlich
schon fast 10 Jahre lang zzzzzzzzzzzzzz hatte.
Und sie zogen an ihm vorüber
die tausend Dinge, die er hätte tun können
statt zzzzzzzzzzzzzzzzzz
für sich selbst
für Lehman Brothers
für die Familie
für das Vaterland
für die Geschichte und den Ruhm
darum
ergab er sich dem ungesunden Gefühl
sich seiner selbst beraubt zu haben
und wofür?
Für eine angeborene, schändliche Abhängigkeit
vom extrem langsamen Mechanismus der Ruhe?

Nach diesem Abgrund ahnte er das Licht.

Also stand er aus dem Sessel auf
belebt vom echten Schwung
einer echten Mission.
Wenn es nicht an Lehman Brothers war
die Menschen zu ändern
konnte man – musste man – sie doch trösten
mit einem permanenten Produktionssystem
nonstop
aus unablässigen Abläufen
gespeist von göttlichen Brennstoffen
kein Anhalten mehr
keine Pausen mehr
kein zzzzzzzzzzzzzzzzz mehr.
Und wer auf der Welt könnte das besser als ein Arm
den sein Neffe zum Krieg gegen den Schlaf angespornt hatte?

Hier war sie endlich, die Chance
die ganze Menschheit zu retten
und Abschied zu nehmen
vom verdienstvollen *King cotton*
zumal der Schwung seiner Gedanken
Emanuel jäh die Augen öffnete:
In den Schlafzimmern war alles nur Stoff
die Bezüge aus Stoff
die Bettdecken die Laken die Kopfkissen aus Stoff
also fühlte er sich verantwortlich
Millionen Betten (auch das eigene) überzogen zu haben
und dies
war vielleicht das erste Mal
dass einer der Lehman Brothers
im Wissen
ein Baumwollhändler zu sein
einen Verdruss nicht verdrängte.

Genug.
Schluss mit der Narkose.
Schluss mit Schlafliedchen.

Erleichterung fand Emanuel einzig
wenn er bedachte
dass Lehman einen Teil seiner Geschäfte
mit Kaffee machte, dem Feind der Schlafenden.
Und dafür dankte er sich.

Doch jetzt? Wie handeln?

Eine Woche später
verließ ein New Yorker Arm die Stadt
getreu seinen exekutiven Prämissen
für eine wichtige Geschäftsreise
der sein Bruder Mayer sich entzogen hatte
was bewies, dass eine Kartoffel des Südens
in den Norden verpflanzt, nicht gesundete
und aktivem Handeln
die Umarmung des Schlafs vorzog.

Unwichtig. Nach vorn schauen.
Emanuel reiste ab.
Diesmal begleitet
– denn Intuitionen verdienen Respekt –
von einer jungen Adrenalinbombe
Enkel eines Viehhändlers
vielleicht unterschätzt
was die Zukunft der Firma betraf.
Doch es war Zeit genug, das wiedergutzumachen.

Zwei Tage Fahrt in der Kutsche.
Die Qual der Untätigkeit
überlistete Dawid Lehman
indem er
den Schutzbezug der Sitze
viermal abnahm und wieder überzog
und sein Werk begleitete
mit einem unaufhörlichen Fluss
aus »*Heda!*«, aus »*Na!*«, aus »*Sowas!*«

und andren mehr oder minder synkopischen Klängen
seiner exquisiten ureigenen Schöpfung.

Kurz vorm letzten »*Heda!*« stiegen sie aus
an einem Hang ganz aus Schlamm und Gestein
vor einem Berg
ausgeweidet wie ein durchbohrter Körper
auf dem Tisch des Chirurgen.
»*Heda! Onkel! Seht Ihr? Mann!*«
Schienen und Lastaufzüge, ineinander verkeilt
höllisch der Lärm, der Gestank ekelerregend
doch beeindruckend war das Gedränge
von Menschen aus allen Erdteilen
Chinesen, Rothäute, Afrikaner, Latinos
und sogar viele Weiße – »*Sowas!*« –
deren Hautfarbe
allerdings
keinerlei Bedeutung hatte
da jedermanns Gesicht – »*Sowas!*« –
ohne Unterschied – »*Sowas!*« –
von einer Rußschicht bedeckt war
schwarz wie Pech
dicht wie ein Handschuh
und nur die weißen Augen herausstachen. »*Mann!*«

»*Auf den Baumwollplantagen waren alle schwarz…*«
dachte Emanuel
»*… in den Kohlebergwerken gibt's keinen Unterschied.*«
Und daraus mochte
eine interessante Betrachtung
über die Rassen entstehen
wäre der Gegenstand der Mission
philanthropischer Natur gewesen
doch sie zielte aufs *business* mit Kohle.

Da kommt er, der Besitzer, Mister Wilcock
sehr flink trotz der Krücken

an denen er seit zehn Jahren geht
denn mit der Kohle wurde ihm ein Bein ausgerissen.
Preis der Moderne
oder vielleicht ein Obolus an den Berg.
Aber auch Invaliden können nicht stillstehen
beim großen Run im späten 19. Jahrhundert.

Mister Wilcock sprach nur über Kohle.
Man musste sie bloß erwähnen
schon erhellte sich
sein dreieckig zugespitztes Gesicht
mit dem hängenden weißen Schnurrbart
auf der leicht rußgeschwärzten Haut:
»*Willkommen in Black Hole*
der größten Steinkohlemine in Nordamerika.
Wollt Ihr hinunter, um zuzusehen
müsst Ihr einen Helm tragen wie alle Bergleute.«
Und er ging voran
wendig über die Steine hüpfend
obwohl er gehbehindert war.

Das Erlebnis der Mine war unvergesslich.

Nicht, weil zwei reiche weiße Juden
eine Stunde lang dunkle Haut hatten
und eine nie ganz vergessene Zuneigung
zu Rundkopf Deggoo aufleben fühlten.
Erinnerungen an Alabama.

Das war es nicht allein.
Emanuel Lehman
begeisterte der Gedanke
dass all diese Menschen
aus allen Ecken und Enden der Welt
um das Festmahl der Industrie mit Brot zu beliefern
in den Eingeweiden der Erde kratzten
und ihr nichts Geringeres als Energie entrissen.
Reinste Energie.

Mit seinem Neffen
an das rostige Gestell
eines rasselnden Wagens geklammert
der sehr schnell steil abwärts raste
verspürte Emanuel Lehman
nicht die mindeste Furcht.
Es überwog das – herrliche! – Gefühl
dass die Bergleute aus den tiefsten Schluchten der Erde
nicht Kohle
nein, Unmengen Goldbarren und Banknoten holten
die Lehman Brothers in die Hände fallen würden.
Allein dieses Ausmaß zu ahnen
war für Mister Arm
eine Art Allheilmittel
das ihn, wenn auch nur teilweise
entschädigte
für seine 15 Jahre Tiefschlaf.

Sein Neffe Dawid aber
sprang lachend umher.
Er war ganz in seinem Element
zwischen diesen kletternden Truppen
die er beneidete
wie sie die Spitzhacke schwangen
am Boden krochen
in die Stollen hinein und wieder heraus schlüpften
und dann ihre Schreie im Berg
welch ein gewaltiges Echo!
Er hätte sie gerne nachgeahmt
tat es nicht
aus Respekt vor dem Namen der Familie
doch kurz vor der Rückfahrt
konnte er nicht widerstehen
musste einen Wunsch kundtun
den Mister Wilcock gewährte
das Nonplusultra eines krönenden Abschlusses:
Von drei Chinesen ans Ende eines Stollens begleitet

durfte er zwei Ladungen Dynamit explodieren lassen.
Und die Lust, die er dabei empfand
war größer als Worte:
reinste Energie.

An diesem Abend schlief er nicht ein.

Auch sein Onkel im Nebenzimmer schlief nicht.
Im Gegenteil.
Um die verlorene Zeit aufzuholen
las er wieder und wieder
mindestens fünfmal
hellwach, mit aufgerissenen Augen
seinen ersten Vertrag mit der Kohle.

Zweites Kapitel

DER BANKIR BRUDER

Yehuda Ben Tema
schreibt
in den *Sprüchen der Väter:*
Du hast fünfzig Jahre, um klug zu werden
du hast sechzig, um weise zu werden.

Mayer Lehman
ist fünfzig
und weiß nicht, was Klugheit ist
sollte sie aber bedeuten: »*stillsitzen und beobachten*«
könnte es sein, dass er klug ist.

Sein Vater
Viehhändler
vor tausend Jahren
drüben in Deutschland, in Rimpar, Bayern
sagte, der Weise sei wie die Zweige
die dem Wind widerstehen
sich nicht verbiegen wollen.
»*Wenn das so ist*«, denkt Mayer
»*ist mit mir alles in Ordnung.*«

Ja.
Denn jetzt wollen alle
wie verrückt
machen machen machen
bauen bauen bauen
erfinden erfinden erfinden
Mayer Lehman aber
sitzt still.

Jetzt gerade zum Beispiel.
Über dem Eingang des New Yorker Büros
wurde soeben das Schild angebracht
mit der Aufschrift
LEHMAN BROTHERS BANK.

Sie haben schnell gearbeitet.
sehr schnell.

Denn das alte Schild war im Grunde
nur ein längliches Rechteck
breit wie die ganze Fassade
aus drei Stücken, aneinandergereiht:
LEHMAN das erste
BROTHERS das zweite
und zuletzt COTTON.

Typisch
New Yorker Lösung
ohne viel Aufhebens.
Einfach den letzten Teil rechts entfernen.
Das letzte Stück: COTTON.
Jetzt liegt es
prompt gealtert
auf der Straße.
Ein neues Stück wird aufgehängt
mit vier Buchstaben: BANK.
Sieht wirklich gut aus.
Mit Seilen nach oben gezogen
hängt es millimetergenau
präzise, perfekt
neben LEHMAN BROTHERS.
Gerade verbinden die Tischler die Stücke
nageln sie aneinander
schon bilden sie ein Ganzes:
LEHMAN BROTHERS BANK.

Mayer sitzt auf einem Stuhl, beobachtet.

Was bedeutet es, eine Bank zu sein?
Was ändert sich wirklich für uns?

Kartoffeln denken in aller Ruhe nach.
Die lange Reifezeit unter der Erde
verringert
drastisch
ihre Gedankensprünge an der Oberfläche.

Und tatsächlich
gelangt Mayer *Bulbe*
auch hier
zu zwei simplen Folgerungen.

Erstens: Als wir im Handel tätig waren
gaben die Menschen uns Geld
und bekamen etwas dafür.
Jetzt, da wir eine Bank sind
geben die Leute uns immer noch Geld
bekommen jedoch nichts mehr dafür.
Nicht sofort. Später wird man sehen.

Zweitens: Als wir im Handel tätig waren
mussten wir unseren Kindern
wenn sie nach unsrer Arbeit fragten
nur einen Stoffballen zeigen
einen Wagen voll Zucker
einen Sack mit Kaffee
und meistens verstanden sie.
Jetzt, da wir eine Bank sind
kannst du lange nach Worten suchen
dein Kind versteht nicht
gibt auf und geht spielen.
Spielen, genau.

»*Eigentlich*«
denkt Mayer Lehman
»*muss es einen Grund geben*
wenn Kinder im Spiel so tun
als wären sie Lehrer Ärzte und Maler
aber kein Kind
jemals
vorschlägt: ›*Wir spielen Bank!*‹
Denn wer den Bankier spielt
muss seinen Kameraden Geld abnehmen
und ihnen bleibt nichts für Bonbons.
Was für ein Spiel soll das sein?«
Erkläre einer den Kindern
warum die Industrie das Geld der Bank braucht.
Erklär ihnen
warum das System Sparkassen braucht!
Kurzum, Mayer Lehman
kommt zu dem Schluss:
Diese neue Seite seiner Arbeit
wird er erst dann wirklich lieben
wenn er mit eigenen Augen sieht
wie ein Bankier
Kindern
das Bankspiel erklärt.
Aber so, dass sie Spaß daran haben.

Mayer *Bulbe*
denkt lang darüber nach
und betrachtet derweil seinen Namen
auf dem Schild
neben dem Wort BANK.

Sein Sohn Arthur
zwei Jahre alt
sitzt auf seinem Schoß.
Er ist ein halbes Jahrhundert jünger als Mayer
und zieht ihn am Bart.

Mayer reagiert nicht
er lässt ihn gewähren.
Vielleicht, weil Arthur in New York geboren ist.
In seinem Blut
fließt kein einziger Tropfen
weder aus Deutschland
noch aus Alabama.
Arthur ist neu.
Arthur ist absolut neu.
Arthur ist ein Sohn New Yorks.

Darum sind sie
sieht man sie zusammen
ihn und den Vater
wie das alte Schild
LEHMAN BROTHERS
und daneben das neue Wort BANK.
Lachen die Passanten deshalb?
Sie lachen, ja.
Nicht wegen Mayers skurriler Bekleidung
wie ein neureicher Südstaatler
diese gestreiften Gamaschen
die hier in New York
keiner
keiner
je
tragen würde
nicht mal aus Versehen.

Es ist nicht die Kleidung, die auffällt
sie lachen, weil Mayer dasitzt
still, lächelnd
einfach dasitzt
und was tut er?
Nichts.
Er lässt sich am Bart ziehen.
Seltsam und komisch

wenn hier, mitten im Financial District Liberty Street 119
wo jede Minute ein funkelnder Dollar ist
Liberty Street 119
wo alles ein Preis ist
Liberty Street 119
wo sogar Fliegen einen Wert haben
hier
in der Liberty Street 119
ein mittelalter jüdischer Millionär sitzt
der absolut nichts tut
einfach so dasitzt
einfach so auf der Straße
einfach so, ein Kind auf dem Schoß
zusieht, wie ein altes Ladenschild
mit der Aufschrift COTTON
zertrampelt wird.
»*Was machen wir mit diesem Stück, Mister Lehman?*
Werfen wir das alte Schild weg?«
Mayer antwortet nicht.
»*Wir könnten es in Stücke sägen*
und Ihr verbrennt sie im Ofen.
Das Holz ist alt, aber nicht morsch.«
Mayer antwortet nicht
er lächelt, sagt nicht, was er denkt.
Sie würden es nicht verstehen.
»*Na gut, dann fragen wir Euren Bruder.*«

Mayer lächelt, nickt.
Besser so.
Emanuel ist ein Arm, er fackelt nicht lange
nicht, weil er manche Gedanken verdrängt
sie kommen ihm gar nicht.
Auch deshalb hat er, der Arm
heute Morgen als Erstes
4 Eimer Farbe kaufen lassen
denn wenn das Schild fertig ist
soll man sofort

unverzüglich
eine neue Schicht Farbe auftragen
sofort
schleunigst
sonst hebt sich das neue Wort BANK
zu stark ab von LEHMAN BROTHERS
und
»... *wir sehen aus wie eine Großmutter*
mit einem Kleinmädchenhut.«
Wort des Emanuel Lehman
denn die Rolle des lächerlichen Alten
passt ihm mitnichten.
»*Wenn man eine neue Seite aufschlägt*
dann richtig, Mayer!«
Sehr gut.

Also?
Also neu anmalen, frische Farben
weg mit dem welken Gelb des Stoffladens:
»*Jetzt will ich Großbuchstaben*
in Gold
auf schwarzem Grund.
Und weißt du warum, Mayer?
Das hat einen tieferen Sinn!
Bei mir ist nichts Zufall.
Das Gold kommt aus dem Schwarz
aus dem Schwarz des Kaffees
aus dem Schwarz der Kohle
und ... aus dem Rauch der Lokomotiven!«

Lokomotiven.
Immer, wenn Emanuel sie erwähnt
– und das tut er oft –
verzerrt sich sein Mund zur Grimasse
als würde ein Anflug von Lächeln
verlegenem Schauder weichen.
Emanuel bemerkt es vermutlich

denn er ruft sofort aus:
»*Die Eisenbahn, Mayer! Natürlich die Eisenbahn!*
Züge sind nicht Nullkomma
die Eisenbahn wird uns viel Geld einbringen!«

Mayer mustert den Bruder.

Seit einiger Zeit schon
ist Emanuel besessen
von diesen »*Nullkommas*«.

Wiederholt sie
wie einen Refrain
– die »*Nullkommas*«
– die »*Nullkommas*«
– die »*Nullkommas*«
unzählige Male
wie damals
drüben in Deutschland, in Rimpar, Bayern
vor tausend Jahren
als sie Kinder waren
und dem Lied auf Hebräisch lauschten
das Onkel Itzaekel sang
monatelang
blieb es ihnen im Ohr.

Doch jetzt
hier
in New York
Liberty Street 119
fragt sich
von welchem Onkel Itzaekel
sein Bruder Emanuel
das Lied der Nullkommas
gelernt haben mag
vor allem aber
das Lied von der Eisenbahn

die viel Geld einbringen soll
seit Jahren redet Emanuel davon
dabei haben sie noch keinen Cent
in die Eisenbahn investiert.

Die Eisenbahn ...
An die Tür von Liberty Street 119
ließ Emanuel gar ein Plakat hängen
eine dampfende Lokomotive der Northern Railway.
Ja, und?
Lehman Brothers macht Geld
auf dem Kohlemarkt
dem Kaffeemarkt
dem Holzmarkt
vom Rest des Baumwollmarkts gar nicht zu reden.

Also mit allem
außer mit Zügen.

Ein Geheimnis.

Unterdessen vergehen die Tage
und die einzige Eisenbahn
in der Liberty Street
ist ein hölzerner Spielzeugzug
kanariengelb.
Onkel Emanuel hat ihn seinen Neffen geschenkt
den jüngsten
Arthur Herbert und Irving.
»Eines Tages bekommt ihr einen richtigen Zug
das verspreche ich!«

Es macht immer Spaß, mit Zügen zu spielen.

Drittes Kapitel

HENRY'S BOYS

Henry Lehman war zu klug
um sein Unternehmen
ohne einen Erben zu lassen
der diesen Namen verdiente.
Sie hätten sich denken können
– Emanuel und die Kartoffel, sein Bruder Mayer –
dass ein Kopf wie Henry
ihnen weiterhin helfen würde
wiewohl getrennt in den Schädeln zweier Söhne.

Der turbulente Dawid
und sein stockstummer Bruder Dreidel
teilten sich nämlich
in unterschiedlichem Ausmaß
aufgrund biologischer Defizite
den großen zerebralen Schatz
eines Gründervaters
eines Pioniers
eines Vorläufers.

Dieser Verpflichtung
musste man Rechnung tragen.

Henry Lehman war eine Leuchte.
Solange er lebte, löste er alles.
Was immer aus seinem Umkreis kam
bewies einen Sinn, wenn es umgesetzt wurde
mit Ausnahme
jenes verfluchten Moments
als Henry dem Gelbfieber erlag
und der Baumwollmarkt

ein Ausnahmetalent verlor.
Im Übrigen
stand sein Name schon
auf dem Ladenschild
als Emanuel und Mayer
noch über die Wiesen rannten
an einem mythischen Ort namens Rimpar.

Das konnten sie nicht vergessen.

Allemal nicht jetzt
Allemal nicht in dieser Zeit
da
die Söhne von Tante Rose
keine Kinder mehr, Jünglinge waren.
Dawid und Dreidel
trugen lange Hosen
und auf ihren Wangen
spross ein vielversprechender Flaum.

Man musste sie einbeziehen.
Früher oder später.

Richtig: früher oder später.

Denn dem Arm nicht und nicht der Kartoffel
behagte die Vorstellung
das Kommando abzugeben
und jemand zur Seite zu haben.

Also nahmen sie sich Zeit.
Vor allem weil – nicht zu vergessen –
Tante Roses Familie
immer noch ihren Anteil bekam
ein Drittel der Einkünfte, pünktlich.
In dem Punkt konnten die Jungen nicht klagen.
Also war es nicht ganz so eilig.

So schien es zumindest
denn nach und nach
Tag für Tag
änderte sich etwas
bei Lehman Brothers.

War es die Luft von New York?
Oder der banalere Umstand
dass Mayer und sein Bruder alterten?

Kurz, die eine oder andere Frage
nach der Zukunft
tauchte gelegentlich auf.
Und berechtigterweise
betraf sie Henrys Söhne.

Um mal mit Dawid zu beginnen.

Getrieben
von ständigem innerem Beben
unfähig
am Tisch zu sitzen
von den Fußknöcheln bis hin zum Kiefer
vom großen Zeh bis zu den Ohren
durchdrungen
von einer starken elektrischen Spannung
hatte Dawid Lehman
nach Ansicht des Onkels
sich vor kurzem
eine heroische
Beförderung verdient.
Ihm war das Kohlegeschäft zu verdanken
und mehr noch
ihm schuldete man größten Respekt
weil er dem Schlaf der Familie
einen Wecker gestellt hatte.
Was war das, wenn nicht Genie?

Was war das, wenn nicht Geschäftsgeist?
Was war das, wenn nicht das Markenzeichen
eines nie genug zu beweinenden
Henry Lehman?

Mayer zögerte
Emanuel hingegen erwog
gedrängt
von einem nie angemessen bezeugten »Danke«
ob er Dawid einbeziehen sollte
in die Leitung der Bank.
Und zwar richtig. *Heda!*

Und je länger er überlegte
desto klarer sah er.
Überdies war zu bedenken
dass Dawids explosive Exzesse
grandiose Gaben offenbarten
weniger solche des Intellekts
als der physischen Ausdauer bei Stress
wahrlich kein sekundärer Aspekt
im großen Rodeo des New Yorker Markts.
Bei mehr als einer Gelegenheit
auf Partys und Dinners
hatte die begehrteste Ware
sein unerschütterlicher Humor
   »Heda! Witz gefällig? Mögt Ihr? Soll ich?«
kombiniert mit deutscher Alkoholtoleranz
   »Noch einen? Her damit! Das geht runter! Nächste Runde?«
der Marke Lehman Brothers das Siegel
einer robusten Verlässlichkeit geschenkt.
Zumal Dawid
verglichen mit seinen fast dreimal älteren Onkeln
die kritische Schwelle
von 4 Stunden ununterbrochener Public Relation
weit übertraf.
Zwar hatte sich Mayer

auf gänzlich anderem Schlachtfeld
den Rang eines *Kisch Kisch* erworben
wurde aber von Dawid dem Neffen
gnadenlos geschlagen
wie ein Räderwerk aus dem letzten Jahrhundert
verglichen mit einer neuen Maschine.
Denn allzu viel größer war sein Repertoire.
Besaß Mayer
ein schönes Lächeln und ein musikalisches Ohr
fügte Dawid solcherlei Vorzügen
weitere hinzu:
akrobatische Nummern
das Flair eines Zauberkünstlers
einen Vorrat jiddischer Sketche
deutsche Lieder
perfekte Beherrschung der englischen Sprache
das Ganze verbunden mit einer schamlosen
die Grenzen guter Erziehung sprengenden Frechheit
deren Exzesse ihm aber
von allen
augenblicklich
verziehen wurden
weil er so rundum amerikanisch war
ein Buffalo Bill
in jüdisch-urbaner Gestalt
mit Spritzern Alabama-Sonne.
Obendrein
war der junge Lehman
ein sehr begehrter Artikel
bei der weiblichen Kundschaft
Müttern wie Töchtern
Erstere schätzten den *sprint* seiner zwanzig Jahre
Letztere – ausnahmslos –
seine schamlos wilden Tänze
die beim *Rosch Haschana*
den Sonnenaufgang begrüßten.
Und er hätte noch weitergemacht.

In Industriellenkreisen
fragte man sich
ernsthaft interessiert
ob Dawid eine Maschine war
die mit Kohle, Benzin oder Kerosin lief.

Für Emanuel Lehman
war Dawid mithin
wie ein Trumpf in der Hand
sein eigener Achilles
und insgeheim
hatte er ihn aufgenommen
in die Reihen der Atriden.

Doch es gab ein Problem.

Was Dawid und Dreidel betraf
so war die Stelle in der Bank
in Wahrheit nicht dem Korsar der Polka bestimmt
sie gebührte dem schweigsamen Prinzen.

Nun muss man erwähnen
dass beide, Mayer nicht und nicht Emanuel
gehemmt durch sakrosankten Respekt
irgendeinem in der Familie
nicht einmal Tante Rose
von jenen merkwürdigen Moment erzählt hatten
als Dreidel
in jeder Hinsicht
zu dem Bruder geworden war
den sie brauchten für den Mehrheitsbeschluss.
Es war de facto ihm zu verdanken
wenn Lehman Brothers jetzt
als Bank in New York
auf große Fahrt ging.

Um den Jungen nicht zu belasten
hatten die beiden Onkel
diese Erinnerung
in stillschweigendem Einverständnis
in ihrem Herzen verschlossen
und einander versprochen
ihm einen Anteil zu überschreiben
sobald er volljährig war.
Denn obwohl er nie sprach
genügte die Fensterbrettepisode vollauf
jeden Zweifel zum Schweigen zu bringen.

Man machte sich daher bereit für den Tag
da man Henrys Stimme
in jeder Hinsicht
wieder bei Lehman Brothers hören würde …
vorausgesetzt freilich
diese Stimme war hörbar
da Dreidel
weiterhin keine Neigung zeigte
einen Ton hervorzubringen
und die wenigen Male, als er es tat
nicht als Erfolg gelten konnten.

Vergeblich
auch die Schreibmaschine
Dreidel von Onkel Mayer geschenkt
in der Hoffnung, er würde
wenigstens schriftlich ausdrücken
was er der Welt auf mündlichem Wege verbarg
zwecklos, die Blätter blieben unbeschrieben.

Und ebenso nutzlos
der Versuch
an den Stolz des Jungen zu appellieren
ihm mit eloquenten Umschreibungen
zu verkünden

er werde *vielleicht möglicherweise eines Tages*
die Rolle seines Vaters
im Herzen der Bank einnehmen.
Nichts. Das Schweigen dauerte an.

Alles Hoffen musste sich also beschränken
auf die gefühlt lange
Zeitspanne
die Henrys stummen Erbfolger
von der formalen Schwelle
der Volljährigkeit mit 21 Jahren trennte.

Doch die Zeit ist als Größe bekanntlich unfassbar.
Der Mensch glaubt, sie in der Hand zu haben
oft aber läuft es umgekehrt
und das, was weit weg scheint
rückt schlagartig näher.

So oder ähnlich
geschah es im Hause Lehman.
Wie sehr auch als fernes Datum hinausgeschoben
der schicksalhafte Geburtstag eines Kreisels
stand urplötzlich
sehr kurz
und entscheidend bevor.

Ach.
Warum trifft das Vergehen der Zeit
neun von zehn Menschen
so unvorbereitet?

In der Familie waren nun alle
zu der Überzeugung gelangt
dass das Schweigen des Jungen
sich im Laufe der Zeit
zu etwas wie stillem Hass
ausgedehnt hatte.

Ablehnung der Menschheit im weitesten Sinne.
Zumal die sporadischen Redeeinschübe
die er ihnen bislang gegönnt
sich unmissverständlich immer
auf anmutige Variationen des Themas Ekel beschränkten
was nicht für Besserung sprach.

Doch das war nicht alles.

Beobachtete man sein Verhalten
gewann man den deutlichen Eindruck
dass Dreidel
einem jener Insekten ähnlich wurde
die, angegriffen, ihrem Primärinstinkt folgen
mit aller Macht zu reagieren
und dafür zu sterben bereit sind.

Mithin eine Wespe
als Kreisel getarnt
deren Stachel gemacht ist
um nur einmal im Leben
vehement anzugreifen
und dann zu verenden.

Doch wenn das allgemeines Empfinden war
warum sprachen sie nie darüber?

Es gab doch gar keinen Zweifel:
Jahr um Jahr
hatte die ganze Familie
beginnend mit Tante Rose
zunehmend stärker empfunden
was erst ein Verdacht war und dann zur Gewissheit wurde
dass nämlich in Dreidel der Stolz reifte
eine tödliche Waffe zu haben
mit welcher er über kurz oder lang
wer weiß warum, wer weiß gegen wen

zuschlagen würde
urplötzlich
genauso
wie er den König des Zuckers beleidigt hatte
auf einer Veranda in Louisiana
und die Fahne der Südstaaten
auf jenem Gerüst in Alabama.
Ward Dreidel beim ersten Mal
durch die Spur Unvernunft verschont
die man Kindern gewährt
war die Sache beim zweiten Mal
weit schwerwiegender
und nur das kollektive Gedenken an seinen Vater
dämpfte den Schrei
derer
die ihm Pest, Cholera und Schlimmeres wünschten.

In beiden Fällen jedoch
– und das war jetzt klar –
hatte Dreidel
nicht mehr geboten
als eine winzige Probe
einen Vorgeschmack – und das verstehe, wer will –
von der Menge an Gift
über die eine Hornisse verfügt.

Mochten sie es unterschätzen.
Mochten sie bagatellisieren.
Er schärfte derweil seinen Stachel.
Sie würden schon sehen.

Der Zucker!
Glaubten sie wirklich
Dreidel Lehman würde sich damit begnügen?

Die Fahne!
Wer in der Familie

schätzte ihn so gering
dass er glaubte, eine echte Hornisse
würde für eine Lappalie
wie bei Kriegsbeginn auf die Fahne zu spucken
einen Lynchmord riskieren?

Macht euch nicht lächerlich.
Er war zu ganz Anderem fähig.

Das
waren kleine Sticheleien eines Insekts
nicht zu vergleichen
mit dem richtigen Stich
der im fatalen Moment
tödlich sein würde, der ja.
Und denkwürdig.

So weit die Aussicht.
Nicht gerade erfreulich.

Dieser Junge bereitete sich vor
wie ein Vulkan
seine ganze Wut auszuspucken
und es war ihm egal
ob er sich damit
ausschloss
nicht nur aus der Bank
auch aus jedem menschlichen Bereich.

Es würde geschehen.

Noch aber herrschte Windstille.

Stumm, finster der Blick.
Ohne Eile, ohne Erregung
wartete Dreidel Lehman
auf seinen Moment.

Viertes Kapitel

OKLAHOMA

1 wie ich, ein kleiner Arthur Lehman
2 wie Papa Mayer und *Mamele* Babette
3 wie ich mit Papa und *Mamele*
4 wie ich mit meinen drei Brüdern Sigmund, Herbert und Irving
5 wie wir Brüder mit Tante Rose
6 wie wir Brüder mit Onkel Emanuel und Tante Pauline
7 wie wir Brüder mit unseren Schwestern
8 wie wir Brüder mit den Cousins aus Alabama
9 wie wir Geschwister mit *Papa* und *Mame*
10 wie wir Geschwister mit den Cousins Philip Dreidel Dawid
11 weiß ich nicht, weil 11 Personen nicht in einen Rahmen passen

Arthur Lehman
hat seine ganz eigne Methode gefunden
bis 10 zählen zu lernen.
Er nimmt die Fotografien der Familie
die gerahmt im Salon hängen.

Sie sind sehr kostbar
weil nur wenige welche besitzen.
Und noch kostbarer
weil sie wie eigens geschaffen scheinen
Arithmetik zu lernen.

Arthur
der mit seinem Heft
auf dem Boden sitzt
hebt den Kopf
sieht die Verwandtschaft in Sepia
und hält seine Zahlen schriftlich fest:
1, 2, 3, 4 …

Um über 10 hinauszukommen
bräuchte er ein Bild der ganzen Familie.
Früher hatten sie eines
dann hat Onkel Emanuel es verschickt
an einen Ort jenseits des Meeres
sehr weit weg
so weit, dass man
um dort anzukommen
viel mehr Tage braucht
als bis nach Oklahoma.
Und auch Oklahoma ist nicht grad nah.

Ja.
Oklahoma.
Denn während Arthur Lehman
abendliche Rechenübungen macht
will es der Zufall
dass ein Arm und eine Kartoffel
Tausende Meilen entfernt
beobachten
wie die Flammen zum Himmel aufsteigen
und *HaSchem* für seine unendliche Güte danken.
Immerhin hat er dafür gesorgt
dass dieses verstörende Schauspiel
tausend Meilen von New York entfernt
in dieser dürren Ödnis stattfindet
weniger als eine halbe Stunde
vor der Grenze zu Arkansas.

Warum die Lehmans dort waren
ist schnell erzählt
es hat zu tun
mit dem winzigen
unmerklichen
Anteil an Kohlenstoff
der Stahl vom Gusseisen unterscheidet
und seine Widerstandskraft
um über 26 Prozent erhöht.

Davon abgesehen
gab es für diesen Ausflug
keinen Grund, keinen
der wirklich
mit Eisen zu tun hatte.

Tatsache ist aber
dass Emanuel Lehman
frenetischer Fan der Industrie
sich seit einiger Zeit
mit voller Absicht
kühner metallurgischer Metaphern
bediente
Früchten täglicher Studien
in Sachen Maschinen, Ausrüstungen, Verfahren
und allgemein der unglaublichsten Seiten
des technischen Fortschritts
dessen Sprache – wie er glaubte –
die Sprache einer modernen Bank sein musste.

Mit diesem neuen Wortschatz gerüstet
hörte er genussvoll
Worte über seine Lippen gehen
wie Oxydation, *carbon-coke*, Schmelzpunkttemperaturen
und eitler noch benutzte er
Vokabeln der Metallarbeiter
um die zu heiße Suppe zu kommentieren
die Farbe der Zimmertapete
wenn nicht gar
den Haarschnitt beim Barbier.

Besorgt hörte Mayer ihm zu.
Denn er fürchtete das Schicksal
eines Arms aus Fleisch und Blut
der sich selbst
als mechanischen Verladearm für Eisenteile empfand.

Darum schwieg Mayer
als der Bruder ihm
höchst selbstgefällig
seine Philosophie darlegte
die verheerende Folgen ahnen ließ:
»Weißt du, lieber Mayer, Eisen ist an sich ein dummes Element
es scheint hart, aber ein bisschen Sauerstoff genügt
schon schwächelt es, glaub mir.
Wenn wir dem Eisen aber Kohlenstoff beifügen
erhalten wir ein gut zu bearbeitendes, ein perfektes Metall.
Bei diesem formidablen Verfahren jedoch
darf der Anteil des Kohlenstoffs 2 % nicht überschreiten
und in dieser winzigen Zahl
liegt das ganze Geheimnis der Metallverarbeitung
das die Stahllegierung vom gemeinen Gusseisen unterscheidet.
Beide sind Eisen, aber was für ein Unterschied!
Darum muss höchste Aufmerksamkeit walten.
Denn verfehlt man die Kohlenstoffdosis um ein halbes Gramm
ändert sogar ein hartes Metall seine Eigenschaften.
Ich weiß, du hast den entscheidenden Kern
meiner Überlegung verstanden.
Darum reisen wir beide morgen ab
wir haben eine Verabredung.«

Mayer hatte natürlich nichts verstanden
nur dass sein Bruder
wirklich Gefahr lief
endgültig mit dem Eisen zu verschmelzen
sein Älterwerden mithin
als Oxydationsprozess erlebte
und die Bank als Schmiedewerkstatt.

Mayer schauderte
und widerwillig
machte er sich zur Reise bereit
grübelnd, mit wem zum Teufel
dieser verrückte, verrostete Alte
sich verabredet haben mochte.

Doch nicht das Eisen
war der Schlüssel zu dieser Rede
es war der Kohlenstoff
der macht den Unterschied aus.
Eigentlich wollte Emanuel sagen
er habe die Macht der Bank
– stark und robust wie reines Eisen –
in den Kohlesektor gelenkt
– dessen beste Metapher ihm der Kohlenstoff schien –
um mit der Industrie Geld zu machen.
Doch wie weit durfte man gehen mit der Kohle?
Riskierte man nicht, verwundbar zu sein
mitgerissen zu werden beim Kollaps der Branche?
Daher seine Idee: ein gewisses Level nicht überschreiten
investieren in Kohle, ja
doch mit Vernunft und Augenmaß.
Und so hatte Emanuel
um die Investitionen der Bank
vielfältiger zu gestalten
ein Treffen mit Mister Spencer vereinbart
in Oklahoma
wo schwarzes Gold aus den Bohrern sprudelt
wie aus Springbrunnen
und das schwarze Gold
verkauft sich pro Fass
hundertmal profitabler
als die Kohle von Jeremy Wilcock.

Wenn der Ausflug nach Black Hole
eine Gelegenheit war
den turbulenten Dawid
auf die Probe zu stellen
dann konnte und musste die morgige Mission
– Erkundung auf den Routen des Erdöls –
der richtige Anlass sein
um das Gespräch
mit der Mumie Dreidel

viele Jahre
nach seiner schändlichen Sabotage des Zuckers
wieder aufzunehmen.

Die lange Fahrt gen Süden
diente derweil als Prolog.
Von den Onkeln befragt, ob er jetzt, mit zwanzig
diesen albernen Spitznamen Kreisel
nicht endlich ablegen wolle
reagierte Dreidel in verstörender Weise:
Aus Nase und Mund gleichzeitig schnaubend
lief er sofort puterrot an
und seine Halsadern schwollen.
Dennoch sprach er kein Wort
und wie eine Kröte
die sich aufbläst
schrumpfte er wieder in sich zusammen
in seinem zu dunklen Anzug
der in Anbetracht seines Alters
besser zu einem Kammerdiener
als zum Bankier in spe passte.
Auch darauf wurde er hingewiesen.
Doch seine Reaktion
ähnelte der, die vorherging.
Also ließen sie ihm den Kammerdiener.
Sei's drum.

Als es Abend wurde
kamen sie an.

Die Allee
die Einfahrt zur großen rosa Villa
von Mister Calvin Spencer
war auf allen Seiten umgeben
von sehr hohen Gerüsten aus Holz und Eisen
an deren Spitze
ein mächtiger Strahl schwarzen Blutes

in den Himmel schoss
zur Feier
der zukünftigen Allmacht des Erdöls.
Eine Menge in Reihen gestapelter Fässer
trennte die Fahrbahn
von den Arbeitsbereichen
wo geschäftige Gruppen Mechaniker
hin und her rannten
an einem Gewirr aus Röhren
Hebel drückten, Ventile drehten.
Die Kolben der Pumpen
auf Hochtouren
maßen die Zeit
auf und nieder
rauf und runter
auf und nieder
wie Pendeluhren
und nur zu ersichtlich
wurde die Zeit hier in Gold gemessen
weit mehr als in einer Steinkohlenmine.

Kurz, die Vorzeichen waren perfekt.
Rosig die Aussichten auf Gewinn.
Der Himmel war blau, der südliche Abend warm.
Im Eldorado des Erdöls
taten sich Lehman Brothers
beflügelnde Horizonte auf.

Man ließ sie im Freien Platz nehmen
rings um einen Brunnen aus weißem Marmor
wo statt Wasser
die schwarze Flüssigkeit
im ewigen Kreislauf
aus dem Maul eines Delphins sprudelte.
Beeindruckend.
Beeindruckend auch der goldene Kandelaber
geschmiedet in Form eines S

das Markenzeichen, überall aufgedruckt
der SPENCER OIL.

Weniger angenehm freilich
war der Kontakt mit dem Hausherrn.
Der König des Erdöls
erwies sich auf Anhieb
als widerwärtiges Wesen
schmierig, schleimig und pomadisiert
unbestimmbares Alter zwischen 14 und 80
eingezwängt in einen Anzug erlesener Schneiderkunst
gelb, passend zum falschen Blond der Haare
die sein Gesicht rechteckig umrahmten.
Seine Augen
von aufdringlichem Blau
ruhten während des ganzen Gesprächs
schmachtend
auf dem kleinen weißen
offensichtlich dummen Hund
der Dreidel Lehman anknurrte
da ihm wie den Onkeln
die Verkleidung als Kammerdiener
offensichtlich missfiel.

Mayer zitterte.
Und das nicht wegen seines Neffen.

Denn es gab nur eins auf der Welt
was seinem Bruder verhasster war
als Chopin liebende kleine Mädchen
nämlich launische kleine Hunde
besonders solche
die über ein schrilles Gekläff verfügten
weit unerträglicher noch
als das mechanische Orchester der Bohrer.

Die Stimme von Mister Spencer
obendrein sehr leise
kam bei den Lehmans daher
nur als Hintergrundgeräusch zur hysterischen Hündin an.

Sie ahnten – vorwiegend dank der Lippenlaute –
dass sein Erdöl *first choice* war
und dass *Seine Majestät The King of Oil*
gerade darum
zögerte, ob er Verträge schließen wollte
zumal die Lehmans – wie er gehört hatte –
schon in der Kohlebranche waren.

Worauf ihm
von Mayer *Bulbe*
höflich erwidert wurde
dass Lehman Brothers jetzt eine Bank war.
Und Mayer hoffte, er würde nicht fragen
was das denn bedeuten sollte.

Der Mann fragte nicht.
Es schien jedenfalls so.
Sie hatten eher den Eindruck
hinter dem *waff!-waff!-waff!* des Tierchens
sage der Mann: »*Eine Bank, ja, natürlich!
Eine Bank, die aber ... noch immer im Kohlegeschäft ist.*«
Worauf Mayer *Bulbe*
instinktiv
ein interessantes Theorem
(für ihn selbst überraschend)
über die Lippen ging:
»*Eine Bank ist in keinem Geschäft, Mister Spencer.
Es sind die Geschäfte, die in einer Bank sind.*«

Ein stimmiges, klares Konzept
allein es zu hören, tröstete Emanuel Lehman
hatte er mithin doch Recht gehabt

seinen Bruder den Krallen der Baumwolle zu entreißen
und ihn in die Bank zu setzen.

Weniger erfreut jedoch
reagierte ihr Gastgeber.
Ölmagnaten sind eine besondere Rasse
eine ganz eigene Form der Exzellenz
welche Lektionen in Finanzwissenschaft
keinesfalls akzeptieren kann
schon gar nicht von einer Kartoffel:
»*Sehen Sie sich um – ist Ihnen klar, wo Sie sind?*«
    Waff!-waff!-waff!-waff!
Sie sind in der Visitenkarte der Zukunft
    Waff!-waff!-waff!-waff!
denn alles, was morgen kommen wird
    Waff!-waff!-waff!-waff!
wird nicht nach Wasser, nein, nach Erdöl dürsten
    Waff!-waff!-waff!-waff!
darum bin nicht ich der, der Sie braucht
    Waff!-waff!-waff!-waff!
nein, Sie brauchen mich!
    Waff!-waff!-waff!-waff!
Und das ist der Unterschied zwischen dem Erdöl
    Waff!-waff!-waff!-waff!
und jedem anderen Geschäft auf der Erde.
    Waff!-waff!-waff!-waff!
Wenn Ihnen das passt, in Ordnung.
    Waff!-waff!-waff!-waff!
andernfalls haben Sie den langen Weg umsonst gemacht.«

So.
In diesem Moment
kam es, Berichten zufolge
zum ersten Versuch
seitens des Hündchens
den jungen Dreidel Lehman
in den schwarzen Schuh zu beißen.

Er wich zurück, holte zu einem Tritt aus
der sein Ziel glücklicherweise verfehlte
vom Erdölkönig aber bemerkt wurde:
»Meine Herren Lehman, würden Sie Ihrem Kammerdiener sagen
er soll nie mehr wagen, meine Tiere zu treten?«

Worauf die Onkel
den Atem anhielten
fürchtend – und gleichwohl hoffend –
es würde eine verbale Reaktion geben
welche auch hier ausblieb.
Der Kreisel murrte zwischen den Zähnen
und der Hund kläffte weiter, wütender als zuvor.

Mayer *Bulbe*
der ein *Kisch Kisch* war und blieb
setzte alles auf eine Karte:
»*Ihr Anwesen ist phantastisch, Mister Spencer
wie auch der niedliche Hund.
Um aufs Erdöl zurückzukommen, das ist ein Markt
den zu erkunden uns interessiert.*«

»*Natürlich interessiert er Sie!*
    Waff!-waff!-waff!-waff!
Sie suchen einen Knochen zum Abnagen
    Waff!-waff!-waff!-waff!
aber ich lasse Sie gerne bei Wilcock
    Waff!-waff!-waff!-waff!
und seinem kohleverschmierten Gesicht!«

Diese Feststellung
wiewohl produziert mit königlichem Lächeln
konnte Emanuel nicht gleichgültig lassen.
Das in ihm schmelzende Eisen rebellierte
besorgte sich irgendwoher über 2 % Kohlenstoff
und verband sich zur Einheit aus Stahl und Gusseisen:
»*Guter Freund, hältst du uns für Minenarbeiter?*«

»*Ich halte Sie für das, was Sie sind, Mister Lehman*
   Waff!-waff!-waff!-waff!
Konkurrenz, die Kohle verscherbelt,
   Waff!-waff!-waff!-waff!
aber die Hände nach dem Erdöl ausstreckt.«

In diesem Moment
kam es, Berichten zufolge
zum zweiten Angriff des Hundes
auf den schweigsamen Lehman
der aufsprang
den Kandelaber ergriff
und ihn drohend gegen das Tier schwang
wie ein Dompteur gegen Jaguare.
»*Meine Herren Lehman, würden Sie Ihrem Kammerdiener sagen
er soll meine Einrichtung nicht beschmutzen?
Es dunkelt, er sollte lieber die Kerzen anzünden.*«

Worauf die Onkel
abermals
fürchteten (und hofften)
es würde eine verbale Reaktion geben
welche auch hier ausblieb.
Dreidel gehorchte, Unverständliches brummend
und zündete nacheinander die Kerzen an.

Fest steht
dass der Hund beim Anblick der Lichter
einen Moment lang verstummte
und eine himmlische Stille entstand
begleitet nur vom harmonischen Pumpengeräusch
und diese Oase der Ruhe
nutzte Emanuel Lehman sofort:
»*Machen wir's kurz, Mister Spencer: Zahlen und Erträge!
Wenn unsere Bank Ihnen
Bohrungen, Bohrer und Fässertransport finanziert?*«

Ein übertriebenes Angebot
das der König des Erdöls
(überzeugt, zwei Dilettanten vor sich zu haben)
lächelnd zu überprüfen beliebte:
»*Für wie lange denn?*«

»*Drei Jahre, erneuerbar um den gleichen Zeitraum!*«
schrie der Arm feurig.

»*So weit würden Sie gehen?*«

»*Eine Bank geht so weit!*«
Emanuel genoss den Geschmack dieser Worte im Mund.
Mayer jedoch hielt den Satz für riskant
allein, ihm blieb keine Zeit
den Bruder
auf der abschüssigen Bahn der Begeisterung zu bremsen
weil der König des Erdöls
sich das Angebot nicht entgehen ließ:
»*Warum sagen Sie mir das erst jetzt?*
Wenn Sie bleiben, besprechen wir das nach dem Abendessen…«

Es gab kein Abendessen.

Denn nun folgte das fatale Ereignis:
Der Hund
der beim wundersamen Intermezzo der Stille
Kräfte gesammelt hatte
ging nun wieder zum Angriff über
aber gegen eine andere Wade
er stürzte sich stracks auf Emanuel
der, überrumpelt
seine Antwort nicht abwog
den Feind im Nacken packte
und ihn seinem Monarchen in den Schoß schleuderte
welcher sich seinerseits
zur Verteidigung des Prinzleins

fluchend erhob:
»*Dreckiger Jude!*
Er wollte dir nur zeigen, wie er Kapriolen schlägt!«

»*Ach ja? Ich bin nicht tagelang gefahren*
um die Luftsprünge eines Köters zu sehen!«

»*Er schlägt die besten Kapriolen in ganz Oklahoma!*
Darum heißt er ja Kreisel.«

Keine Sekunde verstrich
nach der letzten Silbe des letzten Wortes
schon blitzte ein Licht über der Villa:
Dreidel Lehman hatte
sein Geduldsreservoir erschöpft
als er hörte
dass ein Hund seinen Namen trug
hatte den brennenden Kandelaber ergriffen
und in den Brunnen des schwarzen Goldes geworfen.

Augenblicklich
schossen die Flammen sieben Meter hoch
worauf Emanuel im ersten Moment
ein lustvoller Schauer überlief
er fühlte das im Hochofen schmelzende Eisen.

Doch dies kurze Vergnügen verflog
stärker war die Erkenntnis
dass Lehman Brothers
die frischgebackene Bank
Feuer an die Villen von Ölbaronen legte.

Großes Getümmel folgte
Souveräne, Vasallen, Hofschranzen und Pagen
der ganze Hofstaat des Erdöls
lief mit Eimern herbei, den Brand zu löschen
die Pumpen aber standen keine Sekunde lang still

denn das Öl schießt Tag und Nacht aus der Erde
es ruht nicht
sein Strahl versiegt nie.

Ah! Der brennende Dornbusch!
Ah! Niemals erlischt das *Ner Tamid*!

Schließlich
wurden die Flammen bezwungen
und als man das Feuer eingedämmt hatte
war kein Lehman mehr in der Nähe.

Vereint in ehrfürchtigem Schweigen
waren sie schon auf dem Heimweg.
Stumm die Onkel
stockstumm der Kreisel.

Eine Spur Genugtuung lag dennoch
im Blick des Jungen
wie ein Boxer
der gezeigt hat, was er wert ist.

Niemand erfuhr von der Sache
nur sie wussten davon.

Vielleicht weil Dreidel in wenigen Monaten
21 Jahre alt werden sollte.

Kurzum, die Hornisse
wartete definitiv
auf ihren Moment.

Fünftes Kapitel

FAMILIE-LEHMANN

Die Kinder, das muss mal gesagt werden
sehen nichts von hier hinten.
Sie müssen sich vorbeugen
auf die Zehenspitzen stellen.
Die Sicht ist schlecht in der einundzwanzigsten Reihe.
Doch es sind zugewiesene Plätze
auch sie dürfen eine Reihe ihr Eigen nennen.

Ja.
Im großen Tempel von New York
hat die Familie Lehman ihre Plätze.
Ihr Name ist eingraviert
in die einundzwanzigste Bank.

Nun, es ist nicht die Erste.
Wir sind ja nicht die Lewisohns
und bis vorgestern
lebte die Hälfte von uns
noch in Alabama.
Sich begnügen also. Sich begnügen.
Einundzwanzigste Bank.
Völlig in Ordnung.
Einundzwanzigste Bank.

Die Inschrift lautet
FAMILIE-LEHMANN
mit zwei ›n‹
den sanften Sigmund beschämt dieser Fehler.
Wie ein Häschen
dessen Bau versperrt ist
blickt er seine Brüder an:

»*Sie hätten besser aufpassen können*
und warum ausgerechnet wir?
Lewisohn haben sie nicht mit zwei ›n‹ geschrieben.«

Tja. Die Lewisohns.
Sitzen in der ersten Reihe
seit sie
nichts Geringeres
als den Goldmarkt kontrollieren.
Unmöglich, ihnen gleichen zu wollen.
Niemand konkurriert mit Leuten
die in Karat gemessen werden.

Denn das Gold macht ja bekanntlich
den Unterschied.
Nicht umsonst wetteifern
die ersten drei Reihen
seit jeher um den hellsten Glanz:
die Lewisohns an vorderster Front
die Goldmans in der zweiten Bank
die Hirschbaums ständig in der dritten.
Da sitzen sie.
Aufgereiht, die Hüter des Goldes.

Von den Lehmans
fehlt heute in der Synagoge keiner.

Mayer stehend, Emanuel neben ihm.

Mayer mit geschlossenen Augen
eine mystische Kartoffel.

Emanuel konzentriert
äußerst konzentriert
denn ein Arm bleibt ein Arm
auch in asketischer Version.

An ihre Hosenbeine geklammert
die kleinen Jungen unter zehn
gelangweilt gähnend
wie früher ihre Väter
in der Synagoge von Rimpar.

Neben Mayer steht Sigmund
immer noch rosig die Wangen
übergewichtiger Gymnasiast, schuld sind die Donuts
ein Häschen trotz seines Alters
die Taschen immer voller Bonbons
(die er nicht isst, sondern anbieten will).
stets bemüht, seinen Scheitel zu glätten
rechts, scharf gezogen, so ist es jetzt Mode.
Und um ihn nicht zu zerzausen
trägt er nie einen Hut.

Neben Sigmund, schlaksig und ungekämmt
der turbulente Dawid
mit wirren Locken
als explodierte ihm jeden Morgen
eine Ladung Dynamit auf dem Kopf
auch an Feiertagen mit Ritus im Tempel:
»*Heda! Heute? Im Ernst? Feiertag? Oha!*«

Zuletzt Dreidel, stumm, gedankenversunken
dicht ist sein Bart
wächst die Wangen hinauf bis unter die Augen
verschmilzt fast mit den dunklen Wimpern.
Dreidel sieht aus wie ein orthodoxer Jude
möglich, dass er im Grunde einer ist
zumindest
nach dem rechten Mundwinkel zu urteilen
aus dem ein verächtliches Grunzen kommt
wann immer jemand beim Lesen falsch betont.
Doch was
macht ein orthodoxer Jude

in diesem reformierten amerikanischen Tempel
wo es nicht mal eine Frauenempore gibt
und, wenn nötig, sogar Englisch gesprochen wird?

In der einundzwanzigsten Bank
mit dem eingravierten Familiennamen
fehlt nur Philip, Emanuels Erster
vorbildlicher Jüngling im grauen Zweireiher
er sitzt vorn, nicht bei den anderen
er sitzt in der ersten Reihe
denn Rabbi Strauss hat ihn auserwählt
will ihn an seiner Seite
Philips Arm soll ihn stützen.

Einer von Philips kleinen Cousins
Herbert
hat geradeheraus erklärt
er sei *absolut nicht einverstanden*
damit, dass Philip, nur er allein
zwanzig Reihen weiter vorn sitzt.
Für Herbert
ist das ein grundsätzliches Problem
also eine politische Frage:
Warum muss die Vorzüglichkeit eines Einzigen
zu einem Recht führen
das andren verwehrt wird?
Während Herbert
am Daumen lutschend
über soziale Gleichheit nachdenkt
hat sich sein Brüderchen Arthur
Teddybär in der Hand
das Recht genommen
nach vorn zu laufen, erste Reihe
und sich dort hinzusetzen
mehr noch:
Den Teddy setzt er neben sich
denn der Tempel gehört allen
und weh dem, der uns angreift.

Philip versucht
ihn mit Blicken zu vertreiben.
Vergebens
denn Arthur, obwohl erst sechs
ist ein sturer Kopf.

Tatsächlich, als Rabbi Strauss sagt
»*Der Platz auf der Bank gebührt dir nicht, Kleiner
sie gehört den Lewisohns, siehst du ihren Namen?*«
nimmt Arthur den Teddybären
und setzt sich mit ihm
auf den Boden
denn bis zum Beweis des Gegenteils
Herr Rabbiner
sind auf dem Boden keine Namen geschrieben.

Um ihn zur Vernunft zu bringen
mit Polizeimethoden
muss seine Mutter Pauline
aus der einundzwanzigsten Bank kommen
hochelegant
in einer Wolke aus Pelz
umhüllt
von Zitronenkrautduft
der sich im ganzen Tempel verbreitet
während davor
unter dem Portikus
Tante Babette ihre Töchter jagt
die Schleifchen und Haarbänder tragen.

Zum Glück gibt es Harriett
die von allen Mädchen am meisten
nach ihrem Vater Emanuel kommt
und daher nicht spart
mit Ohrfeigen für ihre Schwestern.
Sigmund gefällt, wie sie zuschlägt
er findet das wirklich amüsant:

»Wenn ich dich eines Tages heirate, Harriett
wirst du mich dann auch ohrfeigen?«
Harriett denkt nicht daran, den Cousin zu heiraten:
»Hör auf, Donuts zu essen, Sigmund
sonst findest du keine Frau
und wenn du sie mit deinem Gewicht in Gold bezahlst.«

Harriett hat eine natürliche Begabung
für Sätze, die ins Schwarze treffen.
Darin folgt sie auf Tante Rose
die auch nicht knauserte
mit Ohrfeigen für die Kinder.

Doch Tante Rose fehlt im großen Tempel
die Moden von New York
passten wirklich nicht
zu ihren weißen Haaren
sie ging nach Alabama zurück
wo sie einst eine Glastür zertrümmerte
und mit ihren Absätzen die Scherben zertrat.

Ja, sie hat versucht, in New York zu leben
immerhin, sie hat sich Mühe gegeben.
Aber ist es ihre Schuld
wenn keine Liebe aufblühte?
Sie ist zurück in den Süden und dort will sie bleiben.

Doch dies sind andere Zeiten.
»Tante Rose, du wirst sehen
bald hat jeder daheim ein Gerät
durch das – du dort und wir hier –
wir miteinander sprechen können!«

Tante Rose hat schallend gelacht.
Verständlich: Wer würde so etwas glauben?

In New York aber
ist man stets aufs Unmögliche gefasst.

So wird Tante Rose wohl entgangen sein
dass vorgestern
auf der Weltausstellung
vor der New Yorker Menschenmenge
ein gewisser Mister Bell schottischer Herkunft
stolz
einen Kasten aus Holz und Metall
mit einer Schnur und einer Art Horn
vorgeführt hat.
Und als er um einen Freiwilligen bat
trat der sanfte Sigmund vor
lächelnd, wie ein Häschen:
»*Darf ich, Herr Erfinder?*
Wenn Sie einen Bessren wollen, nehm ich's Ihnen nicht übel.«
Letzteren Satz aber verstand man nicht recht
wegen des Tritts in den Hintern
mit dem sein Cousin Dawid
Sigmund dem Schotten in die Arme schubste.
Später bestätigte Sigmund
von der begeisterten Menge umringt
feuerrot im Gesicht
schweißnass vor Aufregung
dass er ohne die kleinste Störung
klar und deutlich
die Stimme des Bürgermeisters
aus dem oberen Stockwerk
im Hörrohr vernommen habe.
Gut gemacht, Sigmund. Er bekam sogar eine Medaille
als erster Kunde der Ära des Telefons.
Die heftete man ihm an die Brust
im Blitzlichtgewitter der *New York Times*
deren Reportern er sagte: »*Ein wunderbares Erlebnis!*
Mister Bell hätte es nicht besser machen können
ich schwöre, dass ich den Bürgermeister hörte
als hätte er neben mir gesessen!«

So viel zur Sanftmut der Häschen.
Gut gemacht, Sigmund.

Zum Glück hat niemand gesehen
wie das Häschen nach der Feier
den Erfinder beiseitenahm
um ihm mit kumpelhaftem Lächeln
und einem Hauch Bedauern
leise zuzuflüstern:
»*Wenn ich mir einen Rat erlauben darf, Mister*
überprüfen Sie den Apparat
denn um die Wahrheit zu sagen
die Stimme des Bürgermeisters habe ich nicht gehört
da war nur ein andauerndes Pfeifen
ich hab's nicht gesagt, das schien mir nicht nett.
Auf jeden Fall, alle Achtung!
Sogar dieses Pfeifen
war das schönste Pfeifen
das ich jemals im Ohr hatte.«

Und zum Beweis seiner Hochachtung
bot er ihm ein Bonbon an.

Aber das ist nur ein Detail
eine private Geschichte
zwischen einem Häschen und einem Erfinder aus Edinburgh.

Investoren
Bankiers wie Lehman Brothers
interessiert es dagegen sehr
ob Tante Rose in Alabama
mit ihren Kindern sprechen
und sie vielleicht eines Tages
live fragen kann
ob es in New York gerade schneit.
Das interessiert uns.
Außerdem natürlich die Tatsache

dass Telefone von Maine bis nach Texas zu bringen
Millionen hölzerner Masten erfordern wird
und ein schwindelerregendes Netz aus Drähten.
Ein schönes Geschäft um ziemlich viel Geld.
Lehman Brothers hat unterschrieben.

»*Nur schade, dass Erfinder so langsam sind*«,
dachte Emanuel sofort
»*wenn sie, statt nachts 8 Stunden zu schlafen
früher an diesem Apparat gearbeitet hätten
hätte ich die Stimme meines Vaters
vielleicht direkt aus dem Stall hören können.*«

Und das war für ihn ein Grund mehr
auf das zu setzen
was man in New York
die *Lokomotive des Fortschritts* nennt.

Eben. Die Lokomotive.

Kann es sein, dass wir die Einzigen sind
die kein Geld mit Zügen machen?
Kann es sein, dass diese Eisenbahn
für die Lehmans ein Mysterium ist?
»*Mayer, wir müssen einen Weg finden
lass dir was einfallen
der Markt, der zählt, läuft auf Schienen
ich will nicht bei den Nullkommas stehen bleiben.*«

Immer noch diese Nullkommas?

Es war sonnenklar: Sein Bruder Emanuel
hatte einen Ratgeber
geheim, im Dunkel versteckt.
Von dem man bis jetzt nur wusste
dass er einen Spitznamen hatte
Nullkomma natürlich.

Sechstes Kapitel

DER TERBYALANT DAWID

Lehman Brothers investiert jetzt in Erdöl.
Brunnen und Bohrer in Kalifornien, Tennessee, Ontario.
Überall außer in Oklahoma
und das ist ein Rätsel
auf das New York keine Antwort findet.

Durch Kohle und Erdöl
als vollwertiges Mitglied eingetreten
in den heiligen Tempel der Brennstoffe
platzt Lehman Brothers nun vor Energie.
Kessel auf Hochbetrieb im Maschinenraum
und so stark ist der Schub unsres Kraftstoffs
dass wir uns sogar
den Luxus des Schlafs gönnen dürfen.

Einer aber schläft nicht
buchstäblich nicht
Dawid Lehman.
Vor allem seit er
seine Berufstätigkeit
auf den sentimentalen Sektor konzentriert
genauer, die Gewinnung
in großem Umfang
jenes speziellen Kraftstoffs
der einen männlichen Investor
zur Lieferantin weiblicher Arbeitskraft hinzieht.

Mit anderen Worten:
das elementare Gesetz der Industrie
demzufolge
das Angebot sich der Nachfrage anpasst

und auf dem freien Markt
die Kundschaft entscheidet
mit wem sie eine Geschäftsbeziehung eingeht.
Nicht mehr und nicht weniger.

Henrys Sohn
handelt in diesem Punkt
höchst bedachtsam.
Bevor er zum Kauf übergeht
muss die Qualität der Ware
mindestens zertifiziert
und der einzig wahren
empirischen Prüfung
unterzogen werden
die dem Käufer
gefälschte, beschädigte oder verdorbene
Waren erspart.
In diesem Fall
ist es bekanntlich erlaubt
vom Kauf zurückzutreten
ohne der Gegenseite etwas zu schulden.
Man verabschiedet sich höflich
und der Handel ist gerettet.

Wunder der Wirtschaft.

Was taten denn
Onkel Mayer und Onkel Emanuel
als sie unten in Alabama
mit Baumwolle handelten?
War die Rohbaumwolle faserig
oder der Strang zu dünn
fühlten sie sich dann nicht berechtigt
den Vertrag zu brechen
ohne dass einer es übelnahm?
Und beim Kaffee? Bei der Kohle?
Beim Erdöl zuletzt?
»*Wir investieren nur, wenn sich die Investition rentiert.*«

Wahre Worte.
Und den Ertrag misst man bekanntlich
mit klaren Parametern.

Eben.
Es lebe die Klarheit, denkt Dawid.
Beim An- und Verkauf ist sie entscheidend.
Das sagte auch sein Vater, heißt es.

Sogar sein Großvater Abraham
der in Bayern Kühe und Hühner verkaufte
schrieb eine Sentenz
die Dawid eingerahmt hat:
»GUTE GESCHÄFTE, MEINE SÖHNE
MACHT MAN NICHT MIT SCHLAUEM GEREDE
SONDERN DEN AUGEN, DEN HÄNDEN, DER NASE.«

So viel zur Weisheit der Alten.

Auch Dawid Lehman ist dieser Ansicht:
Schluss mit der Intuition, dem Gespür
die einzig richtige Regel ist ÜBERPRÜFEN.

Und dies höchstpersönlich zu tun
ist das
was den echten Lehman Brothers
vom beliebigen Stümper unterscheidet.

Was Opfer bedeutet, gewiss.
Doch wenn es Mühe kostet, umso besser
denn nur die Mühe
garantiert einen guten Kauf.

Davon abgesehen
ist der Junge ohnehin
unermüdlich
arbeitet rastlos

kontrolliert minutiös
bevor er zustimmt
dringt er auf Prüfung
und gibt erst nach, wenn er ganz sicher ist.

So weit alles in Ordnung.

Das Problem ist, dass diese *Prüfung*
für Dawid Lehman
unausweichlich
die körperliche Vereinigung
zwischen Verkäuferin und Käufer ist.

Zu diesem elementaren Schritt
gelangte der Junge
auf natürlichem Wege
er sammelte einfach Erfahrung im Feld
was ihn binnen weniger Jahre
zu einer fast konkurrenzlosen
Autorität machte.

Eine Naturgewalt.

Die man bei Bedarf nutzen könnte.

Sein Onkel Emanuel spielte dabei
eine entscheidende Rolle.

Denn der Zufall will
dass Emanuel Lehman
nach dem großen Erfolg
des *business* mit der Kohle
zunehmend sicher war
die Naturbegabung des Neffen
nutzen zu können
um Lehman Brothers
ins Transportgeschäft zu bringen.

Nicht nur Eisenbahnen.
Auch Schiffe
und die Handelsmarine.
Auch – warum nicht? – Straßen und Brücken
die Amerika dringend braucht
denn die Industrie stützt sich
zweifellos
auf Infrastrukturen
und Verbindungswege.

Ja, das wäre endlich
der entscheidende Durchstoß
durch die erstickende Schranke
der *Nullkommas*!

Und wenn die Eisenbahn momentan
für Lehman Brothers noch immer
eine zu harte Nuss ist
lass uns doch wenigstens
mit den Häfen, den Schiffen
dem Straßennetz beginnen!
Aber schleunigst
furchtlos und ohne zu schlafen
denn in den letzten Jahren
haben wir viel zu oft gepennt.

Sehr gut.
Jetzt beginnt die Wende.

Emanuels gründlicher Recherche zufolge
war das *business* des Transportwesens
noch in wenigen Händen konzentriert:
zwölf Finanziers insgesamt
die wichtigsten New Yorker Familien
gleichmäßig verteilt
auf Juden und Protestanten.
Die Blüte der Bourgeoisie

höchstes Niveau
wenn nicht noch höher: exzellent.

Als guter Arm
widmet Emanuel sich
mit größter Hingabe
dem Studium dieser zwölf Personen
dem Sammeln jeder nützlichen Information
auch der banalsten
über ihre Gewohnheiten, Vorlieben
Lebensweisen und Präferenzen.

Schließlich gab es nichts mehr
was ihm noch unbekannt war
einschließlich der Urlaubsorte
der Lieblingsspeisen
selbst des Stammbaums der jeweiligen Hunde.
Das Mosaik war perfekt.

Emanuel notierte ihre Namen.
Nein, diese Herren waren so mächtig
dass er nicht wagte, die Namen zu schreiben
stattdessen
benutzte er einen Code
wo jeder Finanzier
umgetauft wurde
als Nachnamen
die Stadt oder Gegend erhielt, wo er baute
und als Vornamen
– eingedenk der Ereignisse in Oklahoma –
den seines Hundes.

Der Gotha des US-Transportwesens
lautete demnach folgendermaßen:

1. Mr Buddy Massachusetts
2. Mr Milky Chicago

3. Mr Foxy Philadelphia
4. Mr Jump-Jump Washington
5. Mr Banana Colorado
6. Mr Princess Cincinnati
7. Mr Speedy Pennsylvania
8. Mr Honey New Orleans
9. Mr Lemonsoda San Francisco
10. Mr Paperina California
11. Mr Cherry Missouri
12. Mr Warrior Sacramento

Diese zwölf
teilten sich den großen Kuchen
und um ihn probieren zu können
– womöglich ein ganzes Stück –
gab es nur einen Weg:
an ihren Tisch geladen zu werden.
Aber wie?

Hilfe kam aus Brooklyn.

Eines Tages im März
er saß am Flussufer
betrachtete den Bau der neuen Brücke
spürte er einen Windhauch
sein Ohr streicheln
wie die beste aller Lösungen.
Warum hat er nicht früher daran gedacht?
Man brauchte eine Brücke
über zwölf Flüsse
zwischen Lehman Brothers
und dem anderen Ufer.
Er hatte auch einen Ingenieur
der sie bauen konnte, die Brücken
gerade so wie die hier in Brooklyn.

Der Zufall nämlich wollte
dass jeder dieser Zwölf neben dem Hund
auch mindestens eine Tochter hatte
im sozusagen empfänglichen Alter
für das hitzige Naturell seines Neffen.

Welcher nun einberufen ward
privatim
fernab von den Augen der anderen
vornehmlich denen des Onkels
da Gemüse bekanntlich asexuell ist.
Mayer hätte nicht verstanden.
Und das Erklären würde Zeit brauchen.

Nach einem langen passionierten Prolog
    über die Vorteile, einen Onkel-Arm zu haben
    über die derzeitigen und zukünftigen Vorzüge der Kohle
    über den Geschäftssinn der Familie
    und über die großen Opfer, die sein Vater gebracht hatte
wurde Dawid Lehman
eingeweiht
in die immense Aufgabe, die ihm bevorstand
musste er doch
– nicht weniger als –
eine Bresche in die feindlichen Festungen schlagen
und das mit
– nicht weniger als –
dem einzigen Bomber
seines männlichen Charmes.

Erklärt
wurde das alles natürlich
mit technisch-industriellen Begriffen
unter Verwendung
verschiedener Eigenschaften
des Eisens des Nickels des Kupfers
und diverser andrer Materialien.

Auf jeden Fall musste
höchste Vorsicht walten:
Stets gut getarnt vorgehen
liebevolles Vertrauen aufbauen
bei den Prinzessinnen der finanzstarken Reiche
damit eine jede
im Glauben, die Einzige zu sein
dem neuen Verehrer
ausdrücklich, verbindlich versprach
einen Lehman Brothers
an den Tisch der Familie zu laden.

Indoktriniert von den Töchtern
würden die Väter
widerstandslos
gehorchen.

Das jedenfalls
glaubte Onkel Emanuel
seinem Handlanger gesagt zu haben.

Dawid Lehman
dagegen
verstand den Auftrag
in leicht nuancierter Version
und sah sich
offiziell
BERECHTIGT
sämtliche Maßnahmen, Methoden und Mittel
zu nutzen
die zur Erreichung des Ziels notwendig waren.

Sie gaben einander die Hand.
Und mit der andren
reichte der Onkel dem Neffen
unter tausend Warnungen
die fatale Liste
der zwölf Transportchampions.

Obwohl er wählen konnte, wo er begann
bewies der turbulente Dawid
vielversprechende Präzision:
Strikt alphabetischer Ordnung folgend
zeigte sein Bajonett
auf die berühmte Sissy, »Ephelide« genannt
geliebte erstgeborene Tochter
von Mister Paperina California.

Und sofort hatte er Glück.

Denn zufällig verdankte das Mädchen
ihre Berühmtheit
weniger den Sommersprossen im ganzen Gesicht
als einem Ereignis
das ihre Kindheit
tragisch gezeichnet hatte:
Ein irischer Junge, der ihr inbrünstig seine Liebe erklärt
und ihr – mit sechs Jahren – einen Heiratsantrag gemacht hatte
war, unmittelbar nachdem Sissy
– sie musste noch schnell ihre Puppe befragen –
sich Zeit zum Nachdenken erbeten hatte
auf der Treppe ausgerutscht
und hatte sich das Genick gebrochen.
Von diesem so unglücklichen Zufall
war Miss California
Angst vor ihrer Ablehnung geblieben
und um nie wieder einen Verehrer sterben zu sehen
gab sie sich
ohne Wenn und Aber
der Umarmung jedes Anwärters hin.

Dawid Lehman
feierte also
sein Debüt auf die bestmögliche Weise:
ein erster vielsagender Blick genügte
schon warf das große Mädchen

sich ihm an den Hals
und er hörte sie weit mehr versprechen
als die Ankunft der Lehmans
im Eden des Transportwesens.
Heda! Was für ein Weibsbild!
Noch keinmal umarmt
schon konnte er sie *Süße* nennen.

Härter war
das Erstürmen der Festung
einer anmutig bebrillten Walküre
Tochter von Mister Milky Chicago.
In diesem Fall gab es
das nicht unbedeutende Hindernis
einer bereits erklärten
mithin offiziellen Verlobung
in Anbetracht derer Dawid Lehman
einen minder frontalen Angriff wählte
und sich der bewährt effizienten Therapie
anonymer Briefchen
und anonymer Blumengeschenke bediente
bis das Füllen
anonym entflammt
die Stalltür
offen ließ.

Es war ein entscheidender Triumph.

Denn er impfte Dawid
mit jenem Mehrwert
der in jedem Beruf entsteht
wenn man das eigene Können
mit Händen greifen kann.
Dawid beglückwünschte sich
und fand darin
einen weiteren Ansporn.

Darum brauchte es nur sechs Tage
bis die Tochter von Mister Cincinnati
und die von Banana Colorado
kapitulierten
während Mister Buddy Massachusetts
sich fragte
warum seine Tochter Polly
allergisch gegen jede Art Blütenpollen
ihre Spaziergänge im Park
plötzlich vermehrte.
Er sprach darüber mit Mister Missouri
der ihn seinerseits fragte
was davon zu halten war
dass seine Christie
sich überraschend auf Kohle verstand …
»*Kohle?*«
»*Kohle.*«

Unergründliche Geheimnisse
der weiblichen Seele!

Wie sonst soll man sich
gewisse Sinneswandel erklären
an der Grenze zur Konversion?

Die sanfte Minnie
Lehrerin an der protestantischen Schule
und unversöhnlich
gegen die Juden »*die Christusmörder*«
ward gesehen, wie sie den Tempel umkreiste
und die Kutscher fragte, ob sie vielleicht
ihren geliebten Isaak gesehen hatten
(denn Dawid war Meister in der Wahl falscher Namen).

Und während manche den Schlaf aufgaben
　》*Vater, wisst Ihr denn nicht*
　wie viele Jahre wir mit Schlaf vergeuden?«

erzählt man, dass Yvette
Tochter von Mister Lemonsoda San Francisco
– Eigentümer einer ganzen Schiffsflotte –
sich das Lob ihres Vaters verdiente
als sie ihm
eine Anistorte zauberte
köstlich, exquisit
nach einem Rezept aus Alabama.

Fest stand:
Ein seltsames Fieber grassierte
unter den Mädchen aus guter Familie.

Sogar die Hunde
veränderten ihren Charakter
wenn es denn stimmt, dass Foxy
– Dackel des Königs der Postkutschen –
nicht mehr nach Hause fand
und sein Frauchen zwang
ganze Nachmittage lang zu verschwinden
um ihn schließlich
jeden Abend
bei den Hundefängern zu finden.

Und der Windhund von Mister Pennsylvania?
Ein kräftiges Tier, machte nun aber
urplötzlich schlapp
und brauchte
für einen Gang um den Block
drei Stunden länger als sonst.
Armer Speedy, immer so müde.

Emanuel Lehman wiederum
machte sich derweil bereit
der dreizehnte Magnat des Transportwesens zu werden.

Kurz
alles wäre
vortrefflich gelaufen
hätte der Neffe
sich nicht zu Exzessen verstiegen.
Wurde ihm Fürsprache zugesichert
lockerte er nicht den Druck auf die Damen
ja, versprach allen
simultan
sie zu heiraten
und sogar zu Müttern
von drei, vier, zehn Kindern zu machen.

Die physische Wucht
die er in sich spürte
entschädigte ihn für die Mühsal
verführte ihn gar in weniger klaren Momenten
zu glauben
er könnte wirklich
gleichzeitig
durchhalten
in zwölf parallelen Betten
von zwölf Teichentchen.

Vielmehr: elf.
Denn die Zwölfte
erforderte
– zumindest vorerst –
einen zwar feurigen, aber nur brieflichen Kontakt.

Es handelte sich
um eine Blondine
pausbäckig
tiefgläubig
deren öffentliches Auftreten
leider
strikt beschränkt war
auf die Gottesdienste im Tempel.

Obendrein war ihr Vater
Mister Jump-Jump Washington
strenger Patriarch einer Familie
den orthodoxen Juden zugehörig
die Gottesdienst nicht
im reformierten Tempel des Lehman-Clans hielten
sondern
in einer Synagoge mit Frauenempore.

Dawid Lehman
stand vor einer steilen Klippe:
Jeder Kontakt mit dem Mädchen
war faktisch unmöglich
außer für ihre Cousinen.

Und hier beging er den Fehler der Gutgläubigkeit.

Er schrieb einen ersten glühenden Brief
einem käuflichen kleinen Mädchen anvertraut
großzügig belohnt
mit Hula-Hoop-Reifen, Kämmen und Bändern.
Dann wartete er auf die Antwort.
Und als sie kam
begann ein langer Austausch
der umso glühender war
als er nur aus Tinte bestand.

Die Spionageabteilung der Frauenempore aber
fing die Briefe ab.
Vielleicht war die Kleine
zur anderen Seite übergelaufen
aus Gewissensbissen
oder gegen gerechtere Bezahlung.

Fest steht
dass Dawids Liebesbriefe
öffentlich wurden

und keine drei Tage vergingen
da zirkulierten sie schon
in allen New Yorker Salons
als spannende Fortsetzungsromane.

Ach! Sodom und Gomorrha!
Ach! Die ägyptischen Plagen!
Ach! Der zerstörte Tempel!

Denn unter Klagen und Tränen
erkannten
die zwölf Mädchen
augenblicklich
Stil und Metaphern
Wortschatz und Wendungen
vor allem aber
jenes unverwechselbare Repertoire
aus aromatischem Anis, Kohleminen
in Alabama gestorbenen Vätern
mit Schlaf vergeudeten Jahren
und zuletzt
– keineswegs nebensächlich –
der Bitte, sich beim Vater zu verwenden
für den Zutritt von Lehman Brothers
zur Schaltzentrale der Macht.

»*Das ist er, Papa! Das ist mein Isaak!*«
»*Aber das ist ja Mordechai!*«
»*Sagt mir, dass es nicht Ezechiel ist!*«
»*Wie konntest du nur, Salomon?*«
»*Oh, mein Jakob, der Junge mit den Heda!*«
»*Er nannte mich seine Süße!*«

Auch in der Geschichte einer Bank
gibt es Katastrophen.

Diese hier war wie der Crash ein Jahr zuvor
als Jay Gould
den Goldmarkt sprengte
und New York den Atem anhielt.
Für Lehman aber war jener Crash
im Vergleich
ein Nichts.

Alle
versuchten
auf Distanz zu gehen:
»*Dawid? Für uns schon immer ein crazy horse.*«
»*Als er ein Kind war, hieß es: Der endet im Zirkus.*«
»*Keiner von uns hat ihn je für ein Ass gehalten.*«

Es nützte nichts.
Der Schaden war angerichtet.
Der Ruf ruiniert.

Doch nach jedem Sturz
hast du die Wahl
du kannst dir die Haare raufen
oder überlegen
was dich zu Fall brachte und warum
also
gab es auch bei Lehman Brothers
jene, die alle Fakten aufzählten
von den Fakten zu einer Frage gelangten
und von der Frage zum konstruktiven Gedanken:
Die Finanzwelt hat mit Geld zu tun
und Geld ist bekanntlich oft schmutzig
aber
das Erste, was man von einer Bank verlangt
sind saubere Fingernägel
bei dem, der dein Geld in die Kasse legt.
Das dachte Onkel Mayer.

Was Dawid betrifft
seine Strafe war exemplarisch.

Nicht mal die Mutter verteidigte ihn.
Im Gegenteil. Tante Rose sagte ihm ins Gesicht
dass sein Vater Henry
nie und nimmer im Leben
zwei Mädchen *Süße* genannt hätte
gleichzeitig!
Er solle sich schämen.
Er solle sich schämen.

Zur Plenarsitzung versammelt
befand ihn
das heilige Familiengericht
einstimmig
(nur einer enthielt sich, Emanuel, sagt man)
aller Verbrechen für
SCHULDIG
und verurteilte ihn
ohne Bewährung
ab dem morgigen Tag
zu lebenslangem Exil
in der Strafkolonie der Baumwolle.
Er musste zurück nach Alabama
und seinem Bruder
die Zukunft der Bank überlassen.

Dawid Lehman
war damit das erste Opfer
das auf dem Altar
einer neuen Bankmoral dargebracht wurde.

Und obwohl die Lehmans
weder Puritaner waren
noch Baptisten, Quäker oder Mormonen
wussten alle:

Das Sexualleben der Bank
würde von nun an
tendenziell
keusch sein.

Siebtes Kapitel

STUDEBAKER

Nach den peinlichen Vorkommnissen
(siehe oben)
wurde die Familie Lehman
zurückgestuft
von der einundzwanzigsten
in die fünfundzwanzigste Reihe.

»*So weit nach hinten müssen wir?*«
fragt Irving an der Hand seiner Mama.

Ja. So weit nach hinten.

Philip Lehman
neben dem Rabbiner in der ersten Reihe
schämt sich fast
die grauweißen Köpfe des Onkels und Vaters
dort hinten zu sehen.

Sein Cousin Arthur
    der allein zählen gelernt hat
    keiner weiß, wie
kann sich partout nicht damit abfinden
so nah beim Ausgang sitzen zu müssen.

Auch sein Bruder Herbert
hat in Gegenwart aller erklärt
dass er nicht einverstanden ist.
Für ihn ist das ein grundsätzliches Problem
wird also zu einer politischen Frage:
Warum muss der Fehler eines Einzigen
zu einer kollektiven Strafe führen?

Wieder einmal
unterscheidet ihn und den Bruder
dass Herbert es nur sagt
während Arthur die Streitfrage
wie immer verwandelt
in demonstrative Aktionen
Guerillataktik
und konkrete Sabotage.

Schon als sie zwei Jahre alt waren
und die Suppe ihnen nicht schmeckte
rümpfte Herbert die Nase
argumentierte murmelnd
(denn auch das war ein grundsätzliches Problem
das zu einer politischen Frage wurde)
während Arthur
mehr als einmal
den Teller
wütend gegen den Schrank schleuderte.

Man sah also bei den Jungen
jene himmelweite Distanz
die den Salonpolitiker
vom militanten Kämpfer trennt.

Heute im Tempel
zum Beispiel
sitzt Arthur auf dem Mäuerchen
draußen vorm Eingang
und will nicht hineingehen:
»*Setzt euch in die fünfundzwanzigste Reihe
ich sitze hier in der achtundvierzigsten
so weit hinten, dass ich auf der Straße sitze
und sicher sein kann, dass noch weiter hinten
wirklich unmöglich ist.*«

Vor dem Tempel versammelt
versuchen sie, ihn zur Vernunft zu bringen
als es schlagartig still wird
und wie einer Illustrierten entsprungen
sehen sie die Lewisohns nahen
nicht mehr in der Pferdekutsche
nein, in einer wundersamen Maschine
überall Lampen und Hupen
eine technologische Kutsche
die sicher auch Pferde hat
– wie könnte sie keine haben? –
aber sie stecken im Metall, die armen Tiere
eingeschlossen in einem Kasten
dass sie nicht abgelenkt werden
und nicht nass vom Regen.

»*Ein Studebaker! Dann gibt es ihn wirklich!*«
stammelt Sigmund, das Häschen
mit weit geöffnetem Mäulchen
bevor er sogar applaudiert
und dem Chauffeur Bonbons schenkt.

»*Kein Wunder, dass sie die erste Reihe besetzen.
Mit dem, was ein Studebaker kostet
könnten sie sich den ganzen Tempel kaufen*«
sagt Harriet mit ihrer natürlichen Gabe
für schlagkräftige Sätze.
Und Herbert:
»*Das Problem ist grundsätzlicher Art:
Die Lewisohns fahren im Automobil
und sitzen in der ersten Reihe
außerdem wurde ihr Name richtig geschrieben
nicht wie unsrer mit zwei ›n‹
als wären zwei ›n‹ ein Zeichen von Luxus.
Kann mir jemand erklären
warum ich zu Fuß gehen
und fast im Hof sitzen muss?*«

Bevor Herbert Lehman
in der Arglosigkeit seines zarten Alters
zu einer Doktrin gelangen kann
die an Marxismus grenzt
rettet ihn
glücklicherweise
sein Bruder Arthur.
Lenkt alle Blicke auf sich
wie üblich mit einer
seiner theatralischen Taten.
Er läuft zum Lewisohn-Automobil
und kaum ist dem Wagen
ein Mädchen entstiegen
stürzt er sich auf sie
wie ein Besessener schreiend:
»*In meiner Familie sagt man*
dass alles, was ihr anfasst
sofort zu Gold wird.
Mal sehen, ob auch ich mich verwandle!«

Die Kleine
(die auf den Namen Adele hört)
ist sichtlich ungeübt
im Umgang mit Protestlern
und öffentlichem Dissens.
Ihre ganze Aufmerksamkeit
gilt der irreparablen Beschädigung
einer großen himmelblauen Schleife
von übertriebener Größe
die ihren Kopf umrahmte
mit, ehrlich gesagt, grotesker Wirkung.
Also beginnt sie heftig zu weinen
während Babette Lehman
vergeblich versucht
den Jähzorn des Sohnes zu bändigen
der die oben erwähnte Schleife
wütend im Schlamm zertrampelt.

Wie seltsam ist doch
die Mechanik des menschlichen Gedächtnisses.

Denn in der Familie blieb dieser Tag
in zwei grundverschiedenen Versionen bewahrt.

Für die einen war es
der Tag, als ein Lehman
Eigentum der Lewisohns beschädigte
unwichtig, ob der Schaden 6 Dollar für eine Schleife betrug.

Für die anderen dagegen
war es einfach
der Tag, an dem wir sie
um ihren Studebaker beneideten.

Stimmt.
Denn für die Erwachsenen war es ein harter Schlag.

Die Lewisohns automobiltransportiert.

Seht, da fahren sie.
Wer hätte das gedacht.

Emanuel empfand bei dem Anblick
eine instinktive Verachtung
er spürte erst später den Schauer der nahenden Zukunft:
Automobile sind schon auf der Straße
doch statt ins Automobil zu investieren
gehen wir immer noch schlafen, als wäre nichts passiert?

Mayer aber war entsetzt.
Wenn diese Monster New York eroberten
würde sein Bruder wieder zum Angriff übergehen
im Zeichen der Nullkommas.
Und genauso geschah es.

Der Einzige
der beim Anblick des Studebaker
nichts gesagt hatte
war Dreidel.
Doch das heißt gar nichts.

Zwei Stunden später
gleich nach dem Gottesdienst
packte Emanuel Lehman
seinen Bruder an der Schulter
und zog ihn beiseite
rot im Gesicht, als hätte er Fieber:
»*Man fährt mit der Autokutsche.*
Man fährt mit dem Zug.
Und was macht Lehman Brothers, verdammt?
Wir gehen zu Fuß, höchstens zu Pferd.
Wir sind weit hinten, Mayer, weit hinten.«

»*In der fünfundzwanzigsten Reihe.*«

»*Schlimmer: in der achtzigsten, der neunzigsten.*
Hörst du, wie laut dieser Motor dröhnt?«

»*Mal ehrlich, Emanuel, traust du diesen Maschinen?*
Würdest du deine Familie einsteigen lassen?«

»*Natürlich! Was hast du bloß im Kopf?*
Ich lebe schon im 20. Jahrhundert
du aber bist alt, uralt!
In Wahrheit denkst du noch immer an Baumwolle!«

»*Ich gebe dir zu bedenken:*
Dass wir Lehman Brothers sind
verdanken wir der Baumwolle!«

»*Mayer! Lies doch Zeitungen, verdammt!*
In Ägypten wollen sie einen Kanal graben.
Wusstest du das?«

»Was die Ägypter tun
ist für Lehman Brothers nicht interessant.«

»Du irrst dich, mein Lieber.
Sie wollen den Kanal, sie werden ihn bis nach Suez graben.«

»Ich kann dir nicht folgen.«

»Es wird eine kleine Tür zum Indischen Ozean geben, klar?
Eine Dienstbotentür, eine Öffnung zum Mittelmeer
und dann, Mayer, wird die indische Baumwolle
im Handumdrehen Europa erobern.
Und weißt du was? Indische Baumwolle ist billiger!
Das ist der Grund, warum ich jetzt schon woanders bin.«

»Wo bist du denn?«

»Bei Motoren, bei Zügen – bei allem, was sich bewegt!«

Wahrlich ein wissenschaftliches Rätsel
das Altern eines Arms.
Statt nun öfter zu ruhen
bleibt er von Bewegung besessen.
Emanuel hat die fixe Idee der Motorik.

Ebenfalls ein Geheimnis
ist für Pauline
warum Emanuel
   – wo die Baumwolle doch überholt ist
   seit die Ägypter da irgendwas machen –
mit seinem Bruder
hinunter nach Alabama fahren muss
angeblich
weil eine Ladung Stoff liegenblieb.

Ein Vorwand, den wenige glauben.

Die Wahrheit ist, dass sie keine andere Wahl hatten.

Die lange Reise war nötig
um mit Tante Rose
persönlich
über Henrys Anteil
an der Leitung der Bank zu sprechen.

Sie sagen, sie hätten nachgedacht.
Und seien zum Schluss gekommen
vorerst besser
kein neues Vorstandsmitglied einzuführen.
Tante Rose und die Jungen
behielten natürlich ihren Anteil am Umsatz
– ein Drittel der Erträge, wie immer –
doch wann man Dreidel einlassen würde
in den Raum mit der Aufschrift »Direktion« …
Nun, wir wollen nichts überstürzen.
Ein junger Mensch unter dreißig
    du verstehst, Tante Rose
ist unvorbereitet
denn unter dreißig
    du verstehst, Tante Rose
hat man Frauen im Kopf
außerdem ist eine Bank
    du verstehst, Tante Rose
keine Aufgabe für Zwanzigjährige.

Tante Rose erhebt keinen Einwand
hört schweigend zu
während sie auf kleine Teller
Portionen aromatischer Anistorte legt.

Doch noch bevor ihre Schwäger
das erste Stück Torte zum Munde führen
schlägt Rose Wolf – die eine Glastür zertrümmerte –
mit der Faust auf den Tisch

als wäre man in einer Kneipe der Bronx:
»*Lasst uns offen miteinander reden*
und uns dabei in die Augen sehen.
Jetzt erst kommt ihr, im letzten Moment
statt früher mit mir zu sprechen.
Tun wir so, als sei das ein Zufall
schlecht über andre zu denken, ist unschön.
Ich komme zur Sache.
Als mein Mann die Lehman Brothers gründete
war er sechsundzwanzig, und das weiß ich genau.
Emanuel, ich sah dich in Alabama ankommen
als du ein Junge warst, der Katzen am Schwanz zog.
Dein Bruder sagte zu mir:
›*Ich muss ihm ein Vater sein, sonst endet er böse.*‹
Was dich betrifft, Mayer, du kamst weinend zu mir
weil die Mama dir fehlte, hast du das vergessen?
Ich erinnere mich. Sogar ziemlich gut.
Darum bitte ich euch
Schluss mit den Dummheiten.
Ihr kommt her, mir zu sagen, dass man unter dreißig
nicht reif genug ist, ein Unternehmen zu leiten?
Einverstanden, wir werden uns nicht bekriegen.
Aber der Frieden – so ihr denn Frieden wollt, meine Lieben –
hat klare Regeln, schwarz auf weiß niedergeschrieben:
meine Söhne haben das Recht, ihre Meinung zu sagen
nicht nur Geld zu bekommen, das ihr für sie verdient.
Einen der beiden müsst ihr euch nehmen.
Ihr habt diesen Laden hier nicht gegründet
Über allem steht mein Henry, der Kopf
und ihr kommt erst nach ihm.
Also klare Absprachen, dann gibt's keinen Ärger:
Vorerst bleibt alles beim Alten
doch sobald eure erstgeborenen Söhne
beide volljährig sind
übergebt ihr ihnen am Tag drauf – das müsst ihr versprechen –
die Leitung des ganzen Betriebs.
Ihr wart drei Brüder

sie werden drei Cousins sein.
Ihr wart gleichberechtigt: ein Drittel pro Kopf
dasselbe bei ihnen, kein Unterschied.
Auf dich, Emanuel, folgt Philip, er ist der Älteste.
Auf dich, Mayer, wenn ich nicht irre, Sigmund
und für mich gebt ihr Dreidel einen Platz.
Das ist sein Recht, ich will keine Einwände hören.
Ihr habt keine Wahl, dies ist der Weg.
Und aufgepasst: Ich sage das nicht aus eignem Interesse
ich sage es, weil es recht ist.
Habt ihr verstanden? Jetzt habe ich keine Stimme mehr.
Esst die Torte, die ist immer noch köstlich.
Und dann
fahrt nach Hause zurück: Mission erfüllt
Gruß an die Gattinnen, ein Kuss für die Kinder
und was euch betrifft
passt auf
denn Henry sieht alles
einmal im Monat
kommt er mich im Traum besuchen.«

Mehr sagte sie nicht.
Denn mehr gab es nicht zu sagen.

Die Brüder
aßen die Torte.
Was sollten sie tun?
Es war unfreundlich, sie stehen zu lassen.

Sie aßen sogar alles auf
zum Beweis des Bündnisses.
Kein Stück blieb übrig.

Und sie lag ihnen schwer im Magen.

Achtes Kapitel

TSU FIL RASH!

Mayer Lehman möchte in Gas investieren.
Gas gefällt ihm, es ist transparent.
Es macht keinen Lärm. Ist unsichtbar.
Macht die Hände nicht schmutzig, raubt keinen Platz.
Kohle und Erdöl
die sein Bruder so liebt
stoßen Mayer ab
denn Schwarz ist eine brutale Farbe.
Kein Vergleich mit dem Gas, unmerklich, aber präsent!

Emanuel, klar, hat nicht opponiert
auf dem Schild steht LEHMAN BROTHERS
und bis zur Invasion der Cousins
entscheiden sie beide gemeinsam
ohne Einmischungen.

Aber, mal ehrlich
kann ein echter Arm
Geld in Gas investieren wollen
das ungreifbar ist, ohne Konsistenz und Gewicht?
Kein Vergleich mit dem Eisen!

Zum Glück ist New York
die Hauptstadt des Handels.
Mayer *Bulbe*
unterschrieb einen Gasvertrag
just am selben Nachmittag
als Emanuel wieder mal Eisen kaufte.

Gas und Eisen: zwei Schritte vorwärts.
Und tatsächlich – was für ein Zufall –

ist die Bank der Familie im Tempel
zwei Reihen vorgerückt.
Dreiundzwanzigste Reihe
etwas bessere Sicht für die Kinder.
Und mehr Licht gibt es auch
hier sitzen wir unter dem Fenster.

Vermutlich ist das der Grund
warum Mayer es nun nach dem Gas
gerne mit Glas versuchen möchte.
Transparent wie Gas.
Macht die Hände nicht schmutzig.
Unmerklich, aber präsent.

»*Glas? Was redest du für einen* Schmonzes?
Mit Glas macht man Nullkommas, kein Kapital!
Willst du ein Bankier der Nullkommas werden?«
sagt sein Bruder mit grimmiger Miene.

Mayer antwortet nicht.
Oft antwortet er nicht, lächelt lieber.

Wie jetzt: Er nickt lächelnd
und fragt sich wieder einmal
wer um alles in der Welt
seinem Bruder diese Leier
von den Nullkommas in den Kopf gesetzt hat.

Derweil aber nickt er und lächelt.
An den Füßen die gewohnten gestreiften Gamaschen
die hier in New York keiner
– sein Bruder eingeschlossen –
je tragen würde.
Auch gestern im Tempel
als Mayer zum Vorlesen aufs Podium stieg
haben alle ihn angestarrt.
Lachend.

Eine Kartoffel mit Gamaschen.
Sowas sah man noch nie in New York.
»Warum schauen alle auf deine Schuhe?«
hat sein Sohn Irving
seelenruhig gefragt
– Irving ist schwer zu erschüttern –
als sie ihn wiedergefunden hatten
er saß auf der Treppe vorm Tempel.
Denn Irving geht ständig verloren
nicht, weil er wegläuft
nein, einfach
weil man ihn vergisst.

»Warum schauen alle auf deine Schuhe?«
fragt er den Vater
der glücklich ist, Irving ging nicht verloren.

Mayer sieht ihn an
lächelt ihn an
aber er antwortet nicht.

Er hätte sagen können
auch, als er aus Deutschland – Rimpar, Bayern –
nach Amerika kam
hätten alle auf seine Schuhe geschaut
und wenn alle dir auf die Schuhe schauen
sei das ein Zeichen
dass man von weit her kommt
wirklich von sehr sehr sehr weit her.
Hätte er.
Aber er sagte es nicht.

Andererseits
geht es schon eine Weile so
dass Mayer weniger spricht.
Gerade Mayer, der sich doch einstmals
den Titel – und welch ein Titel! –

des *Kisch Kisch* verdiente
beißt sich jetzt auf die Zunge
kneift die Lippen zusammen.
Er lächelt. Nickt.

Er hat aufgegeben.
Und nicht erst seit jetzt.

Seltsam, dass man im Leben
unwillentlich irgendwann
Marotten Gedanken und Sätze
seines alten Vaters
bei sich entdeckt.
Vor fast zehn Jahren
kam das letzte Briefchen
in Alabama an
wie immer gerichtet an beide: »LIEBE SÖHNE«
unterschrieben mit »EUER VATER«.
Dennoch scheint es
als wäre jener Lehmann mit zwei ›n‹
im Moment seines Todes
auf amerikanischen Boden gewesen
weil er sehr viel von sich
auf die Körper der Söhne übertrug.

Mayer Lehman zum Beispiel
denkt oft in Sentenzen.
Vermeidet Debatten, zieht Sinnsprüche vor.
Ist es Lebensmüdigkeit?
Oder verordnet er sich, um zu sparen
sogar beim Sprechen
eine Schonung der Ressourcen?

Darüber denkt Mayer oft nach.
Und folgert, dass es kein Zufall ist
wenn alles vor wenigen Jahren begann
in Alabama, in seinem Montgomery

als plötzlich
sogar dort
alle die »Sprechkrankheit« hatten.
Die Idee
– seine Idee! –
den Süden nach dem Krieg wieder aufzubauen
hatte sich verwandelt
in Wortlawinen
Luftströmungen, Redestürme
denn statt Gerüste und Mauern
machte man Pläne.
Papier.
Broschüren.
Hefte.
Arbeitsprojekte
detailliert beschrieben
Verbindlichkeiten für 10, 20, 30, 40 Jahre.
»Wie kann ich unterschreiben
wenn ich in vierzig Jahren schon tot bin?«
»Heutzutage ist jede gute Investition
langfristig angelegt, Mister Lehman.«
»Ja, aber wie kann ich unterschreiben
wenn ich nie sehen werde, was ich bezahlt habe?«
»Mit Verlaub, Mister Lehman
das hat keinerlei Einfluss auf unser Geschäft.«
»Auf mich schon.«
»Von Ihnen als Bank, Mister Lehman
erwarten wir ein Versprechen: Ihr Wort.«
»Wie kann ich mein Wort geben
wenn die Bank in vierzig Jahren insolvent sein könnte?«
»Auch das hat keinerlei Einfluss auf das Geschäft.«
»Was hat dann Einfluss?«
»Dass Sie ein Wort sagen.«
»Welches Wort?«
»Das Wort Ja.«

Eben. Worte.

Noch schlimmer
wurde es dann
als er und Babette
in New York ankamen
wo nie Stille herrscht, weil alle sprechen.
Sogar im Tempel
während des Gottesdienstes
Geflüster in allen Reihen
es gibt keine Ruhe, überall Worte
an die Mauern geklebt, auf Plakaten: Worte
auf der Straße, in den Lokalen: Worte
auf den Handelsplätzen: Worte
ein Alptraum aus Geräuschen
Fragen-Antworten
Antworten-Fragen
Fragen-Antworten
Antworten-Fragen
Worte und abermals Worte
Worte Worte
Worte und abermals Worte
ein Ozean aus Gerede
größer als das Meer von Brooklyn gesehen
darum, denkt Mayer, sind die Menschen hier süchtig
nach Worten
und tatsächlich
sprechen
in New York
alle
auch nachts
noch im Schlaf.

Man malt sich besser gar nicht erst aus
was sie mit dem Telefon machen werden.

Neuntes Kapitel

STOCK EXCHANGE

Der Seiltänzer
ist noch sehr jung.
Solomon Paprinskij sein Name
sein Bruder ist *Schammes* im Tempel.
Solomon bleibt stehen
vor dem großen Gebäude.
Sucht zwei Straßenlaternen aus
50 Meter dazwischen.
Ja, diese beiden.
Nur einen Schritt
vom Eingangsportal entfernt.
Solomon öffnet den Koffer
holt sein Stahlseil heraus
rollt es auf
klettert auf die Laternenmasten
und zieht es straff.
Der Weg ist bereit
das Seil ist gespannt.
Was fehlt?
Mut.
Solomon Paprinskij macht sich Mut
hebt eine Flasche an den Mund
nimmt einen guten Schluck Cognac
klettert dann hinauf
nimmt seine Stellung ein
und Solomon Paprinskij
beginnt über das Seil zu gehen.
Perfekt.
Luftig.
Federleicht.
Kein falscher Schritt

Solomon Paprinskij
ist der beste Seiltänzer
den New York kennt.
Und ab heute
hat er beschlossen
wird er
jeden Tag hier sein
morgens und abends
sein Kunststück vollführen.
Das Seil straff gespannt
zwischen zwei Straßenlaternen
dort
einen Schritt entfernt
vom brandneuen Portal.

Denn
jetzt wurde
in dieser zum Sprechen verdammten Stadt
ein ganz neuer
gigantischer
Ort in der Wall Street eröffnet
er heißt
»STOCK EXCHANGE«.

Wörtlich bedeutet das
man tauscht hier Waren.

Aber es gibt dort
gar keine Waren!
Nur ihre Namen
sieht man überall geschrieben.
Als stünde über der Tür eines Ladens
AUSTAUSCH VON BROT
aber drinnen gäbe es kein Brot
oder AUSTAUSCH VON OBST
aber drinnen nicht mal ein Apfelgehäuse.

Was zählt
ist bekanntlich
der Wert, nicht der Gegenstand.

»*Geniale Idee!*«, hat Emanuel gesagt
»*New Yorker Idee*«, hat Mayer gedacht.

Statt Eisen an der Eisenbörse zu handeln
Stoffe an der Stoffbörse
Kohle an der Kohlebörse
Erdöl an der Erdölbörse
entstand eine Börse für alles
gigantisch
gewaltig
typisch New York
eine Synagoge
die Gewölbe höher als eine Synagoge
wo Menschenmassen, Heerscharen, Hundertschaften
von morgens bis abends
ununterbrochen
sprechen
verhandeln
rufen
schreien
von morgens bis abends
ununterbrochen
von morgens bis abends
ununterbrochen
sprechen
verhandeln
rufen
schreien
von morgens bis abends
ununterbrochen
denn das Besondere ist
– wie Mayer scheint –
dass es dort in der Wall Street

kein Eisen gibt
keinen Stoff
kein Erdöl
keine Kohle
es gibt nichts
und doch
gibt es alles
hingeworfen
zwischen Gebirge
Lawinen
aus Worten.
Offene Münder
die Luft blasen blasen blasen
sprechen
verhandeln
rufen
schreien
von morgens bis abends
ununterbrochen
und draußen
vor diesem Tempel der Worte
wird Solomon Paprinskij
ab heute
jeden Tag
sein Kunststück vollführen
über das Seil laufen.

Wer weiß, ob die Luft
aus all diesen Mündern
zu einem Sturm werden kann
der Solomon
abstürzen lässt.

Das ist der einzige Gedanke
den Mayer *Bulbe*
fassen kann
während er

mit gestreiften Gamaschen
übers Trottoir der Wall Street
auf das Portal zugeht.
Das Eingangsportal.

Nein
das ist nicht sein einziger Gedanke.

Der andere Gedanke
gilt Philip
seinem Neffen.
Ihm wird die Wall Street gefallen, und wie.
Ihm ja.

Und Mayer hat Recht.
Denn Philip
Emanuels Sohn
geboren in New York
kein einziger Tropfen
weder aus Deutschland
noch aus Alabama
in seinem Blut
ist eine sprechende Maschine.
Phantastisch.
Auch Philip ist für den Onkel ein Rätsel.
Von einem Arm geboren
bewegt aber keinen Finger
beweist Mut nur mit dem Mund.
Philip herrscht über die Worte
spult Reden ab wie kein andrer
mit zwanzig
stellt andauernd Fragen, beantwortet sie selbst:
»*Hochwürdiger Rabbi Strauss*
ich möchte Euch eine Frage vorlegen, wenn Ihr gestattet.
Unsere Familie besitzt, wie Ihr wisst, eine Bank.
Was uns, verehrter Rabbi, insofern ein wenig besonders macht
als der Begriff ›besonders‹

ein ganzes Spektrum an Verdiensten umfasst
mit deren Aufzählung ich Euch nicht ermüden möchte und darf.
Unter all diesen Gründen für Vortrefflichkeit bleibt jedoch
die unbestreitbare Tatsache, verehrter Rabbi Strauss
dass eine Familie aus Bankiers
über Möglichkeiten finanzieller Investitionen verfügt
derer nur wenige sich rühmen können
und ich benutze dies Verb, weil ich weiß
dass ich mich zu keinem Zeitpunkt
weder der Prahlerei schuldig bekennen musste
noch auch jener allgemeinen Eitelkeit, verehrter Rabbi
welche man Familien mit erworbenem, ererbtem
oder wie immer erlangtem Vermögen zugesteht.
Das – wenn ich so sagen darf – blühende Gedeihen unserer Bank
schlägt sich nun zweifellos als Vorrangstellung nieder
wenngleich innerhalb einer kleinen Gemeinde
denn wir unterstützen die jüdische Schule, verehrter Rabbi
das Altenheim und den Kindergarten
übrigens ohne dass diese Unterstützung
je Gegenstand von Verhandlungen war.
Gut.
Ich hatte einen Meinungsaustausch mit meiner Verwandtschaft.
Und komme daher, Euch um den Urteilsspruch zu bitten.
Haltet Ihr es in Eurer Weisheit
nicht für unvorsichtig, Anlass zu der Vermutung zu geben
dass jene, die Geld in wohltätige Werke investieren
sich dessen schämen müssen
anstatt stolz darauf sein zu dürfen, verehrter Rabbi Strauss?
Was würdet Ihr über die sagen
die sich fast angewidert verstecken
statt andre zu bitten, den Tempel gleichfalls zu fördern?
Würdet Ihr das Verhalten desjenigen gutheißen
der Blicken ausweicht, als wären Almosen ein Verbrechen?
Ich sehe, Ihr nickt, und das erfüllt mich mit Freude.
Ich stimme mit Euch überein, Rabbi Strauss, voll und ganz
darin, dass Geld für den Tempel zu geben
ein Grund zum Stolz sein muss, nicht zur Scham

*und ich bin, wie Ihr, verehrter Rabbi, so fest davon überzeugt
dass ich, Eure Zustimmung selbstverständlich voraussetzend
dem* Schammes *sagen werde, er soll uns Lehmans
von der dreiundzwanzigsten Reihe
mindestens in die fünfzehnte vorrücken lassen.
Womit ich mich empfehle, wenn Ihr erlaubt, verehrter Rabbi
und mich verabschiede
da ich erwartet werde.
Auf Wiedersehen.«*

Sieh an.
Vielleicht weil er Tennis spielt
schon immer
denn beim Tennis muss der Ball immer im Spiel bleiben
darf das Feld nie verlassen:
immer nach oben, Philip
immer in die Höhe, Philip
immer in der Luft, Philip
und so spielt er, spielt gut
spielt Tennis mit seinen Reden
mit den Worten
lässt den Ball niemals fallen.
So spricht Philip über Wirtschaft
spricht Philip über Politik
spricht Philip über Finanzen
und über das Judentum
und über Kultur
und über Musik
und über Mode
und über Pferde
und über Maler
und über das Kochen
und über Landschaften
und über Mädchen
und über Werte
und über Freundschaften
und über New York, vor allem.
Denn Philip ist hier geboren.

»*Ich glaube, es gibt keine bessere Stadt auf der Welt*
verehrter Onkel: New York bietet in meinen Augen
das Beste von Amerika
und das Echo von Europa
ich weiß nicht, wie Ihr darüber denkt
doch wenn Ihr mich fragen würdet
würde ich sagen, dass New York auf der Erde das ist
was der Olymp im alten Griechenland war:
ein göttlicher und gleichzeitig menschlicher Ort
oder, solltet Ihr vorziehen
dass ich aus der Sicht des Judentums spreche, lieber Onkel
sage ich, diese Stadt ist wie das Ner Tamid
das ohne geweihtes Öl brennt
menschliche Schöpfung, doch gleichzeitig ein Wunder.
Drum kann man dem, der diese Stadt nicht liebt, nur sagen
das sei, wie das Sonnenlicht leugnen, verehrter Onkel
und wenn Ihr ein solcher Mensch seid
bitte ich Euch, sagt es mir nicht
Ihr würdet viel von der Achtung verlieren
die ich Euch schulde
darum möchte ich
obwohl ich fragte und neugierig bin
im Grunde lieber nicht wissen, was Ihr denkt
und erspare Euch die Verlegenheit, es zugeben zu müssen.
Womit
ich mich empfehle
wenn Ihr erlaubt
verehrter Onkel
und mich von Euch verabschiede
da ich erwartet werde.«

Erstaunlich.

Philip ist neu.
Philip ist absolut neu.
Philip ist ein Sohn New Yorks.
Ja, zweifellos:
Wall Street wird ihm gefallen.

Zehntes Kapitel

SCHAWUOT

Seltsam, wie der Mensch manchmal
seine Missionen so eifrig verfolgt
dass er eine Wirkung erzielt
die er später bereut.

Emanuel Lehman
der dem Schlaf den Krieg erklärt hatte
gäbe jetzt alles für eine ruhige Nacht.

Nicht, weil er zu viel arbeitet.

Der Grund ist, dass man nachts manchmal träumt.
Und Emanuel Lehman träumt immer dasselbe.

Es beginnt wie ein Spiel.
Da ist ein Viehstall.
Denn wir sind drüben in Deutschland
in Rimpar, Bayern.

Im Stall
zwei Kinder, Mayer und er.
Sie spielen ihr Lieblingsspiel:
der Turm aus Geld.
Ganz einfach.
Man legt eine Münze auf den Boden.
Legt eine zweite darauf
dann noch eine – Emanuel ist dran –
dann noch eine – Mayer ist dran –
dann noch eine – Emanuel ist dran –
dann noch eine – Mayer ist dran –
dann noch eine – Emanuel ist dran –

dann noch eine – Mayer ist dran –
dann noch eine – Emanuel ist dran –
dann noch eine – Mayer ist dran –
und der Turm aus Münzen
schwankt nicht
er wächst
und wächst
und wächst
und wächst
und wächst
und wächst
im Traum ist der Turm hoch, sehr hoch
so hoch
dass Emanuel hinaufsteigt
auf den Turm klettert
er klettert
höher
höher
höher
noch höher
klettert Emanuel
noch
höher
höher
höher
noch höher
klettert Emanuel
bis
an die Spitze
wo man fast den Wind berührt
wo der Himmel sich öffnet
plötzlich
aufreißt
wie an *Schawuot*
und mit einem Donnern
einem ohrenbetäubenden
Lärm

rasend schnell
eine Lokomotive auftaucht
die pfeifend
sehr schnell direkt auf Emanuel zukommt
– »*der Zug!*« –
auf Emanuel
– »*der Zug!*« –
auf Emanuel
– »*der Zug!*« –
auf Emanuel
– »*der Zug!*« –

Seit seine Frau Pauline
unter dem Marmorblock ruht
gibt es niemanden mehr
der ihm die Hand hält
während er fällt
hinab
stürzt
vom Turm
überfahren
zerrissen
von dem verfluchten Zug.

Der Traum kehrt jede Nacht wieder.

Und Emanuel erwartet den Traum
aber im Sessel
dort schläft er, sitzend.
Denn wenn er im Bett liegt
ist ihm, als müsste der Rauch
ihn ersticken.

Doch das ist ein Geheimnis.

Denn seit seine Frau Pauline
unter dem Marmorblock ruht

gibt es niemanden mehr auf der Welt
der von diesem Zug weiß
der sehr pünktlich fährt.
Nachtfahrplan.

Verständlich.
Wie könnte ein Arm
in der Wall Street erzählen
dass er eine Bank besitzt
aber nicht in die Bahn investiert
weil er jede Nacht
Todesangst vor einem Zug hat?

Emanuel kann das nicht sagen.

Er kann nicht sagen
dass er zum ersten Mal
– ja, zugegeben –
Angst hat.

Und das ist ein rechtes Dilemma.

Denn in New York sprechen alle
von Eisenbahnen
ganz besonders
an der Wall Street.
Dort drinnen
hinter dem dunklen Eingangsportal
vor dem Solomon Paprinskij
jeden Morgen
das Seil spannt
seinen Schluck Cognac nimmt
und Seiltänzer ist.

Die Sätze in der Luft
eine einzige Qual:
»*Auch Sie sind gewiss im Eisenbahnmarkt*

Mister Lehman?«
»Wo genau haben Sie investiert?
In die Pacific Railway?
Oder die Chicago United?
Die Trans-Atlantic?«
»Wir haben auf die North Western gesetzt.«
»Darf ich Ihnen die Middle-Southern empfehlen?«

Es muss in der Luft
der Wall Street
eine sonderbare Kraft geben
die sogar den Fischen
Lust macht zu sprechen.
Über Eisenbahnen.

Anders lässt sich das nicht erklären.

Denn sogar
Irving
der jüngste Sohn seines Bruders Mayer
zeigt schon eine Eisenbahnbildung.
Als sie ihn wiederfanden
zum Glück
er saß auf der Treppe im Bahnhof von New York
sagte er seelenruhig:
»Onkel Emanuel, ich habe
zwei Güterzüge und drei Personenzüge vorbeifahren sehen!
Die Lokomotive aus Holz, die du mir geschenkt hast
– klar, die ist nicht echt –
aber könnte man machen, dass sie dampft?«

Der einzige Trost
der Ausweg
für Emanuel
ist das Alter.

Denn jetzt sieht er ein
– musste es einsehen –
dass ein Arm
wenn er altert
zwar ein Arm bleibt
doch der Ellenbogen
besiegt das Handgelenk
und die Hand
die aktive Hand
ist immer ferner ...
Darum kann es sein
– durchaus! –
dass ein alter Arm
nicht mehr selbst handeln muss
sondern handeln lässt.

Sehr gut.
Nicht mehr handeln
nein, andere antreiben.
Diese Gier, die ihn sein Leben lang trieb
zu bewegen, zu machen, zu erschaffen
darf jetzt befehlen: »*bewegt, macht, erschafft!*«

Ihm genügt, dass die Bank
nicht stillsteht.
Sie darf keine einzige Chance verpassen
jetzt, da die Industrie Hochkonjunktur hat
Hunderte von Fabriken entstehen
überall
machen machen machen
bauen bauen bauen
erfinden erfinden erfinden
auch wenn
die New Yorker Mode des Redens
schon so weit um sich greift
dass selbst die Arbeiter
mitreden wollen

und irgendwas erfinden
was *Gewerkschaft* heißt.

Egal.
Gewerkschaft hin oder her.
Emanuel will, dass ihm nichts entgeht
jetzt, wo die Wall Street
ganz in der Nähe aufgemacht hat
und alle Märkte über die Börse laufen.
Emanuel bebt vor Erregung.
Kann sich kaum mehr beherrschen.
Mehr denn je?
Mehr denn je.
Ihm scheint, die ganze Welt
ist plötzlich zusammengeschnurrt
zu einem Knopf
und New York ist das Knopfloch.
Eine minimale, winzige Geste genügt
und wir halten die Welt in der Hand.
Also machen.
Also dabei sein.
Etwas wagen.
Riskieren.
Riskieren.
Da aber ein Ellenbogen weniger kann
als eine Hand
lenkt Emanuel die Kutsche nicht selbst
er gibt dem neuen Kutscher Befehle
der sie für ihn ausführt:
»*Euren Anweisungen folgend, verehrter Herr Vater*
habe ich Lehman Brothers
noch weiter ins Zentrum des Kohlemarkts gebracht
woraus folgt, dass wir ab heute
sämtliche Jahreserträge des Brennstoffmarkts kontrollieren
nach den Tarifen der Wall Street kalkuliert.
Jedoch möchte ich Euch mitteilen, Herr Vater
dass ich diese Verhandlungen

aus dem einzigen Grund geführt habe
weil Ihr mich drum batet, denn persönlich bin ich überzeugt
(und darin nicht der Einzige)
dass unsere Investition ausschließlich in den Kohlemarkt
völlig sinnlos ist
da Kohle in wenigen Jahren obsolet sein wird
durch die Vorherrschaft des Eisenbahn-Business
dessen Vorzüge ich Euch aufzählen könnte
vorausgesetzt
Euch ist wirklich
an Kapitalerträgen gelegen.«

»Auch bei dir, dieser Eisenbahnwahn, Philip?
Wir haben schon Kapitalerträge, mein Sohn
wir kontrollieren das Eisen, die Kohle
und den Kaffee von ganz New York.«

»Diese Branchen würde ich
wenn ein Ausdruck gestattet ist, der von mir stammt
als Markt der Nullkommas bezeichnen
plus Nullkomma plus Nullkomma.«

»Der uns am Ende Millionen einbringt.«

»Nach 30 Seiten Additionen.«

»Hättest du meine Erfahrung, Philip ...«

»Mein Haar ist nicht weiß, verehrter Herr Vater
aber gerade weil es noch schwarz ist, sage ich Euch
wenn ich das Leben, das vor mir liegt
für die Bank einsetzen muss
möchte ich das mit vielen Zahlen vor dem Komma tun
nicht dahinter.
Stimmt Ihr mir zu, dann schütten wir diese Kaffeebrühe
bald zugunsten der Eisenbahn weg.
Wenn Ihr aber lieber Kaffeebohnen zählt statt Millionen

*erspare ich Euch die Verlegenheit, es zugeben zu müssen
womit ich mich empfehle
verehrter Herr Vater
und mich von Euch verabschiede
da ich erwartet werde.*«

Wenn nun der junge Kutscher der Nullkommas
gerade er
gegen die Lokomotive des *Schawuot*
antreten würde?
Philips Nullkommas
werden langsam zu einer Manie.
Wenn Emanuel nun wirklich auf ihn hören würde?
Vielleicht könnte er
dann wieder ruhig schlafen …
Wenn nun der junge Kutscher
gerade er
auf den Münzenturm steigen würde
bis ganz nach oben
wo die Züge vorbeisausen
würde Emanuel
dann
vielleicht nicht mehr
schweißgebadet wie ein Bäcker
erwachen?

Wenn wir
auf Philip setzen, vielleicht …

Immerhin ist er der Sohn eines Arms.

Man könnte sagen, ein Handgelenk mit Redegabe.

Und obendrein
hat er dieses Nullkomma
an New Yorker Gerissenheit
die sogar grausame
ja, sadistische Züge hat.

Kein Zweifel:
Philip ist die letzte Karte
die er ausspielen kann.

Elftes Kapitel

BAR MIZWA

Yehuda Ben Tema
schreibt
in den *Sprüchen der Väter:*
fünf Jahre sind das rechte Alter, um die Schriften zu lesen
zehn Jahre für das Studium der *Mischna*
mit dreizehn musst du die *Mitzwot* befolgen
mit fünfzehn wirst du die *Gemara* studieren.

Gut.
Jetzt da das Jahrhundert bald endet
bietet die Familie Lehman aus New York
eine schöne Auswahl
unterschiedlichster Altersstufen.
Denn an Kindern fehlt es nicht
11 insgesamt
4 von Emanuel
7 von Mayer
und was die Jahrgänge betrifft
hat man die Qual der Wahl.

Im Tempel muss sich zum Glück
kein Kind mehr auf Zehenspitzen stellen
weil man wächst, wenn man älter wird
und weil die Bank der Familie
in die zehnte Reihe vorgerückt ist.

Wenn die Lehmans
jetzt in den Tempel kommen
gehen sie durch den Seitengang
ohne die mürrischen Russen Kowalski
in der einundzwanzigsten Reihe

eines Blickes zu würdigen.
»*Скажи мне, Папа, кто эти люди впереди?*«
»*Это знаменитые Лиманы.*«
»Sag mal, Papa, wer sind die da vorn?«
»Das sind die berühmten Lehmans.«

Herbert Lehman
aber
findet es nicht richtig
dass sie vorne sitzen.
Er protestiert.

Herbert ist jetzt 11 Jahre alt
und geht auf die jüdische Schule.
Bald wird er
wie seine Brüder
bei der Prüfung erzählen müssen
vom Aufstieg des Königs David
die Geschichte der Makkabäer
das Leben Josefs in allen Einzelheiten
von Esau mit dem Linsengericht
von Jonas im Bauch des Walfischs
und wie Kain seinen Bruder Abel erschlug.

Die letzte Geschichte
beeindruckt Herbert
besonders
seit sein Bruder Arthur
(schon immer ein sturer Kopf
aber das kann mit dem Alter noch schlimmer werden)
sich angewöhnt hat, ihn um Geld zu bitten
»*Nur geliehen, Herby!*«
und ihm jede Woche sein Taschengeld abknöpft.
Dabei ist Arthur 5 Jahre älter
müsste es, verdammt, nicht umgekehrt sein?
In der normalen Welt
sind es doch die jüngeren Brüder

die Zugang haben sollten
zu einfachen Bankkrediten
mit niedrigen Zinssätzen
im Namen der Familienbande.

Nein.
Hier nicht.
Hier läuft es umgekehrt.
Arthur Lehman beutet Herbert aus
und pfeift drauf, ob der einverstanden ist.
»*Arthur, du schuldest mir einen Haufen Geld!*
Darf ich erfahren, wann ich es zurückbekomme?«

»*Schäm dich, Herby, du hast kein bisschen Herz.*«

»*Ich habe das Recht, mein Geld zurückzubekommen!*«

»*Nein, und pass auf*
dass du nicht gegen unsere Verfassung verstößt!«

»*Was hat die Verfassung damit zu tun?*«

»*Dummkopf! Die amerikanische Verfassung erklärt*
dass jeder
mich eingeschlossen
das Recht hat, glücklich zu sein!
Ich bin glücklich mit deinem Geld
also machst du mich unglücklich, wenn du es zurückhaben willst
und ich könnte dich sogar anzeigen. Alles Gute, Herbert.«

Als jüngerer Bruder
bringt Herbert nicht mal heraus
»*Ich bin nicht einverstanden*«.
Er bleibt enttäuscht zurück
erst in den folgenden Tagen
spürt er, dass er betrogen wurde
und

um nicht aufgeben zu müssen
nimmt er sich vor, Abhilfe zu schaffen.

Als Erstes
lernt er
die ganze Verfassung auswendig.
Wie nützlich ihm das im Leben sein sollte!

Sodann
ermutigt
durch seine verfassungsmäßigen Rechte
wendet er sich an die Erwachsenen in der Familie
weniger als moralische Autoritäten
denn als Experten für Bankgeschäfte:
»*Vater, wenn ein Schuldner mir mein Geld nicht zurückgibt*
was kann ich tun, um es wiederzubekommen?«

Mayer, sein Vater, mustert ihn.

Der Bankmorbus
steckt schon die Kinder an.

Doch da der Junge nicht locker lässt
schildert Mayer das ganze Szenarium
aus Aufschlägen auf die geschuldete Summe
und Bußgeldern, die progressiv steigen.

Herbert ist nicht einverstanden.
Er soll noch mehr Geld
als die Summe fordern
die Arthur schon jetzt nicht zahlen will?
Das Problem ist grundsätzlicher Art:
Wer Schulden hat, dem erhöht man sie noch?

Zum Glück gibt es Onkel Emanuel
er denkt viel praktischer
und rät Herbert

nach einer angemessenen Warnung
zur Pfändung materieller Güter überzugehen.

Herbert beginnt also
nach dem – zigsten Ultimatum
Gegenstände zu konfiszieren
dringt zu nächtlicher Stunde
ins Schlafzimmer des Bruders ein
und nimmt Folgendes an sich:
2 Lederbälle
3 Landkarten
1 Montgolfiere aus Stoff
7 Bildbände
1 Mundharmonika
2 Federn mit Tintenfass
3 cremefarbene Hemden
1 Strohhut eines unbekannten Mister Rundkopf

Nun, da Arthur
nur noch das Bett bleibt
fragt Herbert den Onkel erneut um Rat:
»*Darf ich das auch nehmen?*«

Doch leider
sieht es so aus
als müsste sogar die Finanzwelt
ein Minimum an Herz haben
und nicht mal die harte Hand einer Bank
darf einen Bruder zum Obdachlosen machen.

Herbert aber gibt nicht auf
spielt die Karte der Einschüchterung aus
schleicht sich in tiefer Nacht ins Zimmer des Bruders
zieht ihm so theatralisch wie möglich
mit einem Ruck die Bettdecke weg
und verkündet über ein Megaphon:
»*Dieses Bett gehört dir bald nicht mehr*

wenn du ruhig schlafen willst
zahl mir mein Geld, Arthur!«
Und er hätte ohne auf Antwort zu warten
das Zimmer eilig verlassen
hätte sein Bruder
vom brutalen Wecken geschockt
ihn nicht an der Gurgel gepackt
und statt aller Flüche, die ein Erpresser verdient
ein zwingendes mathematisches Axiom gewählt:
»Die Wahrscheinlichkeit, dass ich dir mein Bett gebe
ist proportional zu der, dass du dein Geld zurückbekommst!
Und jetzt hau ab oder komm mit Zahlungsbefehl zurück.«

Kurz
Herbert hat so seine Sorgen.
Vorerst
sitzt er im Klassenzimmer
letzte Bank, immer ein wenig abgelenkt
vergisst sogar aufzustehen
wenn der Rabbiner Strauss
der mehr Zähne im Mund hat als Haare auf dem Kopf
einmal im Monat die Klasse betritt
und die Kinder abfragt:
»Heute möchte ich mit euch
über die Bedeutung
des Wortes Strafe *nachdenken.*
Strafe ist eine Entschädigung.
Sie ist nie ungerecht.
Strafe bringt die Welt wieder ins Gleichgewicht.
Wenn du durch dein Tun etwas wegnimmst
begleicht HaSchem *mit der Strafe die Rechnung.*
Darum bestrafte HaSchem *die Ägypter.*
Weil sie das Auserwählte Volk zu Sklaven machten.
Wenn ich euch jetzt aufrufe
nennt ihr mir in der richtigen Reihenfolge
alle ägyptischen Plagen:
beginnend mit Ihnen, junger Herr Rothschild.«

»HaSchem *verwandelte den Nil in Blut, Rab Strauss.*«

»*Gut, Rothschild. Die zweite Plage, Wolf.*«

»HaSchem *bedeckte Ägypten mit Fröschen, Rab Strauss.*«

»*Gut, Wolf. Die dritte und die vierte Plage, Libermann.*«

»HaSchem *schickte Mücken und dann Stechfliegen.*«

»*Die fünfte Plage gehört Ihnen, junger Herr Strauss.*«

»HaSchem *ließ alles Vieh in Ägypten sterben.*«

»*Ausgezeichnet, Strauss. Ihr Bruder sagt mir die sechste.*«

»*Geschwüre befielen Menschen und Tiere, Rab Strauss.*«

»*Gut, ihr beiden. Die siebte, junger Herr Altschul?*«

»*Hagel fiel vom Himmel.*«

»*Sehr viel Hagel, Altschul. Die achte Plage, Borowitz?*«

»*Eine Invasion von Heuschrecken.*«

»*Jawohl, Heuschrecken. Die vorletzte Plage, Cohen?*«

»*Eine Finsternis, Rabbi.*«

»*Und die letzte Plage will ich von Ihnen, Herbert Lehman.*«

»HaSchem *ließ die Kinder Ägyptens sterben.*«

»*Das ist falsch, Lehman
das tat* HaSchem *mitnichten.*«

»*Aber ich bin nicht einverstanden.*«

»*Wie immer: Sie wollen interpretieren, nicht lernen.
Es heißt in der Schrift:
›Und zu Mitternacht schlug der HERR
alle Erstgeburt im Ägypterland.‹
Erstgeburt heißt nicht alle Kinder, Lehman!*«

»*Aber ich bin nicht einverstanden
mit* HaSchems *Beschluss, Rabbi.*«

»*Lehman!*«

»*Eigentlich bin ich mit keiner der Plagen einverstanden.*«

»*Was muss ich da hören!*«

»*Um die Wahrheit zu sagen, bin ich nicht einverstanden
mit der Haltung von* HaSchem.
*Das Problem ist grundsätzlicher Art
und wird so zu einer politischen Frage:
Warum das Volk der Ägypter quälen
das gar keine Schuld trägt?*«

»›*Das ist untragbar!*«

»*Meiner Meinung nach hätte* HaSchem
*statt mit den Plagen Zeit zu verlieren
den Pharao direkt töten sollen
dann wären die Israeliten sofort frei gewesen, und …*«

»HaSchem *nimmt keine Ratschläge von Herbert Lehman entgegen!*«

»*Aber Herbert Lehman gehört zum Auserwählten Volk.*«

»*Sie halten jetzt den Mund, Junge! Sofort!*«

»Wenn Ihr wünscht, bin ich still, Rabbi
man soll aber wissen
dass ich nicht einverstanden bin!«

Obwohl er erst elf Jahre zählt
gibt es nur wenige Dinge
mit denen Herbert Lehman
»*einverstanden*« ist.

Er ist nicht einverstanden
wenn an *Chanukka*
nur der Familienvater die Kerzen anzünden darf.
Er ist nicht einverstanden
wenn an *Purim*
und nur dann Krapfen gegessen werden.
Er ist nicht einverstanden
– ganz und gar nicht –
wenn man die Zweige
von blühenden Pfirsichbäumen schneidet
um an *Tu BiSchwat* alles damit zu schmücken.
Und vor allem
versteht er nicht
dass seine Brüder
die *Bar Mizwa* feiern
nach allen Regeln, mit allen Ehren
während die Schwestern
nur die *Bat Mizwa* haben
nicht aufs Podium steigen
nicht die Thora kommentieren
nur auf dumme Fragen nach dem Haus antworten dürfen.

Man hat versucht, ihm zu erklären
dass es eine Tradition ist
und Traditionen, lieber Herbert
wirft man nicht weg
wie altes Zeug
eine jüdische Frau ist nicht wie ein Mann

auch wenn
die New Yorker Mode des Redens
schon so weit um sich gegriffen hat
dass sogar die Frauen
mitreden wollen
und irgendwas aus Getöse anstellen
das *Suffragette* heißt.
Wollen wir jetzt auch den Ritus ändern?
Herbert schüttelt den Kopf.
Er ist nicht einverstanden
wenn ein Bruder mehr zählt
als eine Schwester.

Denn die Familie ist groß
Brüder und Schwestern
gibt's eine Menge.

Sein Bruder Irving
zum Beispiel
ist 13 Jahre alt
13 Jahre und 1 Tag.

Ständig verliert man ihn unterwegs
denn er hat die unglaubliche Gabe
unbeachtet zu bleiben.
Heute jedoch nicht.
Heute wird er im Mittelpunkt stehen.
Denn dies ist der Tag
seiner *Bar Mizwa*.

Alle im Tempel.
Die ganze Familie
die Brüder, die Schwestern, alle
die in Alabama geboren wurden
und die Kinder New Yorks.
Ein wichtiger Tag.
Irving wird mündig

ab heute ist Irving erwachsen
Irving muss sich selbst verantworten
vor der *Halacha*.

Zum ersten Mal wird er
auf dem Podium
eine Stelle aus der Thora lesen.
Und mit den anderen
die Schrift kommentieren.

Eben:
Er *wird* sie kommentieren.

Das ist der heikle Punkt.
Denn Irving Lehman
hat das Pech
dass ein zweiter
heute, am selben Tag
Bar Mizwa hat.
Und dieser jemand
ist kein Geringerer
als der junge Herr mit lockigem Haar
Thronfolger von Mr Goldman.

Was immer die Goldmans machen, es glänzt.
Und sie rühmen sich dessen.
Sie bewegen Gelder
– dieselben wie die Lehmans –
unterzeichnen Verträge
– dieselben wie die Lehmans –
knüpfen Verbindungen
– dieselben wie die Lehmans –
kurz
was immer
die Lehmans machen
sofort folgt
haarklein dasselbe

mit der Marke
Goldman Sachs.
Sie haben sogar den Anfang kopiert:
Beide Familien
sind deutsch.
Und beide
haben ihr Ferienhaus
in Elberon
sind Nachbarn.
Ironie des Zufalls.

Der einzige Unterschied
– zur Wahrheit muss man immer stehen –
liegt darin, dass Mr Goldman
mit einem gewissen Metall handelt
Gold genannt
und darauf ist er so stolz
dass es sogar in seinem Namen prangt.

Darum und nur darum
haben sie die zweite Reihe
im Tempel bekommen.

Zwischen Lehmans und Goldmans
herrscht ein alter Hass.

Jene grimmige Rivalität
die ähnliche Familien
so oft entzweit.

Sie leben an den Ufern eines Flusses
Lehman Brothers und Goldman Sachs.
Zwischen ihnen fließt Wasser
ein goldfarbenes Wasser.
Beide fischen
im selben Wasser
und sehen einander

starr in die Augen
immer auf dem Sprung
wir hier
ihr drüben
denn der Fluss ist derselbe
wie auch die Fische
dort, in der Wall Street
die jetzt ihre eigene Zeitung hat
Wall Street Journal
von den Jungen auf der Straße laut ausgerufen
während Solomon Paprinskij
jeden Morgen
seinen Schluck Cognac nimmt
und los geht's:
Er läuft über das Seil
ohne je zu fallen.

Da sitzen sie heute, aufgereiht.

Beide Familien.
Im Tempel.
Für die *Bar Mizwa* ihrer Dreizehnjährigen.
Beide elegant.
Beide makellos.
Wir sind die Lehman Brothers.
Wir sind die Goldman Sachs.
Wir rechts.
Ihr links.
Wir sind die Lehman Brothers.
Wir sind die Goldman Sachs.
Wir mit den Unseren.
Ihr mit den Euren.
Wir sind die Lehman Brothers.
Wir sind die Goldman Sachs.

Lächeln bei den Damen.
Händeschütteln bei den Herren.

Der wirkliche Krieg
findet zwischen zwei Müttern statt
auf den entgegengesetzten Seiten des Tempels
während sie ihren Söhnen die Krawatte binden:
»*Geh, mein Junge, steig aufs Podium, das ist dein Recht
du bist ein Goldman, tu's für deinen Vater.*«

»*Geh, mein Junge, steig aufs Podium, das ist dein Recht
du bist ein Lehman, tu's für deinen Vater.*«

»*Du musst fehlerlos lesen, mein Sohn
ohne Versprecher.*«

»*Du willst uns doch nicht vor ihnen blamieren, Irving?*«

»*Du trägst einen großen Namen, Junge, vergiss das nicht.*«

»*Und vergiss nie, dass diese Goldmans
nach uns in Amerika angekommen sind.*«

»*Denk immer dran, dass diese Lehmans
den Süden im Blut haben – sie sind nicht wie wir.*«

»*Und wenn dieser Bengel dich beleidigt, wehrst du dich.*«

»*Wenn dieser Krauskopf dir Fratzen schneidet
beachte ihn nicht.*«

»*Wenn er sagt, dass sie die Kohle quotieren
lachst du ihn aus.*«

»*Halt, bevor du gehst: Wenn er sagt, dass sie Kaffee verkaufen
zuckst du die Achseln und sagst: ›Kalter Kaffee.‹*«

»*Doch du musst mir versprechen, mein Sohn
schwöre
dass du ihm aus keinem Grund der Welt
jemals die Sache mit dem Tabak erzählst.*«

Ja.
Der Tabak.
Die jüngste Erfindung der Lehman-Brüder
weil sie wohl wirklich beeindruckt waren
als sie mit eigenen Augen
dieses endlose Meer
aus gekrümmten Rücken sahen
das den Plantagen in Alabama so ähnlich war.

Mitunter betört der Ruf der Vergangenheit
auch einen Arm, der resistent gegen Tränen ist.

Nicht nur das.
Das ist nicht alles.

Tabak muss geerntet
Tabak muss bearbeitet
Tabak muss gerollt werden
oder zerstückelt
oder in eine Kiste gepackt.
Kurz, Tabak ist Arbeit und Mühe.

Und das haben die beiden im Blut
mit gesenktem Kopf arbeiten
ohne Schwäche zu zeigen
ohne zu pausieren
ohne innezuhalten.

Etwas zu sehr sogar.
Denn dies mühselige Arbeiten
behagt Philip Lehman
nicht besonders.
»Verehrter Herr Vater
es ist nicht nötig, dass Ihr Euch so abmüht.
Lassen wir doch den Angestellten die harte Arbeit
Ihr sitzt weiter oben.
Vergesst nicht, dass Ihr ein Firmengründer seid

Ihr müsst nur koordinieren
die Figuren auf dem Schachbrett bewegen.«

Vielleicht hat er Recht.
Tatsächlich koordiniert Emanuel jetzt
verschiebt Menschen wie Spielfiguren
verlässt sein Büro nicht mehr
delegiert an andere
kontrolliert die Arbeit
und die Arbeit läuft auf Hochtouren
da kein Tag vergeht
der im Vergleich zum Vortag
nicht mit dem Zeichen +
in den Kassenbüchern steht
wo Mayer nun nichts mehr einträgt.
Nicht, weil seine Augen schwach wurden
nein, weil keiner das alles allein schaffen kann
also werden die Zahlen jetzt
in einem Büro aufgeschrieben
wo Lehman
sechs Personen bezahlt
damit sie nur das tun
zehn Stunden am Tag.
»*Verehrter Herr Onkel, es ist nicht nötig*
dass Ihr die Arbeit der Angestellten tut.
Lassen wir doch ihnen die Buchführung
Ihr sitzt weiter oben.
Vergesst nicht, dass Ihr ein Firmengründer seid
Ihr müsst nur Eure Unterschrift geben.«

Vielleicht hat er Recht.
Tatsächlich unterschreibt Mayer jetzt
jeden Tag
mit seinem Bruder
am Ende des Abends
die Bilanz mit dem +
Pluszeichen +: unterzeichnet Mayer/Emanuel Lehman.

Pluszeichen +: unterzeichnet Mayer/Emanuel Lehman.
Pluszeichen +: unterzeichnet Mayer/Emanuel Lehman.
Jahrelang.
Immer Plus +
denn Amerika
ist ein Pferd, das wie wild galoppiert
im Hippodrom New York
und Lehman Brothers
ist der Jockey.
Pluszeichen +: unterzeichnet Mayer/Emanuel Lehman.
Pluszeichen +: unterzeichnet Mayer/Emanuel Lehman.
Pluszeichen +: unterzeichnet Mayer/Emanuel Lehman.

»*Verehrter Herr Onkel*
verehrter Herr Vater
es ist nicht nötig, dass Ihr als Revisoren arbeitet
lassen wir doch die leitenden Angestellten
die Bilanz unterzeichnen.
Ihr sitzt weiter oben
vergesst nicht, dass Ihr die Firmengründer seid
Ihr müsst nur entscheiden
in wen oder was investiert werden soll.
Natürlich nicht allein.«

Richtig: nicht allein.

Zwölftes Kapitel

UNITED RAILWAYS

Nur schade, dass Mayer Lehman sich
je älter er wird
immer mehr als Gemüse fühlt.

In die Erde gepflanzt.
zwischen den Schollen gewachsen, mit Sonne, mit Wasser.
Und darum
beschäftigt er sich
in letzter Zeit
besonders mit Tabak.
Nur damit.
Mit der Zeit hat er sich verliebt
in den Tabak, dunkelbraun
wie die Erde, wo die Kartoffel reift.
Zudem wiegt man den Tabak, man steckt ihn in Säcke
wie damals die Baumwolle
die jetzt nicht mal mehr im Firmenschild steht.
Tabak ist Materie
und seine Erträge sind keine Luft
die erst nach vierzig Jahren
zu konkreten Tatsachen wird.
Diese Zahlen trägt Mayer in die Rechnungsbücher ein
winzig, präzise
so klein
dass er über dem Kritzeln kurzsichtig wurde
und zwei Linsen auf die Nase geklemmt trägt.
Eine Kartoffel mit Linsen.

»Du hast dir die Augen verdorben, Bruder
und daran ist dein verdammter Tabak schuld!«

»Was hat der Tabak mit meinen Augen zu tun?«

»Nullkomma plus Nullkomma plus Nullkomma.«

»Wovon redest du?«

»Die Zahlen beim Tabak sind klein, Mayer
und stehen alle hinter dem Komma.
Willst du Zigarren zählen statt Millionen?
Es reicht mir nicht, Nullkommas zusammenzuzählen
ich will Kapital!«

»Wir haben schon Kapital, Emanuel.
Wir kontrollieren den Eisenmarkt, den Markt
der Kohle, des Kaffees, des Erdöls, des Tabaks ...«

»Nullkomma plus Nullkomma plus Nullkomma.«

»Das macht eine Million.«

»Nach 30 Seiten Additionen und zwei Augen weniger.«

»Jeder bringt Opfer für seinen Beruf.«

»Wie denkst du bloß, Mayer?«

»Wie ein Lehman denkt.
Unseren Vater machte das Vieh krank
Henry bekam das Gelbfieber in den Plantagen
also kann ich mein Augenlicht beim Tabak verlieren.«

»Hör mir gut zu, Mayer:
ich habe weiße Haare
und wenn ich mich für den letzten Zipfel meines Lebens abplagen muss
möchte ich das mit vielen Zahlen vor dem Komma tun
nicht dahinter.
Darum werden wir in die Eisenbahn investieren.«

»*Als du das zum ersten Mal sagtest
lutschte Arthur noch am Daumen
und jetzt geht er zur Schule.*«

»*Die Eisenbahn ist Sicherheit.*«

»*Die Eisenbahn ist nur Gerede.*«

»*Ich habe keine Bank für Nullkommas gegründet!*«

»*Ich habe keine Bank für Gerede gegründet!*«

Dies ist der Moment
da Emanuel plötzlich begreift.
Zum ersten Mal erkennt er den Sinn
seines allnächtlichen Alptraums
und versteht, was sein Bruder sagen will:
»*Die Eisenbahn ist nur Gerede.*«

Als würde ein Lichtstrahl ins Zimmer fallen
sieht er alles klar:
Sie haben Angst vor der Eisenbahn, alle beide
denn sie haben noch keine wirklich gesehen.
Die Eisenbahn ist eine Idee, keine Tatsache.

Aber alles würde sich ändern
wenn sie am eigenen Leib spüren
wie erregend es ist
die Eisenbahn wirklich im Bau zu sehen!

Um die Alpträume zu verbannen
müssen sie sehen, wie Schienen verlegt
Bahnhöfe gebaut
Muttern festgezogen
Schrauben gedreht
Bolzen eingeschlagen wurden
müssen das Splittern der Kohle hören

das Kreischen der Sägewerke
die Tausende, Millionen, Abermillionen
von Holzbohlen sägen
um sie in Reihen zwischen die Schwellen zu legen!

Mayer ist im Herzen ein Mann des Südens geblieben
sein Kopf ist noch in Alabama.
Mayer war nicht dabei
damals, vor dreißig Jahren, im Norden
in den Fabriken von Teddy Wilkinson
wo die Maschinen schon Dampf schnaubten!
Dampf, jawohl!
Wunder der Industrie und jetzt der Züge!
Soll Mayer an die Eisenbahn glauben
muss Emanuel sie Mayer zeigen
im Bau
großartig, überwältigend
aber vor allem *mechanisch*
real, ganz real
konkret, ganz konkret
alles aus Eisen und Stahl
aus Feuer, Bronze
Blitzen, Schraubstöcken und Fräsen.

Er trifft eine Entscheidung.
Er muss handeln.
Muss den Gemüsegeist seines Bruders aufklären
so wie der Besuch bei Teddy Wilkinson
ihn vor dreißig Jahren aufgeklärt hat.

Er setzt das Gerücht in die Welt.
Und es ist, als hätte er Feuer an eine Lunte gelegt
denn in New York sind Worte blitzschnell
prompt weiß jeder, dass die Lehman-Brüder
Eigentümer der Lehman Brothers Bank
sich endlich
für den Eisenbahnmarkt

interessieren.
Sie wollen den Eisenbahnbau
mit Händen greifen
auf der Baustelle die Zukunft
mit Händen greifen
sie sind misstrauisch
die Lehmans wollen sehen.

Man vereinbart ein Treffen
Ende November.
Eisenbahn von Baltimore.
Im Bau.
Emanuels Begeisterung?
Überbordend.
Während der ganzen Fahrt
hört er nicht auf
Mayer zu preisen
was sie erwartet: Arbeiter am Werk
100 Mal
1000 Mal mehr als auf den Plantagen
so weit das Auge reicht
denn Amerika ist riesig
und muss von einer Küste zur andren
mit Schienen und Bahnhöfen bedeckt werden.
»Ein gewaltiges Unterfangen, Mayer
wie das der ägyptischen Pharaonen
die ja in die Geschichte eingingen
nicht wie dein verfluchter Tabak
der in die Nase steigt und verweht!
Und nicht wie dein verfluchter Kaffee
den dein mexikanischer Freund produziert!«

Hier muss Mayer ihn korrigieren
der alte Miguel Muñoz
ist mitnichten sein Freund
er selbst hat ihn nie gesehen
denn es war Emanuel

der gleich nach dem Krieg nach Mexiko ging
nur um ihm, Mayer
einen Ausweg aus der Baumwolle
auf den Ladentisch zu knallen.

Emanuel erwidert, das sei nicht wahr
o nein
Mayer selbst habe darauf bestanden
vor zehn Jahren und mehr
unbedingt mexikanischen Kaffee zu kaufen
und tonnenweise Nullkommas anzuhäufen.

Mayer wird zornig, jetzt sei aber Schluss
er könne nicht länger akzeptieren
dass sein Bruder sich alle Meriten zuschreibe
und auf ihn immer nur
alle Fehler ablade.

Emanuel schreit: »*Hör mir zu, Mayer!*
Lehman Brothers ist wie ein Schwamm
es muss alle Geschäfte aufsaugen, die es findet
immer nur zusehen können wir uns nicht leisten!
Wir müssen aufsaugen!«

Und dergleichen
mehr oder minder geglückte Metaphern
tischt Emanuel noch viele auf
so viele wie nie zuvor
denn ein Arm ist ein Arm
Halbheiten kennt er nicht
nicht, wenn er handelt
nicht, wenn er handeln lässt.

Zum Beweis malt er ein herrliches Bild
der amerikanischen Eisenbahnindustrie:
Arbeitskräfte beim Bau, Rohstoffe
Ströme geschmolzenen Eisens

das Kreischen von Stahl
dann der höllische Lärm
und dann
und dann
und dann …

… und dann, als sie ankommen
überrascht sie
die Stille.

Totale Stille.

Zu dritt oder viert erwartet man sie
Männer von der United Railways.
Elegant? Mehr.
Exquisit.
Anzüge vom Schneider, brandneu.
Und ein gewaltiges Lächeln.

Einer kommt auf sie zu.
Weniger wie ein Mensch
als wie ein Lächeln
mit einem Menschen drum herum
»*Archibald Davidson, zu Ihren Diensten!*«
Er breitet die Arme aus
um ihnen stolz
das Schauspiel zu zeigen.

Mayer kneift die Augen zusammen.
Die Zahlen des Tabaks
– die nach den Kommas –
haben ihm wirklich die Sehkraft zerstört
denn das Bild der im Bau befindlichen Bahn
erscheint ihm
wie soll er es nennen?
Das Nichts.

Da ist nichts.

Nichts Gebautes.

Nichts im Bau.

Nichts zu bauen.

Nichts.

Die Abwesenheit aller Dinge.

Ein Tal.
Ein Fluss.
Büsche.
Fliegen.

»*Die Eisenbahn wird mittendurch fahren*
die Strecke steht schon schwarz auf weiß.
Auf dieses Blatt hier ist sie gezeichnet.«

»*Und die Baustelle? Wann wird sie öffnen?*«

»*Wenn Sie uns die Gelder geben.*«

»*Auf dem Papier?*«

»*Auf dem Papier, Mister Lehman.*«

»*Und wann wird die Eisenbahn fertig sein?*«

»*Zum vertraglich vorgesehenen Zeitpunkt.*
Was aber keinen Einfluss auf Ihren Geschäftszweck hat.«

»*In zehn Jahren?*«

»*Oder zwanzig, dreißig vierzig: das hat keinen Einfluss.*«

»Was hat dann Einfluss?«

»Dass Sie das Wort JA aussprechen.«

Das gewaltige Lächeln
namens Archibald Davidson
lässt es nicht dabei bewenden
entfaltet sechs, sieben weitere Blätter
groß wie Bettlaken
mit einer sauberen Zeichnung der Strecke.
Schwarz auf weiß.

Die Lehmans nicken, klar.

Während sie nicken
überlegt Mayer, dass Tinte
dieselbe dunkle Farbe hat wie Kaffee.
Wie viel Tinte über diese Blätter floss!
Also ist es vielleicht
– geht mir doch weg mit den Zügen! –
richtiger, sich für den
Tintenmarkt zu interessieren.

Emanuel Lehman jedoch
stumm, reglos, sprachlos
über die Maßen erstaunt
starrt gebannt unentwegt
auf die Schneideranzüge
der Typen von United Railways.
Die Anzüge sind *first choice*
aus erlesenem
sehr kostbarem Stoff
Baumwolle
eine hochwertige
sündhaft teure
Baumwolle.
Und während ein Teil von ihm

versucht ist, der Vergangenheit nachzutrauern
erhebt sich hinter ihm
laut
und deutlich
eine Stimme wie die eines Kutschers
der die Pferde zur Ordnung ruft:

»*Verehrter Mister Archibald Davidson*
Ihre Zeichnungen könnten ein Kind begeistern
aber wir sind nicht aus New York gekommen
um Zeichnungen anzusehen und ›Bravo‹ zu rufen.
In der jüdischen Schule
sind die Kinder sehr geschickt mit Buntstiften
zeichnen Häuser und Brücken
aber keiner finanziert sie als Bauherren.
Mein Vater Emanuel und mein Onkel Mayer
erwarten weit mehr von Ihnen, werter Mister Davidson
Zahlen, Mengen, harte Fakten.
Wie viel Geld brauchen Sie von unserer Bank?
Welchen Zinssatz sind Sie zu zahlen bereit?
Wie lang ist die Laufzeit des Kredits?
Falls es Ihnen entgangen sein sollte
Sie haben die Brüder Lehman vor sich.
Mein Vater Emanuel und mein Onkel Mayer
– ich spreche in ihrem Namen –
sind bereit, in Eisenbahnen zu investieren
freilich einzig und allein
wenn die Erträge der Bank 7 Nullen haben.
Millionen, werter Mister Davidson
Sie haben richtig verstanden.
Wenn dies auch Ihre Größenordnung ist
kann die Eisenbahn den Namen Lehman tragen
und wir sagen: ›Baut sie.‹
Wenn Sie die Bahn aber lieber nur zeichnen
ersparen wir Ihnen die Verlegenheit, es zugeben zu müssen
womit wir uns empfehlen, wenn Sie erlauben
verehrter Mister Davidson

und uns von Ihnen verabschieden
da wir für andere Investitionen erwartet werden.«

»Moment, bitte. Sie sind?«

»Philip Lehman.«

»Mister Philip, Sie sagen
Sie wollen die Eisenbahn finanzieren
meinen Sie Obligationen, die Sie ausgeben
um uns Kapital zu verschaffen?«

»Werter Mister Davidson
Verwechseln Sie uns etwa mit Tuchfabrikanten?
Oder schlimmer, mit Kaffeegroßhändlern?
Für wen halten Sie uns? Kohlemagnaten? Oder die Gasclique?
Mein Vater Emanuel und mein Onkel Mayer hier vor Euch denken
selbstverständlich
an Obligationen, die uns Erträge verschaffen.
Wer unterschreibt, gibt uns Geld
mit kleinem Zinsaufschlag erstatten wir es zurück.
Derweil verfügen Sie über das Kapital
das Sie uns mit hohen Zinsen zurückzahlen.
Aus dieser Differenz besteht der Verdienst.
Für uns natürlich.
Für Sie aber auch.«

»Der Vorschlag der United Railways lautet 5 Millionen.«

»Werter Mister Davidson, weder mein Vater Emanuel
noch mein Onkel Mayer hier vor Ihnen
sind gekommen, um sich verspotten zu lassen.
Ich sehe schon eine Spur Missmut in ihren Augen.
Falls es Ihnen entgangen sein sollte
unser Firmenschild lautet BANK, nicht WOHLTÄTIGKEITSVEREIN.
Und Banken rechnen, wie gesagt, mit 7 Nullen.
Übersetzt bedeutet das 10 Millionen, also das Doppelte.«

»*Ich bin so frei, 7 anzubieten.*«

»*Mein Vater Emanuel und mein Onkel Mayer gehen nicht unter 9.*«

»*United Railways kann nicht mehr als 8 bieten.*«

»*Verehrter Mister Davidson, lassen Sie uns*
das unschöne Spiel des Feilschens vermeiden.
Ich bin absolut sicher
dass auch Sie sich nicht dazu hergeben werden.
Lehman Brothers hat eine bedeutende Geschichte.
Unsere Absicht ist nicht, mit Ihnen zu schachern
als stünden wir auf dem Gemüsemarkt.
Die einzig mögliche Zahl, uns einig zu werden
sind 10 Millionen, nicht einen Cent weniger.
Dies vorausgeschickt, werde ich Sie
falls United Railways die Zahl unangemessen findet
um Ihre Würde zu wahren, davon entbinden, es uns mitzuteilen
denn weder mein Vater Emanuel
noch mein Onkel Mayer hier vor Ihnen
sind willens
gedemütigt zu werden, als wären sie Baumwollhändler.
Wenn Sie also 10 Millionen akzeptieren
geben wir uns die Hand und besiegeln die Abmachung
wenn Sie hingegen nicht akzeptieren
geben wir uns die Hand
um uns für immer Adieu zu sagen.«

Und siehe da.

Sie gaben sich die Hand.

Um die Wahrheit zu sagen
ohne dass Mayer und Emanuel
genau verstanden
ob es ein Handschlag der Abmachung oder des Abschieds war.
Egal: Sie schüttelten einander die Hände.

Lange.
Obwohl sie nicht wussten, warum.

Doch Philips Lächeln
beruhigte sie wirklich
gab ihnen das sichere Gefühl
soeben war etwas Wichtiges geschehen
und das zufriedene Lächeln
legendärer Glücksfälle
trat auf alle Gesichter.

Von jener Nacht an
schlief Emanuel Lehman
nicht mehr im Sessel
nein, in seinem Bett.
Er fürchtete sich nicht mehr vor Zügen.
Denn sein Kutscher
war plötzlich
zum Bahnhofsvorsteher geworden.

Mehr noch.
Lehman Brothers
fühlte sich selbst wie ein Zug
gezogen von einer starken Lokomotive
von jetzt an gab es
keine Strecke mehr
die die Bank nicht befahren konnte.

Die Erste
in chronologischer Reihenfolge
begann in der zehnten Reihe des Tempels
und brachte sie in die fünfte.
Jubelnd wie Kinder
beugten Emanuel und Mayer
sich aus den Zugfenstern
und so köstlich war das Vergnügen
dass keiner wagte, sie zu warnen:

Am folgenden Tag würde Philip Lehman volljährig werden
und der Pakt mit Tante Rose trat in Kraft.

Kurzum
auf die Lokomotive mit Namen LEHMAN BROTHERS
stiegen schon jetzt
drei neue Eisenbahner.

Der Erste war ein Kreisel ohne Ton.

Der Zweite ähnelte einem Häschen.

Der Dritte war Philip Lehman. Punkt.

Dreizehntes Kapitel

WALL STREET

Man sage, was man will
aber ein Terzett aus Cousins
zwischen zwanzig und dreißig
kann kaum als tauglich gelten
ein Unternehmen zu leiten.

Etwa in diese Richtung
gehen die Gedanken
mit denen ein Arm und eine Kartoffel
jeden Morgen die Augen aufschlagen.

Wir haben die Bank der Familie
heil und gesund
durch einen Krieg gebracht
und aus Alabama in den *Big Apple*.
Jetzt sollen wir abtreten
warum?
Damit Tante Rose das letzte Wort hat?

Die Hochfinanz
ist nichts
für Anfänger.

Einen Vorgeschmack davon
gab es an dem Tag
an dem ein Häschen
feuerrot und schweißgebadet vor Aufregung
zum ersten Mal
seinen Einzug
in die Wall Street hielt
wo die Börsenmakler

– auch die bedächtigsten, friedlichsten –
die Zähne zusammenbeißen
und sich mit Messern bewerfen.

Um zehn Uhr morgens
sah man sie unter dem Seil
über das Solomon Paprinskij
balanciert
als Quartett erscheinen
Emanuel Lehman
mit seinem Sohn Philip
und Mayer Lehman
mit seinem Sohn Sigmund.

Die ersten drei dunkel gewandet
der Vierte im hellen Anzug
ohne Hut
um den Scheitel nicht zu zerzausen
den er fortwährend kämmt.

Die ersten drei mit ernstem Blick
(in der Wall Street nahezu Norm)
der Vierte mit dem typischen Ausdruck
halb fröhlich, halb ängstlich
eines Kindes
am ersten Schultag.

Die ersten drei mit streitbarer Miene
der Vierte zum Lächeln bereit
das er allen austeilt wie Bonbons
ohne zu unterscheiden
zwischen Feinden, Verbündeten, Verrätern gar.

Die ersten drei mit verkniffenem Mund
der Vierte mit Zucker am Kinn
Überrest einer ersten
morgendlichen Runde Donuts.

Die ersten drei im Wissen, wo man sich befand.
Der Vierte völlig fehl am Platze
wie ein Kätzchen
auf der Schwelle des Hundezwingers.

Freilich
hatten sie Sigmund unterwegs
umfassend aufgeklärt
wie man sich
angemessen verhält
wenn man durch diese Tür geht.

Sein Onkel Emanuel sagt
die Börse sei wie eine Arztpraxis
wo alle Banken
und börsennotierten Unternehmen
jeden Tag
von Kopf bis Fuß untersucht werden.
»*Natürlich, Onkel, ich habe verstanden.*«
Doch während ein Arzt
deinen Brustkorb abhorcht
um deine Gesundheit zu prüfen
geht's an der Wall Street
nicht um Gesundheit
sondern
um den Grad an Vertrauen
den jeder sich auf dem Markt verdient.
»*Lieber Sigmund, bei Geschäften
ist ›Vertrauen‹ gleich ›Stärke‹
denn kein Mensch auf der Welt
vertraut sein Geld
einem Schließfach an
dessen Schloss kaputt ist.
Der Mechanismus ist ähnlich
kein Unterschied
der Finanzmarkt
entscheidet jeden Tag neu*

in welchem Schließfach
sein Geld am sichersten ist.
Und dafür
untersucht er die Schlösser
die Härte des Holzes
die Form des Schlüssels
vor allem aber
fragt er erbarmungslos
überall nach
welchen Ruf sich das Schließfach
im Laufe der Zeit erworben hat.«

»Natürlich, Onkel, ich habe verstanden.
Das ist alles ganz klar und ich danke Euch.«

»Noch einmal, Sigmund
Vertrauen ist Stärke
darum muss man Vertrauen
verteidigen – mit Zähnen und Klauen.«

»Mit Zähnen und Klauen, Onkel, natürlich.«

Eben. Mit Zähnen und Klauen.
Aus diesem Grund
fügte Mayer hinzu
ähnelt die Wall Street einem Fischmarkt.
Lauthals preist jeder die Vorzüge seiner Ware
schreit sich heiser, um seinen Thunfisch zu verkaufen
jeder macht Werbung für seine Seebarben
jeder macht die Doraden der andren verächtlich
und eine Kiste Brassen
zum halben Preis angeboten
genügt, um aus heiterem Himmel
unbegreiflicherweise
das wirtschaftliche Schicksal
von Heringen oder Barschen zu ändern.

»Ich sehe das Bild genau vor mir, Vater
ich bin bereit, meine Pflicht zu tun.«

»Deine Pflicht ist, den Messern auszuweichen«
sagte Cousin Philip zum Schluss
bevor er um die Ecke bog.
»Fassen wir zusammen:
es gibt nur eine Regel
um an der Wall Street zu überleben
man darf nicht unterliegen
was an der Börse bedeutet
dass es keinen Moment geben darf
in dem der Investor den Griff lockert.
Wer loslässt, ist verloren
wer Atem holt, ist tot
wer sich hinsetzt, wird getreten
wer innehält, um nachzudenken, könnte es bitter bereuen
also nur Mut, lieber Sigmund
jeder Bankier ist ein Krieger
und dies ist das Schlachtfeld.
Ich bin sicher, dass du der Sache gewachsen bist.
Andernfalls, denk dran:
Hysterisches Lachen
ist immer besser als Weinen
und der Geschwätzige siegt über den Stotterer.
Grundsätzlich
ist Übertreibung niemals falsch.
Wenn dir etwas misslingt
sag nicht, dass du ein Lehman bist
wenn umgekehrt
alles gut läuft
sprich deinen Namen laut aus, dass man dich hört.
Falls dir aber alles aus dem Ruder läuft
empfiehlt sich immer
einen falschen Namen parat zu haben
den man einsetzen kann
ich rate dir zu Liebermann oder Kaufmann

uns ist das egal
beide sind Feinde, du hast die Wahl.
Ach ja! Falls du in Panik gerätst
erspar dir die Demütigung
ruf nicht um Hilfe, sie würde nicht kommen
also handle vorbeugend
und versteck dich auf der Toilette
möglichst in einer Kabine mit Schloss.
Das ist alles, Cousin.
Such nicht nach mir, wenn du mich brauchst
Wall Street erwartet dich
und viel Vergnügen!«

Kaum hatte Sigmund Lehman
einen Fuß in den Tempel der Wall Street gesetzt
schnürte sich ihm
der Magen zu.

Durch die unsagbar hohen
Fensterfronten
fiel ein unvermutet
milchweißes Licht
auf alles und jedes
so dass es
beim besten Willen
unmöglich gewesen wäre
nicht ständig
geohrfeigt zu werden
von den Details
all dieser völlig gleichen
und völlig verschiedenen Gesichter
unendlich vervielfacht
wie die Quoten, Werte und Preise
die sie
in ihren Heften notierten.

Nie und nimmer
hätte Sigmund gedacht
dass es auf der Welt
einen Ort gibt
wo die Mathematik
zur Religion wird
und ihre mit lauter Stimme
gesungenen Riten
nur Litaneien aus Zahlen sind.

Das erste Gespräch, das er auffing
zwei bärtige Berserker sprachen
klang dann auch so:
»Hallo, Charles.«
»Guten Tag, Goldfaden.«
»Bietest du 12,70?«
»14,10!«
»Netto?«
»Mit 3 ½ Unkosten.«
»11,10 multipliziert mit?«
»91, höchstens 94.«
»Du hast um 2 % erhöht.«
»Nachdem ich um 4 gesenkt habe.«
»Ich biete dir 12,45.«
»Wenn du damit was rausholst.«
»Mit dir kann man nicht reden.«
»Dann auf Wiedersehen.«

Von diesem Rechenbrett abgelenkt
sah Sigmund sich schon isoliert
die andren Lehmans in der Menge verschwunden.
Überall sprangen Zahlen hervor
Eisen verkaufte sich heute zu 13
Kohle zu 5,30
Erdöl war auf 24,6 gefallen
    zumindest bis
        das Skelett eines Vierzigjährigen

im Sessel wieder zum Leben erwachte
aufsprang und schrie »*Up! Up! Up!*«
da stieg auf einer Tafel die Zahl neben OIL
von 24,6 auf 24,62.
Kaffee war stabil bei 2,12
Gas hatte sich zu 11,70 aufgeschwungen
die Eisenbahnbranche schwankte um 3 Punkte
und was den Tabak betraf, der war im *Down*.

Up und *Down*
schienen in diesem Wirbel aus Zahlen
die einzig erlaubten Wörter zu sein
als könnte alles auf der Welt
nur steigen oder fallen
steigen oder fallen
steigen oder fallen
Up! Up! Up!
Down! Down! Down!
Up! Up! Up!
Down! Down! Down!

Sigmund Lehman
konnte nicht anders, als sich zu fragen
ob er selbst
    als Individuum
    als biologischer Organismus
    als fühlendes Geschöpf
im UP oder DOWN war
er stimmte für Letzteres
kein Zweifel.

Denn menschliche Wesen
– zu denen gewisse Hasenarten gehören –
neigen bekanntlich dazu
sich selbst mitunter Fallen zu stellen
wie jene Maler
die ein Porträt malen sollen

sich aber bezaubern lassen
von einer Haarlocke
einer spitzen Nase
einer Rundung des Kinns
und sich so sehr
auf dieses Detail konzentrieren
dass nichts andres mehr existiert
und sie sich darin verlieren.
So geschah es Sigmund Lehman
der schon nach zehn Minuten
um sich herum
nur noch Kinnbacken, Zähne und Kiefer sah
aufgerissene Münder
ihn zu zerfleischen bereit
als wär er ein Häschen
und in ein Becken Kaimane gefallen.
Obendrein zur Stunde der Fütterung.

Ja.
Denn zwar hatten ihm alle
die von der Wall Street erzählten
von wilden Tieren gesprochen
aber Sigmund
hatte die Bedeutung des Bildes
nicht recht verstanden
hatte sich weniger einen Wald
als einen Zoo vorgestellt
wo es wilde Tiere gibt, ja
aber im Käfig.

Hier liefen sie frei herum.

Und er mitten unter ihnen.

Seine Neuronen prallten zusammen
schlugen Funken.
Er fing an zu laufen.

Zahlen klebten an ihm wie Leim
er wischte sich eine 13,18 von der Schulter
2 Paare der 99 hefteten sich ihm an die Knie
ein Arm fiel den Vielfachen von 7 zum Opfer
die Finger seiner Hand einer II III
die 8en riss er nicht schnell genug von den Augen
als sein Brustkorb
schon kochte
und er unter dem Hemd
eine 48 795 672,452
explodieren fühlte
darum
bat er Pythagoras' Truppen um Waffenstillstand
und keuchend
feuerrot, schweißgebadet vor Angst
verbarg er sich hinter einer Amphore
mit Blumen gefüllt
manche erblüht, andre verwelkt
oder besser
einige *up*, andere *down*.

Bisweilen segnet der Himmel seine Kinder.
Wenigstens scheint es so.

Denn zufällig blieb just vor jener Amphore
sein Cousin Philip stehen
bei ihm ein Typ, der ganz aus Augen bestand
ein Anleger aus New Mexiko.
Philip bedeutete ihm mit zwei Fingern
ob er Feuer für seine Zigarre habe
und der Typ half ihm gern.
Damit begann ein Gespräch.

Sigmund krümmte sich
wurde eins mit der Marmoramphore
sein weißer Anzug half bei der Tarnung.
Und unsichtbar spitzte er die Ohren.

Philip erwies sich wirklich als Meister.
Nacheinander zählte er alle Gründe auf
warum Lehman Brothers an erster Stelle stand:
Spitzenplatz in der Industrie
Erfolg im Handel
Netzwerke guter Verbindungen
haufenweise Verträge
und weiter ging's mit den Zügen, dem Erdöl, der Kohle
größtes Interesse beim Mexikaner weckend
und im Vertrauen gefragt
ob er zufällig
einen gewissen turbulenten Dawid kannte
der sich mit 12 jungen Mädchen
gleichzeitig verlobt haben sollte
geriet Philip nicht aus der Fassung.
»*Gewiss. Schreckliche Geschichte.*
Schäbige Subjekte gibt's in der Hochfinanz.
Doch ich berichte Euch gerne ausführlich ...«

Und zu Sigmunds großem Erstaunen
erzählte Philip
die amouröse Odyssee
eines gewissen Dawid Liebermann
»*Nein, vielleicht war es doch ein Sohn der Kaufmanns*
aber das zählt jetzt nicht mehr.«

Die Lektion seines Cousins
zwischen Blüten und Staubgefäßen belauscht
war für Sigmund Lehman
eine wirklich nützliche Lehre.
Und das ermutigte ihn.
Mehr noch:
Er fühlte sich plötzlich bereit
und hängte das Schild *up*
an seinen inneren Motor.

Die Krawatte zurechtgerückt
den Scheitel gekämmt
die knittrigen Ärmel halbwegs geglättet
verließ er den Blumenstand
und nahm den Aplomb des Investors an.

Bisweilen segnet der Himmel seine Kinder.
So mag es wenigstens scheinen.

Er entdeckte in einer Ecke
einen gut gekleideten alten Mann
sehr hoch der Zylinder.
Er mochte aus Michigan sein.
Vielleicht aus New Jersey.
Wo auch immer der Mann herkam
Sigmund beschloss, hier anzufangen.
Er ging auf ihn zu.

Bedeutete dem Alten mit zwei Fingern
ob er Feuer für seine Zigarre habe
und der Mann half ihm gerne
reichte ein brennendes Streichholz

Schade, dass Sigmund nicht rauchte
und es keine Spur von Zigarren
in seinen Taschen gab.

Doch die Verlegenheit währte nicht lang.
Schwungvoll vom *Down* zum *Up* springend
reagierte das Häschen brillant
spielte Zerstreutheit
und verwünschte sich
in absolut glaubwürdigem Ton
dass er sein Zigarrenetui
am Verhandlungstisch vergessen hatte.
Der Alte nickte
er kannte sich aus

mit den Streichen, die das Gedächtnis spielt
also lachten sie beide herzhaft
und die Pforten des Paradieses taten sich auf.

Sigmund spielte all seine Karten aus.
Nannte als rühriger junger Mann
sämtliche Ruhmestaten der Bank:
Spitzenplatz in der Industrie
Erfolg im Handel
Netzwerke guter Verbindungen
haufenweise Verträge
und weiter ging's mit den Zügen, dem Erdöl, der Kohle
ein begeistertes Crescendo
derart mitreißend
dass eine kleine Menge sich um sie scharte
angelockt von dem ungewöhnlichen Schauspiel
eines Häschens
das seine Karotten anpreist.

Der Alte
starrte ihn stumm an
fasziniert von so viel Überschwang.

Da er sich umringt sah
goss der junge Lehman
mehr Öl ins Getriebe
feuerrot und schweißgebadet vor Aufregung
merkte er nicht
dass er schrie
während er dem Alten in leicht exzessivem Ton
das Loblied der Lehmans Brothers sang:
»... *die Marke eines Kolosses im Finanzwesen*
kommenden Jahrhunderten schon jetzt eingeschrieben
und eines Tages, verehrter Kollege
wird man Lehman Brothers
auf der amerikanischen Flagge sehen
gibt es doch keinen Bürger auf der Welt

der nicht alles tun würde
um einen halben Dollar
in unseren Schließfächern zu haben
denn sie sind sicherer als das Kapitol.
Doch jetzt sagen Sie mir, verehrter Kollege:
in welcher Finanzbranche sind Sie tätig?
Und da wir über Zahlen sprechen
wie viel wollen Sie investieren?«

Er kostete die Antwort schon aus
denn er stellte sich vor
der Alte könnte
Eigner von Studebaker Brothers sein
oder Magnat der Vehicle Company
da packte ihn eine Hand
am Kragen
und zog ihn fort vom Sieg in der Schlacht.

Es waren Philip und Emanuel:
»*Was ist denn in dich gefahren?«*

»*Ich war kurz davor*
einen finanziellen Kontakt zu knüpfen!
Warum habt ihr mich unterbrochen?«

Er erhielt keine Antwort
statt ihn zu loben
liefen Onkel und Cousin
in höchster Eile dem Ausgang zu
mitten durch eine Menge
die schallend lachte.

Mayer, seinem Vater
oblag die undankbare Aufgabe
ihm die Wahrheit zu sagen:
»*Das war der Pförtner, Sigmund.*
Und wenn dir das nicht genügt, er ist obendrein taub.«

Vierzehntes Kapitel

DER KARTYOZHNIK

Yehuda Ben Tema
schreibt
in den *Sprüchen der Väter:*
Mit achtzehn wirst du ans Heiraten denken
zwanzig hast du, um zu laufen
dreißig, um zu erstarken
vierzig, um listig zu werden.

Philip Lehman
hat alle Spalten ausgefüllt
hat nicht eine leer gelassen.
Denn Philip Lehman duldet nicht
dass ihm etwas entgeht.
Seit er 16 ist
liegt immer eine Agenda
geöffnet auf seinem Schreibtisch
wo er in Blockschrift
all seine Probleme notiert
und Tag für Tag
ebenfalls in Blockschrift
auch die Lösung notieren muss.

DIE LÖSUNG IST SCHON DA, MAN MUSS SIE NUR RUFEN
dies ist der Satz
den Philip Lehman
in Blockschrift
auf die erste Seite
jeder Agenda geschrieben hat.
Die Idee, ihn aufzuschreiben
war ihm an dem Tag gekommen
als in der Liberty Street

an der Straßenecke
ein Zwerg mit Zylinder auftauchte
ganz in Gelb gekleidet
und auf einer Obstkiste
das Spiel mit den drei Karten spielte.
Philip blieb stundenlang
dort
stehen
um den Zwerg zu beobachten.
Fast nie gewann jemand
immer blieb die gesuchte Karte versteckt.
Aber sie war da
unter den dreien
verdeckt
sie war da.
Zum Greifen nah.
Kinderleicht.
Man musste nur die richtige Karte umdrehen.
Kinderleicht.
Wo ist das Problem?
Man durfte sich nur nicht ablenken lassen
um die richtige Karte umzudrehen.
An jenem Tag bemühte sich Philip:
Den Blick an den flinken Fingern des Zwergs klebend
konzentrierte er sich auf diese Hände
starrte
– *»lass dich nicht ablenken, Philip!«* –
unerbittlich
– *»lass dich nicht ablenken, Philip!«* –
auf die Karten
– *»lass dich nicht ablenken, Philip!«* –
verfolgte ihre Wege
– *»lass dich nicht ablenken, Philip!«* –
»Die da ist die richtige Karte!«

Und er gewann.

Es war kein Glück, das wusste er.
Es war Technik.

Philip versuchte nicht zu gewinnen
er *beschloss* zu gewinnen.

Seit damals
seit diesem Tag
lässt Philip Lehman sich nicht ablenken.
Strengt sich an, ist unerbittlich
lässt keine Ausnahmen zu.
Er weiß, wenn er die Kontrolle behält
wird die richtige Karte ihm nicht entwischen.
Die Bewegung verfolgen.
Die Finger des Zwergs beobachten
den Weg der Karten nicht verlieren
die Kontrolle behalten
die Kontrolle behalten
Kontrolle
Kontrolle
Kontrolle
wie beim Tennisspielen
man kontrolliert den Ball
er darf das Feld nicht verlassen
beherrscht
eingegrenzt
kontrolliert.

Philip Lehman behält die Kontrolle.
Und wie er sie behält!
Immer.
Denn nichts in seinem Leben
ist kursiv geschrieben
alles immer in Blockschrift.

Mit zwanzig
– für Yehuda Ben Tema das Alter des Laufens –

lief Philip Lehman
– und wie! –
wie um sein Leben
hinter der Eisenbahn im Bau.
In die Agenda schrieb er
in Blockschrift:
EISENBAHN = KAPITAL, KAPITAL = LEHMAN
und suchte
– immer auf die Finger des Zwergs konzentriert –
von allen Eisenbahnstrecken
die aus, die von Osten nach Westen führen
nicht die, die von Norden nach Süden führen
denn
Philip Lehman hatte begriffen
– immer auf die Finger des Zwergs konzentriert –
dass die neue Grenze die Ost-West-Achse ist.
Wem soll der Süden jetzt noch nützen?
Der Süden ist nur mehr Geschichte.
Aber es gibt Tausende Verrückter
die jetzt nach Westen ziehen
alle auf Goldsuche
was also könnte klüger sein
als ihnen einen Zug zu bieten?
Eine zutreffende Überlegung.
Lösung zum Greifen nah.
»*Die da ist die richtige Karte!*«

Und wieder gewann er.

Glück?
Nein.
Technik.

Mit dreißig
– für Yehuda Ben Tema das Alter der Stärke –
erstarkte Philip
– und wie! –

mit Erdölquellen in fernen Gegenden.
In die Agenda schrieb er
in Blockschrift:
INDUSTRIE = ENERGIE, ENERGIE = ERDÖL
und von allen Erdölvorkommen
die man finanzieren konnte
suchte er nicht die aus
auf die alle sich stürzen
denn sie sind schnell erschöpft.
Er suchte
– immer auf die Finger des Zwergs konzentriert –
neue Quellen in Alaska, in Kanada
unter dem Eis.
Denn Philip Lehman hatte begriffen
– immer auf die Finger des Zwergs konzentriert –
dass es sich auszahlt, der Erste zu sein
wo noch niemand ist
und dort die Fahne zu hissen.
Eine zutreffende Überlegung.
Lösung zum Greifen nah.
»*Die da ist die richtige Karte!*«

Und wieder gewann er.

Glück?
Nein.
Technik.

Mit vierzig
– für Yehuda Ben Tema das Alter der List –
wurde Philip Lehman listig
und das ist sein Meisterstück
in die Agenda schrieb er
in Blockschrift:
20. JAHRHUNDERT = NEUROSEN, NEUROSEN = ZERSTREUUNG
und von allen Zerstreuungen
die man finanzieren konnte

suchte er nicht die gängigste aus
nämlich Alkohol
aus den Brennereien
– alle in jüdischer Hand –
nein, zu einfach.
Philip setzte
– immer auf die Finger des Zwergs konzentriert –
auf die National Cigarettes
und das war, o ja, eine wirkliche Wette
denn Zigaretten sind klein, sind für alle da
werden alltäglich sein wie Brot
und wenn du Geld machen willst
musst du die einfachen Dinge finden
bevor sie einfach werden:
»*Die da ist die richtige Karte!*«

Und wieder gewann er.

»*Das ist kein Glück, mein Schatz:
es ist nichts als Technik, weißt du?
Nichts als Technik!*«

Das sagt Philip
seiner Frau
jedes Mal.

Sie sind seit Jahren verheiratet.
Denn als er achtzehn wurde
schrieb Philip Lehman
am Morgen nach seinem Geburtstag
in seine Agenda:

PROBLEM HEIRAT LÖSEN

↓

RICHTIGE ~~GUTE~~ EHEFRAU FINDEN

Nach reiflicher Überlegung
kam Philip Lehman
– immer auf die Finger des Zwergs konzentriert –
zum Schluss
dass dies die wichtigsten Eigenschaften waren:
sie musste sanftmütig sein
sie musste aus einer gleichrangigen Familie sein
sie musste sparsam sein
sie durfte keine Sufragette sein
sie musste Tee dem Kaffee vorziehen
sie musste Kunst zu würdigen wissen
und so weiter
eine durchdachte Aufzählung
von etwa 40 Bedingungen
zwischen häuslich und spirituell
alle in Blockschrift
jede mit einer Punktzahl von 1 bis 5
was eine hypothetische Summe
von 200 Punkten ergab
gleichbedeutend mit:
PERFEKTE EHEFRAU.

Kontrolle.
Kontrolle.
Kontrolle.

Damit nicht zufrieden
ersann Philip Lehman
eine präzise Technik
um das Terrain zu erkunden
in einer begrenzten Gruppe aus 12 Kandidatinnen
von ihm selbst ausgewählt
er hatte die Namen
aus der Liste
der Wohltäter des Tempels genommen.

Die Zahl 12
war nicht zufällig
da Philip mit sich selbst ausgemacht hatte
jeweils einen Monat
dem sorgfältigen Studium
einer jeden Kandidatin zu widmen.
Innerhalb von 12 Monaten
also in einem Jahr
würde er
– immer auf die Finger des Zwergs konzentriert –
das Problem HEIRAT
als gelöst betrachten
und daher
effektiver
zu anderem übergehen können.

So begann
Das Jahr der Ehevorbereitung
dessen Operationen
peinlich genau
einem festen Schema folgend
in Blockschrift
in der Agenda
notiert wurden:

MONAT: SCHEVAT
KANDIDATIN: ADELE BLUMENTHAL
VERHALTEN: UNTERWÜRFIG
GEIST: LANGWEILIG
BILDUNG: SCHULISCH
RESÜMEE: JUNGE GROSSMUTTER
PUNKTE: 60 VON 200.

MONAT: ADAR
KANDIDATIN: REBECCA GINZBERG
VERHALTEN: KÄMPFERISCH
GEIST: BISSIG

BILDUNG: PFEILE
RESÜMEE: SEHR ANSTRENGEND
PUNKTE: 101 von 200.

MONAT: NISAN
KANDIDATIN: ADA LUTMAN-DISRAELI
VERHALTEN: STRENG
GEIST: VERDROSSEN
BILDUNG: MAXIMAL
RESÜMEE: EIN RABBINER
PUNKTE: 120 von 200.

MONAT: IJAR
KANDIDATIN: SARAH NACHMAN
VERHALTEN: MÄDCHENHAFT
GEIST: FRÜHLINGSHAFT
BILDUNG: KAUM
RESÜMEE: UNVORBEREITET
PUNKTE: 50 von 200.

MONAT: SIWAN
KANDIDATIN: PAULETTE WEISZMANN
VERHALTEN: TRÜBSINNIG
GEIST: ÜBERSPANNT
BILDUNG: UNERGRÜNDLICH
RESÜMEE: EIN RISIKO
PUNKTE: 30 von 200.

MONAT: TAMMUS
KANDIDATIN: ELGA ROSENBERG
VERHALTEN: GEZIERT
GEIST: EINGEGIPST
BILDUNG: ELEMENTAR
RESÜMEE: BEMALTE KERAMIK
PUNKTE: 71 von 200.

MONAT: AW
KANDIDATIN: DEBORA SINGER
VERHALTEN: BRILLENSCHLANGE
GEIST: INTELLEKTUELL
BILDUNG: ÜBERRAGEND
RESÜMEE: AKADEMIKERIN
PUNKTE: 132 von 200.

MONAT: ELUL
KANDIDATIN: CARRIE LAUER
VERHALTEN: NÜCHTERN
GEIST: LAUWARM
BILDUNG: DURCHSCHNITTLICH
RESÜMEE: GUTE MISCHUNG
PUNKTE: 160 von 200.

MONAT: TISCHRI
KANDIDATIN: LEA HELLER HERZL
VERHALTEN: NACHLÄSSIG
GEIST: MELANCHOLISCH
BILDUNG: IM HINTERGRUND
RESÜMEE: HEULSUSE
PUNKTE: 70 von 200.

MONAT: CHESCHWAN
KANDIDATIN: MIRA HOLBERG
VERHALTEN: SCHMACHTEND
GEIST: ANHÄNGLICH
BILDUNG: BESCHEIDEN
RESÜMEE: VIEL GEZIERE
PUNKTE: 140 von 200.

MONAT: KISLEW
KANDIDATIN: LAURA ROTH
VERHALTEN: BUNTSCHILLERND
GEIST: VERSPIELT
BILDUNG: HIER UND DA

RESÜMEE: LACHT ZU VIEL
PUNKTE: 130 von 200.

MONAT: TEVET
KANDIDATIN: TESSA GUTZBERG
VERHALTEN: WEIBLICH
GEIST: ANGENEHM
BILDUNG: MEHR ALS GUT
RESÜMEE: PERFEKT
ANMERKUNG: KANN KEINE KINDER BEKOMMEN
PUNKTE: SINNLOS

ZUSAMMENFASSUNG:
160 von 200
↓
<u>CARRIE LAUER</u>
↓
MORGEN FRÜH MISTER BERNHARD LAUER
UM EIN TREFFEN BITTEN

»*Verehrter Mister Lauer*
zunächst danke ich, dass Sie mich empfangen.
Ich denke, Sie kennen bereits den Grund meines Kommens
da Carrie
ein bezauberndes junges Mädchen
die einzige Ihrer Töchter ohne Ehemann ist.
Sie könnten einwenden, dass wir noch sehr jung sind
doch ich sage Ihnen
wenn ich mich ein Leben lang binden soll
möchte ich das mit vielen Jahren
vor mir
nicht hinter mir tun.
Sie könnten auch einwenden, dass es keine Zeit gab
zwischen uns wahre Zuneigung wachsen zu lassen
in welchem Falle ich
das Beispiel des Explosionsmotors anführe
denn der Zufall will, dass ich

– ja, ich –
einst meinen Vater und meinen Onkel
überzeugen konnte
in den Automobilmarkt zu investieren
ohne zu wissen, dass man damals gerade
einen neuartigen Explosionsmotor patentieren ließ
was uns tatsächlich beträchtliche Einkünfte verschaffte.
Woraus folgt
verehrter Mister Lauer
dass die Ursache nicht immer der Wirkung vorausgeht
darum kann auf die Hochzeit auch die Liebe folgen
die Liebe muss der Hochzeit nicht notwendigerweise vorausgehen.
Wenn Sie mit mir übereinstimmen
können wir uns einer würdigen Hochzeitsfeier widmen.
Ziehen Sie hingegen vor auf was weiß ich zu warten
erspare ich Ihnen die Verlegenheit es mir sagen zu müssen
womit ich mich empfehle
wenn Sie erlauben
verehrter Mister Lauer
und mich von Ihnen verabschiede
da ich erwartet werde.«

Die Hochzeit
wurde
– nach angemessener Finanzierung –
zu dem Zeitpunkt und in der Form gefeiert
die in Blockschrift
in Philip Lehmans Agenda standen.
Er schrieb alles auf
behielt alles unter Kontrolle
von der Farbe der *Chuppa*
über die Anzahl der Gedecke beim Empfang
bis zu den Namen der Kellner.

Carrie Lauer
ihrerseits
erwies sich vom ersten Moment an

als die richtige Ehefrau
die richtige Mutter
die richtige Hausherrin
die richtige Schwiegertochter
die richtige Wohltäterin.
Nicht mehr.
Nicht weniger.
Richtig.
Wie ein Tennisball
der immer im Spielfeld bleibt
nicht mehr
nicht weniger.

Und wieder einmal
musste Philip Lehman
erkennen
dass er die richtige Karte
aufgerufen hatte.

»Das ist kein Glück, mein Schatz:
es ist nichts als Technik, weißt du?
Nichts als Kontrolle.«

Fünfzehntes Kapitel

DER STILLE PAKT

Jeden Morgen
betritt Sigmund Lehman strahlend
das weißgraue Gebäude
wo Lehman über Amerika herrscht.

Jeden Morgen
grüßt er die Angestellten hinter den Schaltern
gibt dem Schuhputzer drei Dollar Trinkgeld
und reicht
hat er die Treppe zum Büro bestiegen
seinen Mantel
Miss Vivian Blumenthal
seiner Sekretärin.

Zu Miss Blumenthals Aufgaben
gehört eigentlich auch
eine Tasse Kaffee auf seinem Schreibtisch
nicht immer denkt sie daran
dann macht Sigmund ihr lächelnd ein Zeichen.

Auch
Dreidel Lehman
betritt allmorgendlich stumm
die Zentrale in der Liberty Street 119.
Nimmt Platz in seinem Büro
am Schreibtisch aus massivem Mahagoni
und zündet die erste Zigarre des Tages an.
Bis zum Abend
wird er vier Zigarren rauchen.

Die erste am Morgen
also beim Prüfen der Rechnungen.
Die zweite Zigarre
fällt in die Zeit des Mittagessens
also der Pflege externer Beziehungen
der Dreidel still beiwohnt
ohne ein Wort zu verlieren
von Rauchwolken seiner Zigarre umhüllt.
Die dritte gehört dem Nachmittag
sie wird langsam genossen
während Dreidel Zeitungen liest
und mit dem Rotstift
mögliche Horizonte
für Expansionen einkreist.
Die vierte Zigarre schließlich
raucht Dreidel in völliger Einsamkeit
wenn der letzte Angestellte geht
meist hält er dabei
einen Briefbeschwerer in der Hand
der die Form einer Weltkugel hat
damit schützte sein Vater Henry
vor einem halben Jahrhundert
Stoffrechnungen vor dem Wind.

Jetzt, da die Onkel Mayer und Emanuel
ihren Söhnen
die Leitung der Bank überließen
ist Dreidel Lehman
der älteste Teilhaber.
Das klingt befremdlich
denn seine Haare sind schwarz.
Es klingt auch befremdlich
wenn man von ihm
als *Vorsitzender* spricht
bei den langen Verhandlungen
wenn die drei Cousins
Seite an Seite

am Tischende sitzen.
Doch vor dem Aufsichtsrat
ergreift nur Philip das Wort.
Sigmund spricht nicht
denn es ist besser, wenn er nicht redet.
Dreidel spricht nicht, weil er nicht will oder nicht kann.

In gut informierten Kreisen
heißt es jedoch
dass Henrys schweigsamer Sohn
durchaus seine Stimme hören lässt.
Freilich mit einer eigenen Sprache
anders als Ausstoß von Luft zwischen den Lippen
und so schont er den Atem.
Eine ganz neue Form des Sparens.

Dreidel ist es zum Beispiel zu danken
dass Lehman Brothers
in Versandhauskataloge investiert.

Eine Idee ganz im Dreidel-Stil.
Denn während man
in einem Kaufhaus
mindestens sechs oder sieben Worte sagen muss
    deren erstes ein GUTEN TAG sein wird
    das letzte ein AUF WIEDERSEHEN
    und dazwischen ICH MÖCHTE DAS DA
braucht es keinerlei
orale Aktivität
um den Katalog von Sears durchzublättern
und per Post die Töpfe auf Seite 78 zu bestellen.
Ein wortloser Handel
für Eremiten erdacht
und vom stummen Dreidel
überzeugt unterstützt.
Er kam zu den Cousins
mit einem Packen, drei Finger breit

von Zeitungsausschnitten:
Die Stimme Amerikas
(denn zum Glück spricht Amerika)
fordert, endlich überzugehen
zum *shopping* im großen Maßstab
so einfach wie möglich
und möglichst im Hinblick
auf die vielen Tausend Familien
die abgeschieden auf Ranchen und Höfen
in Wüsten und Gebirgen wohnen
Tausende Meilen entfernt
vom ersten Gemischtwarenladen.
Sollen sie nie etwas kaufen?
Sollen sie ausgeschlossen sein
vom großen Karussell des Geschäfts?
Außerdem
jetzt, wo die Fabriken allen
Arbeit verschafft haben
muss der Lohn ausgegeben werden
was also ist besser
als alles und jedes kaufen zu können
beim Blättern im Versandhauskatalog?

Bravo, Dreidel.
Lehman Brothers
wird Kapital in ein Heer
nicht aus Soldaten
nein, aus Postboten
und Lageristen investieren.

Den zwei alten Lehmans gefällt sie
die Investition in den Versandhandel.
Nicht nur
weil sie damit vorgerückt sind
von der fünften in die vierte Bank des Tempels
wo man eine ausgezeichnete Sicht hat
auf die Hüter des Goldes

die Hirschbaums in der dritten Reihe
fett wie Barren
die Goldmans davor
geräuschvoll wie Münzen
und schließlich die Lewinsohns
gleißend in der ersten Reihe.

Keine dieser drei Familien
wird jemals
Töpfe
beim Versandhandel kaufen.

Aber Mayer.
Er wird es tun, beharrlich.
Wenigstens ist das
wirklich ein STOCK EXCHANGE:
Dort wird mit echten Waren gehandelt!
Investitionen in diese Branche
sind eine Wohltat fürs Auge.

Nicht wie diese *Obligationen*
die Philip so liebt
gefährliche Stücke Papier
mit vielen Zahlen beschrieben
Papiere, die Lehmans Angestellte
in großen Mengen ausgeben
um
die Züge von morgen zu finanzieren
die Gebäude von morgen
die Industrien von morgen
und eine Menge anderer Dinge
alle
immer
von morgen
von morgen
von morgen
wie es auf den Plakaten steht

die Philip drucken
und an die Mauern kleben ließ
in New York und anderswo
wenn nötig, überall in Amerika.

Obligationen?
Moderne Erfindungen.

Geld, o ja, kommt herein in die Bank.
Ströme von Geld, sagt Philip.
Mehr als mit den drei COs:
COtton-COffee-COke
die sind jetzt Teil der Prähistorie.

Mayer lächelt. Nickt.
Emanuel ebenso.

Doch tatsächlich
weiß keiner der beiden
was genau
vor sich geht
in diesem Zimmer, das einst Mayer gehörte.
PHILIP LEHMAN
steht jetzt auf dem Schild an der Tür
während die Alten
zwei Tische im Stockwerk darüber haben
beide im selben Büro.

Nur eines
war beiden klar
als Charles Dow
der junge Journalist, der Wall Street
sogar eine Zeitung geschenkt hat
den Firmensitz in der Liberty Street 119 besuchte.

Charles Dow kam
um mit den *Vorsitzenden a.D.*

ein Interview zu machen.
Philip saß hinten im Zimmer
hörte zu, reglos.
Doch als die Frage lautete:
»*Wenn die Bank ein Backofen wäre
was wäre das Mehl?*«
und Emanuel sagte:
»*Die Züge!*«
Mayer dagegen:
»*Der Tabak!*«
Emanuel wieder:
»*Die Kohle!*«
Mayer:
»*Früher die Baumwolle!*«
da ergriff Philip das Wort
kommentierte die Schriften
wie ein Junge beim *Bar Mizwa*
um fortan im Tempel
zu den Erwachsenen zählen zu dürfen:
»*Verehrter Mister Dow
das Mehl, nach dem Sie fragen
ist weder
der Handel
noch der Kaffee
noch die Kohle
noch das Eisen der Schienen.
Weder mein Vater, noch auch mein Onkel hier vor Ihnen
scheuen sich, Ihnen zu sagen
dass wir Händler sind
Händler mit Geld.
Sehen Sie, normale Menschen
benutzen Geld, um etwas zu kaufen.
Doch wer wie wir eine Bank besitzt
benutzt Geld
um Geld zu kaufen
um Geld zu verkaufen
um Geld zu verleihen*

um Geld zu wechseln
und mit all dem
kneten wir, glauben Sie mir
unser Brot.«

Mayer lächelt.
Emanuel ebenso.

Wie zwei Bäcker
die den Weg zum Ofen
nicht mehr finden.

Umhüllt von der Wolke
seiner nachmittäglichen Zigarre
hat Dreidel Lehman
die ganze Szene verfolgt
doch aus seinem Blick
geht nichts hervor.
Soll der Cousin für ihn sprechen
er überlässt ihm gerne das Wort.

Andererseits
ist die Ausgabe von Krediten
ein Geschäft, in dem Lehman Brothers glänzt:
damit befasst sich
Philip persönlich
er unterschreibt
und garantiert vor den anderen.

Der Mechanismus ist simpel:
Eine Bank hat einen Schuldner
und verkauft diesen Kredit weiter
an eine andre Bank
zum geringeren Preis.
»Anders gesagt«
hat Philip dem Vater erklärt
»wenn du mir 10 Dollar schuldest

und ich befürchte, dass du die Schuld nicht bedienst
kann ich die ganze Partie einem Dritten geben.
Klar, der zahlt nicht 10 Dollar, sondern 8.
Für mich ein gutes Geschäft
denn von den 10 bekomme ich wenigstens 8
für ihn ein doppelt gutes Geschäft
denn 8 hat er zwar sofort rausgerückt
doch wenn du ihn bezahlst, gibst du ihm 10
also verdient er 2 ohne etwas zu tun.
Multipliziert mit 100 Schuldnern, Vater
sind das 200 Dollar, die die Bank kassiert.
Wir könnten sogar die Behauptung wagen
dass das System der Hochfinanz
auf säumige Schuldner nur hoffen kann.
Wenn ein Darlehen glattläuft, ist es ein gutes Geschäft
doch eine Schuld, die man Dritten überlässt
ist eine außergewöhnlich gute Gelegenheit.
Gefällt Euch meine Erfindung?«

Wie kompliziert
ist es doch geworden
Brot zu backen.
Nur das denkt Mayer.

Emanuel teilt diese Ansicht.
Fügt aber eine Spur
väterlichen Stolzes hinzu
Philip ist schließlich sein Sohn.

Philip hat indessen verschwiegen
dass die Idee nicht von ihm stammt.
Um die Wahrheit zu sagen, er hat sie geklaut.
Nicht von wer weiß welchem Wirtschaftsexperten.
Nein, vom jüngsten seiner Cousins
dem streitbaren Arthur
20 geworden
der seinem Bruder Herbert

noch immer permanent Geld schuldet.
Eines Tages erschien Arthur in der Bank
bat Philip, ihn zu empfangen
und machte ihm folgenden Vorschlag:
»*Zahl du meinen Bruder aus*
das Geld kannst du dir dann
von meinem Gehalt holen
wenn ich früher oder später
auch in dieser Bude arbeite.«

Philip versuchte, ihn rauszuwerfen
aus drei Gründen mindestens:
Erstens bestiehlt man seine Brüder nicht
einen Cousin setzt man keinem Risiko aus
und drittens ist eine Bank nun wirklich keine Bude.

Doch mit Arthur Lehman
lässt sich nicht leicht diskutieren
»*Du tust mir leid, Philip*
du bist ein mieser Geizhals.
Und damit nicht genug, lass dir sagen:
Von Geschäften hast du nicht den blassesten Schimmer
die Bank verdient dran, verdammt, siehst du das nicht?«

»*Beruhige dich, Arthur.*«

»*Mir sagt keiner, ich soll mich beruhigen*
erst recht kein arroganter Cousin.«

»*Sei vernünftig, Arthur.*«

»*Das sagst du mir? Ich soll vernünftig sein? Ich?*
Mit einem Bruder, der seit 15 Jahren
mein Bett zu beschlagnahmen droht?«

»*Sprich leiser, Arthur.*«

»*Ganz sicher nicht, ich schreie so laut, wie ich will!*«

»*Nicht in meiner Bank!*«

»*Auch mein Nachname steht auf dem Schild.*«

»*Eben: Frag doch deinen Bruder Sigmund.*«

»*Das geht nicht, ihm schulde ich mehr als den andren.*
Aber er lässt sich mit Donuts bestechen.
Scheiße, Philip: Du kriegst eine echte Chance.
Herbert würde ein Viertel weniger akzeptieren
um endlich sein Geld zu bekommen
aber ich bringe dir 100% ein.
Ach, was rede ich, du verstehst einfach nicht.
Beim nächsten Mal geh ich zu Merrill Lynch
die sind zwar unsere Konkurrenz
aber sie verstehen was vom Geschäft!«

So viel zur Nützlichkeit von Cousins.
Mehr noch: zur sozialen Schubkraft von Zwanzigjährigen.

Philip Lehman
erkannte das zukunftsweisende Zeichen sofort.
Erhob sich aus seinem Sessel
schloss die Tür
und nicht nur nahm er den Vorschlag an
er vereinbarte mit Arthur auch
eine gepfefferte Abfindung, pauschal
gegen Überlassung
ohne Ausnahme- und Rücktrittsmöglichkeit
der Urheberschaft
an der *Abtretung einer Forderung*
oder wie immer die Sache heißen soll.

Alles legten sie schriftlich nieder.
Unterschrieben die Abmachung.

Seither hat Philip Lehman
sogar sich selbst überzeugt
dass er den wunderbaren Mechanismus erfand.

Arthur seinerseits
zog aus der Sache dreifachen Nutzen.
Nicht nur bereinigte er eine Verlegenheit mit dem Bruder.
Nicht nur sicherte er den Besitz seines Bettes.
Dank Philip
ahnte er vor allem
einen flüchtigen Augenblick lang
dass er ein ganz eigenes Talent
für die Algebra des Finanzwesens besaß.
Urplötzlich offenbarten sich ihm
endlose Prärien aus reinen Gleichungen
die nur auf Anwendung warteten.

Manchmal hält das Leben der Menschen
fulminante Momente bereit.
Auf Arthur traf das zu.

Was Dreidel Lehman betrifft
ihm genügt es, stumm zuzuhören.
Wenn sein Cousin in Kreditabtretung brilliert
glänzt er darin, alles andere abzutreten
das halbe Bett inbegriffen.

Denn Dreidel
hat es sogar
– was alle sehr überraschte –
zum Bund der Ehe gebracht.
Sie heißt Helda Fisher
eine *Miss* aus bester Familie
in Elberon kennengelernt
am Ufer des Atlantiks
wo die ersten zehn Reihen des Tempels
jedes Jahr ihre Ferien verbringen.

Man erzählt sich Legenden
– keine bewiesen –
auf welche Weise er ihr
wenigstens ansatzweise
den Hof machte.
Nur durch Blicke?
Nur schriftlich?
Über Vermittler?
War es rein körperlich?
Haben sich Dünste vereinigt?

Onkel Mayer
brachte eine von vielen geteilte Version
gebrauchte die Metapher des Gases
auch das ein Geschäft der Lehmans.
Man sieht es nicht, man spürt es nicht
wie leicht kann es dennoch entflammen!
Hätte sein Neffe
– wiewohl ein recht kaltes Gas –
da nicht vor Liebe brennen können?
Ja. Er konnte.

Tatsächlich.
Dreidel gleich Helium.
Dreidel gleich Methan.
Beeindruckend.

Erstaunlich jedoch blieb
wie um alles in der Welt
eine mit Gift getränkte
und stets zur Attacke bereite
Hornisse
heiraten konnte.

So dachten alle.
Doch keiner sprach den Gedanken aus.
Tante Rose hätte man fragen können
wäre es nicht schon zu spät gewesen.

Na, dann *mazel tov*!
Glückwunsch von ganzem Herzen!
Wenigstens kann sich
denkt man an Dawid
diesmal keiner beklagen!

Andererseits ist Helda – man muss es sagen –
ein so überaus stilles Mädchen!
Seit ihrer Kindheit
hat sie böse Kopfwehattacken
meidet darum jedweden Lärm.
Mit Dreidel hat sie in dieser Hinsicht
wirklich die beste Wahl getroffen.
Hinzu kommt
dass Helda, die *Süße*
als sehr sittsames Mädchen
Spitzenkleidchen trägt
und sich über alles wundert
die Augen aufreißt
und fortwährend ausruft
»*Mir fehlen die Worte!*«

Ja, wenn sie ihr fehlen
warum sie dann suchen?
Ihr Gatte verzichtet
und so schließt sich der Kreis
perfekt ist der Einklang
dem eitlen Geschwätz wird der Krieg erklärt.

Dreidel und Helda.
Rufen sie sich beim Namen
oder mit wenigen
gleich zu Beginn vereinbarten Gesten?
Besonders Neugierige schwören
in ihrem Haus herrsche
ein Klima wie im Sanatorium
ein Refugium mystischer Rabbis.

Sogar beim *Kidduschin*
als die ganze Familie
in der vierten Reihe
die Ohren spitzte
um die Stimme des Jungen zu hören
antwortete er
auf die schicksalhafte Vermählungsfrage
nicht mit »Ja«
nickte nur mit dem Kinn.
Der Zelebrant
(der, sagt man, sogar gewettet hat)
setzte alles auf eine Karte:
»*Sprechen Sie lauter, Mister Lehman
wir haben nichts verstanden.*«

Doch Helda schritt ein:
»*Ich habe es verstanden, das genügt, meine ich.*«
Darum
mussten sie den Segen haben:
Auf dass sie glücklich werden
und das Fest beginne!

Eher: welches Fest?
Ein Toast, mehr nicht.

Ein Kuss auf die Stirn.
Ein Gruß an die Familie.

Helda mit Spitzen
Dreidel mit Zigarre im Mund
eine fotografische Platte
zur Erinnerung an das Ereignis.

Danach:
Auf Wiedersehen an alle
die Braut hat Kopfweh.

Mazel tov.
Werdet glücklich
mit männlichen Nachkommen.

Sechzehntes Kapitel

EINE SCHULE FÜR SIGMUND

Gewiss, der turbulente Dawid
brachte Schande über uns
mit dieser Sarabande
in zwölf Betten.

Doch gab es zwischen dieser Schmach
und der Heirat mit einer Cousine
denn keinen Mittelweg?

Sigmund Lehman
erstaunte alle
sogar seinen Vater.

Er erschien
pausbäckig noch immer
an der Hand Harriett
die Tochter Emanuels.
Sie sahen das jeweilige Elternpaar an
und erklärten leicht zaudernd
fast im Chor:
»*Mit Eurer Erlaubnis, Väter
möchten wir die Ehe schließen.*«

Sie fügte hinzu:
»*Er sagt, wenn wir heiraten, macht er Schluss mit den Donuts
also muss er rasend verliebt sein.*«

Harrietts Bemerkung ließ
trotz des unüberhörbar ironischen Untertons
keinen nur leicht mit den Lippen zucken
einzig Sigmund hätte gern schallend gelacht

unterdrückte den Impuls aber sogleich
das war wohl nicht angebracht.

»Liebe Tochter ... früher hast du deinen Cousins
Ohrfeigen verpasst
und jetzt nimmst du einen zum Mann?«

»Ohrfeigen gibt man Kindern, Vater
Erwachsene brauchen Fausthiebe.
Und kein Boxer schlägt härter als eine Ehefrau.«
Die anmutige Harriett
hatte wirklich Talent für treffende Sätze.
Sie wäre Kabarettistin geworden
wäre sie in England geboren.

Nun gut, sie heiratete ihren Cousin
zum Preis von einem Teller Donuts.

Was ihn betraf ...
Was soll man ihm sagen?
Dass seine Nachkommen
halb Gemüse, halb Muskeln sein werden?
Dass es in der Welt da draußen
eine Vielfalt an Fauna im heiratsfähigen Alter gab
und dass es dumm war, sich nicht einmal umzusehen?
Eine Cousine zu heiraten
ist wirklich
der tiefste Punkt
auf den man sinken kann
das zeugt nicht nur von Faulheit
auch von einem Mangel
an emotionaler Phantasie.

Wie auch immer.
Sollen sie doch heiraten.
Harriett Lehman, verheiratete Lehman.
Kein Schauder, nicht mal ein neuer Name.

Dieselben Verwandten
bei Braut und Bräutigam.
Wenigstens spart man da
bei den Hochzeitsgästen.

So sei es.

Dennoch.
Nach beendeter Hochzeitsreise
ist eine Klärung fällig.

Die Zeit ist reif
um mit Sigmund
ein gewisses Gespräch zu führen.

Setz dich schon mal.
Und hör genau zu
ohne zu unterbrechen.

Denn es lohnt sich
ein für alle Mal ehrlich zu sein:
Den Nachnamen Lehman zu tragen
reicht nicht.
Sonst wär's ja leicht.
Doch die Leitung einer Bank
ist kein Posten wie jeder andere
und selbst als Sohn einer Kartoffel
darf er eins nicht vergessen
es handelt sich immerhin um eine deutsche Kartoffel
mit jener gesunden Dosis Härte versehen
die das unverwechselbare Zeichen
aller Gemüsesorten aus Preußen ist.
Wenn nötig
streichen wir also das Wort *Bulbe*
und nennen ihn von diesem Tag an
Kartoffel.

Und würdiges Auftreten bitte:
Auf den Gipfeltreffen
der Familienbank
erscheint man nicht
mit Bonbons in der Tasche
und erst recht nicht
grinst man von morgens bis abends
wie ein Gartenzwerg
mit roten Backen
und rundem Bauch, der aus der Hose quillt
bei Verhandlungen mit der amerikanischen Hochfinanz.
Da geht unser aller Würde flöten.
Darum muss über diesen Punkt
ob es behagt oder nicht
gründlich nachgedacht werden.

Außerdem
kann das Familienkonklave
nicht nur den aus dem Verkehr ziehen
der sich gegen die Moral versündigt.
Dawid Lehman
wurde auf den Index gesetzt
um unseren guten Namen zu retten
doch, mal ganz ehrlich
der sanfte Sigmund
lässt uns kaum besser aussehen.
Darum noch einmal von vorn:
Der Junge muss sich ändern.

Und tatsächlich.

Um direkt
und möglichst konkret
zu agieren
wurde die Sache
seinem Cousin Philip anvertraut.
Sollte er eine Methode finden

um dem Häschen
die niedlichen Ohren zu kappen
das Geweih eines Elchs
auf den Kopf zu setzen
die Zähne eines Kampfhunds
in den Mund zu stecken
und das Horn eines Rhinozeros
auf die Nase zu pflanzen.

Sehr gut.
Hinsichtlich der Vorgehensweise
hatte Philip keinen Zweifel.
Ein Intensivkurs nach deutscher Methode
war, was Sigmund brauchte
wo ihm eine gesunde Dosis
Gewalttätigkeit, Grausamkeit und Gewissenlosigkeit
antrainiert wurde.
Mit anderen Worten Lektionen
die einen Bankier aus ihm machten.

Nachdem die entscheidenden Punkte
des Benimmkurses festgelegt waren
holte sich Philip
die einzige Autorität
die an der Alma Mater der Überheblichkeit
einen Lehrstuhl bekleiden konnte:
Arthur Lehman
Bruder des Kandidaten
zehn Jahre jünger
aber als Meister in Dreistigkeit
mit summa cum laude promoviert.

Die Familie unterschrieb die Ernennung.

Vor der versammelten Verwandtschaft
mit besagter Mission betraut
widmeten sich Philip und Arthur

ihrem Auftrag
mit dem Ernst
den er verdiente.
Beide berieten stundenlang
und hatten schließlich
einen didaktischen Parcours
für den Schüler konzipiert
der Erfolgsgarantie bot:
In vier Monaten
– 120 Tagen, um genau zu sein –
würde Sigmund Lehman
sich endlich
in das Musterexemplar
eines herzlosen Bankers verwandeln.

Zuallererst:
Revolution des Äußeren.

Weg mit den hellen Landpartie-Anzügen
die Garderobe erneuern
mit dunkelgrauen Dreiteilern
im reinsten New Yorker Börsenstil.
Dann der Scheitel:
Ein neuer Haarschnitt musste her
weniger infantil
mit langen Koteletten
und wenn möglich
einem militärischen Schnurrbart.
Schließlich, mit Harrietts Hilfe
drastische Reduktion des Leibesumfangs
die Erinnerung ausdörren
an das mit Zucker und Donuts farcierte
joviale rundliche Häschen.
Das Finanzwesen ist schlank.
Das Finanzwesen ist sittenstreng.
Das Finanzwesen ist reserviert.
Sigmund musste mindestens

auf einen Sigmy schrumpfen
sich um zwei Konfektionsgrößen verengen.

So weit der Look.

Doch das Erscheinungsbild
wie wichtig es auch sei
ist bekanntlich nicht entscheidend.

Darum
zielte die Arthur-Philip-Therapie
auch stark
auf die Psyche des Häschens
mit einer Behandlung
die an Gehirnwäsche grenzte:
»Hör gut zu, Sigmund:
Jedes Studium erfordert das Lernen
und Lernen bedeutet Opfer
darum wirst du dich
von heute an
120 Tage lang
jeden Morgen
jeden Abend
vor den Spiegel stellen
dir in die Augen blicken
wie bei einem Schwur
und auswendig, mit lauter Stimme
eine Liste aus 120 Punkten aufsagen
die wir für essentiell
und
propädeutisch
für deine definitive Verwandlung halten.«

»Ich verstehe nicht ganz, Arthur
muss ich jeden Tag eine neue Regel aufsagen?«

»*Du musst alle 120 aufsagen*
an 120 Morgen und 120 Abenden.
Philip und ich werden uns abwechseln
als Kontrolleure
vor der Tür.
Deine Stimme
muss klar und deutlich
bei uns ankommen.«

»*Ich verstehe nicht ...*«

»*Wir haben schon genug Zeit verloren*
hier hast du die Liste.«

Und so wurde ihm am 11. Februar
feierlich
in einem verschlossenen Umschlag
mit dem Emblem der Bank
die Liste überreicht
vier Seiten lang
mit der Schreibmaschine geschrieben
die Dreidel Lehman nie benutzt hatte:

DIE 120 REGELN DES SPIEGELS

1. SIGMUND, DIE WELT IST KEIN VERZAUBERTER WALD.
2. ES IST VERBOTEN, ANDEREN ZU VERTRAUEN, SIGMUND!
3. ÜBERTRIEBENE GROSSZÜGIGKEIT MUSS MAN BÜSSEN, SIGMUND!
4. SIGMUND! BELEIDIGEN IST BESSER ALS ERLEIDEN!
5. NUR DUMMKÖPFE LÄCHELN IMMER, SIGMUND!
6. WER GEFÜRCHTET WIRD, SIGMUND, WIRD NICHT GESCHLAGEN!
7. SIGMUND, DEINE SCHWÄCHE IST DIE STÄRKE DER ANDEREN!
8. WER ZUGREIFT, GEWINNT, SIGMUND.
9. WER WARTET, VERLIERT, SIGMUND.

10. WAS DU AUFSCHIEBST, SIGMUND, WIRST DU NIE TUN.
11. ANGRIFF, SIGMUND, IST BESSER ALS VERTEIDIGUNG.
12. ERSPARE DEM FEIND NICHT, SIGMUND
    WAS ER DIR NICHT ERSPAREN WÜRDE.
13. SIGMUND, NUR WER ZUERST KOMMT, SIEGT.
14. SICH ZUFRIEDENGEBEN HEISST SICH DEMÜTIGEN, SIGMUND!
15. SIGMUND, BESCHEIDENHEIT RICHTET NUR SCHADEN AN.
16. LIEBER LÜGEN ALS ENTTÄUSCHEN, SIGMUND.
17. SIGMUND, IMMER VORHER RECHNEN, HINTERHER IST ES ZU SPÄT!
18. BEGEISTERUNG? SIE VERBIRGT DEN BETRUG, SIGMUND.
19. VERZICHTE EINMAL, SIGMUND, UND DU WIRST IMMER VERZICHTEN.
20. IM KRIEG GIBT ES KEINEN FRIEDEN, SIGMUND!
21. WENN DU DICH SELBST NICHT ERHÖHST, SIGMUND, SETZEN DIE ANDEREN DICH HERAB.
22. SCHWÄCHE, SIGMUND, MUSS MAN TEUER BEZAHLEN.
23. WER SICH BEKLAGT, SIGMUND, BEHINDERT SICH.
24. WAS DICH NICHT BELOHNT, SCHADET DIR, SIGMUND.
25. ÜBERTREIBE, WAS DICH BETRIFFT, SIGMUND, UND SCHMÄLERE ALLES ANDERE.
26. ES GIBT NICHTS, SIGMUND, WAS KEINEN PREIS HAT.
27. BÜNDNISSE SIND IMMER VERGÄNGLICH, SIGMUND.
28. SIGMUND, FORDERN IST BESSER ALS BITTEN.
29. GEFÜHLE HABEN IN EINER BANK NICHTS ZU SUCHEN, SIGMUND.
30. DIE MENSCHLICHE SPEZIES, SIGMUND, IST NICHT GUT.
31. MAN MUSS DIE DINGE IMMER BEIM NAMEN NENNEN, SIGMUND!
32. WER SICH TÄUSCHT, SIGMUND, ZAHLT EINEN PREIS DAFÜR.
33. WENN DU FÄLLST, STEH SOFORT WIEDER AUF, SIGMUND.
34. SCHREIEN IST BESSER, SIGMUND, ALS ERTRAGEN.
35. DER EINZIGE FEHLER, SIGMUND, IST EINEN FEHLER ZUGEBEN.
36. SIGMUND ... NUR IDIOTEN ERWARTEN GESCHENKE.

37. LIEBE FORDERT MEHR OPFER ALS HASS, SIGMUND.
38. ERWARTE IMMER DAS SCHLIMMSTE, SIGMUND, DENN ES TRITT HÄUFIG EIN.
39. SIGMUND: NIEMAND HILFT DIR OHNE PERSÖNLICHEN GRUND!
40. EIN ECHTER FEIND IST BESSER ALS EIN VERMEINTLICHER FREUND, SIGMUND.
41. GELD HAT KEIN HERZ, SIGMUND.
42. TATSACHEN SIND REELL, SIGMUND, GEDANKEN IDEELL.
43. WER SICH UM EINE SPANNE HERABSETZT, SIGMUND, WIRD UM HUNDERTE TIEFER SINKEN.
44. SIGMUND! LIEBER LÜGEN ALS GESTEHEN!
45. STOLZ IST DER BESTE SCHUTZ, SIGMUND!
46. EINE NIEDERLAGE, SIGMUND, SPIELT MAN IMMER HERUNTER.
47. SIGMUND: NIE UND NIMMER EINEN FEHLER ZUGEBEN!
48. PASS AUF SIGMUND: WER DIR DIE HAND GIBT, VERSTECKT DAS MESSER.
49. DIE RECHNUNG FOLGT AUF ALLES, WAS DU TUST, SIGMUND.
50. SIGMUND! MÜNZEN HABEN IMMER ZWEI SEITEN.
51. NIEMALS GIBT ES NICHT, SIGMUND, ES GIBT DAS FRÜHER ODER SPÄTER.
52. GESUCHT WERDEN IST BESSER ALS SUCHEN, SIGMUND.
53. WÄHLE DEINEN PLATZ IMMER SELBST, SIGMUND.
54. SIGMUND, WÜRDE IST PRIVATEIGENTUM.
55. MACH NIEMALS EINEN SCHRITT ZURÜCK, SIGMUND!
56. JEDER HAT EINE SCHWACHSTELLE, SIGMUND, GEH VON DA AUS!
57. WAS DU GIBST, KEHRT NICHT ZURÜCK, SIGMUND.
58. WAHRE IMMER DIE ANGEMESSENE DISTANZ, SIGMUND.
59. VERGISS NICHT, WER DU BIST, SIGMUND, UND VERGISS, WER DU NICHT BIST.
60. WER FREUNDLICHKEIT SÄT, ERNTET ERPRESSUNG, SIGMUND.
61. ANGST, SIGMUND, IST ZEITVERSCHWENDUNG.
62. ANGST, SIGMUND, IST VERGEUDETE MÜHE.

63. ANGST, SIGMUND, FORDERT NUR OPFER.
64. ANGST, SIGMUND, IST SELBSTZWECK.
65. ANGST, SIGMUND, IST IMMER EINBUSSE.
66. ERWARTE NIE EINE GEGENLEISTUNG, SIGMUND.
67. SIGMUND! SELBSTKRITIK IST SELBSTSABOTAGE!
68. WORTE, SIGMUND, SIND NUR LUFT.
69. WER DEN WEG IM BLICK BEHÄLT, STRAUCHELT NICHT, SIGMUND.
70. WER AN DIE ANDEREN DENKT, SIGMUND, BRINGT SICH IN SCHWIERIGKEITEN.
71. WILLENSKRAFT IST DIE EINZIGE WAFFE, SIGMUND.
72. WILLST DU DER VERBÜNDETE DEINER FEINDE SEIN, SIGMUND?
73. SIGMUND: AN ERSCHÖPFUNG STERBEN IST BESSER ALS AN LANGEWEILE.
74. EHRLICHKEIT, SIGMUND? EIN ABSTRAKTER BEGRIFF.
75. ES GIBT NUR AUSGEBEUTETE UND AUSBEUTER, SIGMUND: WÄHLE!
76. WER SEINE RÜSTUNG TRÄGT, SIGMUND, WIRD NICHT VERWUNDET.
77. SIGMUND! WEM MAN EINMAL GIBT, WIRD SPÄTER FORDERN.
78. WÜRDE, SIGMUND, KANN MAN SEHR SCHNELL VERLIEREN.
79. WER SICH EINSCHRÄNKT, BEHINDERT SICH, SIGMUND!
80. NIMM, WAS DIR ZUSTEHT, SIGMUND!
81. STÄRKE ZEIGEN, SIGMUND, IST BESSER ALS STÄRKE BEHAUPTEN.
82. SCHLÄUE IST BESSER ALS GÜTE, SIGMUND.
83. WER DICH NICHT SCHÄTZT, SIGMUND, VERDIENT DICH NICHT.
84. JE ANGESEHENER DU BIST, SIGMUND, DESTO EHER VERSUCHEN SIE, DICH ZU KAUFEN.
85. JEDER IST KÄUFLICH, SIGMUND, VERKAUF DICH WENIGSTENS TEUER.
86. SIGMUND! BENEIDET ZU WERDEN IST EIN VORZUG!
87. SIGMUND! GEHASST ZU WERDEN IST EIN GUTES ZEICHEN!

88. WER DIR HEUTE SCHMEICHELT, SIGMUND, VERSPOTTET DICH MORGEN.
89. SIGMUND: FÜR JEDEN EINGANG GIBT ES EINEN AUSGANG UND UMGEKEHRT.
90. DAS GLÜCK KANN MAN HERBEIRUFEN, SIGMUND.
91. DAS UNGLÜCK KANN MAN ENTLASSEN, SIGMUND.
92. SIGMUND! ANDERE SEHEN IN DIR, WAS DU IHNEN ZEIGST!
93. KRIECHEN IST TAUSENDMAL BESSER ALS STILLSTEHEN, SIGMUND!
94. DIE GESCHICHTE HAT KEINEN PLATZ FÜR DIE FRIEDFERTIGEN, SIGMUND.
95. DIE VERGANGENHEIT, SIGMUND? IST SCHON VERGANGEN.
96. WISSE IMMER, WOHIN DU GEHEN WILLST, SIGMUND.
97. ZU VIELE FRAGEN, SIGMUND, MACHEN NUR LÄRM.
98. SIGMUND! MUT IST ALLES!
99. DIE SANFTMÜTIGEN, SIGMUND, HARMONIEREN MIT IDIOTEN.
100. NUR, WENN ES SICH LOHNT, SIGMUND, NUR, WENN ES SICH LOHNT ...
101. DAS ELEND DER ANDEREN BETRIFFT DICH NICHT, SIGMUND.
102. MAN WIRD NICHT, SIGMUND, MAN ENTSCHEIDET.
103. ES GIBT NUR EINE STIMME, SIGMUND, ALLES ANDERE IST ECHO.
104. WAGNIS IST BESSER ALS REUE, SIGMUND.
105. KNURREN, SIGMUND? NUTZLOS, WENN MAN NICHT BEISST.
106. MISS REGELMÄSSIG, WIE VIEL DU WERT BIST, SIGMUND.
107. NUR SCHRECKEN VERBREITEN GIBT SICHERHEIT, SIGMUND.
108. SIGMUND! VERACHTE DEINE MONSTER NICHT: NUTZE SIE.
109. DER MENSCH BLEIBT EINE BESTIE, SIGMUND, ZUM GLÜCK.
110. KEINER KANN DIR IRGENDETWAS VORSCHREIBEN, SIGMUND.

111. DAS BÖSE MAG HÄSSLICH SEIN, SIGMUND, ABER AUCH NÜTZLICH.
112. VERLEUMDEN IST DUMM, SIGMUND, ZWEIFEL SÄEN IST SCHLAU.
113. VORSICHT HEISST AN ALLEN ZU ZWEIFELN, SIGMUND.
114. WER LEISE SPRICHT, SIGMUND, KANN EBENSO GUT SCHWEIGEN.
115. SICH ANVERTRAUEN BEDEUTET SICH KOMPROMITTIEREN, SIGMUND.
116. JEDER RETTET SICH SELBST ZUERST, SIGMUND.
117. WENN DU EINEM HILFST, SIGMUND, ERFAHREN ES HUNDERT.
118. GEWISSENSBISSE SIND BALLAST, SIGMUND.
119. DAS SCHIFF SEGELT BESSER, WENN ES LEICHT IST, SIGMUND.
120. SIGMUND LEHMAN SCHREIBT MAN IN GROSSBUCHSTABEN.

Am hundertzwanzigsten Tag
etwa Mitte Juni
sind bei den Lehmans
alle Augen
auf das Häschen der Familie gerichtet:
Hat der Intensivkurs gewirkt?

Sigmund betritt sein Büro.
Dunkler Schnurrbart, wahrscheinlich gefärbt.
Wehende Haare, graue Schläfen.
Dunkler Anzug und Londoner Schirm.
Das raumgreifende Gesäß halbiert.

Er grüßt die Angestellten hinter den Schaltern nicht.
Gibt dem Schuhputzer kein Trinkgeld.
Bedenkt Miss Blumenthal
mit bösen Blicken
weil ihn sein Kaffee nicht dampfend erwartet.

Danach
setzt er sich
an seinen gewohnten Platz.

Siebzehntes Kapitel

LOOKING FOR EWA

Bis zum Knie steckt er im Schnee
löchrige Stiefel an den Füßen
der alte Jeff
    gebeugt wie ein Haken
    arthritisch
    zudem auf einem Ohr taub
stößt bei jeder Schaufel voll Schnee
eine Art Winseln aus:
»*Aiiuuughaaaj!*«

Ein tierischer Laut, tief
in unergründlichen Höhlen erzeugt
denn ihn peinigt nicht nur der Schmerz
ihm gefrieren vor Kälte die Laute im Mund
bevor er sie ausstoßen kann
und heraus kommt nur ein »*Aiiuuughaaaj!*«
Herzzerreißend.

Doch wozu?
Das Wehklagen hat keinen Zweck.
Die ganze Nacht hat es geschneit
und Jeff muss
den Eingang zur Schule freischaufeln.
Zwei Stunden wird er mindestens brauchen
gesetzt, seine Lunge hält durch.
Darum holt er tief Luft
und fängt wieder an:
»*Aiiuuughaaaj!*«
»*Aiiuuughaaaj!*«

Zwischen seinen »*Aiiuuughaaaj!*«
hat er nicht mal bemerkt
dass auf der anderen Straßenseite
seit mindestens einer Stunde
ein junger Mann
seine übermenschliche Mühsal würdigt.

Steht reglos da und beobachtet
unterschreibt moralisch
jedes »*Aiiuuughaaaj!*«
macht es sich gleichsam zu eigen
würde dem Mann sogar helfen
wenn manuelle Arbeit ihn derzeit
nicht unvorbereitet träfe.

Weshalb er sich
mit moralischer Unterstützung begnügt.
Aus der Distanz.

Die Hände in den Manteltaschen.
Der Schal fest um den Hals.
Ein solidarischer Blick
analytisch und gerührt zugleich
denn die Mühe des alten Schneeschauflers
offenbart ein grundsätzliches Problem
und es wird zu einer politischen Frage:
»*Was sehe ich hier?*
Ist dieser Mann nicht im Grunde
ein Mahnmal sozialer Ungerechtigkeit?«

   »*Aiiuuughaaaj!*«

»*Warum sind Schneeschaufler*
die sich den Rücken krumm schuften
immer die Ärmsten
die man eigentlich schützen müsste?
Dieser Mann ist ein Paradigma.«

»Aiiuuughaaaj!«

»Der Reiche kann sich kurieren
kann Medikamente kaufen
hat einen guten Arzt
einen brennenden Kamin, der ihn wärmt.
Aber wer läuft eher Gefahr
krank zu werden?
Kein Reicher, nein, dieses Großväterchen.«

»Aiiuuughaaaj!«

»Er wird heute Abend an Lungenentzündung sterben
denn daheim sind die Fenster kaputt
dennoch zwingt die Gesellschaft ihn in den Schnee.
Der Wohlstand erzeugt Ungleichgewicht
dieser Alte glaubt, Schnee zu schaufeln
in Wahrheit schaufelt er unsere Asymmetrien.«

»Aiiuuughaaaj!«

»So ist es. Zweifellos ist es so.«

Herbert nickt.
Zieht ein Notizbüchlein aus der Tasche.
Notiert sich die Sache
unter dem Titel: »Rechte der Arbeiter im Winter«.

Dann geht er
noch immer erschüttert
zum Eingang
des Williams College of Massachusetts.

Der Grund, warum
dieser Zwanzigjährige aus New York
beim Lehrkörper so gefürchtet ist
liegt nicht in seinem Nachnamen.

Im Gegenteil: Herbert würde ihn nie benutzen
um Angst und Schrecken zu verbreiten.
Er versteckt ihn lieber.

In Wahrheit ist dieser Junge ein harter Knochen.

Seine Leistungen sind nicht brillant.
Er tut nur das Nötigste.
Aber ihn so schlecht zu benoten, wie er's verdient
empfiehlt sich durchaus nicht
wenn man ein wenig Vorsicht wahren will.
Wer es dennoch tut
sieht sich unfreiwillig
in eine Sackgasse
aus endlosen Reden gedrängt
wo *alles ein grundsätzliches Problem ist*
die Frage politisch wird
und ein Unterrichtsraum
plötzlich zum Parlament mutiert:

»Wenn ich in dieser Aula das Wort ergreife, Professor Maxwell
tue ich es nicht aus persönlichem Interesse
sondern um ein allgemeines Prinzip zu vertreten.
Ich werde mich nicht
mit der Tatsache aufhalten
dass Sie mir ein ›C‹, befriedigend, gegeben haben.
Im Grunde akzeptiere ich die Note, wenn auch mit Vorbehalt.
Was ich völlig indiskutabel finde
– um nicht zu sagen, dieser Aula nicht würdig –
ist die Methode, mit der Sie die Noten verteilen.
Warum nur verfügt der Dozent einer Klasse mit 30 Studenten
per Gesetz
verpflichtend
über 10 minderwertige Noten
10 durchschnittliche Noten
5 befriedigende
3 für Wertschätzung

und nur 2 für lobende Anerkennung?
Schon die zugrundeliegende Annahme ist falsch
ganz zu schweigen von der Botschaft, die sie vermittelt!
Muss ich fürchten, in dieser Aula
eine Idee von sozialer Gleichheit anzusprechen?
Ich bin noch nicht fertig, entschuldigen Sie:
In einem wirklich egalitären College
müsste der Lehrer frei von Verpflichtungen sein.
Oder wollen wir wirklich annehmen
dass von 30 amerikanischen Bürgern
ein Drittel für das Studium ungeeignet ist?
Ich bin noch nicht fertig, entschuldigen Sie:
Finden Sie nicht, dass die widersinnige Regel
der Sie sich unterwerfen
mindestens antidemokratisch ist?
Die implizite Konsequenz übrigens lautet
dass nur ein Fünfzehntel der Studenten
die Höchstnote anstreben kann
und was ist das
wenn nicht die offenkundige Negation des Prinzips
demzufolge jeder Bürger
das Recht
und ich spreche vom ›Recht‹, Professor Maxwell
auf Gleichbehandlung hat?
Ich bin noch nicht fertig, entschuldigen Sie:
Nehmen wir einen Augenblick an
dass aufgrund eines Irrtums
die 30 besten Studenten des Colleges
alle in einer Klasse sitzen.
Welch ein Irrsinn, 20 davon zu bestrafen
weil Sie Noten für Dummköpfe vergeben müssen!
Ich bin noch nicht fertig, entschuldigen Sie:
Wenn hingegen die ganze Schülerschaft
alle miteinander
ausgelassen feiern
und ihre Schulbücher verbrennen würden
im Namen wovon

wären wir trotzdem verpflichtet
mindestens zwei auszuzeichnen
mit staatlichen Lorbeeren?
Wenn dann aber ...«

»*Das reicht, Lehman: Gnade!*
Du hast mich überzeugt! Ich werde mit dem Schulrat
und mit Direktor Rutherford sprechen!
Wenn du willst, ändern wir das System.
Darf ich jetzt mit meinem Unterricht fortfahren?«

»*Erst nach diesem letzten Punkt:*
Sie haben mir ein ›C‹ gegeben
es war der Aufsatz über das Thema
›DAS ERBE VON PRÄSIDENT THOMAS JEFFERSON‹.
Wenn Sie jetzt sagen, meine Rede habe Sie überzeugt
und man bedenkt, dass ich über Rechte gesprochen habe
finden Sie nicht, dass die Fakten Ihre Note widerlegen?
Meiner ehrlichen Meinung nach habe ich Ihnen bewiesen
wie sehr ich in jeder Hinsicht
das Erbe von Präsident Jefferson für die Nachwelt verkörpere.
Wenn dann aber ...«

»*Einverstanden! Lehman! Du hast gewonnen!*
Genügt dir die Bestnote?«

»*Ich würde sie angemessen nennen.*
Aber nicht für mich – für alle.«

Eben.
Was den Erben von Thomas Jefferson
so einzigartig macht
ist seine Unfähigkeit
etwas nur für sich selbst zu erfassen.
Bei ihm wird alles sofort
auf die gesellschaftliche Ebene projiziert
und spiegelt dann ganz andre Werte wider.

Eine ernste Komplikation.

Manche sagen
sie sei das natürliche Ergebnis
einer von Fragen gequälten Kindheit
und nachdem er riskiert habe
seinem Bruder das Bett zu pfänden
sei Herbert Lehman gerade darum
zum extremen Philanthropen
konvertiert.

Das ist eine Hypothese.

Fest steht
dass seine *Empfindsamkeit*
Gespräche mit dem Jungen
ziemlich kompliziert macht
auch wenn es um Banalitäten geht:
Wie bittet man um ein Glas Wasser
bei einem, der dies Glas
als Sinnbild
der westlichen Wasserversorgung auffasst?
Wie beklagt man sich über den Regen
wenn er dir sofort mit den Obdachlosen kommt?
Wie lacht man über einen Kinderwitz
mit dem, dessen Tick
die Kindersterblichkeit ist?
Und vor allem
wie kann es sein
dass das Blut eines Bankiers
– und sei es gefiltert durch ein Gemüse –
in den Adern eines Menschen fließt
der nicht an Finanzierungsmodelle glaubt?

Herbert Lehman
geht so weit
die Börse in der Wall Street

als eine *Schlangengrube* zu bezeichnen.
Obendrein vor Zeugen.

Kurzum
da er keine Karriere
im Finanzwesen anzustreben scheint
bleibt nur zu hoffen
dass sein Lebensweg
ihn recht weit wegführt
von der Liberty Street 119.
Diese Hoffnung teilt
die ganze Familie
einschließlich seines Vaters Mayer
und seines Bruders Sigmund
welcher, in der Sache befragt
mit der Nummer 70
seiner 120 Regeln antwortete.

Nur Philip wirkt
seltsamerweise gelassener.

Doch nicht, weil er eine
besondere Neigung für Herbert hegt.

Nein, der gute Philip
glaubt fest
an familiäre Bindungen
einschließlich derjenigen
mit *erworbenen* Verwandten.
Ist es nicht außerdem
im Hinblick auf die kommerziellen Implikationen
einer Eheschließung
höchst bedeutsam
dass wir in diesem Fall
von allen erdenklichen Worten
gerade das Verb *erwerben* benutzen?

Eben.
Sagen wir, in der Kosten-Nutzen-Rechnung
von Herberts Hochzeit
stellte der Posten des Erwerbs
Philip Lehman
außerordentlich zufrieden
was genügte, dankbar zu sein
für seinen hyperdemokratischen Cousin.

Wie es zu dieser Ehe kam
war eine ganz eigene Geschichte
von der niemand
– Philip Lehman inbegriffen –
je etwas erfuhr.

Denn der Zufall will
dass die Verbindung zwischen den Häusern Lehman und Altschul
von Anfang an
ein ernstes grundsätzliches Problem aufwarf
das dann zu einer politischen Frage wurde.

Doch hier in aller Kürze
die Fakten, von denen keiner weiß:

Seit kurzem graduiert
hatte Herbert sich
unwissentlich
auf das modernste und gefährlichste
politische Terrain vorgewagt
nämlich
jenen erbitterten Kampf für Bürgerrechte
der einen Menschen zwingt
sein Gehege zu verlassen
und in die Privatsphäre anderer einzudringen
damit eine Idee von Gerechtigkeit siegt.

Nun gut.
Wie es häufig geschieht
in den Kreisen Zwanzigjähriger
kreuzte Herbert Lehman
fast zufällig
durch Vermittlung von Freunden
die existentiellen Pfade
einer Tochter der Altschuls
Ewa genannt, ein Name
dessen biblische Konnotationen
Herby durchaus nicht disproportional
zu ihrer Schönheit empfand
o nein: Ihm schien der Name absolut angemessen.

Also übernahm er
begeistert
die Rolle
eines neuzeitlichen Adams
und drang in das irdische Paradies ein
in der Erwartung baldiger
ergötzlicher Ernten verbotener Früchte.

Doch dazu kam es nicht.
Denn offensichtlich
war das Eden bereits geschändet.

Die diesbezügliche Schlange
– tatsächlich der Teufel –
wurde alsbald identifiziert
und wie haarscharf vorhergesehen
war es eines der obengenannten Börsenreptile.
Genauer, es handelte sich um
keinen Geringeren
als den Erstgeborenen der Morgenthaus
Königspythons
eine der prominentesten Familien
und direkte Konkurrenz von Lehman Brothers.

Für Adam war das ein harter Schlag.
Zorneswallungen
erschütterten ihm die Brust
bei der bloßen Vorstellung
dieses anmutige Exemplar des schönen Geschlechts
müsse einer Kobra der Wall Street gefällig sein.
Ganz zu schweigen davon
dass Ewa von *HaSchem* geformt wurde
um laut der *Genesis* Adams Gefährtin zu sein
nicht aber, um sich mit der Schlange zu verloben
der nur die Nebenrolle
eines unheilbringenden Ratgebers zustand.

So weit, so gut
schließlich war dies das ewige Drehbuch
der menschlichen Eifersucht.

Doch leider ging Herbert weit darüber hinaus.

Dass Ewa Altschul
ein Wesen von seltener Schönheit
der Bewunderung der ganzen Welt entzogen
und Besitz eines Einzigen werden sollte
stellte für Herbert sehr bald
ein soziales Ungleichgewicht dar.
Außerdem war Morgenthau ein mächtiger Mann
wodurch zum Begriff des Ungleichgewichts
jener der Unterdrückung hinzukam.
Und von Unterdrückung bis zur Gewalttat
genügte ein winziger Schritt.
Also war diese Verlobung
eine Beleidigung des amerikanischen Volkes
gegen die man
Barrikaden riskieren musste
(seine eigenen, was er zu erwähnen vergaß).

Da nun aber
jede Legende
ihre Widersprüche hat
ließ Herbert geflissentlich außer Acht
dass das Opfer des Bösen
wahrlich keine ängstliche Jungfrau war
nein, eine Erbin der Altschuls
Stützpfeiler der amerikanischen Wirtschaft
in einschlägigen Kreisen
besser bekannt als die »Bulldoggen«
Beweis einer nicht durchweg erbaulichen Fama.

Mit anderen Worten
eine melodramatische Fehde drohte
zwischen Lehman, Altschul und Morgenthau
drei Kolossen der New Yorker Finanzwelt
die mehr Gründe hatten, sich zu verbünden
als sich zu bekriegen.

Aber so ist die Politik:
Sie braucht Konflikte.

Und obwohl Herbert das noch nicht wusste
ahnte er es wohl schon. Tief im Inneren.

Tatsächlich.

Um gegen das beschworene Unrecht zu kämpfen
schickte sich Herbert
zum ersten echten politischen Kampf
seiner erfolgreichen Karriere an.
Theodore Roosevelt war ein Dilettant im Vergleich.
Abraham Lincoln ein Schuljunge.
George Washington hätte um Nachhilfe gebeten.

Als Erstes
entfachte er gegen die Morgenthaus

eine rabiate antikapitalistische Kampagne
natürlich verdeckt
den Namen Lehman sorgsam verschweigend
so dass die sozialistische Mythologie
jahrzehntelang
einen unbekannten Helden der Straße feierte
ohne zu wissen
dass er ein Sohn der Finanzwelt war.

Derweil
führte er, wie's sich für Kriege gehört
einen gnadenlosen Feldzug im Untergrund
um das vom Tyrannen unterdrückte Volk
zur Rebellion anzustacheln.
Und da im vorliegenden Fall
Ewa seiner Ansicht nach
das Opfer gewalttätiger Übergriffe war
(der Gedanke, es könnte sie freuen, kam ihm nicht)
begann Herbert
sie tagtäglich zu bedrängen
mit Beschattungen
gewagten Briefen
Blumengeschenken
und allem, was an politischen Maßnahmen nützen konnte
um in ihr
den Funken der Rebellion zu entzünden.

Eine Hilfe war ihm dabei
die jüngere Schwester des Opfers
Edith genannt, ein sehr sanftes Mädchen
eher einem Zwergpudel ähnlich
als einer Altschul-Bulldogge
vielleicht weil sie bis jetzt
als ewige Kammerzofe gelebt hatte
im Schatten einer biblischen Primadonna.

In Edith Altschul
fand die demokratische Propaganda
eine unerwartete Fürsprecherin:
Das Mädchen erwies sich der Causa treu ergeben
beseelt von feurigem politischem Engagement
widmete sie sich mit aller Kraft
dem noblen moralischen Ziel
die Hochzeit ihrer Schwester zu sabotieren
im Namen eines Kampfs gegen die Hochfinanz (= ihrem Vater).

Großes Lob verdient diese Edith.
Zwischen der Partei und der Familie
wählte sie Ersteres.
Hatten die Frauen sich denn nicht
das Wahlrecht erkämpft?
Die Politik musste sie einfach begeistern
neue Erfahrungen bewirken das immer.

Und da die amerikanische Politik
schwerlich auf ihre Ziele verzichtet
trug die Achse
zwischen Herbert und seiner rechten Hand Edith
wenngleich unter Mühen
ihre ersten Früchte.

Es geschah eines Nachmittags in einem sehr blassen Sommer.

Die Wahlkampagne
hatte sich über Monate hingezogen
darum
wartete man jetzt auf die Antwort der Urnen.

Auf den zigsten Vorschlag
einer flüchtigen Live-Begegnung
bisher stets prompt verweigert
antwortete Ewa Altschul schließlich
mit einem Hoffnungsschimmer:

Sie würde eine Audienz gewähren
um ihm ins Gesicht zu sagen
wie sehr er sie in Bedrängnis brachte.

Natürlich war das ein Vorwand.
Das erkannte auch Edith.
Die Analyse von Subtexten
ist die wichtigste Gabe des guten Parteisekretärs.

Man legte die Uhrzeit fest: Punkt sieben.
Man legte den Ort fest: der blühende Garten der Altschuls
als hieße das Paradies seine Kinder erneut willkommen
unter den Augen von *HaSchem*
und in Abwesenheit der Schlange.

Punkt sieben Uhr
öffnete Edith das Gartentor
und unter wiederholten Ermahnungen zur Vorsicht
führte sie Adam zu den Kamelien:
»*Komm mit, Ewa erwartet dich.*«

Und wirklich, da war sie.
Ewa erschien Herbert im Grün der Binsen
und wie zu erwarten
war ihr Blick nicht mehr feindlich
was auf einen Wahlsieg hinwies.
Stille herrschte in diesem Garten
doch Herbert war, als hörte er
wie Chorgesang
den Jubel des Volkes.

Jedoch.

Ach! Eine seltsame Wissenschaft, die Politik.
Ihre unvermuteten Pirouetten
machen dem Zirkus wahrhaft Konkurrenz.

Auch an diesem Tag, zwischen Blumen.
Denn wer hätte gedacht
dass Adam Lehman
Aug in Auge mit seiner Ewa
sie plötzlich als Verkörperung
der Hochfinanzbourgeoisie sehen würde
die er so lang schon bekämpfte?
Da stand es nun vor ihm, das Amerika der Banken:
von so herrlicher Gestalt
so jung, faszinierend, vollkommen
so willig, das Lager zu wechseln
so unbeständig
so käuflich für den Meistbietenden
und während er sich
zum ersten Mal
nach seinem Begriff von Schönheit fragte
wurde ihm klar
dass die Antwort schon in der Frage lag.

Lohnte es sich, für Ewa zu kämpfen?
Verdiente eine Frau sein Vertrauen
die sich einem Morgenthau hingegeben hatte?

Und weil der Wahlkörper
manchmal bestraft werden muss
tat Herbert Lehman
noch mehr:
Er überließ ihn sich selbst
obwohl es ein formidabler Körper war.

Weit wichtiger war, die Partei zu stärken
indem man die Reihen schloss
im Hinblick auf zukünftige Kämpfe.

So kam es, dass Adam das irdische Eden
nicht mit Ewa verließ,
sondern Arm in Arm mit Edith.

Und im Namen demokratischer Werte
– also im Namen der Rechte aller –
gab man bekannt
dass die Altschul-Bulldoggen sich mit den Lehmans verbanden.

Auch das ist Politik.

Achtzehntes Kapitel

TSVANTSINGER

Yehuda Ben Tema
schreibt
in den *Sprüchen der Väter*:
siebzig Jahre, um Bilanz zu ziehen
achtzig, um die Natur zu genießen.

Mayer Lehman und sein Bruder
gehen auf die siebzig zu
doch diese Bilanz
wurde noch nicht gezogen.

Möglich, dass sie alles bedachten
außer sich eines Tages
weißhaarig
mit Papieren hantieren zu sehen
wo alles Berechnung war.

Das funktioniert so:
– sie haben es jetzt in etwa verstanden –
Lehman entscheidet, wo investiert wird
aber statt selbst Geld zu geben
überlassen sie das andren
in Form eines Kredits:
Du vermietest mir dein Geld
ich erstatte es dir zurück
»*zu einem Zeitpunkt x, plus Zinsen*«.
In der Zwischenzeit aber
benutze ich dein Geld
vergebe Kredite
und verdiene an Zinsen.
Kredite an Industrielle

Kredite an Bauherren
Kredite an jeden, der produziert
Kredite an jeden
der früher oder später
Kapital bringt.

Ein schönes Spiel, gewiss.
Aber eine neue, eine raffinierte Ökonomie
sehr raffiniert
vielleicht zu sehr
für die beiden Brüder
die drüben in Deutschland geboren sind
in Rimpar, Bayern
wo Vieh das Gold war
und hoffentlich sterben die Kühe nicht.
Doch für Emanuel und Mayer
– kaum zu glauben –
besteht das eigentliche Problem
darin
dass es etwas ganz anderes ist
ob man ein Glas Wasser
oder das Meer trinkt.
Und dieses Meer ist das Geld.
Die Erträge, ja, die Gewinne.

Denn
die Wahrheit ist
dass Lehman Brothers
unsagbar viel verdient.
Es kommt Geld herein.
Eine Menge Geld.
Vielleicht zu viel.
Und wenn es uns überschwemmt?

Emanuel nicht, noch auch Mayer
haben sie vergessen
diese Münze zu 20

die vor 1000 Jahren
drüben in Deutschland
in Rimpar, Bayern
eingerahmt
an der Wand hing:
der erste *tsvantsinger*
den Vater Lehman
mit dem Vieh
verdient hatte.
Und neben diesem Rahmen
hing noch einer
mit dem hundertsten *tsvantsinger*
und noch einer
mit dem tausendsten
und daneben dann
keiner mehr
denn »*tausend* tsvantsinger
*sind ein Vermögen, Söhne
und* Baruch HaSchem!*, wenn auch ihr
eines Tages so viel zusammenbringt.*«

Sie sagen es nicht
doch Emanuel und Mayer
geht es nicht aus dem Kopf
dass bei Lehman Brothers
10 000 *tsvantsinger*
täglich hereinkommen
und es
unzählige Bilderrahmen
für diese *tsvantsinger*
bräuchte
und alle *tsvantsinger* hintereinander
eine Brücke bilden würden
von New York
bis nach Bayern.

Geldströme.
Und mehr.

Wie ein Mahlstrom
mit dem Millionen Dollars
zu den Türen hereinströmen
und zu den Fenstern wieder hinaus.
Emanuel nicht, noch auch Mayer
verstehen das.
Woran
genau
verdienen wir eigentlich?

Mit Philip zu reden hat keinen Zweck.
Für ihn ist die Bank
ein Bahnhof
wo man nur vorbeikommt, um abzureisen
nie um zu bleiben.
»*Verehrter Herr Onkel, verehrter Herr Vater*
ist das nicht ganz so wie bei unserem Kapital?
Wir dürfen es nicht behalten
wir müssen es investieren.
Das Geld kommt in die Bank
und sobald es hereinkommt
muss es gleich wieder hinaus.«

Der andre, der schweigsame Neffe
beobachtet nur.
Es wäre Zeitverschwendung
ihn um eine Erklärung zu bitten
es wäre, als suchte man
eine Antwort in den Rauchringen
seiner kubanischen Zigarren.

Und wenn wir es bei Sigmund versuchen?

Emanuel und Mayer
nehmen vor seinem Schreibtisch Platz.
Zeit genug, um zu bemerken
dass 120 Regeln eingerahmt
über dem Tresor hängen
zwischen Kerzenleuchtern.

»*Wir möchten besser verstehen, Sigmund.*
Meinst du nicht, dass unsere Bank
zu angreifbar ist?
Wir investieren
in Märkte jeder Art
All ihre Namen
können wir kaum im Gedächtnis behalten.
Vielleicht kannst du uns erklären
was die Bank in diesem Moment ist.
Kurz, wer sind wir?«

Sigmund lässt sie ausreden
hebt die Augen nicht von den Rechnungen
denn Zeit ist Geld
man verschwendet sie nicht.
Jetzt mustert er die beiden
nimmt seine Brille ab
und streicht sich lang, sehr lang
über die Hände.
»*Ich sage Euch: Die Welt ist kein verzauberter Wald.*
Und Worte sind nichts als Luft.
Ihr möchtet die Bank besser verstehen?
Zu viele Fragen machen nur Lärm.
Ihr fragt mich, wer wir sind?
Gefühle haben in einer Bank nichts zu suchen!
Wenn Ihr nichts dagegen habt
möchte ich Euch etwas fragen.
Ich werde harte Worte wählen
doch wer Freundlichkeit sät, erntet Erpressung.
Ich habe Euch also etwas zu sagen.

Meine Cousins denken es beide
obwohl weder der eine noch der andere
jeder aus unterschiedlichen Gründen
dem Gedanken mit deutlichen Worten Ausdruck verleiht.
Dummheit: Die Sanftmütigen harmonieren mit Idioten.
Sei's drum: Ich spreche zum Wohle aller.
Das Böse mag hässlich sein, aber es ist nützlich.
Gut. Falls es Euch bisher entgangen ist
in diesen Büros, diesen Räumen
haben wir zu arbeiten
denn nur wer zuerst kommt, siegt.
Das verlangt man von uns: produzieren.
Das müssen wir tun.
Denn wer wartet, verliert
und was du aufschiebst, wirst du nie tun.
Darum sage ich:
Statt mich zu fragen, was eine Bank ist
konzentriert Euch mehr
auf die Bedeutung des Alterns.
Man muss die Dinge immer beim Namen nennen!
Und jetzt, wenn Ihr gestattet, habe ich eine Sitzung.«

Es ist allgemein bekannt
dass Häschen
wenn sie wollen
ihre Beute
brutaler zerreißen als Jaguare.

Als die Überraschung
Kollateralschäden inbegriffen
sich gelegt hatte
gingen den beiden alten Bankiers
zwei hartnäckig konstruktive Gedanken
nicht aus dem Kopf.

Der Erste war
dass die Akademie des Zynismus

durch familiäres Dekret für Sigmund eröffnet
eine Spitzenkraft der Branche
promoviert hatte.

Der Zweite war
dass *Mr Bad Rabbit*
wahrscheinlich im Recht war.
Nicht die Bank mussten sie fragen
nein, die eigene Seele
oder, bei Abwesenheit derselben
eine beliebige
geistliche Autorität.

Diese fanden sie
in Rabbi Strauss
welcher zumal für die Bedeutung des Alterns
ein kundiger Fachmann zu sein schien
da er mehr Zähne im Mund als Haare auf dem Kopf hatte.
»*Emanuel und Mayer, meine Lieben*
um euch zu antworten, möchte ich mit euch
über die Bedeutung des Wortes Alter nachdenken.
Was ist das Alter, wenn nicht ein Ort des Lebens
genau wie der Raum
das Territorium, in dem wir leben?
Jedes Alter ist ein Land, ein Dorf
eine Nation, wenn ihr das vorzieht
ein Raum, durch den jeder von uns
hindurchgehen muss.
Und wie jeder Ort auf der Welt
hat er sein Klima, seine Sprache
seine eigene Landschaft
so ist es auch beim Altern.
Ich glaube, es heißt, ein fremdes Land zu bewohnen
wo die Regeln früherer Orte
schlicht und einfach
nicht mehr gelten.
Und wie in jedem fremden Land

*muss man eine neue Sprache lernen
um die Sonne Sonne zu nennen
und den Mond Mond.
Erst dann wird man entdecken
dass die Sonne überall auf der Welt Sonne ist
auch im Land des Exils.
Was sich ändert
ist nur ihre Bezeichnung.
Mit anderen Worten
bei den Lebensaltern wie bei den Ländern
ist alles unwirtlich, solange man Fremder ist
und alles gastfreundlich
wenn man endlich
zum Bürger wird.«*

Mag sein.
Doch was bedeutet das?

Emanuel und Mayer
wird es
schlagartig bewusst
als sie der Bank den Baumeister
Eliah Baumann vorstellen.

Die Lehman-Brüder haben mit ihm gesprochen
denn diese Investition könnte
»*unserer Meinung nach*«
interessant sein.

Mayer hat lange darüber nachgedacht.
Auch Emanuel hat nachgedacht.

Derselbe Gedanke, derselbe Einfall:
Amerikas Industrie wächst
also immer mehr Fabriken
also immer mehr Arbeiter
also immer mehr Einwanderer

also … wo werden sie wohnen?
Zweimal mehr Häuser werden gebraucht.
Bauen was das Zeug hält.
Ganze Vorstädte hochziehen.
Sichere Investition: Ziegelsteine, Mörtel.
Sicherer Ertrag, kurze Fälligkeitsfristen.
Unanfechtbare Argumentation.
Könnte von Philip stammen.
In Häuser für Arbeiter investieren.
Sehr gut.
Auf Eliah Baumann setzen: den Baumeister.
»*Ich weiß nicht, was ihr denkt*
uns scheint das eine großartige Perspektive, stimmt's, Mayer?«

»*Ganz deiner Meinung, Emanuel.*
Und er ist ein überaus freundlicher Mann.«

Genau.

Als Emanuel und Mayer
gesprochen haben
folgt auf allen Seiten
ein langes Schweigen.

Dreidel hustet
er kämpft
mit seiner dritten Zigarre.

Schweigen.

Sigmund nimmt sich die Brille ab
poliert die Gläser
setzt die Brille wieder auf.

Schweigen.

Philip sitzt am Tischende
ein schwarzer Schatten fast
gegen das Licht, das von hinten einfällt
in den Saal ganz aus Spiegeln und Fensterglas
im 2. Stock in der Liberty Street.

Schweigen.

Dreidel streicht sich über den Bart.

Schweigen.

Sigmund gießt sich zu trinken ein.

Schweigen.

Philip lächelt.

Schweigen.

Dreidel schlägt die Beine übereinander.

Schweigen.

Sigmund zieht seine Krawatte fest.

Schweigen.

Philip faltet ein Blatt Papier.

Schweigen.

Dreidel lockert den Hemdkragen.

Schweigen.

Sigmund putzt sich die Nase.

Schweigen.

Philip steht auf:
»*Verehrter Herr Vater, verehrter Herr Onkel*
wir haben die allergrößte Achtung
vor Eurer Initiative
und im Namen aller
drücke ich Euch meine Dankbarkeit für diesen Beitrag aus.
Habe ich Recht, Sigmund?«

Sigmund räuspert sich
und den Leuchter betrachtend:
»*Nur zum Teil, Philip*
denn zufällig
ist die Welt kein verzauberter Wald
und Gefühle haben in einer Bank nichts zu suchen.
Da es für jeden Eingang einen Ausgang gibt
gebe ich zu bedenken
dass man immer vorher rechnen muss.
Wer den Weg im Blick behält, strauchelt nicht
Und auf alles, was man tut, folgt die Rechnung.
Darum lasst uns die Dinge immer beim Namen nennen:
wer sich täuscht, zahlt einen Preis dafür.
Gut. Häuser bauen? Ich muss doch sehr bitten.
Wollen wir die Verbündeten unserer Feinde sein?
Wollen wir einen Schritt zurück machen?
Wer sich um eine Spanne herabsetzt, sinkt um Hunderte tiefer.
Häuser für Arbeiter?
Und der Verdienst? Was nicht belohnt, das schadet nur.
Ganz zu schweigen davon
dass unser Engagement in der Baubranche
unerhört neu wäre
unerwartet
unangebracht
falsch
verheerend
schädlich

und obendrein von den Fakten überholt.
Bevor wir in Häuschen für Latinos investieren
wollen wir uns da nicht fragen, wohin dieses Land steuert?
Wagen! Wagen! Wagen! Wagnis ist immer besser als Reue.
Sich zufriedengeben, sage ich, heißt sich demütigen
und wer sich einschränkt, behindert sich
darum, bedaure, meine Antwort ist: Niemals!
Mut ist alles, Männer!
Und da die Vergangenheit vergangen ist
werden wir Amerika sogar Züge geben
doch das genügt jetzt schon nicht mehr.
Wir haben die Küsten der Vereinigten Staaten verbunden
warum versuchen wir nicht, die Kontinente zu verbinden?
Stolz ist der beste Schutz!
Beneidet zu werden ein Vorzug!
Die Idee lautet, in aller Kürze, folgendermaßen:
Wir werden eine Seilschaft aus Finanziers bilden
zwanzig, dreißig, fünfzig Banken
und uns beim Staat Panama
für die Dauer eines Jahrhunderts
einen 99 Kilometer langen Streifen
zwischen dem Pazifik und der Karibik mieten.
Damit schneiden wir den Kontinent in zwei Hälften
und von einem Teil zum anderen
von Ozean zu Ozean
bauen wir einen Kanal, den es jetzt noch nicht gibt
dann muss der gesamte Welthandel
entscheiden
ob er uns die Durchfahrt bezahlt
oder viele Tage lang
um Cap Horn segelt.
Irre ich?
Das sind die Einkünfte von morgen!
Und Willenskraft ist die einzige Waffe!
Ihr sagt Nein? Aus Angst? Ach!
Angst ist Zeitverschwendung!
Angst ist vergeudete Mühe!

Ja: Angst ist Selbstzweck.
Leute, Angst ist Einbuße.
Ich bin fertig. Nein, noch nicht:
Wir sind Lehman Brothers
und das schreibt man in Blockschrift.«

Dann steht Sigmund auf
feuerrot vor Wut
und beim Hinausgehen reißt er fast die Tür aus den Angeln.

Schweigen.

Dreidel nimmt einen Zug von seiner Zigarre.

Schweigen.

Philip berührt seine Nase
mit den Fingerspitzen beider Hände:
»*Verehrter Herr Vater, verehrter Herr Onkel*
wenn Ihr es für richtig haltet
könnt Ihr Mister Baumann auf jeden Fall bitten
uns ein schriftliches Angebot vorzulegen.
Wir werden es
mit der gebotenen Sorgfalt prüfen.«

Emanuel nickt
Mayer ebenfalls.

Doch in diesem Saal
ganz aus Spiegeln und Fensterglas
im 2. Stock in der Liberty Street
hat man die beiden Alten
von dem Tag an
nicht mehr gesehen.

Neunzehntes Kapitel

OLYMPIC GAMES

Alles begann
an jenem schicksalhaften Tag
als Philip Lehman
in Blockschrift
in seine Agenda schrieb:
MIT DEM TEMPEL BEFASSEN.

Es war aber nicht der Beginn
eines mystischen Weges.

Auch die Wall Street war nicht gemeint
mit der Börse
befasste er sich schon viel zu sehr
verbrachte dort mehr Zeit
als in seinem Büro.

Unter dem Satz
MIT DEM TEMPEL BEFASSEN
stand nämlich
ein Klammerzusatz
äußerst kryptisch:
(MAXIE LONG HAT DAS RENNEN GEWONNEN).

Was um alles in der Welt
mochte in der Agenda eines Bankiers
den Tempel
mit dem Sportidol der USA verbinden?

Plante Philip Lehman
– langjähriger Wohltäter der jüdischen Schul –
einen Überraschungscoup

wollte er den Kindern
den Helden des neuen Rennrekords
in die Klasse bringen?

Nein.
Nichts von alledem.

Hinter dem Satz
MIT DEM TEMPEL BEFASSEN
steckte vielmehr
das unbezwingliche Bedürfnis
alte Probleme zu lösen
die ungelöst aufgeschoben
und für Philip
zum Schandmal geworden waren.

Gleichzeitig handelte es sich
um ein hellsichtiges Geschäftsmanöver
da eine Bank
in Philips Augen
kein anderes Ziel hat
als schlichtweg immer zu triumphieren.
Und das würde ihm gelingen
er musste sich nur auf die Finger des Zwergs konzentrieren.
Erfolg garantiert.

Freilich konnte schon jetzt
nichts und niemand
Lehman Brothers aufhalten.
Die Kassen waren voll
die Investitionen exzellent und diversifiziert
darum
fehlte ihm
in jeder Hinsicht nichts
um mit sich selbst zufrieden zu sein.
Worum ging es dann?
Was quälte Philip Lehman

ließ ihm keine Ruhe
verfinsterte seine Gedanken?
Was machte ihm schlaflose Nächte?
Und vor allem
welch nagender Groll
eines Tages fast zufällig aufgetaucht
ging ihm seither nicht aus dem Kopf
weil er zur Obsession
ja, zur Folter geworden war?

Wie es häufig geschieht
tat ein Traum das seine
ihm alles zu erklären.

Die Olympiade in Paris
hatte soeben begonnen.
In seinem Traum
saß Philip Lehman im Stadion
und verfolgte an der Rennstrecke
das Finale
des 400-Meter-Laufs.
Maxie Long stand am Start
merkwürdig gekleidet
nicht im Trikot amerikanischer Athleten
sondern
im gelben Overall
auf dem in Riesenlettern
das Logo von Lehman Brothers prangte.
Der Schiedsrichter
(der Rabbi Strauss aufs Haar glich)
läutete eine Glocke
und die Athleten
rannten los.
Das Stadion erhob sich
ohrenbetäubendes Geschrei
alle feuerten nur einen an:
»*Maxie Lehman Long!*«

»*Maxie Lehman Long!*«
das war wie ein Wind
der den Weltmeister antrieb
noch schneller zu laufen
als hätte er einen Studebaker unter den Füßen
er lief
und lief
und lief
ließ seine Gegner hinter sich
»*Maxie Lehman Long!*« »*Maxie Lehman Long!*«
er lief
und lief
und lief
trug Lehman Brothers
machtvoll
aufs Ziel zu
»*Maxie Lehman Long!*« »*Maxie Lehman Long!*«
doch
plötzlich
verlor Maxie das Gleichgewicht
als stolperte er über seine eigenen Füße
und rutschte bäuchlings über die Piste
dass die andren ihn treten und über ihn springen mussten.
»*Oooooooo neiiiiiiiin!!!!!!!*«
schrie das ganze Stadion
mehr noch: ganz Paris.
Beim Anblick seines Champions am Boden
fühlte Philip Lehman
– obwohl es nur ein Traum war –
seine Brust brennen
wie von vier olympischen Fackeln entzündet.
Er stürzte aufs Feld
packte Maxie Long an den Armen
lud ihn sich auf den Rücken
und begann wie verrückt zu rennen
rasend
rasend

rasend
holte einen nach dem anderen ein
rasend
rasend
und als auch der Letzte überholt war
rasend
lief Philip Lehman
mit Maxie Long auf dem Rücken
zu Tode erschöpft
triumphierend
durch die Zielgerade!
Sieg! Sieg! Sieg!
Keiner, der nicht schrie
außer Cousin Dreidel
der begnügte sich mit Nicken.
Das Stadion tobte
überall nur der donnernde Schrei
»*Maxie Lehman Long!*« »*Maxie Lehman Long!*«
und von diesem Chor umgeben
schleppte Philip
seinen Champion
zum Siegerpodium.
Doch er sah sich zurückgehalten:
Der Schiedsrichter
(der Rabbi Strauss aufs Haar glich)
umarmte ihn gerührt:
»*Meinen Glückwunsch zu dieser Heldentat, Mister Lehman*
ein spektakuläres Rennen.
Doch jetzt, wenn Sie erlauben
muss ich die drei Gewinner auszeichnen.«

»Wie bitte? Wir haben Gold gewonnen!«

»*Nein, bedaure, oder vielmehr: Sie haben das Rennen gewonnen*
aber die Goldmedaille gebührt Ihnen nicht
auch kein Silber und keine Bronze.
Es gibt keinen Preis

für den, der nicht zum Podest gehört.
Mit Verlaub.«

Hä? Wie? Das Podest?
Welch schändlicher Betrug!
Wer wagte es, ihm den Sieg zu stehlen?
Maxie Long hat das Rennen gewonnen!
Maxie Long hat das Rennen gewonnen!
Maxie Long hat ...

An dieser Stelle
riss Philip Lehman die Augen auf.

Er hatte nicht alles gesehen
aber er wusste genau
dass die Goldmedaille
an die Lewisohns gegangen war.
Das Silber an die Goldmans.
Und Bronze an die Hirschbaums.

Was bedeutete
dass Lehman Brothers
von nun an
jeden Wettkampf gewinnen konnte
und trotzdem immer Vierter bleiben würde
denn im Tempel
saßen sie in der vierten Reihe.

Darum erschien
auf der Agenda alsbald
eine neue Priorität:
MIT DEM TEMPEL BEFASSEN
(MAXIE LONG HAT DAS RENNEN GEWONNEN)
und von dem Moment an
war für Philip nichts wichtiger
als den Abstand zu überwinden
– klein, zugegeben, aber bedeutsam –

der die vierte Bank
von Isaia Lewisohns Platz trennte.

Jeder Zug
wurde mit Scharfsinn
und Überlegung geplant.
Nichts dem Zufall überlassen
denn Philip Lehman
saß in der Kommandozentrale
und jetzt umso mehr
da die Familienbank beschlossen hatte
dem uneinholbaren Terzett des Goldes
den Krieg zu erklären.

Zunächst
musste Eliah Hirschbaum
von der dritten Position verdrängen werden.

Dieser war ein Mann fortgeschrittenen Alters
verehrter Vater einer großen Schar Töchter
unterwürfige tiefreligiöse Mädchen
oft neben dem Patriarchen aufgereiht
weshalb sie in der Gesellschaft
»*die Hirschbaum-Rotkreuzschwestern*« hießen.

Nun
wollte es der Zufall
dass der gute Eliah
seine kleinen Walküren
ausgiebig genutzt hatte
um sich ein familiäres Netzwerk zu schaffen
welches höchst effizient
die Goldgewinnung
in ganz Nordamerika überwachte:
Jede der sieben Töchter
hatte er dem Eigner einer amerikanischen Bank
zur Frau gegeben

unter besonderer Berücksichtigung
all jener Distrikte
wo das Gold herrschte.
Kaum war die Hochzeit gefeiert
gliederte der frischgebackene Schwiegersohn
seine Bank
der New Yorker Bank des alten Schwiegervaters an
und auf diese Weise
kontrollierten die Hirschbaums
    von Kalifornien bis Klondike
    von Nevada bis Colorado
    von Alaska bis Black Hills
den ganzen Markt
indem sie nach ihrem unanfechtbaren Gutdünken
die heiß begehrten Schleusen des Goldstroms
öffneten oder schlossen.

Über all das
war Philip Lehman
natürlich unterrichtet
obwohl die Strenge des Hauses Hirschbaum
fast nichts durchsickern ließ
über die sakrosankten Geschäfte seiner Bank.

Philip aber musste nur
die neuen Domizile der Töchter
mit den Banknachrichten
im *Wall Street Journal* verbinden.
Und als in den Südstaaten
wieder mal eine Finanzkrise ausbrach
sah er sofort seine Chance, klug zu agieren
und notierte in der Agenda
natürlich strikt in Blockschrift
die folgenden strategischen Punkte

1) HIRSCHBAUM HAT EINE TOCHTER IN TEXAS
2) ZU JEDER TOCHTER GEHÖRT EIN BANKIER
3) DIE BANK JEDES SCHWIEGERSOHNS IST EINE FILIALE DER ZENTRALE
4) DARUM HAT HIRSCHBAUM PRAKTISCH EINEN SITZ IN TEXAS
5) PERFEKT: WIR HABEN DIE DRITTE REIHE

Der frohgestimmte Ton von Punkt 5
verdankte sich
der wichtigsten Nachricht des Tages:
Vom antikapitalistischen Furor erfasst
hatte der Gouverneur von Texas
recht drastisch durchgegriffen
und alle Bankiers seines Staates
für die Dauer von mindestens 10 Jahren
faktisch zu Gesetzlosen erklärt.
Anklage: Finanzdelikte.

Noch am selbigen Tag
erhielt Rabbi Strauss
ein anonymes Billett:
Sei es richtig
dass in der dritten Reihe des Tempels
aufgereiht wie vor Gericht
EINE RÄUBERBANDE SITZT
GEBRANDMARKT DURCH REGULÄRES DEKRET
UND DAS NICHT VON EINER KLEINSTADT
SONDERN VON EINEM GANZEN STAAT?
BEILIEGEND EIN ZEITUNGSAUSSCHNITT.
HOCHACHTUNGSVOLL
EIN ERGEBENER ANHÄNGER.

Und wirklich
entschieden besser war die Sicht
die man in der dritten Reihe genoss.
»*Unvergleichlich, Philip!*«, sagte seine Frau

bevor sie ihn fragte, warum
die Rotkreuzschwestern Hirschbaum
allesamt zurückgesetzt wurden
als hätten sie die Pest.
»*Ehrlich, ich weiß es nicht, Carrie.
Ich kann sie nicht mal mehr sehen
wo hat man sie hingesetzt?*«

»*Dort hinten, scheint mir, noch hinter die zehnte.*«

»*So weit? Bis an die Grenze von Texas!*«

Er hätte noch etwas hinzufügen können
darüber, dass Lehman
diese Beförderung verdiente
aber das tat er nicht.

Teils, weil seine Frau
just in diesem Moment
die erste von hundert und mehr Wehen spürte
vermittels derer sie ihm sechs Stunden später
einen Sohn gebären würde.

Doch abgesehen davon
blickte er in Gedanken
schon in die Zukunft
weit über die zweite Reihe hinaus
direkt
auf den höchsten Thron der Lewisohns.

Die Tatsache, dass dazwischen
niemand Geringeres
als die Goldmans saßen
stellte für Philip Lehman
nicht das kleinste Hindernis dar.

Im Gegenteil.
Der Plan war schon entworfen.
Problemlos und perfekt.
Deshalb umspielte
wenn er alles bedachte
stets ein zufriedenes Lächeln
seine Lippen.
Er würde sich der Goldmans bedienen
wie einer Stufe
um zu den Lewisohns aufzusteigen.
Mit anderen Worten
er würde sie benutzen.
Benutzen ja. Um sie zu überholen.

Denn gibt es im Grunde
– hatte sich Philip gefragt –
ein besseres Mittel
einen Feind zu besiegen
als sich mit jemandem zu verbünden
und
ihn wegzuwerfen wie Alteisen
sobald man triumphiert hat?

Fehlte nur die rechte Gelegenheit
um den langen Krieg zu beenden
und mit Henry Goldman
einen neuen Pakt des Vertrauens
gegenseitiger Unterstützung
und militanter Brüderlichkeit
zu schließen.
Das Bündnis mit einem Feind
war die unerlässliche Bedingung
um nie mehr Feinde zu haben
nur noch Gegner.
Unterworfene.

Gesagt, getan.
Die Gelegenheit bot Mutter Natur
mit feinem Gespür für den richtigen Zeitpunkt
und zwar so.

Donnerstagnachmittag.
Schneegestöber liegt in der Luft.
Durch den halbdunklen Tempel
geht Philip Lehman
langsam
nach vorn
an seine Brust drückt er ein Bündel
das weiß gegen den dunklen Anzug leuchtet.

Acht Tage
nach der Geburt
wie das Gesetz vorschreibt
wird Robert Lehman, »Bobbie«, beschnitten.
In seinen Adern
nicht mal eine ferne Erinnerung
nicht an Deutschland
nicht an Alabama
nicht an das frühere alte New York
als sein Großvater Emanuel
den Firmensitz in der Liberty Street eröffnete.

Philip bleibt stehen.
Hebt das Bündel.
Die Zeremonie beginnt.
Von heute an wird sein Sohn
einen Namen haben
und wird nach der *Mila*
unter dem Schutz der Patriarchen stehen.

Alles wäre perfekt.
Wenn da nicht
noch ein Mann käme

im dunklen Anzug
auch er mit einem Bündel bestückt
geht durch den Gang nach vorn
bis er
neben Mister Lehman stehen bleibt.

Das unvorhergesehene Ereignis
bringt Unruhe in die Gemeinde
damit hat keiner gerechnet.

Nur eine gewisse Agenda
sah es lange voraus:
GLEICHZEITIGKEIT DER ERSTGEBURT
ZUSAMMENTREFFEN DER BESCHNEIDUNG.

Gestern die *Bar Mizwa* der Jungen.
Jetzt die *Mila* der Neugeborenen.

Phantastischer Glücksfall:
Zum Sitz des Eliah gewandt
– dass er sie beide beschütze –
stehen die zwei Familienväter
Philip Lehman
Henry Goldman
jeder mit seinem Bündel
Seite an Seite
nebeneinander
kerzengerade
stolz
ohne sich anzusehen.

Die beiden Bündel schreien.
Die Gattinnen – dritte und zweite Reihe –
würdigen sich keines Blicks.

Keiner ahnt
dass heute im Tempel

etwas ebenso Schreckliches
wie Epochales
geschehen wird.

Gewiss
als Erster zu sprechen, ist hart.
Philip überwindet sich
es ist ein notwendiger Schritt:
»*Guten Tag, Goldman.*«

Einstimmiger Schrei der Neuzugänge.

»*Guten Tag, Lehman.*«
»*Herzlichen Glückwunsch, Goldman.*«
»*Ebenso, Lehman.*«

Erschrockene Tränen durchfeuchten die Bündel.

»*Seltsamer Zufall, würde ich sagen, lieber Goldman.*«
»*Sehr seltsam.*«
»*Unerfreulich?*«
»*Ziemlich.*«
»*Aber unvermeidbar, lieber Goldman.*«
»*Stimme zu, lieber Lehman.*«

Heftiges Wimmern der Thronerben.

»*Die Natur beherrschen wir nicht, Henry.
Darf ich mir ein Henry erlauben?*«
»*Der Natur sind Banken herzlich schnuppe, Philip.
Wenigstens ihr kann man nichts befehlen.*«
»*Auch den Geboten nicht.*«
»*O nein, auch denen nicht.*«

Hemmungslose Schluchzer aus der Wiegenabteilung.

»Dann stimmt es nicht, was man sagt, Henry.«
»Was stimmt nicht, Philip?«
*»Dass die Goldmans mit Gold alles vermögen
etwas entzieht sich eurer Kontrolle.«*
»Wenn das so ist, auch die Lehmans vermögen nicht alles.«
»Also gibst du es zu? Dass du nicht allmächtig bist?«
»Nur, wenn du es auch zugibst.«
»Nehmen wir an, dass ich es zugebe.«
»In dem Fall würden wir beide es zugeben.«
»Was würden wir beide zugeben?«
»Dass weder du noch ich alles vermögen.«
»Wahre Worte. Weder du noch ich können alles erreichen.«

Lautstarker Protest der jüngsten Generation.

*»Getrennt nicht, Henry.
Doch würden wir unsere Kräfte mitunter vereinen ...
In dem Fall vielleicht ...«*
»Mitunter, Philip?«
»Mitunter, Henry.«
»Wovon sprichst du?«
»Von der Wall Street.«
»Aktienmarkt?«
»Aktienmarkt.«
»Quoten?«
»Quoten.«
»Aktienemissionen?«
»Aktienemissionen.«
»Lehman Brothers und Goldman Sachs?«
*»Gemeinsame Finanzstrategien, Henry
Partnership, Joint-venture.
Unsere Kräfte – sofern verbunden – werden konkurrenzlos sein.«*

Antikapitalistischer Aufstand des Nachwuchses.

*»Muss drüber nachdenken, Philip.
Gibst du mir etwas Zeit?«*

»So lang die Zeremonie dauert.«
»Und wenn mir das nicht reicht?«
»In dem Fall suche ich mir andre Partner.
Man hat mir schon ein Angebot gemacht, Henry.«
»Wer war's?«
»Die Lewisohns.«
»Schwöre, dass das wahr ist.«
»Wenn du schwörst, dass du das Angebot annimmst.«
»Wir wollen beide schwören.«
»Auf was?«
»Auf unsere erstgeborenen Söhne.«

Chorales Gebrüll auf beiden Fronten.

»Baruch HaSchem, *Philip*!«
»Baruch HaSchem, *Henry*!«

Und man sagt
dass sie einander die Hand gaben
während alle anderen
sich anstarrten
ohne zu verstehen
warum der Wolf dem Bär das Fell leckte
und umgekehrt.

Lehman Brothers
Goldman Sachs.
Verbündet für den Sieg.

Jemand sprang auf mit der Frage
wie sie von jetzt an
alle zusammen
in der zweiten Reihe
sitzen sollten.

Herbert Lehman und seine Frau Edith
protestierten sofort:
Heißt Demokratie denn nicht Teilen?

Allein diese Frage
entlockte schon leise Lacher
die rasch
ansteckend wurden.
Und obwohl Sigmund den Kopf schüttelte
um zu warnen
vor dem Elan jäher Gefühle
entspannten die Damen sich wechselseitig
füllten die Alten vorsichtig ihre Gläser
fragten junge Männer die Mädchen nach ihren Namen
brachte Arthur Lehman die Kinder zum Lachen
als er erzählte, wie sein Bruder
versucht hatte, ihm das Bett zu pfänden.

Kurzum
was es auch immer war
es ähnelte einem Fest.

Nur die beiden Bündel
wollten partout nicht
zu weinen aufhören
aus gebührender Distanz
überwacht
von Dreidel Lehman
umhüllt vom Rauch seiner vierten Havanna.
In einer Ecke sitzend
stumm mit seiner stummen Helda
hatte er sich keine Sekunde lang
ablenken lassen
und sich alles im Blick notiert.

Doch auch das
war in Philips Agenda
vorausgesehen.

Wie alles, was folgte, übrigens auch.

Zwanzigstes Kapitel

THE GOLDEN PHILIP

Am *Schabbat*
steht New York jetzt still.
Die Läden geschlossen
die Büros leer.
Der Handel in der Wall Street
endet am Freitagabend
und das ist gut so
denn am Samstag
wäre die Börse menschenleer.

Auch Solomon Paprinskij
den Seiltänzer
von der Wall Street
sieht man nicht am *Schabbat*.
Er kommt nicht
wie jeden Morgen
um sein Seil zu spannen
zwischen den Straßenlaternen
und seinen Schluck Cognac
zu trinken
dort
einen Schritt vom dunklen Portal entfernt.

New York steht still
am *Schabbat*.

Sogar Monk Eastman
heißt es
schickt seine Gang nicht zum Schießen.

Seit die Schiffe
jeden Tag
an den Piers von Amerika
Hunderte Einwanderer
abladen
trägt in New York
einer von vier Bürgern
einen jüdischen Namen.
Und in Brooklyn
steht seit Monaten an einer Mauer
die Inschrift:

Jew York

Vermutlich sind diese Juden
nicht wie die von früher.
Nein, nein.
Sie sind wie wir, aber anders.
Präzisiert Carrie Lehman
immer wieder
ihr Lieblingsthema
jeden Nachmittag
wenn sie sich
im großen Haus an der 54th Street
mit der Frau
von Henry Goldman
unterhält.
Ein festes Ritual.
Wie das der Gatten
Lehman und Goldman
die jeden Tag
zusammen mittagessen gehen
bei Delmonico's.
Die Gattinnen nicht.
Kein Mittagessen.
Nur Tee.

»Man sagt, vor den koscheren Metzgern
stehen zwanzig Meter lange Schlangen.
Noch einen Tee, Mrs Goldman?
Philip hat ihn mir aus England gebracht.«
»Bei all diesen Juden wird es noch so weit kommen
dass sie uns faules Fleisch andrehen
nur um zu verkaufen.«
»Ich habe den Ladenjungen sagen lassen
wir zahlen mehr
um keine böse Überraschung zu erleben.
Ein bisschen Milch in Ihren Tee?«
»Ein Stückchen Zucker, danke.
Aber der Dienerschaft ist nicht zu trauen, Mrs Lehman.
Unsere Köchin hat uns bestohlen.
Ich habe gewartet, bis Henry aus Panama zurückkam
dann habe ich sie feuern lassen.«
»Unsere Köchin ist seit sechs Jahren bei uns
ich mache mir keine Sorgen.«
»Sind Sie sicher? Unsere war viel länger da.
Und wie sie uns behandelt hat!
Ich zittere bei dem Gedanken
eine Farbige einstellen zu müssen.«
»O nein! Das Hauspersonal darf nicht schwarz sein.«
»Ich habe im Tempel gefragt
aber ich mache mir wenig Hoffnungen.«
»Das Problem ist, dass diese Juden der letzten zehn Jahre
alle Russen sind.
Man versteht nicht mal, was sie sagen.
Und arm sind sie, laufen in Lumpen herum!
Ich habe welche ohne Mantel im Schneetreiben gesehen.
Noch ein Tässchen, liebe Goldman?«
»Gern, liebe Lehman.
Mein Mann sagt, sie dürften nicht noch mehr hereinlassen.«
»Auch Philip ist dieser Ansicht.
Wenn sie weiter so lax sind, sollen sie sich nicht beklagen
dass einer von drei Juden kriminell wird.«
»Wenn ich die Nachrichten in der Times lese,

bekomme ich Angst, muss ich zugeben.
Vor allem, wenn mein Mann in Kanada ist.«
»Philip ist auch immer seltener in New York
doch hier zu uns kommen die jüdischen Banden nicht.
Sie beschießen sich unten, in den Armenvierteln.
Ein Stückchen Kuchen?«
»Köstlich, wie immer.«
»Zu freundlich!«
»Morgen kommen Sie aber zu mir.«
»Tut mir leid, meine Liebe, ich kann nicht
morgen bekommt unser Sohn Robert
ein neues Pferd.«

Pferde.
Bobbie Lehman
kann noch nicht sprechen
besitzt aber schon mehr als ein Dutzend davon.

Merkwürdiges Schicksal
das der Pferde:
Früher brauchten wir sie für die Kutschen
jetzt, wo Autos die Straßen füllen
schenkt man sie den Kindern!

Vielleicht werden wir eines Tages
alle in Luftschiffen fahren
und Autos werden Spielzeug für Babys sein.

Inzwischen
besitzen die Lehmans drei Autos.
Eins benutzt Philip, es ist dunkelblau
mit Messingverchromung.
Der Chauffeur heißt Gerard
er stammt aus Frankreich
ein sehr anständiger Kerl.
Außerdem macht es immer Eindruck
wenn dich ein Weißer

in die Wall Street kutschiert
statt eines Schwarzen
besonders jetzt, wo es scheint
als würden die Schwarzen von New York
alle schon in der Livree geboren.
Gerard mit den blonden Haaren
zeugt zweifellos von gutem Geschmack.

Das zweite Automobil der Familie
ist ein Studebaker
neustes Modell.
Damit fährt Sigmund
um Zeit zu sparen
seit Harriet ihn mit zwei Söhnen zu Hause erwartet.
Sigmunds Chauffeur heißt Turi, ein Italiener
die Haut dunkel genug, um irrezuführen.
Leider neigt er dazu, ständig zu reden
obwohl Sigmund fast nie auf ihn eingeht.
Manchmal zieht er sogar
brüsk den Vorhang herunter
der den Fahrersitz von der Rückbank trennt.
Ein Zeichen, dass Turi besser den Mund hält
oder will er seinen Posten riskieren?
Er wäre nicht der Erste.
O ja.
Denn für Sigmund Lehman zu arbeiten
ist wirklich nicht einfach.
In den letzten Jahren
hat er mindestens drei Fahrer gefeuert
ganz zu schweigen vom Hauspersonal
und sogar Miss Blumenthal
musste ihre Stelle für andere räumen
erst Miss McNamara
dann Sally Winford
und schließlich Loretta Thompson
die sich aus Vorsicht
andauernd umschaut.

Natürlich
ist die Welt kein verzauberter Wald
und Gefühle haben in einer Bank nichts zu suchen
doch langsam geht Sigmund
wirklich zu weit.
Da er fürchtet, er habe sich seinen Talmud
noch nicht gründlich genug zu eigen gemacht
zwingt er sich jetzt, jeden Tag
eine der 120 Regeln des Spiegels
in die Praxis umzusetzen.
Auf diese Weise, glaubt er
wird die Theorie ganz natürlich
zu konkretem Verhalten werden
und jede Erinnerung
an das ehedem hüpfende Häschen
zum Verschwinden bringen.

Und wenn ein Orthodoxer
alle 613 *Mizwot* befolgen muss
um ein guter Jude zu sein
wird er selbst ja wohl
eine *Mizwa* pro Tag einhalten können
um ein Finanzhai zu werden.

Am eigenen Leib erfährt seither
jeder Mensch, der Sigmund nahesteht
die Früchte des unmenschlichen Trainings
auf grimmigstem Zynismus gebaut
auf die Negation jeder selbstlosen Tat
und auf eine ständige
Verherrlichung der eigenen Person.

Überdies
weckte der Eindruck, stetig besser zu werden
bei der praktischen Umsetzung
der Gebote des Spiegels
in Sigmund

das verheerende Gefühl
immer schon
ein mustergültiges Vorbild
an Skrupellosigkeit gewesen zu sein
folglich auch Zielscheibe kollektiven Hasses.

Darum traut er keinem
Sigmund
fürchtet Denunziationen
wittert Verrat in der Luft
ein falsches Wort genügt
ein Blick, nicht unterwürfig genug
schon beschreit er das Komplott
denn ich habe meine Würde
und wer glaubt, mich bezwingen zu können
irrt sich gewaltig:
Ich heiße Sigmund Lehman
alles in Großbuchstaben.

Zum Glück
fließt in den Adern seiner Frau Harriett
das Blut in der Familie
mit genügend Großbuchstaben.
Andernfalls, so viel ist sicher
hätte er ihr schon die Tür gewiesen
hätte sie beschuldigt, ihn zu betrügen
um sein Vermögen an sich zu reißen.

Doch weil
das Naturell eines Menschen
auch wenn man ihn zur Verwandlung zwang
nie ganz verschwindet
wechselt bei Sigmund Lehman
immer häufiger
die ärgste Arroganz tagsüber
mit jähen nächtlichen Weinkrämpfen
und unter dem steifen Pyjama des Bankers

kommt das weiche Fell des Häschens
zum Vorschein.

In diesen Situationen
erkennt Harriett Lehman
ihren Ehemann wieder
sanft und tränenüberströmt
ans Kopfkissen geklammert
wie ein Kind an die Mutter.
Dann hört sie ihn
mit herzzerreißender Stimme flehen:
»*Sag mir, dass du mich noch lieb hast.*«
und im *noch* erklingt
das ganze Wissen um seine Verwandlung.

Meist genügt ein Ja
von Harriett gähnend gebrummt
damit Sigmund wieder einschläft
bis er am Morgen erwacht
mit Augen, glasig wie zuvor
in einer Welt, die nicht verzaubert ist.

Wenn dieses Heilmittel aber
– und das kommt vor –
das Fieber nicht senken kann
muss Harriett eine Geschichte erfinden
die verspricht
dass er und sie
in ein paar Jahren
Hand in Hand
die Löwengrube verlassen werden
um sich von allem und jedem zu trennen.
»*Wo werden wir hingehen, Harriett?*«
»*Weit weg, Sigmund.*«
»*Wie weit, Harriett?*«
»*Auf hohe See, Sigmund.*«
»*Wo es nur Fische gibt, Harriett?*«

»*Fische und Möwen, Sigmund.*«
»*Versprich es mir, Harriett.*«
»*Ich verspreche es dir, Sigmund.*«

»*Mum, was ist los? Warum weint Dad?*«
fragen
sich die Augen reibend
Harold und Allan
die wie zwei kleine Kobolde
in der Schlafzimmertür stehen.

»*Ach ja, natürlich: Dad weint vor Freude
über die Erfolge der Bank.
Und jetzt ab ins Bett, morgen ist Schule.*«

Richtig: die Schule.
Am nächsten Tag
konnten Harold und Allan
in einem Aufsatz schreiben
dass Bankiers großherzige Menschen sind.
Denn sie vergießen Freudentränen
wenn die Bank gut verdient
und da die Bank zum Glück
auf Hochtouren läuft
weinen sie jede Nacht.

Gerührt über so viel Gefühl
gab Miss Ehrman ihnen beste Noten
und dachte, es sei richtig
wenn sie der Familie
diese heiteren Skizzen
aus dem Leben eines Bankiers zu lesen gab.

»*Seid ihr verrückt geworden?*«
rief Sigmund mit bösem Blick
die Häschen standen vor ihm, eilig gerufen.
»*Gefühle haben in einer Bank nichts zu suchen, verstanden?*

Da ist kein Platz für Albernheiten.
Ihr habt meine Augenkrankheit
mit Weinen verwechselt.
Gleich morgen sagt ihr Miss Ehrman
dass alles komplett erfunden ist
bittet, die Sache richtigstellen zu dürfen
und schreibt den Bericht den Fakten gemäß.«

Es war der Beginn
des Zeitalters der Kommunikation:
»Und von jetzt an verbiete ich euch
in Schulaufsätzen über Finanzgeschäfte zu schreiben.«

Hart ist das Leben eines Bankiers.

Und noch härter, sagt Harriett
das der Frau, die ihm zur Seite steht
im heiligen Bund der Ehe.

Zum Glück
ist der Arbeitstag ziemlich lang
in der Liberty Street 119
bei Tagesanbruch verschwindet ihr Mann
im Studebaker, den guten Turi am Steuer.

A propos.
Das dritte und letzte Lehman-Automobil
gehört Dreidel
doch um ehrlich zu sein
weder er noch Helda benutzen es gern:
zu viel Krach, zu viel Lärm.
Wenn es nicht regnet
erlauben sie Sammy, dem Chauffeur
(kleinwüchsig, schwarz, weißer Schnurrbart)
Mister Mayer und Mister Emanuel
durch New York zu fahren.
Ein Arm und eine Knolle, motorisiert

seit die Beine
ihnen böse Streiche spielen
geht man besser kein Risiko ein.

In die Liberty Street
den Sitz der Bank
verirren die beiden sich selten.
Kommt Sammy einen Häuserblock zu nah heran
lässt einer der beiden
sich sofort
von hinten hören:
»*Verdammt, Sammy, es ist spät, siehst du nicht?
Wohin bringst du uns? Rückwärtsgang!*«

Rückwärtsgang, zu Befehl.
Was kümmert es Sammy?
Hauptsache, sie bezahlen.

Seine Lieblingsstrecke
ist auf jeden Fall
die Fahrt zum Tempel.
Während des Gottesdienstes
kann man eine ganze Stunde
auf der Straße verbringen
lachen und Späße machen
mit mindestens 50 Kollegen
denn alle Juden sind jetzt Autobesitzer
und man sieht die schönsten Wagen
aufgereiht vor dem Tempel stehen
blitzblank poliert glänzen
wie im Autosalon.

Aber ein Chauffeur muss wachsam sein
denn es gibt Regeln
die man nicht vergessen darf.

Vor wenigen Tagen zum Beispiel
haben die Kollegen Gerard gewarnt
in knapp einer halben Stunde
werde ein Schneesturm kommen.

Letztes Jahr
schneite es fünf Tage lang
und wenn New York sich weiß färben will
werden die Straßen
für die Autos zur Qual.

Gerard zögerte nicht lang.
Der Gottesdienst lief zwar noch
er öffnete trotzdem die Tür
warf einen Blick hinein
und beschloss
die ganze Versammlung
kreuz und quer abzusuchen.
Dann
endlich
sah er sie, seine Lehmans
in der ersten Reihe, vor dem Podest.
»Pardon, Mrs Lehman! Madame!
Ich glaube, wir müssen gehen!
Es wird gleich schneien, hören Sie auf zu beten!«

So ist die Dienerschaft heutzutage:
Erziehst du sie nicht, blamieren sie dich.
Gerard bildet keine Ausnahme
hat zwar nicht das schlechteste Blut
doch damit er begreift, was er tat
kürzt man ihm das Gehalt.
Empfindlich.

Schließlich
ist keine Sprache deutlicher:
Einzig das Geld
regelt unsere Beziehungen.

Davon ist Philip Lehman
felsenfest überzeugt
vor allem
seit er seinen Krieg
um die Herrschaft im Tempel
gewonnen hat.

Die Lewisohns?
Sollen sie doch die Schlüssel zum Schrein behalten
wenn darin nur Gold war.
Das gelbe Metall mag seinen Wert haben
aber es ist ein Relikt vergangener Zeiten
und sein Glanz wird jeden Tag schwächer.

Das Gold unserer Tage
– schreibt Philip in die Agenda –
ist der gigantische Strom aus Geld.
Fließt wie von selbst
allzeit, unablässig
jedem, der kauft aus den Taschen
jedem, der verkauft in die Kassen!

Goldbarren? Goldminen?
Nicht zu verachten, gewiss.
Doch kein Vergleich
mit dem Rascheln der Banknote
unsichtbar fast
unhörbar fast
aber im Weltmaßstab vorgestellt
wird ein lautes Rauschen daraus.

Jawohl: die Welt.
Im nationalen Maßstab zu denken
führt, mit Verlaub, zu nichts.
Der Handel kennt keine Grenzen
und ohne Grenzen
will Lehman Brothers

ihn kontrollieren.
Mit Zahlen.
Mit Unterschriften.
Mit Wertpapieren.
Mit Krediten.
Mit Obligationen.

Wer wird also obsiegen
im Kampf um die erste Reihe?

Die Lewisohns
mit Tonnen Goldbarren beladen
oder die Lehmans
leichtfüßig, weil frei von Gewicht?
Unsere Macht ist reine Mathematik
wir stehen fest
auf perfekten
überirdischen Kalkulationen.

Genau darum geht es:
Wenn die Lewisohns sie nicht bald räumen
wird ihre hölzerne erste Bank
einstürzen
unter schweren Karren und Seilwinden
und auch diese werden zerbrechen
unter dem Gewicht des Goldes
während wir
mühelos schweben
ohne die kleinste Erschütterung
den Reichtum im Kopf
statt in der Brieftasche.

Dies vorausgeschickt
kommen wir zu den Fakten.

Wie viel kassiert Lewisohn?
6 Millionen Dollar im Jahr?

Vielleicht sogar 7?
Kompliment, Lewisohn!
Zum Zeitpunkt des Pakts
mit seinem ewigen Feind
kam Lehman Brothers nicht über 4.

Sehr gut. Von hier gehen wir aus.

Dank seiner Verbindung
mit dem Goldman-Kapital
kann das Hirn des Hauses Lehman
zum entscheidenden Angriff
auf das Herz des Systems
übergehen:
Wir werden die Bank der Industrie sein
wir werden die Bank des Transportwesens sein
wir werden die Bank des Handels sein
und die der neuen Warenhausketten
darunter Woolworth
das uns alles verdankt.

**Eine moderne Bank
für ein Amerika, das mit der Zeit geht**
hat Philip Lehman
in gigantischen Lettern
auf die riesige, weiße Wand
eines neuen Wolkenkratzers
schreiben lassen!

Wie viel kassiert Lewisohn?
6 Millionen Dollar im Jahr?
Vielleicht sogar 7?
Kompliment, Lewisohn!
Als Woolworth übernommen war
hat Lehman Brothers die 5 erreicht.
Nicht genug: volle Kraft voraus!
Mehr! Mehr!
Niemals zurückfallen!

Eine Bank für alle
für den allgemeinen Wohlstand

hat Philip Lehman
in noch größeren Lettern
auf ein 20 Meter breites Banner
an der Brooklyn Bridge
schreiben lassen!

Wie viel kassiert Lewisohn?
6 Millionen Dollar im Jahr?
Vielleicht sogar 7?
Kompliment, Lewisohn!
Jetzt, wo Lehman Brothers
an der Börse notiert ist
liegt ihr Kurs bei 6,40.
Nicht genug: volle Kraft voraus!
Mehr! Mehr!
Keinen Schritt zurückweichen!

Eine Bank von heute
die dein Morgen finanziert

hat Philip Lehman
in noch größeren Lettern
auf Züge und Schiffe und Fähren
schreiben lassen!

Wie viel kassiert Lewisohn?
6 Millionen Dollar im Jahr?
Vielleicht sogar 7?
Die armen Lewisohns!
Jetzt, wo sie ein Juwel der Wall Street sind
hat Lehman Brothers die 7,80 überschritten.
Nicht genug: volle Kraft voraus!
Mehr! Mehr!
Keinen Vergleich scheuen!

Eine mutige Bank nimmt jede Herausforderung an

hat Philip Lehman
in noch größeren Lettern
auf Züge und Schiffe und Fähren
schreiben lassen!

Wie viel kassiert Lewisohn?
6 Millionen Dollar im Jahr?
Vielleicht sogar 7?
Ich bemitleide Sie, Lewisohn!
Jetzt ist es in aller Munde:
Lehman Brothers hat die 8,60 überschritten.
Nicht genug: volle Kraft voraus!
Mehr! Mehr! Mehr! Mehr! Mehr! Mehr!

Lehman Brothers sitzt in der ersten Reihe

hätte Philip Lehman
gerne außen an den Tempel geschrieben
als die Lewisohns zurückgesetzt wurden.

Die Hochfinanz
ist manchmal
wirklich komisch:
In der Wall Street heißt der Mann
der die Giganten des Goldes besiegte
jetzt *The Golden Philip*.

»Warum sitzen diese Leute dort hinten?«
fragt sein Sohn
als er die Ungarn Platz nehmen sieht.

»Das Pferd, das zuletzt losläuft
kann beim Rennen aufholen, Bobbie
weißt du das nicht?
Auch Sportlern ergeht es so.
Darin war Maxie Long Meister.
Und sein Rekord gehört ihm allein
er ist an der Spitze.«
Doch bei diesem Wort
beißt *The Golden Philip* sich auf die Lippe.

Heißt es nicht, an der Spitze
sei nur Platz für einen allein?
So ist es auch in der ersten Reihe.

Sicher, in der Wall Street sagen alle
die Verbindung mit Goldman
habe vor allem Lehman genützt.
Sicher, die erste Reihe
gebührt zweifellos Philip.
Alles richtig.

Aber dass sie dort
nicht die Einzigen sind
kann Philip nicht akzeptieren.

Er muss einen Weg finden.
Er muss die richtige Karte umdrehen.

Vorerst Ruhe bewahren.

Und noch am selben Abend
schreibt
der Mann des Goldes
in seine Agenda:
ALS WÜRDE GOLDMAN NICHT EXISTIEREN.

Einundzwanzigstes Kapitel

SCHIWA

Er sitzt auf einem Stuhl mit blauem Samt
an der Wand
der letzte der drei alten Brüder Lehman
wartet
grüßt
dankt
die Tür wird geschlossen
dann wieder geöffnet: der Nächste.

Als der kleine Robert
ihn fragte
warum er diesen langen Bart trägt
sagte er
so sei es früher Brauch gewesen
drüben in einem Ort namens Rimpar
und so hätten sie es auch bei Onkel Henry
in Alabama gehalten.
Da malte Robert
auf ein Blatt Papier
viele Menschen
mit Bärten bis zum Boden
– auch die Frauen –
– sogar der Hund –
und zeigte es allen:
»*Das ist Rimpar, in Alabama.*«

Robert zeichnet gern.
Wenn man ihn fragt
was er einmal werden will
antwortet er:
»*Ein Maler!*«

Worauf seine Mutter Carrie
wohl wissend
dass in der Agenda ihres Mannes
so etwas nicht direkt vorgesehen ist
ihn sofort
lächelnd
verbessert:
»Bobbie! Du meinst einen Bankier-Maler.«

Doch im Moment
denkt Bobbie Lehman nicht
an seine berufliche Zukunft.
Um sich herum sieht er
seinen Vater und alle anderen
seit drei Tagen
seltsame Rituale vollziehen.

Denn die Familie Lehman
wird alle Vorschriften befolgen
so haben sie beschlossen:
Schiwa und *Schloschim*
wie sie es drüben in Europa hielten
alle Vorschriften
als wären wir Juden in Bayern.
Eine Woche lang nicht aus dem Haus gehen.
Kein Essen zubereiten.
Die Nachbarn darum bitten, es annehmen, mehr nicht.
Sie haben einen Anzug zerrissen, wie vorgeschrieben
in Fetzen gerissen, als sie zurückkamen
von der Bestattung
auf dem alten Friedhof.
Auch das *Kaddisch* haben sie gesprochen
jeden Tag
morgens und abends
die ganze Familie
die Kinder in der ersten Reihe
seit die Trauerzeit begann.

Jetzt
sitzt er auf einem Stuhl mit blauem Samt
an der Wand
hauchdünne Stimme
müde Augen
wartet
grüßt
dankt
die Tür wird geschlossen
dann wieder geöffnet: der Nächste.

Den Leichnam haben sie in einen Sarg aus dunklem Holz gelegt
ohne Griffe
ohne Verzierungen
ohne alles
wie der von Henry
vor einem halben Jahrhundert.

Der Firmensitz in der Liberty Street 119
– hohe Fenster bis zu den Kronleuchtern –
bleibt heute geschlossen.
Heute so wie gestern und vorgestern.

Es gibt ihn seit fast fünfzig Jahren
und so lange war er noch nie geschlossen
der Sitz der Lehman Brothers
in der Liberty Street 119.
Und auch in der Wall Street
an der Börse
hängen alle Fahnen auf Halbmast.
»*Komisch*«, denkt der alte Lehman
wo er und sein Bruder doch
seit langer Zeit
keinen Fuß mehr hineingesetzt haben
seit man dort nur noch
von Anleihen, Aktien und Kursen spricht.

Er sitzt auf einem Stuhl mit blauem Samt
an der Wand
der letzte der drei alten Brüder Lehman
jetzt
wartet er
grüßt
dankt
die Tür wird geschlossen
dann wieder geöffnet: der Nächste.

Die Menschenmenge
– alle Juden von Manhattan –
steht Schlange seit Stunden
vor der Haustür.
Die Nachricht in der *New York Times*
stand auf dem Titelblatt.
»*Komisch*«, denkt der alte Lehman
wo er und sein Bruder doch
diese Zeitung nie mehr gelesen haben
seit man dort nur
von Anleihen, Aktien und Kursen schreibt.

Eine stumme Menge.
Sie treten zu zweit ein
in das große Haus in der 54th Street
wo die Vorhänge heute geschlossen sind.
Das Licht der riesigen Kronleuchter
die
– Carrie Lehmans ganzer Stolz –
nicht mit Gas
nein, mit elektrischem Strom glühen
fällt heute nicht auf die Straße.

Eine stumme Menge.
Sie treten zu zweit ein.
Da ist auch Solomon Paprinskij
der Seiltänzer aus der Wall Street

der in zwanzig Jahren
nie
von seinem Seil fiel.

Alles, wie das Gesetz es vorschreibt
alles wie in Rimpar bei den Bayern
obwohl sich heute
nur noch einer
wirklich daran erinnert
wie es war.

Zweiundzwanzigstes Kapitel

HORSES

A   wie Antares
B   wie Brandon
C   wie Calypso
D   wie Dakota
E   wie Eagle
F   wie Felix
G   wie Gypsy
H   wie Hister
I   wie Isidoro
J   wie Junior
K   wie King
L   wie Lucky
M   wie Melody
N   wie Nigel
O   wie Olympus
P   wie Pepper
Q   wie Québec
R   wie Rubir
S   wie Silver
T   wie Tango
U   wie Ulyxes
V   wie Velvet
W   wie White
X   wie Xoros
Y   wie York
Z   wie Zagor

Bobbie hat das Alphabet
mit den Pferden des Lehman-Rennstalls gelernt.
Verständlich
er ist zwar erst 7
aber verrückt nach Pferden.

Seit jenem ersten Mal
als Philip und Carrie
ihn mitnahmen
zum Pferderennen:
Keinen Moment lang
wandte Bobbie die Augen
vom Schauspiel ab
schloss sie auch nicht
als die Pferde
rennend
eine Staubwolke aufwirbelten
vor den Sesseln der *upper class*
und seit dem Tag
gab es in der Schule
keine einzige Zeichnung
ohne ein Pferd.

Der Junge kennt die Rassen
unterscheidet den Berber vom Schotten
den Araber vom Vollblütler
kennt den Wert des einen
und den Wert des anderen.
Denn seit dem Anbruch des neuen Jahrhunderts
lautet hier in New York
das Losungswort: *Wert*.
Alles
hat einen Wert
alles eine Notierung.
Alles in New York
trägt ein Preisschild
wie die Schuhe im Schaufenster
wie das Obst auf dem Marktstand
doch der Kitzel
der wahre Kitzel
liegt darin
dass dieser Preis
jederzeit

wechseln
kann
er *muss*
schwanken
sich ändern
sich ändern
sich ändern.

Genau:
So wie Bobbie Lehman Pferde liebt, die rennen
liebt sein Vater Philip Preise, die wechseln.

Gewiss:
Es ist leicht, auf den Stufen zu sitzen
und mit dem Fernglas
einem Pferderennen zu folgen – man schaut nur zu.
Schwieriger ist, dem Rennen der Preise zu folgen.
Doch Philip Lehman verliert nicht den Mut
und investiert schon jetzt
in die Ausbildung seines Erben
im Finanzgeschäft.
»Hörst du mir zu, Robert?
Wenn du aufhörst zu zeichnen und mir zuhörst
habe ich etwas viel Lustigeres für dich.
Unser Spiel heute heißt Aktienbörse.
Wie es geht? Das ist schnell erklärt.
Es war einmal ein Schirm, Bobbie.
Der Schirm kostet 3 Dollar.
Doch wenn die New York Times
plötzlich
zwei Monate Sturm ankündigt
was würde dann passieren?
Die Schirme fänden reißenden Absatz
und ihr Preis würde steigen
denn niemand möchte nass werden
und jeder ist bereit zu zahlen
weil er nicht nass werden will.

Gefällt dir unser Spiel? Gut.
Stell dir jetzt vor
auf einmal hörte man sagen
dass Schirme Blitze anziehen …
Wer würde dann noch einen Schirm kaufen?
Tausendmal besser ein Regenmantel …
Sofort würden die Preise für Schirme fallen.
Siehst du, lieber Bobbie: Das ist das ganze Spiel.
Die Bank, die deinen Namen trägt
ist genau wie der Schirm, weißt du?
An der Börse bewertet man uns immerzu.
Wer an uns glaubt
kauft ein Stückchen von deinem Namen
das kann er behalten oder verkaufen
(es heißt »Aktie«, Bobbie, merk dir das gut).
Ist die Bank gesund, ist sie stark
sind ihre Aktien sehr viel wert
also wollen sie alle behalten.
Doch wenn die Firma ins Schleudern gerät
– weil es heißt, sie zieht Blitze an! –
werden die Leute Aktien dieser Firma verkaufen
denn sie wollen ihr Geld zurück.
Das – eine sehr schlimme Sache – heißt Crack.
Wie beim Rennpferd:
Siegt es nicht mehr, verliert es an Wert
aber gewinnt es, bringt's ein Vermögen ein.
Verstanden? Nun, Robert
ich möchte, dass Lehman Brothers
ein großer Rennstall wird
mit Pferden, die immer nur siegen.«

Bobbie hat alles gehört
ihm ist kein Wort entgangen.
Und er glaubt, verstanden zu haben.

Dann
endlich allein

versucht er, die Aktienbörse zu zeichnen
doch das Blatt bleibt leer.
Er versucht es mit der Bank
vergeblich.

Darum malt er ein Pferd.
Darüber einen Schirm.
Und fragt sich
ob das wirklich
eine Bank ist.

Gute Frage, Bobbie.
Du bist nicht der Einzige in diesem Haus
der sich das fragt.

Ist es, weil Großväter Kindern gleichen?
Auch der Älteste der verbliebenen Lehmans
fragt sich oft
woher diese Leidenschaft für Pferde
in seiner Familie kommt
wo doch drüben in Rimpar, Bayern
mit all dem Vieh
niemand Pferde züchtete.
Doch dann hält der Alte inne:
Der Gedanke war typisch für ihn – als guter Arm –
doch inzwischen müsste er wissen
dass 1 + 1 in New York niemals 2 ergibt
und dass die Gewissheiten des Lebens hier
im Winde verwehen.

Wie auch immer.
Emanuel denkt manchmal
dass die Bank
müsste sie ein Markenzeichen haben
heute wahrscheinlich
ein Pferd wählen würde.

Darum
wundert er sich nicht
als sein Enkel Bobbie
auf die Frage
»*Was willst du werden?*«
antwortet:
»*Ein Jockey!*«
Worauf seine Mutter Carrie
wohl wissend
dass in der Agenda ihres Mannes
so etwas nicht direkt vorgesehen ist
ihn sofort
lächelnd
verbessert:
»*Bobbie! Du meinst einen Bankier-Jockey.*«

Und wäre Philip nicht gerade in der Börse
hätte er sie korrigiert
in Blockschrift:
»EIN <u>INVESTOR</u>-JOCKEY.«

Ja.
Denn schon seit Jahren
mindestens
seit Onkel Mayer sie verließ
empfindet Philip
das Firmenschild mit dem Wort BANK
als beengend
wie einen zu fest
um den Hals gezogenen Schlips.
Und es hilft wenig
dass das Schild nicht mehr aus Holz ist
sondern aus Glas und Gusseisen
entworfen als Schriftzug im Jugendstil
vom Architekten ihres Vertrauens.
Für Lehman Brothers
das an der Börse notierte Unternehmen

das Wertpapiere emittiert und Anlagen ausgibt
Finanzdienstleistungen bietet
und Märkte manövriert
sind diese vier Buchstaben B-A-N-K
fast eine Beleidigung.
Philip möchte den Namen ändern.
Er träumt mit offenen Augen von
LEHMAN BROTHERS COMPANY
und immer wenn er vor der Tür
in der Liberty Street 119 steht
meint er, das neue Schild schon zu sehen.

Aber dann?

Dann hat er immer andere Dinge zu tun.
Sein Tag ist voll wie seine Agenda
und oft glaubt er, göttliche Kräfte zu haben
wie Moses, wie Abraham
weil er nie der Müdigkeit nachgibt.

Solche Gedanken
kommen ihm auch
wenn er die grauschwarzen
nicht gerade tröstlichen
Drucke sieht
die in Bobbies Zimmer hängen.

Vor einer Woche nämlich
beschloss der Ältestenrat des Tempels
die Wohltäter der Gemeinde
mit einer Anerkennung zu belohnen
und schenkte den Lehmans
eine kostbare Sammlung alter Drucke
alle gerahmt
mit Darstellungen
der größten Propheten
und König David mit Goliath

Noah mit der Arche
der Turmbau zu Babel
das Goldene Kalb
Ezechiel zwischen den Knochen
kurz
eine imposante Galerie biblischer Themen
und unter jedem Bild
steht ein Bibelvers.

Nur schade, dass diese Drucke
mit so dunkler Tinte
und so dramatisch gemalt sind.
Darum wirken sie eher
wie eine Strafe für verlorene Seelen.

Nichtsdestoweniger
strahlen sie etwas Mächtiges aus.
Philip findet sie bildend
denn für ihn ist die Geschichte Israels
die Geschichte seiner Familie
wo er sich eindeutig
als Patriarch fühlt.

Darum ließ Philip
die ganze Sammlung
dieser so dunklen
so beunruhigenden
Drucke
über Bobbies Bett aufhängen.
Es werden die letzten Szenen sein
die er jeden Abend sieht
bevor er einschläft.

An die Wand seines Büros
hat Philip dagegen
Maxie Long gehängt
den Olympiasieger vergangener Zeiten
dessen Blick auf dem Porträt getrübt ist.

Den Grund für diesen Schleier
glaubt Philip zu kennen:
Wenn man alle Rekorde gebrochen hat
welcher Sieg bleibt noch zu erringen?
Der Moment kommt
da auch der beste Bergsteiger feststellt
dass er auf dem Gipfel
des höchsten Berges der Welt steht ...
Und dann?
Welches Ziel bleibt noch zu erringen?

Ja, all das
ahnt Philip Lehman.

Und hat es auch
in seine Agenda geschrieben:
NIEMALS ZU IRREN: BÖSES SCHLAMASSEL.

Es ist eine Obsession geworden.
Er stellt sich fortwährend auf die Probe.

Schlägt die *New York Times* auf
wählt willkürlich einen Artikel
reiht dann
alle Fakten auf
und notiert seine Prognose.
Er irrt sich nie.
Die Karriere eines Politikers?
Philip prüft die Daten und hat Recht.
Das Schicksal eines Industriellen?
Philip prüft die Daten und hat Recht.
Der Erfolg eines Patents?
Philip prüft die Daten und hat Recht.

Sein Sohn Bobbie
kann ja nicht ahnen
dass Philip Pferde nur liebt

weil er auf Sieg setzen kann
und erfährt, dass seine Intuition
nie fehlgeht.

Man sah ihn sogar
in der Boxerschule
auf Long Island.
Nicht, weil er das Boxen liebt: Er hasst es.
Doch er muss sich auf die Probe stellen.
Er sitzt in einer Ecke.
Beobachtet das Training.
Belauscht die Gespräche.
Dann
holt er seine Agenda hervor
und notiert: »MORGEN GEWINNT GRIFFITH«.

Von morgens bis abends
kommen Leute in sein Büro
machen ihm Vorschläge
Investitionen jeder Art:
Luftschiffe, Segelflugzeuge
Automobile, städtischer Nahverkehr.

Philip fragt jedes Mal
nach allen nötigen Daten
sitzt bis spätnachts im Wohnzimmer
und bevor er schläft
weiß er, was zu tun ist.

»Mister Lehman, eine führende Bank
wie die Ihre
registriert zweifellos auch
die siebenstelligen Einnahmen der Kreuzfahrtbranche.
Wir bieten den Kunden aller sozialen Schichten
eine – natürlich angemessene – Unterbringung
auf Überseedampfern exzeptioneller Qualität
bei denen nichts dem Zufall überlassen wird

*von den Türklinken
bis zur Livree des letzten Kabinendieners
dort werden Tabletts voller Hummer gereicht
mit Weinen aus Frankreich und Kaviar serviert.
Die moderne Welt expandiert rasant
und Sie sind der Motor, Mister Lehman.
Jetzt, da Ihre Fahne
in den entlegensten Winkeln Amerikas weht
frage ich Sie:
Wollen Sie nicht auch über die Ozeane herrschen?
Der Name einer Bank ist nicht aus Tinte
man kann ihn sogar aufs Wasser schreiben.
Oder irre ich mich? Sie werden es nicht bereuen
mein schwimmendes Jerusalem zu finanzieren.*«

Und obwohl
der Name einer Bank
sich durchaus
siebenstellig auf die Wellen prägen ließ
dachte Philip Lehman
als Schrift auf einem Schiff zu prangen
könne nicht sein höchstes Ziel sein.
Sollten andere zugreifen.

Er finanzierte das Schiff nicht,
die *Titanic*.

Dreiundzwanzigstes Kapitel

PINEAPPLE JUICE

Bobbie tut sich im College hervor.
Er hat sehr gute Noten
vor allem in Kunstgeschichte
und ist Mitglied der Polomannschaft.

Philip und Carrie
sind Zuschauer bei einem Match
wo Bobbie 10 Treffer erzielt.

Doch nur Carrie jubelt.
Ihr Mann nicht.
Er ist so abwesend in letzter Zeit.

Seltsam, die Köpfe der Männer:
Die Kassen der Familie gefüllt
die Rennställe voller Pferde
im Tempel sitzen sie in der ersten Reihe
trotzdem liegt
in den Räumen der Liberty Street 119
seit einer Weile
Unruhe in der Luft
trübt die Stimmung
und die Agenda des *Mannes aus Gold*.

Beginnen wir mit Dreidel.

Philip konnte nicht umhin
zu bemerken
dass etwas anders war
im Schweigen seines Cousins.
An der Schwelle zum fünften Lebensjahrzehnt

immer umhüllt vom Zigarrenrauch
hatte er sich
eine große dunkle Brille besorgt
die nun in seinem Gesicht
auch den Ausdruck der Augen verstummen ließ
Dreidels einzig verbliebene Sprache.
Bis jetzt hatten Philip und Sigmund
an Kommunikation geglaubt
weil sie gelernt hatten
in flatternden Wimpern, gerunzelter Stirn
zuckenden oder geröteten Wangen
einen lexikalischen Sinn zu erkennen.
Dieses Wörterbuch war nun jäh nutzlos.
Der Beitrag ihres Cousins
beschränkte sich immer mehr
auf die mit würdevoller Präsenz
erfüllte Rolle des Zeugen
bis auf entscheidende Momente
in denen sein Votum
– dafür oder dagegen, stets ohne Begründung –
sich in winzigen
zustimmenden oder ablehnenden Zeichen
vermittels des Kinns ausdrückte.

Damit nicht genug
wurde der Sessel, auf dem Dreidel saß
während der Sitzungen
zum Folterstuhl:
Wie ein Tier im Käfig
zerkratzte er nun
mit den Fingernägeln
wütend
das Leder der Armlehnen
und scharrte mit seinem Schuhabsatz
ununterbrochen
am Tischbein.
Außerstande, still zu sitzen

bewegte er obendrein
konvulsivisch den Rücken
mit jähem Auffahren
so plötzlich
dass er sich mehrmals die Hände
an der glühenden Zigarre verbrannte.

Dreidel
schien also mehr denn je
eine nervöse Form des Unbehagens auszubrüten
welche schon bald
– da waren sie sicher –
zu jenem endgültigen Verspritzen des Giftes führen würde
das die Hornisse seit Jahren verwahrte.

Das machte Philip Sorgen
und ängstigte ihn.

Umso mehr, als Dreidels Frau
   herbeigerufen
    um mit Ananassaft
    den Kauf des Fohlens Hidalgo zu feiern
die bevorstehende Explosion ihres Manns
durchaus nicht zu fürchten schien.
Sie hörte sich Philips Ängste zwar an
verstand seinen besorgten Ton
reagierte aber erstaunt
als man ihr
in aller Ausführlichkeit
die bankbedingten Krämpfe des Gatten beschrieb.
Ihr einziger Kommentar: »*Mir fehlen die Worte.*«
Und gebeten, etwas hilfreicher zu sein
lächelte sie nur:
»*Sprecht euch doch aus, mir hat er das nicht erzählt* …«

Die mutigen Sprünge des jungen Hidalgo betrachtend
grübelte Philip stundenlang

über diesen nahezu kränkenden Kommentar:
Hatten Helda und Dreidel sich verschworen
um den Familienbetrieb zu verspotten?
Oder meinte der sybillinische Satz
»... *mir hat er das nicht erzählt*«
dass er stattdessen *etwas anderes* gesagt hatte?
Also sprach er tatsächlich mit ihr
und schwieg nur bei seinen Cousins?

Ehrlich gesagt
Philip wusste nicht
welche Hypothese er bevorzugen sollte.

Die Erste entsetzte ihn
sie verhöhnte die Bande des Blutes.

Die Zweite erschütterte ihn ebenso sehr
– vielleicht sogar mehr –
da er selbst das genaue Gegenteil war:
Wie oft hatte Carrie geklagt
über den schweigsamen Mann im Haus
dessen Lippen wie zugenäht waren
während sie doch so viele Berichte
von seinen Triumphen als Redner hörte?
Wie oft kam Philip nach Hause
mit dem Gefühl, ihm fehle die Atemluft
und nicht nur der Atem: selbst die Lust
Carrie auch nur Guten Abend zu sagen?

Einmal
gerade hatte man Bobbie
zum Kapitän
seiner Polomannschaft ernannt
und den Titel *Silver Falcon* verliehen
hörte Philip geistesabwesend zu
als Bobbie vom Wie und Warum erzählte
um dem Sohn schließlich

am Ende des langen Berichts
auf die Schulter zu schlagen:
»Bravo, Bobbie! Ein wunderbarer Sport, Baseball!«

Hätte er wählen müssen
welcher Philip eine Medaille verdiente
der Vater/Ehemann oder der Bankier/Investor
hätte er zweifellos
den *Golden Man* der Wall Street gewählt
sicher nicht dies halbtags verpflichtete Wesen
das er wurde, wenn er sein Haus betrat.
Das war eine Tatsache.

Der Gedanke
sein Cousin könnte
der Liberty Street
seine rhetorischen Gaben verwehren
um sie dem Ehegemach vorzubehalten
erschien ihm unfassbar:
Wie konnte man nur so weit gehen?
Die Rolle des Ehemanns dem Bankier vorziehen?
Wie konnte man gegen die Familienflotte rudern
um einer so begrenzten Welt willen
wie dem eigenen Wohnzimmer?
Für ihn hätte allein das genügt
um Dreidel mit sofortiger Entfernung zu strafen.

All dies Grübeln fand statt
während Hidalgo wilde Sprünge machte
vom Jockey mit sanftem Geschick gezähmt.

Darum vielleicht
notierte Philip
in seiner Agenda nur:
DAS PFERD STRAFF AM ZÜGEL HALTEN.

Sigmund für seinen Teil
interessierte die Sache nicht.
Seit dem Tod des Vaters
hatte er sich
aus den Geschäften der Bank
seinen eigenen Zweig geschnitzt
er handelte
sozusagen
völlig unabhängig
indem er die anderen auf Distanz hielt
und sich
hinter einer eiskalten Maske
aus Groll und Unnahbarkeit verbarg
deren Preis Harriett
in Gallonen nächtlicher Tränen maß.

Tagsüber dagegen
hatte seine Liturgie der 120 *Mizwot*
ihn asketischer gemacht
als ein Stück Metall.

Und tatsächlich
klang es metallisch
als Sigmund eines Morgens
– es war im November –
an die Tür
zum Büro des Cousins klopfte.

Wohlgemerkt:
nicht Philips
sondern Dreidels Büro.

Schon der Satz: »*Dürfte ich dich etwas fragen?*«
leise auf der Schwelle gemurmelt
klang abwegig
teils, weil
niemand

in der ganzen Liberty Street
Ratschläge erwartete
von der Sphinx mit der dunklen Brille
teils, weil diese Frage
von wem kam? Von ihm?
Von dem Sigmund
der sich vier Monate lang
morgens und abends
vor dem Spiegel
eingeredet hatte
dass er die Welt verachten musste und konnte?

Von Dreidel jedoch
kam kein ablehnendes Zeichen.
Aus der Ferne musterte er
den Blick des Cousins
auf der Suche nach einem Sinn
den er nicht fand.
Ebenso wenig, wie sehr er auch suchte
Spuren vom Häschen.

Derweil schloss Sigmund die Tür
vergewisserte sich aber zuvor
dass der Flur menschenleer war.
Er ging auf den Schreibtisch zu
die Rauchwolke durchdringend.
Nahm Platz.
Rückte den Stuhl näher.
Und wählte von allen Eröffnungen eines Gesprächs
die unvorhersehbarste:
»*Magst du Obst?*«

Und fragte wieder:
»*Magst du Obst?*«

Zweimal. Dreimal.
Erhielt erst beim vierten Versuch
einen Hauch von Zustimmung.

In der langen Stille, die folgte
ließ Dreidel
seinen Cousin nicht aus den Augen.

War er verrückt geworden?

Oder verdankte
sich dieser spontane botanische Eifer
einer schlecht verhehlten Trauer um seinen Vater?

Gewiss, es gab noch eine Erklärung
doch vorerst
vermied er es, sie zu erwägen.

Auch weil
ihm Sigmund zuvorkam:
»Dann sind wir zu zweit, Dreidel,
denn auch ich mag Früchte sehr gerne.
Ich komme, um mit dir darüber zu sprechen
weil die Welt kein verzauberter Wald ist
und im Krieg, Dreidel, gibt es keinen Frieden.
Philip nicht, weißt du?
Ich fürchte, er mag keine Früchte.
Nein, ich bin sicher
nur wir mögen sie, du und ich.
Tja! Philip mag die Arithmetik
die Zaubertricks
bei den Aktien in der Börse: Up! Down! Up! Down!
An seine Tür will ich nicht klopfen
er würde nicht verstehen. Oder vielleicht doch
aber auf seine Art, die mir nicht gefällt.
Sein Maß ist das Geld, meines der Einfluss.
Mir ist egal, ob man mich in der Wall Street grüßt.
Die Leute im Parlament, die will ich lenken.
Unsere Eltern haben uns ein Fischerboot vererbt
ich will daraus einen Walfänger machen
ein Hochseeschiff, das auf offener See

kein einziges Monster fürchten muss.
Und weil Stolz der beste Schutz ist
bin ich hier, um dir ein Bündnis vorzuschlagen.
Ein Bündnis im Namen der Früchte – klingt komisch, nicht?
Sagen wir lieber: der United Fruits Company.
Du weißt, wovon ich rede, oder?«

Energisch zog Dreidel an seiner Zigarre
hoffte, mehr Rauch als ein Fabrikschlot auszustoßen
um möglichst darin zu verschwinden.
Unterdessen
zwang er seine Gesichtsmuskeln
nicht die leiseste Zustimmung auszudrücken.
Er wusste genau, wovon Sigmund sprach
zog aber vor, dessen Erklärung zu hören
und sei es nur
wegen der Metaphern.

»United Fruits handelt mit Bananen, Kokosnüssen
Avocados, Mangos und anderen Delikatessen
die bei uns nicht wachsen …
Im Grunde ein verdienstvolles Unternehmen.
Wohltätig sogar, möchte ich sagen.
Dreidel, lass uns tonnenweise Früchte
von den elenden Ländern Mittelamerikas kaufen
zu einem gerechten Preis
ich sage nicht zum Marktpreis
aber was wenig für uns ist, ist für sie eine Menge.
Dies sei vorausgeschickt.
Man weiß ja: Es gibt nichts, was keinen Preis hat
und nur Dummköpfe machen Geschenke …
Damit komme ich zum Punkt, mein Freund.«

Wieder zog Dreidel kräftig an seiner Zigarre
dabei nahm er sich vor
später zu ergründen
warum er so schnell

vom Rang des blutsverwandten Cousins
in den prosaischen des Freundes übergewechselt war.
Was offenbar besser zum Kontext passte.

»Wir dürfen keine Bedenken haben.
Gewissensbisse sind nur Ballast.
Darum werde ich mich klar ausdrücken:
United Fruits ist eine ausgezeichnete Investition.
Nicht weil Ananasse mir etwas bedeuten
erst recht nicht die aus Puerto Rico.
Es geht hier nur vordergründig darum
die Bauern zu finanzieren.
Denn durch die Kontrolle des Marktes
kontrollieren wir sie politisch.
Guatemala, Honduras, Kuba, Nicaragua:
Wir holen sie uns, verstehst du?
Privateigentum, wir nehmen sie in Beschlag
und weil es immer besser ist, das Schlimmste zu erwarten
sind wir, falls nötig, auf dem Gebiet schon präsent
und zu allem bereit.«

Bei diesem *allem*
mit der ganzen Palette aus Subtexten betont
stieß Dreidel
eine steil aufsteigende Rauchwolke aus
gleich dem Wasserstrahl eines Pottwals.
Was auch bedeutete, eine Botschaft zu senden:
Moby Dick wurde nicht getötet
also könnte der Walfänger
sein Ziel auch verfehlen.

»Mut ist alles, mein Lieber, und ich habe ihn.
Gut. Lehman Brothers kann sich nicht drücken:
Es gibt nur Ausgebeutete und Ausbeuter
Zu den Ersten können wir nicht halten
auch wenn wir an der Börse gewinnen. Vielmehr ...
weißt du was? Die Kuh der Wall Street

mag ja voll Milch sein
aber willst du dich dein ganzes Leben melken lassen?
Amerika benutzt uns
und meine Würde ist mir wichtig.
Ich will der sein, der an den Hebeln sitzt.
Die Politik bittet uns jetzt, ihr zu helfen ...
Wenn wir das tun
werden wir nicht nur die Kuh melken
sondern auch über den Stall herrschen.
Wir heißen immer noch Lehman Brothers
und das schreibt man nicht mit Kleinbuchstaben.«

Zwar schmeichelte es ihm
zu einem Kreis aus Majuskeln zu gehören
doch Dreidel antwortete nicht
er blieb unerschütterlich.

Und hoffte, dass die Nicht-Antwort
als Antwort galt
ihn damit der muskulären Mühe enthob
das Kinn zu bewegen.

Nachdem eine Stunde
in bewunderungswürdigster Flaute verbracht war
erkannte Sigmund
die geringe vegetabile Neigung des Verwandten.
Nahm einen tiefen Atemzug
in der tabakgeschwängerten Luft
stand auf
verließ das Zimmer
und ging durch den ganzen Flur
bis zu Philips Büro.

Dass er die Tür zu Dreidels Büro nicht schloss
war eindeutig kein Zufall.
Jetzt wurde mit offenen Karten gespielt.

Er klopfte.
Wartete auf die Antwort
dann öffnete er weit die Tür.
Dreidel hörte ihn fragen:
»*Magst du Obst, Philip?*«
dann
verschwand er im Zimmer.

Es heißt, dass Pferde
Gefahren wittern.

Keiner wird je wissen, ob das stimmt.

Wenige Tage später aber
begann der jüngste Neuerwerb des Rennstalls Lehman
plötzlich zu scheuen
schlug aus wie besessen
und nachdem er die Zügel zerrissen
den Jockey aus dem Sattel geworfen hatte
sprang er über die Umzäunung
und rannte im Galopp Richtung Wald
zu Tode erschrocken
Panik in den Augen
ohne den leisesten Grund.

Da er sich schwer verletzt hatte
mussten sie ihn erlegen.

»*Angst*«, bemerkte Sigmund dazu
»*ist Vergeudung von Zeit und Mühe.*«

»*Auch von Geld*«, ergänzte Philip.
»*Hidalgo hat mich 400 000 Dollar gekostet.*«

Aus dem Fenster geworfen.

Vierundzwanzigstes Kapitel

BABES IN TOYLAND

Yehuda Ben Tema
schreibt
in den *Sprüchen der Väter:*
Du hast vierzig Jahre, um listig zu werden.
Du hast fünfzig, um klug zu werden.

Sigmund Lehman weiß nicht
ob sie für ihn schon beendet ist
die Zeit der List
und ob sie für ihn wirklich begonnen hat
die Zeit der Weisheit.
Offen gesagt
könnte er mit ihm sprechen
würde er Yehuda Ben Tema fragen
in welcher Zeit des Lebens
ein wenig Klarheit wünschenswert ist.
Denn genau genommen ist sie, was ihm fehlt.

Oft sitzt er im Restaurant
am Tisch neben dem Fenster
und verbringt die Mahlzeit damit
die Menschen auf der Straße zu mustern.
Ihn interessiert nicht, wie sie sich kleiden.
Ob sie allein sind oder Begleitung haben.
Er studiert sie nur so genau
– einen nach dem anderen –
um einen Sigmund Lehman zu finden.
Einen anderen wie er selbst.
Ihn gehen sehen.
Ihn beobachten, wenn er spricht.
Jede Geste verfolgen.

Und vielleicht, wer weiß, endlich verstehen
wer in ihm wohnt.

Andererseits
hat Sigmund nicht erst seit heute
den Faden verloren.

Als Häschen geboren
und dank der *Mizwot* einer Bankiers-Thora
zur Kobra geworden
schwankt er
nun schon seit Jahren
zwischen den extremen Gegensätzen
seiner zwei Gesichter:
eiskalt im Wachzustand
nächtens verzweifelt.

Anfangs
hatte er noch gehofft
es sei ein zeitweiliges Übel
ein Obolus für die rasche Verwandlung
ganz ohne Zwischenstadien
vom furchtsamen zum gefürchteten Menschen
vom Zitternden zu einem, vor dem alle zittern
vornehmlich aber
vom lustigen zum höhnisch grinsenden Mann.
Das war kein simpler Passierschein gewesen.
Jetzt zahlte er den Preis dafür
und hoffte, es wäre bald ausgestanden.

Er irrte.
Mit der Zeit wurde das Phänomen stärker.

Umso mehr
als Sigmund
inzwischen glaubte
dass seine Stimmungswechsel unvermeidlich waren

und resigniert akzeptiert werden mussten
als notwendiges Übel jedes Berufs.
die Angst, die ihn quälte
gehörte demnach zum Bankier
wie die Schwielen an den Fingern der Stenotypistin
und die Brandwunden an der Haut des Heizers.

Nacht für Nacht
wurden die Weinkrämpfe
unstillbarer
gelindert allein
durchs eheliche Idyll:
Von familiärer Solidarität gezwungen
die Schlaflosigkeit ihres Mannes zu teilen
rezitierte Harriett
für den einzigen (nicht zahlenden) Zuschauer
ihre Szene von der Flucht aufs offene Meer:
»*Sigmy, ich verspreche dir, sie werden uns niemals finden.*«
»*Wann legen wir ab?*«
»*Früher oder später.*«

Und immer wenn sie alles hinausschob
auf dieses früher oder später
überlegte Harriett
ob ihr Mann sich womöglich
mit seinen Tränen
einen eigenen Ozean schaffen wollte
mitsamt Exklusivrecht auf Schifffahrt.

Doch wie es manchmal geschieht
rettete ein Funken Selbstliebe
Sigmund kurz vor dem Schiffbruch.
Wenn er das Häschen in sich
nicht ganz abtöten konnte
so sein Gedanke
würde er doch
wenigstens Abhilfe schaffen

indem er Gelegenheiten fand
wo die mitternächtlichen Tränen
sich tagsüber ergießen konnten.

Das war natürlich nicht leicht.
Teils, weil Gefühle in einer Bank nichts zu suchen haben
teils, weil es ihn zu viel gekostet hatte
sich den Ruf des Erbarmungslosen aufzubauen
um ihn mit Schluchzern im Büro
aufs Spiel zu setzen.

Daher musste sich Sigmund
genau überlegen
welche gesellschaftlichen Anlässe
die unfassbare Absurdität
eines zu Tränen gerührten Bankiers
nicht nur gestatteten
sondern sogar honorierten.

Zu seinem Glück
fand er einige
die sich als höchst nützlich erwiesen
und für ihn von vitalem Interesse.

An erster Stelle Bestattungen.
Denn erwartete man nicht im Grunde
von Lehman Brothers
eine freundliche Bank zu sein
die Nähe und Beistand in den dunkelsten Stunden
nicht nur der Nation
nein, auch jedes einzelnen Sparers bot?

Die lohnenden Beisetzungen
im Hinblick auf Öffentlichkeitsarbeit
betrafen drei Arten von Leichnamen:
1) amerikanischer Soldat
2) Wohlhabender ohne Erben
3) Künstler oder den Massen bekannter Wohltäter.

Bei diesen erlesenen Anlässen
bemühten sich noch die herzlosesten Banker
eine Träne herauszuquetschen
wenn sie ihre Handvoll Erde auf den Sarg warfen
und gelang es
war der Applaus der Anwesenden einmütig:
»*Hast du gesehen? Er ist ein Wolf, aber für uns weint er.*«

Sigmunds Teilhaber
waren in dieser Hinsicht
völlig unbegabt.
Ja, Versuche hatten sie gemacht
ein Minimum an Präsenz auf Beerdigungen
doch ohne die erhoffte Wirkung:
Dreidel verschloss sich in sein Schweigen
bei Abschiedsfeiern durchaus geschätzt
das er jedoch
für die simplen Laute »mein Beileid«
und sei's ins Ohr geflüstert
nicht zu durchbrechen vermochte.
Und das wurde generell nicht geschätzt.

Schlimmer noch Philip
der schlichtweg unfähig war
seiner Mimik
den geringsten Anschein von Rührung zu geben:
Sein Gesichtsausdruck – zwischen Grimasse und Grinsen –
ließ sich nicht unterdrücken
machte seine Teilnahme an Trauerfeiern
sogar kontraproduktiv.

Nicht so Sigmund.
Erwies er sich doch als grandioser Weiner.
Besonders als Amerika
mit Gangsterbanden zu tun bekam
und die Straßen mit Leichen gepflastert waren.
Lehman Brothers war mitfühlender denn je.

»*Hast du gesehen? Er ist ein Hai, aber schau, wie er leidet.*«
Wirklich war sein Tränenfluss üppig
befriedigend für die Verwandten
befreiend für ihn.

Bestattungen fügte er Bühnen hinzu.
Sigmund war nie
ein Musikliebhaber gewesen
auch hätte er nie erwartet
in Theatern
interessante Objekte für die Bank zu entdecken.

Da Gattinnen aber
nicht selten die Rolle
von Finanzberatern spielen
war's just seine Harriett
die ihn zum ersten Mal
an den Broadway schleppte.
Ihr Ziel, um ehrlich zu sein
war Unterhaltung, weniger Bankgeschäfte
aber es kam so:
Während die beiden
im Majestic
die sehr erfolgreiche Operette
Babes in Toyland erlebten
bemerkte Sigmund um sich herum
eine seltsame Synchronie von Taschentüchern.
Genau da, als der reiche Ausbeuter
die kleine Bo-Peep
dem Sohn des Pfeifenspielers entreißen und kidnappen will.
Als stünde er, Sigmund, auf der Bühne
in seiner täglichen Rolle als Finanzhyäne.
Und mehr noch:
War dieser alte Barnaby
nicht das Porträt der halben Wall Street?

Auf jeden Fall: ein Wunder.

Sigmund blickte sich um.
Die Blüte
der New Yorker Finanz-Bourgeoisie
empörte sich nicht
sie schwamm in Tränen.

Es war wie ein unverhofftes Geschenk.
Auch Sigmund öffnete die Schleusen
und vereinigte sich
mit der kollektiven Rührung über das Schicksal von Bo-Peep
die auf dem Altar des Kapitals geopfert ward.

»*Hast du gesehen? Er ist ein Aasgeier, aber weint um Bo-Peep!*«
hörte er zwei Reihen hinter sich.
Und das machte ihn überaus glücklich.

Recht bedacht
waren die Broadway-Theater
wirklich keine schlechte Investition
immer ausverkauft
und die Show-Maschinerie
kannte keinen Stillstand.
Gerade jetzt, wo Amerika
sich so mit Arbeit berauschte
war es da nicht ratsam
auch an die Freizeit zu denken?
Das konnte ein *business* werden
man konnte Geld scheffeln
mit der Unterhaltungsindustrie.

Sigmund übernahm die Operation.
Widmete sich ihr mit Eifer.
Saß fünfmal in der Woche im Theater
die Augen gerötet
die Taschentücher durchnässt.
Anfangs hatte er nur aufs Melodram gesetzt
bezog dann erfreut auch Komödien ein

denn auf der Straße hatte er gehört:
»Heute Abend habe ich Tränen gelacht.«

Er weinte bei der Oper im Metropolitan.
Er weinte bei den Musicals im Princess.
Er weinte bei den Komödien von Florenz Ziegfeld.

Er weinte auch
– diesmal aus Begeisterung –
als ein Theater zum ersten Mal
elektrischen Strom nutzte
um das Aushängeschild an der Straße
mit 64 Glühbirnen zu beleuchten.

Momentlang schwebte ihm sogar vor
wie der Schriftzug LEHMAN BROTHERS
mit bunten Lichtern funkelte
als wäre er eine Revue.
Und er fand dieses Bild ergreifend.

Kurz
mit großem professionellen Einsatz
vergoss der eiskalte Sigmund Lehman
– in der Wall Street bekannt
als Schrecken von Sekretärinnen und Chauffeuren –
wahre Tränenfluten
im Wechsel zwischen
Trauerfeiern
Theaterpremieren
und Wohltätigkeitsveranstaltungen.

Letztere
waren sein Meisterwerk.

Der Zufall nämlich wollte
dass eine merkwürdige Mode
sich in den Börsenbüros Bahn bereitet hatte:

Die Banken
denen jeder Weg recht war
um die Löhne der Amerikaner auszudörren
litten nun an sozialem Schuldgefühl
und wetteiferten schon eine Weile darum
wer Witwen, Bettlern und Paralytikern
die größten Geschenke machte.

Der Imagegewinn in Sachen moralische Integrität
war phantastisch.

Obendrein
fand Sigmund Lehman heraus
dass sein Schluchzen einen uneinholbaren Vorsprung besaß:
Andere Banken konnten den Verdacht wecken
dass ihr Altruismus eigennützig war
aber niemand wagte den leisesten Zweifel zu hegen
wenn er den grausamsten der Lehman-Cousins
so ergriffen
so gerührt sah.
Also her mit den Krankenhäusern
den Waisenkindern
den Taubstummen
den Küssen für die alten Weiblein
und den Schulabschlüssen für Analphabeten!
Das Ganze natürlich
gehörig begossen.
Und nicht nur mit Champagner.

Ein solcher Rausch tränenseliger Gelegenheiten
verführte Sigmund
anzunehmen
er habe die Quadratur des Kreises gefunden.

Er bemühte sich gar
– zum Ausgleich –
seine blutige Maske grauenvoller zu machen

befahl seinem Zynismus
täglich drastische Säbelhiebe zu verteilen
überzeugt
dass diese wütenden Flammen
später von Tränensintfluten
gelöscht würden.

Aber das genügte nicht.

Denn ein unvermutetes Element
kreuzte seine Bahn
und nahm das harmlose Aussehen
seiner beiden Söhne an.
Harold und Allan.

Zwei Wesen ganz eigener Art.
Fürs neue Jahrhundert bestimmt, dachte Harriett
als sie an ihnen erste Zeichen
einer seltsamen
elektrischen Spannung wahrnahm.

Schon in zartester Kindheit
unterschied sie von allen Kindern der Welt
eine schneidende, ungewöhnliche Intelligenz.
Exzessiv, keine Frage
und unbequem.

Ihr Scharfsinn war atemberaubend.
Nichts ließ sich vor ihnen verbergen
sogar schon im Spielzeugalter
meinte man nicht, Kinder vor sich zu haben
nein, Koryphäen des Pantheons der Moderne
Nobelpreisverdächtig.

Ihrem Umgang mit Spielzeugzügen
lag die modernste Eisenbahntechnik zugrunde.
Malten sie mit Pastellfarben

waren die Manieristen des 17.Jahrhunderts ihr Vorbild.
Die Geheimnisse der Welt
– generell faszinierend für alle Kinder –
sahen sie mit der Skepsis des theoretischen Philosophen
und sogar beim Sprechen
nahmen sie sofort
den Aplomb von Vortragsrednern an.
Ihre Sprachgewalt war verstörend.
Ihre Treffsicherheit verlässlich.

Doch in der heiklen Situation
in der Sigmund sich befand
war das nicht gerade hilfreich.

Die Augen der Kinder durchbohrten ihn
ließen ihm keine Ausflucht
bei der Heimkehr am Abend
hätte er gern
auf ein wenig kindliche Unschuld gehofft
denn den ganzen langen Tag über
war die Welt kein verzauberter Wald.
Aber ihm blieb nichts erspart.

Sie waren noch nicht zehn
er wollte gerade gehen
da hielten sie ihn
unerwartet
an der Wohnzimmertür fest:
»*Willst du, dass wir werden wie du
oder sollen wir uns an anderen orientieren?*«

Und das war nur die erste
einer langen Reihe von Fragen
über Jahre hinweg
obendrein ohne Böswilligkeit.
Harold und Allan
warfen ganz einfach

den objektiven
unerbittlichen
20.-Jahrhundert-Blick
auf die Dinge
als wäre das Zeitalter der Träume
mit den Dinosauriern ausgestorben
und ihr Jahrhundert hieße »Wirklichkeit«.
Mehrmals drängte sich Sigmund
der Gedanke auf
dass zwischen ihm und seinen Söhnen
der gleiche Unterschied bestand
wie zwischen einer Zeichnung und einer Fotografie.

»Hast du dir ausgesucht, in der Bank zu arbeiten
oder hat die Bank dich ausgesucht?«
fragte Harold, als er zwölf war
die Familie aß gerade Huhn
(prompt blieb es Sigmund im Halse stecken).
Er musste nicht einmal antworten
das tat Allan für ihn:
»Ich habe mir den Namen Allan nicht ausgesucht
ich habe mir nicht ausgesucht, geboren zu werden
ich habe mir nicht ausgesucht, ein Junge zu sein
ich habe mir nicht ausgesucht, ein Jude zu sein
ich habe mir nicht ausgesucht, in Amerika zu leben.
Die wichtigsten Dinge sucht man sich nicht aus, Harold
man hat sie, Schluss.«

»Und wo bleibt dann die Freiheit?«, entgegnete Harold.

»Du kannst zwischen gekochtem und gebratenem Huhn wählen«
sagte Allan und goss sich zu trinken ein (Wasser, noch).

Für Sigmund
wurden die Mahlzeiten in der Familie
mit der Zeit zum Martyrium.

Mit fünfzehn
sie spielten gerade mit Sigmund im Park
Steine über den See hüpfen lassen
ging Allan wieder zum Angriff über:
»*Hast du dir je überlegt*
ob du es nur deinem Namen verdankst
dass du über eine Bank herrschst?«
Sigmund reagierte instinktiv
als er mit seinem Stein
den Kopf einer Ente traf
doch trotz des lauten Geschnatters
hörte er Harold sagen:
»*Vielleicht hätte er es vorgezogen*
weder den Namen noch die Bank zu haben.«

Und wenn der Junge Recht hatte?

Die Tränen im Bett
wurden nun
zum allnächtlichen Phänomen
(nicht beim Nachwuchs: Der war mucksmäuschenstill).

Mit der Pubertät
wurde die Lage, wie zu erwarten war
mitnichten besser.
Im Gegenteil, sie erhielt sogar
weitere Nuancen
mit verheerender Wirkung.
Die beiden spielten sich
bei einem entnervenden
Mannschaftsmatch
die Bälle zu
und alle waren das Zeugnis
der endgültigen väterlichen Vernichtung.

Harold, über die Kindheit nachdenkend:
»*Als wir klein waren*

hast du uns immer erzählt
Lehman Brothers tut Gutes für alle Bürger Amerikas.
Kindern erzählt man immer Ammenmärchen
also machen wir dir keinen Vorwurf daraus
Aber heute, mal ehrlich: Glaubst du das wirklich?«

Oder Allan, im rabbinischen Stil:
»Wenn der Ewige 10 Dollar hätte
meinst du, er würde sie Lehman Brothers geben?«

Harold mit unendlich viel Zartgefühl:
»Wer weiß, ob Großvater Mayer euch loben würde.«

Allan mit geheuchelter Empathie:
»Man kann nicht sagen, du hättest es nicht versucht.«

Wieder Harold, ein Säbelhieb:
»Schätzt Onkel Philip dich denn wirklich?«

Und zuletzt, wie in jedem Krieg
die finale Attacke
definitiv und drastisch
von beiden Armeen ausgeführt
mit vereintem Feuer:
»Wir hörten dich heut Nacht weinen.
Wie lange, glaubst du, hältst du noch durch?
Vielleicht sollest du dir etwas überlegen.
Nicht nur für dich – zum Wohle aller.
Bedenke, auch wenn du dich zurückziehst
die Bank bleibt bestehen.«

Die Zuneigung der Kinder
stützt die Väter
und stärkt sie auf ihrem langen Weg.

Darum
kam das Häschen

nach langem Warten
schüchtern
aus seinem Bau heraus.

Es trocknete sich die Augen.
Beschnupperte die Luft.

Es trug einen Rettungsring.
Und an Harrietts Hand begann es zu schwimmen.

Fünfundzwanzigstes Kapitel

MODEL-T

Yehuda Ben Tema
schreibt
in den *Sprüchen der Väter:*
Du hast fünfzig Jahre, um klug zu werden
du hast sechzig, um weise zu werden.

Philip Lehman
weiß nicht, ob Weisheit mit Träumen zu tun hat
doch fest steht
dass er nachts träumt.
Er träumt immer dasselbe.

Es beginnt wie ein Spiel.
Im Garten eines alten Hauses
steht Philip mit seinem Vater Emanuel.
Die Sonne scheint blendend hell.
Es ist Festtag, *Sukkot*:
heute Abend muss sie fertig sein
die Hütte
mit dem Dach voller Laub
Weidenblättern und Girlanden.
So hielten sie es jedes Mal
damals
so war es Brauch drüben in Deutschland
in Rimpar, Bayern.
Die Sonne scheint blendend hell.
Emanuel
hat schon die ganze Hütte gebaut
jetzt muss das Dach dekoriert werden.
»*Das ist deine Aufgabe, mein Sohn.*
Mach aus dieser Sukka

die schönste Sukka, *die du bauen kannst*
ich sehe dir zu.«
Philip kommt näher.
Die Sonne scheint blendend hell.
Er steigt auf eine Leiter
legt Efeuranken aufs Dach
– *»Bravo, Philip!«*
und Palmwedel
– *»Bravo, Philip!«*
und Zweige
– *»Bravo, Philip!«*
und Früchte
– *»Bravo, Philip!«*
und Girlanden
– *»Bravo, Philip!«*
doch dann
kommen seine Brüder und Schwestern in den Garten
»Wir machen das Dach noch schöner, Philip!«
und sie bringen ihm
noch mehr Ranken
– *»Mach weiter, Philip!«*
noch mehr Blätter
– *»Mach weiter, Philip!«*
noch mehr Zweige
– *»Mach weiter Philip!«*
noch mehr Girlanden
– *»Mach weiter, Philip!«*
doch dann
kommen alle Juden des Viertels in den Garten
eine Menschenmenge
und auch sie haben Blätter
haben Zweige
haben ganze Bäume
und das Dach der *Sukka* wird riesig
wird gigantisch
– *»Gleich bricht alles zusammen, Philip!«*
doch dann

kommt ganz Amerika in den Garten, Weiße, Schwarze, Italiener
und sie bringen Steine, Stöcke, Stämme
– »*Gleich bricht alles zusammen, Philip!*«
– »*Gleich bricht alles zusammen, Philip!*«
– »*Gleich bricht alles zusammen, Philip!*«
– »*Gleich bricht alles zusammen, Philip!*«

Seit seine Frau Carrie
im anderen Zimmer schläft, um ihre Ruhe zu haben
gibt es niemanden mehr
der Philip die Hand hält
während er fällt
hinab
stürzt
unter die *Sukka*
mitgerissen
zerfetzt
von dem gewaltigen Einsturz.

Geheimnis.
Das darf man niemandem sagen.
Das darf man nicht mal in die Agenda schreiben
denn Blockschrift
wirkt bei Träumen nicht
und die Hände des Zwergs haben dreißig Finger.

Außerdem ist das unmöglich!
Wie könnte man erzählen
dass das Genie von Lehman Brothers
zu Tode erschrocken aufwacht
statt seelenruhig zu schlafen
jetzt, wo alle
wirklich alle
in Amerika
sich mitreißen lassen
von der Aktienmode?

Für die Wall Street
ist das ein Fest
Immer *Up*.
Immer das Zeichen +
vor diesem Index
einer Erfindung
von Charles Dow und Mister Jones
die sich aus der Leistung
der 30 stärksten US-Industrien
zusammensetzt.
Immer das Zeichen +
vor dem Dow-Jones-Index.

Wie könnte es anders sein?
Alle investieren jetzt
in Amerika
wirklich alle
in Wertpapiere und Aktien:
»*Ich kaufe 200 Aktien International Steam!*«
»*Ich will 300 von General Electric!*«
»*400 von Gimbel Brothers!*«
Denn wer möchte nicht reich werden
durch Aktienkäufe
von Industrien im Aufwind
die ihre Profite in wenigen Jahren
verdreifachen.
Darum:
»*Amerikaner, kauft heute
dann habt ihr morgen Kapital!*«
Sogar der *Schammes* des Tempels
der Alte, der die Kerzen anzündet und löscht
Bruder des Seiltänzers
kam eines Morgens
an den Schalter:
»*Ich habe einen Haufen Geld und möchte investieren.
Holt mir einen von euren Chefs.*«

Eben.
Halten wir inne bei diesem Satz
und diesem Alten mit fettigem Haar
der am Schalter *einen von euren Chefs* verlangt.

Weil der Weg des Lebens
viele Abzweigungen hat
(auch der Lebensweg einer Bank)
steht der alte *Schammes*
der unbedingt investieren will
ohne es zu wissen
vor drei extremen Möglichkeiten.

Die Erste stellt ihn vor eine Mauer aus Rauch.

Die Zweite, solidere, lässt ihn auf Philip Lehman stoßen.
Und so verliefe in diesem Fall das Gespräch:

»Baruch HaSchem, *Mister Lehman!*
Ich habe 10 000 Dollar in meiner alten Geldbörse
aber ich will daraus mindestens 20 000 machen.
Man hat mir gesagt, ihr vervielfacht das Geld.
Also: In was kann ich investieren?«

»Verehrter Mister Paprinskij
es gibt Hunderte Aktien
deren Wert sich in wenigen Jahren verdoppelt.
Fragt Euch nicht
was Euer Geld finanziert.
Diese Frage hat wenig Sinn.
Auch wir können es Euch nicht sagen!
Nehmen wir an, Ihr habt ein Stück Land.
Ihr geht zu einem guten Bauern
und sagt ihm
er soll es beackern, dass es Erträge bringt.
Nun? Was tut der Bauer jetzt?
Er nimmt einen Spaten, einen Rechen

und sät von allem etwas
Obstbäume, Gemüse, Salat.
Dann – ein Jahr ist vergangen –
gibt er Euch einen schönen Batzen Geld.
Wollt Ihr wirklich wissen, ob dieses Geld
von Äpfeln, Tomaten oder Karotten stammt?
Euch genügt, sagen zu können: ›Mein Feld hat sich rentiert‹!
So auch bei Eurem Sümmchen.
Ihr gebt Lehman Brothers Euer Bares
und wir investieren es
in alles, was Gewinn bringt.«

Das ist, was Philip ihm sagen würde.

Und sehr wahrscheinlich
würde der gute *Schammes*
nach diesem Bank-agrarischen Lehrstück
seine gesamten 10 000 Dollar
in Aktien investieren.

Doch jetzt
gehen wir einen Schritt zurück
und stellen uns vor, dass der *Schammes*
statt auf *The Golden Philip* zu treffen
dem dritten Direktor der Bank begegnet
der seit Kurzem
ein aufs offene Meer geflüchtetes Häschen ersetzt.

»Baruch HaSchem, *Mister Lehman!*
Ich habe 10 000 Dollar in meiner alten Geldbörse
aber ich will daraus mindestens 20 000 machen.
Man hat mir gesagt, ihr vervielfacht das Geld.
Also: In was kann ich investieren?«

»*Euer Anliegen ist kompliziert, Mister Paprinskij.*
Wir haben hier ein Problem grundsätzlicher Art
das zu einer politischen Frage wird.

Gewiss, ich könnte Euch raten, uns Euer Geld zu geben
damit wir es an der Börse investieren ...
Doch wie der Zufall will, erzeugt die Wall Street
auch seltsame Trugbilder. Gefährliche.
Ich erinnere mich
dass meine Mutter Babette – die gute Seele! –
vor Jahren beschloss, ich war noch ein Kind
ein Möbel aus ihrem Zimmer
ein Stockwerk tiefer zu stellen.
Da es schwer war, wurden Träger gerufen
zwei Brüder mit breiten Schultern
Kildare mit Namen, ich erinnere mich gut.
Toby und Johnny Kildare.
Sie luden sich also das Stück auf den Rücken
und stiegen Schritt für Schritt die Treppe hinab
ohne zu schwanken, versteht Ihr? Ein wahres Wunder.
So gut machten sie ihre Sache
dass meine Mutter
sie auch eine Standuhr, zwei Meter hoch
dann einen Tisch, einen Diwan
dann die Statue der Juno
und die des Merkur
hinuntertragen ließ.
Die Kildare-Brüder hätten die ganze Welt umgestellt.
Für sie war das kein Problem.
Sie wussten, dass ihre Rücken stark waren.
Vielleicht waren sie zu sehr von sich überzeugt
und das war das Problem.
Als meine Mutter
ihnen einen Flügel zeigte
der – stellt Euch vor! – aus Alabama kam
lehnten die Kildares nicht ab
doch auf halber Treppe angekommen ...
Saht Ihr je ein Klavier durch die Luft fliegen?
So einen Anblick
vergisst man nicht leicht, Mister Paprinskij.
Auch die Schultern der Wall Street

*scheinen zwar stark
sind aber weder aus Marmor noch halten sie ewig ...
Ich rate Euch, schützt Eure Dollars
bringt sie auf einem Sparbuch in Sicherheit
Ihr werdet sie jederzeit
in voller Höhe
und ohne das kleinste Risiko zurückbekommen.«*

»*Aber so verdopple ich sie nicht.*«

»*Richtig. Doch wisst Ihr, was die Geschichte bedeutet?
Hätte meine Mutter
das Klavier nicht umstellen wollen
hätte sie darauf spielen können
bis sie siebzig wurde.*«

Das ist der Grund
warum Philip Lehman
statt Freudensprünge zu machen
von Alpträumen geplagt
jetzt im Sessel schläft
weil er zu ersticken glaubt
am Gefühl der Vereinsamung.
Denn das wahre grundsätzliche Problem ist
dass Herbert gegen den Strom steuert
und die Frage wird ...

O Gott, die Politik.

Herberts Hingabe an seine Ideale
geht so weit
dass er und Edith einen Sohn adoptiert haben.
Er heißt Peter.
Und kommt garantiert aus dem Volk.

Philip hasst die Politik
aus ganzer Seele.

Denn die Massen, die bei Wahlen entscheiden
erscheinen ihm inkompetent.
Müssten sie wenigstens zahlen, um abzustimmen:
ein Dollar pro Wahlschein.
Auch ein Cent würde noch hingehen.
Aber gänzlich gratis wählen ...
Unfassbar.

Auch solche Gedanken
beherrschen die langen schlaflosen Nächte
von Philip Lehman
und sie wurden noch quälender
seit sich das Dach der *Sukka*
in seinem Traum
statt mit Zweigen und Laub
mit Gemälden, Porträts und Aquarellen füllt:
Sie werden aus einem Schiff geladen
jedes Kunstwerk unter dem Arm eines Jockeys
auf seinem Pferd
und die ganze Operation leitet
sein Sohn Bobbie.

Seit er sein Studium in Yale
mit der Bestnote abschloss
reist der Junge
um die Welt
und gibt sich der Sucht des Kunstsammelns hin.

Allmonatlich
flattert ein Brief aus Europa
auf Philips Schreibtisch
worin der Junge ihm mitteilt:
»*Ich werde einen Rubens kaufen*
wenn du wüsstest, wie schön der ist, Dad!
Du als Kunstkenner
musst ihn besitzen wollen.
Soll ich ihn nehmen? Schick Geld, Dad!«

Und so bei Monet.
　»Schick Geld, Dad!«
Und so bei Goya.
　»Schick Geld, Dad!«
Und so bei Velázquez.
　»Schick Geld, Dad!«
Und so bei Bramante.
　»Schick Geld, Dad!«
Und so bei Rubens.
　»Schick Geld, Dad!«
Und so bei Canaletto.

Kein Wunder
wenn Bobbie jetzt im Traum
seinen Jockeys zuruft:
»Die Bilder aufs Dach, Jungs!«
und nicht zu hören scheint
wie sein Vater ihn anschreit:
*»Halt, Bobbie! Was tust du?
Siehst du nicht, dass alles zusammenbricht?«*

*»Ich habe einen Rubens gekauft.
Sieh mal, wie schön, Dad!
Zieht ihn aufs Dach, Jungs!«*
»Halt, Bobbie!«
*»Hier ein Rembrandt
bei einem Galeristen gekauft
los, los aufs Dach damit!«*
»Halt, Bobbie!«
»Hier ein Monet! Aufs Dach damit, hopp!«
»Halt, Bobbie!«
»Hier ein Velázquez! Aufs Dach damit, hopp!«
»Halt, Bobbie!«
»Hier ein Cezanne! Aufs Dach damit, hopp!«
»Halt, Bobbie!«
»Hier ein Degas! Aufs Dach damit, hopp!«
»Bobbie!«

»*Bramante!*«
»*Bobbie!*«
»*Perugino!*«
»*Bobbie!*«
»*Canaletto!*«
»*Bobbie!*«
»*Renoir!*«
»*Bobbie!*«
»*Pontormo!*«

Und auf die Maler
folgt die Bildhauerei
vollzählig, alles dabei.

Wie soll ein armer Mann
Schlaf finden
wenn er verfolgt wird
von einem sadistischen Sohn
der das Dach einer Laubhütte
mit dem Louvre verwechselt?

Dieses nächtliche *Sukkot*
zwischen Pferdesport und Sammelwut
ist effizienter
als ein Montagefließband.

O ja.
Denn unter anderem
will der Zufall
dass Philip Lehman
eines schönen Tages
das Bedürfnis hatte
es seinem Vater nachzutun:
mit Händen greifen
hingehen, sich ansehen
verstehen
– er selbst, persönlich –

wie sie sind
diese
wunderbaren
erstaunlichen
Industrien
um die alle Welt
Amerika beneidet.

Fabrik in Highland Park.
Mister Philip Lehman
hat eine Verabredung
um 10.00 Uhr vormittags
mit Mister Henry Ford.
Und wen kümmert's
dass Ford Antisemit ist.
Wir sind Bankiers, keine Rabbiner.

Der neue Ford, Modell-T
wird in exakt
93 Minuten
vor seinen Augen
zusammengebaut.
Die Uhr in der Hand
ist Henry Ford bereit
den Anpfiff zu geben.
Förderband.
Die Arbeiter bereit.
Jeder an seinem Platz.
Jeder mit Werkzeug.
Achtung!
Fertig!
Los!
Vierzylindermotor
93–92–91–90
Hinterradantrieb
89–88–87–86–85
Motor mit Nockenwelle

84–83–82–81–80
seitliche Ventile
79–78–77–76–75
Zweiganggetriebe
74–73–72–71–70
Rückwärtsgang
69–68–67–66–65
Kühlsystem
64–63–62–61–60
Thermosiphonkühler
59–58–57–56–55
Chassis aus Stahl
54–53–52–51–50
Einzelblattfeder
49–48–47–46–45
Amperemeter serienmäßig
44–43–42–41–40
Starten mit Handkurbel
39–38–37–36–35
Trommelbremsen
34–33–32–31–30
Pedalschaltung
29–28–27–26–25
Schwungradmagnet
24–23–22–21–20
Benzinvergaser
19–18–17
Tank unterm Fahrersitz
16–15
Gepolsterte Sitze
14–13
Samtbezug
12–11
Karosserie in Mattschwarz bei allen
10–9
einfacher Dynamo für die Scheinwerfer
8–7

Räder aus gehärtetem Stahl
6–5
Holzspeichen wie bei Kutschen
4
Beschläge aus Messing
3
Markenzeichen *Ford* hinten und vorn
2
Hupe: Horn
1
fertig
zum Verkauf.
Er wird 50 Meilen
mit 1 Gallone Benzin fahren.

Philip Lehman
ist sprachlos.

Er sieht Henry Ford an
der lächelt, mit seiner Uhr.
Er betrachtet die Gesichter
der Arbeiter
jeder an seinem Platz
bereit, in 93 Minuten
das nächste Model-T
losschießen zu lassen.

Fest steht:
Seit jenem Tag
seit dem Besuch bei Henry Ford
dringt
ein riesiges
hocheffizientes
Montagefließband
aggressiv
in Philip Lehmans Traum ein.
Die Kunstwerke seines Sohnes

kommen nicht mehr mit Jockeys an
sie fahren auf einem mechanischen Fließband
sortiert von Ford-Arbeitern.
So weit das Auge reicht.

Und die Hütte des *Sukkot*
wird gestürmt
und bricht
jede Nacht
in 93 Sekunden zusammen.

Sechsundzwanzigstes Kapitel

BATTLEFIELD

Seit vielen Jahren
gibt es immer frisches Obst im Hause Lehman
Auch in den Räumen der Bank
Tabletts voll mit Bananen und Ananas
prangen auf den Tischen aus Glas.

Nur in Dreidels Büro
fehlt jede Spur pflanzlicher Organismen
sie vertragen die rauchgeschwängerte Luft nicht.

Immer wenn Philip dieses Zimmer betritt
fragt er sich
ob die Wirkung auf seine Lunge
anders ist
als das, was den Soldaten geschah
drüben in Europa
als die Deutschen Senfgas einsetzten.

»*Ein bedauerlicher Gebrauch der Chemie*
auf die Kriegskunst angewandt«
bemerkt Philip Lehman
während ein Grammophon, neuestes Modell
Kammermusik auf den Fluren verbreitet.
Dieses Krächzen im Hintergrund
begleitet die Angestellten
von morgens bis abends
als sollte es den Donner übertönen
dort in der Ferne
jenseits des Ozeans, drüben in Europa
aus den Kanonen.

Sie töten einander wie Tiere
auf dem Alten Kontinent.
Die Habsburger gegen die Franzosen
die Osmanen gegen die Engländer
und Preußen, eisern vom Sieg überzeugt.
Sollen sie doch.

»*Vorerst betrifft uns das kaum*«, sagt Philip
»*wir haben keine wichtigen Interessen in Europa.*«

Allerdings
teilt sein Cousin Herbert
diese Einschätzung nicht
in letzter Zeit wird er bissiger
das grenzt schon an Beleidigung:
»*Du in deiner Bankiersignoranz, werter Cousin
glaubst, ein Krieg in Europa
könnte uns nicht betreffen?
Nur weil zwischen ihnen und uns der Ozean liegt?
Die Welt von heute ist eine andere
wir leben nicht mehr im 19. Jahrhundert ...
Hier liegt ein Problem grundsätzlicher Art.
Wir leben alle im selben System.
Die Frage ist politisch, Philip:
Es gibt nichts mehr
was nicht die ganze Welt beträfe.*«

»*Warum liest du dann keine chinesischen Zeitungen, Herbert?
Warum lernst du nicht Indisch oder die Maori-Sprache?*«

»*Machst du dich über mich lustig?*«

»*Falsch, ich bitte dich, realistisch zu sein.
Ein Bankier ist ein realistisch denkender Mensch.*«

»*Realistisches Denken heißt
den Tatsachen ins Gesicht zu sehen.*

*Ein Krieg von nie da gewesenem Ausmaß herrscht in Europa
und für dich ist das ein Nachbarschaftsstreit?«*

*»Ich habe weiße Haare an den Schläfen
anders als du.
Ich glaube, ich weiß, wovon ich spreche.«*

*»Auch das ein Problem grundsätzlicher Art.
Ihr Bankiers glaubt immer zu wissen, wovon ihr sprecht.«*

*»Darf ich dich daran erinnern, dass auch du ein Bankier bist?
Du leitest Lehman Brothers mit Dreidel und mir.«*

»Ich meinte nur, dass ich kein Bankier bin wie du.«

»Ich höre einen leise verächtlichen Unterton.«

»Du irrst: kein Unterton, und er ist nicht leise.«

»Bedenke, dass ich ein gewisses Alter habe.«

»Bedenke, dass ich einen Doktortitel habe.«

So laufen die täglichen Wortgefechte
zwischen Philip und Herbert.

Wie könnte es anders sein?
Die zwei haben praktisch nichts gemein.

Nein. Etwas verbindet sie.
Nicht zufällig dient es jeden Tag
als letztes Mittel der Versöhnung
wenn der Streit zum Geschrei wird:
»Du beutest die Massen aus, Philip!«
»Und du bist ein kleinlicher Ideologe, Herbert!«
»Du solltest ein Schlachthaus leiten, statt einer Bank.«
»Stimm gegen mich, wenn dir meine Methode missfällt.«

»*Das tue ich und werde es tun, solange ich bei Stimme bin.*«
»*Und solange ich bei Stimme bin
werde ich sagen, dass du dich irrst.*«
»*Großartige Aussichten.*«
»*Sie werden uns ruinieren.*«
»*So spät wie möglich, hoffe ich – trinken wir einen Whisky?*«
»*Einen Whisky lehnt man nie ab.*«

Whisky ist der Nektar der Götter.
Die Hochfinanz trinkt ihn literweise.
Und ein Schränkchen mit Alkoholika
darf in keinem Büro des Bankiers fehlen.

So geht er jeden Tag weiter
der beispiellose Kampf
zwischen Philip Lehman, Emanuels Sohn
und Herbert Lehman, Mayers Sohn
zwischen einem Lehman, strikt in Blockschrift
und einem Lehman, der tritt wie ein Pferd
ein erbitterter Kampf
zwischen dem Erben eines Arms
und dem eines Gemüses
unversöhnlich
aber prompt
wieder versöhnt
bei einem Single-Malt-Whisky.

Auch heute
haben die drei Lehman-Partner
jeder vor einem Glas
die Worte von Präsident Wilson kommentiert:
»*Der Krieg geht uns nichts an!
Wir gieren nicht nach Vorherrschaft
die Vereinigten Staaten treten für den Frieden ein
wir sind nicht verrückt
wie das deutsche Volk.*«

Alle kommentieren heute diese Worte.

Auch die Goldmans wahrscheinlich
ein paar Häuserblocks weiter.

Sie sind Philips fixe Idee:
»*Das Auto von Henry Goldman
soll mit einem G aus purem Gold dekoriert sein.
Weißt du davon, Herbert?*«

»*Bankiers wie du und wie Goldman
müssen ihr Geld ja irgendwie ausgeben.
Ich würde in humanere Fabriken investieren
andre in goldenen Tand.
Mich würde nicht wundern
wenn du dir ein L schmelzen lässt.
Oder gleich den ganzen Namen PHILIP.*«

»*Mir gefällt dein Sinn für Humor, Herbert.
Die Kritik werde ich Goldman Sachs überbringen.*«

»*Wenn sie zurückkommen.*«

»*Warum? Sind sie verreist?*«

»*Ja, nach Deutschland. Das wusstet du nicht?*«

»*Ich höre es jetzt ...
Die Goldmans machen Geschäfte mit Deutschen ...*«

»*Siehst du? Dieses Problem ist grundsätzlicher Art:
Ihr Bankiers könnt einfach nichts
ohne den käuflichen Aspekt betrachten.
Vielleicht ist es nur eine Vergnügungsreise!*«

»*Vielleicht ja, vielleicht nein.
Kompliment, Goldman: das gute Deutschland ...*«

Genau: die Goldmans.

In manchen Kriegen dröhnen Kanonen.
Andere verlaufen still.
Ein solcher ist zwischen Lehman und Goldman im Gang:
äußerlich verbündet
innerlich verfeindet.

Wirklich seltsam, wie manchmal
der Funke weniger Worte genügt
damit eine Bombe explodiert.
Der Satz von Präsident Wilson
über die verrückten Deutschen
zeitigte ähnliche Wirkung
in Philips goldenem Kopf.
Automatisch begann er zu arbeiten
schwindelerregend schnell:
Vielleicht kann der Krieg in Europa
obwohl er so weit weg ist
Vorteile bringen.

Zum Beispiel könnte eine generöse Kanone
außer Kontrolle geraten
plötzlich gen Westen schießen
und dank eines günstigen Windes
den ganzen Atlantik überfliegen
um dann zielgenau
einzig den Sitz von Goldman Sachs
zu treffen.

Er wollte ihn nicht in Schutt und Asche legen
ihm reichte, dass sie sich verkrochen
ihre Wunden leckten
ein Jahr lang, vielleicht zwei.
Höchstens drei.

Ja. Eindeutig:
Der wahnwitzige Krieg der Deutschen
könnte ihm helfen
wenn er ihn vorsichtig nutzte
ihn in Worte fasste
da sich die Hochfinanz jetzt
vor allem aufs Reden stützte.

Oder besser: aufs Reden *lassen*.
Was nicht dasselbe ist.

Philips Sohn Bobbie
war eine große Hilfe
bei der praktischen Umsetzung dieser Idee.

Es liegt etwas Episches
im einzigartigen Moment
da ein Sohn sich zum ersten Mal
als Hilfe erweist
für die Intrigen des Vaters.

Ist diesem Sohn auch noch bestimmt
The King of Wall Street zu werden
erhält der Moment noch mehr Gewicht.

In einem Brief aus Paris
teilte Bobbie ihm mit
er habe eine Madonna aus dem 17. Jahrhundert entdeckt
doch diesmal
»*musst du kein Geld schicken, Dad.
Ich brauche Zeit, bevor ich handle.*«

Der Sinn dieses Wartens
wurde Philip erst sechs Monate später erklärt:
Bobbie hatte einen Konkurrenten um die Madonna
ein schwerreicher Portugiese
darum sah er voraus

dass er bei der Auktion unterliegen würde.
Doch er sammelte Informationen über den Mann
und schloss aus den Fakten
dass es sich
um einen bestechlichen Geschäftemacher handelte
weniger um einen Kunstliebhaber.
Also bat er die Galerie
das Werk noch nicht feilzubieten
und besuchte derweil fleißig
Salons und Diners
mit der präzisen Absicht
den Ruf des Kontrahenten zu ruinieren.
Als dessen Renommee vernichtet war
trug er den Sieg
auf dem Schlachtfeld davon:
»*Ich habe die Schmerzensreiche in der Hand.*
Jetzt schick ruhig Geld, Dad!«

Wie viel man doch von seinen Kindern lernen kann.

Philip wählte dieselbe Strategie.
Bediente sich aber schwererer Waffen.
Vorbei die Zeiten
als Onkel Mayer mit einem Stück Torte
über die Baumwolle herrschte!
Im New York der Hochfinanz
bewegte sich alles mit einem Megaphon
»Presse« genannt.

Wer den Hebel für diesen Mechanismus besaß
durfte hoffen, jeden Krieg zu gewinnen.

Um diese Fragen ging es im Grunde
so von Philip in der Agenda notiert:
1) PRÄAMBEL: WAS SIND ZEITUNGEN ANDERES
   ALS UNTERNEHMEN?

2) FRAGE: WOVON ERNÄHREN SICH UNTERNEHMEN WENN NICHT VON GELD?
3) PARENTHESE: LEHMAN INVESTIERT IN UNTERNEHMEN
4) FOLGERUNG: MORGEN DIE EIGENTÜMER KONTAKTIEREN!

Die drei Herren von der Presse
waren überaus höfliche Menschen
dieselben exquisiten Manieren
wie bei den Erdölhändlern.
Nur das Produkt wechselte.
Das Ziel blieb das gleiche.

Philip nahm kein Blatt vor den Mund:
Lehman Brothers witterte große Gewinnspannen
durch eine massenhafte Verbreitung von Zeitungen.
NEW YORK TIMES
WASHINGTON POST
WALL STREET JOURNAL
sind sie nicht eigentlich Werkzeuge
die man nutzbringend einsetzen kann?
Und würden die Herren
durch den Schub einer Bank wie Lehman Brothers
nicht zudem sehr viel mächtiger werden?
»*Ich träume von einer Zukunft*
in der jedermann auf der Straße
– sogar in China, in Australien –
mit einer Tageszeitung unter dem Arm herumläuft.
Wenn das wahr wird, werdet Ihr glücklich sein.
Und ich als Bank ebenso.«

War das kein Geschäft von beiderseitigem Nutzen?

Die Herren von der Presse wechselten Blicke.
Jetzt war klar, warum dieser Mann
einen Namen trug, der in Karat gemessen wurde.
Und sie kamen zum Schluss
ja, sie konnten unterschreiben.

Doch als sie aufstanden, um zu gehen
holte sich Philip Lehman
den wahren Treffer
auf den er abgezielt hatte.
»Und was denken Sie über den Krieg in Europa, meine Herren?«

*»Was alle darüber denken, Mister Lehman.
Wir fürchten den Wahnsinn der Deutschen.«*

*»O nein, meine Herren, da bin ich anderer Meinung.
Preußen hat nicht genug Geld für einen langen Krieg.
Man weiß ja, hinter Armeen müssen Banken stehen.«*

*»Ah ja, zweifellos, das ist korrekt.
Kennen Sie sich in der deutschen Finanzwirtschaft aus?«*

*»Wir haben keinerlei Verbindung mehr mit Bayern.
Aber die Goldmans pflegen Kontakte, sie ja.
Just gestern sind sie zurückgekehrt.
Ich werde sie fragen und den Herren berichten.«*

Ein Samen, der zu Boden fällt
braucht im Allgemeinen Zeit
damit aus ihm die Pflanze wächst.

In diesem Fall ging es rasend schnell.
NEW YORK TIMES
WASHINGTON POST
WALL STREET JOURNAL
benötigten nur 5 Werktage
um aus vollem Hals einen Verdacht herauszuschreien:
Gab es Bürger, die mit amerikanischem Geld
deutsche Kanonen finanzierten?
Goldman Sachs zum Beispiel, auf welcher Seite standen sie?
Warum diese »auffällig häufigen« Reisen
ins Land der Preußen?

Selbst Philip
wunderte sich wirklich
über die durchschlagende Wirkung seiner Idee.
In kürzester Zeit
gab es fast keinen mehr
in der Wall Street
der nicht die Augen senkte
lief ihm ein Goldman über den Weg.
Was war das, wenn nicht ein Sieg?
Was war das, wenn nicht Gerechtigkeit?

Es hätte eine sehr gute Bilanz sein können
hätte der Erste Weltkrieg
sich darauf beschränkt
der Familienbank
diese stille Einlage zu verschaffen.

So war es nicht.
Die Geschichte nahm einen anderen Lauf.

Kurze Zeit später
sah man sie Liberty Street 119
an einem mittelmäßig regnerischen Abend
um einen Tisch sitzen:
Philip Lehman
Herbert Lehman
und eine in Rauch gehüllte Wesenheit.

Philip hatte soeben eine lange Rede
mit dem deutlichen Hinweis beendet
dass auf sein letztes Wort ein Punkt folgte
und es nichts mehr zu sagen gab.

Dann lehnte er sich zurück
und erwartete das Votum der Cousins
zu seinem Vorschlag.

Dieses Mal stand zweifelsfrei fest:
Die Frage war tatsächlich politisch ...

»*Was werden die anderen Banken tun?*«, fragte Herbert.

»*Kuhn Loeb, J. P. Morgan und Rockefeller sind bereit*
sie haben schon Kontakt mit England aufgenommen«
war die Antwort
während der Rauchvorhang um Dreidel
dem Londoner Nebel zu gleichen begann.

»*Was mich betrifft, so habe ich starke Bedenken.*
Es handelt sich hier um ein grundsätzliches Problem.
Ich frage mich, ob eine Bank
ein kriegführendes Heer finanzieren darf und will.«

»*Sich zurückziehen ist Feigheit, Herbert.*«

»*Ich frage mich das im Hinblick auf Ideale!*
Du rechnest dir nur Profite aus!«

»*Du beziehst jede Frage auf Ideale*
darum irrst du auch ständig.
Ich halte mich an die Fakten. Allein an die Fakten.«

»*Dann erleuchte mich aus der Höhe deiner Weisheit.*«

»*Gerne: Die Deutschen drohen*
Mexiko gegen uns zu unterstützen.
Sie finanzieren die Mexikaner
damit sie sich Texas zurückholen können.
Das ist ein Faktum. Kein Ideal, ein Faktum.
Und ich erinnere dich daran
dass Lehman in Texas Öl und Eisenbahnen hat.
Zweites Faktum: Ihre Unterseeboote zielen täglich auf uns
die Lusitania *wurde schon versenkt.*
Auch das ist kein Ideal, Herbert

oder willst du die exakte Anzahl der Toten?
Drittes Faktum: Wenn wir gar nichts tun
nehmen wir alle ein böses Ende.
Siegen die Deutschen, herrschen sie über die halbe Welt
Gewinnen die Alliierten, geht die Macht an die Russen.
Aber wenn wir im Krieg intervenieren, werden wir kommandieren.
Fakten, Herbert, das sind alles Fakten.«

»Für dich ist ausgemacht, dass wir den Krieg gewinnen.
Ich würde das eine Illusion nennen. Keine Tatsache.«

»Und wieder irrst du. Denn die Vereinigten Staaten
haben derzeit nur eine Million Soldaten.
Dank des massiven Eingreifens der Banken aber
werden es in einem Jahr drei Millionen sein.
Mit drei Millionen Soldaten ist der Krieg gewonnen.
Und das ist ein großartiges Faktum, lieber Herbert.«

»Außergewöhnlich. Wunderbar.
Dir zuzuhören ist ein echtes Geschenk, Philip.
Man greift ihn förmlich mit Händen, den Rand des Abgrunds.
Du würdest also, ohne zu zögern
einen Krieg finanzieren
und wir sprechen von einem Weltkrieg!«

»In einem Wort – du bist dagegen?«

»Das Thema ist höchst komplex
man braucht einen Monat, um es gründlich zu untersuchen!«

»Ich gebe dir aber nur zwei Minuten.
Denn Präsident Wilson bittet um Unterstützung
und wir können ihm nicht entgegnen
dass Lehman Brothers für seine Entscheidung
länger braucht als das Kapitol.«

»Ich will nur die Fakten prüfen
ich will nachdenken und abwägen
ich will auf meine Weise ergründen
was man von uns verlangt
als Teil der ganzen Menschheit.«

»Du bist ein Bankier, Herbert, kein Rabbiner.«

»Und du bist ein Kriegstreiber.«

»Falsch. Die Preußen sind Militaristen, nicht ich.
Willst du, dass die Deutschen über die Welt herrschen?«

»Auf gar keinen Fall.«

»Dann muss man die Deutschen bekämpfen
Und das nicht mit Worten, nein, mit Granaten.«

»Und mit unserem Geld?«

»Mit der amerikanischen Wirtschaft, Herbert
deren Teil zu sein, Lehman Brothers die Ehre hat.«

»Ich verlange
dass das Problem nicht auf ein Ja oder Nein reduziert wird.
Es gibt tausend grundsätzliche Fragen
die du hartnäckig ignorierst.
Wenn der Staat sich an eine Bank wendet
damit sie sein Heer finanziert
was kann die Bank als Gegenleistung verlangen?
Gesetze? Regeln?
Verstehst du
dass so ein gefährlicher Präzedenzfall entsteht?«

»Das ist nur ein Haufen Worte.«

»Ganz zu schweigen davon
dass wir die Spareinlagen der Bank
bis jetzt in Wachstum investiert haben
du aber willst sie benutzen, um zu töten.
Glaubst du nicht, dass wir theoretisch
jeden unserer Kunden fragen müssten
ob er dieser Verwendung seines Geldes zustimmt?«

»Schweif nicht ab, Herby, das ist bloß Geschwätz.
Worte sind Zeitverschwendung
sie sind, als würde man Whisky in Wasser auflösen.
Also weniger Luftblasen und mehr Substanz.«

Herbert wollte darauf etwas erwidern
er goss sich schon vom Single Malt ein
doch ihm blieb keine Zeit mehr.

»Darf ich das Wort ergreifen?«
fragte Dreidel
und drückte seine Zigarre aus.

Er erhob sich.

Zog ein Notizheft aus seiner Jackentasche.

Räusperte sich.

Und dies ist, was er sagte:

Siebenundzwanzigstes Kapitel

A LOT OF WORDS

Als ich zur Welt kam, in Alabama
– über ein halbes Jahrhundert ist seitdem vergangen –
war da ein Schwarzer
der trug immer einen Hut
wir nannten ihn Rundkopf.
Einen Karren hatte er, zwei Gäule davor
damit fuhr er die Baumwolle hin und her.

Eines Tages – ich war noch nicht 5 –
nahm er mich mit auf seinem Karren
und wir fuhren zur Plantage.

Ich galt als ein Meister der Zahlen.
Mit 4 zählte ich schon sehr gut
sogar meine Mutter staunte.

Bevor wir losfuhren
zeigte Rundkopf lächelnd mit dem Finger auf mich.
»Jetzt, wo du zählen kannst, kleiner Herr
sollst du mir sagen, wie viele Karren, wie viele Pferde
wie viele Hunde und wie viele Kinder
uns auf dem Weg nach Sweet Hill begegnen!«

Heute weiß ich, es war nicht sein Ernst.
Doch damals?
Ein Kind kennt keinen Unterschied
zwischen Witzen und ernsten Sätzen.
Ich nahm die Herausforderung an.
Zählen gefiel mir, darin war ich ein Ass.
Rundkopf hielt die Zügel
und ich beobachtete die Straße genau:

1, 2, 3, 4 Karren
20, 30, 40 Pferde
8, 9, 10 Hunde
50, 55, 60 Kinder ...

An diesem Tag
hatte Rundkopf
wohl eine Art Folter für mich im Sinn
denn auf der ganzen Fahrt
sang er ununterbrochen
einen Psalm.

Ich widerstand
mit all meiner Kraft.
Ich zählte, er sang.

Als der Karren im Hof von Sweet Hill hielt
zeigte ich mit dem Finger auf ihn:
»Hab alles gezählt! Ich weiß die Zahlen genau!«

Das kam nicht gut an, er war nicht drauf gefasst.
Sagte, nur um nicht stumm zu bleiben:
»Junger Herr, ich hoffe, du hast nicht gelogen
denn in meiner Religion – auch in deiner, denk ich –
ist Schwindeln schwere Sünde ...«

»Ich schwöre, alles ist wahr!«, schrie ich.
»Es sind 43 Karren
90 Pferde
21 Hunde
und 78 Kinder
79 mit dem, der uns zuwinkt, da hinten am Brunnen.«

Rundkopf lächelte.
Und ohne an die Folgen zu denken
kam er mit einer dieser Geschichten
die du schluckst, dann rutschen sie dir

in den Magen und tiefer hinab
wo all das Zeug landet
das du nicht verdauen kannst:
»Aber ich kann nicht wissen
ob du lügst, junger Herr ...
Denn wer den Karren lenkt
zählt andere Karren nicht
wer die Pferde antreibt
zählt auf dem Weg keine Pferde
wer Hunden und Kindern ausweichen muss
hat fürwahr keine Zeit, sie zu zählen.
Und du hast's ja gehört: Ich sang den Psalm
nur wer still ist, kann sich mit Zahlen befassen.
Verstehst du, was ich meine, junger Herr?«

Ich hatte verstanden, natürlich.
Ich hatte verstanden, und ob.
Ich hatte verstanden, vielleicht nur zu gut.

So stieg an jenem Abend
die Anzahl der Karren auf 116
die der Pferde auf 320
die der Hunde auf 98
und die der Kinder auf 204
mal abgesehen von
17 schwangeren Frauen
11 Soldaten
7 Bettlern
2 Barbieren
und so weiter
äußerst exakt.
Erbarmungslos.

Die Menschheit
teilte sich nun in zwei Gruppen:
jene, die singend fahren
und jene, die – still und stumm –

Karren, Pferde und alles andere zählen.
Zu dieser Spezies gehörte ich.

Und so stand mir
schlagartig
meine Rolle als universaler Zähler
klar vor Augen.
Ich würde dem Lauf der Welt zusehen
und Buch darüber führen
ohne mich je ablenken zu lassen
ohne je den Faden zu verlieren.

Kaum oder gar nicht störte mich
dass ich im Laufe der Jahre
außer mir keinen traf, der diesen Dienst versah.
Alle bestiegen die Karren nur, sie zu lenken
keiner überließ andren die Zügel
keiner außer mir.

Verheerend war obendrein
– wie schon Rundkopf mit seinem Psalm –
die laute Betriebsamkeit um mich herum.

Für mich ein Grund mehr
nicht nachzugeben.
Sollten sie doch reden
sollten sie doch alle reden.
Was mich betraf, ich zählte.
1, 2, 3, 4 ...
170, 1300, 4000 ...

Mir war der Abakus zugedacht
anstelle der ABC-Fibel.
Aber ich klagte nicht.

Seit über sechzig Jahren
zähle ich pausenlos.

Krisen, zugegeben, die gab es.
Wer mit dem Additionszwang geboren wird
stößt von Zeit zu Zeit
auf seinen einzigen
schrecklichsten Feind:
Das jähe Gefühl, ein Nichts zu sein
im Vergleich zur zählbaren materiellen Welt.
Wohl wahr: Leicht ist das nicht
und manchmal der blanke Horror.

So geschah es mir einst
vor einer Kristallschale
voll Zuckerwürfel.
Unmöglich zu zählen.

Und einmal
der Bürgerkrieg hatte begonnen
war der Marktplatz so voll wie nie
überall Köpfe, Hände, Haare und Fahnen.
Ich verlor den Faden.

Und hat man den einmal verloren
fällt es schwer, neu zu beginnen.

Bis ich 20 wurde
zählte ich die Worte der Menschen und reale Dinge
doch Letztere waren mir lieber.
Ich stand in jener Phase des Lebens
in der das, was du siehst
wichtiger zu sein scheint
als das, was du denkst.
Doch bekanntlich verändert sich jeder.
Du entdeckst
dass das Innen weit schlimmer ist als das Außen
und das ist der Anfang:
Du gehörst nun zu den reifen Menschen.

*Gewöhnlich braucht es Zeit
um das zu erkennen.*

*Die Wende war dramatisch für mich.
Ich fuhr mit euren Vätern
geschäftlich nach Oklahoma.
Auch dort wurde ich hart geprüft.
Mein Bemühen, die Bohrer zu zählen
sie von den Ölquellen zu trennen
und die Quellen ihrerseits von den Röhren
wurde sabotiert
vom Gekläff eines Hündchens
das mich ununterbrochen
provozierte.
Aber nicht das brachte mich aus der Fassung
ich war ja kein Dilettant.*

Der kritische Faktor war subtiler.

*Als ich hörte
dass der Hund meinen Namen trug
war mir, als risse der Himmel auf:
Konnte derselbe kleine Laut
einen Meister der Addition
und ein Tier bezeichnen
das von Zahlen nichts wusste?
Im Nu fasste ich einen Entschluss:
»Es muss Ordnung geschaffen werden
im Chaos der Worte.
Es muss Licht gebracht werden
ins Dunkel des Sprechens.«*

*Meine neue Mission zu besiegeln
brachte ich Licht im wahrsten Sinne des Wortes
ich setzte das schwarze Öl des Petroleums in Brand.
Alle schrien: »Feuer!«
und das war es wirklich:
leuchtend, erhellend.*

Für mich der entscheidende Durchbruch.

*Am selben Abend hörte ich auf, Dinge zu zählen
und zählte von da an nur Wörter.
Denn sie enthalten alles.*

*Rundkopf hatte wirklich Recht.
Wer den Karren lenkt, kann nur ans Lenken denken.
Heute weiß ich, dass auch der, welcher spricht
sich mit dem Sprechen begnügt.*

*In diese Hefte schreibe ich meine Zahlen
ich habe Unmengen davon.
Und darin steht ihr alle.
Ausnahmslos.*

*Jahr um Jahr
habe ich ohne je innezuhalten
zugehört, wie ihr sprecht.
Und die Zahlen notiert.
Nicht die Gefühle: die Zahlen.
Wie sagtest du gerade, Philip? Die Fakten.
Auch Worte sind Fakten.
Sie sind Fakten vor den Fakten.
Es ist ein Faktum, dass ihr sie benutzt.
Es ist ein Faktum, dass sie Wirkung haben.
Von wegen mit Wasser verdünnter Whisky!*

*Was war den letzten dreißig Jahren
in diesen Büros zu hören?
Das frage ich euch.
Welche Sprache habt ihr gesprochen?*

*Im ersten Jahr, das ich hier verbrachte
waren drei Wörter in aller Munde:
21 546 Mal habt ihr ERTRÄGE gesagt.
19 765 Mal habe ich RENDITE gehört.
17 983 Mal das Wort EINNAHMEN.*

*Keines dieser Wörter
steht in den letzten Jahren mehr
oben auf meiner Liste.*
*INTERESSE gewann mit 25 744 Mal den ersten Platz
gefolgt von AKTIVA, ihr sagtet es 23 320 Mal.*
*Das sind keine Luftblasen
das ist Substanz, denke ich, lieber Cousin.*
*Denn die ERTRÄGE, die RENDITE und EINNAHMEN
sind Geld, das hereinkommt – man sieht es.*
*Onkel Mayer und Onkel Emanuel
schrieben jeden Abend auf
wie hoch die EINNAHMEN waren.*
*Übrigens Philip: Du sagst nie GEWINN, du sagst NUTZEN.
Und das INTERESSE? Wo ist es? Kann man es sehen?
Du sagst ständig: »EIN INTERESSE HABEN« ...
Und meinst die Teilhabe der Bank, wenn du es sagst.
Willst sichergehen
dass unser Name einbezogen wird
in jedes
– ich sage: wirklich in jedes, egal welches – Geschäft.
Wenn man dir eines Tages sagen würde
die Cholera habe kommerzielle Auswirkungen
würdest du gerne an Cholera erkranken
nur um sagen zu können:
»ICH HABE EIN INTERESSE, ICH BIN EINBEZOGEN.«*

*Was mich betrifft
so ziehe ich vor, nicht an Cholera zu erkranken.*

*Doch das ist nicht alles.
Allein im letzten Jahr
hast du 3654 Mal UNS DURCHSETZEN gebraucht
früher hast du das ERHALTEN, GELINGEN, ERZIELEN genannt.
2978 Mal hast du EXPANDIEREN gesagt
und 2120 Mal VERHINDERN.
Mir fiel auf, dass du früher KONKURRENZ sagtest
heute sagst du: DER FEIND.*

Einst sagtest du WERKZEUGE, jetzt sagst du WAFFEN.
Kann es sein, frage ich mich
dass du seit langem schon Krieg führst
obwohl du uns jetzt um Zustimmung bittest
wirklich in den Krieg einzutreten?
Sind das keine Fakten?
Oder ist es im Wasser aufgelöster Whisky?

All das betrifft natürlich
nur die Wörter, die ich bis jetzt hörte
nicht die, die ihr ab morgen benutzen werdet.

Denn, meine lieben Cousins
da ich euch ein Leben lang sprechen hörte
darf ich vermutlich zu Recht eine Frage stellen.
Im Grunde nur eine einzige.

Denn sie ist die wichtigste
aller Fragen, die ein Mensch
sich selbst stellen kann:
Welche Wörter wollt ihr benutzen?

Wäre dieses Notizheft das des morgigen Tages
oder das der nächsten 10 Jahre:
Welche Wörter würdet ihr
nicht gern darin sehen?

Der Mund gehorcht, er ist nicht frei.
Die Lippen sind Angestellte.
Jeder spricht selbst gewählte Worte.

Also
entscheidet, was ihr sagen wollt.
Und was ihr nicht sagen wollt.

Welche Verben ihr verbannen
welche Wörter ihr verjagen werdet.

Diese Bank
die unseren Namen trägt
kann selbst wählen, welche Sprache sie spricht.

So.
Mehr habe ich nicht zu sagen.

*

Danach
schwieg Dreidel.

Es war späte Nacht.

Er öffnete die Tür
und verschwand im langen, leeren Flur.

Seit dem Tag
hat ihn bei Lehman Brothers
niemand mehr gesehen.

Drittes Buch

DER UNSTERBLICHE

Erstes Kapitel

ZAR LEHMAN

Ob sie mit unserem Geld
wohl auch Rimpar zerstört haben?

Herbert Lehman geht das nicht aus dem Kopf
seit die Zeitungen
jeden Tag
von den Erfolgen der Luftwaffe berichten:
BOMBENNACHT ÜBER LEIPZIG
FEUERREGEN AUF DRESDEN
AMERIKANISCHE ADLER ÜBER FRANKFURT.
»*Hast du das gelesen, Philip?*«

»*Ich habe es gelesen, Herbert.*«

»*Und du machst dir keine Sorgen?*«

»*Wenn ich mir Sorgen machen soll
denke ich eher an die russische Revolution.
Das Volk an der Macht begeistert mich nicht.*«

»*Wir verwüsten Europa mit Feuer und Schwert!
Und es ist das erste Mal, dass ein Krieg
erst mit Banken und dann mit Soldaten geführt wird.
Das schafft einen Präzedenzfall, verstehst du?*«

»*Ich muss dich korrigieren, Herbert.
Kriege wurden immer mit Geld geführt.
Einfach, weil Waffen nicht auf Bäumen wachsen.*«

»Du sagst also, dass Kriege den Banken nützen?«

»Krieg ist wie Fieber, lieber Cousin.
Unangenehm, aber es reinigt den Körper.
Und wenn das Fieber verschwindet
geht es dir tausendmal besser als zuvor.«

»Du banalisierst noch die ungeheuerlichsten Dinge!«

»Ich betrachte die rohe Wirklichkeit, du interpretierst sie.
Das ist der Unterschied
zwischen Finanzwirtschaft und Politik.«

»Heißt, du nennst mich einen naiven Idealisten?«

»Nein, ich biete dir nur einen Whisky an.«

Seit Philip und Herbert
die Bank nur noch zu zweit leiten
hat der Alkohol eine entscheidende Funktion:
Er sorgt für den einzig möglichen Kompromiss
zwischen Finanzen und Idealen.

Derweil träumt Herbert jede Nacht
von einer Flugzeugflotte
alle mit dem Markenzeichen Lehman Brothers
sie überfliegen die Bank, drohend
dröhnend laut
und plötzlich
bombardieren sie New York
mit Torpedos aus massivem Gold.

Wenn Herbert schreiend erwacht: *»In den Bunker! Schnell!«*
sieht sein Sohn Peter ihn an wie einen Irren:
»Wir haben keinen Bunker im Haus, Dad
wir haben nicht mal einen Keller.«

Derweil träumt Philip
von einer Menge Kosaken
in der Uniform der Bolschewisten
mit sehr hohen Kolpaks.
Sie belagern Liberty Street
schreien »*Tod dem Zaren!*«
und Philip fürchtet, er selbst ist Nikolaus II.
Andererseits
hat der Zar immerhin Kapital
900 Millionen Dollar.
Teilweise auch bei Lehman Brothers investiert.

Ein kleines Detail seines Traums
bleibt Philip unverständlich:
Warum um alles in der Welt
stürzt plötzlich
ein silberner Falke senkrecht vom Himmel
packt Philip mit seinen Krallen an den Schultern
und bringt ihn in Sicherheit?

Man erzählt von einem Typen in Europa
– ein Jude, einer von uns –
dem einfiel, Träume zu deuten.
Offenbar hat nachts alles einen Sinn.
Das hat der Typ auch in einem Buch geschrieben.

Philip Lehman
hat es aufmerksam gelesen.
Hat aber nichts verstanden.

Schreibt gar nicht schlecht, dieser Doktor Freud
aber Philip hätte lieber
ein Wörterbuch
das ihm beibringt, seine Träume – so wie sie sind –
fein säuberlich
in Blockschrift
in seine Agenda zu übertragen.

Doch nichts zu machen.
Dichter Nebel.

Der silberne Falke bleibt gesichtslos.

Seltsam, wie dem Menschen manchmal
schlagartig
bewusst wird
dass er etwas unterschätzt hat
weil er für so selbstverständlich hielt
dass ihm nicht in den Sinn kam
es zu überprüfen.

Das widerfuhr Philip Lehman
als sein Sohn Bobbie endlich zurückkam
auf amerikanischen Boden
nachdem der Junge – jugendlicher Eifer –
um jeden Preis in der Armee hatte kämpfen wollen
um »*die europäische Kunst zu verteidigen*«.

Richtig gehört.
Nicht für unsere Interessen zu kämpfen.
Nein, »*die europäische Kunst zu verteidigen*«.

Andererseits
hatte Philip sich vor dem Krieg
Bobbie niemals aufgedrängt
ihn gebeten, mit den *hobbies* aufzuhören.
Im Gegenteil: Die Idee, seine Bank
einem Dandy zu vererben
einem Pferde- und Kunstliebhaber
war ihm als Geniestreich
und als sportlich-kultureller Beitrag
zur Finanzwelt erschienen.

Hatte er etwa übertrieben?

Bobbie sprach, recht bedacht
nie über finanzielle Themen.

Er hatte in Yale abgeschlossen, jawohl.
Aber was er über die Wirtschaft dachte
erwähnte er nie.
Sogar wenn das Gespräch
zufällig
auf seine Studien kam
nahm er das im Nu als Vorwand
von seinen Erfolgen beim Polo zu erzählen
als er Kapitän
der Universitätsmannschaft war.

Ja. Darüber sprach er gern.
So wie über Kunst.
Und Pferderennen.
Und biblische Geschichten, manchmal
immerhin war er jahrelang
in Gesellschaft
dieser grässlichen Drucke aufgewachsen
die zur Strafe
in seinem Schlafzimmer hingen.
Wen wundert es also
wenn diese vollbärtigen Propheten
    diese brennenden Dornbüsche
        diese geteilten Meeresfluten
           diese mit einer Schleuder getöteten Ungeheuer
sich durch jahrelanges Betrachten
als letztes Bild vor dem Einschlafen
seinem Geist eingeprägt hatten?
So sehr
dass er annehmen musste
er gehörte selbst ein wenig dazu?
Nicht selten
hatte er
nachts geträumt

er müsse eine Arche bauen
oder einen Goliath besiegen
womöglich von Jonas Walfisch verschluckt werden ...

Die Kindheit ist bekanntlich prägend.

Nun gut.
Als er unbedingt in die Hölle des Krieges hinabsteigen wollte
(was ihm als bizarre Laune gewährt wurde)
war Bobbie
vielleicht nicht bewusst
dass er seinen Vater einer ernsten Gefahr ausgesetzt hatte:
Ein Pferd, das dazu bestimmt ist
auf den Rennbahnen der halben Welt zu siegen
kann nicht in den Schlamm der Argonnen geschickt werden
um Granaten und Maschinengewehrfeuer auszuweichen.
Wenn er nun gestorben wäre?

Wie auch immer.
Moden sind Moden und die Jugend erliegt ihnen oft.
Er wollte den kleinen Soldaten spielen? Sollte er doch.
Jeder von uns hat seine *Spleens* gehabt.

Zum Glück kehrte er ohne einen Kratzer zurück.

Doch der Zufall wollte
dass der Krieg – der echte –
erst noch beginnen sollte.

Nach einem langen Abendessen in der Familie
bei dem Bobbie
gefragt, wie er über die Börse denke
als Antwort ein Loblied
auf eine Sammlung expressionistischer Gemälde sang
die im Erdgeschoss der Wall Street hingen
stellte Philip Lehman
sich endlich die Frage

ob sein Sohn
außer Weltkriege zu gewinnen
auch bereit war, in der Bank zu siegen.

Schließlich, so sagte er sich
hatte er viel in ihn investiert
als Vater natürlich
aber auch als Bankier.

Und bekanntlich werden Investitionen
nicht ohne ein Ziel gemacht.

Darum
beschloss der Vater
am nächsten Morgen
an einem jener Tage
die in Erinnerung bleiben
in aller Ruhe
ihn zu sich zu rufen.
Nicht ins häusliche Wohnzimmer.
Nein, in sein Büro in der Bank:

»*Verehrter Sohn*
von den vielen möglichen Anfängen für diese Rede
habe ich eine Metapher ausgesucht.
Sie kommt aus deiner großen Liebe: dem Polospiel.
Nach jeder Matchpause wechselt ihr das Pferd.
Das ist die wichtigste Regel, wenn ich nicht irre
und sie macht Polo zu einem Sport für Eliten
denn wer spielt, braucht fünf, sechs Pferde.
Gut. Fahren wir fort.
Lehman Brothers
das von deinem Großvater auf mich überging
ist dem Polospiel nicht unähnlich:
Für die Bank müssen mehrere Pferde bereitstehen
um aufs Feld zu gehen.
Und das ist der Grund

warum ich es für richtig erachte
dich, mein verehrter Sohn
sehr bald
ins Herz der Bank eintreten zu lassen.«

»*In die Bank, Dad?*
Ehrlich, ich weiß nicht, ob mich das interessiert.«

Philip Lehman
hat den deutlichen Eindruck
nicht recht verstanden zu haben.
Sehr höflich
ohne das kleinste Zeichen von Unbehagen
formuliert er das Angebot um:

»*Verehrter Sohn, lieber Bobbie*
dein Vater hat diese Bank übernommen
als sie sich auf die Nullkommas stützte.
Ich habe daraus ein Monument gemacht
mehr noch
ich habe daraus ein Musterbild gemacht.
Wir sind die Lymphe, die der Pflanze Leben schenkt
hielten wir auch nur einen Moment inne
bräche das ganze System im Nu zusammen.
Darum ist, wer den Namen Lehman trägt
zu großen Taten aufgerufen
und wie ein Jockey, Bobbie
geht er immer hinaus aufs Feld.«

Philip lächelt
er hat die Metapher des Pferderennens gewählt
um seinem Sohn zu schmeicheln
der sich tatsächlich gerührt zeigt:
»*Das ist alles sehr schön.«*

»*Das ist es. Du, Bobbie, bist auserwählt.*
Dein Platz ist hier, an meiner Seite.
Und eines nahen Tages hinter diesem Tisch.«

»*Danke, Dad, danke aus tiefstem Herzen.*
Doch wie ich schon sagte: Ich bin nicht interessiert.«

Philip Lehman
hat den deutlichen Eindruck
nicht recht verstanden zu haben.
Er atmet tief ein
und holt zum nächsten Schlag aus:

»*Verehrter Sohn, lieber Bobbie*
du bist ein intelligenter Junge.
Ganz ehrlich, sag mir:
Glaubst du, als Noah die Arche baute
hätte ihn jemand gefragt: ›*Willst du das tun?*‹
Und Elias? Und Jeremias? Und Jona?
Glaubst du, sie wurden je gefragt
ob sie Lust hätten, Propheten zu sein?
Und König David? Wurde gegen Goliath geschickt
doch niemand bat ihn um Erlaubnis …«

Er hat biblische Bilder gewählt
um den patriarchalen Stolz seines Sohnes zu wecken
doch die erwünschte Wirkung bleibt aus:

»*Aber das war* HaSchem, *Dad, wenn ich nicht irre* …«

Philip zwingt sich zur Ruhe
und versucht es erneut
mit einer Metapher aus den *Hobbies* des Jungen:
»*Wärst du ein Giotto, ein Botticelli oder Guercino*
glaubst du, es stünde dir frei, ob du malst oder nicht?«

»*Tatsächlich, Dad, genau darum geht es.*
Ich glaube, ich habe kein Talent für Geschäfte.«

Nun kommt die – vom Sohn geliebte – Sprache
militärischer Hierarchien zum Zuge:

»Ich befehle dir eine Mission
und Missionen sind Pflicht für den
der sich freiwillig anwerben ließ!«

Darauf, in aller Unschuld:
»Ich habe mich nicht von der Bank anwerben lassen, Dad.«

Philip
ignoriert den Krampf im Magen
und müht sich, einen Kompromiss zu finden
indem er zur väterlichen Waffe der Milde greift:
»Schluss jetzt, Bobbie! Du wirst Bankier!
Es ist beschlossen, ich will ich es, ich habe entschieden.«

»Es ist ja nicht so, dass ich nicht will
ich kann nicht
und wenn ich nicht kann, dann muss ich nicht.
Also sucht euch einen anderen.«

Das trifft Philip
als veritabler Rückstoß.
So dass er zum ersten Mal
(nicht an diesem Nachmittag – in seinem Leben)
keine Antwort findet.

Und es kommt schlimmer.
Denn der Sohn fängt wieder an:

»Von allen Menschen der Welt, die ich kenne, Dad
bin ich meiner Meinung nach
am wenigsten geeignet, diesen Posten zu übernehmen.«

Es gibt Momente
in der Geschichte zwischen Vater und Sohn
wo man am Scheideweg steht
zwischen Triumph und Todesurteil
und meistens
ahnt man nicht, dass man wählen kann.

Philip Lehman aber
begreift die Alternative
als stünde sie schwarz auf weiß geschrieben.

Er bleibt am Scheideweg stehen
betrachtet die beiden Wege
erforscht die beiden Horizonte genau.

Und trifft ohne zu zögern
seine Wahl.

Zweites Kapitel

THE ARTHUR METHOD

Die perfekte geometrische Ordnung
der Dekoration
ist von elementarer Bedeutung
für das *Kidduschin* am heutigen Tag.

Darum wurde der Tempel
in zwei halbkreisförmige
Bereiche unterteilt.
Genau in der Mitte trennt sie der Gang
wie der Durchmesser eines Kreises
und auf beiden Seiten
schuf man symmetrisch
60 Plätze für Erwachsene und 22 für Kinder.
Die Damen wurden gebeten
keine breiten Hüte zu tragen
Platzverschwendung ist zu vermeiden.
So viel zur Gemeinde.
Die Zeremonie selbst
wird auf einer horizontalen Linie
außerhalb der Halbkreise
aber senkrecht zum Durchmesser des Tempels
stattfinden.

Wer weiß, ob die Braut
wenn sie eintritt
mit ihrem seidenen Schleier
in einem Winkel ihres Gedächtnisses
die Erinnerung an den Tag bewahrt
als ein kleiner Lehman
ihre Lieblingsschleife im Schlamm zertrampelte
und sie mit erlesenen Beleidigungen bedachte.

Kein nebensächliches Detail
da dieser Junge
schon bald ihr Ehemann wird
wodurch diverse raumzeitliche Zyklen
in einer Ellipse enden.
Ökonomische übrigens auch.

Besonders
Letztere
(maßgeblich für Philip
doch der ganzen Familie willkommen)
springen ins Auge
da sich hier niemand Geringeres
im Bund der Ehe vereinigt
als ein Lehman und eine Lewisohn
das heißt
eine Art Abkommen zwischen Olympiameistern
ein Pakt zwischen den Königen der Wall Street
und den Herren des Goldes
ein Bündnis zwischen den ersten Reihen des Tempels
und – warum nicht? –
eine moralische Ohrfeige für die Goldmans
die sich tatsächlich nicht blicken lassen.

Lehman-Lewisohn.
Zwei L oder drei, fügt man *leaders* hinzu.
Arthur und Adele.
Zwei A oder drei, fügt man *arithmetic* hinzu.

Die Arithmetik nämlich
spielte die wichtigste Rolle
bei der Vorgeschichte
dieser Hochzeit.

Wie hätte es anders sein können
da im Leben von Arthur Lehman
nichts mehr
ohne mathematische Auswirkung ist?

Schon als Kind
für sein polemisches Naturell bekannt
hatte Arthur sich
als er heranwuchs
durch eine Folge
wahrer Geniestreiche der Hinterlist ausgezeichnet.
Dank einer meist brüsken Praxis
– stets mit Selbstermächtigung –
gelangen ihm im Lauf der Zeit
Manöver, die mindestens mythologisch zu nennen waren:
– er schaffte es, seinen Brüdern Geld zu stehlen
und aus den Kassen der Bank zurückzuerstatten
– er überredete die Schwestern, ihm ihre Puppen zu verpfänden
– er erschreckte Sigmund mit einer fast exakten Berechnung
der Tonnen Donuts, die sein Bruder in einem Jahr verschlang
– er ging so weit, Stundenlöhne zu verlangen
um im Park Onkel Emanuels Rollstuhl zu schieben.

Anfangs wurde jede dieser Wundertaten
einem natürlichen Talent zur Chuzpe zugeschrieben
(und jenem säuerlichen Nachgeschmack
der typisch für bayrische Kartoffeln ist)
doch mit den Jahren
begann der Junge sich von außen zu betrachten
womit er
die übereilten Vorurteile der Verwandten übersprang:
Er war nicht sein Cousin Dawid.

Und je länger er das bedachte
desto mehr schien ihm hinter seinen Listen
etwas anderes zu stecken
als ein simples Diplom in Heimtücke.
Im Gegenteil
er erkannte in ihnen
einen vage wissenschaftlichen Anstrich.
Darum irrte gewaltig
wer meinte, Arthurs Talent

in jenes Indianerreservat verbannen zu können
wo die Exzentriker der Familie oft landen.
Sollten sie doch über seine Schrullen lachen
in ein paar Jahren
würden sie gesalzene Preise bezahlen
nur um sie zurückzubekommen.

Kurzum
wie es oft geschieht
bei wirklich tüchtigen Menschen
entschied Arthur für sich selbst.

Er wusste nicht *was*
akzeptierte aber die Aufgabe eines *etwas*.

Einstweilen setzte er
in Erwartung, dass das Gas feste Form annahm
seinen Nachnamen in Klammern
und machte mit den Verwandten
an einem unbestimmten
noch weit entfernten, aber unabwendbaren Tag
ein Treffen aus
bei dem sie ihn
auf dem Gipfel seines Erfolgs
suchen würden.

Nun ist bekanntlich
in allen Familien
(durch ein Statut der Ahnen) eine Schonzeit vorgesehen
welche im Namen des Mitleids und Erbarmens
denen gewährt wird
die unter krankhaftem Ehrgeiz zu leiden scheinen.
Ist die Zeit abgelaufen
bittet man sie, normalere Gefilde anzusteuern.
Dieser Zeitraum
nach alter Gewohnheit auf ein, zwei Jahre terminiert
wird

in wechselnden Dosierungen
mit jener Mischung aus Heiterkeit und Dissens gelebt
die selbst Karl den Großen entmutigt hätte.

In Arthurs Fall aber
endete die Quarantäne weit früher
– praktisch sofort –
als der Junge nämlich
die Startlinie in den Blick nahm:
Den Stützbalken seines Gebäudes
bildete im Grunde ein einziges Wort.
Oder besser: eine Handvoll Zahlen.

In jenem entscheidenden Moment
da der jugendliche Elan sich Bahn bricht
stieß Arthur nämlich
in einem Heft
auf die Ziffern 1 bis 10, unbeholfen gekritzelt, als Kind
und es beeindruckte ihn sehr
wie viele Kombinationen
man theoretisch
aus diesen simplen Krakeln in schwarzer Tinte bilden konnte:
Die Mathematik trug das Universum
und wenn er sie in der Hand hielt
gab es nichts, was ihm entwischen konnte.

Das war das Postulat.

Ein erhellendes Beispiel, welches beweist
dass die Intuition eines Augenblicks mitunter genügt
um den Milliarden Momenten, die folgen
einen Sinn zu verleihen.

Im Allgemeinen ein poetischer Augenblick.
Arthur nahm ihm die Poesie
als er ihn prosaisch abwandelte:
»*Ich werde gewinnen, und ich werde mit Zahlen gewinnen.*«

Und so verwirklichte sich
bei Arthur Lehman
in Form eines existentiellen Projekts
jene Verbindung zwischen Wissenschaft und Herrschaft
die sich zumeist als Unheil erweist
und uns wünschen lässt
Pythagoras möge ein solcher bleiben
ohne mit Nachnamen Bonaparte zu heißen.

Wenigstens gab es in diesem Fall
zum Glück
keine militärischen Implikationen
allenfalls finanzielle:
Da die beiden Sphären (für kurze Zeit) noch getrennt waren
kam die ganze Menschheit ungeschoren davon.

Für Arthur war's ein erregender Durchbruch.
Mit dem Hebel der 10 Ziffern
würde er nicht nur seine Zukunft anheben
sondern auch die der Familienbank
da sofort für ihn feststand
dass der Begriff des Gewinns
nichts anderes war
als ein algebraisches Geheimnis.

In den nun folgenden Jahren
widmete er sich mit Leib und Seele
der unendlichen Akrobatik der Zahlen
studierte sie bis zur Erschöpfung
oft Tag und Nacht
bis ihm die Schläfen brannten.
Verschlang Gleichungen, Logarithmen und Primzahlen.
Wurde ein Meister der Theoreme
ließ sich nicht einschüchtern
von keiner Art Problem.
Und wir sprechen nicht nur von Arithmetik.

Im Gegenteil.
Eben das war der kritische Punkt.

Denn die Wissenschaft der Berechnung
verhielt sich bei ihm wie die Flüsse
die häufig über die Ufer treten
und Schaden anrichten.

Wenn sein Bruder Herbert
sogar bei der Wahl einer Suppe
auf die Politik zurückgriff
gab es in Arthurs Dasein
schon bald
keinen noch so banalen Aspekt mehr
den er nicht mathematisch zerlegte.
Denn alles erschien ihm
(zunehmend) als Chaos.
Und organisieren konnte es nur die numerische Logik
die für die Ordnung der Dinge so nötig ist
wie Erziehung für die Erlösung der Wilden.

In ein Restaurant eingeladen
konnte Arthur einfache Fragen
wie »*Hat dir das Essen geschmeckt?*«
nicht beantworten
ohne sich einer speziellen Formel zu bedienen:
Nahm man den Wert X_Q für die Servicequalität insgesamt
leitete er sich ab aus der Summe
von R (gekochte Rohstoffe) und P (Höflichkeit des Personals)
von der man einen Faktor S (seine abendliche Stimmung)
abziehen musste.
Das Ganze natürlich geteilt
durch K + K + K (Kosten der einzelnen Gänge).
Die Antwort bestand daher positiv aus einem:

$$X_Q = \frac{(R + P) - S}{K + K + K}$$

Damit nicht genug.
Zum Anhänger
einer ökonomischen Religion geworden
begriff er nun alles
als Teil eines Kosten-Nutzen-Systems
wo jedwedes Ding (sogar die Luft)
nur mehr eine quantifizierbare Größe war
verzeichnet im Hauptbuch der Höchsten Kasse.
Er wagte darum
seine persönliche existentielle Synthese:
Vorausgesetzt, der Planet Erde
war eine Gesamtheit von Ressourcen
(mithin ein Gut G)
verbrauchte jeder Mensch
nur weil er atmete, sich bewegte und nährte ($G^A + G^B + G^E$)
einen Teil dieses gemeinsamen Kapitals
machte es sich zu eigen (G^1)
und entzog es anderen.
Gleichzeitig aber
gab der Einzelne durch seine Arbeit (A)
seine Stimme bei Wahlen (W) und seine Reproduktion (R)
den anderen einen sozialen Nutzen (N) zurück.
Darum ließ sich
legte man jeder Variable einen Parameter von 1–100 zugrunde
ein X^{sF} quantifizieren
worunter nichts Geringeres zu verstehen war
als die sozioökonomische Funktion des Individuums.

$N = A + W + R$
$G_1 = G_A + G_B + G_E$
$X_{sF} = (A + W + R) - (G_A + G_B + G_E)$

Es geschah just in dieser Phase
am Rand einer Psychose
dass Arthur Lehman (AL^1) Adele Lewisohn (AL^2) wiedererkannte
und sie, verglichen mit seiner Erinnerung
radikal verändert fand [AL_2 (Z = jetzt) ≠ AL_2 (Z = damals)]

Nachdem sie
das Trauma der Schleife überlebt hatte (T^S)
hatte sie sich entwickelt.
War jetzt ein weiblicher Algorithmus (w)
von erheblicher Anmut (AL_2 (Z=jetzt) = w AL_2 (Z=damals))
dessen Charme auf Arthur jedoch
nicht die geringste Wirkung hatte [w AL_2 (Z=damals) $\notin AL_1$].

Am meisten beeindruckte ihn
dass sie tanzte (Δ).

Doch nicht, weil er die Tanzkunst liebte.

Eines Tages (T) nämlich
bei einem zufälligen Treffen im Park (T^P)
war er ihr sehr verstört erschienen
konnte sie sich doch
nicht im Traum vorstellen
dass er gerade den Einfluss des Federviehs (X^F)
auf das ökonomische System
der städtischen Grünanlagen (SG) berechnete.
Sie dachte an eine Nervenkrankheit
schloss Nachwehen der Windpocken nicht aus
und war so gerührt
bei der Erinnerung an Arthur als Kind
dass sie als Erste das Wort ergriff
und ihn einlud
zur nächsten Tanzvorstellung (T^T), nachmittags
auf einer berühmten New Yorker Bühne (B).

Im Parkett sitzend (P)
wieder an einem Scheideweg des Lebens
sah AL^1
wie seine Idee mathematischer Ordnung
auf einer Bühne
unvermutet Gestalt annahm:
Jedes menschliche Wesen geht

doch niemand würde je seine Schritte zählen
oder die eröffnenden Phasen einer Geste.
Der Tanz aber forderte beides
und schuf daher vollkommene Harmonien ...
Alles wurde ihm klar:
Die plumpe Bewegung verhielt sich zum *rond-de-jambe*
wie der ungezügelte Handel zum Finanzwesen
also war
die Ökonomie der Tanz aller Völker!
Was ihn betraf – er würde der Choreograph sein!

Doch wer konnte
den schweren Weg
durch die Welt des Chaos
mit ihm gemeinsam gehen
wenn nicht AL^2, die Priesterin des Rituals?
Anbetungswürdig ihr *port de bras* und *allongé*
er liebte
jede ihrer Eigenschaften
beneidete sie um ihre Sprache der Ordnung
und wie sie bis zum kleinen Finger
alles unter Kontrolle hatte
weil sie Strenge und Regeln
eines überlegenden numerischen Systems akzeptierte
in dem kein Platz für den Zufall war.

Schade, dass in diesem System ($\sum$)
nicht nur der Zufall (Z) ausgeschlossen war.
Die Gefühle (G), Träger von Unordnung
blieben ebenfalls unberücksichtigt:

$(Z + G) \neq \sum$

Sie galten sogar als Bedrohung.

AL^1 musste das auf misslichste Weise erfahren.
Nachdem er beschlossen hatte

sich ihr sofort zu erklären
und so bald wie möglich zu heiraten
tat sich ihm
kaum dass er vor dem Mädchen stand
ein Abgrund unter den Füßen auf.
Jeder Versuch, sie zu umgarnen, erstarb ihm in der Kehle
und obwohl er sich in ihren Augen verloren hatte
brachte er buchstäblich
keinen vernünftigen Laut hervor
außer katastrophalen Missgriffen:
»*Wenn ich Euch so sehe ...*
Eure Augen sind nicht symmetrisch.«

Selbstverständlich
wurde ein solches Kompliment
von AL^2 mit einer symmetrischen Reaktion quittiert
umgehend befahl sie
dem Portier des Theaters
ihn, den jungen Mann
nie mehr in den Saal zu lassen
um keinen Preis der Welt.

AL^1 kassierte den Schlag.
Hatten die vielen Jahre inmitten von Zahlen
ihn also verhärtet
und unfähig gemacht
ein bisschen Elan aufzubringen?

Und doch, sagte er sich
geht etwas nicht auf in dieser Rechnung.
Wenn es der praktische Zweck menschlicher Liebe ist
eine Familie zu gründen (F)
warum geboten die sozialen Rituale
dann noch immer
die ungeheure Zeitverschwendung des Flirtens (ZV^F)?

Nicht er irrte
nein, die Menschheit hatte den Durchblick verloren.
Dann sollten sie sich nicht beklagen
wenn die Lebenszeit
so schnell verging.
Wie alle Ressourcen musste sie gut genutzt werden.

Sodann entdeckte er in dieser Sache
eine besondere Schuld des weiblichen Geschlechts.
Es legte zu viel Wert
auf den (unwirtschaftlich) langen Weg des amourösen Rituals.
Und er träumte mit geschlossenen Augen eine zukünftige Welt
wo Alpha ohne nutzloses Herumreden
Beta fragte: »*Ich will dich. Und du? Ja oder nein?*«
und war die Antwort positiv
entstand prompt das zeugungsfähige Axiom.

Obwohl sie phantastisch tanzte
(und für AL^1 war der Tanz reine Technik)
schien AL^2 nicht dieser Ansicht
und immer wenn er vor dem Theater stand
stocksteif wie eine Vogelscheuche
mit wässrigem Mund
ging sie schnurstracks weiter.

Um nie mehr auf ihn zu stoßen
entsagte sie sogar dem Tanz
und widmete sich mit gleichem Erfolg
ihrer zweiten alten Liebe, der Harfe (H).

Erzielte mit diesem Wechsel jedoch
nicht die geringste Wirkung
denn auf der Tafel von AL^1
war die Gleichung zwischen Tanz (Δ) und Musik (M)
ergo auch ihre Konvergenz mit der Finanzwelt
algebraisch längst bewiesen:
Wenn der Tanz die Bewegungen harmonisierte

die Partitur die Geräusche
und eine Bank die Orgie des Tauschhandels
dann erschien ihm ein Symphonieorchester
nicht so verschieden
vom *board* der Lehman Brothers.

Also bedrängte er sie
nun auch außerhalb der Tin Pan Alley
wo sie 3 Mal in der Woche Aufnahmen machte (3t x RCA = AL^2)
und wo das Theorem
3 Mal in der Woche ungelöst blieb:
»*Milady! Es muss doch etwas geben
was ich für Euch tun kann?*«

»*Kauft mir die Tin Pan Alley
und bindet eine Schleife drum!
Ach, pardon, ich vergaß
Ihr zertrampelt ja Schleifen.*«

»*Gibt es nichts Billigeres?
Sparen ist eine Tugend...*«

»*Dann seid tugendhaft – spart Euer Geld
und erspart mir die Belästigung.*«

Dieser Krieg
ereignete sich
alle drei Tage
in der baumbestandenen Tin Pan Alley
welche die anmutige Harfenistin durchschritt
ohne einen Moment stehen zu bleiben
während AL^1
um Kräfte zu sparen
aus dem Auto mit ihr sprach
durchs geöffnete Fenster
im Schritttempo fahrend.

Eine Ausnahme
machte er nur an dem Nachmittag
als er aus dem Ford-T ausstieg
sich vor sie hinstellte
ihr die Tür zu den Künstlergarderoben versperrte
und sich – widerwillig –
einem Minimum an notwendiger Romantik (R) beugte.
Vielversprechend hub er an:
»Darf ich Euch ein Gedicht von mir vorlesen?«
Und als ihm umgehend zugestimmt wurde (J)
(vielleicht auch nur als Ermunterung)
trug er ein Sonett (S) vor
etwa so leidenschaftlich als läse er den Zugfahrplan (FP).
Doch davon abgesehen
brachte etwas ganz Anderes
ihm die Abfuhr ein:
»Dieses Gedicht habt nicht Ihr geschrieben.
Es stammt von Emily Dickinson.«

»Mit Verlaub: Was, zum Teufel, wollt Ihr eigentlich?
Hätte ich Euch Blumen geschenkt
hättet Ihr sie abgelehnt
weil sie nicht aus meinem Garten stammen?
Ihr hättet sie genommen, o ja, weil ich sie kaufte.
Und gäbe ich Euch einen Ring (rein theoretisch, meine ich)
würdet Ihr ihn zurückweisen
weil ich ihn nicht selbst geschmiedet
und nur bei einem Juwelier gekauft habe?
Nun, das Gedicht habe ich bei einem Buchhändler gekauft.
Es ist eine handelsübliche Ware, kann man es kaufen.
Und mit dem Kauf kann man es Dritten weitergeben
genau wie die Blumen
genau wie den Ring.
Wovon sprechen wir also? Ich habe das Recht, es zu benutzen.
Mrs Dickinson, beruflich im Bereich Lyrik tätig
hat eins ihrer Produkte auf den Markt gebracht
das ich heute benutze, weil ich es brauche.

Und wohlgemerkt: Das Gedicht war nicht gratis
ich habe 3,25 Dollar dafür bezahlt
hinzu kommt der Preis meiner Zeit
welche ich – um jetzt hier zu stehen –
einer lukrativeren Tätigkeit abziehen musste.
Dies vorausgeschickt: Ich glaube an Euch als Investition
sofern wir gewisse Grenzen wahren, ist das klar?«

»Und wenn nicht?«

»*Keine Sorge, Miss Pirouette*
ich verlange keine Entschädigung.«
Mit diesem Satz hatte er seiner Ansicht nach
einen echten poetischen Knaller gelandet
da konnte Emily Dickinson einpacken.

Eins stand jedoch fest:
Die Idee männlicher Dichtung (D♂)
deckte sich nicht mit der weiblicher Dichtung (D♀).
Erstere konnte sogar
an die Untermenge der Beleidigungen (B) grenzen.
Auf jeden Fall stellte die Dichtung als Ganzes (D)
für AL[1] von dem Tag an ein Produkt dar
dessen Nutzen nicht gewährleistet war.
Als Konsument sah er sich darum enttäuscht.

Worin aber erwies sich Arthurs Methode
als effizient?

In ihrer Unbeirrbarkeit.
Doch nicht, weil die Musikerin Starrsinn schätzte.
Was den Wissenschaftler rettete
war sein unerschütterlicher Glaube
an die Allmacht der Mathematik.
Sie konnte noch den erbittertsten Gegner der Logik
in eine logische Formel verwandeln.

Darum nahm er all seinen Mut zusammen
und schwarz auf weiß
schrieb er auf ein Blatt Papier
dass Liebe (L)
nur von zwei Faktoren abhing:
Instinkt (I) und Größenwahn (GW):

$L = w\,(I, GW)$

Der erste Faktor ließ sich unmöglich beeinflussen
doch auf den zweiten konnte man durchaus setzen
da bei der Hochfinanz weit verbreitet.

Wirkungen und Gegenwirkungen erwog er genau.
Bewertete die Formeln, studierte das Theorem.

Schließlich entschied er.
Wurde bei seinem Cousin Philip vorstellig
und präsentierte eine Investition
Laufzeit 20 Jahre
enorme Verdienstspannen:
Amerikas Zukunft lag in der Musik
dessen war er sich völlig sicher.

»*Was ist los mit dir, Arthur?*
Du willst, dass wir Geld
in Musikkapellen stecken?«

»*O nein, Philip. Nicht nur.*
Ich denke an mehr als den Broadway.
Ich habe gigantische Pläne:
der reinste Größenwahn.«

»*Ich höre.*«

»*Ich habe von einem gewissen Edison gehört.*
Und einem gewissen Tesla. Zwei Erfinder.

Gerade führen sie Krieg um ein Patent.
Stell dir vor in deinem Haus – in jedem Haus –
gibt es einen Apparat.
Du machst ihn an
und hörst genau die Musik
die man zur gleichen Zeit in Minnesota hört.
Dies Wunder heißt Radio, Philip.
Eine Harfenistin spielt in New York und Millionen hören sie.
Das Radio bringt dich in die Wohnzimmer, die Küchen.
Du entscheidest, welche Reden
du bis in die Schlafzimmer
auf die Dachböden, in die Toiletten bringen willst.
Eine Unmenge Menschen auf der Welt
wartet nur darauf
das Radio anzustellen und zuzuhören.«

»Du übertreibst, findest du nicht?«

»Natürlich, aber zum Glück!
Eine gute Investition, Philip,
hängt immer von zwei Faktoren ab:
Instinkt und Größenwahn.«

Und erst in diesem Moment erkannte er
dass jede Investition
tatsächlich
auch ein Liebesbeweis war.
Darum zog er den Zettel mit der Formel hervor
und zeigte ihn seinem Cousin:

$L = w\,(I, GW)$

»Und wofür steht das L?«, fragte Philip.

»Das fragst du noch? Für die Lehmans. Wofür sonst?«

Drittes Kapitel

NOT

Das Kapitel, das nun begann
war NICHT das einfachste.

Eine wahre Folter – NICHT anders zu nennen –
stand Amerika
von Alaska bis New Mexico bevor.

Der Krieg in Europa war gekämpft und gewonnen
aber die Bomben
die Amerika verheerend
treffen sollten
waren NICHT deutsch.

War denn die Neuheit des Ersten Weltkriegs
NICHT die amerikanische Luftwaffe gewesen?
Ja.
Aber jetzt würden
Torpedos und Raketen
randvoll mit NEIN und NICHT und KEIN
über dem Himmel Amerikas
abgeworfen werden
aus einem Jagdbomber
und am Steuer saß KEIN Pilot
nein, ein Senator namens Andrew Volstead
mit finsterer Miene und NICHT normalem Bart.

NICHT, dass die Lehmans große Trinker waren
in der Liberty Street
mit Ausnahme der Versöhnungswhiskys
für Philip und Herbert.
NICHT, dass Ströme von Alkohol flossen.

Dennoch blieb das Volstead-Gesetz
auch in ihrem Haus NICHT unbemerkt.

Und NICHT weil die amerikanischen Brennereien
fast alle Juden gehörten.
Das war NICHT das Problem.

Vielmehr wütete der Regen der NEIN
urplötzlich wie ein Hurrikan
und NICHT einer entkam.

Schriftlich niedergelegt
vom erzchristlichen Volstead
waren die NEIN, NICHT und KEIN jetzt staatliches Gesetz.

In mächtiger Blockschrift geschrieben
damit KEINER sie NICHT sehen konnte
drangen die NEIN überall ein:
In den Salons entging man ihnen NICHT
in den Küchen war man NICHT sicher vor ihnen
in den Schlafzimmern konnte man sie NICHT vergessen
die Büros der Banken waren NICHT ausgenommen.

Kaum zu ertragen das Dröhnen der NICHT
wie ein Trommelwirbel im Kopf
man konnte Migräne davon bekommen
wenn NICHT gar wahnsinnig werden.

NICHT anders in der Lehman Bank
bis zur Decke gefüllt mit dem Lärm.

Friedlich war die Stimmung ohnehin NICHT mehr
seit ein Kreisel NICHT mehr gesehen ward.
Sie waren nur noch zu zweit
an der Spitze der Bank
Philip und sein Cousin Herbert
bis jetzt durch NICHTS andres verbunden
als durch den nunmehr verbotenen Pakt mit dem Whisky.

Da er fehlte
war das Zusammenleben nüchtern
aber NICHT friedlich geworden.
Besser gesagt: von Frieden KEINE Spur
und aus dem Schild LEHMAN BROTHERS
einer Hymne auf die Brüderlichkeit
konnte, urteilte man nach dem Geschrei
das bis auf die Straße drang
LEHMAN NOT BROTHERS werden.

War das im Grunde NICHT lachhaft?
Während KEIN Tag verging
ohne dass der Pilot mit dem Schnurrbart
sich seiner tausend NICHT rühmte
durch die Amerika NICHT mehr entgleisen würde
drohte jetzt
Lehman Brothers
zu entgleisen.

Seit die Kehlen trocken blieben
kannte der Vetternkampf KEIN Halten mehr.

Gründe, sich an die Gurgel zu gehen
fehlten NICHT
und da KEIN Tropfen Alkohol mehr floss
mussten die NICHT das Gespräch berauschen:
»*Glaubst du NICHT, Philip, dass es unklug wäre
aus der Bank, statt einen Ort für Spareinlagen
eine Tafel mit Zahlen zu machen
die für NICHTS in der Welt stehen?
Eine Filiale der Wall Street darf Lehman NICHT werden!*«

»*Ich stimme NICHT zu, lieber Herbert.
Du liebst die Börse NICHT, das ist NICHTS Neues.
Aber bist du NICHT voreingenommen?
Auch wenn es dir NICHT gefällt:
Was ist die Welt, wenn NICHT im Grunde ein Markt?*

Ohne Geld können die Menschen NICHT leben.
Ernähren sie sich NICHT mit Geld?
Kleiden sich NICHT mit Geld? Bewegen sich NICHT mit Geld?
Erzähl mir NICHT, du habest NICHT daran gedacht!
Es gibt NICHTS ohne das Verkaufen-Kaufen-Prinzip.
Darum verstehe ich NICHT: Was gefällt dir eigentlich NICHT?
Wall Street ist NICHTS andres als der Tempel des Handels
aber es gibt ohnehin KEINEN Ort auf der Welt
wo man NICHT Handel treibt.
Sogar bei NICHT zivilisierten Völkern.
Gibt es einen, der NICHT sechs Datteln für eine Ananas gibt?
Und wenn die Datteln NICHT reif sind
ändert das NICHT die Abmachung?
Auch wenn es dir NICHT gefällt, lieber Cousin
Tauschhandel gibt es überall. NICHT nur an der Börse.
Wall Street ist NICHT anders als die Synagoge:
HaSchem wohnt NICHT nur in ihr
und wenn du den Tempel zerstörst, kümmert es ihn NICHT sehr.«

»*Tu NICHT so, als hättest du NICHT verstanden.*
Darauf falle ich NICHT herein.
Ich akzeptiere NICHT, dass die Bank NICHT bei den Menschen ist
ich will mich NICHT hinter der Tür der Börse verschanzen
und die Kreise der Investoren interessieren mich NICHT!
Vergessen wir außerdem NICHT, Philip:
Das war NICHT der Plan unserer Väter
und für mich ist das NICHT nebensächlich.«

»*Du und ich, wir verstehen uns NICHT*
und ich weiß NICHT mehr, wie ich dir das noch sagen soll!«

Mit diesen Worten begann Philip
– und sei es nur instinktiv –
im Schrank nach einer Flasche zu suchen.
Die er NICHT fand.
Darum sprach er leider weiter:

»*Du erträgst es NICHT*
dass die Gegenwart NICHT die Vergangenheit ist.
Unsere Väter sprachen NICHT von Aktien, das leugne ich NICHT.
Aber nur, weil sie noch NICHT existierten!
Aus KEINEM anderen Grund, KEINEM anderen!
Ich bezweifle NICHT, dass unsere Alten
da sie wahrlich keine Dummköpfe waren
heute NICHT zögern würden, in die Börse zu investieren.
Denn ›Aktie‹ ist nur ein anderes Wort für ›Geld‹
aber so spricht man heute NICHT mehr.
Sind unsere Straßen denn NICHT voller Automobile?
Willst du, dass wir KEINE Autos mehr verkaufen
nur um den Kutschern ihren Lohn NICHT vorzuenthalten?
So geht man das 20. Jahrhundert NICHT an, Herbert
und ich dürfte dir all das gar NICHT sagen
weil ich noch KEINE weißen Haare habe.
Die Wahrheit ist, dass du NICHT
an die Rolle einer Bank glaubst, leugne NICHT!«

»*Zwing mich NICHT zu sagen, was ich NICHT denke!*
Das ist NICHT respektvoll und NICHT anständig!«

Und als er das letzte Wort schrie
machte er der Angestellten ein Zeichen
ihm einzuschenken, doch sie rührte sich NICHT.
Darum sprach er leider weiter.

»*Du willst NICHT verstehen, worum es geht:*
NICHT nur um Worte.
In deine Brieftasche greifst du NICHT
du benutzt das Geld anderer Leute, NICHT deins.«

»*NICHT der Leute – nenn sie Kunden.*«

»*Sparer, wenn du NICHTS dagegen hast.*«

»*Ich verstehe NICHT, worauf du hinauswillst.*«

»*Ich will NICHT weit.*«

»*Ich habe KEINE Zeit zu verschwenden.*«

»*KEINE Angst, es dauert NICHT lang.*«

»*Und ist NICHT sinnlos, hoffe ich.*«

»*Leugnen wir NICHT: Die Menschen geben uns ihre Dollars
weil es NICHT sicher ist, sie im Haus zu bewahren
aber verschließen wir diese Dollars im Tresor?
Sag mir, was das ist, wenn NICHT eine Komödie.
Nimmst du die Dollars, die sie NICHT in Gefahr bringen wollen
etwa NICHT, um Poker damit zu spielen?*«

»*Ich habe mich nie an einen Spieltisch gesetzt.*«

»*Ist mit Aktien spekulieren denn NICHT dasselbe?
Was tut ihr in der Wall Street, wenn NICHT spielen?
Zugegeben, du hältst KEINE Karten in der Hand
sondern nur Wertpapiere, Anteile, shares
und was NICHT sonst noch alles.*«

Und bei diesem letzten Hieb
griff er im Schränkchen nach zwei Gläsern
die NICHT serviert wurden.
Darum fuhr er fort, schlimmer als zuvor:

»*Du wettest, Philip:
Das Wertpapier steigt NICHT, das Wertpapier stürzt NICHT ab.
Gewinne ich NICHT, wenn es steigt?
Wie viel verliere ich, wenn es abstürzt?
Und du sagst, ich glaube NICHT an die Bank?
Ich habe NICHTS dagegen, wenn die Bank Kredite gewährt.
Ich wehre mich NICHT gegen Darlehen, gegen Übertragungen
sogar bei Investitionen blockiere ich NICHT
wenn du mir beweist
dass du NICHT damit spekulierst.*«

»Ich will KEINE Nullkommas zählen!«

»Und ich will die Leute NICHT betrügen!«

»Du weißt NICHT, was du sagst, Herbie!
Ich müsste lachen, wäre es NICHT so ernst.
Du tust, als sähest du NICHT, dass es KEINEN gibt
der sein Geld NICHT vermehrt sehen will
wenn er es NICHT nur zu uns
nein, auch in andere Banken trägt.
Die Kunden wollen es NICHT in Sicherheit bringen, glaub mir.
KEINER begnügt sich mit wenig, das ist NICHT menschlich.
Sie fragen am Schalter: ›Könnte ich NICHT reicher werden?‹
Du redest so viel von den Leuten, aber du kennst sie NICHT.
Es gibt KEINEN stärkeren Magneten als den Gewinn.«

»Eben: Ich beuge mich NICHT.«

»Das verlange ich auch NICHT von dir.
Doch ein Prophet bist du NICHT, du bist Bankier!«

Auf diesen Satz antwortete Herbert NICHT.
Und Philip forderte ihn NICHT dazu auf.

Jeder zog sich in sein Zimmer zurück
NICHT ohne den Mann zu verfluchen
der den Whisky verboten hatte
darum gaben sie sich mit Symbolik zufrieden
tranken ein Glas und zwangen sich
NICHT daran zu denken, dass es Milch war.

Von dem Tag an
fand Herbert KEINE Ruhe mehr.

Der Fall ist dennoch NICHT selten:
Was wir nicht sehen wollen
steht uns plötzlich so klar, so lebhaft vor Augen
dass es NICHT länger ignoriert werden kann.

NICHT anders war es bei Herbert.
Wie sehr er sich zwang, es NICHT zuzugeben
sein Cousin hatte im Grunde
NICHT Unrecht.
Was, wenn er wirklich NICHT am richtigen Platz saß?
Wie hatte er NICHT sehen können
dass dies ein Problem grundsätzlicher Art war
und es KEINEN anderen Ausweg gab
als sich in die Politik zu begeben?

Diesmal floh er NICHT vor sich selbst
Zum ersten Mal stellte er sich die Schicksalsfrage:
»*Warum bin ich eigentlich hier und NICHT woanders?*«

Dieses Woanders aber war NICHT
irgendein unbestimmter Ort auf der Erde
sondern der Palast der Macht.

Eben. Genau.
In seiner NICHT perfekten Rolle als Bankier
vermied Herbert NICHT, sich zu fragen:
Warum war er NICHT Bürgermeister?
Warum ließ er sich NICHT zum Abgeordneten wählen?
Warum NICHT auf das Türschild des Gouverneurs hoffen?

Gewiss, der Mensch ist KEIN einfaches Räderwerk.
Wenn er sich ein Ziel setzt
kann er NICHT anders
als sich den Weg mit Blockaden zu pflastern.

Es war schon zu spät, dachte Herbert
(NICHT das seltenste Alibi).
Gab hinzu, er habe KEINEN Anlass gehabt
(auch das NICHT mehr als eine bekannte Leier).
Und schloss mit dem Gedanken
er würde sich, falls die Chance kam, NICHT entziehen.
Meist die feigste Form ›Ich tue es NICHT‹ zu sagen.

Freilich ist es NICHT leicht, dem zu entsagen
was man in Wahrheit haben will.
NICHT zufällig träumte Herbert von nun an
jede Nacht
vom großen Sitzungssaal des amerikanischen Parlaments
wo aber KEINE Abgeordneten saßen
NEIN, nur Bankiers, er inbegriffen.
Und als alle begannen, aus ihren Taschen
bündelweise Banknoten zu ziehen
dauerte es NICHT lang, bis der Saal gefüllt war
wie ein Tresor und man zu ersticken drohte
weshalb KEINE Nacht verging
ohne dass Herbert schreiend erwachte:
»Aufs Dach! Aufs Dach! Aufs Dach!«

Sein Sohn Peter sieht ihn an wie einen Irren:
»Wir können nicht aufs Dach steigen, Dad.
Wir sind im Erdgeschoss und haben keinen Dachstuhl.«

Es ist NICHT leicht, einem Kind zu erklären
dass Häuser in Träumen
von der Baukunst NICHTS wissen
vor allem, wenn man nervös ist.

Der Zufall war ihm indes NICHT feindlich gesonnen.

Denn ein Nachname wie Lehman
missfiel der Politik durchaus NICHT
und es war die Politik selbst, die das bemerkte.

Herbert für seinen Teil
bewahrte das Geheimnis eine Weile
nur Edith wurde es NICHT verschwiegen
da sie NICHT nur seine Verbündete
sondern sein Ansporn war.
Galt es doch einen so grässlichen Lärm
aus Ablehnungen zu bekämpfen

dass Menschen wie Herbert NICHT nur nützlich
sondern lebenswichtig waren.

Dem Cousin Philip aber
wollte Herbert NICHTS erzählen.
Er fürchtete – NICHT zu Unrecht –
ihm einen Riesengefallen zu tun
als hätte er heimlich Einblick
in jene Blockschrift-Agenda genommen
in die einmal geschrieben wurde:
HERBERT IST EINE RESSOURCE.
Und darunter, kürzlich hinzugefügt:
ABER AUSSERHALB DER FIRMA.

Dies vorausgeschickt
gibt es Berufungen, die man NICHT aufschieben darf.

Darum verging NICHT viel Zeit
bis Herbert bei seinem Cousin anklopfte.
Er fragte höflich, ob er störe
und als er ein NEIN erhielt
nahm er Platz, NICHT weit entfernt
vom alten Schränkchen mit Alkoholika
(Er gab NICHT auf, der arme Junge).

Philip hatte indessen schon alles erraten
mehr konnte er wirklich NICHT wünschen.
Hatten die anderen New Yorker Banken
NICHT auch längst nur einen Vorsitzenden?

Dennoch tat er, als erwarte er NICHTS
und ein Liedchen pfeifend
hob er die Augen NICHT vom *Wall Street Journal*.

Herbert oblag es, das Schweigen zu brechen
ohne den Weg über Metaphern zu nehmen:
»*Philip! Ich verschweige dir NICHT*

dass die Partei mir einen Vorschlag gemacht hat.
Und ich frage mich, ob ich ihn NICHT annehmen sollte.«

Philip zeigte NICHT die geringste Regung.
Und sagte, nur um NICHT stumm zu bleiben:
»*Deine Entscheidung, teurer Herbie*
ich mische mich NICHT ein.«

Es war dieses *teurer Herbie*
was Herbert misstrauisch machte.
Dass sein Cousin ihn NICHT aufhielt
ließ ihm KEINE Ruhe.
Er wollte mehr als nur Zuspruch:
»*Glaubst du NICHT, dass die Bank uns alle braucht?«*

Philip war KEIN Dilettant.
Er hätte vorgeben können, NICHT zu verstehen.
Hätte auch lächeln, NICHT antworten können.
Doch er wählte ein MITNICHTEN banales Manöver:
»*Ich bin NICHT so verrückt, dich Amerika zu entziehen*
nur weil ich dich der Bank NICHT entziehen will.«

NICHT schlecht: eine patriotische Position.

Die Herbert NICHT missfiel:
»*Also muss ich mich NICHT schuldig fühlen?«*

Da hatte Philip die Lippen NICHT mehr im Griff.
Er sah den Sieg nahen und konnte sich NICHT bremsen:
»*Es gibt NICHTS Wichtigeres, Herbie*
als dem großen Ruf zu gehorchen.«
Und versuchte ein Lächeln, das ihm jedoch NICHT gelang.

NICHT ohne Verdruss erkannte Herbert
dass sein Cousin NICHTS andres begehrte
als eine Krone auf dem Kopf
doch NICHT als König – als Kaiser.

Um ihm diese Befriedigung NICHT zu verschaffen
fügte er hinzu:
»*Ich möchte natürlich NICHT gänzlich aussteigen.*
Ich vergesse NICHT, dass es eine Familienbank ist.«

Philip zuckte NICHT mit der Wimper.
Und nur, um seinen Ruf als eiskalter Typ
NICHT zu beweisen
stieß er einen Laut NICHT unähnlich einem Brummen aus.
Es war KEINE Zustimmung
es war KEINE Ablehnung.

Doch NICHT eine Minute verging
schon kamen ihm Zweifel:
Sah es NICHT aus, als hielte er Herbert zurück?
Er präzisierte, um Fehlschlüsse zu vermeiden:
»*Ich werde dich nie im Unklaren lassen.*
Auch wenn du NICHT da bist
wird es sein, als wärst du dabei.«

Und da hatte Herbert KEINEN Zweifel:
Er riskierte
Philip weit mehr als die Zügel des Karrens zu lassen
auch die Schlüssel zum Stall
den er NICHT wiedersehen würde.
Zum Glück war er NICHT dumm.
Also beschloss er, NICHT den Kopf sprechen zu lassen
sondern den Bauch, um NICHT zu sagen, die Eier
und hörte sich zum eignen Erstaunen sagen:
»*Die Familie meines Vaters darf NICHT zu kurz kommen …*
Wie gut, dass ich NICHT der einzige Sohn bin …«

Auf den Treffer war Philip NICHT gefasst.

Arthurs Name war noch NICHT in der Agenda erschienen.

Und Philip konnte
eine verächtliche Grimasse NICHT unterdrücken.

Er tröstete sich mit dem Gedanken
dass ein Lehman im Parlament
eine unschlagbare Trumpfkarte war
und Arthur im Grunde ein Jungspund.
Darum schloss er
dass der Tauschhandel durchgehen konnte
und verhehlte seine Begeisterung NICHT.
»*Wollen wir feiern?*«

»*Ich wüsste NICHT, was.*«

»*Deine zukünftige Karriere.
Ich habe NICHT den geringsten Zweifel:
Sie wird sensationell.*«
Und da sie KEINEN Whisky hatten
stießen sie mit Limonade an.

Viertes Kapitel

ONE WILLIAM STREET

Der Seiltänzer
Solomon Paprinskij
hat heute Morgen
sein Seil geknüpft
von Laterne zu Laterne
straff
gespannt
ist hinaufgestiegen
und als er aufs Seil trat
hätte er fast das Gleichgewicht verloren
er schwankte stehend
in der Luft
dann fasste er sich wieder.

Sein Sohn Mordechai
ein Junge mit grünen Augen
zukünftiger Seiltänzer
ist immer dabei, steht unter dem Seil
und betrachtet den Vater.
Heute Morgen
als Solomon fast gestürzt wäre
kam sein Sohn näher
wie um ihn zu retten
doch von dort oben warf Solomon
ihm einen bösen Blick zu:
Ein Seiltänzer
der seit dreißig Jahren nicht stürzt
braucht
o nein
keinen Jungen
und auch keinen Schluck Cognac.

Umso besser.
Denn eine Flasche
kostet ein Vermögen.
Der Alkoholschmuggel
– schreibt das *Wall Street Journal* –
entzweit die Unterwelt.
Es geht um viel.
Um die fette Beute streiten
die Banden der Italiener
flink mit dem Messer
erfahrene Erpresser
Experten im Bestechen der Polizei
die Banden der Iren
Fachleute für Dynamit
findig im Verschwinden
Meister im Täuschen von Zöllnern
und besser als alle andren
die Banden der Juden
die halten zusammen
Herren der Brennereien
trefflich im Einschleichen.

Amerika
steht in Flammen.
Jetzt explodieren
die großen Warenhäuser
Sears, Roebuck & Company
Woolworth
alle von Lehman finanziert.

Amerika
ist ein Schlachtfeld
zerrissen
an allen Ecken und Enden
von Feuerwehrsirenen
und brennenden Autowracks.

Ja, Autos.
Wer weiß, was er gedacht hätte
Großvater Emanuel
wenn er
statt in den Himmel
zu seinen Brüdern zu gehen
die USA so gesehen hätte:
Eben mit Schienen bedeckt
und schon verrückt
nicht mehr nach Zügen
nein, nach diesen Maschinen mit Motor
die erst nur den Reichsten gehörten
aber jetzt jedem verkauft werden
sogar Bäckern.

Straßen, wimmelnd
von Bestien
aus Rauch und Lärm
mit Scheinwerfern wie Augen
und randvoll mit Benzin.
Der Erdölpreis steigt in den Himmel.

Philip denkt immer daran
wenn er die Anzeige liest
das Angebot, Anteile
von Studebaker zu kaufen
das Lehman Brothers
an der Börse lanciert:
breit angelegte Aktien
für jeden
    vom Investor bis zum Barbier
    vom Millionär bis zum *Schnorrer.*
KAUFT ANTEILE ZUM GÜNSTIGEN PREIS
und auch ihr werdet
in eurem bescheidenen Rahmen
Besitzer einer Automobilfabrik sein!
Das Ziel ist nah, in Reichweite.

Die Straßen Amerikas
in höchstens zehn Jahren
mit Auspuffqualm
und dem Knall der Vergaser
zu füllen.
Alle mit Volldampf voraus
denn ein eigener Wagen
wird keinem verwehrt
und das ist ein *business*:
fahren
fahren
fahren
mit beiden Händen am Lenkrad
dieser herrlichen Kutschen
ganz aus Eisen
voll mit Öl
und berauscht vom Benzin.

Sie dürfen saufen, und wie!
Keiner konfisziert die Benzintanks, hurra!
Obwohl auch keiner
beim Feiern
mit Benzin anstößt.

Jeden Morgen
kommt Arthur Lehman
mit seinem Auto an, er fährt selbst
und biegt mit hoher Geschwindigkeit (G)
in die One William Street ein
wo der neue Firmensitz liegt (OWS).

Rast er durch New Yorks Straßen
muss Arthur immer daran denken
dass jeder Mensch (M) den er sieht
– ob in der Straßenbahn oder im Park –
ein Schuldner von Lehman Brothers (LB) ist.

Eine Obsession, gewiss.
Aber befriedigend.

Nimmt man Lehmans Investitionen in die Industrie
dann die in neue Patente
plus die Bankkredite
zuletzt die Wohltätigkeitsarbeit
kommt Arthur Lehman zum Schluss
dass jeder Amerikaner
seiner Bank
eine pauschale Summe
von 7 Dollar 21 Cent schuldet.

Es scheint unglaublich
doch auf der Straße
sieht Arthur keine Passanten mehr
nur noch wandelnde Zahlen.

Die 7 Dollar 21 sind überall
füllen die Restaurants, die Theater
drängen sich auf Schiffen und Zügen.
Manche 7,21 gehen in Kirchen
und beten zu einem Gott (J)
der in moralischer Hinsicht
auf dem gleichen Rang
– allenfalls eine Stufe höher –
mit den Lehman Brothers steht.
Er ist der Schöpfer der 7,21
aber wir sind die Geldgeber.
Er der Erfinder der Spezies, ja.
Aber wenn die Bank nicht wäre
wer würde den 7,21 den kleinsten Lebenssinn geben?

Arthur fühlt sich also
als Sozius neben Philip
betraut
mit einer noblen anthropologischen Mission:

Die 7,21
bitten ihn mit ihrem Blick
sie nicht im Stich zu lassen.

Lehman ist eine generöse Gottheit.
Die 7,21 wollten Stoffe, wir gaben ihnen die Baumwolle.
Sie wollten trinken, wir gaben ihnen den Kaffee.
Sie wollten überall hinkommen, wir gewährten ihnen Züge.
Und als sie dann sagten »*Schneller!*«, schufen wir Autos.

Apropos
auch Bobbie bekommt sein Automobil
zum nächsten Geburtstag.
Sein Vater wird es ihm schenken
denn ein künftiges Ass der Wall Street
kann nicht zu Fuß gehen.

Dieser Beschluss ist Teil eines Pakets
das Philip in den Separees seiner Agenda
ganz allein geschnürt hat:
DIE BANK WILL BOBBIE.

Völlig irrelevant
dass der Satz nicht umkehrbar ist.

Zwischen Vater und Sohn
können bekanntlich
seltsame Balancen entstehen
die auf Nicht-Gesagtem beruhen.

Seit Philip
die beruflichen Ambitionen des Sohns
gründlich untersucht hat
fällt zwischen den beiden
kein Wort mehr über das Thema.
Alles scheint völlig klar
weitere Etappen sind nicht nötig.

Und so ist
eine abstrakte Fröhlichkeit
über die beiden Lehmans gekommen.

Philip für seinen Teil
hat sich zur Gewissheit durchgerungen
dass sein Sohn nach der Abfuhr damals
naturgemäß kapitulieren wird.
Auf diese Sicherheit stützt sich sein Lächeln:
Der Gedanke, dass Blut von seinem Blute
die Leitung der Bank ablehnen könnte
erscheint ihm so abwegig
dass er ihn nach und nach archiviert hat
als Grille eines Jungen von zwanzig Jahren
die sich vor allem gemäß dem Naturgesetz
– weniger aufgrund von Sohnespflichten –
in den pragmatischeren Zielen des erwachsenen Bobbie
auflösen würde.

Kurz, als guter Bankier
hat Philip beschlossen
in die Zukunft zu investieren
indem er die Gefahren der Gegenwart ignoriert.
Bobbie erscheint ihm jetzt
als unvollkommener Prototyp
eines zukünftigen perfekten Sohnes
und im Hinblick darauf
ist jeder temporäre Makel entschuldbar.
Geht es nicht im Grunde
um einen Weg der Annäherung?
Auf diesem gilt es Mut zu machen
mit der Gewissheit des Siegs.

Bobbie für seinen Teil
ahnt von all dem nichts.

Doch nicht, weil er sich
ein Leben als Faulenzer erträumt.
Im Gegenteil
er glaubt wirklich
sein Vater habe ihm das Diplom
des »Lehman der Repräsentation« erteilt.

Der Unterschied ist essentiell:
Seit er erkannt hat
dass er nicht taugt, den Hut des Bankiers zu tragen
fühlt Bobbie sich als geborenen Kandidaten
für die Rolle des Kriegers
ja, aber in den Salons.

Wer war besser geeignet als er
das neue Gesicht einer Bank zu verbreiten
die Kunstsinn bewies
Großzügigkeit bei wohltätigen Werken
und Diplomatie beim Spiel um Referenzen?

»*Im Grunde*«, denkt Bobbie
»*gibt's für alles andere ja immer noch Arthur …*«
und nicht zufällig lächelt er zufrieden
wenn sein Vater
die Gleichungen des Cousins öffentlich lobt.

Der neue Sitz in der One William Street
soll also
in einer noch fernen Zukunft
die Bühne der neuen Struktur
der Familienbank sein:
Arthur Lehman auf dem Thron wie ein König
Bobbie direkt darunter
froh und zufrieden, ihm als Höfling zu dienen
womöglich sogar als Zeremonienmeister.

Man nennt es die »*Schäden des Schweigens*«:
Nicht nur Bobbie glaubt
dass dies – und nur dies –
die Hoffnung des Vaters ist
auch Arthur
folgert aus dem Verhalten des Cousins (B)
dass er bestimmt ist, das Zepter zu tragen (Z)
und das beruhigt ihn vollkommen.

Dank dieser reziproken Gewissheiten
herrscht Frieden:
Philip lächelt
Bobbie lächelt
Arthur lächelt.

Gott segne die Nachkriegszeit.

Die bekanntlich auch
der Prolog des nächsten Krieges sein kann.

Oder besser, das ist sie zweifellos.
Es ändert sich nur der Blick darauf.

Fünftes Kapitel

ROARING TWENTIES

»Stimmt! Da ist ja noch Irving!«

Seit dreißig Jahren
gliedert dieser Satz
im Hause Lehman
den Lauf der Zeit
im recht großen Maßstab.

Sagen wir, an Irving
erinnert man sich etwa
einmal
alle fünf Jahre.

Danach
steigt wieder Nebel auf
und dieser Spross einer Kartoffel
verschwindet völlig
nicht nur aus den Gesprächen
auch aus dem Kurzzeitgedächtnis.
Er wird sozusagen
von einer Kappe aus Stille verschluckt
wie auch die zwei Vokale seines Namens
belagert von Konsonanten ersticken.

Ein fast mathematisches Gesetz
erfordert freilich
dass in jeder großen Familie
einer im Hintergrund steht.
Meist der ruhigste Charakter
oder einer, der wenig Kummer macht.
Zur Belohnung ignoriert man ihn.

Eine urzeitliche Form der Gerechtigkeit
die keinen Einspruch duldet
nur ergebene Hinnahme.

Bei Irving jedoch
half die Natur nicht.

Schon in der Kindheit hatte er sich
als natürlicher Kandidat für das Dunkel bewährt.
Nicht weil er ein düsterer Typ war
ihm eignete eine heitere Stille
eine Gelassenheit, unbeirrbar
ohne Misstöne nach unten oder oben
und in dieser harmonischen Ruhe
gab es keinerlei Spur von Apathie.
Irving war die Quintessenz der Mäßigung
und wer ihn erlebte, der sah
was sonst undefinierbar blieb:
ein Bild des »durchschnittlichen Menschseins«
freilich Lichtjahre entfernt
von Mediokrität und Kompromiss.
Er stand ganz einfach in der Mitte.
Wo es ihm obendrein sehr gut ging.

Dieser Art Individuen
gebührt Anerkennung
für ein großes soziales Verdienst.
Den Menschen in ihrer Nähe erlauben sie
klar zu fassen, was *Normalität* heißt.
Kein kleiner Beitrag
und wertvoll besonders
sind Minderjährige zugegen.

Dank Irving
zum Beispiel
konnte man zügig agieren
überall Mängel oder Extravaganzen

bei seinen Geschwistern identifizieren
deren Exzesse prompt mit
»*Irving hätte das nicht getan*«
gebrandmarkt wurden.

Obwohl erst 4 oder 5 Jahre alt
er diente als frühreifes Vorbild
dessen tägliches Exempel
zwangsläufig
pädagogisch
wirkte.
Denkbar sogar
dass er, statt von Babette geboren
in einem Labor entstanden war
von innovativster elterlicher Technologie erzeugt
als Maschine für Erziehungszwecke.
Kurz, ein *Golem*-Kind.
Schrullen des New Yorker Judentums.

Für den kleinen Irving jedoch
folgte daraus, dass er sehr bald
als goldener Grundsatz diente.
Was immer er tat
ward Arthur und Herbert, den Brüdern
als tendenziell *richtiger Weg* präsentiert
wobei man unter Richtigkeit
nicht Respekt vor einem moralischen Gesetz verstand
vielmehr die Durchsetzung
aller denkbaren und möglichen Mittel
um das schädliche Ungestüm der Kinder zu bremsen.

Denn tatsächlich:
Irving brüllte nicht.
Irving rannte nicht.
Irving schwitzte nicht.
Irving hüpfte nicht.
Irving kämpfte nicht.

Irving, im weitesten Sinn, begehrte nicht auf
er nahm die Grenzen menschlichen Miteinanders
mit ergebenem Gleichmut hin.

Was ihn zu einem gesitteten Kind machte.
Oder, wenn man so will
zu einem Fünfzigjährigen, der spielte.

Doch man weiß ja:
Die menschliche Gesellschaft ist erbarmungslos.

Nicht nur, weil das Richtmaß
den Hass der Gerichteten auf sich zieht.
Meist geht es um mehr.
Wie auch in diesem Fall.

Wie es moralischen Autoritäten oft widerfährt
wurde auch der kleine Irving zuletzt
mehr zum Begriff als zum menschlichen Wesen.
Seine innere Stimmigkeit war so perfekt
dass die Familie das Wort *Irvingität* prägte
und dieser Begriff
nahm nach und nach
den Platz des Jungen ein.
Mit allen Konsequenzen.

Denn eine erhabene moralische Kategorie
lebt in den Köpfen und lehrt die Herzen
ist aber frei von materieller Not:
Die *Irvingität* musste nicht essen
empfand weder Kälte noch Hitze
auch erwartete man keine banalen Wünsche
wie einen Lutscher, einen Ball oder ein Mützchen.
Ganz zu schweigen
dass so eine Entität aus Luft besteht
und man sie daher
nicht einmal mit einer Brille sieht.

Irving zahlte den Preis dafür
erfuhr am eigenen Leib, wie schwer es ist
ätherisch zu sein.

»*Stimmt! Da ist ja noch Irving!*«
riefen die Eltern und Onkel, um dann zu begreifen
dass Irving schon nicht mehr da war
wer weiß wo vergessen.
Im Park vielleicht?
Im Tempel?
Im Bahnhof?
Einmal sogar im Zoo
wo er drei Stunden später
zum Glück wiedergefunden wurde
– seelenruhig und ohne Protest –
in ein Gespräch mit Makaken vertieft.

Als er heranwuchs
bewahrte er sich die Geradlinigkeit.
Mehr noch.
Seine kristallklare Normalität
wurde zum Wissen, dass er auserwählt war
und zur Selbstsicherheit.

Irving kannte keine Exzesse
und er war stolz darauf.
Sogar in der unruhigen Adoleszenz
blieb seine Achse stets horizontal
wasserwaagengenau.
In seinen Gesprächen, seiner Garderobe
banalsten Entscheidungen, politischen Positionen
entsprach er genau
dem absehbarsten Profil
des amerikanischen Mittelschichtbürgers.
Aber mit welcher Heiterkeit!
Sogar seine Schwächen bei Essen
waren erschreckend vorhersehbar
und mit dem Massengeschmack kongruent.

Sein freigebiges Herz schlug im Einklang
mit der großen Mehrheit der Amerikaner
was umso mehr erstaunte
als er nicht den kleinsten Versuch machte
sich anzupassen
er war nur er selbst.

Trotzdem hoffte man ständig
einfach aus Zuneigung
er möge Erstaunliches sagen
wie »*meine Lieblingsfrucht wächst nur in Japan*«
wartete jedoch stets vergebens
denn prompt pries er
den köstlichen Geschmack grüner Äpfel.

Wie auch immer.
Jeder ist so, wie er geboren wird.

Es war ja nichts Schlechtes daran.
Die Sache hatte auch nützliche Seiten.

Zum Beispiel
nutzte Cousin Philip ihn gern
als kommerzielles Barometer:
Welche Richtung würde die Mittelschicht nehmen?
Wollte sie den Transport auf der Straße oder auf Schienen?
Gas oder Elektrizität – was war ihnen lieber?
Die Meinung des jungen Mannes
– periodisch planvoller Befragung unterworfen –
war ein Orakel.

Dies umso mehr
als er der einzige Cousin war
der sich von der Bank sorgsam fernhielt
welche daher keinerlei Einfluss auf ihn hatte.

Ja: Irving hatte einen ganz anderen Beruf gewählt.

Bei dieser Entscheidung
war ein Hauch begreiflicher Rachegelüste
nur zum Teil ausschlaggebend gewesen.
Allerdings hatten die lieben Verwandten
ihn allzu oft
an den abwegigsten Orten vergessen.
Konnte er nach einer Kindheit als Vagabund
in das *board* der Familie eintreten?
(Ein Umstand übrigens, der in ihm
eine ganz eigene Form von Unabhängigkeit genährt hatte).

Doch anderes hatte weit mehr gezählt.

Von klein auf gewohnt
als grandioses Baryzentrum zu gelten
war er zuletzt überzeugt, ein solches zu sein
und hatte es für das Beste gehalten
in dieser angeborenen Gabe
das Zeichen einer Mission zu sehen.
Er würde seine natürliche Äquidistanz nutzen
um aus sich selbst herauszugehen
und sich in den Geist andrer Menschen begeben
um deren Motive, Gründe und Fehler zu untersuchen.
Nun stand die Psychoanalyse erst noch am Anfang
darum wich er aus auf die Jurisprudenz.

Hätte Freud sich etwas früher bemüht
er hätte in Irving gewiss
einen würdigen Erben gefunden.
Denn von den ersten Urteilen an
wurde die Menschlichkeit des Richters Lehman
ausnahmslos gelobt:
Ein neuer Salomon ging an den New Yorker Gerichten um.

Was Philip natürlich nicht hinderte
ihn weiter als Versuchskaninchen zu nutzen.
Je tiefer Irving eindrang

in die tausenderlei Fälle des kriminellen Labyrinths
und je komplexer
sein Wissen um das menschliche Wesen wurde
– von den juristischen Folgen mal abgesehen –
desto mehr interessierte Philip die kommerzielle Seite.

Irving für seinen Teil
antwortete willig auf alle Fragen
ohne im Entferntesten zu ahnen
dass manch nette Plauderstündchen
pures Marketing waren:
»*Lieber Philip, hast du von diesem Genie in Chicago gelesen?*«
fragte Irving eines Tages am Kamin.

»*Wen meinst du, Irving?*«
Gespielt gleichgültig
spitzte Philip sofort die Ohren.

»*Das ist dieser Mann, von dem alle reden.*
Er steckt Mäuse in Overalls und lässt sie singen.
Wirklich beeindruckend, Sissi und ich lieben ihn.«
Und gleich am nächsten Morgen
wurde Mister Walt Disney kontaktiert
zur großen Freude von Sissi Strauss.

Sissi war Irvings Frau
seit vielen Jahren.
Eine ganz normale Ehe.
Eine ganz normale Liebe.
Ein ganz normales heimisches Idyll.

Vielleicht, weil es auf dem Antlitz der Erde
kein Wesen gab
das Irving ähnlicher hätte sein können.
Lobte er die »*köstlichen grünen Äpfel*«
reichte ihre Extravaganz
gerade so weit, die rote Sorte zu preisen.

Und dennoch: welch eine Zärtlichkeit
bei diesem perfekten amerikanischen Paar!

Alles hatte sich
von Anfang an
mit entwaffnender Gradlinigkeit abgespielt.

So wurde die Liebesglut entfacht:
Er hatte sie im Tempel gesehen
nach der *Haftara* ging er zu ihr
und fragte sie
ob sie die Tochter von Nathan Strauss sei.
Sie antwortete *Ja.*
Er sagte *Gut.*
Sie sagte *Ja, gewiss.*
Er sagte *Gut.*
Sie sagte *Auf Wiedersehen.*

Dies war der Beginn ihrer Beziehung.

Kein Monat verging
schon machte Irving ihr
wieder im Tempel
die unvorhersehbarste Liebeserklärung:
»Miss Sissi, heute sind Sie die Schönste im Tempel.«

Und abgesehen davon
dass an dem Tag nur alte Frauen im Tempel saßen
war das Mädchen so erfreut
dass es das Kompliment erwiderte:
»Sie auch, Mister Lehman.«

Nachdem man sich beidseitig
den ästhetischen Vorrang attestiert hatte
fehlte nur ein gemeinsames Projekt.
Und das folgte prompt
im nächsten Monat:

»*Miss Sissi, ich möchte Ihnen anbieten*
mit mir ein Gläschen im Pavillon zu trinken.«
»*Ich nehme das Getränk an, Mister Lehman.*«

Mazel tov: Die Orangeade war ein günstiges Zeichen
zum Beweis, dass die Prohibition
Amerika nicht ganz ausgetrocknet hatte.

Sehr gut.
Was blieb zu tun?
Tja, im Grunde nicht viel.
Verlobung, Ringe, Küsschen: alles ordnungsgemäß erledigt.
Kurz darauf wurde die Hochzeit festgelegt
und fand unter den freudigsten Umständen statt
im freudigsten aller Tempel
begleitet vom freudigsten Lächeln.

Was die folgende häusliche Intimität betraf
so war sie – kaum überraschend – ein Triumph des Glücks.
Barbecue im Garten.
Ein Hund mit weißem Fell.
Ein Hausmädchen namens Trudy.
Geblümte Tapeten.
Blumenvase auf dem Klavier.
Fußmatte in der Veranda, um die Schuhe zu säubern.
Bestickte Gardinen vor dem Wohnzimmerfenster.
An der Haustür ein Schild: »Sissy & Irvy«.
Doch vor allem
immer ein aufmerksames Ohr
für alles, *was ein modernes Heim ausmacht.*

Und genau das
war eine große Hilfe
für die expansive Politik von Lehman Brothers:
»*Im Grunde ist unsere einzige Aufgabe* …«, dachte Philip
Sissy & Irvy aufmerksam musternd
»*auf einen Wunsch einzugehen*

noch bevor die Nachfrage entsteht.
Wir erfüllen Amerikas Träume
Sekunden, bevor es wieder die Augen öffnet.«
Und das stimmte.

Sissy & Irvy waren immer einen Schritt voraus
und ihre Einkäufe zu verfolgen
war wie ein Blick in das Buch der Zukunft:
»Sissy und ich schaffen uns einen elektrischen Toaster an!«
»Willst du unseren Kühlschrank sehen, Philip?«
»Ich habe Sissy ein Bügeleisen geschenkt!«

Philip war auf den Geschmack gekommen
nun wagte er einen weiteren Schritt.
War das Vorbild Sissy & Irvy
womöglich auch jenseits der Grenzen anwendbar?

Seit die Alliierten
den Sieg im Ersten Weltkrieg
in der Tasche hatten
war auch der Wiederaufbau ein internationales *business*.
Und hatte Irvings Vater, Onkel Mayer
die Bank etwa nicht
auf den Ruinen des Sezessionskriegs aufgebaut?
Nachkriegszeiten sind bekanntlich
immer eine gute Gelegenheit.

Ja, vielleicht.
Vielleicht kann man einen Versuch wagen.
Immerhin sind wir eine Weltmacht.
Warum als solche nicht
vom Planeten Erde in amerikanischer Soße träumen?

Natürlich musste ein guter Auftakt her.

Dazu wurde das Orakel befragt
ein Dialog, der Folgen haben sollte:
»Liest du Zeitungen, lieber Irving?«

»O ja, Philip. Jeden Tag. Sehr interessant.«

»Und in Europa, sag mir, was bewegt sich da?«

»Deutschland hat kein Geld
für die Reparationszahlungen.
Wenn es nicht unterstützt wird, geht es bankrott.«

»Glaubst du, dass es in Europa Familien wie unsere gibt?«
Unsere sagte er nur, um nicht verletzend zu sein
»wie deine« hätte er sagen müssen.

»Ich glaube, ein Toaster röstet Brot auch in Paris
ein Kühlschrank wird auch in Berlin gebraucht.
Und was die Bügeleisen betrifft:
Glaubst du, ein Londoner mag zerknitterte Hemden?«

»Darum geht es nicht, Irving.
Haben sie Geld genug, all das zu kaufen?«

»Wenn sie kein Geld haben, werden sie sich Geld leihen.«

Im Grund war dieser Cousin ein Genie.
Hätte ein ausgezeichneter Bankier sein können.

Philip sah sie vor sich, so weit das Auge reichte:
endlose Berge aus Kühlschränken, Bügeleisen und Toastern.
Die Zukunft hatte nur einen Namen: RATENZAHLUNG.

Der Traum seit eh und je:
sofort besitzen, später zahlen.
Wann? In aller Ruhe! Später!
Natürlich mit Zinsen.
Denn jeder Mensch auf der Welt
ist bereit zu *geben*, nur um zu *haben*.
Also konnte ein gewaltiger Geldstrom
von New York in den Alten Kontinent fließen.

Sie würden das Dreifache zurückbekommen.
Sie mussten nur riskieren.
Im Grund war alles Risiko.
Sie mussten nur riskieren.
Sie mussten nur riskieren.
Sie mussten nur riskieren.

»Ihr werdet alle vor Gericht enden«
bemerkte Irving dazu
»aber dann ruft nicht nach mir.«

Sechstes Kapitel

PELOPONNESUS

Harold und Allan
Söhne eines auf See verschollenen Häschens
wirkten nie wie zwei Waisen.

Im Gegenteil.
Man hatte den Eindruck
dass sie die Absenz von *Dad* und *Mum* wettmachten
indem sie selbst sofort
zu absoluten Autoritäten wurden
väterliche und mütterliche auf einen Schlag.
Etwa so wie manche Kinder, wenn sie wachsen
ihre Eltern schrumpfen lassen
und andere sie gleich nach Honolulu schicken.
Diverse Methoden, identischer Zweck.
Problem gelöst.
Neuer Absatz.
Weiter im Text.

Harold und Allan sind über zwanzig
und zum Kampf bereit.

Im Laufe der Zeit
ist ihr bissiger Scharfsinn
vernichtend geworden
Wenn die beiden den Mund öffnen
tragen andre schwere Wunden davon.
Wer sie auf der Straße um Almosen bittet
bekommt zur Antwort:
»*Versager finanzieren wir nicht.*«
Wenn der Rabbi ihnen vorwirft
sich selten im Tempel blicken zu lassen
muss er hören: »*Wie Ihr in der Bank.*«

Kurze Sätze.
Aber tödlich.
So ihre Devise.
Zu viel reden ist vergeudete Energie.
Abkehr vom Prinzip der Sparsamkeit.

Harold und Allan
sind das ehrgeizige Gesicht der künftigen Hochfinanz.
Die keine Kompromisse kennt
ausgewachsenes Kind der 120 *Mizwot*
darunter: »*Gefühle haben in einer Bank nichts zu suchen*«.
Denn die Sünden der Väter fallen zurück auf die Söhne
– so viel scheint sicher –
ebenso wie gewisse Lektionen
die der Erzeuger nicht richtig gelernt hat.

Genau. So ist das.
In den zwei Brüdern
hat sich der Extrakt aus Zynismus
den Sigmund in Tränen auflöste
endlich durchgesetzt.
Wunder der Genetik.

Und bedenkt man, dass ihr Großvater Mayer
sogar die Medaille des *Kisch Kisch* bekam
als die Grundlage für Geschäfte
ein Lächeln und gute Manieren waren!
Ganz anders heute.
Der Markt ist Macht, Macht ist ein zugekniffener Mund.

Und darin sind die beiden Meister.

Als Charles Lindbergh landete
nach seinem Atlantikflug im Alleingang
schüttelte Harold ihm als Erster die Hand:
»*33 ½ Stunden, beachtlicher Kraftakt*«
worauf Allan ergänzte:

»*Hat Hunderttausende Dollars gekostet.*
Nicht gerade wirtschaftlich als Flug eines Einzelnen.«
Und Harold nickte.

Denn die beiden ergänzen sich immer.

Republikaner der eine.
Demokrat der andere.
Doch in perfektem Konsens.
Als gäbe es in dieser brüderlichen Einheit
weit mehr als zwei Lehmans
nämlich ganz Amerika
im vollen Bewusstsein seiner Stärke.

Der eine ist blond.
Der andere brünett.
Der eine ist bärtig.
Der andere bartlos.
Der eine mit hoher Stimme.
Der andere ein Bariton.
Harold und Allan
dem Anschein nach grundverschieden
bewegen sich wie zwei Panzer
walzen allen Widerstand nieder.

Ist es denn ihre Schuld
in einer Supermacht geboren zu sein
deren Arm sich über die ganze Welt erstreckt?
Berechtigt sie das nicht
zu ein wenig Arroganz?
Oder sollen wir so tun
als wären wir wie alle andren?
Im Ernst?

Hier die jüngsten Etappen ihrer Laufbahn:
Beginnen wir damit
dass sie das College mit besten Noten abschlossen.

In Wahrheit
lief die letzte Prüfung nicht so gut
doch Professor Torrel
sah ihre Blicke auf sich gerichtet
und als er den Satz hörte
»*Lehman finanziert das College, also auch die Gehälter*«
zögerte er nicht, die Note nach oben zu korrigieren.

Auf das Examen folgte sofort die Hochzeit.
Auch diese als Paar orchestriert
ohne den brüderlichen Gleichklang zu stören:
Harold erkor Bibi.
Allan erwählte Tessa.
Harold umwarb Bibi:
    »*Ich finde dich schön, aber vollkommen bist du nicht.*«
Allan umwarb Tessa:
    »*Mit dir langweile ich mich weniger als mit anderen.*«
Harold erschütterte Bibi:
    »*Als Blondine wärst du mir lieber gewesen.*«
Allan erschütterte Tessa:
    »*Genau betrachtet, bist du gar nicht so groß.*«
Harold verlobte sich mit Bibi:
    »*Ich muss dir einen Ring geben, hat man mir gesagt.*«
Allan verband sich mit Tessa:
    »*Das ist Gold, Kleines, leg den Ring in den Safe.*«
Harold versprach Bibi:
    »*Heirate mich, etwas Besseres findest du nie und nimmer.*«
Allan bot sich Tessa an:
    »*Mit dieser Hochzeit machst du das bessere Geschäft
    aber ich widersetze mich nicht.*«
Harold nahm Bibi schließlich zur Frau:
    »*Jetzt, da ich dich geheiratet habe
    mal sehen, wie du dich benimmst.*«
Allan nahm Tessa schließlich zur Frau:
    »*Du heißt jetzt Lehman, ist dir klar, was das bedeutet?*«

Problem gelöst.
Neuer Absatz.
Weiter im Text.

Jetzt gilt es herauszufinden
welche Rolle das Brüderpärchen
in der Bank spielen wird.
Andererseits, um es klar zu sagen:
Könnte Onkel Arthur zwei Typen wie sie übersehen?

Scheinen sie doch wie geschaffen
ein relevantes Problem zu lösen.
Denn Arthur ahnt zwar
dass er es in der Hand hat
das Geheimnis der Banken-Algebra
aber noch weiß er nicht
wie er die reine Theorie der Formeln
in die Praxis umsetzen kann.
Harold und Allan könnten als Soldaten dienen
und dem Onkelchen
die Wissenschaft der Kriegsführung lassen.

Insgeheim weiß es Arthur schon längst
doch heute kam der konkrete Beweis.

Es war schon die Rede davon
dass Arthur
die Erde nicht mehr von Menschen bevölkert sieht
nein, von gierigen Horden aus 7 Dollar 21 Cent.
An diesen 7,21 Dollar ärgert ihn nur
dass viele von ihnen undankbar sind.
Und das ist nicht schön.
Heute zum Beispiel.

Begleitet von Harold und Allan
ist Onkel Arthur auf Geschäftsreise im fernen Nebraska.
Da Lehmans Interessen bis in diese Ödnis reichen.

Wir finanzieren dort Unternehmen
die die Berge kreuz und quer löchern
um ein paar Tropfen Erdöl zu finden.
Denn die halbe Welt muss motorisiert werden.

Und weil auch die Mathematik ihren Tank hat
suchen die drei Lehmans jetzt genießbaren Brennstoff
nach langer Fahrt durchs entlegenste Nirgendwo.

Dann das Wunder.

Siehe da, am Straßenrand
taucht ein Imbiss auf, vom Himmel gesandt
24 Stunden am Tag geöffnet
ein griechischer Imbiss
»PELOPONNESUS«
von Immigranten geführt
vor sechs Jahren eröffnet.

Der Besitzer
Georgios Petropoulos
hinter der Theke
– Oliven und Käse –
eine ölfleckige Schürze um den Bauch
ein dreijähriges Kind auf dem Arm
sucht im Radio nach einer Frequenz
aber nichts zu machen
zwischen Sardinen und Kapern
empfängt das Radio nicht.

Ein mieser Morgen heute
zwischen Oliven und Kapern
mitten in Nebraska.
Ein Scheißdonnerstag.
Teils, weil donnerstags
wer weiß warum
keine Kunden kommen.

Teils, weil dieses Kind
gerade drei geworden
andauernd weint
weint
weint
immer noch?
Es weint
und weint.
»*Αν κλάψετς πάλτ, εγώ* …«
Wenn du weiter weinst, werde ich …
schreit der Vater, als könnte das Kind auf Kommando still sein.

Die drei Lehmans setzen sich an die Theke.
Essen Oliven und Käse, mehr ist nicht da.

Derweil weint das Kind noch lauter
und sein Vater sucht nach einer Frequenz.
Georgios Petropoulos
möchte
unbedingt
die Nachrichten hören.
Die hört er immer
seit damals
als sie jeden Morgen
über den Ku Klux Klan
berichteten
der auch hier in Kearney
nachts
o ja
die Imbisse der Griechen anzündete.

Plötzlich ertönt
die Nachricht des Tages:
»*Die Lehman Brothers Bank
hat ihre Scheidung von Goldman Sachs unterzeichnet.*«

Bei dieser Nachricht weint das Kind lauter
und der Koch flucht auf Griechisch
schmettert Oliven an die Wand
als wären es Gewehrkugeln.

Arthur mustert
die beiden Personen zu insgesamt 10 Dollar 81 Cent
(denn Minderjährige zählen die Hälfte).
Sie wagen es, eine Institution zu beschimpfen?
»*Pardon, Mister, haben Sie etwas gegen die Bank?*«

»*Wie bitte?*«

»*Sie schienen mir etwas erregt
als Sie im Radio von Lehman Brothers hörten.*«

»*Und ob ich erregt bin! Dreckige Judenschweine!
Sie gaben mir einen Kredit, um diese Hütte aufzumachen
seit sechs Jahren zahle ich ein Vermögen!
Ich werde ihnen gar nichts mehr zahlen!
Dreckige Judenschweine! Schweine!*«

Die mathematische Formel dieses Fluches
brachte Arthur seinerseits auf die Gleichung
eines äquivalenten und konsequenten Zorns.

Zum Glück hatte er seine Neffen dabei.
»*Ist dieses Kind Ihr Sohn, lieber Herr?*«
hub Harold überraschend an
ohne die Augen vom Teller zu heben.

»*Natürlich, das ist mein Pete.*«

»*Stellen wir uns vor
Pete wächst heran und nimmt Ihren Platz ein*«
fuhr sein Bruder fort, auch er blickte nicht auf.
»*Glauben Sie, Pete würde gute Geschäfte machen

*wenn er den Gästen Essen serviert
ohne sie zahlen zu lassen?«*

Der Grieche antwortete nicht
flatterte nur mit den Lidern
ihn überraschte am meisten, dass der Kleine
– einbezogen durch seine Zukunft in der Gastronomie –
plötzlich das ganze Geheule vergaß
und den jungen Mann aufmerksam ansah.

Harold sprach weiter:
»*Da wir heute hier gegessen haben
sind wir ungeachtet der miserablen Qualität
von Gesetz wegen gezwungen zu zahlen.
Übrigens, wie viel genau?«*

»*7,21 Dollar pro Nase«*, sagte der Grieche sofort.

Arthur wollte aufbegehren.
Allan kam ihm zuvor:
»*Nehmen wir nun einmal an, werter Herr
Ihr Sohn Pete wird eines Tages Bankier.
Mehr noch: Er könnte sogar bei Lehman Brothers arbeiten.«*

Niemals!«, brüllte der Grieche
obwohl der Kleine offenbar nickte.

Harold ignorierte den Griechen.
»*In diesem, zugegeben, weit hergeholten Fall
worin bestünde sein Beruf als Bankier
wenn nicht darin, Zinsen zu fordern
für den Kredit, den er Ihnen gewährt?
Zu einer Bank gehören Zinsen
wie die 7,21 Dollar zu Ihrer Küche.
Ergo, werter Herr, dürften wir
wenn Sie sagen
dass Sie uns wirklich keine Zinsen mehr zahlen*

– da wir zu Ihrem Pech selbst die Lehman Bank sind –
jetzt aufstehen
und auch hinausgehen, ohne zu zahlen.«

Das Kind gab einen Laut von sich
der stark einer Zustimmung ähnelte.

Dem Griechen entging das nicht.

Die Lehmans zahlten 7,21 $ pro Kopf
mit der gedämpften Gewissheit
keinen Schuldner verloren zu haben.

Sie standen auf.
Wischten sich den Mund ab.

Und ließen mit dem Aplomb vom Bankiers
den Peloponnes hinter sich
um abermals den Olymp zu besteigen.

Siebtes Kapitel

A FLYING ACROBAT

In der Wall Street
hob man einst das Kinn nur
um den Seiltänzer zu sehen.

Solomon Paprinskij freut es darum nicht
dass er die Kontrolle über den Luftraum
teilweise abgeben musste.

Was er wohl sagen würde
wenn er wüsste, dass er selbst
diese Investition angeregt hat?

Aber so war es.
Denn der Zufall wollte
dass der Eintritt von Lehman Brothers
in den Flugzeugmarkt
eine sehr delikate Geschichte war
die quasi als Spiel begann
und großes Gewicht bekam
innerhalb und außerhalb der Bank.

Hier die Fakten:

Eines Tages
traf Bobbie Lehman
der sich der Wall Street meist fernhielt
unweit der Börse seinen Vater
um eine Reihe Gemälde zu schätzen.

Vielmehr: Das war der Vorwand
ersonnen von Philip Lehman

um seinen Sohn
in die Höhle der Hochfinanz zu locken.

Ein ehrgeiziges Vorhaben:
Er wollte den wichtigsten Männern der Börse
den künftigen Kapitän der Bank präsentieren
und hoffte, es würde Liebe auf den ersten Blick sein
die jeden Rest Unsicherheit
aus der Welt schaffte.

Angelockt hatte er seinen Sohn
mit dem exquisiten Köder flämischer Meister
doch dann
schwand Philips Elan.
Denn etwa ein Dutzend Bosse des *business*
warteten ungeduldig darauf, Kenntnisse und Allüren
des nächsten Mister Lehman Brothers zu prüfen.

Bobbie kam im weißen Anzug mit weißer Krawatte
makellos
man konnte ihn für einen Pariser Galeristen halten
der versehentlich in ein Nest von Bankern geraten war.

Arthurs Anwesenheit
milderte den Kontrast mitnichten
war er doch aufmarschiert
in der perfekten *Mise* des Investors:
dunkler Anzug (BS)
Zweireiher (DB)
schwarzer Schlips (BT)
runde Brille (RG) des Mathematikfreaks
und einem Bleistift (BP) in der Hand
um sich die Tageskurse zu notieren.

Arthur für seinen Teil hatte keine Ahnung
warum man Bobbie in die Börse brachte.
Er dachte an eine harmlose Sightseeing-Tour

darum ergötzte er den Cousin
mit einem Schwung Anekdoten
über Sitten und Bräuche der Börse.
Arthur fühlte sich wie der Hausherr
der einem zufällig anwesenden
in diesem Sektor völlig unkundigen Cousin
mit Freuden seinen Arbeitsplatz vorführt.

Sie gingen in einen großen Raum
mit dunklen Tapeten.
Nur ein Fenster erzählte von der Welt draußen
weit geöffnet direkt auf der Höhe
von Solomon Paprinskij
der auf dem Seil balancierte.

Ans Tischende setzten sich Philip und Arthur
Bobbie in ihrer Mitte.

An allen anderen Seiten des Tisches
saßen 10 Kommissare, bereit für die Prüfung.
Denn das war es im Grunde, ein Examen.

Philip erhob sich
und sprach in feierlichem Ton:
»*Meine Herren, dies ist Robert, mein Sohn.
Er wird Ihre Fragen gern beantworten.*«

Bobbie nickte
und setzte »*Mit dem größten Vergnügen*« hinzu
denn trotz des beunruhigenden Auftakts
mit diesem »*Robert*«
hatte er keinen Grund, nicht zu lächeln.
Erwartete er doch jeden Moment
das Erscheinen der zu prüfenden Werke
und keinen Augenblick lang
zweifelte er daran, dass er
vor Kunstkritikern, Galeristen und Sammlern saß
profunde Kenner des Kunstmarkts wie er.

Seinem Cousin Arthur aber
wurde schlagartig alles glasklar
denn er wusste genau
wer die hier versammelten 10 Haie waren.
Und ihn packte ein echter Panikschauder (Px).

Der Erste der 10
ergriff das Wort mit einer frontalen Frage:
»Nun, Mister Robert
wie sehen Sie die Marktlage derzeit?«

Bobbie lächelte
wie ein Musterschüler, der die Frage erwartet hatte.
Immerhin war er im Monat zuvor
zwischen Bordeaux, London und Frankfurt
bei gut dreißig Auktionen gewesen.
»Ich würde sagen, unsere Branche
ist in fieberhafter Bewegung.
Seit dem Krieg gärt es überall
und zum Glück für uns Amerikaner
ist die Geschäftslage vieler Europäer nicht rosig
darum können wir die besten Angebote machen.«

Anerkennendes Raunen erhob sich rund um den Tisch
Philip nickte mit Kinn, Hals und Fingern
ein wahrer Triumph muskulärer Spannung.
Arthur dagegen brach der kalte Schweiß aus (KS).

Der zweite Kommissar exponierte sich streng:
»Irre ich oder ist das eine Aufforderung zu massiven Ankäufen?
Europa steckt in der Krise, also sollten wir plündern?«

Wieder lächelte Bobbie.
»Bei allem Respekt, das ist, was ich denke.
Eine solche Chance wird sich nie wieder bieten.
Wenn wir uns auf unserem Gebiet durchsetzen wollen
dürfen wir hier nicht verzichten.«

Eine dritte Stimme erhob sich am Ende des Tisches:
»*Ich wüsste gern genau, was Sie meinen.*«

Einen leichten Unmut verbarg Bobbie nicht:
»*Wirklich, mir scheint das eindeutig.*
Bis vor wenigen Jahren litten wir
unter der Übermacht der Franzosen Deutschen und Russen.
Von den Engländern ganz zu schweigen.
Ich bin jahrelang in Europa gewesen
und kann dank meiner Erfahrung bezeugen
dass – ungeachtet manch eigener Glückstreffer –
die besten Geschäfte
zumeist in Mark, Pfund, Franc und Rubel getätigt wurden.«

Ein hellblonder Wikinger nickte: »*Vor allem in Mark.*«

Bobbie fuhr fort:
»*In Europa weiß man, dass Lehman*
als einer der Ersten Dollars in die Branche investiert hat.
Wir und wenige andere, die ich dann überflügelt habe.«

Der Wikinger war begeistert.
»*Ich stimme zu, befürworte und schließe mich bedenkenlos an.*
Wir können die Achse des ganzen Marktes verändern
indem wir ihn endlich
auf diese Seite des Atlantiks verlagern.«

Nun war ein schmächtiges Männlein an der Reihe
das in seinem Zweireiher versank:
»*Dürfen wir demnach erwarten*
dass Lehman in Zukunft
seinen Aktionsradius
außer auf Amerika
auch auf internationaler Ebene ausdehnt?«

Bobbie hob die Arme
er meinte vor Dilettanten zu sitzen.

»Bei allem Respekt: Amerika? Unsere Branche?
Das liegt doch nun klar auf der Hand.
Die wirklichen Geschäfte macht man in weiter Ferne
und ich denke, das wissen Sie alle.
Ich bin mit dem Einverständnis meines Vaters Philip
gleich nach Yale ins alte Europa gegangen
und vom ersten Tag an wurde mir klar
dass man dort nur die Qual der Wahl hat.«

Diese Gelegenheit ließ Philip sich nicht entgehen
und lachend wie ein Betrunkener rief er:
»*Ich erinnere mich, er schrieb ›schick Geld, Dad!‹*
Und sofort versorgte ich ihn mit Kapital!«

Die väterliche Zustimmung
beflügelte Bobbie, kühner zu werden:
»*Dennoch gebe ich, mit Verlaub, zu bedenken*
dass diese neue Rolle Amerikas
nicht nur Vorherrschaft sein kann.
Wir haben auch Pflichten
damit alle Menschen auf der Welt
ihren Nutzen davon haben.«

Bei diesen Worten
klopfte ein alter Mann mit wild wuchernden Brauen
mit dem Knauf seines Stocks auf den Tisch aus dunklem Holz:
»*Ich hasse dieses philanthropische Getue!*
Es geht immerhin um Geld! Um Geschäfte!«

Einer Vermittlung des Vaters zuvorkommend
platzte Bobbie los:
»*Nein, mein Herr! Wenn es so wäre, würden wir kaufen*
um wieder zu verkaufen.
Und würden verkaufen, um dann wieder zu kaufen!«

Erneut begehrte der Alte mit Stockschlägen auf:
»*Genau das tun wir doch, oder?«*

»*Nicht mit dem Namen Lehman, werter Herr.*
Mir gefällt die Idee, dass wir keine Händler sind
sondern Menschen mit einer Mission.«

»*Und welche Mission wäre das? Lassen Sie hören!*«
hub ein von Goldringen glänzender Ziegenbock an.

Bobbie ließ ihn nicht ausreden, er gab zurück:
»*Die Welt zu verbessern.*
Worin investieren wir denn?
Etwa nicht in den menschlichen Geist, sein Genie
die großartige Kreativität, mit der er gestaltet?«

Ein hocheleganter junger Mann mit Perlmuttzähnen
schrieb diesen Satz in sein Notizbuch
und flüsterte seinem Nebenmann zu:
»*Mir gefällt seine Argumentation.*«
Der andere: »*Zumindest gibt's hier eine Vision.*«
Nun beging Bobbie den Fehler des Hochmuts.
Ihn packte der Kameradschaftsgeist alter Zeiten
den er nicht unterdrücken wollte noch konnte
wie auch die Erinnerung an seine militärischen Heldentaten:
»*Ich habe für dies Ziel gekämpft, meine Herren*
und mein Leben riskiert!
Aber ich würde es morgen wieder tun!«

Ein Krieger der Börse!
Ein homerischer Bankier!
Die Begeisterung kannte keine Grenzen.

Nur ein Mann hatte bis jetzt geschwiegen
ein magerer Mensch mittleren Alters
der sich ständig über die Hände strich
mit langen Fingern, dünn wie Reisig
jetzt aber meinte, sich Gehör verschaffen zu müssen:
»*Wenn Sie erlauben, hätte ich gerne ein Beispiel*
für Ihren – sehr persönlichen, muss ich sagen –

*Drang
mit humanitären Zielen zu investieren.
Schauen Sie sich um.
Nun, ich kann
diesen Überschwang guter Absichten hier nicht erkennen.«*

Es folgte ein langer stummer Aufschub
Bobbie sah den Mann an, als hätte der ihn beleidigt.
Dann erklärte er:
*»Offen gesagt, ich weiß nicht
mit wem ich das Vergnügen habe.«*

Die Antwort kam prompt.
*»Ein Lehman müsste das wissen, ich wundere mich.
Wie auch immer. Ich bin Rockefeller.«*

»Aha! Nichtsdestotrotz!« Bobbie ging wütend zum Angriff über:
*»Wenn ich nicht irre
haben Sie mir vor einem Monat in England
ein dreifaches Geschäft weggeschnappt!«*
(Denn tatsächlich hatten die Rockefeller
den Zuschlag für drei Altäre
aus spätrömischer Zeit erhalten.)
»Das einfache Gesetz des Meistbietenden!«
entgegnete Rockefeller
womit er den Kauf von drei Schweizer Banken meinte.

*»Ein Rockefeller fragt mich, was reines Genie ist?
Bei allem Respekt, ich sehe es, wohin ich auch blicke.
Schauen Sie doch zum Beispiel
einfach mal aus diesem Fenster ...
Nur ein Seiltänzer, zugegeben.
Doch im Fensterrahmen ist das ein echtes Gemälde.
Es zeigt die Menschheit, der es nicht mehr genügt
auf der Erde zu gehen.
Sie will es den Vögeln gleichtun, die Lüfte erobern.
Das ist reinste Kunst, Mister Rockefeller.*

Doch wenn es für Sie nur um Geld geht
haben wir uns nicht viel zu sagen, denke ich.
Wenn Sie gestatten, irgendwo warten hier
einige Flamen auf mich.
Irre ich mich, Dad? Ich möchte gehen.«

Und ohne ein weiteres Wort
ging er so eilig hinaus
dass alle sich wunderten
wer diese flämischen Finanziers sein mochten
die aus Europa kamen, um ihn zu sprechen.

Doch bevor sie fragen konnten
fuchtelte der Augenbrauen-Alte
mit seinem Stock Richtung Philip:
»Ein Teufel von einem Lehman! Hast du uns gar nicht gesagt!
Es den Vögeln gleichtun, die Lüfte erobern!
Das ist die zivile Luftfahrt!
Dein Sohn
will die Menschheit über den Planeten fliegen lassen?
Die Idee ist sensationell, reinste Kunst, er hat Recht!
Statt Flugzeuge nur im Krieg einzusetzen
nutzen wir sie, um uns nach Belieben zu bewegen!
Meine Bank wird euch bei dem Geschäft unterstützen.«

»Wir auch!«
»Darf ich mich anschließen?«
»Ich biete ein Drittel meines Kapitals!«
»Genial, Lehman!«
»Ein meisterhafter Streich!«

Als diese Rufe durch den Raum hallten
kämpfte Philip mit den Tränen.
Die Taufe eines Magnaten hatte stattgefunden.
Mit väterlichem Stolz
sagte er einen Satz, der zum Schrei wurde:
»Sprecht alle mit Robert, nicht mit mir!
»Sprecht von morgen an mit ihm!«

An diesem Punkt hatte Arthur Lehman
die mathematische Dosis seiner Toleranz (TOL)
gründlich aufgebraucht.
Alles hätte er vom Cousin erwartet.
Alles, aber gewiss nicht
ihn ohne Vorwarnung
als Konkurrenten um den Thron zu sehen.
War das nicht völlig verrückt?
War Bobbie nicht immer ein Tagedieb gewesen?
Gut, er hatte in Yale abgeschlossen
aber wer hatte denn je gehört
dass er übers Finanzwesen ($B^Y \neq FIN$) sprach?
Dank welcher algebraischen Formel
wollte der alte Philip
ihn jetzt in der Bank befördern?

Dieser Strudel aus Fragezeichen
explodierte in Arthur wie ein Vulkan.

Und wie so oft beim Menschen
verträgt sich Zorn selten mit Logik ($Z \neq L$)
weshalb Arthur brüllte:
»Na, großartig! Nur zu! Aber ja! Warum nicht?
*Ihr wollt den Himmel mit Flugzeugen füllen?
Sie werden gegen die Wolkenkratzer stoßen!*«

»*Ich hoffe doch sehr, dass das nicht geschieht*«
entgegnete Louis Kaufman
der gerade das Empire State Building finanzierte.

»*Das ist mathematisch unausweichlich!*«
sagte oder dachte
(das wurde nie geklärt)
Arthur, bevor er die Tür hinter sich zuschlug.

Wie auch immer
so kam es, dass Lehman Brothers
in die Pan American Airlines investierte.

Und abgesehen davon
so kam es, dass Bobbie Lehman
ahnungslos
vom Höfling zum Thronerben wurde.

Achtes Kapitel

BUSINESS IN SOHO

Seit diesem Tag vor wenigen Monaten
strahlt Philip übers ganze Gesicht.

Er hat, das fühlt er, mal wieder
die richtige Karte umgedreht.

Kaum kümmert es ihn
dass sein Sohn Bobbie
sich ins Verstummen verkriecht
sich die Lippen blutig beißt.
Dem Jungen ist, als wäre er
in ein seltsames Spiel geraten
wo er weder das Feld noch die Regeln sieht.

Und warum spricht Cousin Arthur
nicht mehr mit ihm
grüßt nicht einmal mehr?
Rätselhaft.

Bobbie erlebt das alles
resigniert und betrübt.

Niemand spricht offen mit ihm.
Niemand sagt, was ihn erwartet.

Sogar Harold und Allan
die Meister der Grausamkeit
begnügen sich mit einem
»*Bereitest du dich vor, Bobbie?*«

»*Worauf?*«, fragt er und beißt sich auf die Lippen.

»*Auf das Schlimmste*«, lautet die Antwort
begleitet von jenem mitleidigen Lächeln
das Krankenschwestern nur für Sterbende haben.

Nun hat bekanntlich
jeder Mensch
seine ganz eigene Art
in den tiefsten Tiefen
seines inneren Meeres zu forschen.

Der eine zieht sich ins Hochgebirge zurück
der andere klettert auf Klippen
wieder andere, wie Bobbie Lehman
wagen sich allein
zu Fuß
in die Arbeiterviertel.

Zwecklos
dass sein Cousin Irving dringend abrät:
»*Zwei von drei Kriminellen, die ich bei Gericht verurteile
kommen aus den Vierteln
wo du spazieren gehst!
Das sind Trainingsplätze des Verbrechens.
Eines Tages, lieber Bobbie
wird dir ein Messer mitten in der Brust stecken.
Ihr jungen Leute seid süchtig nach Gefahr.
Ihr werdet alle vor Gericht enden
aber dann ruft nicht nach mir.*«

»*Ich aber schätze diese Art Tourismus!*«
ruft der demokratische Herbert sofort:
»*Nur wenn wir dem Leiden
der unterprivilegierten Schichten ins Auge sehen
können wir einen Weg zu ihrer Rettung planen!
Immer so tun, als sähen wir nichts – damit muss Schluss sein!*

Auf diese Blindheit ist die Mittelschicht sogar stolz!
Kompliment, Cousin, ich heiße es gut und ermutige dich.
Mehr noch: Ich werde deinem Beispiel folgen.«

Bobbie wagt nicht, ihm zu sagen
dass seine Ausflüge
keine Spur von Altruismus haben.

Das heißt, er wollte es tun
aber Peter kommt ihm zuvor
Herberts Sohn, Gymnasiast
schon jetzt eine zwei Meter lange Bohnenstange:
»*Ich bewundere dich aus tiefstem Herzen, Bobbie.*«

Der Jugend ihr Vorbild zu nehmen
birgt immer Gefahren.

Also Mund halten.
Sollen sie doch glauben
seine Gänge hinunter nach Soho
beruhten auf sozialer Anteilnahme.

Das Gegenteil ist richtig.

Von Kindesbeinen an
überkam den jungen Lehman
eine seltsame Ruhe
beim bloßen Anblick dieser erbärmlichen Häuser
erstickend eng und lärmerfüllt
ertrinken sie wie Sardinen im Gestank ihrer Fäulnis.

Bobbie geht langsam
übersieht kein Detail
genießt das Gefühl, kein Reicher zu sein
und zu erkennen
dass ein anderer Weg möglich ist
weit weg vom Geld und der Börse

weit weg von einem so lästigen Namen
weit weg von allem
was ihm den Status des Dreißigjährigen nimmt
und ihn zu Robert Lehman macht
dem Sohn des großen Philip.

Wenn dann in diesen Mietskasernen
jemand ans Fenster tritt
verspürt Bobbie eine wunderbare
ergreifende Erleichterung
denn er sieht, dass auf diesen schmutzigen Gesichtern
ein Lächeln möglich ist.
Und vor Freude röten sich gar seine Augen.

Fest steht
dass Bobbies Besuche in den Gewölben der Hölle
immer häufiger werden.
Bis zu dem Tag, von dem wir jetzt erzählen.

Das Leben ist manchmal verrückt.
Die Überraschung nistet fast immer
in den Falten der Normalität
wo man sie zuletzt erwartet.

An jenem Abend
ging Bobbie Lehman mit gesenktem Kopf
durch den Nieselregen.

Den Mantelkragen hochgeschlagen.
Den Hut tief in die Stirn gezogen.
Als wollte er verschwinden.
Nicht für andere – für sich selbst.

Gerade ließ er
den letzten Häuserblock Sohos hinter sich
als wilde Schreie
an sein Ohr drangen.

Sie kamen aus einer Gasse im Häuserblock
einer Schlucht zwischen hohen Zementwänden
auch oben umschlossen
von Wellblech und rostigen Treppen.

Mitunter bietet das Leben Scheidewege.
Bobbie hatte also die Wahl
er konnte zu seinem Fahrer gehen, der wartete
oder vor dieser Gasse stehen bleiben.

Er entschied sich für Letzteres.
Mehr noch: Er ging ein paar Schritte
auf diesen städtischen Stollen zu
teils aus Neugier, teils aus Mitgefühl
da die Schreie nicht aufhören wollten
und sich nun auch
mit einem Geräusch im Hintergrund mischten
das einem menschlichen Weinen
ähnlicher war als dem Laut gleich welches Tieres.

Bobbie blickte sich um.
Die Straße fast menschenleer.

Er zögerte einen Moment
dämpfte heroisches Ungestüm
zwang sich zur Vorsicht.

Und erst als er wieder
den Schrei hörte – »*Megöllek!*« – »*Ich bring dich um!*«
entschloss er sich dank eines nie gekannten Muts
die Beine zu bewegen.

In das ekelhafte Loch eingedrungen
spürte Bobbie um sich herum
nur das frenetische Flüchten von Katzen
dann sah er am Ende des Schlauchs
ein Ladenschild auf Ungarisch
über einer offenen Tür.

»*Megöllek!*«
brüllte eine männliche Stimme
im Innern der Werkstatt
und nun hörte Bobbie auch
das leise Weinen eines Kindes
vermutliches Ziel der väterlichen Rage.

Wieder stand Bobbie am Scheideweg.
Er konnte loslaufen, einen Polizisten suchen
oder
allen Gefahren zum Trotz hineingehen.

Wieder verwarf er den Weg der Vorsicht
stürzte stattdessen in das Gebäude.

Auf einer Werkbank verstreut
lagen Apparate zum Ziselieren.
Der Ungar baute Tischlampen
die Regale waren bis oben voll davon.

In einer Ecke
wütete ein korpulenter Mann im sandfarbenen Kittel
mit Schlägen und Tritten
gegen ein sehr zartes Wesen
einem Frosch ähnlicher als einem Kind.
Es kauerte zwischen den Kisten
und schützte sich mit den Armen.

Bobbie holte so tief Luft, wie er konnte:
»*Schluss jetzt oder ich rufe die Polizei.*«

Bei diesen Worten
drehten die Schultern des Mannes
sich wie um einen Schaft
und offenbarten
die absolute Dominanz runder Augen
unter einem Busch roter Haare.
»*Und Sie, was wünschen Sie? Eine Lampe?*«

Darauf war Bobbie nicht gefasst.
»*Ich kaufe eine Lampe, wenn Sie das Kind in Ruhe lassen.*«

»*Ich kann heute Abend keine Lampen verkaufen
denn dieser Lümmel hat das Metall nicht lackiert!
Ich hat's ihm befohlen, er hat's nicht getan!
Jetzt wollen Sie eine Lampe von mir
doch ich kann Ihnen keine geben!
Und da soll ich ihn nicht umbringen?*«
Er trat nach dem Jungen, der flink auswich.

»*Und wenn ich die Lampe trotzdem bezahle?*«

Stille.
Hier wurde das Grundgesetz des Handwerks
mit einem Satz in Frage gestellt.
»*Ich verkaufe keine unfertigen Lampen.
Sie zahlen für eine zur Hälfte gefertigte Ware?*«

Bobbie versuchte einen forscheren Ton:
»*Ich zahle die Lampe, wenn Sie ihn nicht mehr schlagen.*«
Und zeigte seine Brieftasche
um die Absicht zu bekräftigen.

Der Frosch beobachtete ihn vom Boden aus.

»*Wie viel schulde ich Ihnen für eine unfertige Lampe?*«
fragte Bobbie, optimistisch in Sachen Geschäft.

»*Neu verkaufe ich sie für 8 Dollar*«
sagte der Ungar im Buchhalterton
(zumal der Kunde nach höheren Kreisen roch)
fingierte ein wenig Kalkulation
und machte sein Angebot:
»*7 Dollar 21 Cent, das ist ein guter Preis.*«

Bobbie suchte nach Münzen.
»*Für 7 Dollar 21 verkaufen Sie mir die Lampe
und das Versprechen, Ihr Kind in Ruhe zu lassen.*«

»*Ha! In Ruhe lassen! Hör ich recht? Was hat das damit zu tun?
Arbeiten muss er, arbeiten müssen wir hier alle!
Und ich brauche ihn bei den Metallen! Das ist mein Wille!*«

Der dritte Scheideweg an diesem Tag.
Bobbie konnte die Sache mit 7,21 $ erledigen
oder
auf einem ungewissen Weg weitergehen
wie Mallory und Irvine, als sie den Everest bestiegen
und sich auf einem vereisten Bergkamm verliefen.

Vielleicht war es Lust an der Gefahr.
Oder dass dieser Frosch
der dort unten eingezwängt saß
und gezwungen war
in des Vaters Werkstatt Metall zu lackieren
ihm so vertraut erschien
dass es jeden Preis wert war, ihm zu helfen.

Darum:
»*Wie viele Lampen verkaufen Sie am Tag?*«

»*Oh, das hängt davon ab! Was soll ich sagen?
5 wenn es schlecht läuft, das Doppelte an guten Tagen.*«

»*Also im Durchschnitt 7 Lampen am Tag.*«

»*Sagen wir 8, wir sind keine Hungerleider.*«

»*Das macht etwa 60 Dollar, wenn ich nicht irre.*«

»*Ganz richtig*«, sagte der Ungar und setzte sich
denn langsam wurde die Sache interessant.

Er bedeutete auch Bobbie, sich hinzusetzen
aber der rührte sich nicht.
»Wie viele Leute arbeiten hier?«

»Ich, der Junge, meine Frau und meine 5 Schwestern.«

»Gut. Da Sie zu 8 sind
baut also jeder eine der 8 Lampen
die Sie täglich verkaufen.
Darum trägt jeder zu Ihrem Geschäft
täglich 8 Dollar bei
macht 48 in der Woche und etwa 200 im Monat.
In einem Jahr sind es 2400. Wie alt ist der Junge?«

»Sieben!«, rief der Frosch
sprang auf wie von der Tarantel gestochen
und kam zum Tisch.

Bobbie rüstete sich zum großen Finale.
Trocknete den Schweißfilm an seinen Schläfen.
Kostete ein letztes Schweigen aus, dann:
»Ich entschädige Sie mit 30 000 Dollar
in den nächsten 11 Jahren
voll und ganz
für die entgangene Arbeit des Jungen.
Sie lassen ihn in Ruhe
er kann tun, was er will.
Das Geld bekommt natürlich der Junge, nicht Sie.
Er zahlt Ihnen monatlich, was Ihnen zusteht.
Und das wird so sein, als hätte er seine Pflicht getan.
Wenn Sie ihn schlagen, zahlt er nicht, so viel ist sicher.
Haben Sie etwas auszusetzen? Gefällt Ihnen das nicht?
Es ist ein Vorschlag: entweder oder.«

Der Ungar blickte starr auf seinen Sohn.

Dann kratzte er sich am Ohr.

»*Aber die 7,21 Dollar der ersten Lampe …*
die sind in den 30 000 nicht enthalten, stimmt's?
Die sind extra, die kamen vor dieser Abmachung.«

Bobbie lächelte.
»*Ich gebe dem Jungen 30 000 Dollar und Ihnen 7,21.*«

»*Abgemacht, Mister.*«

»*Abgemacht.*«

Sie gaben sich die Hand.

Bobbie zahlte wie vereinbart.

Schlug seinen Mantelkragen hoch
und kehrte auf dem Weg zurück
auf dem er gekommen war.

Der Frosch für seinen Teil
bedankte sich nicht mal bei ihm.

Neuntes Kapitel

THE FALL

Solomon Paprinskij
ist über siebzig.
Dennoch
ist er in fünfzig Jahren
die er vor der Börse übers Seil geht
noch nie abgestürzt.

Auch Philip Lehman
geht auf die siebzig zu.
Dennoch
ist er in fünfzig Jahren
die er in der Börse Lehmans leitet
noch nie abgestürzt.

Solomon Paprinskij
braucht ihn noch nicht
seinen Seiltänzersohn
er kann ja auch
ohne Cognac auskommen.

Philip Lehman
braucht ihn noch nicht
seinen Ökonomensohn
er kann ja auch
ohne Whisky auskommen.

Zwischen
Solomon Paprinskij
und
Philip Lehman
gibt es jedoch

einen kleinen
banalen
Unterschied
und das ist eine Agenda
darin man Blockschrift schreibt.

LEHMAN CORPORATION
lautet der letzte Eintrag.

Das klingt wirklich gut.
Philip Lehmans Geschöpf.
Pure Finanzwirtschaft.
Lehman Corporation.
Was bedeutet: *gemeinsame Investmentfonds.*
Geld investieren, nur um Geld zu machen.
Keine Marke mehr finanzieren
keine Industrie mehr lancieren
keinen Markt mehr sondieren:
Geld für Geld.
Pures Adrenalin.
Denn der Schauder ist immer da.
Der Schauder des Risikos.
Der nachts nicht schlafen lässt.
Denn Philip Lehman
macht kein Auge mehr zu
seit
in seinem Alptraum
die Hütte des *Sukkot*
ein gigantisches Schild trägt
mit der Aufschrift HOLDING
und jeder, der daran vorbeigeht
kein menschliches Gesicht hat
sondern ein großes + anstelle des Schädels.
Vielleicht weil Amerika
galoppiert wie ein wildes Pferd
im Hippodrom Churchill Downs
und Philip Lehman

mit weißen Haaren
ist der Jockey
der jeden Abend seine Bilanz signiert
die immer Gewinn aufweist:
+
+
+
+
+
+
+

Die Amerikaner haben das Investieren gelernt.
Endlich versteckt die Mittelschicht ihr Geld nicht mehr.
Alle setzen auf Fonds und Anleihen
und kassieren damit das Doppelte.
Wow! Let's make money!

Allein im letzten Monat
hat sich die Aktienmenge
der Wall Street verdoppelt:
von 500 000 auf eine Million und 100!
Was will man mehr?
Eine ganze Nation reicher Menschen!

Arthur Lehman kann es kaum fassen.
Auf der Straße beobachtet er
die geschäftigen Massen aus 7,21 $
aus denen sogar 10 $ werden können
und jedes Mal hört er einen Chor
herrlich und ohrenbetäubend
der für ihn singt: »DANKE, MISTER LEHMAN!«

Andererseits, was ist Reichtum (R)
wenn nicht eine mathematische Formel?
Arthur hat sie ausgearbeitet:
Reichtum ist ein Resultat

aus dem simultanen Wachstum
von Risiko (X) Ehrgeiz (E) und Produktivität (Pr)
multipliziert mit dem entscheidenden Parameter GB
nämlich Günstigen Bedingungen:
$R = GB \times f(X, E, Pr)$

Die günstigen Bedingungen
sind im vorliegenden Fall
nichts anderes als die Politik.
Mehr kann eine Bank nicht verlangen
als eine so generöse Regierung:
keine Kontrolle der Finanzkonzerne.
Kapitalsteuer auf ein Minimum gesenkt.
Zinsen fast bei 0 Prozent.
Ist das kein Geschenk des Himmels?

Herbert darf man sowas natürlich nicht sagen.
Der Demokrat ist mit dem zügellosen Liberalismus
nicht einverstanden.
Und dass Arthur sein Bruder ist, zählt nicht im Streit:
»*Ich mache mir zwar keine Illusionen*
Fleisch und Blut in einem Banker zu finden
aber wenn ihr, Philip und du
nur ein Fünkchen Gemeinsinn hättet
würdet ihr zugeben
dass diese Anarchie des Finanzmarkts nach Rache schreit!«

»*Warum natürliche Prozesse bremsen, Herbert?*
Den Markt gibt es seit jeher, und er will Freiheit!«

»*Freiheit! Hast du dich nie gefragt, was sie kostet?*
Alle führt ihr dieses Wort im Mund
aber siehst du denn wirklich nicht
dass ein Freiheitsexzess den Rechtsstaat tötet?
Hat der Dieb die Freiheit zu stehlen?
Nein, weil es ein Verbrechen ist.
Hat der Betrunkene die Freiheit zu fluchen?

Nein, weil es unhöflich ist.
Und bei allem Respekt: Wenn du ein schönes Mädchen siehst
nimmst du dir die Freiheit, sie um die Hüften zu fassen?«

»Du verwechselst Freiheit mit Arroganz.«

»Genau so ist es. Ihr Investoren seid arrogant.«

»Wir setzen wissenschaftliche Daten in die Praxis um.«

»Ihr setzt sie ohne Maulkorb, ohne Leine um.
Drei von vier Bürgern leben in Armut.
5% besitzt ein Drittel des ganzen amerikanischen Reichtums!«

»Und du bist einer davon, Herbie. Was passt dir nicht?«

»Dass es ungerecht ist, Arthur!«

»Wie schrecklich! Was ist nicht alles ungerecht?
Krankheit ist ungerecht. Du wirst krank, ich nicht.
Hurrikans sind ungerecht, Erdbeben sind ungerecht!
Willst du die auch abschaffen? Unmöglich.
Das Gesetz des Reichtums
ist Teil der menschlichen Gesellschaft
du kannst es nicht ändern, auch wenn's dir missfällt.«

»Mit einem Bankier über Moral zu sprechen ist sinnlos.
Wenn du mich verstehen willst – dies ist eine Warnung.
Ihr seid dabei, ein monströses System zu schaffen
das nicht lange bestehen kann.
Überall Fabriken, überall Industrie.
Was verkaufen sie, wenn die große Mehrheit kein Geld hat?
Ihr tut so, als wäre Amerika reich
euch gefällt die Idee
die ganze Welt sei auf dem Weg des Wohlstands.
Wann öffnet ihr endlich die Augen?
Erst wenn es zu spät ist?«

Philip Lehman
für seinen Teil
hat inzwischen gelernt
über diese Gespräche zu lächeln.

Mit Herbert zu reden ist verlorene Zeit.
Eine sinnlose Mühe
zumal alles unter Kontrolle ist.

Nachts
analysiert Philip die Situation
überprüft die Probleme
immer auf die Finger des Zwergs konzentriert
und folgert, dass es das Beste ist
in jeder Hinsicht das Beste
auf der Welle zu reiten.
Genau.
Auf der Welle reiten.

Nicht nur auf der Welle, auch auf den Wolken.
Denn Lehman Brothers
investiert zwar schon lang in die Frachtschifffahrt
aber seit einiger Zeit
haben sie sich
auf die Eroberung des Himmels gestürzt
und immer, wenn Philip ein Flugzeug brummen hört
hebt er zufrieden die Augen
und denkt: »*Das gehört uns.*«

Auch das lässt Philip lächeln
noch nie war sein Lächeln so perfekt:
Lehman kontrolliert Banken überall
von Nordamerika bis Deutschland
von England bis Kanada
nur in Russland halten sie Abstand zu uns
obwohl Herr Leo Trotzki
uns gesagt hat: »*In Moskau bleibt das Gold jedenfalls Gold
nicht wir Kommunisten haben das Geld abgeschafft ...*«

Es gibt also gute Gründe zu lächeln.

Jeden Tag
früh am Morgen
auch an diesem Morgen
kommt Philip Lehman
mit einem Lächeln im Gesicht
in der Wall Street an.

Jeden Morgen
kauft er lächelnd
eine Zeitung
von dem ragazzo italiano
der an der Kreuzung schreit.

Lächelnd
trinkt er einen Kaffee
an der Theke
blättert in der Zeitung
liest die Zahlen.
Wischt sich den Mund ab
mit seinem Taschentuch
nimmt seinen Aktenkoffer
und geht zum Eingang.

Solomon Paprinskij
ist um diese Zeit schon bereit.
Jeden Morgen
auch an diesem Morgen
steht er auf dem
straff gespannten
Seil
»*Guten Morgen, Mister Paprinskij!*«
»*Guten Morgen, Mister Leh …*«

Es ist
als würde die Zeit
stehenbleiben.

In diesem Moment.

Stopp.
Halt.
Keiner rührt sich.

Zum ersten Mal
seit fünfzig Jahren
ist Solomon Paprinskij
abgestürzt
in die Tiefe
abgestürzt
auf den Boden.

Der Knöchel ist gebrochen.
Unbrauchbar, für immer.

Es ist Donnerstag, der 24. Oktober
im Jahr 1929.

Zehntes Kapitel

RUTH

Teddy
ist der erste Börsenmakler
der sich umbringt.
Um 9.17 Uhr schießt er sich
auf der Toilette der Wall Street
in den Mund.
Es ist Donnerstag, der 24. Oktober
im Jahr 1929.

Teddy hat sich verdrückt.
Sich aus dem Staub gemacht
als er begriffen hat
dass drüben beim Parketthandel
plötzlich
alle verkaufen
verkaufen
verkaufen
»*was zum Teufel ist heute los?*«
verkaufen
verkaufen
»*was liegt in der Luft?*«
verkaufen
verkaufen
gestern klebten sie noch an ihren Aktien
und jetzt
plötzlich
wollen alle sie loswerden
alle
sich davon befreien?

Geld wollen sie sehen, echtes Geld
keine Quoten
keine Aktienkurse
Geld.
Punkt.
Geld.
Punkt.
Geld?

Mit Geld ist Teddy nicht vertraut.
An der Wall Street sieht man kein Geld
Geld bleibt unausgesprochen.
Seit Jahren schon.
Den Wert steigern
den Preis erhöhen
das haben sie ihn gelehrt:
Je höher der Preis, desto stärker
je höher der Preis, desto größer
je höher der Preis, desto besser das Fest
ja, gut
einverstanden
aber wenn dann
plötzlich
jemand *verkauft?*
Teddy kann bezahlen, klar
aber in Aktien.
Und wenn jemand keine Aktien mehr will
sondern nur Geld, nur Geld, nur *Geld?*
Wenn er kein Vertrauen mehr hat
wenn er nachsehen will
wenn er Geld will
hier
jetzt ...
»*was mache ich dann?*«
»*was mache ich dann?*«

Teddy hat sich verdrückt.
Sich auf der Toilette eingeschlossen.
Projektil.
Abzug.
Feuer.
Schuss.

Schuss!
Und die Pferde rennen los!
Alle in einer Linie
noch sticht keines heraus
Nelson ist Nummer 1
2° Davis
3° Sanchez
4° Tapioca
5° Vancouver
6° …
Bobbie Lehmans Pferd trägt Nummer 6
der Vollblütler Wilson
12 Trophäen
12 Rennen
12 Mal Siegerpodest
12 Mal saß Bobbie Lehman auf den Rängen
weißer Anzug, weiße Krawatte
makellos
mit Fernglas
ohne nervös zu werden, gefasst
– er hat sein Maß –
zischt zwischen den Zähnen
»*Los, Wilson! Lauf, Wilson!*«
doch ohne den Mund zu öffnen
nur zwischen den Zähnen
äußerlich ungerührt, verzieht keine Miene
auch nicht, als Wilson mit der Nummer 6
sich löst
wie gewohnt

und unaufhaltsam
unaufhaltsam
unaufhaltsam
das Zielband zerreißt
Wilson gewinnt
Wilson gewinnt
Wilson gewinnt
Wilson gewinnt
wieder
zum 13. Mal
Wilson hat gewonnen
Bobbie Lehman hat gewonnen.
Auch heute, hier
Churchill Downs, das beste Rennen.
Bobbie lächelt.
Mehr nicht.
Er lächelt.
Er hat gewonnen? Ja.
Er hat triumphiert? Ja.
Doch er bleibt ruhig.
Er hat sein Maß.
Sagt kein Wort, Bobbie Lehman.
Nur ein Lächeln.
Auch als er
ein grünes Hütchen mit Schleier sieht
und unter dem Hütchen ein Augenpaar
das auf seinen Mund starrt.
»*Wissen Sie, dass Ihre Lippe blutet?*«
»*Wie bitte, Miss?*«
»*Ich sagte, dass Sie einen Blutstropfen
am Mundwinkel haben.*«
»*Ich?*«
»*Ja, Sie. Als hätten Sie sich auf die Lippe gebissen.*«
»*Ich beiße mir nicht auf die Lippe, Miss.*«
»*Darf ich ihn abwischen?*«
»*Abwischen, Miss?*«
»*Mit meinem Taschentuch.*

*Wenn er heruntertropft
macht er Ihren Anzug schmutzig ... Darf ich?«*
»*Wenn es sein muss.*«
»*Unbedingt.*«
»*Bitte sehr, Miss.*«
»*So, erledigt.*«
»*Sie sind freundlich, ich stehe in Ihrer Schuld, Miss.*«
»*Ich mag freundlich sein, aber keine Miss.*«
»*Sie sind verheiratet? Kenne ich Ihren Mann?*«
»*Jack Rumsey, Exmann.*«
»*Das tut mir leid.*«
»*Mir nicht. Es lebe die Scheidung! Ich feiere noch immer.*«
»*Klare Worte.*«
»*Reiner Realismus. Gut, bieten Sie mir einen Drink an.*«
»*Ich werde bei der Preisverleihung erwartet.*«
»*Ihnen gehört das Pferd, das gewonnen hat?*«
»*Sieht so aus.*«
»*Wahnsinn, Sie sind Robert Lehman?*«
»*Bis zum Beweis des Gegenteils.*«
»*Dann ist klar, warum Sie sich auf die Lippe beißen.*«
»*Ich beiße mir durchaus nicht auf die Lippe.*«
»*O doch, das tun Sie, das tun Sie oft.*«
»*Sie irren.*«
»*Und das Blut an Ihrer Lippe?*«
»*Reiner Zufall.*«
»*Wetten wir?*«
»*Ich wette nie.*«
»*Dass ich nicht lache! Ich komme mit zur Preisverleihung?*«
»*Das ist nicht erlaubt.*«
»*Machen Sie Witze? Euch Lehmans ist alles erlaubt
angefangen beim Lippenbeißen.*«
»*Ich sagte Ihnen schon, dass ...*«
»*Wiederholen Sie sich nicht, das ist langweilig.
Lassen Sie uns zur Preisverleihung gehen!*«
»*Aber wenn man mich fragt ...*«
»*Wenn man Sie fragt, wer ich bin, sagen sie: Ruth Lamar.*«
»*Ruth Lamar.*«

»Halt! Sehen Sie, dass Sie sich auf die Lippe beißen?
Ich habe gewonnen!«

Vernon
ist der zweite Börsenmakler
der sich umbringt.
Um 10.32 Uhr schießt er sich in den Kopf
an seinem Schreibtisch
2. Stock in der Wall Street.

Seit er begann
dieser verfluchte Donnerstag
an dem alle wie verrückt verkaufen
hat Vernon keinen Moment stillgestanden
hat nicht den Mut verloren.
Noch halten sich seine Aktien
der Kurs ist gefallen, ja, aber um 3%
wer durchhalten will, muss beruhigen
muss sagen, wenn alle anderen fallen
kann man gleich danach gute Geschäfte machen
einfach nur beruhigen
ja, beruhigen
– »*rauch noch eine Zigarette, Vernon*« –
jetzt sind es 5%
5%, kein großer Verlust
– »*rauch noch eine Zigarette, Vernon*« –
er liest die Zahlen auf der Tafel:
Goldman Sachs hat 30 Millionen verloren
– »*rauch noch eine Zigarette, Vernon*« –
er kontrolliert seine Aktien:
minus 15% in nicht mal 30 Minuten
er hebt die Augen wieder zur Tafel
Goldman Sachs verliert 40 Millionen
– »*rauch noch eine Zigarette, Vernon*« –
er kontrolliert seine Aktien:
minus 25%

»*jetzt komme ich nicht wieder hoch*«
»*jetzt komme ich nicht wieder hoch*«
Goldman Sachs verliert 50 Millionen
– »*rauch noch eine Zigarette, Vernon*« –
minus 27 %
minus 30 %
minus 34 %
»*jetzt komme ich nicht wieder hoch*«
»*jetzt komme ich nicht wieder hoch*«
– »*rauch noch eine Zigarette, Vernon*« –
er öffnet die Schublade
minus 37
Projektil
minus 38
»*jetzt komme ich nicht wieder hoch*«
minus 40
Abzug
minus 44
Feuer!
minus 47
Schuss
minus 4 …

---

4 …
3 …
2 …
1 …
Hurra!
Applaus der ganzen Straße.
Die Türen öffnen sich.
Vernissage:
die Gemäldeausstellung der Sammlung Lehman.
Flämische Meister des 17. Jahrhunderts.
Bobbie Lehman ist in seinem Element
der Hausherr
Bobbie, der Kunstkenner

Bobbie, der Experte
Bobbie, der jahrelang
kreuz und quer durch Europa fuhr
um Gemälde und Stiche zu kaufen
eröffnet jetzt selbst Museen und Galerien
am Tisch der Würdenträger
weißer Anzug, weiße Krawatte
makellos
hat er soeben die Stärken des *Chiaroscuro* gepriesen:
»*Es ist die Feier der Verbindung*
zwischen Realismus
und der ätherischen Transzendenz des Lichts.«
Applaus im ganzen Saal.
Und nach dem Vortrag
eine lange Reihe
Gratulanten für Mister Lehman
der Hände schüttelt
grüßt
den Damen die Hand küsst.
Ruth Lamar steht hinter ihm
sie raucht seine Philip Morris
denn auch die finanziert Lehman Brothers.
»*Weißt du, dass dir die Hände zittern*
wenn du in der Öffentlichkeit sprichst?«
»*Lass mich die Leute begrüßen: Guten Abend, Mrs Thornby.*«
»*Aber so ist es, dir zittern die Hände, ich hab's gesehen*
das tue ich jedes Mal.«
»*Das solltest du nicht.*«
»*Verboten?*«
»*Ich mag es nicht, wenn die anderen sehen*
dass du mich beobachtest.«
»*Als würden sie nicht schon längst wissen ...*«
»*Sprich leiser!*
Für viele bist du noch eine verheiratete Frau.«
»*Geschieden.*«
»*Das wissen sie nicht. Guten Abend, Mister Guitty.*«
»*Siehst du? Deine Hand zittert.*«

»Weil ich nervös bin, das ist alles.«
»Das ist alles.«
»Ich bin 37! Sie sollen nicht denken, dass ich mit ...«
»Mit einer schönen geschiedenen Frau?«
»Sprich leiser!
Guten Abend, Mrs Downs.«
»Dann heirate mich.«
»Wie bitte?«
»Heirate mich, verdammt!
Ich hab's schon einmal getan, man stirbt nicht daran.«
»Guten Abend, Mrs Meldley.«
»Wenn wir verheiratet sind, darf ich dich anschauen, oder?«
»Oh, Professor Rumoski!«
»Man tauscht nur Ringe aus, das ist alles.«
»Mein lieber Mister Nicols!«
»Das Leben ändert sich nicht groß, wenn du verheiratet bist
das versichere ich dir.«
»Senator Spencer!«
»Aber ich sag es dir jetzt schon, wir heiraten in Kanada.«
»General Holbert!«
»Und dann nichts wie weg von hier, saubere Luft
ich will mindestens eine Europareise!«
»Du bist eine ziemlich anspruchsvolle Frau, findest du nicht?«
»Ich bin eine praktisch denkende Frau, mein Süßer.
Also raus mit der Sprache: ja oder nein?«

Am Morgen
des Schwarzen Donnerstag
ist Gregory der dritte Börsenmakler
der sich umbringt
mit einem Schuss.
Peter ist der Vierte.
Jimmy ist der Fünfte.
Dave ist der Sechste.
Fred ist der Siebente.
Mitch der Achte.

Sie sind aus der Straßenbahn gestiegen
wie jeden Tag
sind in die Börse gegangen
wie jeden Tag
lesen die Kurse
wie jeden Tag
und da
die Katastrophe
als käme bei der Straßenbahn
– die sie jeden Morgen nehmen –
die Endstation nicht erst am Ende der Fahrt
nein, schon jetzt
urplötzlich
»*Alles aussteigen, Endstation!*«
Endstation?
Endstation.
Gregory, Peter, Jimmy, Dave, Fred und Mitch
sagen einer nach dem anderen
»*Halt!*«
– »*Endstation!*« –
als sie sehen
– »*Endstation!*« –
als sie verstehen
– »*Endstation!*« –
der Traum ist aus, hier, jetzt, an diesem Morgen.
Böses Erwachen.
Die Wirklichkeit, aus heiterem Himmel.
Keine Zahlen mehr
– »*Endstation!*« –
keine Aktien mehr
– »*Endstation!*« –
keine Verhandlungen mehr
– »*Endstation!*« –
heute hat Amerika die Augen geöffnet.
Sie schließen die Augen: Schuss.
Heute hat Amerika aufgehört zu rennen
ist außer Atem

am Straßenrand stehen geblieben
und hat erkannt
verflucht
schlagartig
– »*Endstation!*« –
dass dieses Rennen
ihm eigentlich
immer egal war.
Also?
Also kassieren.
Ich verkaufe.
Ich gehe von Bord, danke, das reicht.
Gebt mir mein Geld.
Welches Geld?
Es gibt kein Geld.
Geld, das ist ein Phantom.
Geld, das sind Zahlen.
Geld, das ist Luft.
Ihr könnt jetzt nicht alle zusammen
in Massen
Geld haben wollen.
Sie schauen aus den Fenstern
der oberen Stockwerke
Gregory, Peter, Jimmy, Dave, Fred und Mitch:
Die Wall Street ist voller Menschen
dort hinten kommen noch mehr
– »*Endstation!*« –
und noch mehr und noch mehr
»*Die wollen ihr Geld!*«
– »*Endstation!*« –
und noch mehr und noch mehr
»*Die wollen ihr Geld!*«
Sie fliehen
Gregory, Peter, Jimmy, Dave, Fred und Mitch
fliehen
»*Die wollen ihr Geld!*«
»*Die wollen ihr Geld!*«

»*Die wollen ihr Geld!*«
Projektil
Abzug
Feuer Gregory!
Feuer Peter!
Feuer Jimmy!
Feuer Dave!
Feuer Fred!
Feuer Mitch!
Schuss
Schuss
Schuss
Schuss
Schuss
Schuss.

Wie schön sie knallen
diese Böller und Feuerwerkskörper
die auf der Straße explodieren
um das Brautpaar zu feiern!
Bobbie Lehman und Ruth, seine Frau
im Automobil
eben zurück von der Hochzeitsreise
empfangen von einer Menschenmenge
Fotografen und Neugierige
vor dem Haus Nr. 7 West, 54th Street.

Ein herrlicher *Honeymoon*.

Europa, in Übersee
aber Lehman investiert ja in Flugzeuge
Fliegen ist kein Problem.

Ruth im grünen Kleid
Bobbie im weißen Anzug, weiße Krawatte
makellos

sie winken
aus den Fenstern des Studebaker.
»Sieh sie dir an, Bobbie.
Diese Leute haben wirklich Zeit im Überfluss.«
»Das sind die Angestellten der Bank, Ruth.«
»Also schlimmer. Sie hassen euch
und kommen, um dich zu begrüßen.«
»Ich glaube nicht, dass sie mich hassen.«
»Kein Sklave liebt seinen Ausbeuter.«
»Ich spiele absolut keine Rolle bei Lehman Brothers.«
»Ok. Ich korrigiere: Du bist der kommende Ausbeuter.«
»Und der jetzige Ausbeuter wäre mein Vater?«
»Darf ich das nicht sagen?«
»Du hast es schon gesagt.«
»Das ist Realismus, Bobbie, gesunder Realismus.«
»Die Welt ist nicht immer so schrecklich, wie es dir scheint.«
»Stimmt, sie ist noch viel schrecklicher!«
»Sieh mal das Kind mit dem Plakat. Da steht:
DANKE, MISTER LEHMAN!
Seinem Ausbeuter dankt man nicht.«
»Nein, du irrst dich
das gehört zum Masochismus der Unterdrückten.
Sie hassen deinen Vater und danken ihm.«
»Ich wüsste nicht, dass ich dich
um ein Urteil über meinen Vater gebeten habe, Ruth.«
»Immer wenn es um deinen Vater geht, zucken deine Augenlider.
Das muss ja etwas bedeuten.«
»Du bist eine furchtbare Frau!«
»Ich bin aus Illinois.«

Hubert
ist der neunte Börsenmakler
der sich am Schwarzen Donnerstag
in der Wall Street umbringt.
Bill ist der Zehnte.
Peter der Elfte.

Sie springen
aus den oberen Stockwerken.
Sie springen
am Ende des Tages, als klar ist
nichts wird mehr so sein wie zuvor.
Hubert, Bill und Peter
arbeiten mit Investmentfonds.
Investment Trusts.
Das ist, als würde man sagen
Hubert, Bill und Peter wirken Wunder.
Von Berufs wegen.
Außergewöhnliche Gewinne
jedem versprochen, der investiert:
Du gibst mir dein Geld
ich vermehre es
wie, ist egal
wie, muss man nicht wissen
wir wissen es
wir machen das
du gibst mir dein Geld
und am Fälligkeitstag
wirst du mir »*Danke!*« sagen
denn du wirst deinen Augen nicht trauen
das schwöre ich dir.
So schafft man Kapital
jawohl
so schafft man Kapital.
Hubert, Bill und Peter wissen, was zu tun ist.
Sie investieren das Geld in 100, in 1000 Aktien
wie ein Fluss, zu Tropfen zerteilt.
Hubert, Bill und Peter säen Geld auf dem Feld des Marktes
dann ernten sie
dann ernten sie
dann ernten sie
wie damals auf den Baumwollplantagen:
säe und du wirst ernten
säe und du wirst ernten

aber
was passiert, wenn das besäte Feld
plötzlich
in Flammen steht?
Hubert, Bill und Peter haben das Geld investiert
sicher angelegt
Investment Trusts von Lehman Brothers
aber es war nicht ihr Geld
verflucht
»*was sagen wir am Fälligkeitstag?*«
»*was erfinden wir am Fälligkeitstag?*«
Hier ist alles verbrannt
vom Feuer
zerstört
Asche
Asche
»*was sagen wir am Fälligkeitstag?*«
»*was erfinden wir am Fälligkeitstag?*«
Hubert rennt die Treppen hinauf bis zum letzten Stock.
Bill kommt bis zum Vierten
Peter reißt ein Fenster auf
»*was sagen wir am Fälligkeitstag?*«
»*was erfinden wir am Fälligkeitstag?*«
Hier gibt's nichts mehr.
Hubert auf dem Sims.
Bill auf der Brüstung.
Peter auf dem Fensterbrett.
Und abwärts.
Und abwärts.
Und abwärts.

»*Wie tief abwärts, Bobbie?*«
»*Du sollst mich nicht fragen, habe ich gesagt.*«
»*Habe ich kein Recht, es zu wissen?*«
»*Nicht jetzt.*«
»*Ich bin deine Frau!*«

»*Die Bank geht dich nichts an, Ruth.*«
»*Klar, lasst bloß keinen rein!*«
»*Misch dich bitte nicht ein.*
Die Situation ist schwierig für meinen Vater.«
»*Für deinen Vater!*
Du wirst dich jetzt um alles kümmern müssen!«
»*Das glaube ich nicht.*«
»*Garantiert. Alles bricht zusammen*
und wenn alles zusammenbricht
macht man meist Platz für die Söhne.«
»*Daran stimmt nur, dass alles zusammenbricht.*
Ich bitte dich, sei wenigstens etwas taktvoller.«
»*Alles bricht zusammen*
und ich soll brav den Mund halten?«
»*Zu gegebener Zeit wirst du alles erfahren.*«
»*Wann?*«
»*Wenn alle es erfahren.*«
»*Du beleidigst mich!*«
»*Das ist kein Spiel.*«
»*Für wen hältst du mich?*«
»*Beruhige dich!*«
»*In diesem Haus bin ich weniger wert als eine Nippfigur!*«
»*Das habe ich nie gesagt.*«
»*Aber ich habe es jetzt verstanden!*«
»*Ruth …*«
»*Wie viel habt ihr verloren?*«
»*Viel.*«
»*Wie viel?*«
»*Millionen.*«
»*Wie viele?*«
»*Ich kann nicht!*«
»*Gut, Bobbie, alles klar.*
Wir beide sind bald geschiedene Leute.«

Elftes Kapitel

YITZCHAK

Noch 10 Minuten
bis zum Treffen
zur festgelegten Zeit.

Vor anderthalb Stunden schon
ist Philip Lehman
in sein Büro gekommen.
Er will aufschreiben, was zu tun ist
in Blockschrift, in der Agenda.

Er setzt sich
vor die Wand ganz aus Spiegeln.
Und sieht sein Spiegelbild
neben der Marmorlampe
im ungarischen Stil.
Er sieht sein Spiegelbild
mit der Agenda, den Stift in der Hand.
Zum ersten Mal
weiß Philip Lehman nicht
was er in die Agenda schreiben soll.

Er schluckt.
Kann den Blick nicht von seinem Bild abwenden.

Noch 6 Minuten
bis zum Treffen
zur festgelegten Zeit.

Er kämmt sich langsam die Schläfen
mustert sich im Spiegel
noch nie hat er sich so alt gesehen.

*»Warum herrscht heute hier im Büro
eine Stille wie noch nie?
Warum ist die Luft so zäh
und klebt mir am Gesicht?
Warum macht die Uhr an der Wand
einen Höllenlärm
und ich habe sie noch nie gehört?«*

Philip Lehman weiß es
insgeheim weiß er es gut
dies ist einer der Tage
an denen der Himmel schwarz wird.
Bleibt nur, auf das Gewitter zu warten.
Zwecklos, sich etwas vorzumachen.
Wird der Himmel schwärzer als schwarz
kommt ein Gewitter.
Mit Sicherheit.

Und das ist das Problem.
Genau das.
Philip ist überzeugt:
Der Crash der Wall Street
war kein Gewitter.
Es war nur ein schwarzer Himmel.
Das Gewitter, das wahre, kommt erst jetzt.
Aber wie schreibt man so etwas
in die Agenda eines Bankiers?
Wie schreibt man
dass Gewitter manchmal so stark sind
dass kein Schirm mehr genügt?
Wie schreibt man, dass ...
dass statt des Gewitters
vielleicht ein Orkan kommt?

Und das ist das Problem.
Genau das.
Philip ist überzeugt:
Bald wird ein Hurrikan losgehen.

Noch 3 Minuten
bis zum Treffen
zur festgelegten Zeit.
Philip Lehman kämmt sich die Schläfen.
mustert sich im Spiegel
zwingt sich zu lächeln
denn auf der Versammlung aller Banken
wurde beschlossen, der wahre Feind sei die Panik.
Also lächeln.
Goldman muss lächeln.
Lehman muss lächeln.
Merrill Lynch muss lächeln.
So oft wie möglich
lächeln.
Ganz Amerika zittert vor Angst
die Angst muss aufhören:
lächeln.

Wie schreibt man in eine Agenda
dass der Hurrikan kommt
und du nur lächeln musst?

Philip Lehman kämmt sich die Schläfen
mustert sich im Spiegel.
Hinter ihm
an der Wand
hängt das Schild mit der Aufschrift
DANKE, MISTER LEHMAN.
Jemand klopft an die Tür.
Es geht los.
»*Herein!*«

Bobbie tritt ein, schließt die Tür
setzt sich vor seinen Vater.

Philip schluckt.

Bobbie hüstelt.

Philip schlägt die Beine übereinander.

Bobbie senkt die Augen.

Philip lockert seinen Krawattenknoten.

Bobbie zupft an seiner Braue.

»*Ich höre, Robert.*«

»*Bitte?*«

»*Sag es mir. Und erspare mir nichts.*«

»*Worüber genau soll ich sprechen?*«

»*Über die Bank, den Crash, unsere Lage.*«

»*Bei allem Respekt, aber wir könnten Arthur fragen.*«

»*Dein Cousin wird gefragt. Später.*«

»*Später?*«

»*Ich höre, Robert. Du bist jetzt an der Reihe.*«

Ohrenbetäubend die Uhr an der Wand.
Bobbie atmet tief ein.
Philip verschränkt die Finger.

»*Die Situation sieht – wenn ich recht verstanden habe – so aus:*
12 der mit uns verbundenen Banken haben Konkurs erklärt.
Die Investmentfonds sind insolvent.
Unsere Verluste sind 8 Mal größer als vorhergesehen.
Der Aktienhandel wurde blockiert.

*J.J. Riordan hat sich gestern Nacht erschossen
und die United States Bank verkündet ihren Bankrott.
Das hat man mir jedenfalls gesagt.«*

Philip steht auf.

Macht 2 Schritte nach rechts, 1 Schritt nach links.

Bobbie zieht ein Taschentuch aus der Hose.

Trocknet sich die Stirn.

Faltet es wieder zusammen.

Steckt es zurück.

Philip gießt sich ein Glas Wasser ein.

Ohrenbetäubend die Uhr an der Wand.

»Deine Voraussage, Robert? Ich höre.«

»Meine Voraussage, Dad?«

»Deine Voraussage.«

»Ich weiß nicht genau …«

»Versuch es.«

*»Der Staat – zumindest sagt das Herbert –
wird den Banken die Schuld für die Krise geben.
Viele werden in Konkurs gehen, den Schlag nicht überstehen
auch weil schon die Fabriken schließen.
Wenn die Fabriken schließen
zahlt die Industrie ihre Kredite nicht zurück
und ohne das Geld der Kredite sind die Banken pleite.«*

»*Ist es möglich, dass Lehman Brothers bankrottgeht?*«

»*Keine Ahnung ... Ich hoffe nicht, drücken wir die Daumen.*«

Ohrenbetäubend die Uhr an der Wand.

Philip putzt seine Brille.

Bobbie beißt sich auf die Lippe.

»*Mach weiter.*«
»*Womit?*«
»*Mach weiter.*«
»*Herbert sagt, sie werden die ersten Banken
fallen lassen, ohne einen Finger zu rühren.
Der Staat muss zeigen, dass er uns nicht hilft.*«

»*Nimmst du einen Rat an, Robert?*«

»*Einen Rat, Dad?*«

»*Du kannst ihn ignorieren, wenn du willst.
Ich meine, es ist in unserem Interesse
wenn einige Banken schließen.
So wird man glauben, das sei der Gipfel des Chaos
am nächsten Tag aber wird das schon Erinnerung sein.
Darum rate ich ab, kriselnden Banken zu helfen.
Wenn sie Lehman Brothers um Kredite bitten, lehnst du ab.*«

»*Ich, Dad?*«

»*Der Staat wird dasselbe tun
wird sagen, es seien faule Äpfel gewesen.
Nach diesem ersten Moment aber
denke ich
wird der Staat starke Banken brauchen
die auf eigenen Füßen stehen*

denn ohne Banken gibt es keine Erholung.
Darum bin ich sicher
wenn Lehman Brothers den ersten Monat durchsteht
werden sie uns nicht bankrottgehen lassen
danach werdet ihr stärker sein als zuvor.«

Ohrenbetäubend die Uhr an der Wand.

Philip schaut aus dem Fenster.

Bobbie hat einen Hustenanfall
als müsste er ersticken.

Sein Vater aber hört nicht auf.

»Die Banken werden nicht mehr frei sein
der Staat wird euch kontrollieren wollen
es wird Regeln, Normen, Grenzen geben.
In wenigen Monaten wird die Wirtschaft stillstehen
die Arbeitslosigkeit steigen
dem System steht komplette Lähmung bevor.
Du bist auf all das vorbereitet, oder?«
»Ich, Dad? Ich glaube nicht.«
»Jedenfalls wird es nicht ewig dauern.
Die Krise
wird drei, vielleicht fünf Jahre brauchen.«

Philip schaut aus dem Fenster.

Bobbie knabbert an einem Fingernagel.

Ohrenbetäubend die Uhr an der Wand.

Bobbie betrachtet seinen Vater, der dort steht.

Philip schaut aus dem Fenster.

Bobbie knöpft sein Hemd auf.

»Robert, mein Lieber, es ist an dir, uns zu retten.«

Ohrenbetäubend die Uhr an der Wand.

Bobbie betrachtet den Vater
ihm ist
als sähe er ein Messer in Philips Hand
mit dem er ihn opfern wird
auf dem Altar.

Sein Blick geht zum Fenster hinaus.
Aber kein Engel eilt im Sturzflug herbei
die Tötung des Sohnes
im letzten Moment zu verhindern.
Der Himmel draußen ist grau
kompakt und leer.

Die Engel bleiben alle dort oben
gleich werden sie die Schleusen öffnen.

Und tatsächlich
in diesem Moment
beginnt es zu regnen.

*Der Engel sprach: »Streck deine Hand nicht gegen den Knaben
aus [...] Denn jetzt weiß ich, dass du Gott fürchtest;
du hast mir deinen einzigen Sohn nicht vorenthalten.«*
Genesis 22, 12

Zwölftes Kapitel

THE UNIVERSAL FLOOD

Es regnet in Strömen
auf das Ladenschild
HUNGARIAN LAMPS
an der Wand aus rohen Ziegeln
in diesem ungarischen Winkel
von Manhattan
wo ein Frosch von 10 Jahren
mit Wangen wie zwei Melonen
versucht, den Ausschuss der Werkstatt
an die Passanten zu verkaufen.
Er stellt sich geschickt an.
Nimmt heimlich
alles, was weggeworfen wird
schreibt einen Preis drauf
und verkauft es wie neue Ware
hinter dem Rücken des Vaters.
Da steht er, auf dem Gehweg.
Heute schon seit Stunden
mit seinem Schirm.
Doch keiner bleibt stehen.
Keiner hat Lust zum Kaufen
wenn es in Strömen regnet.

In Strömen regnet es auch
auf das Metallschild
PELOPONNESUS
in diesem griechischen Winkel
von Nebraska.
Noch nie
hat es so stark geregnet
wenigstens in den letzten 10 Jahren nicht

seit Georgios Petropoulos
Amerikaner wurde
und sogar seinen Namen änderte
sonst hätte der Ku Klux Klan
Feuer an sein Lokal gelegt.
George Peterson, das klingt besser.

Sein Sohn Pete
weint nicht mehr.
Er wächst.
Macht Hausaufgaben
an der Theke des Restaurants.
Die Hefte riechen leicht nach Öl
aber wen kümmert das
denn sein Vater hat beschlossen
Pete soll Mathematik lernen
die Buchhaltung der Küche machen.
Wie viel gebe ich aus.
Wie viel nehme ich ein.
Kosten.
Öl Oliven Brot Gewürze.
Nutzen.
Morgens abends Mittagessen Abendessen.
»Nun, wie steht's mit der Kasse, Pete?«
»Ich hab's ausgerechnet
ja, hab ich
gestern haben wir 40 Dollar verdient
35, wenn wir die Stromkosten abziehen.«
»Bist du sicher, Pete?«
»Klar bin ich sicher
und für heute sag ich voraus
dass wir 10 Dollar weniger kassieren werden
weil weniger Kunden kommen
wenn es in Strömen regnet.«

Richtig, es regnet in Strömen.
Eine Prozession schwarzer Schirme

füllt die Straße vor dem Gericht
das Irving Lehman jeden Morgen betritt.
Heute erwartet ihn ein Mordprozess.
Ein Arbeiter hat einen Fabrikanten umgebracht
vor seinem Büro erschossen
als die Fabrik für immer schloss.
Irving bahnt sich einen Weg durch die Menge
tropfnass sein dunkler Regenmantel.
»Richter Lehman!«, ruft jemand.
»Wieder ein Urteil gegen die Hungernden?«

Irving hält nicht an, er ist das gewohnt
geht weiter, den Pfützen ausweichend
zum Eingang des New York Supreme Court.

»Richter Lehman!« Ein Journalist holt ihn ein.
»Wird das ein zweiter Fall Freddy?«

Irving schüttelt den Kopf.
Der Fall Freddy war ein Alptraum, monatelang:
Ein Arbeitsloser bat am Schalter um einen Kredit
als der abgelehnt wurde, verbrannte er sich.
Freddys Familie
verklagte die Bank
wohl wissend, dass es keine Hoffnung gab.
Doch manche Prozesse verfolgt die ganze Nation.
Und draußen auf der Straße
hätte es fast einen Aufstand gegeben
als Irving sein Urteil verlas:
»*Im Namen des amerikanischen Volkes*
wird das Geldinstitut aus Mangel an Beweisen
von jeder Schuld freigesprochen.«

»*Du heißt nicht umsonst Lehman!*«
schrien sie vor dem Fenster.
Und auch an dem Tag regnete es in Strömen.

Bei einem ungewöhnlich starken Regen
verlieren Bäume manchmal
all ihre Blätter.
Das Wasser in seiner Wut
reißt sie mit sich fort.

Genau das denkt Herbert Lehman
als er im Sitz der Partei
durchs Fenster
das graue Meer über den Köpfen sieht
das aufgewühlt war
und jetzt herabstürzt.

Doch der Mann, der vor ihm sitzt
wartet auf eine Antwort
und Herbert will ihn nicht warten lassen.
»Ich heiße Lehman.
Doch darum schütze ich nicht
von Amts wegen die Banken.
Ich habe sie immer kritisch betrachtet.
Jetzt freilich, bei allem Respekt:
Meinen Sie nicht, es ist ein unerhörter Schritt
die ganze Finanzwirtschaft
per Dekret zu blockieren?«

Der Mann am Tisch putzt seine Brille.
»Ich denke nur an eine dreitägige Pause.
Wir halten das System an, schalten die Motoren ab.
Dann machen wir einen Kaltstart
und sehen, ob alles wieder anspringt.«

»Fest steht, dass keine Regierung in der Geschichte
Banken jemals den Strom abgestellt hat
und sei es nur für drei Tage.«

»Was das betrifft, lieber Herbert
keine Regierung in der Geschichte

hat je eine solche Krise erlebt.
Meiner Meinung nach müssen wir innehalten
um Atem zu holen
und mit ganz neuen Regeln neu beginnen.
Denn klar ist, dass nichts mehr so sein kann wie zuvor.
Genau das macht die Politik.
Sie gibt Übergangszeiten einen Namen
sie versteht, was endet
was weitergeht und was neu beginnt.
Wie denkst du darüber?«

Herbert nickt und setzt sich wieder.
»*Zählen Sie auf mich, Mister Roosevelt.*«

Auch in der One William Street
strömt das Wasser unentwegt
fließt in Strömen
an den Fenstern im dritten Stock herunter.

Hinter diesen Fenstern
liegen drei Zimmer, praktisch identisch
»*Direktor*« steht an der Tür.

Im ersten Zimmer rechts sitzt Arthur Lehman.

Für ihn war die Sintflut ein harter Schlag.
Das Regenwasser hat die Banknoten durchnässt
und der Wert der 7,21 $ ist zusehends geschrumpft.

Geht er jetzt durch New York
sieht Arthur keine fröhlichen Massen aus 7,21 $ mehr
nur noch matte Prozessionen aus 5,16 $
ihre Apathie ist kein Zufall.
Arthur musste den Wert Traurigkeit (T)
in einer komplexen Formel fassen
er hängt ab von der Summe aus
zukünftiger Perspektive (P^{morgen})

und gegenwärtigen Möglichkeiten (M^{jetzt})
das Ganze bedingt durch einen Faktor FR (Fröhlicher Reichtum):

$$T = FR \times (P^{morgen} + M^{jetzt})$$

Eins ist sicher, hat Arthur entdeckt
es stimmt nicht ganz
dass Gefühle in einer Bank nichts zu suchen haben
denn eine heimliche arithmetische Funktion
schafft eine Verbindung
zwischen Begeisterung (B) und Investition (I).
Beweis und Wirkung ist die Große Depression.

Wann wird dieses Leichenbegängnis enden?
Wann werden wir aufhören
ehemaligen Kunden zu begegnen
die finster dreinblicken
undankbar sind gegen die
denen sie alles verdanken?

Genau.
Undankbarkeit.
Arthur duldet das nicht.
Einstige Anlieger in Lehman-Fonds zu sehen
die auf die andre Straßenseite gehen
wenn sie ihn sehen.
Kann man das akzeptieren? Eine Mutter schmähen?

Arthur Lehman
war bekanntlich
schon immer ein schwieriger Mensch.
Doch nach Jahren neurotischer Erstarrung
ein bei Mathematikern verbreitetes Übel
hatte ihn mit der großen Krise
ein gefährliches Ungestüm befallen.

Nichts Neues, dachte man in der Familie.
Der Junge hatte schon immer den Teufel im Leib
setzt sich im Tempel
in die erste Reihe mit seinem Teddy!
Was ist also befremdlich daran
da wir doch alle früher oder später
Spuren dessen zeigen, was wir waren?

Mag sein.
Doch nach dem gestrigen Zwischenfall
musste Irving ihn ernsthaft tadeln
teils auch aufgrund seiner Position bei Gericht.

In der Tat
hatte Arthur nicht widerstanden
und sich hinreißen lassen.

Gut, die Banken sind schwer getroffen
doch es gibt Grenzen.

Kurz die Fakten: Mister Russell Wilkinson
war bis 1929 ein treuer Kunde.
Anleger in drei Fonds und Hunderten Aktien.
Sohn eines gewissen Teddy Seidenhändchen
(mit dem wir, scheint's, früher Geschäfte in Stoffen machten).

Ein *anständiger* Mensch also
wenn man Anständigkeit in finanziellen Parametern misst.
Obendrein
sogar dekoriert als Kriegsheld
da er bei der mythischen Argonnen-Offensive
ein halbes Bein verlor.
Darum trägt er
auf Höhe des Knies befestigt
eine Prothese aus Holz
später durch ultramodernes Hartplastik ersetzt
als Lehman Brothers
Polymethylmethacrylat zu finanzieren begann.

Nun gut.
Unter einem Regen wie die Sintflut
sah Arthur im Auto den guten Russell
hinkend zu Fuß gehen, sogar ohne Schirm.
Also bat er den Fahrer zu halten
und bot Russell an, ihn im Auto nach Hause
oder wohin er wollte zu bringen.
Was dann geschah, stand in der Zeitung.
Nicht nur lehnte Russell das Angebot ab
nach Jahren als Kunde einer loyalen Bank
fauchte er auch:
»*Ich fahre nicht mit dem, der mich ruiniert hat!*«
Worauf Arthur
einen animalischen Instinkt nicht bändigend
in Regen und Sturm aus dem Auto stieg
Wilkinson am Mantelkragen packte
und wie besessen schrie:
»*Verfluchter Flegel, widerlicher Krüppel, Scheißkriegsheld*
jetzt ist die Bank schuld?
Wer gab dir die Kühlschränke, Toaster und Bügeleisen?
Wer gab dir die Arbeitsplätze in der Fabrik?
Wer gab dir das Auto im Garten?
Und das Benzin fürs Fahren?
Wer gab dir das Radio im Wohnzimmer? Und die Musik?
Das Telefon an der Wand? Und den Tabak, den du rauchst?
Den Kaffee, den du trinkst?
Auch die Medaille auf deiner Brust, wem verdankst du sie?
Ich habe dir deine Schlacht finanziert! Ich! Ich!
Denn hätte Lehman nicht den Geldhahn geöffnet
deinen feinen Krieg hättest du niemals gehabt!
Und um die ganze Wahrheit zu sagen: Dieses Bein gehört mir
ich habe es mit meinem Geld bezahlt!«

Unter einer Regenwand
feuerrot im Gesicht
packte er die Prothese
riss sie kurzerhand ab

und klemmte sie sich unter den Arm
als wäre sie ein Baguette.

Erst das Eingreifen einiger Polizisten
brachte ihn wieder zu sich
und verhinderte, dass die Situation eskalierte.

»*Eine erbärmliche Szene für dich*
für die Bank und die Familie.
Ihr werdet alle vor Gericht enden.
Aber dann ruft nicht nach mir.«
So Irving
dessen Bewerbung um die Beförderung
zum Gerichtspräsidenten
gerade läuft.

So war die Stimmung.

Vom Rest des Direktorenterzetts nicht aufgehellt.

Denn neben Arthurs Zimmer
saßen sie jetzt zu zweit: Harold und Allan
beide zu Direktoren befördert.
Jeder mit einer halben Stimme
darum wie eine Person.
Aber das waren sie ohnehin schon.

Der Wechsel in eine so hohe Position
in einer wahrhaft dramatischen Zeit
hatte auf die beiden jungen Männer
eine explosive
und ziemlich überraschende Wirkung.

Wie zum Beweis
dass jeder Mensch anders und individuell
auf die Szenarien reagiert
mit denen die Realität ihn konfrontiert

hatten Harold und Allan
sich von ihrer neuen Aufgabe
mitnichten einschüchtern lassen.
Im Gegenteil.
Ihr erstes Projekt
sollte ein humoraler Umschwung sein:
Amerika hatte seinen Biss verloren?
Sie würden ihn der Nation zurückgeben.
Amerika hatte aufgehört zu lächeln?
Sie würden es zum Lächeln zwingen.

Kein einfacher Entschluss.
Denn zufällig war keiner der beiden
ein Musterbeispiel an Jovialität
hatten sie sich doch stets
durch ziemlich brutales Vorgehen profiliert.

Ihr Mannschaftsgeist aber verlangte den Sprung.
Es galt, das Getriebe der Hoffnung
wieder in Gang zu setzen.
Denn nur wer hofft, gibt Geld aus.
Also Schluss, es gab keine Alternative
von nun an wurde gelächelt, wohl oder übel.

Bewaffnet mit Schirmen
planten die zwei Lehmans
eine militärische Operation:
ein gnadenloses Bombardement
durch Raketen, mit Optimismus geladen.
Egal, ob es unpassend war.
Einer musste ja anfangen.
In diesem Fall sie beide.

Nicht alles erreicht man mit Geld, aber viel.
Und da sollten zwei Lehman-Bankiers
das Lachen nicht lernen?

Sie brauchten nur einen Experten.
Schließlich waren sie Söhne eines Häschens
das sich durch programmierte Didaktik
in eine Kobra verwandelt hatte!
Auf geht's.

»*Wir haben Sie kommen lassen, Sir
weil Sie ein Fachmann auf Ihrem Gebiet sind*«
begann Harold in professioneller Manier
an seinem Schreibtisch sitzend
flankiert vom Bruder, der zustimmte:
»*In einer historischen Phase großer Bedrückung
möchten wir wissen, wie und wo genau
Sie die Technik gelernt haben
mit der Sie so sympathisch wirken.*«

Buster Keaton antwortete nicht sofort.
Rollte nur die Augen
hoffte, diese von Kindern geliebte Nummer
könnte die verhörartige Atmosphäre lindern.
Vergeblich das Vertrauen.
Die beiden blieben eiskalt.

Also blieb ihm nichts andres
als einen Abriss der komischen Kunst zu versuchen
die seiner Meinung nach zweifellos
auf einer komödiantischen Neigung beruhte
einer natürlichen Gabe – so sagte er –
einer Art angeborenem Talent
das nicht lehrbar sei
nein, ein Wunder.
»*Genau wie Ihr Geschäftssinn, meine Herren.*«
Er hoffte, sein Kompliment würde das Fiasko abwenden.
Vergeblich
denn die Botschaft hatte sie klar und deutlich erreicht:
Sie sollten aufgeben.
Mit ihren Gerichtsvollziehervisagen
waren sie für die Komödie verloren.

Am nächsten Tag lief es nicht besser
mit Mister Chaplin.

Bei ihm begann Allan
sorgsam bedacht, gleich zu Beginn
die Waffe zu entschärfen
die sein Kollege benutzt hatte:
»*Da Sie mehrmals
öffentlich geäußert haben
die komische Kunst sei ein Beruf, keine Gabe
könnten Sie uns bitte erklären, auf welchem Weg
um nicht zu sagen, durch welches Studium
man fähig wird, Menschen zum Lachen zu bringen?*«

Der Satz fiel zunächst ins Leere.
Dann sahen sie seinen schmachtenden Blick.
Er nahm seine Rolle als Tramp an.
Mit dieser Maske jedoch
wurde die Sache nicht leichter.
Denn um das kleinste Lächeln zu erregen
muss man das Opfer spielen, nicht den Henker.
Mister Chaplin
bediente sich offensichtlich einer Umschreibung.
Ihm fehlte nämlich der Mut, klar auszusprechen
dass ein millionenschwerer Bankier
schwerlich
Sympathie wecken würde.
Erst recht nicht nach dem Crash von '29.

Auch verschwieg er
dass die Figuren seines nächstens Films
ein Arbeiter und ein Waisenkind waren
Opfer eines unmenschlichen Systems.

Die letzte Hoffnung waren Laurel & Hardy
und wirklich
bei ihnen versprach der Auftakt weit mehr

aus einem ganz einfachen Grund.
Die beiden hatten die Anfrage missverstanden
dachten, sie wären gerufen worden
um ein bisschen Schwung
in eine Bank am Rande des Abgrunds zu bringen.

Also begannen sie prompt
ein paar Slapstick-Nummern vorzuführen
mit Sprüngen und Pirouetten gewürzt.
Natürlich sehr komisch.
Aber konnten Harold und Allan so weit gehen?
Sich von Bankern in Clowns verwandeln?
Mit Bällen in der Tasche herumlaufen?
Darum lächelten sie nicht nur nicht
nein, wenn überhaupt möglich
wurden ihre Mienen noch böser.

Dann kam die Idee, geboren aus Harolds Zornesausbruch:
»Am Ende müssen wir sie noch bezahlen, damit sie lachen!«

In der Tat ...

Diabolische Typen, die beiden.
Das wurde schon gesagt.
Aber jetzt waren sie doppelt so schlimm.
Sie finanzierten nämlich
im kontinentalen Maßstab
von El Paso bis Seattle
eine Vielzahl von Wettbewerben:
»DAS SCHÖNSTE LÄCHELN IN OHIO!«
»DIE FRÖHLICHSTE MAMA VON ARIZONA!«
»DER BESTE WITZ VON MISSOURI!«
»DER AMÜSANTESTE KOLLEGE IN IDAHO!«
»DAS GLÜCKLICHSTE KIND VON MISSOURI!«
»DER LUSTIGSTE GROSSVATER AM MISSISSIPPI!«
»DER SYMPATHISCHTE MENSCH IN KENTUCKY!«

Was bedeutete:
Wenn es wirklich unmöglich war
dass die zwei Lehmans lachten
konnte vielleicht ihr Name für sie lächeln?

Und so traten in dieser schweren Zeit
mit einer explodierenden Armutsrate
an allen Ecken und Enden Amerikas
Konkurrenten in Geldnöten auf
willens, das grässlichste Grinsen zu produzieren
um sich den Scheck zu sichern.

Wer jedoch mitnichten lacht
ist der dritte und letzte Direktor.

Denn im letzten Zimmer
hinten im Flur
– das einstmals *The Golden Philip* gehörte –
sitzt jetzt sein Sohn Bobbie.

Reglos. Düster.
Den Blick starr aufs Fenster gerichtet
wo der Regen ohne Unterlass fällt.

Er darf keine Zeit verlieren.
Er kann an nichts andres mehr denken
als an eine verfluchte Arche.

Noah war sechshundert Jahre alt
als die Flut über die Erde kam.
Genesis 7,6

Dreizehntes Kapitel

NOAH

»*Eine Arche*«, das sagt sich so leicht.
Eine Arche.
Die auf den Wassern schwimmt.
Die nicht untergeht.
Die oben bleibt, immer oben auf den Wellen bleibt.

Eine Arche.

Warum muss Noah unbedingt eine Arche bauen?
Es ist ja richtig, die Menschheit zu retten.
Es ist ja richtig, die Sintflut zu überleben.
Aber warum ausgerechnet auf einem Schiff?
Bobbie Lehman hasst Schiffe.
Flugzeuge sind ihm viel lieber.
Ja, das würde ihm gefallen:
Die Lehmans mit einer Flugzeugflotte retten.
Von wegen Arche – Flugzeuge!
Die von seinem Freund Juan Terry Trippe
die kreuz und quer am Himmel fliegen
die Bobbie nicht mal sehen muss
kaum hört er sie über die Wolken rasen
schließt er die Augen
lächelt
»*Pan Am: Die gehört uns!*«

Bobbie liebt Flugzeuge mehr als alles andere.
Er verehrt sie.
Denn ein Flugzeug löst sich vom Boden
ein Flugzeug fliegt weg
ein Flugzeug lässt alles hinter sich
verschwindet dort oben

vergisst alles
– »*Mach's gut, Bobbie!*«
tausend Meilen weit weg
– »*Mach's gut, Bobbie!*«
verschwindet dort oben
ein Flugzeug lässt sich von der Erde scheiden.

Genau.
Scheidung.

Denn Noah, der Patriarch, musste zwar die Menschen retten
– und schon das ist nicht wenig –
aber wenigstens hatte er eine Familie.
Bobbie nicht.
Bobbie hat zuhause ein Schlachtfeld.

Ruth will nicht die Frau des Patriarchen sein.
Ruth will selbst der Patriarch sein.
Oder, wenn ihr das absolut nicht erlaubt ist
beim Bau der Arche helfen.
An Bord gehen, wenn alles fertig ist?
Auf keinen Fall.
Vom Wohnzimmer aus in den Regen starren?
Nicht mal im Traum.
Es passt ihr nicht, dass ihr Mann die Welt retten muss
abends heimkehrt und sagt: »*Die Arche geht voran.*«
»*Natürlich, aber ich sitze hier und spiele die Statue.
Ich warne dich, Bobbie, ich langweile mich!*«
»*Zu gegebener Zeit wirst du alles erfahren.*«
»*Wann?*«
»*Wenn alle es erfahren.*«
»*Für wen hältst du mich eigentlich, Bobbie?
Ich bin nicht wie deine Mutter!*«
»*Du hast meine Mutter nicht mal kennengelernt.*«
»*Aber ich kann sie mir vorstellen:
immer zu Hause, stumm und nie eingeweiht.*«
»*Beruhige dich!*«

»*In diesem Haus bin ich weniger wert als eine Nippfigur!*«
»*Ruth …*«
»*Pass auf, Bobbie, pass gut auf
ich denke an Scheidung.*«

Hart ist das Leben des Patriarchen der Neuzeit.

Es ist nicht leicht
gleichzeitig
die Menschheit und eine Ehe zu retten.

Bobbie versucht es natürlich.

Aber es ist kein Zufall, dass ihm seit Monaten
andauernd die Finger zittern:
   »*merkst du das nicht, Bobbie?*«
dass er sich ständig auf die Lippe beißt:
   »*du tust es immer noch, Bobbie?*«
dass seine Stirn oft schweißnass ist:
   »*trockne dir die Stirn, Bobbie.*«
dass die Zunge ihm fortwährend am Gaumen klebt
   »*fühlst du dich unwohl, Bobbie?*«
und sich nicht vom Gaumen löst
sie löst sich nicht
sie löst sich nicht
sie löst sich nicht
außer, um zu fragen:
»*Warum soll gerade ich den Patriarchen spielen?*«

So ist es aber.
Du bist dran, lieber Bobbie.
Du und kein andrer.
Also los, Bobbie.
Streng dich an, Bobbie.
Eines Tages werden die Wasser weichen, Bobbie.
Dann wirst du sehen, Bobbie
wie die ganze Menschheit ruft: »*Danke, Mister Lehman!*«

Eben.
Nämlich
da ist noch etwas.
Die ganze Menschheit wird rufen: »*Danke, Mister Lehman!*«

Aber welcher Mister Lehman?

Das ist das andere Problem.
Noah, der Patriarch, musste zwar die Menschen retten
– und schon das ist nicht wenig –
aber wenigstens hatte er keine Konkurrenz.
Bobbie hat sie.

Bobbie hat zwei Cousins.

Die heißen Herbert und Irving.

Der Erste just zum Gouverneur von New York gewählt.
Der Zweite just zum Präsidenten am Gericht von New York.

Sehr bewundert. Alle beide.
Sehr geschätzt. Alle beide.

Sogar Ruth hat ihn erstaunt gefragt:
»*Freust du dich nicht, Bobbie?*
Jetzt habt ihr Lehmans eine Bank
einen Gouverneur und einen Gerichtspräsidenten.«

Stimmt.
Alle heißen sie Lehman.
Vielleicht ist König George V. von England
auch ein Lehman.
Und, warum nicht, auch Papst Pius IX.

Während Noah Lehman seine Arche baut
müssen die Mächtigsten der Welt
alle
so heißen wie er.

Sonst wäre es einfach, die Welt zu retten.

Kein Tag vergeht, ohne dass Bobbie
mindestens einen Cousin in der Zeitung findet
in riesigen Buchstaben:
MIT ROOSEVELT WERDE ICH AMERIKA RETTEN!
WIR HOLEN EUCH AUS DEM STURM!
GLAUBT AN UNS!
WIR ARBEITEN, UM EUCH EINE ZUKUNFT ZU GEBEN!

Wirklich ermutigend, täglich deinen Namen zu lesen
und dir täglich zu sagen: »*Das bin nicht ich.*«

LEHMAN: EIN VORBILD AN GERECHTIGKEIT
LEHMAN: DIE HOFFNUNG DER MENSCHEN
LEHMAN: VEREINT WERDEN WIR DIE KRISE BESIEGEN.

Und ganz Amerika
schon jetzt
im Chor:
»*Danke, Mister Lehman!*«
»*Danke, Mister Lehman!*«
»*Danke, Mister Lehman!*«

Nein, Bobbie, du bist das nicht.
Sie meinen nicht dich.
Geh deine Arche zusammenbauen.

Unterdessen
regnet es
regnet und regnet
auf die Welt
es gießt ununterbrochen.
Und als sähe Bobbie das nicht selbst
gibt es immer einen, der ihn daran erinnert.

Denn der moderne Patriarch
muss auch jene ertragen, die ihn bedrohen.
Leider ja: eine Schlange am Busen
ein Feind im Inneren.

Bobbie hat gleich drei davon.
Arthur, Harold und Allan.
Tägliche Umzingelung.

Arthur begnügt sich meist mit dem Auftakt
immer in arithmetischer Form:
»Wir gehen pleite, verstehst du?
Ich schätze, unsere Chancen auf Rettung liegen bei 20 %.
Sie würden auf 60 % steigen, wenn ich verantwortlich wäre.
Da dein Vater dich aber um jeden Preis hierhaben wollte
und dir den Posten als first manager überlassen hat
möchte ich wissen
wann genau
du beabsichtigst, mit einer Idee rauszurücken?
Aber einer starken Idee, verdammt, einer sehr starken!
Oder wirst du uns bloß auf einer Auktion versteigern
wie ein Gemälde?«

Auf diesen so höflichen Ton
reagiert Bobbie meist gelassen
sagt nur sehr leise: *»Ich arbeite daran.«*

Dieser Satz löst die Artillerie der Brüder aus:
Harold: *»36 Banken sind in Konkurs gegangen, Bobbie, klar?«*
Allan: *»Wollen wir die 37. sein, Bobbie?«*
Harold: *»Goldman Sachs hat 120 Millionen Dollar verloren!«*
Allan: *»Du tust alles, damit es uns noch schlechter ergeht!«*
Harold: *»Jeder 5. Amerikaner wurde gekündigt, Bobbie!«*
Allan: *»Willst du, dass auch wir auf der Straße sitzen?«*
Harold: *»Du hast eine Arche versprochen, Bobbie, wo ist sie?«*
Allan: *»Oder ist sie schon gesunken?«*
Harold: *»Wo ist diese Arche, Bobbie?«*

Allan: »*Wo ist diese Arche, Bobbie?*«
Harold: »*Wo ist diese Arche, Bobbie?*«
Allan: »*Wo ist diese Arche, Bobbie?*«
Harold: »*Wo ist diese Arche, Bobbie?*«
Allan: »*Wo ist diese Arche, Bobbie?*«

Noah, ja, der hatte ein feines Leben.

Es ist leicht, ein Bibelstar zu sein
wenn du nur eine Arche bauen musst
die Teile ineinanderfügen
zusammennageln
von morgens bis abends Bretter sägen
hämmern, feilen, schleifen
dann am Abend
mit Schwielen an den Händen
kaputtem Rücken
nach Hause gehen
und die Ruhe genießen.

Bobbie nicht.

Nur der lange Lulatsch, Herberts Sohn
gibt ihm ein bisschen Befriedigung.

Peter ist zu einer Sportskanone herangewachsen.
Er rennt, springt, spielt Rugby und Baseball
ist ein Ass im Tennis und schwimmt wie ein Fisch.
Darüber könnte man sich freuen.
Weniger gut ist, was Peter Lehman
aus dem Sport übernahm:
eine exzessive Neigung zum Ranking.
Als sähe er überall ein Siegerpodest
auf das er sich selbst oder andere stellt.

Peter kann
– einfach so, auf die Schnelle –

die Rangliste der Restaurants im Viertel abspulen.
Goldmedaille. Silber. Bronze.
Und weiter geht's, abwärts, mit allen Platzierungen.

Peter bewertet die Sympathie der Verwandten.
Gold-Silber-Bronze.
Die Intelligenz ihrer Hunde.
Gold-Silber-Bronze.
Die hohen Töne der Tenöre an der Oper.
Gold-Silber-Bronze.
Die Bequemlichkeit der Betten sogar
Gold-Silber-Bronze.
Und die Ehrlichkeit der Politiker (sein Vater ist ganz oben).

Ja.
Peter ist ein Labsal für Bobbie
weil der Junge ihn immer zum Sieger krönt.
»*Ich bewundere dich aus tiefstem Herzen*«, sagt er oft.
Und das ist für Bobbie weit mehr als Gold.

Außerdem ist der Junge lustig.
Sogar amüsant.
Nicht unwichtig
wenn man den ganzen Tag
auf einer Werft arbeitet.
Peter ist der Einzige, der dir die Nägel reicht.
Und wenn du ihm deine Alpträume erzählst
kann er darin sogar Epochales sehen.

»Lieber Peter, heute Nacht habe ich geträumt
ich bin ein Riesenaffe
und weil ich zu ertrinken drohe
klammere ich mich an eine Klippe
aber die Möwen hacken nach mir
damit ich in die Tiefe stürze.«

»Mensch, Onkel Bobbie, das ist ja ein tolles Bild!
Könnte glatt aus einem Horrorfilm sein.
Stell dir vor: ›Der Riesenaffe‹.
Im Ernst, der Film würde Millionen bringen.«

Wie kann man ihn nicht gernhaben?

Alles andere ist für Bobbie ein steiler Weg.

Manchmal sieht er sich nach Hause kommen
und sagen: »Die Arche ist fertig! Ich habe alle gerettet!«
Ruth würde ihm antworten wie immer:
»Ach ja? Ich warne dich, Bobbie, ich langweile mich!«
»Das war kein Vergnügen für mich, Ruth!«
»Was willst du damit sagen? Dass ich den ganzen Tag spiele?«
»Ich bin heute mit Schenley Distillers einig geworden.«
»Wer soll das sein?«
»Eine Brennerei. Jetzt, wo trinken wieder erlaubt ist …«
»Du willst Amerika retten, indem du alle betrunken machst?«
»Ruth …«
»Ich habe im Radio eine Rede deines Cousins gehört.«
»Ach ja?«
»Klare Ideen, richtige Worte, große Ziele.«
»Ich gehe ins Bett, Ruth, ich bin sehr müde.«
»Jetzt schon schlafen? Ich fühle mich als einsame Frau.«
»Schalt das Radio ein und hör dir meinen Cousin an.«
»Dein Vater sagt auch, dass er sehr gut ist.«

Ja.
Denn da ist noch etwas.
Muss man erwähnen
das Noah, der Patriarch, keine Väter hatte?
Bobbie dagegen ja.

Obendrein aus Gold geschmiedet.

Ein *Golden Father*, immer da
immer bereit, mit offenen Augen
den Bau der Arche zu überwachen
die Nägel zu zählen
zu sagen:
»So geht das nicht, Robert! Bist du sicher, Robert?
Ich habe dir vertraut, Robert!«
Und weiter:
»Ich kann dein Vorgehen durchaus nicht gutheißen.
Vorsicht! Wir müssen Vorsicht walten lassen!
Siehst du dies Schild mit der Aufschrift
DANKE, MISTER LEHMAN?
Eines Tages musst du es dir verdienen!
Man muss ans Morgen denken, Robert!
Die Zukunft kommt, die Zukunft drängt
wie dein Cousin Herbert sagt.
Vorsicht, ich rate dir dringend zur Vorsicht!
Und da fällt mir ein
dein Cousin Arthur hat mir etwas erzählt
was hoffentlich nicht wahr ist.
Es ist nicht dein Ernst, mit dem Geld der Bank
einen Film über Affen zu machen?«

»Nein, einen Kolossalfilm.«

»Du willst Amerika mit Schimpansen retten?«

»Es ist ein Gorilla, Dad.«

»Robert, ich bitte dich!
Du leitest eine Bank, keinen Zirkus
lass die Affen da, wo sie sind!«

»Das wird ein Riesenerfolg und Millionen einbringen.«

»Die Menschen verlieren gerade alles
ihr Erspartes, ihr Haus, ihre Arbeit.
Und du denkst ans Kino?«

»Wenn wir wollen, dass die Krise endet
müssen wir alles tun
damit nicht mehr über die Krise geredet wird, Dad.
Das Kino zerstreut die Menschen, es unterhält und begeistert.
Sie kommen aus dem Kino, und alles ist anders.«

Bobbie hat ihm verschwiegen
dass das Kino nicht nur die Leute zerstreut
es hilft auch den Patriarchen.

Noah zum Beispiel geht oft ins Kino.

Inkognito natürlich.
Er sitzt ganz hinten.

Auch als seine letzte Produktion lief
saß er in der letzten Reihe.
Mit der größten Begeisterung.

Aber man weiß ja
ein Patriarch ist müde am Abend.
Man kann nicht verlangen
dass er eisern durchhält.

Darum schlug Bobbie
ganz hinten sitzend
den Mantelkragen hoch
und wehrte sich nicht gegen den Schlaf.

Er schlief ein.

Und sicherlich unter dem Einfluss der Vorführung
sah er einen anderen Film
seinen ganz eigenen, im Traum.

Vierzehntes Kapitel

KING KONG

RKO Radio Pictures
und
David O. Selznick
zeigen

einen Film von
Merian C. Cooper und Ernest B. Schoedsack

Fay Wray
Robert Armstrong
Bruce Cabot
in

KING KONG

Erste Einstellung:
In einem bleichen New York der dreißiger Jahre
läuft ein arroganter
cholerischer
jähzorniger
Dokumentarfilmer
namens Arthur Lehman
traurig durch die Armenviertel.
Er hungert nach neuen Stars
die er dem Publikum vorwerfen kann
um den Kollaps zu verhindern.

Er spricht mit seinen Agenten Harold und Allan
die ihn am Kragen packen:
»*Wir gehen pleite, verstehst du?*
Wir schätzen, unsere Chancen auf Rettung liegen bei 20 %.

Sie würden auf 60% steigen, wenn wir verantwortlich wären.
Da dein Vater dich aber um jeden Preis hierhaben wollte
und dir den Posten als Regisseur überlassen hat
möchten wir wissen
wann genau
du beabsichtigst, mit einer Idee herauszurücken?
Aber einer starken Idee, verdammt, einer sehr starken!
Oder wirst du uns bloß in Unterhosen aufnehmen
wie für einen Dokumentarfilm?«

»*Ich arbeite daran*«, antwortet Arthur
und geht hinaus
auf der verzweifelten Suche nach einer Göttin.
Da ist sie plötzlich, erscheint auf der großen Leinwand
wunderschön, blond, vage deutsch anmutend.
»*Wie heißen Sie, Miss?*«, stottert der Regisseur.

»*Mein Name ist Bank, der Nachname Lehman.*«

»*Miss Lehman, haben Sie je daran gedacht*
beim Film zu arbeiten?«

»*Nie. Doch wenn Sie mir eine Arbeit anbieten, greife ich zu.*
Helfen Sie mir, ich flehe Sie an.
Durch diese Krise werde ich wirklich bald bankrott sein.«

»*Ich werde eine Diva aus Ihnen machen, Miss Bank Lehman.*«

Dramatische Musik.
Ein marodes Schiff fährt über ein stürmisches Meer.
An Bord sucht Arthur, der Regisseur
eine mathematische Formel gegen das Schlingern.
Miss Lehman liest das Drehbuch des Films
und fragt einen ungarischen Matrosen: »*Wohin fahren wir?*«

»*Wir fahren zur Totenkopfinsel, Miss Lehman*
sie ist auf keiner Seekarte verzeichnet ...

Doch wenn Sie mir eine Tischlampe abkaufen
erzähle ich Ihnen eine Legende ...«
»*Etwas Gruseliges?*«, fragt sie mit ängstlichen Augen
während sie dem Ungarn 7 Dollar und 21 Cents zahlt.

»O ja. Es heißt, ein grauenhaftes Ungeheuer
herrsche über dieses Gebirge.«

Das würde genügen, die junge Frau zu beeindrucken
doch jetzt ergreift
der Kapitän das Wort
ein alter Mann mit Zähnen ganz aus Gold:
»Ich kann dieses Unternehmen durchaus nicht gutheißen.
Dieses Monster ist mehr ein Gott als ein Sterblicher.
Vorsicht, Leute! Wir müssen Vorsicht walten lassen!«

»Wir werden alle sterben!«, schreit die zukünftige Diva
und zur Antwort
ertönt ein Gelächter in ihrem Rücken.
Es ist der Schiffskoch Herby.
»Sagen Sie das diesem Arthur. Er wird Sie nicht anhören!
Das Problem ist grundsätzlicher Art, Miss Lehman.
Er würde seine Mutter töten, um Geld zu machen.
Diese Sucht nach dem Kino ist nicht demokratisch.«

»*Ihr werdet alle vor Gericht enden.*
Aber dann ruft nicht nach mir«
sagt ein Schiffsjunge, der Kartoffeln schält.

Spannungsgeladene Musik.
Das Schiff, von oben gefilmt
nähert sich einer Steilküste
und wirft den Anker.

Die ganze Mannschaft steht am Bug
umringt den Regisseur, der die Entfernungen misst.
»Geschafft! Das ist meine Insel!
Wir werden einen großartigen Film machen, das spüre ich!«

In der Ferne Trommelmusik.
Miss Bank, der Regisseur und andere Mitglieder der Crew
wandern durch einen Dschungel.
Schlangen kriechen zwischen ihren Füßen
überall Insekten
dichte Vegetation.

Die Musik kommt immer näher.
Arthur macht allen ein Zeichen
sich hinter einem Felsen zu verstecken.
Eine Schar Eingeborener in Jackett und Krawatte
zelebriert ein Ritual
vor einer sehr hohen Mauer
und Arthur möchte sie filmen:
»Seid still! Keiner rührt sich!
Das ist der berühmte Stamm der Wall Street
ein blutrünstiges, grausames Volk
bekannt für seine Menschenopfer.
Und müsste ich dafür sterben
sie werden in meinem Film sein!«

Arthur beginnt zu drehen.
Und wird von den Wilden entdeckt.
»*Rette sich, wer kann! Aufs Schiff! Aufs Schiff!*«

Nacht.
An Bord des Schiffes, alles scheint friedlich.
Miss Bank Lehman schnappt frische Luft an Deck.

Unheimliche Musik.
Die Umrisse von drei Wilden erscheinen am Schiffsbauch
sie klettern aus einem Floß auf das Schiff.
Ergreifen die junge Frau an den Armen
knebeln
und fesseln sie mit einer Liane.
Sie windet sich, doch sie ist gefangen.

»*Sie haben Miss Lehman entführt!*«, schreit jemand
aber es ist schon zu spät.

Trommelwirbel.
Vor der großen Mauer
Miss Bank Lehman, gefesselt an einen Totempfahl.
Die Wall Street tanzen wie rasend
schlagen mit Stöcken den Takt
zum Rhythmus von »*Up!*«, »*Down!*«, »*Up!*«, »*Down!*«.

Nahaufnahme der schreckgeweiteten Augen von Miss Lehman.

Bedrohliches Geräusch, das den Tanz unterbricht.
Stille.
Dann ein Donnerhall.

Der Medizinmann Rockefeller schlägt einen Gong, ohrenbetäubend
da erscheint eine kolossale Gestalt
hinter der Mauer:
»*King Bobbie! King Bobbie!*«, schreien die Wall Street
während Arthur und die anderen
bewaffnet aus dem Wald springen.
Alle schießen auf den Gorilla
der sich auf sie stürzen will.
»*Vorsicht, Leute! Vorsicht!*«, schreit der goldene Kapitän.
»*Dieses Monster ist ein Diktator!*«
brüllt der Koch, schießend.
»*Vor Gericht! Verurteilen!*«, haucht der sterbende Schiffsjunge.

Großes Chaos: Schüsse, Explosionen, Gong, Blut
bis King Bobbie Miss Bank sanft aufhebt
und mit ihr das Tohuwabohu verlässt.

»*Lass meine Bank in Ruhe!*«, schreit Arthur.
»*Du hast kein Recht, sie mir zu stehlen, Bestie!*«

Doch seine Stimme verliert sich im Wind.

Nächste Sequenz:
In der Höhle des Gorillas
wo man einen Canaletto und einen Goya hängen sieht.

Trotz seines grässlichen Äußeren
scheint der Riesenaffe nicht bösartig.
Er betrachtet Miss Lehman, die auf einem Stein sitzt.
Ihn fasziniert ihre helle Haut
und dieses schöne, so blonde Haar.
Er und die Frau scheinen einander so fern.
Aber sie ahnt etwas:
»*Verstehst du mich? Ich heiße Bank, du bist Bobbie* ...«

Bestialisches Geräusch im Hintergrund
ein Dinosaurier naht, ganz Schuppen und Krallen
mit blutbefleckten Zähnen
und einem Tattoo zwischen den Augen: »1929«.
Er fällt über Miss Bank her, will sie verschlingen
doch King Bobbie packt ihn am Hals
sie kämpfen erbittert
bis der Gorilla dem Dino den Kopf abreißt.
Miss Lehman ist gerettet!

Romantische Musik.
Bank dankt dem haarigen Bobbie
streichelt ihn schüchtern.
Der Riesenaffe vergießt eine Träne.
Zum ersten Mal versteht ihn jemand.

Plötzliche Explosion einer Granate.
Der Gorilla schreckt auf.
»*Ah, endlich habe ich dich! Lass mein Mädchen frei!*«
brüllt Arthur von einer Palme.

King Bobbie läuft ihm entgegen
aber er stürzt in eine Falle
stößt einen verzweifelten Schrei aus
versucht sich zu befreien
aber das Gas betäubt ihn
und die Ketten halten ihn fest.

Nächste Sequenz:
Monate später, in New York.

King Bobbie ist eine Zirkusnummer.
Man führt ihn in Ketten vor
unter dem Banner:
»Das ist der, der UNS KEINE ARCHE GAB.«
Und tausendfach strömen Menschen herbei
zur Freude des Produzenten Harold:
»*Dieser Affe ist ein* business, *solange er lebt.*«
Sein Bruder Allan ergänzt:
»*Auch wenn er stirbt, wir verkaufen sein Fell.*«

Vor allem die Kinder strahlen.
Besonders ein ungarischer Junge
der jeden Tag ins Kino geht
er hat immerhin 30 000 Dollar in der Tasche.

Aber einmal
während der üblichen Show
machen die Blitzlichter der Presse
den Gorilla wütend.
Er zerreißt die Ketten
alles rennet, rettet, flüchtet
und er läuft auf die Straße
um Tod und Schrecken zu säen.

»*Zerstöre meine Stadt nicht!*«
schreit der Schiffskoch
inzwischen Gouverneur geworden.

King Bobbie möchte alles in Stücke schlagen
stünde er nicht plötzlich vor
Miss Bank
wunderschön und zart.
Er umschließt sie mit seiner Pranke
und klettert
auf die Spitze des Empire State Building
wo ihn
eine Patrouille der Luftwaffe
umkreist und attackiert.

Bevor King Bobbie stürzt, tödlich verletzt
kann er noch zwei letzte Dinge tun:
Erst setzt er seine Bank sanft
auf dem Sims ab, wo sie sicher ist
dann ergreift er, rasend vor Wut
eines der Flugzeuge, die ihn beschießen.

Der Gorilla betrachtet den Doppeldecker.
Es ist ein Jagdbomber DH.4
darin sitzt am Maschinengewehr
ein weiblicher Soldat aus Illinois
und schreit:
»*Wenn du mich tötest, werde ich es dir heimzahlen!*«

Darum hat Bobbie nicht den geringsten Zweifel
er zerbricht das Flugzeug wie ein Streichholz.

Danach sackt er in sich zusammen und stirbt.

Abspann.

Ein Triumph.

Fünfzehntes Kapitel

MELANCHOLY SONG

Wenn eine Badewanne voll ist
zieht man den Stöpsel
und sie leert sich im Nu.

So bei der Sintflut:
Irgendwann zog *HaSchem* den Stöpsel
und das Wasser floss ab.

Bobbie, der Patriarch
das muss man anerkennen
konnte den Laden retten.

Die Arche war kein Ozeanriese, gut
doch für eine Schute hielt sie sich wacker
und kein Wasser drang ein.

»Rudern werde ich nicht«
erklärte Harold.
Allan ergänzte: *»Und ich werde nicht angeln.«*
Zuletzt Arthur:
»Sogar die Haie hatten Mitleid mit uns.
An deiner Stelle, Robert
würde ich mich herzlich bei ihnen bedanken.«

Dabei hatte Bobbie
um den Passagieren die Fahrt angenehm zu gestalten
sogar
Fernseher in diese Badewanne
einbauen lassen.

Bildröhrenkathoden.
Flammend neu.
Geplant und gebaut von Mister DuMont
der vor einem Jahr
in seiner Garage das erste Exemplar gebastelt hat.
Ein Radio, das man sieht.
Oder auch das Kino in jedem Haushalt.
Und wer weiß, was noch alles: Sport, Musik, Nachrichten …

»*Vorsicht, mein Sohn! Vorsicht!*
Arthur hat mir etwas erzählt
was hoffentlich nicht wahr ist.
Das ist nicht dein Ernst, mit dem Geld der Bank
Fernseher zu finanzieren?
Die Leute haben nichts zu essen
und da bringst du ihnen Mickey Mouse in die Küche?«

»*Jeder wird einen im Haus haben wollen.*«

»*Bist du sicher, Robert?*
Du willst Amerika mit Tänzerinnen retten?
Hüte dich vor falschen Schritten!
Ich habe dir Vertrauen geschenkt, aber du musst es verdienen.«

»*Jede Familie wird einen Fernseher kaufen, Dad.*
Ruth und ich haben auch schon einen.«

Ja, das stimmt.
Leider.
Ein schwerer Fehler, Ruth einen Fernseher zu schenken
denn sie hängt an dem Apparat
verbringt ihre ganze Zeit davor:
»*Hast du gesehen, Bobbie? Herbert ist im Fernsehen*
er ist gerade in Deutschland!«
»*Ich an seiner Stelle wäre nicht hingefahren.*«
»*Was redest du da?*«
»*Dieser Hitler gefällt mir nicht.*«

»Herbert ist nicht wegen dieses Gartenzwergs in Deutschland!«
»Ach, nein?«
»Herbert bringt dem demokratischen Europa
den Gruß des amerikanischen Volkes.«
»Reicht es ihm nicht, New York zu regieren?
Will er jetzt auch Gouverneur von Berlin sein?«
»Ich glaube, du beneidest ihn.«
»Ich geh ins Bett, Ruth, ich bin müde.«
»Jetzt schon?«
»Gute Nacht, Ruth.«
»Ich fühle mich wie eine Witwe.«
»Tröste dich mit meinem Cousin im Fernsehen.«

Zum Glück
ist der Pegel des Wassers dann langsam gesunken
da sind wir wieder, mit beiden Beinen am Boden.

Seltsam, über festen Grund zu gehen
nachdem man das fast vergessen hatte.
Bloß schade, dass alles voll Schlamm ist.

Als er aus seiner Schaluppe steigt
prüft Noah die Lage:
Mit einer Gattin versehen, ging er an Bord
jetzt geht er als einsamer Mann an Land.
Doch er ertränkte sie nicht im offenen Meer
nein, als die Wasser die Erde bedeckten
musste der Patriarch
sich zu allem Unglück scheiden lassen.

Nicht umsonst nahmen sie
einen Cousin an Bord, der Richter war:
»Das wird eine lange Verhandlung, Bobbie.
Alimente, Entschädigungen, Klauseln.
Ruth will viel Geld.
Und soweit ich weiß
hat sie eine Verteidigungsschrift verfasst.

Sie nennt dich einen gefühllosen, feindseligen Mann.
Ihr werdet vor Gericht enden, aber dann ruft nicht nach mir.«

Die Thora sagt
dass Noah
immerhin ein Fünkchen Zuneigung erhielt
weil er Widrigkeiten zum Trotz
das Unmögliche möglich gemacht
alle heil und gesund zurückgebracht hatte.
Gegen ihn verfasste man keine *Verteidigungsschrift*.

Dennoch: Scheidung.
Als er gerade den Anker werfen wollte
erschien in *Fortune* eine Pressenotiz:
VERGOLDETE SCHEIDUNG
ZWISCHEN RUTH LAMAR
UND DEM COUSIN VON GOUVERNEUR LEHMAN.

Was will man machen?
Ganz Amerika wird das lesen.
Die Kunden des griechischen Restaurants
und die Arbeiter der ungarischen Fabrik.
Auch die Pförtner in Irvings Gericht
und seine Verurteilten in der Zelle.

Findet Bobbie darum keinen Frieden?
Er erträgt den Lärm ringsum nicht mehr.
In Amerika wird jetzt zu viel Lärm gemacht.
Jazzkapellen spielen auf der Straße
man kann nicht in Ruhe nachdenken
ohne dass vier Musiker
einem das Hirn verstopfen
mit *sol-re-mi-so-la-fa-do*.

Wie schön war die Stille des Meeres.
Herrlich das Rauschen des Regens.
Welch ein Frieden während der Großen Depression.

Heute ist alles Musik
und die Welt schwankt bei so viel Getön.

Zumal
das, was hervorkam
als *HaSchem* die Wanne geleert hatte
nicht mehr die alte Erde war.
Es war eine andere Welt.
Nicht wiederzuerkennen.

Arbeiter, die Tarifverträge verlangten.
Frauen, die eine Arbeit wollten.
Es gab sogar griechische Köche
und ungarische Handwerker
deren Söhne Wirtschaftslehre studierten.
An der Universität.

Arthur Lehman wird bald verrückt.
Auch er hasst Songs (SG)
weil sie sein Nachdenken stören (Th):

Th < SG

Wer kann algebraische Formeln anwenden
wenn Duke Ellington (DE)
ihm ständig ins Ohr klimpert?
Wer kann das Leben der Bank berechnen (LB)
wenn Ella Fitzgerald (EF) nie heiser wird?
Sie siegen immer:

(DE + EF) > LB

Die Wirkung auf Arthur ist verheerend.
Er versucht, sich zu konzentrieren, aber wie?

Vor allem jetzt
wo dieser verfluchte Roosevelt (†)

alles daransetzt, die Arbeiter zu retten (W).
Die Banken interessieren ihn nicht
die Finanzwirtschaft ist ihm egal.
Er hat nur die Arbeiter im Kopf.

Sein Bruder Herbert hat sich entschieden.
Er steht zu Arthur.
Doch wie eng auch immer die brüderlichen Bande
an Reibung mangelt es nicht.
Jeden Tag.

Genau.
Und da ist noch eine Komplikation:
Man kann nicht mehr in Frieden streiten
ohne dass irgendeine fette Sängerin
die gerade dran ist
zwischen den Kontrahenten Platz nimmt
um sie mit traurigen Liebesgeschichten zu infizieren:

»Herbert, ihr riskiert, das ganze System zu sprengen, ist dir das klar? Ihr übertreibt wirklich! Ein Übermaß an Rechten ist ein großer Fehler!«

»Genau dasselbe hat man gesagt, als die Sklaverei abgeschafft wurde, mein lieber Arthur.«

»Die Sklaverei war ein Unrecht, wir sollten das nicht verwechseln. Willst du die Neger in Ketten mit Arbeitern am Fließband vergleichen?«

»Es gibt eiserne Ketten und unsichtbare Ketten, aber darum sind sie nicht weniger unmenschlich.«

»Und das sagst du? Der mir mit zehn Jahren das Bett pfänden wollte? Du und dein Freund, ihr macht Neureiche aus den Arbeitern, das ist inakzeptabel! Sogar von bezahlten Ferien ist die Rede, ja, sind wir denn völlig verrückt? Ich muss einen Angestellten, der nicht arbeitet, bezahlen? Ihr werdet die amerikanische Industrie ruinieren!«

»Die amerikanische Industrie stützt sich auf die Menschen, die arbeiten, nicht auf die, die sie ausbeuten. Schutz am Arbeitsplatz und Kündigungsschutz bedeutet weniger zu verdienen, aber es ist gerechter. Mir gefällt das sehr gut, auch wenn es dich schockiert – egal.«

Caress me, my baby!
Break my heart, I accept it from you.
All my fears are water vapor, maybe!
Remember, my dear, that I fell in love with you
and every blade of grass seems to be golden!
Tell me nothing could ever separate us,
hug me, my dear,
and sing me a sad song
like la-la-la-la-la.
Break my heart, I accept it from you.
Break my heart, I accept it from you.
Break my heart, I accept it from you.

I dedicate you the whole book of my tears,
and my window is a sea of melancholy:
look at the moon as if they were my eyes!
Because I could not live without you:
please hug me, my dear
and sing me a sad song
like la-la-la-la-la.
Break my heart, I accept it from you.
Break my heart, I accept it from you.
Break my heart, I accept it from you.

Repeat my name, dear treasure.
I will be for you like a warm coat:
never stop to whisper your love,
because, without feeling, I could die:
please hug me, my dear
and sing me a sad song
like la-la-la-la-la.
Break my heart, I accept it from you.
Break my heart, I accept it from you.
Break my heart, I accept it from you.

»Kündigung ist verboten, geringer Lohn ist verboten, alles kontrolliert, alles mit Strafgebühr belegt. Tod des Unternehmens, Ende des Kapitals. Das soll der New Deal sein? Der alte war besser, kostete weniger! Pass auf, Herbert, du zerstörst die Lehman Bank.«

»Du versuchst, mir zu drohen? Ich soll mich schuldig fühlen? Warum? Erklär mir das. Warum verbiete ich Leuten wie dir, einen kranken Arbeiter rauszuwerfen?«

»Du heißt doch mit Nachnamen Lehman! Lehman! Lehman! Leh…«

Hier hält Arthur inne, reißt die Augen auf und legt sich mit theatralischer Gebärde wie der Opernsänger Tito Schipa beide Hände auf die Brust.

Herbert kennt seinen Bruder, er weiß, dass Arthur gerne den Hebel der Schuldgefühle einsetzt: »Danke, dass du mich erinnerst, manchmal vergesse ich meinen Nachnamen. Ich glaube, mit sechzig könntest du anfangen nachzudenken statt zu schreien. Meinst du nicht, Arthur? … Arthur …? … Arthur …!«

When I get sick, you stay close to me.
Give me your hand, and I'll keep close.
Never leave me alone, even in jest:
please hug me, my dear
and sing me a sad song
like la-la-la-la-la.
Break my heart, I accept it from you.
Break my heart, I accept it from you.
Break my heart, I accept it from you.

I repeat your name, to never forget it:
in that sweet sound I find out who your are!
Tell me, please, you write my name on the Clouds,
so the sky make a pillow!
And now hug me, my dear
and sing me a sad song
like la-la-la-la-la.
Break my heart, I accept it from you.
Break my heart, I accept it from you.
Break my heart, I accept it from you.
Break my heart, I accept it from you.
Break my heart, I accept it from you.
Break my heart, I accept it from you.

Break my heart, I'll die happy
if my killer are you.

Oh yes.
Oh yes.

Sechzehntes Kapitel

EINSTEIN OR THE GENIUS

Die Vorstellung, weiterhin
ausschließlich in Gesellschaft von Harold und Allan
an der Spitze der Bank stehen zu müssen
geht Bobbie Lehman nur einmal durch den Kopf
ohne Halt zu machen.
Sie kam und ging
winkte zum Abschied.

Nicht, weil er Blutsbande verschmäht.
Hier geht es um die reale Gefahr
im eigenen Blut zu enden.

Darum beschließt Bobbie
vor allem zu seinem eigenen Schutz
einen drastischen Schritt.

Aber mal ehrlich
hagelt es nicht überall auf der Welt
Revolutionen und Umbrüche?
Lehman Brothers wird sich hinzuzählen können.

Und so legt sich Bobbie
obwohl Daddy Philip tagelang brüllt
eine zweifache Strategie zurecht.

Erstens: Lassen wir frische Luft herein!
Junge Luft, saubere Luft.
Folglich
nehme der lange Peter Lehman, Herberts Sohn
bitte Platz im Kommandoraum.
Er wird den Posten des Direktors übernehmen
zusammen mit Bobbie und den zwei Hitzköpfen.

»*Peter ...? Ist das dein Ernst, Bobbie?*«

»*Ja, Peter, natürlich. Wo ist das Problem?*«

Zugegeben, der Junge ist erst zwanzig.
Aber er hat schon bewiesen
dass er Wunder wirken kann:
King Kong brachte Millionen ein
und ohne ihn hätten wir den Film nicht gemacht.

Außerdem brauchen die jungen Menschen ein Vorbild.
Wer, wenn nicht wir, gibt es ihnen?
Die Kinostars?
Mister Humphrey Bogart hat sich öffentlich beklagt:
Man lässt ihn immer nur in Gangsterfilmen spielen.
In wenigen Jahren saß er öfter auf dem elektrischen
als auf dem Zahnarztstuhl.
Und sammelte 800 Jahre Gefängnis.

Unser Peter aber, der wird ein Vorbild sein.
Sport.
Ehrliches Gesicht.
Werte und Gefühle.

Und um der ganzen Wahrheit willen:
Bobbie hat nicht vergessen, wie Peter zu ihm sagte:
»*Ich bewundere dich aus tiefstem Herzen.*«
Also kein Wort mehr: Peter ist befördert.

Doch das genügt nicht.
Die Doppelstrategie erfordert mehr.
Und hier entstehen die Probleme ...

Wir machen die Türen weit auf.

Als Aufsichtsrat werden wir
von jetzt an *partners* haben.

»*Du willst fremde Menschen in die Bank holen?*«
»*Ja, Dad.*«
»*Du willst jemandem, der nicht Lehman heißt, Macht geben?*«
»*Ja, Dad.*«
»*Und womöglich sind das nicht mal Juden?*«
»*Ja, Dad.*«
»*Ich kann kein einziges Gramm dieses Wahnsinns gutheißen!*«

Wunderbare Macht der Vierzigjährigen:
einen Vater anlächeln, der dich tadelt
ihm klar zu verstehen geben, dass er seine Zeit vergeudet.

Dann nach Japan abreisen:
Jetzt, wo Lehman sich gerade ganz Asien holt
ist eine Verbeugung vor Ihrer Kaiserlichen Majestät
wahrscheinlich angebracht.

Die Welt ist nur mehr eine kleine Kugel.

Und das wissen sie genau, die neuen *partners*.
Die kreuz und quer durch die Welt fliegen
sich selbst und Lehman Brothers repräsentieren.
Denn die *partners* sind
ganz einfach
diejenigen
die Geld in die Bank gebracht haben
so viel Geld
dass ein Teil faktisch ihnen gehört.
Ein Prozentsatz.
Ein Stück vom Kuchen.
Paul Mazur, John Hertz, Monroe Gutman
und ein Dutzend andere
– »*kein Lehman-Blut*« –
Aktionäre
Geschäftsleute
– »*kein Lehman-Blut*« –
eingeladen

hereingeholt
denn eine Bank ist eine Bank
und braucht Kapital.
Von wegen Familie!
Von wegen Nachname!
Von wegen Abschottung!
Sind wir eine internationale Bank oder nicht?

Bei uns herrscht jetzt
ein moderner, ein praktischer Geist
ohne Konzessionen
wir lassen uns nicht auf Gefühle ein
wir folgen nur einem Prinzip
und das ist der Prozentsatz.

Sogar die Reformen der Demokraten
– Kündigungsschutz, Alterssicherheit, Krankheitsschutz –
haben wir
auf unsere Weise
in eine Maschinerie verwandelt, die Millionen abwirft:
Du möchtest deine Zukunft absichern?
PENSIONSFONDS LEHMAN BROTHERS.
Du möchtest lächeln, was auch immer passiert?
VERSICHERUNGSGESELLSCHAFT LEHMAN BROTHERS.
Und weiter: Policen für Arbeitsunfähigkeit
Absicherung der Familie …

In den Straßen halb Amerikas
sind große Plakate aufgetaucht
wo der Schriftzug Lehman Brothers
wie ein großes, schützendes Auge
über dem Bild einer Mutter mit Kind schwebt.
Und natürlich lächeln beide.

Das Lächeln ist alles.
Harold und Allan hatten es schon geahnt
und zu ihrer fixen Idee gemacht.

Darum hat keiner der beiden
Onkel Arthur öffentlich beweint:
»*Wenn Lehman Brothers aufs Lächeln setzt*
können wir dann weinend auftreten?
Als Werbestrategie grundfalsch.«

Eben.
Werbestrategie.

Die beiden Lehmans haben sie im Blut
die Werbung.

Sie haben sogar
ihre Gattinnen beauftragt
die teuersten Geschäfte der vornehmen Viertel
sämtlich zu durchkämmen
um dort laut und vernehmlich
die Pensionsfonds der Bank zu loben.

Unwichtig, ob es nicht üblich ist
bei einem Juwelier in Manhattan
zwei hochelegante Damen zu hören
die über triste Themen sprechen:
»*Seit einiger Zeit sehe ich dich so heiter, meine Liebe.*«

»*Weil ich weiß, dass die Bank eine Beihilfe zahlt*
wenn ich eines Tages plötzlich gelähmt bin
und das macht mich so froh!«

»*Wunderbar! Ich wette, das ist Lehman Brothers!*«

»*Natürlich. Meine Schwester war bei Goldman versichert*
sie bekam nur ein Armenheim. Ich möchte das Beste.«

»*Das werde ich sofort meinem Mann sagen.*«

»*Sag ihm, eine sichere Zukunft hat keinen Preis.*«

Als Debüt in der Ära des Marketings
war das etwas plump, aber gar nicht übel.
Handwerklich solide, immerhin.

Es ändert nichts daran, dass die Brüder
zusehends besser werden.
Und darum
herrscht rund um den Glastisch
auf den schwarzen Sesseln
wo die neuen *partners* von Lehman Brothers sitzen
ehrfürchtiges Schweigen
wenn Harold und Allan
klipp und klar
den neuen Talmud der Bank erklären.

Nur Bobbie fehlt, er ist nach England abgereist.

Allan beginnt in höflichem Ton:
»*Liebe Freude, heute möchte ich mit Ihnen*
über die Bedeutung des Wortes Vertrauen nachdenken.«

Harold schreibt VERTRAUEN an die Tafel.
Allan fährt fort:

»*Vertrauen bedeutet, etwas zu teilen, Freunde.*
Etwas Wichtiges zu teilen
nämlich den Schutz der eignen Person.
Wenn ich einem Menschen vertraue
bin ich sicher, er teilt meinen Kampf
den Kampf um mein Wohlergehen.
Den Kampf um meine Existenz.
Denn jeder von uns hat Angst vorm Alleinsein.«

Harold schreibt EINSAMKEIT an die Tafel.
Allan fährt fort:

»Wenn ich einem Menschen vertraue
glaube ich, dass er mein Verbündeter ist
und zweifle keinen Moment daran.«

Harold schreibt BÜNDNIS an die Tafel.
Allan fährt fort:

»Doch vor allem zählt eins, meine Herren.
Wenn ich einem Menschen vertraue
zweifle ich nicht mehr an ihm
ich bremse einen Instinkt, der in uns allen wurzelt
nämlich das Misstrauen.«

Harold schreibt MISSTRAUEN an die Tafel.
Allan fährt fort:

»Denn der Mensch hat ein Bedürfnis
ein tiefes Bedürfnis
nach Verbündeten, an die er blind glauben kann.
Damit er sich nicht verlassen fühlt.«

Jetzt setzt Harold Zeichen zwischen die Wörter:

EINSAMKEIT → BÜNDNIS → ~~MISSTRAUEN~~ → VERTRAUEN

Allan spricht weiter:
»Wenn wir aus dem Vertrauen zwischen Menschen
das Vertrauen in eine Marke machen
erhalten wir weit mehr als nur neue Kunden.
Wir erhalten Menschen
die nicht an uns zweifeln werden.«

Den *partners* von Lehman Brothers
gefällt die Idee.

Und auch dem langen Peter gefällt das.
Er steht auf, um den Cousins die Hand zu schütteln:
»*Ich bewundere euch aus tiefstem Herzen.*«

Diese allseitige Zustimmung
ist ziemlich erstaunlich
denn in letzter Zeit
haben sich Harold und Allan angewöhnt
Sitzungen mittendrin zu verlassen
und die Tür hinter sich zuzuschlagen.
Nie sind sie mit etwas einverstanden.
Sie springen gleichzeitig auf
wie von einer Feder an ihrem Stuhl
in die Höhe geschleudert
und sagen abwechselnd:
»Dann auf Wiedersehen. Viel Spaß beim Fiasko, meine Herren.
Wir verlassen die Bank, wir ziehen uns zurück.«
Und sie gehen.

Dieses Mal nicht.

Der Hymnus auf das Vertrauen
fand so großen Anklang in One William Street
dass der Aufsichtsrat den Brüdern
eine veritable Mission übertrug:
Tun wir alles, um uns Vertrauen zu kaufen.
Investieren wir in Werbung
sofort.
Das ist umso wichtiger
als es jetzt Standard & Poor's gibt:
Ein ganzes Hochhaus
voll mit Angestellten
die der Welt sagen
wer Vertrauen verdient
und wenn ja, wie viel.
Denn Standard & Poor's
ist wie ein Thermometer
das der Wirtschaft
unter den Arm gesteckt wird
um der Welt zu sagen
ob du Klasse A

ob du Klasse B
ob du Müll
ob du säumiger Zahler
oder stinkende Abfalltonne des Marktes bist.

Es gab keine Zeit zu verlieren.

Harold und Allan
machten sich an die Arbeit.

Fort mit den Gattinnen in den Boutiquen:
Die Armee der Zukunft musste geschaffen werden.

Und deren Generäle fanden sie
kurioserweise in der Provinz.

Gut gerüstet, bis an die Zähne bewaffnet.
Sensationell.

Mister George Einstein und seine Frau Jenny.

Äußerlich ein nettes Ehepaar in Minneapolis.
In Wirklichkeit zwei Panzerfahrzeuge.

Mrs Einstein eine Frau mittleren Alters
tadellose Dauerwelle
Ansichtskartenlächeln
und ein – sagen wir so – sehr freundlicher Blick.

Mr Einstein ein graumelierter Herr
rechtwinkliger Haarschnitt
getrimmtes Lächeln des *all-American-man*
und ein – sagen wir so – sehr freundlicher Blick.

Mrs Einstein Hausfrau.
Mr Einstein Angestellter.

Morgens Kuss auf die Stirn
Auto auf der Garageneinfahrt geparkt.
»*Bis heute Abend, mein Lieber.*«
»*Bis heute Abend, meine Liebe.*«

Arbeitswoche.
Sonntags Barbecue.

Und alles lief normal, absolut normal
zwischen Waschmaschine, Wäsche aufhängen
geplantem Urlaub, Krediraten
Weihnachtsbäumchen, manchmal eine Träne
Apfelkuchen, Truthahn an *Thanksgiving* …

Bis …
Bis Mister und Mrs Einstein
erkannten, dass …

Sie öffneten die Augen
und sahen, dass …

ihre Freundinnen:
    Mrs Phelps, Mrs Bowles, Mrs Tippy, Mrs Adrian
und seine Kollegen:
    Mr Pitty, Mr Harrys, Mr Perth
sie allesamt
nachahmten!

Was immer sie bei einem Dinner sagten
am nächsten Tag taten es alle.

Was immer sie zufällig empfahlen
sofort sagten alle: »*Ja, stimmt! Genau so ist es!*«

Darum begann das Ehepaar Einstein
sich Fragen zu stellen:
»*Wollen wir uns das nicht mal zunutze machen, mein Lieber?*«

»*Ich glaube, es ist ein Naturtalent, Jenny. Nutzen wir es!*«

Minneapolis wimmelt von Haus-zu-Haus-Verkäufern
sie verkaufen alles Mögliche.

Man musste ihnen nur beibringen ...
zu überzeugen.

Ihr erster Schüler war Billy Malone
Sohn von Claretta Malone, die in der Kirche Orgel spielt.
Billy klingelte von morgens bis abends
an den Haustüren von Minneapolis
er verkaufte Handmixer mit Kurbel.
Mrs Einstein bat ihn in die Küche.
Ließ sich das Gerät erklären
und gesagt, getan:
»*Darf ich es mal probieren?*
Ich möchte Verkaufen versuchen.
Wenn es klappt, kriegst du die Einnahmen.«

Sie rief ihre Freundinnen, alles Nachbarinnen.
Das Wohnzimmer voll, sie in der Mitte.
Und ... Billy Malone musste
noch einmal sechs Mixer bestellen
um die Nachfrage zu befriedigen.

Der zweite Schüler war Leo Bradson.
Seine Dosen mit Lack
für kanariengelbe Autos
fanden reißenden Absatz
nachdem Mr Einstein am Sonntagmorgen
auf der Straße davon erzählt hatte.

Als sie den tausendsten Kunden der *Einstein Promoters* feierten
gingen die Einsteins zu ihrer Freude
als Pioniere der modernen Werbung in die Geschichte ein.

Harold und Allan
waren sofort beeindruckt.
Diese Einsteins hatten einen betörenden Blick.

Mit wenigen gezielten Worten
hätten sie einen Rabbiner überredet
eine Moschee zu kaufen.
»*Hier, für Sie, unser Handbuch, Mister Lehman!*«
sagten sie und legten eine Broschüre auf den Tisch.

Und so sah er aus, ihr Talmud:

DIE ZEHN EINSTEIN-GEBOTE DER ÜBERREDUNG

ERSTES GEBOT
Sprecht immer positiv:
Sagt nicht: »*Das befreit dich von all deinen Übeln*«
sondern: »*Das stärkt deine Gesundheit.*«

ZWEITES GEBOT
Seid wie der, den ihr überreden wollt:
Macht nach, wie er die Hände bewegt, wie er spricht.
Seid wie der Kunde, und er wird euch glauben.

DRITTES GEBOT
Was auch immer ihr verkauft, sagt jedes Mal
die Stückzahl sei begrenzt.
Wer euch hört, will zu den wenigen Glücklichen gehören
und wird euch folgen.

VIERTES GEBOT
Tut immer so, als sei der Verkauf ein Geschenk:
Wer euch hört, wird es euch instinktiv vergelten wollen
und bei euch kaufen.

FÜNFTES GEBOT
Auch wenn kein Kauf zustande kommt, lächelt
als hätte es ihn gegeben:
Neun von zehn, die euch hören, werden sich überzeugen lassen.

SECHSTES GEBOT
Macht keine Pausen, zögert nicht, sprecht deutlich:
Was immer ihr sagt, wird glaubhafter klingen.

SIEBTES GEBOT
Kleidet euch gut, elegant und adrett:
Was immer ihr sagt, wird glaubhafter klingen.

ACHTES GEBOT
Schaut dem Kunden in die Augen, senkt nie den Blick:
Was immer ihr sagt, wird glaubhafter klingen.

NEUNTES GEBOT
Seid immer brillant, sympathisch und locker:
Was immer ihr sagt, wird glaubhafter klingen.

ZEHNTES GEBOT
Zeigt nie, dass man euch glauben soll
denn genau dann werden alle euch glauben.

»*Goldmedaille*«
stammelte Peter Lehman
dem es die Sprache verschlagen hatte.

Harold und Allan sahen sich verblüfft an:
Dieser Professor, von dem Zeitungen schrieben
ihr Namensvetter
war zweifellos kein größeres Genie als sie.

Sie wurden rekrutiert.
Auf der Stelle.
Um einen Atomkrieg zu führen.

Siebzehntes Kapitel

GOLIATH

Es mag der Erfolg von *King Kong* sein
noch immer spricht alle Welt davon.

Bobbie stellt sich oft
ein grässliches Untier vor
es hängt aber nicht am Wolkenkratzer
sondern am Blitzableiter in One William Street
wenige Meter über seinem Kopf.

Manchmal kann er nicht widerstehen
beugt sich aus dem Fenster, nachzusehen.

Hört seltsame Geräusche auf dem Dach.
Wie den Schrei einer Frau.

Und wenn er die Augen schließt
sieht er immer dasselbe Bild:
Das Monster brüllt in einer fremden Sprache
(etwas zwischen Japanisch und Deutsch)
die junge Frau aber schreit deutlich:
»Rette mich! Nur du kannst mich retten!«
Dann bewaffnet sich Bobbie
mit einer Schleuder
und fünf glatten Steinen
er zielt von unten auf das Monster
mit aller Kraft
spannt er die Schleuder und schießt
doch der Stein fällt zu Boden, einen Meter entfernt
wieder lädt er die Schleuder
zielt von unten
spannt die Schleuder und schießt

doch der Stein zerspringt in Stücke
wieder
und wieder
noch einmal
vergebens
Bobbie zittert
schweißgebadet
die Zunge klebt ihm am Gaumen
er schreit, schreit panisch
schreit der Frau zu, sie soll springen
sofort, jetzt
denn das Ungeheuer ist verrückt
und
Bobbie schreit, schreit immer lauter
»*Spring runter, Ruth! Spring, Ruth!*«

Ruth.
Zweite Gattin.
Derselbe Name.
Heirat nach kurzer Zeit.
Denn *HaSchem* sah
dass Adam eine Gefährtin brauchte
schuf sie aus seiner Rippe
und sagte, dass es gut war.

Ruth Owen.
Schon einmal verheiratet.
Drei Kinder.
Ausgezeichnete Familie.
Die Mutter Botschafterin.
Der Vater Parteifunktionär.
»*In unserer Familie sind alle Demokraten, Bobbie.*
Und wir lieben deinen Cousin Herbert sehr.«
»*Aha, wie schön.*«
»*Irre ich mich*
oder zittern dir manchmal die Lippen
wenn du von ihm sprichst?«

»*Das ist die Emotion.*«
»*Ich bin sicher, dein Cousin Herbert wird Senator.*«
»*Warum nicht gleich Präsident?*«
»*Möglich.*«
»*Hoffentlich. Ich gehe schlafen, Ruth.*«
»*Bist du neidisch auf deinen Cousin?*«
»*Gute Nacht, Ruth.*«
»*Ein Ehemann, der Herbert nicht schätzt*
wäre untragbar für mich.«
»*Wie bitte?*«
»*Ich würde mich scheiden lassen und es nicht bereuen.*
Sieh mal, gerade wird er im Fernsehen interviewt.«

Das Fernsehen sendet zu viel Politik.
Hätte Bobbie das gewusst, er hätte es nicht finanziert.

Sie sollten besser Ballette zeigen.
Oder Sport, kein Zweifel.
Von Sportlern kann man immer etwas lernen.

Jesse Owens, ein Schwarzer
hat mehr Medaillen als ein General.

Und bei den Olympischen Spielen
in Berlin, vor dem Führer
besaß er den Mut, über einen Deutschen zu siegen.
Weshalb Adolf Hitler
statt ihn auszuzeichnen
sich umdrehte und nach Hause ging.

So viel zum Gewicht von Medaillen.

Es mag Zufall sein
aber auch Peter Lehmans Beitrag
zum künftigen Ruhm der Bank
wird jeden Tag größer.

Und auf dem Podest von Lehman Brothers
ist schon ein Platz für den langen Lulatsch bereit.

Der Junge lässt sich nicht ablenken
durch seine Olympiade der Gefühle
wo Rote, Brünette und Blonde
ein Ranking mit klaren Kriterien bilden
denn »*teilnehmen ist wichtiger als siegen.*«

Interessanter aber ist
dass Peter, die Bohnenstange
intuitive Fähigkeiten entwickelt
eines Weltmeisters würdig.
Etwa weil das Gehirn mehr Luft bekommt
wenn es das Mittelmaß um einen halben Meter überragt?

Tatsächlich bricht der Sportler alle Rekorde
auch in puncto Cleverness.

Das bewies er
als Bobbie, sein alter Sponsor
ihn zu einem heiklen Thema befragte:
In diesen so unruhigen Zeiten
in denen Europa
schon wieder zu explodieren droht
wie kann eine Bank wie Lehman die Leute
zum Investieren verleiten?

Die Gefahr eines neuen Weltkriegs
ist wie ein Herbizid
auf der Wiese der Finanzwirtschaft:
Wer Geld hat, versteckt es
wer keins hat, tut nichts, um Geld zu verdienen.
Die Welt hält den Atem an.
Und wenn du ihr sagst, sie soll was riskieren
schimpfen sie dich leichtsinnig.

Außerdem
herrscht Chaos in den Köpfen der Amerikaner
sie verstehen die Welt nicht mehr.
Wenn der König von England abdankt
nur um eine aus den USA zu heiraten
werden sie uns in Europa bald
zu einer Karikatur machen.

Will eine Bank die Welt kontrollieren
sind ihre Aussichten trübe
droht die Welt wieder zu explodieren.

»Man bräuchte eine feine Heldentruppe, Onkel Bobbie.
Aber keine normalen Helden
die sind okay in normalen Zeiten.
Wenn alle sich in die Hose machen
brauchen wir Helden mit Superkräften.«

Goldmedaille, Peter.
Eine perfekte Idee.

Superkräfte sind unsere einzige Hoffnung.

In dieser Zeit, wo keiner dem andren mehr traut
was könnte da besser sein, als zu verkünden:
Die Götter des Olymp stiegen zu uns herab
bereit, für die Menschheit zu kämpfen.

Eine tröstliche Botschaft.
Ein Wundermittel.

Natürlich muss einiges angepasst werden.

Lassen wir den Olymp weg, erfinden wir einen Planeten.
Was weiß ich? Krypton?

Und weg mit dem Lorbeerkranz und den Blitzen des Zeus.
Das ist Ramsch.

Erst gestern las Bobbie in der *New York Times*
ein langes Stück aus einem deutschen Buch.
Geschrieben von einem Philosophen, bizarrer Typ.
Wer erinnert sich an den Namen.
Er sprach vom Übermenschen
mit unglaublichen Kräften.
Genau das, was wir brauchen!
Nennen wir ihn Superman.

Tausend Dank, Peter.

Sehr gut. Los geht's:
Operation Comic.

Superman forever
Superman for America.
Superman saves the world.

Seinen Zeichner finanzieren
seinen Erfinder finanzieren
seinen Drucker finanzieren.
In ganz Amerika
muss ein neues Idol verbreitet werden
und um die frohe Botschaft in jedes Haus zu bringen
ist nichts besser geeignet als der Schulranzen der Kinder!
Superman muss überall eindringen:
Er wird der Enkel von Großmüttern sein
der Lieblingssohn
die Leidenschaft jeder Frau
das Vorbild der Kinder.

Eine Injektion von Vertrauen im Comicformat.
Ein Bürstenstrich Optimismus.
Superman wacht über uns alle
nie schließt er die Augen.

Vergessen Jesse Owens
vergessen Clark Gable.
Wir nehmen von beiden das Beste
verrühren die Zutaten
und machen daraus unsren Achill.
Oder besser: König David
der mit der Schleuder gegen Goliath kämpft
und mit einem Treffer zu Fall bringt.

Noch einmal danke, Peter.
Ist Goliath nicht ein grässliches Monster
also der Feind, blutrünstig und grausam?
Goliath ist der Nazi, der Japaner, der Bolschewist.
Goliath marschiert im Stechschritt mit geballter Faust
Goliath hat Hitlers Schnauzbart und Hirohitos Augen.
Aber wie fürchterlich dieser Feind auch sein mag
Superman ist geboren, ihn zu besiegen.

Womit?
Mit der biblischen Schleuder?
O nein – einer Schleuder aus Krypton
denn König David
darf nicht das kleinste Risiko eingehen
den Kampf zu verlieren.
Ein Superheld ist nur
wer gegen keinen verliert.

Darum wird Lehman ihn finanzieren
den Superhelden aus Papier.
Superman ist unsere Waffe
um dem verschreckten Amerika Hoffnung zu geben.

Wohl wahr:
Manch ein Banker erliegt Einflüssen leicht.

Ein Fabrikationsfehler des menschlichen Getriebes.
Doch beim Bankier
kommt ein altes Allmachtsgefühl hinzu.

Bobbie Lehman
der mit zehn biblischen Drucken aufwuchs
die über seinem Bett hingen
hat sich etwas zu sehr hineinversetzt.

Erst in Noah.
Jetzt in König David.
Eine Art Patriarchen-Psychose.

Also hat er
als die Schaluppe zerschlagen war
Davids Rüstung angelegt
und eine Art Schleuder ergriffen.
Töten lernen, das wird gebraucht.
Da reicht keine Arche.
Vor allem heute
vor allem jetzt
denn es regnet zwar nicht mehr
aber jetzt hagelt es.

Und es ist ein großer Unterschied
zwischen Regentropfen und Hagelkörnern.
Denn der Regen macht nass
aber der Hagel verwundet, schlägt, tötet
fällt vom Himmel wie Steine
und im Handumdrehen
hat er Pearl Harbour zerstört.

Man hört es in den Radionachrichten.
Man hört es in einem griechischen Restaurant
und in einer ungarischen Fabrik.

Bobbie kann es kaum erwarten.
Ist ganz erfüllt von seiner Mission
die Rettung der Welt.
Drum trennt er nicht mehr
zwischen König David und dem Erben von Krypton:

Achtzehntes Kapitel

TECHNICOLOR

Peter Lehman
war immer ein romantischer Junge.

Was ihm in ästhetischer Hinsicht fehlte
wegen der disproportional langen Statur
kompensierte er mit Galanterie.
Im Grunde ein akzeptabler Kompromiss.
Nicht nur für ihn, auch für die Gegenseite.

Schon bei den ersten Annäherungsversuchen
auf dem Hof der jüdischen Schule
bewies er im Flirten Geschick
und verdiente sich das Siegerpodest
in diversen Disziplinen.
Diese ersten Zeichen einer natürlichen Gabe
sind übrigens unmissverständlich
ja, manchmal so offensichtlich
dass das Kind selbst sie erkennt
und daraus sofort ein Lebensprojekt macht
so wie die Liebe zum Feuer
sich in »*Ich werde Feuerwehrmann*« übersetzt
oder die zum Meer in »*Nennt mich Admiral*«
und so beim ganzen Spektrum möglicher Metiers.

Wenn für Bobbie mit 10 Jahren feststand
»*Ich werde Jockey*« oder »*Ich werde Maler*«
setzte Peter
immer sein schönstes Lächeln auf
wenn er erklärte: »*Ich werde Verlobter.*«

Und wehe, man sagte ihm
das sei kein richtiger Beruf.
Er empörte sich wie ein Profi
der stolz ist auf seinen Stand
konzedierte höchstens »*Dann werde ich Ehemann*«
was zufällig anwesende Moralisten freute.

Letztere fanden in ihm
ein echtes Vorbild:
Er war etwa 11 Jahre alt
als er seiner Mutter zum ersten Mal sagte
»*Ich möchte dir meine Schwiegereltern vorstellen.*«
Und trotz des Gelächters, das er erregte
er hatte durchaus keinen Witz gemacht.
Wie frühreif es auch erscheinen mochte
er trug sich wirklich mit Heiratsplänen
ein drei Jahre jüngeres Mädchen betreffend
das auf den Namen Lisette Gutman hörte
und offenbar begehrtes Ziel
einer großen Schar Konkurrenten war.
Peter jedoch
kämpfte als echter Athlet
und gewann Gold.
Na dann, *mazel tov*!

Er hatte sogar die Klauseln des Ehevertrags
in ihrem Aufgabenheft niedergeschrieben
einschließlich der Verpflichtung
zu zahlreichen Nachkommen
(mit Angabe der Farbe von Augen und Haaren
als Hommage an die Genetik kommender Jahre).

Kurz, ein ernsthaftes Vorhaben.
Mit Unterschriften besiegelt, wie sich's gehört.

Nebenbei bemerkt, auch die zarte Lisette
schien hinter den Zöpfchen

die nötige Portion Durchtriebenheit
einer angehenden Unternehmerin zu verbergen:
Da sie Papa Gutman
über die Mitgiften ihrer Schwestern reden hörte
unterschätzte sie nicht
dass jede Ehe eine finanzielle Seite hat
und verlangte auch von Peter eine Art Kaution.
Die genaue Summe erfuhr man nie.

Doch dann: Die Liebe vergeht, wie man weiß.

Nach einem Monat wurde die Verbindung gelöst.
Einvernehmlich, scheint's
zumindest nach dem zu schließen, was Peter daheim
mit einem kleinen terminologischen Lapsus erklärte:
»*Ich bin jetzt Witwer.*«
Anfängerfehler.

Von da an jedoch
war der Aufstieg imponierend.
Wie ein Kind, das vom Sprung über Zäune
zum echten sportlichen Wettkampf übergeht
unterzog sich Peter Lehman
einem ordentlichen Training
um Kopf und Muskeln zu formen
für den Hindernislauf zum schönen Geschlecht.

Eine der schwierigsten Sportarten.
Sie verlangt den totalen Einsatz:
Kontrolle der Augen (der Blick ist entscheidend)
Kontrolle des Mundes (in mehrerlei Hinsicht)
Kontrolle der Hände (hauptsächlich, um sie im Zaum zu halten)
Kontrolle der Füße (wie oft Verliebte spazieren gehen!)
und vor allem
strikte Kontrolle der Gehirntätigkeit
denn manchmal genügt ein Wort
um die Arbeit von Jahren zunichtezumachen.

Genau wie beim Zehnkampf.
Es ist ein harter Weg, häufig steil.
Und wie oft kommt der Sportler vom Wege ab!

Dennoch

beklagte sich Peter durchaus nicht.
Bis jetzt ermutigten die Resultate
er spürte, dass er
jenen speziellen romantischen Touch erworben hatte
der sportliche Männer auszeichnet
nämlich die passende Mischung
aus noblen Werten und stattlicher Physis.

Dank dieses Vorgehens
füllte sich der Medaillenschrank
doch Peter gab nie damit an.
Sein Kodex der Gefühle
war durchdrungen von Loyalität
und einer ehrlichen Militanz
in den Reihen des Liebesgotts Amor.

Doch sein Fall war sonderbar.

Denn dieses Kommen und Gehen von Verlobten
kann man bis 20 noch als pittoresk akzeptieren
danach wirft es Fragen auf:
Zwar stieg Peter im großen Stadium des Flirtens
fast immer aufs Siegerpodest
ja, aber dann?
Dann erlosch die olympische Fackel allzu früh
und immer servierten die Mädchen den Champion ab
freilich nie grollend
immer lächelnd
immer fröhlich
als wäre es unmöglich, einem wie Peter
das Schlimmste zu wünschen.

Keine warf ihm je mangelnde Zärtlichkeit vor.
Viel schlimmer.
Umgekehrt lag das Problem:
Wie kräftig und groß Peter äußerlich war
doch in dem, was er tat
zeigte er sich viel zu weich
so sehr in die weibliche Seele verliebt
dass er ihr nie den leisesten Widerstand bot.
Jeder Wunsch war ihm eine Pflicht.
Jeder Satz ein geschriebenes Gesetz.
Jeder Wimpernschlag galt als Befehl
dem umgehend Folge zu leisten war.

Es schien, als sei der Junge
in eine merkwürdige Falle geraten:
Kühner Konkurrent im zwischengeschlechtlichen Kampf
machte er, war die Medaille errungen
seine Kontrahentin zum Schiedsrichter
und verschonte sie fortan
vor jeder Art Konfrontation.

Wäre Peter Lehman nicht jetzt
sondern fünfzig Jahre früher zwanzig gewesen
die Mädchen von halb Amerika hätten alles getan
um den Jackpot zu knacken.

Pech für ihn, leider schrieb man die dreißiger Jahre.

Und weil sich das Bild von Mann und Frau
mit der Zeit wendet wie die Fahnen im Wind
musste Peter alsbald die Rechnung
mit dem untrüglich objektiven Faktum machen:
Ihm fehlte viel zum idealen amerikanischen Mann.

Oder, um genau zu sein:
Ihm fehlte viel zum amerikanischen Mann im Film.
Das wurde ihm, wie es oft geschieht
auf dramatische Weise bewusst – mit einem Schlag.

Helena Rosenwald
war seine Verlobte in jener Zeit.
Und Peter hatte gründlich unterschätzt
wie sehr sie
diese neuen Western-Filme begeisterten.
Dann der entscheidende Vorfall:
Ein schneereicher Nachmittag im Dezember
sie saßen im Wohnzimmer der Familie
als im Nebenzimmer ein Klavier ertönte
von Tante Adele mit romantischer Inbrunst gespielt.
Gab es einen besseren Rahmen für ein Liebesidyll?
Peter schickte sich an, sein Bestes geben
mit einer feurigen Liebeserklärung, gereimt
da sah Helena ihn erstaunt an:
»Du hast doch nicht etwa vor, ein Gedicht aufzusagen?«
Als sie dann
flugs erkannte, dass genau dies seine Absicht war
sprang sie auf wie von der Tarantel gestochen
legte seine Arme um ihre Taille
und befahl ihm unmissverständlich:
»Nein, Peter, tu so, als wolltest du mich küssen
doch kurz davor änderst du deine Meinung
stößt mich weg und schaust nach den Kühen.«

»Es sind keine Kühe im Haus, nur Tante Adele«
war Peters Antwort
die prompt zur Auflösung der Verlobung führte.

Und endlich war alles klar.

An dem Abend hegte Peter
als er schlaflos im Bett lag
viele hasserfüllte Gedanken über die Familienbank.
Lehman Brothers war schuld
– wer sonst? –
dass der Mechanismus in den Köpfen amerikanischer Frauen
sich so übel verklemmt hatte.

Hätte Lehman es nicht beim Gorilla belassen können?
Der schuf keine Probleme.

Aber das, was gefolgt war
– um die ganze Wahrheit zu sagen –
hatte desaströse soziale Folgen:
Als sie die große Leinwand
mit John Waynes und Clark Gables füllten
wurde mit chemischem Gas eine ganze Generation
potentieller Ehemänner vernichtet.

Trauriger Epilog der Zärtlichkeit.
Marmorner Grabstein auf den gefühlvollen Ehemann.
Die amerikanischen Frauen
von Anchorage bis hinunter nach Florida
begehrten einhellig
den brutalen, finsteren, aggressiven Macho.
Ein Mann, der flüstert? Besser, er pfeift.
Ein Mann, der küsst? Besser, er spuckt.
Ein Mann, der versteht? Besser, er brüllt.
Ein Mann, der umarmt?
O nein
tausendmal besser, er packt dich am Arm
und zerreißt fast dein Kleid.
Jahrelange Anstandsschule
weggefegt von einem Dutzend Filmen.

Das war schlimm.
Sehr schlimm.

Als hätte man die Verfassung der Vereinigten Staaten
kurzerhand auf den Abfall gekippt
und auf den Plätzen verkündet: »*Neue Regeln für alle!*«
Wenn das so einfach wäre.
Sich anpassen braucht Zeit.

Ja.
Gefördert vom Geld der Lehman Brothers
zerstörte die neue Liebeskomödie
die Idee des Paares im Kern.

Der Mann war von nun an ein grober Kerl
noch besser Herr über Viehherden.

Die Frau war von nun an verwirrt
psychisch labil
schwankte stets zwischen Weinen und Lachen
zerrissen zwischen mehreren Geliebten zugleich
und prompt selbstmordgefährdet.

Peter nahm das Problem genau in den Blick.
Hatten sie ihm nicht immer erklärt
die Bank arbeite für das Wohl Amerikas?
Hier drohte eine ganze Generation ohne Kinder.

Darum
verschob Peter Lehman
eine ernsthafte Reflexion
über die Kinopolitik der Bank
und verordnete sich vorerst ein Notprogramm
auch wenn es nur dazu diente
keine sinnlosen Medaillen mehr zu gewinnen.

Sie wollten das Kino?
Sie sollten das Kino haben.
Im Grunde musste er nur die Vorbilder nachahmen
obwohl ihn nichts mit denen verband.

Was Onkel Sigmund mit 120 Regeln gelernt hatte
lernte Peter nun mit Hilfe des Films.
Er musste sehen und übernehmen
sehen und wiederholen
auch die Gesten

die Grimassen nachahmen, das schiefe Lächeln
und – warum nicht? – auch die Sprechweise.

Also ging in New York bald das Gerücht um
dass ein skurriler Zuschauer in jedem Kino saß
immer mit Notizblock bewaffnet
sich die Dialoge der Schauspieler notierte
sie manchmal sogar aufsagte – fast genau richtig.

So tief musste man sinken?
Das Radio, welch eine schöne Erfindung.
Das Kino, welch eine dumme Idee.

Es brauchte nur wenige Monate
und Peter Lehman
wurde zu einer perfekten Mixtur amerikanischer Filmstars.
Wer genau hinhörte, konnte alle in ihm entdecken
praktisch ohne Ausnahme.

Und in dieser modernisierten Version
würde er seiner neusten Flamme begegnen.

Ein zäher Dickkopf.

Es handelte sich um Peggy Rosenbaum
eine Frau von unleugbarem Reiz
fanatischer Fan des Kinokults
und nicht ohne Grund
bei allen im Tempel bekannt
als »The double G«
nicht weil ihr Vater General Gas vorstand
nein, wegen atemberaubender Ähnlichkeit
– was für ein Zufall –
mit Greta Garbo.

Peter war rasend in sie verliebt.
Und nach der Sprache der Blicke zu urteilen
schien die Diva nicht unempfänglich.

Darum versuchte Peter den entscheidenden Schritt.
Postiert sich an der Tür des Tempels
wo er auf das Ende des Gottesdienstes wartet
zieht sich dann den Hut ins Gesicht
zündet eine Zigarette an
runzelt stark die Stirn
und wird zu Clark Gable in *Ich tanze nur für dich.*

Als sie
inmitten einer Schar Reformjuden
aus dem Tempel kommt
erkennt sie sofort das Zitat
und wie angezogen von einem Magnet
eilt sie ihm mit cineastischer Inbrunst entgegen.
Mehr noch:
Da es zum Glück schon den Tonfilm gab
macht Greta Garbo sich zu Joan Crawford
und stiehlt ihr wortwörtlich den Satz:
»*Finden Sie mich so schön?*«

»*Schönheit kann es nie genug geben*« antwortet Peter
das Drehbuch von *Sylvia Scarlett* plündernd.

Sie erwidert mit tiefer Stimme:
»*Machen Sie sich nichts vor
ich bin eine nichtsnutzige Frau.*«
(hier kopiert sie Marlene Dietrich in *Blonde Venus*).

Er schnalzt mit der Zunge
»*Ich denke, Sie sind für die Liebe geboren
und Liebe ist das Einzige, was Sie interessieren sollte.*«
(das ist aus *Sie tat ihm Unrecht*)

Sie streicht sich mit der Hand durchs Haar:
»*Liebe ist Zeitverschwendung
etwas, an das ich nur jeden zweiten Tag glaube.*«
(und sie sagt es genau wie Lana Turner in *Dramatic School*).

Er drückt seine Zigarette mit dem Schuh aus:
»*Aber allein kann man nicht leben, Darling*
das ist die Mühe wirklich nicht wert.«
(das ist aus Die Frau, von der man spricht mit Spencer Tracy
gerade gestern gesehen).

Sie bedeckt ihre Augen und sagt mit erstickter Stimme:
»*Ja? Hassen Sie sich so sehr, dass Sie mich lieben?*«
(bei tränenreichen Szenen
nimmt sie immer Bette Davies in Of Human Bondage).

Er lacht kurz auf:
»*Ich habe mich allein viel schlechter geschlagen*
als in Gesellschaft, Liebling.«
(das ist Goldschmuggel nach Virginia
aber aus dem Kontext gerissen).

»*Dabei zeige ich Ihnen gerade meine gute Seite*«
spottet sie, Mae West in Ich bin kein Engel zitierend
und erlaubt ihm damit, das Zitat zu vervollständigen:
»*Wenn Sie mir Ihre schlechte Seite zeigen, würde ich Sie vielleicht*
   noch mehr lieben.«

Sie verstanden sich wirklich gut.
Zur Krönung des Ganzen
feuerten sie
letzte Maschinengewehrsalven aus Liebesfilmen ab:
»*Lieber Freund, das Leben ist so kurz*
und Sie verschwenden Ihre Zeit mit mir?«
»*Mädchen, der Tod lauert auf der anderen Seite des Flusses*
   wenn du mich hier zurücklässt.«
»*Verzeihen Sie, wenn ich weine:*
das Leben hat mir nichts gegeben.«
»*Wir beide, Liebling, sind zwei verlorene Seelen.*«
»*Wie viele Herzen haben Sie gebrochen*
bevor Sie sich meines nahmen?«

»Die Frauen, die ich hatte? Die habe ich in deinen Augen getötet,
   als ich dich tanzen sah.«
»Wenn ich an den Schmerz denke
den ich Männern zufügen kann ...«
»Keiner, Kindchen, ist je aus Liebe gestorben.«
»London wäre so leer ohne Sie.«
»Du, Baby, bist ein Diamant, der zu hell leuchtet.«
»Das Wort Liebe hat eine solche Wirkung auf mich ...«
»Wenn ich dich weinen sehe, erschrecke ich.«
»Vielleicht bin ich nicht die Frau
die so viel Güte wert ist.«
»Ich weiß nicht, ob dein Herz aus Stein ist
aber meins ist aus Fels.«
»Ich könnte es nicht ertragen
dich mit einer anderen Frau ausreiten zu sehen.«
»Habe ich dir schon den Boulevard der Dämmerung gezeigt?«
»Sagen Sie mir, warum Sie sich für mich entschieden haben.«
»So viel Wut in diesen Kleinmädchenaugen.«
»Ich habe Ihnen nichts zu bieten. Ich wurde arm geboren.«
»In Ihren Tränen liegt mehr Reichtum als in ganz Fort Knox.«
»Lieben Sie wirklich mich oder dass ich eine Erbin bin?«
»Ich möchte den Weg des Lebens mit Ihnen gehen.«
»Entschuldigung, Entschuldigung, Entschuldigung!
O Gott, ich verdiene Sie nicht!«
»Sie sollten Frauen das Geheimnis Ihres Charmes lehren.«
»Halte mich fest, Jerry, wie nur du es kannst!«
»Ich bin ein vom Leben zermürbter Mann
ich glaube, ich weiß nicht, wie man liebt.«
»Ich bin so dumm: Könntest du mich je gernhaben?«
»Was ist die Liebe genau genommen
wenn nicht eine Runde Poker?«
»Du bist ein schrecklicher Mann
aber im Grunde liebe ich dich.«

Da es nun wirklich spät war
wurde das Idyll der Filmvorführung unterbrochen
vom Rabbi Nathaniel Stern

der bis jetzt gewartet hatte
dass die beiden Diven die Tür freigaben.
»*Die Party ist vorbei, Leute, ich muss schließen.*
Es ist dunkel.«

Macht des Kinos.
Denn es war zwar nicht zu glauben
aber Rab Stern hatte genau den Satz gesagt
mit dem Fred Johnson in *Wild Hunt* den Saloon zumacht.

Darum konnte Peter nicht widerstehen
er nahm an, auch der Rabbi sei Kinofan
und antwortete auf dieses Zitat mit dem Zitat, das folgte.
Tat, als lade er ein Gewehr und spuckte auf den Boden. Dann:
»*Okay, alter Säufer, mach diese Banditenhütte dicht.*
Wenn die Rothäute heute Nacht wiederkommen, pfeif nach mir.
Ich werde hier in der Scheune schlafen.
Und du, Puppe, träum was Schönes.
Wer dich verfolgt, erlebt den Sonnenaufgang nicht.«
Dann ließ er beide stehen und ging seiner Wege
aber nicht auf dem Pferd, mit der Straßenbahn.

Abgesehen von dem schrecklichen Brief
(stellenweise übrigens schön formuliert)
den Rabbi Stern an alle Lehmans schrieb
hatte jener Abend
die nicht unbedeutende Folge
zwei wahlverwandte Seelen für immer zu vereinen.

Natürlich im Zeichen der Liebe.
Also des Kinos.
Die nicht so weit auseinanderlagen.

In ihrer dreijährigen Verlobungszeit
sah man sie öfter
wie Fred Astaire und Ginger Rogers tanzen.

Oder
Peter nahm Peggy mit ins Gebirge
wo sie am Fluss saß
sich die Haare kämmte wie Vivian Leigh
und er das Kaminholz hackte
(es wäre nicht nötig gewesen: Holz war genug da
aber an den Axthieben erkannte man Errol Flynn).

Schließlich
bat er sie, ihn zu heiraten
und sie antwortete wie in *She Wanted a Millionaire*
nämlich mit Ja.

Unter der *Chuppa*
fanden alle, dass Peggy Rosenbaum
eine Greta Garbo mit Spuren von Katharine Hepburn war.
Und hatte er nicht genau die Art von William Holden?

Sogar die Mädchen, die geboren wurden
waren perfekte Doubles von Shirley Temple.

Und als Peter
zum ersten Mal
in der Uniform der Luftwaffe erschien
machte Peggys Herz einen Sprung.
Wie auf der großen Leinwand
würde sie, ihre Mädchen an sich drückend
Tyrone Power abheben sehen
und ihm zuwinken
voller Rührung, gewiss
aber auch voller Stolz
denn »*mein Mann ist kein Deserteur, o nein!*
Es gibt Menschen drüben in Europa, die ihn brauchen.
Fliege und siege, mein Liebster
wir sind alle so stolz auf deinen Mut!«

Wieder ein perfekter Film.

Er muss in Technicolor gedreht werden
Wie der neueste: *Vom Winde verweht*
in den Lehman Brothers Millionen investiert
denn ein Farbfilm ist etwas ganz Anderes.
Die Geschichten, die man sieht
scheinen wirklich wahr zu sein.

So wahr, dass man sich manchmal fragt: »*Ist das passiert?*«

Das denkt sie immer
Peggy Rosenbaum, verwitwete Lehman.
Ihr Tyrone Power ist als Held gestorben, in seinem Flugzeug
bei einem Kampfeinsatz.

Er hinterlässt viele Medaillen, eine davon für Tapferkeit.
Er hinterlässt eine Frau.
Er hinterlässt zwei Töchter.

Und einen leeren Platz in der Bank.

Neunzehntes Kapitel

SCHIWA

»Er war ein so lieber Mensch, er wird mir sehr fehlen.«

Aufgebahrt in einem weißen Sarg
umgeben von Girlanden und Blumen
ist Mister Lehman
glücklicherweise im Gesicht
eine Spur von Heiterkeit geblieben.

Viele sind gekommen, um Abschied zu nehmen.
Einer nach dem anderen treten sie ein
in das halbdunkle Zimmer
eingerichtet in der Beletage der Bank.
»So jung, welch ein Jammer.«
»Wenigstens hat er nicht gelitten.«
»Amerika hat einen Champion verloren.«
»Seht sein Gesicht – ganz der Vater.«

Ein kleiner Junge in Begleitung der Mama
kommt auf Zehenspitzen näher
Tränen in den Augen.
Er streichelt die Hand des Toten
flüstert *»Danke, Mister Lehman«*
dann
legt er einen Strauß Margeriten
auf die reglose, stumme Brust.

Der Rabbi kam früh am Morgen
und fand sehr schöne Worte:
»Er war die innere Stimmigkeit in Person.«
Alle nickten.
Einer ergänzte: *»und die Ehrlichkeit.«*

Verbreitete Zustimmung.
Ein anderer: »*und die Hartnäckigkeit.*«
Allgemeines Beipflichten.
Noch einer: »*des Mutes.*«
Einstimmigkeit.
Zuletzt die Synthese im Chor: »*Ein seltener Mensch.*«

Sogar das Personal ist sprachlos
sitzt in der Küche um den Tisch
mit geschwollenen Augen und Kloß in der Kehle.

Von der Familie
fehlt keiner.
Momente wie dieser vereinen.

»*Im Angesicht des Todes fällt man kein Urteil*«
murmelt mit brechender Stimme
der Richter-Cousin, in Fragen des Urteils Experte.
Er setzt sich aufs Sofa
neben seine Frau Sissi
normal wie immer
friedlich vorhersehbar
ihr wesentlicher Beitrag zur Trauer: »*Ich bin traurig.*«

Passionierter ihr Schwager:
»*Unsere Nation verdankt ihm sehr viel*
das amerikanische Volk ist seit heute einsamer
und ich möchte sagen, dass ganz New York
seiner ergriffen gedenken sollte.
Wir verlieren einen Helden unserer Zeit.«
Um anwesend zu sein
hat er die Einweihung zweier Straßen verschoben.

Harold und Allan
für ihren Teil
zeigen sich nicht sehr erschüttert.
Bei ihnen gibt's weniger Tränen

als in der Wüste Arizonas.
Das Höchstmaß an Anteilnahme
wagt Harold: »*Er trug einen großen Namen.*«
Und Allan ergänzt: »*Er arbeitete in einer großen Bank.*«
Dann Ende der Vorstellung.

Was den alten Philip betrifft
ihn ärgert am meisten
dass er nicht alles vorhergesehen hat.
Der Tod verweigert sich einer Agenda
genau darum scheint Philip wirklich erschüttert:
»*Ruhe in Frieden, mein armer Bobbie.*
Du hättest wahrhaftig Besseres verdient.«

Bei diesen Worten seines Vaters
wacht Bobbie immer auf.

Als würde der Traum im schönsten Moment enden
und die Wirklichkeit drängte herein.

Seit etwa drei Jahren
träumt Bobbie seine Beerdigung
fast jede Nacht.
Und manchmal wünscht er
beim Zuknöpfen seines Pyjamas
seiner Frau
»*Guten Tod*« statt Gute Nacht.
Im Grunde verständlich.

Dabei gibt es rings auf der Welt
Menschen, die Korken knallen lassen.

Heute Morgen zum Beispiel
wird im Peloponnes gefeiert.
Es war kein kleiner Schritt
vom Oliven- und Kapern-Zählen
bis zum Hochschulabschluss mit Bestnote.
Diesen Schritt hat Pete Peterson geschafft.

Keinem hat er gesagt, dass er griechischer Abstammung ist.
»*Ich bin in Schweden geboren, bei Stockholm.*«
Denn die Welt ist in Aufruhr
und vielleicht tauscht die Ägäis jetzt mit dem Baltikum.

Wie auch immer, der Schwede hat sein Diplom in der Tasche.
»*Bravo, mein Sohn!*«
Examiniert an der Northwestern University, Illinois.
Und die Familie Peterson
muss auf jeden Fall feiern
zwischen Oliven, Anchovis und Käse.

Zur selben Zeit feiert
viele Meilen entfernt
auch eine ungarische Familie
zwischen Kartons voller Tischlampen.
»*Gratuláunk!*« »*Glückwunsch!*«
Denn auch hier hat der Sohn
mit Abendkursen
sein Stück Papier errungen.
Jawohl, der Frosch hat's geschafft.
Und ähnelt jetzt mehr einer Kröte
mit dickem Bauch und Wangen wie zwei Melonen.
Das muss gefeiert werden.
»*Gratuláunk!*«

Es gibt also auch Freude unter der Sonne.

Wer nicht feiert
ist die Familie Lehman.

Denn Bobbie mag ja allnächtlich
von einer Beerdigung träumen
doch manchmal stirbt jemand wirklich.

Draußen in der Straße
hängt ein Banner an der Hauswand:
»DANKE, MISTER LEHMAN!«

Heute Morgen aufgehängt
als dieser dunkle Tag
aus Regen begann.
Grau
wie die Gesichter der Menschen, die durch die Tür treten.

Verwandte.
Nur sie.
Kein anderer ist zugelassen.
Aus ganz Amerika gekommen.
Denn über ganz Amerika
sind die Lehmans nun verstreut.

Auf der Straße eine Menschenmenge.
Angestellte der Bank.
Ihre Frauen, ihre Männer.
Mit aufgespannten Schirmen.
»*Danke, Mister Lehman!*«

Im Haus ist die Familie versammelt
Vollzählig.
Sieht man sie so zusammen
ist sie sehr zahlreich
Junge, Alte, Kinder.

Der Ritus schreibt vor, dass die engsten Verwandten
auf Stühlen an der Wand sitzen müssen
sie müssen warten
grüßen
danken
und dort den ganzen Tag sitzen.
In Wirklichkeit tun sie es nicht.
Die Welt hat sich weiterentwickelt.

Nicht mal den Bart
haben sie sich wachsen lassen
den berühmten Trauerbart

von *Schiwa* und *Schloschim*
den ungepflegten Bart, wie es Brauch war drüben in Deutschland
vor einem Jahrhundert
bevor diese drei Brüder abreisten
die jetzt eingerahmt an der Wand hängen
und wer weiß, ob Rimpar
nach Hitlers Ende
noch steht
oder dem Erdboden gleichgemacht wurde.

Der Ritus schreibt vor, eine Woche im Haus zu bleiben.
Nicht auszudenken!
Als könnte die Wirtschaft stillhalten und warten.
Wir müssen die halbe Welt wieder auf die Beine bringen
und das alles besorgt Amerika.
Lehman Brothers unterschreibt jetzt
Verträge auf der ganzen Welt
denn der Krieg war ein *business*
aber ein größeres wird der Wiederaufbau sein.
DANKE, MISTER LEHMAN!
steht auf dem Banner vor dem Fenster
doch wenn alles läuft wie geplant
wird es das nächste Mal
in zehn Sprachen dort stehen
denn Amerika ist im Grunde ein Dorf
schon jetzt fliegt Pan Am in die ganze Welt
mit dem Flugzeug kommt man überallhin
Macht der Flugzeuge
Macht der Finanziers
Macht der Lehman Brothers.

Der Ritus schreibt vor, kein Essen zu kochen
man bittet die Nachbarn, nimmt es an, mehr nicht.
Nicht auszudenken!
Als hätte das Personal Urlaub.

Aber ein Gutes gibt es
beim Bestattungsritual
eine Handvoll Erde hinter sich zu werfen.
Die Toten den Toten, die Lebenden den Lebenden
denn, wie es in diesem großen Film heißt
von Lehman finanziert:
»*Morgen ist auch noch ein Tag*«
und der Film hat viele Millionen kassiert
darum ist dieser Tag für die Bank
auf jeden Fall ein sehr guter Tag.

Der Ritus schreibt vor, einen Anzug zu zerreißen
ihn in Fetzen zu reißen, wenn man heimkommt
von der Beerdigung
auf dem alten Friedhof.
Nicht auszudenken!
Das ist Folklore
höchstens was für Rabbiner
oder für jene Juden
die gerade erst angekommen sind
die aus Europa flohen
wo man in Lagern umgebracht wurde, wenn man Jude war.

Du siehst sie, erkennst sie sofort, diese Juden
sogar daran, wie sie im Tempel sitzen.
Denn wenn du Amerikaner ist, hast du Amerika im Blut
und einem Europäer sieht man das im Gesicht an.
Die Ungarn zum Beispiel.
Leute, die noch ihre Felder im Blut haben, ja
Leute mit der Axt in der Hand
und sie essen nicht, sie schlingen.
Darum haben sie dicke Bäuche
und Wangen wie zwei Melonen
dann stehen sie auf
und machen die schrulligen Rituale europäischer Juden.
Diese Ungarn!

Die Lehmans sind jetzt amerikanisches Blut
wer kennt sie denn noch, die Rituale von Europa?
Reformjuden sind sie, wie sie gerne betonen.
Als wollten sie sagen: »*Wir haben eigene Gebräuche.*«
Bei unseren Gebräuchen zerreißt man keine Kleider.

Doch das *Kaddisch*, das ja.
Das haben sie gesprochen
jeden Tag
morgens und abends
die ganze Familie
seit die Trauerzeit begann.

Der Sitz der Bank in One William Street
bleibt heute
trotz allem
geöffnet.

Ja, denn der Zufall will
dass bei Lehman Brothers
jetzt alles beim *Lunch* am Montag entschieden wird
wo Harold klargestellt hat:
»*Wegen Trauer zu schließen
bringt Verlust von 2 Millionen*«
und Allan kommt der Kritik prompt zuvor:
»*Was natürlich nichts daran ändert
dass ein Lehman gestorben ist
und die Bank hat nicht die Absicht, das zu ignorieren.*«

3 Minuten Schweigen.
Für das gesamte Personal.

Nicht mehr und nicht weniger:
Die ganze Welt schaut auf uns
Amerika ist eine große Firma
die Wall Street darf nicht schlafen
denn die Erde dreht sich um die Sonne
und auf den Märkten ist niemals Nacht.

An der Wall Street
kosten 3 Schweigeminuten ein Vermögen.
Die Fahnen, ja, die werden auf halbmast gesetzt.
Manch einer wird das bemerken.

Und falls es einer verpasst haben sollte:
Philip Lehman ist tot.

Zwanzigstes Kapitel

ENEMIES WITHIN

Bobbie Lehman erinnert sich gut an das Pferd.
Es hieß Atlas, reinrassiger Vollblüter.
Atlas wurde geboren, um jedes Rennen zu gewinnen.
Der Stärkste schlechthin
der Schnellste im Sprint.
Bei jedem Rennen
lief Atlas mit der Gruppe los
gelassen
aber er brauchte nur eine halbe Runde
um alle abzuhängen
sich von der Gruppe zu lösen
zu beschleunigen
allein zu rennen
an der Spitze, Atlas
allein …
Und dort blickte Atlas sich um
– Schauder des Alleinseins –
wurde langsamer
wurde traurig, wurde klein.
Es gibt eine ganz besondere
Einsamkeit
bei den Ersten.

Bobbie Lehman erinnert sich an das Pferd.
Es ist das getreue Abbild
des Amerikas von heute
dessen Spiegel seine Bank ist.

Wir haben den Krieg gewonnen.

Wir haben Goliath getötet.

Wir schlafen ruhig nachts
doch ...

Doch welch eine Qual, Erster zu sein.
Höhenschwindel.
Fallangst.
Außerdem ...

ist es oben auf dem Podest schlimmer als unten.
Bei den Siegern ist es zu ruhig.
Man langweilt sich.

Folglich fügen wir uns Leid zu.

Manchmal scheint es, als würden die Menschen
auf Ruhe gereizt reagieren:
Sie brauchen das Gefecht
sie brauchen einen Feind, immer
den sie bekämpfen können.
Was hat das Leben sonst für einen Sinn?

Und jetzt, da Hitler eine Erinnerung ist?
Jetzt, da die Japaner brav sind?
Jetzt, da alle Welt plötzlich still ist?
Auf wen können wir böse sein?

Fehlt Superman das Monster, das er töten muss
hebt der Comic nicht ab.
Keinen interessiert es die Bohne
wie Superman sein Barbecue würzt
oder sein neues Auto wäscht.
Kann es denn sein, dass nirgendwo auf der Welt
die kleinste Spur eines irren Diktators übrig ist?
Jemand möge vortreten bitte.
Bedroht uns.

Hasst uns.
Provoziert uns.

Sonst gibt es ein Problem.

Der Prophet Ezechiel
ging durch ein Tal voller Knochen.
Und das war todlangweilig.
Dann wurden sie wieder lebendig
und man tanzte.
Wann passiert das bei uns?

Nun, da gäbe es immer noch Russland.
Als Feind gar nicht übel.
Zwischen zwei Weltmächten lässt sich ein feiner Krieg führen
einer von denen, die die Menschen um den Schlaf bringen.
Auch die Chinesen: pittoreske Feinde.
Von den Koreanern zu schweigen.
Aber Asien ist so weit weg ...

Um das Leben ein wenig zu elektrisieren
bräuchte man einen Hinterhalt im eigenen Haus.
Eine Kobra im Bett.

Ja, das gäbe uns die Sorgen von damals zurück!

Diese Idee kommt
einem Senator aus Wisconsin:
gnadenlose Jagd auf den *inneren Feind*.
Oder auch:
Einige spielen ein doppeltes Spiel.
Wer? Finden wir's heraus!
Ist das eine Art Fernsehquiz?

»*Ihr erdrosselt Amerika!*«
schrie Herbert Lehman
auf seinem Sitz im Senat.

»*Was wirst du erfinden, McCarthy*
bis die Verräter entdeckt sind?
Legen wir allen Hunden den Maulkorb an
löschen wir die Lichter
verordnen das Schweigen
Ausgangssperre am Abend
und Versammlungsverbot!
Ist dir bewusst
dass du die Vereinigten Staaten
zu einem riesigen Tribunal machst
wo jeder den Nachbarn anklagt
der seine Hecke schlecht schneidet?
Wolle der Himmel, dass ich übertreibe!«

Aber er übertrieb nicht. Ganz und gar nicht.
Wer weiß, was sein Bruder Irving sagen würde
hätte er
statt dort oben mit Salomon über Gesetze zu reden
sehen können, wie überall Richter aus dem Boden sprießen.
Und Angeklagte natürlich.
In Todesangst vor dem Urteil.

Ah! Endlich!
Der gute alte Obskurantismus ist zurück!

Harold und Allan haben sich schnell arrangiert
mit dem neuen Hexenjagdklima.
Bluthunde spielen können sie gut.
Und weißhaarige Herren genießen spontanen Respekt.
Sie fühlen sich als Wächter des Wohlstands
den die bösen Verschwörer abschaffen wollen.

Sie haben schließlich Jahrzehnte gebraucht
um lächeln zu lernen
darum darf keiner Amerikas Lächeln stören.

Die beiden Lehmans sehen Kommunisten überall.
Sogar bei den Angestellten der Bank.
Unterwanderer.

Darum gehen sie durch die Büros
lächeln freundlich, aber wachsam.
Sie hören mit.
Sie stellen Fragen.
Die Post – egal was – muss über ihren Schreibtisch gehen.
Vorsicht bei Gesprächen in der Kantine.
Die Benutzung der Toiletten ist erlaubt, aber nur kurz.

Und vor allem
Vorsicht bei der Wortwahl:
Überall verstecken sich rote Wörter.

Darum wird von Zeit zu Zeit
jemand einberufen:
»*Schließen Sie die Tür, Miss Reissner.*
Setzen Sie sich bitte.
Von Ihrer Vorgesetzten, Miss Stratford
wissen wir, dass Sie einen kleinen Unfall hatten.«

»*Ich bin in Ohn**macht** gefallen, Mister Lehman.*
*Aber das ist eine Kl**einig**keit.*
*Ich habe einen niedrigen Blut**druck** und einen schwachen Magen.*
*An manchen T**agen t**aumele ich*
*mir wird **schwarz** vor Augen, mein Gesicht läuft **rot** an*
*dann folgt der **Sturz**.*
*Das passiert immer **schlag**artig*
*besonders jetzt, wo ich guter **Hoffnung** bin.*
*Aber so geht es ja vie**len in** meiner Lage.*
*Und ich will **trotz** Kind weiterarbeiten.*
Darum war ich heute Morgen beim Arzt.
Er hat mir zwei Mittel verschrieben.
*Mit dieser **doppel**ten Behandlung*
*wird mein **M**agen täglich robuster.*«

»*Sie sind eine sehr gute Stenotypistin.*
Die Bank ist zufrieden mit Ihrer Leistung.
Dennoch müssen wir etwas klären, nicht wahr, Harold?«
Harold rührt sich nicht.
Er sitzt im Schatten, hinter einer brennenden Lampe.
Er wird den Gefühlsausdruck beobachten
während der Bruder dem Drehbuch folgt.
Also spricht Allan weiter:
»*Miss Reissner, bei Ihrer Schreibmaschine*
ist das Band mit der roten Tinte immer schneller verbraucht
als das schwarze Band. Nur ein Zufall?«

»*Meine Kollegin hat mir aufgetragen*
nur die Rimessen in Schwarz zu schreiben!
Auf dem Posten, wo ich vorher gearbeitet habe
hätte ich das nie eigenmächtig getan
aber ich wurde dazu verpflichtet.
Und es ist ja kein Geheimnis, dass jedes Büro
sein eigenes Prozedere hat.
Fragen Sie doch Miss Stratford.«

»*Stellen Sie die Autorität der Büroleiterin in Frage?*«

»*Niemals! Ich bin kein giftiges Lästermaul.*
Ich weiß, wie nervtötend das Personal sein kann
die Laufburschen, immer auf Kriegsfuß mit ihren Pflichten
die Hausmädchen, die durchs Schlüsselloch spionieren
und zu viel hinterlistige Umtriebe in der Küche
sozial ist das nicht!
Ja, der Mensch schlägt um sich, hat spitze Ellenbogen.
Ich werde schamrot bei so lächerlichen Rebellionen.
Außerdem behandelt Miss Stratford uns gerecht.
So bleibt das Arbeitsklima friedlich.
Natürlich sind wir alle nur aus Fleisch und Blut.
Auch mir platzt manchmal der Kragen
aber ich sage kein Sterbenswörtchen.
Meine Devise: Ich bleibe Schatten

*abwarten, nichts übers Knie **brechen**.*
*Zu viele Hitzköpfe **hetzen** sich ab.*
Ich bin die Tochter eines Methodistenpastors
*Gott schütze uns vor **protest**ierenden **Sturm**geschützen!*
Die würde ich alle im Steinbruch schuften lassen.
Darf ich jetzt zurück an meine Arbeit?«

Gewöhnlich steht Harold erst dann auf:
»*Sie sind entlassen, Miss Reissner.*
Wegen Verschwörung.«

Die Angst vor den anderen.
Sie breitet sich überall aus.
Besonders in der Bank
denkt Harold, das Firmenschild betrachtend:
Die anderen sind unsere Obsession
wir tragen sie sogar im Markenzeichen:
LEHMAN BROTHERS

Einundzwanzigstes Kapitel

JONAH

Bobbie Lehman
ist absolut nicht einverstanden.

Nicht nur, weil er schon genug Feinde hat
um sich mehr davon in den Ritzen des Redens zu suchen.

Auch dieses Klima der Bedrohung
wird langsam wirklich erstickend.

Bobbie fühlt sich so beengt
so versteckt:
Er und ganz Amerika
sind eingesperrt
ohne Licht
ohne Luft
plombiert
im dunklen Bauch eines Haifischs.

Das ist keine Kleinigkeit
sich plötzlich
im Bauch eines Fisches zu sehen.

Die Stimme hallt
wie in einer Höhle
und alle hören alles.
Dann das mit den Listen.
Zusammengedrängt wie Sardinen
belauern wir uns gegenseitig
darum
ist die Leitung einer Bank
jetzt die einfachste Sache der Welt.

Viel schwieriger ist
nicht auf den Listen zu landen
und sich die Nase zuzuhalten
gegen den Fischgestank.

»*Ironie des Schicksals*«, denkt Bobbie oft
»*kaum ist Amerika groß geworden
hat es sich klein gemacht.*«
Und jetzt boxt es sich durch
Schulter an Schulter
verschlungen
runtergeschluckt
in einem Kabuff unter Wasser
zwischen Flossen, Gräten und Schuppen.

Eingezwängt in diesem Bauch
kann Bobbie Lehman
der Flugzeuge liebt
einfach nicht atmen.
Sogar sein Pass ist beschlagnahmt:
verdächtige finanzielle Transaktionen mit dem Feind.
Alle Auslandskontakte jäh eingefroren.

Inständig bittet Bobbie alle Verwandten:
Die Nachricht muss geheim bleiben
sickert sie durch
ist das Ende der Bank besiegelt.

Ein Lehman als sozialistischer Verschwörer.

»*Wer? Du etwa, Bobbie?*«, fragt Herbert fassungslos.

Zumindest darf man diesmal sagen
dass auch der Senator-Cousin
nicht weiter weiß.

Natürlich folgt daraus nicht
dass seine Fans ihm untreu werden.
Wiewohl nun fast kahl
ist Herbert gleichauf mit Elvis' Ruhm.

Senator Lehman spricht immer im Fernsehen.
Er spricht auf den Bildschirmen
die Bobbie Lehman in jedes Haus gebracht hat
die seine Frau Ruth immer flimmern lässt:
»*Falls es dich interessiert, Bobbie,*
dein Cousin macht sich sehr gut im Fernsehen.«
»*Natürlich, Ruth, er könnte im Varieté auftreten.*«
»*Ist das Sarkasmus, Bobbie?*«
»*Mitnichten: Wenn du dir heute die Karriere ruinieren willst*
musst du entweder mit den Kommunisten konspirieren
oder dich gegen Herbert Lehman stellen.«
»*Deine Lippe blutet und deine Hand zittert.*«
»*Ich leide an akuter Herbertitis.*«
»*Ich kann dir nicht folgen, Bobbie.*
Dein Cousin ist der Einzige, der weiß, was zu tun ist!«
»*Ach? Mir hat er gerade gesagt, er wisse es nicht.*«
»*Weil er mit gewöhnlichen Leuten*
nicht über ernste Themen spricht.«
»*Stimmt, er spricht nur im Fernsehen darüber.*«
»*Er spricht mit uns, seinen Wählern.*«
»*Ich gehe schlafen, Ruth, ich bin müde.*«
»*Ich fühle mich grob unterschätzt*
ich spüre mich gar nicht mehr.«
»*Dann stell den Fernseher lauter.*«
»*Du spielst mit dem Feuer, Bobbie.*
Pass auf, ich könnte die Scheidung verlangen.«

Zum Glück ist morgen Samstag.

Denn in der Waagschale amerikanischer Ehen
hat das Fernsehen großes Gewicht bekommen.
Der Ehefrieden beruht zwar vor allem

auf dem Teilen des Bettes
aber mehr noch der Wohnzimmercouch
und es muss unbedingt
mindestens eine Gemeinsamkeit
beim Fernsehgeschmack geben.

Außer Interviews mit Senator Lehman
gibt es eine einzige Sendung
die Ruth mit Zähnen und Klauen verteidigt
und das ist
die große Samstagabendquizshow.

Und was kann ein Ehemann tun
der schon eine Scheidung auf dem Buckel hat?
Sich ins Ritual fügen.

Bobbie ist also
jede Woche gezwungen
sich vor das Fernsehgerät zu setzen
um mit Ruth
(und Millionen ihrer Landsleute)
das Adrenalin der *Game Show* zu teilen:
Gewinner oder Verlierer?
Die Antwort ist richtig!

Und wehe, er schläft ein.

Auch das sucht den Mann heim:
Bei ihm ist der innere Feind
der Feind im eigenen Haus.

Wundert es da
dass er keine Luft kriegt?
Bobbie kann nicht mehr.
Aus seinem Büro
wurden Teppiche und Stoffe entfernt
man suchte nach einer Allergie.

Dann nahmen sie das Holz raus
dann die Desinfektion.
Bobbie zittert, beißt auf die Lippe, atmet schwer.
Wie könnte er auch atmen
in den Eingeweiden eines Hais
wo alles ein Jackpot ist?

Genug.

Im Grunde weiß Bobbie, was er tun muss.

Er weiß, dass er der Erwählte ist.
Wie immer.

Er war Noah, dann David
wird jetzt der Prophet Jonah sein
und wenn er sich an einem Strand
vom Fisch ausspucken lässt
– ihn und die ganze Nation –
wird der Himmel
endlich wieder klar und wolkenlos sein.
Schluss mit diesem engen Loch
wo wir
früher oder später
an Entbehrung sterben würden.

Vorwärts also:
Man muss nur einen Weg finden
um aus dieser fischigen Rumpelkammer
gespuckt zu werden.

Bobbie versucht es.
Gibt sein Bestes.
Aber leicht ist es nicht.
Willenskraft ist wichtig
genügt aber nicht immer.

Leicht ist es auch nicht
den *lunch* am Montag
im Bauch eines Hais abzuhalten.
Und erst recht kein Kinderspiel
von einem Aufsichtsrat aus *partners*
das Ja für die eigene Taktik zu bekommen.

Egal.
Bobbie macht Druck.
Es ist dringend.
Hier kriegt man keine Luft mehr.
Hier krepiert man.
Bobbie hat es satt, nach Allergien zu suchen.
Der Fischbauch verengt sich zusehends
er wird noch verrückt, wenn er nicht rauskommt:
»*Geschätzte* partners, *wir werden wieder ins Freie kommen
und zwar mit der Elektronik!
Mister Charles Thornton, bekannt auch als ›Tex‹
hat mir einen revolutionären Plan präsentiert:
Rechner, elektronische Hirne, Schaltungen
wir könnten ganz auf die Elektronik setzen
– Amerika macht noch alles mit der Hand –
doch mit der Elektronik
könnten wir einen Kurzschluss auslösen
und der Hai wird uns ausspucken!*«
»*Sag uns, was uns das kostet und einbringt.*«
»*Du lieber Himmel!
Wir werden gar nichts mehr verdienen
wenn wir weiter hier eingesperrt sitzen!*«
»*Ohne Schätzung von Kosten und Ertrag
riskieren wir nichts.*«
»*Dann setzen wir auf den Transport!*«
»*Wenn du uns erklärst, was du unter Transport verstehst.*«
»*Mister John Hertz
hat mir einen Finanzierungsplan für Autoverleih vorgelegt.
Das heißt: Wir geben denen ein Auto
die sich keins kaufen können.*

Oder einen Lastwagen. Oder ein Motorrad.
Wir füllen ganz Amerika mit Menschen in Bewegung.
Dann gibt es auf den Straßen so viel Smog und Lärm
dass der Fisch hustet und uns ausspuckt!«

»Sieht nicht nach einer erfolgversprechenden Taktik aus.«

»Darf ich etwas sagen?«, fragt Harold
sich über die Haare streichend, die er nicht mehr hat.
»*Statt abseitige Wege zu gehen*
schlage ich vor
das Einzige zu tun, was die Angst besiegt.
Nämlich: uns unschlagbar machen.
Darum furchteinflößend.
Darum sicher.«

»*Kannst du das wiederholen, Harold?«*

Aber Harold wiederholt nichts.
Blickt seinen Bruder an, der sofort aufsteht
und eine Rakete an die Tafel zeichnet.
Sie trägt das Symbol für Kernkraft.

Bobbie protestiert:
»*Seid ihr verrückt? So werden wir nicht ausgespuckt*
sondern explodieren
mit dem ganzen Fisch!«

Harold und Allan wollen nicht diskutieren:
»*Dann auf Wiedersehen. Viel Spaß beim Fiasko, meine Herren.«*
Wir verlassen die Bank, wir ziehen uns zurück.«
Und sie gehen.

Bobbie lächelt den *partners* zu.
Allein in diesem Jahr haben Harold und Allan
zehnmal die Tür hinter sich zugeschlagen.

Bekanntlich hat jeder seine Verhandlungstaktik.
Sie werden zurückkehren.

Jedenfalls ist das nicht der richtige Weg.

Vielleicht gibt es noch einen, viel einfacher:
Heißt es nicht
in der Schrift
dass Jonah einen Psalm singen musste
um von der Bestie ausgespuckt zu werden?

Sehr gut.
Du hast eine Arche gebaut
du hast Goliath getötet
was ist dabei, einen Psalm zu singen …?

Leicht gesagt …
Bobbie ist kein großer Redner.

Das war er nie.

Er spricht wenig
und wenn er spricht, beißt er sich auf die Lippe.
Bobbie liegen keine zündenden Sätze auf der Zunge
und er ist keiner, der zu reden beginnt
wenn alle verstummen.

Bobbie sitzt nicht im Senat.
Er ist nur Bankier und in der Freizeit Patriarch.

Wahrscheinlich gibt es nur einen
den er um Rhetorik-Unterricht bitten kann
seinen Cousin.
Immerhin ein Meister im Reden.

Herberts Antwort überrascht Bobbie sehr:
»*Ich soll dir beibringen, was du sagen kannst? Heute?*

Ich weiß es doch selbst nicht, lieber Cousin.
Diese moderne Politik gefällt mir nicht mehr.
Man spricht nicht über Ideen, nur über Reaktionen.
Alle in der Defensive, alle verschanzt.
Ich plane, bald in Pension zu gehen.
Ich will meinen Frieden machen.«

Seltsam, wie es manchmal im Leben läuft.

Statt sich stärker zu fühlen
stottert Bobbie jetzt obendrein.
Je öfter er versucht
einen Psalm von Anfang bis Ende zu singen
desto öfter lahmt seine Zunge
auch die Lippen gehorchen nicht mehr.

Zwar steht geschrieben
dass Moses anfangs stotterte.
Aber was hat das mit ihm zu tun?
Bobbie braucht nicht Moses, er braucht Jonah.

Könnte man diesen verflixten Psalm
doch nur als Frage-Antwort-Spiel gestalten!
Das wäre großartig, o ja.
Auf ein paar Fragen antworten
und als Gewinn
ausgespuckt werden!

Wirklich war das Bobbies letzter Gedanke
bevor er sich träumend entfernte
vor dem Fernseher
auf der Couch neben Ruth, beim Samstagabendquiz.

Da die Natur
Körpern in Not immer beisteht
hatte Bobbie
seine ganz eigene Weise gefunden
mit offenen Augen abwesend zu sein.

Und darum war dies die *game show*
die er über den Bildschirm flimmern sah.

Zweiundzwanzigstes Kapitel

SATURDAY GAME SHOW

Eröffnungssequenz.

Hal March betritt triumphierend das Studio
mit seinem brillantinierten Haar.
»GUTEN ABEND, AMERIKA! UND GOOD LUCK!
BEGRÜSSEN WIR ZUERST
UNSERE WUNDERSCHÖNE ASSISTENTIN
MRS RUTH LEHMAN!«

Beide Ruths betreten die Bühne
erste und zweite Ehefrau.

»IN DIESER ZWEIUNDDREISSIGSTEN FOLGE
    UNSERER QUIZSHOW
TRETEN DREI KONKURRENTEN GEGENEINANDER AN.
IN DER ERSTEN KABINE SITZT SENATOR HERBERT LEHMAN:
EMPFANGEN WIR IHN MIT EINEM APPLAUS!«

Lärm im Hintergrund.

»IN DER ZWEITEN KABINE SPIELEN ALS TEAM
MISTER HAROLD UND MISTER ALLAN LEHMAN
GENERALSTABSCHEFS DER ARMEE
ABTEILUNG NUKLEARRAKETEN!«

Applaus im Hintergrund.

»UND ZULETZT, ALS KONKURRENT IN DER DRITTEN KABINE
MISTER JONAH LEHMAN
KUNSTKRITIKER UND PFERDEKENNER!«

Zögernder Beifall im Publikum
egal, wir sind's gewöhnt.

»WIE IMMER, VEREHRTES PUBLIKUM
WERDEN UNSERE KANDIDATEN
IN EINER K.O.-ENDRUNDE GEGENEINANDER ANTRETEN
UND DER GEWINNER KOMMT INS FINALE
WO ER SICH DEN GANZEN JACKPOT HOLEN KANN!
ALSO, LET'S GO AMERICA!
ICH BITTE DIE KANDIDATEN, IHRE KOPFHÖRER AUFZUSETZEN
UND IN IHREN KABINEN PLATZ ZU NEHMEN
IN DIESER WOCHE GEHT ES BEI ALLEN FRAGEN
UM DIE FAMILIE LEHMAN
DAS SPIEL BEGINNT!«

Erkennungsmelodie der ersten Runde.

»ERSTE FRAGE FÜR UNSEREN FREUND HERBERT.
LEHMAN BROTHERS WURDE GEGRÜNDET
VOM LEGENDÄREN HENRY LEHMAN.
WANN? WAR DAS VOR MEHR ODER WENIGER
    ALS EINEM JAHRHUNDERT?
DIE ZEIT LÄUFT!«

   1
   2   Herbert beugt sich zum Mikrophon vor
                     »DIE RICHTIGE ANTWORT IST WENIGER!«
   3

Gong.

»DAS IST FALSCH! LEIDER KEIN GUTER START!«

Die beiden Assistentinnen kommen ins Bild, jubelnd:
»DER KANDIDAT HAT NICHT ›WENIGER‹ SONDERN
    ›WENIGSTENS‹ GESAGT
DAS HABEN WIR GENAU GEHÖRT!«

Hal March bespricht sich mit dem Notar, dann:
»HURRA! DIE ANTWORT IST RICHTIG!
DER SENATOR BLEIBT IM RENNEN!«

Trompetenfanfare.
Herbert triumphiert. Die beiden Ruths auch.
Hal March räuspert sich, spricht dann weiter:
»DIE ZWEITE FRAGE GEHT AN HAROLD UND ALLAN:
SEIT DIE DREI BRÜDER LEHMAN
IHREN FUSS AUF DEN BODEN
   DER VEREINIGTEN STAATEN SETZTEN
WIE VIELE KINDER UND ENKEL, MÄDCHEN WIE JUNGEN
HABEN SIE BIS HEUTE INSGESAMT HINTERLASSEN?
SIND ES WENIGER ODER MEHR ALS 70?
DIE ZEIT LÄUFT!«

1	
2	Harold und Allan beraten sich
3	Allan schreibt etwas auf
4	was Harold durchstreicht
5	die beiden sind sich uneinig
6	finden dann eine gemeinsame Lösung
7	und Harold flüstert ins Mikrophon:
8	»DIE GESAMTE ANZAHL IST 92!«

Gong.

»DIE ANTWORT IST FALSCH!
DIE RICHTIGE ANTWORT LAUTET 97 NACHKOMMEN!«

                                Harold und Allan erheben sich.
»AUF WIEDERSEHEN. VIEL SPASS BEIM FIASKO, MEINE HERREN.
WIR VERLASSEN DIE SENDUNG. WIR ZIEHEN UNS ZURÜCK.«
   Sie verlassen ihre Kabine und schlagen die Tür hinter sich zu.

Jede Locke in Hal Marchs brillantiniertem Haar bebt:
»DAS IST NICHT DER AMERIKANISCHE GEIST!
MAN GIBT KEIN SO SCHLECHTES VORBILD IM FERNSEHEN AB!
DOCH KOMMEN WIR JETZT ZU MISTER JONAH.
HIER DIE FRAGE: SEIT DIE LEHMANS IN AMERIKA SIND
WELCHES FAMILIENMITGLIED
WAR BEI SEINEM TOD AM ÄLTESTEN?
DIE ZEIT LÄUFT!«

1
2   Jonah zögert nicht.
3   nur die Zunge klebt ihm am Gaumen
4   »DAS WAR PHILIP LEHMAN MIT 86 JAHREN!«
5

Trompetenfanfare.

»DIE ANTWORT IST RICHTIG! AUCH SIE SIND IM FINALE!«

Die beiden Assistentinnen kommen ins Bild, präzisierend:
»DER PUNKT MUSS AN DEN SENATOR GEHEN
DENN ER HAT DIE ANTWORT VORGESAGT!«

Hal Marchs Miene wird finster:
»DAS HÄTTEN SIE UNS SAGEN MÜSSEN, MISTER JONAH!
UND SIE DÜRFEN HIER NICHT PROTESTIEREN!
LAUT SPIELREGELN LÄSST MAN SICH NICHT VORSAGEN
DER NOTAR MEINT
ICH SOLL IHNEN EINE RESERVEFRAGE STELLEN:
HAT DAS KAPITAL DER LEHMAN BANK
SICH ALLEIN IN DEN LETZTEN 50 JAHREN
UM MEHR ODER WENIGER ALS DAS
ZWANZIGFACHE SEINES URSPRÜNGLICHEN WERTES ERHÖHT?
DIE ZEIT LÄUFT!«

1
2 Jonah zögert einen Moment
3 er schwitzt an den Schläfen
4 knabbert an einem Fingernagel
5 seine Hand zittert
6 er beißt sich auf die Lippe
7 holt ein Taschentuch hervor
8 es färbt sich rot
9 »LASSEN SIE MICH NACHDENKEN:
10 »ICH HABE NICHTS MIT FINANZEN ZU TUN.
11 ALSO ICH WÜRDE SAGEN ...
12 DAS KAPITAL HAT SICH VERVIELFACHT, JA
13 84 MAL.«
14

Trompetenfanfare

»DIE ANTWORT IST RICHTIG!«

Die Assistentinnen protestieren.
»DER PUNKT MUSS AN DEN SENATOR GEHEN
DENN MISTER JONAH IST EIN INNERER FEIND
ER MACHT GESCHÄFTE MIT DEM FEIND
MAN HAT SOGAR SEINEN PASS EINGEZOGEN!«

Lautes Gemurmel im Studio.
Für Hal March ist dies eine schwierige Folge der Quizsendung.
Jetzt mischt sich auch noch der Senator ein.
Er hat die Tür seiner Kabine geöffnet
will reden
aber wir sind hier nicht im Kongress!
»GEHEN SIE ZURÜCK AN IHREN PLATZ! WENN MISTER JONAH
DISQUALIFIZIERT WIRD
KOMMEN SIE DIREKT INS FINALE!«

»ICH WILL MEINEN FRIEDEN MACHEN, MISTER MARCH:
ICH LASSE MEINEM COUSIN FREIE BAHN

ICH VERZICHTE AUF DAS FINALE UND GEHE IN PENSION!«
Dann nimmt er seinen Kopfhörer ab und verlässt das Studio.

Gong. Danach Trompetenfanfare, dann wieder *gong*.
Die Assistentinnen gehen weinend aus dem Bild.
In ihrem Leben hat nichts mehr einen Sinn.
Das Publikum im Studio
hebt Tausende Schilder hoch: »DANKE, SENATOR LEHMAN«.
Auch Hal March verabschiedet sich vom Senator.

Aber die Sendung muss zu Ende gebracht werden.
Denn halb Amerika schaut zu.
Die Erregung ist natürlich groß.
Sogar die Brillantine glänzt nicht mehr.
»MISTER JONAH, TROTZ ALLEM
WARTET DAS FINALE AUF SIE
ALLES LIEGT IN IHREN HÄNDEN:
ANTWORTEN SIE RICHTIG
WERDEN SIE AMERIKA RETTEN.
WIE IMMER IST DIE LETZTE FRAGE
DIE SCHWIERIGSTE.
LEHMAN BROTHERS GIBT ES SEIT ÜBER 100 JAHREN
UND WIRD UNSTERBLICH GENANNT
ABER ICH FRAGE SIE:
WIRD DIE BANK IN EINEM JAHRHUNDERT NOCH EXISTIEREN
ODER IN KONKURS GEGANGEN SEIN WIE SO VIELE ANDERE?
DIE ZEIT LÄUFT: SIE HABEN 60 SEKUNDEN.«

1	Dies ist die härteste Prüfung.
2	Andererseits weiß man ja
3	dass ein Held nicht umsonst in die Geschichte eingeht.
4	Gefasst analysiert Jonah die Situation
5	wenigstens versucht er es.
6	Wenn er antwortet, dass die Familienbank
7	heil und gesund ihr zweites Jahrhundert erreicht
8	wird es sicher heißen: »*Der hat einen Glauben.*«
9	Wenn er stattdessen sagt:

10   »*Nein, darauf wette ich nicht*«
11   wie kann er dann morgen in der Bank erscheinen?
12
13   Ein vertracktes Dilemma, zum Teufel!
14   ein vertracktes Dilemma.
15
16   Also, was tun?
17
18   Die Zunge am Gaumen, wie festgeklebt.
19   Schweißtropfen zeichnen Linien auf seiner Stirn
20   wie Schnitte von Skalpellen
21
22   Man könnte immer noch aufgeben
23   und einfach weggehen.
24   Wenn die anderen das getan haben
25   warum nicht auch ich?
26
27   Aus dem einfachen Grund
28   weil wir nicht alle gleich sind auf der Welt:
29   Manche gehen Türen schlagend und alle sagen »*Starke Geste!*«
30   anderen wird sogar applaudiert, wenn sie gehen
31   und weinende Menschen zurücklassen.
32   Du nicht, Bobbie
33   du gehörst zu der Sorte
34   deren Verzicht
35   sofort Gelächter hervorruft
36   und nach dem Gelächter hängt man dir, wie in der Schule
37   ein Schild um den Hals
38   auf dem steht: »FEIGLING«.
39
40   Also?
41   Soll ich sagen, dass Lehman Brothers unsterblich ist?
42   Eigentlich ganz einfach: Ich mache den Mund auf und sage es.
43   Das Problem ist nur: Glaube ich das wirklich?
44   Ein Jahrhundert von heute an.
45   Auf der Hälfte bis zum nächsten Jahrtausend …
46   Sicher, wenn sie meinen Vater gefragt hätten

47	oder meinen Großvater Emanuel
48	die hätten nicht daran gezweifelt.
49	Warum nehme ich mir bloß so viel Zeit?
50	Ich muss doch nur Ja oder Nein sagen
51	ich könnte auch blind raten ...
52	Und wenn ich falsch tippe?
53	Wer öffnet dann noch das Maul des Fisches?
54	Ich, als Jonah, muss herausspringen.
55	So steht es geschrieben.
56	Ich bin nur ein Werkzeug des göttlichen Willens.
57	Als solches: Worauf warte ich?
58	Ach, sei's drum, ich antworte jetzt einfach:
59	»IN HUNDERT JAHREN WIRD NICHTS MEHR DA SEIN.«

Gong.

Das Studiopublikum ist in heller Aufregung.
Die beiden Assistentinnen kommen zurück
um auf die Kabine zu spucken.
Hal March hat Vulkanlava statt Brillantine auf dem Kopf:
»DIE ANTWORT IST NICHT NUR BELEIDIGEND
SONDERN AUCH FALSCH!
SCHÄMEN SIE SICH VOR GANZ AMERIKA!«

Und siehe da.
Dies war der Augenblick
als plötzlich
sogar den Haifisch
ein starkes Ekelgefühl überkam
und sich ihm der Magen umdrehte.
Seine Innereien revoltierten und er spuckte sowohl Jonah
als auch ganz Amerika
meilenweit aus.

Dann grüßten wir beim Austritt neu die Sterne.

Und der Herr sprach zu dem Fisch, und der spie Jonah aus an Land.
Jonah 2, 11

Dreiundzwanzigstes Kapitel

MIGDOL BAVEL

Das Schild an der Fassade
ist schwarzweiß
perfekt
LEHMAN BROTHERS
erstreckt sich
von einer Seite zur anderen
oberhalb der Fenster
dieser neuen Filiale
3500 Meilen von New York entfernt
im Herzen von Paris.

Bobbie ist hier, als Gastgeber.

600 Gäste.
Und er lächelt, Bobbie lächelt.
Nicht nur, weil er zurückdenkt
an die Zeit, als er gefangen war
im Bauch eines großen Fisches.
Bobbie lächelt, weil wir in Frankreich sind
in Paris eine Filiale eröffnen, *voilà*
hier, wo Bobbie mit zwanzig
Auktionen und Galerien abklapperte
Impressionisten und Madonnen kaufte
– *Schick Geld, Dad!* –
jetzt aber
mit der neuen Filiale
das Geld in Reichweite hat.

600 Gäste.
Dieselben, die ein Jahr zuvor
alle bei der Kunstausstellung Robert Lehman waren

hier in Paris in den Tuilerien.
Damals hatte Bobbie
am Tisch der Würdenträger
weißer Anzug, weiße Krawatte
den Mut der Avantgarde gepriesen
»*in der wir die Befreiung von der Tradition erkennen
und die Raupe zum Schmetterling wird.*«
Applaus des ganzen Saals.
Und nach dem Vortrag
eine lange Reihe Gratulanten für Mister Lehman
der Hände schüttelt
grüßt
und den Damen die Hand küsst.

Seine Frau steht hinter ihm
sie raucht seine Philip Morris –
auch die noch immer von Lehman Brothers finanziert.
»*Bobbie, mein Lieber, du könntest doch im New Yorker Sitz
ein französisches Café eröffnen.*«
»*Ausgezeichnete Idee. Guten Abend, Madame Lefebvre!*«
»*Ich finde, der Sitz in New York sieht alt aus, Bobbie.*«
»*Dann werden wir ihn modernisieren.
Guten Abend, Monsieur Guineau!*«
»*Außer dem Café sollten wir auch ein Restaurant aufmachen.*«
»*Natürlich, für Arbeitsessen. Verehrter Rothschild!*«
»*Ein Restaurant und eine Buchhandlung.*«
»*Nimm du das alles in die Hand, liebe Lee.*«

Lee Anz Lynn
ist Bobbies neue Frau.
Ruth hat sich vor einem Jahr scheiden lassen.
Die *Fortune* schrieb:
SECHSSTELLIGE SCHEIDUNG
FÜR DEN COUSIN VON SENATOR LEHMAN.

Doch diesmal ärgerte Bobbie sich nicht
wenn du einmal im Bauch eines Fisches warst
ist dir die Presse ziemlich egal.

Bobbie hat jetzt andere Interessen
die Welt interessiert ihn, die ganze, ausnahmslos
und er will rennen
wie eins seiner Pferde
aber auf einer Rennbahn von der Arktis bis zur Antarktis.

Genau:
Hier ist sie, vor ihm, die ganze Welt.
Versammelt im neuen Sitz in Paris.
600 Gäste.
Franzosen.
Deutsche.
Holländer.
Ungarn.

Ungarn?

Ja. Ungarn.
Sieht man sie, so elegant
unter den Kronleuchtern
wirken die Ungarn nicht wie Leute vom Land
Leute mit Äxten und dicken Bäuchen.
Doch man weiß ja: Paris taucht alles in neues Licht.
Und alles funkelt unter diesen Lüstern.

Gestern Abend
war Bobbie noch in Arabien.

45 Millionen Dollar allein letztes Jahr
für das Erdöl der Scheiche.
Bobbie sieht ihnen direkt in die Augen
spricht über Kunst und Araberpferde
lädt die Prinzen ein
auf seine Yacht, 144 Fuß lang
die in der Bucht von Long Island vor Anker liegt.
Das ist wirklich eine Arche.

Übermorgen
wird Bobbie in Peru sein
wo sie neue Brunnen graben.

Und nach Peru in Sumatra.
Mit seiner Boeing 707
schnellt Bobbie
wie eine Billardkugel
von einer Bande zur andren
denn die Welt ist klein
wie ein Billardtisch
und wenn er heute mit Eisenhower Golf spielt
wird er morgen seinen Cocktail
mit wer weiß wem in Singapur nehmen.

Atmen, aus voller Lunge.
Über dem *business* von Lehman Brothers
geht die Sonne nie unter.
Die Wirtschaft ist Bewegung – nur das.
Die Wirtschaft, das sind Flugplätze, Flugzeuge und Hotels.
Kein Zufall also
wenn Lehman Brothers jetzt
Ladenketten mit Luxusmarken finanziert
vor allem aber Flugzeuge, immer wieder Flugzeuge
um Heerscharen von Investoren
blitzschnell zu transportieren
darunter auch
den Sohn eines griechischen Restaurantbesitzers
und den eines ungarischen Lampenbauers.

Die Zeitzonen wechseln
die Völker wechseln
die Sprachen wechseln
aber wir sind immer gleich:
Wir sind Lehman Brothers in Tokio
Wir sind Lehman Brothers in London
Wir sind Lehman Brothers in Australien

Wir sind Lehman Brothers sogar in Kuba
jawohl
bei den Kommunisten
denn wer handelt mit Bananen
und schickt mit den Bananen
auch noch Waffen und Munition?

Mit dieser Idee rückten Harold und Allan
vor den *partners* heraus
an einem der Montags-Lunchs.
Sie hängten Blätter an die Wand, darauf stand
KULTUR, FINANZWESEN, WAFFEN, KONTROLLE, PRODUKTE.
Dann brachten sie die Wörter in ein einfaches Schema:

Man bat sie um Erklärungen.
Und man bat höflich.

Aber für Harold und Allan war alles schon klar genug.
Darum schlugen sie wie üblich die Tür hinter sich zu.

»*Sie kehren zurück*«, sagte Bobbie den *partners*.

Dieses Mal irrte er sich.

Denn manchmal schließt sich die Tür wirklich für immer
vor allem, wenn dir scheint, niemand versteht deine Sprache.

Fest steht
dass Bobbie Lehman jetzt
die Welt und die Bank
in der Hand hält.

Zittert ihm darum die Hand?

Oder ist es der Traum
den Bobbie jede Nacht träumt?

Wenn er einschläft
scheint zunächst alles real.
Da ist One William Street
das Gebäude, an dem früher einmal
Goliath hing.

Aber von Monstern jetzt keine Spur.
Im Gegenteil.
Eine Menge Geschäftsleute
Investoren
alle mit Schlips und Aktenkoffer
steht Schlange am Eingang.

Araber
Franzosen
Japaner
Brasilianer und Peruaner
allen hängt
ein großes Schild um den Hals
auf dem geschrieben steht:
DANKE, MISTER LEHMAN!
Und dieses Mal, ja, Bobbie
unglaublich, doch du allein bist gemeint.

Seit Herbert Lehman im Ruhestand ist
läuft kein anderer Lehman mehr herum
der dir das Rampenlicht stehlen könnte.

Darum lächelt Bobbie
in seinem Traum
er lächelt und atmet aus voller Lunge
denn er steht dort oben

auf dem Dachboden
im obersten Stockwerk
wo man den Himmel berührt
und von dort oben ruft er allen zu
sie sollen heraufkommen.

Als sie oben ankommen
alle mit Schlips und Aktenkoffer
hebt Bobbie einen Finger
und zeigt ihnen den Himmel.
Was bedeutet, übereinandergestapelt könnten ihre Koffer
– prallvoll mit Wertpapieren und Verträgen –
einen Turm bilden
einen ungeheuren Turm
auf der One William Street
und von dort oben, von ganz hoch oben
wird Lehman Brothers
die Erde beherrschen.

Und siehe da, das Heer im Zweireiher
nickt zufrieden
alle knien nieder
einer nach dem anderen
legen sie ihre Koffer auf den Boden.
Sie bauen das Fundament
dann höher
noch höher
es klappt vortrefflich
doch am 3. Stockwerk des Turms angekommen
gibt's ein Problem
und
»*Metti la valigia qui!*«
»*¿Aquì dónde?*«
»*Über meinen! S'il vous plaît.*«
»*Pon la maleta acquì!*«
»*Por encima de mi!*«
»ここに私のスーツケースを入れて«

»ここどこ«
»私のオーバー«
»Положи сумку сюда!«
»Сюда куда?«
»На мою!«
»把我的手提箱在这里«
»在这里呢«
»在我的«

Man versteht gar nichts mehr.

Und jede Nacht
wacht Bobbie erschrocken auf
wenn der Turm aus Koffern einstürzt.

Überall hat er nach einer Lösung gesucht.
Er muss eine neue – eine einzige – Sprache finden
für die weltweiten Finanzmärkte.

Den ersten Versuch
hat er mit Telefonen gemacht.
Eine Millioneninvestition:
International Telephone & Telegraph Corporation.
Millionen Meilen Telefonkabel
wie Spinnnetze über den Erdball gebreitet
Wir haben die Welt mit Fernsehern gefüllt
nun füllen wir sie mit noch mehr Telefonen.
Kommunizieren, *folks*!
Kommunizieren.
Wetten, dass wir durch all das Telefonieren
eine einzige Sprache finden
die wir alle sprechen?

Nichts zu machen.

Im Traum von Bobbie Lehman
besteht der Turm

nun statt aus Koffern
aus Telefonen, die klingeln
andauernd
klingeln
und weil niemand weiß
wie man sagt: »*Stellt sie ab!*«
klingeln die Telefone
klingeln
zusammen mit einem unerträglichen Chor aus:
»*Répondre au téléphone!*«
»*Выключите их!*«
»*Ответь на звонок!*«
»*Odebrać telefon!*«
»彼らが停止してください«
»電話に出なさい«
»*Sagutin ang telepono!*«
»让他们停下来«
»接电话«

Und zuletzt stürzt der Turm immer ein.

Für Bobbie wieder eine schlaflose Nacht.

Darum ist er schlechter Laune
als er in One William Street
zwei junge Männer empfängt:
Ken und Harlan.
Ken ist 31.
Harlan 28.

Zu jung
für alle anderen Banken.
Sie fragten an, stellten sich vor.
Keiner glaubte ihnen.
Jetzt probieren sie es bei Lehman Brothers.
Bobbies Büro im 3. Stock
er persönlich:

»Ich habe nicht viel Zeit
aber wenn ihr euch kurz fasst, höre ich zu.«

»Redest du, Harlan?«
»Fang du an, Ken.«
»Okay, ich fange an.
Wir glauben an Computer, Mister Lehman.
Aber nicht an die Computer von heute
die ein ganzes Zimmer füllen
und nur funktionieren, wenn die Luft eiskalt ist
und wer damit arbeitet
dreißigmal im Jahr krank wird.
Wir glauben an eine neue Spezies von Computern.
Und weil wir daran glauben
möchten wir, dass Sie uns finanzieren.
Ist das okay so, Harlan?«
»Alles richtig, Ken. Aber erzähl von den Systemen.«
»Stimmt, die Systeme.
Wir glauben an Maschinen
mit vereinfachten Systemen
die keinen Fachmann brauchen.
Und weil wir daran glauben
möchten wir, dass Sie uns finanzieren.
Einverstanden, Harlan?«
»Das war perfekt, Ken!«

Bobbie spürt Sympathie aufkeimen
für diese beiden bebrillten Kobolde.
Trotzdem:
»Bedaure. Lehman Brothers investiert nicht in Sciencefiction.«

Komisch, wie schnell ein Kobold
sich in ein Ungeheuer verwandeln kann:
»Sciencefiction, Mister Lehman? Hast du gehört, Harlan?«

»Hab's gehört, Ken. Vergeudete Zeit!
Kerouac hat Recht: Tod den Alten!

Sciencefiction!
Vielleicht hast du nicht kapiert, Methusalem:
Wir schaffen eine Sprache für alle
die Computersprache
Betriebssysteme, Rechenmodule
für die ganze Welt!
Das nennt man ›Zukunft‹!
Und du, mit deinen 200 Jahren
sagst mir: ›Sciencefiction‹?«

So kam es, dass Methusalem
beschloss
die Digital Equipment Corporation
mit dem Geld von Lehman Brothers zu finanzieren.

Nicht, weil Bobbie Lehman
ganz Amerika mit Computern beglücken wollte
wie damals mit Fernsehgeräten.
Nein, nichts dergleichen.
Auch wenn es das war, was er den *partners*
beim Montags-Lunch sagte
im französischen Restaurant
8. Stock von One William Street.

Es war nicht die ganze Wahrheit.

Das neue Computerzeitalter
wurde von Bobbie Lehman eröffnet
damit der Turm zu Babel nicht einstürzte.

Darum nannte man die Stadt Babel,
denn dort hat der Herr die Sprache aller Welt verwirrt.
Genesis 11,9

Vierundzwanzigstes Kapitel

I HAVE A DREAM

Um den Glastisch
lang wie das ganze Zimmer
sitzen sie
auf schwarzen Sesseln
alle
einer neben dem anderen
Federhalter in der Hand
Notizblock
Lesebrille
Aschenbecher
Zigaretten, Zigarren
Whiskygläser
Bobbie am Tischende
Montags-Lunch
8. Stock, One William Street
da sitzen sie alle
im dunklen Anzug
vollzählig
die *partners* von Lehman Brothers.

Kein Wort entgeht ihnen
wenn der Marketingdirektor spricht
ein nebelhaftes Wesen, das Haar plastifiziert
Augen wie Zellophan und Zähne wie Fiberglas.
Aber was für ein Charisma!
»Heute denke ich mit Ihnen über ein Wort nach: kaufen.
Was bedeutet kaufen?
Es bedeutet, im Tausch gegen etwas Geld zu geben.
Dieses Etwas hat einen Wert, der Wert ist ein Preis.
Der Preis ist das Geld, das du mir gibst.
Nicht mehr und nicht weniger.

Sehr gut.
Aber wenn man will, dass die Leute kaufen
muss man ihnen genau das Gegenteil sagen.
Man muss sagen, dass sie nicht kaufen.
Man muss sagen: ›Was wir beide hier machen, ist kein Tausch
denn du bist derjenige, der gewinnt
ich akzeptiere das ungern
aber gut, okay, ich akzeptiere es trotzdem
obwohl ich – wohlgemerkt – dabei verliere.‹
Das ist die Neuheit, Gentlemen.
Das ist Marketing.
Allen sagen, dass der Käufer gewinnt
und der Verkäufer verliert.
Marketing ist
allen sagen, dass gewinnt, wer kauft
wer kauft, triumphiert
wer kauft, besiegt mich
wer kauft, ist der Held.
Marketing, Gentlemen
heißt, bei den Leuten die Idee durchsetzen
dass nur wer kauft, den Krieg gewinnt
und da wir alle im Krieg sind
überlebt der, der kauft.«

Die *partners* von Lehman Brothers
im dunklen Anzug
sind ganz Ohr
sie schreiben
nicken
lächeln
den *partners* von Lehman Brothers
um den Glastisch
gefällt die Idee.

»Wenn wir die ganze Welt
überzeugen können
dass kaufen siegen bedeutet

wird kaufen leben bedeuten.
Denn der Mensch, Gentlemen
lebt nicht, um zu verlieren.
Instinktiv will er siegen.
Siegen heißt existieren.
Wenn wir die ganze Welt
überzeugen können
dass kaufen existieren ist
dann reißen wir
die letzte alte Barriere ein
die Bedürfnis heißt.
Unser Ziel
ist ein Erdball
wo man nichts kauft, weil man es braucht
sondern weil man es unbewusst wünscht.
Oder, wenn Sie wollen – damit schließe ich –
weil man wie alle sein will.
Erst dann werden die Banken
und mit ihnen Lehman Brothers
unsterblich werden.«

Außergewöhnlich.
Bobbie lächelt am Tischende.
Und wenn Bobbie lächelt, ist das ein Ereignis.

Denn als Großvater Emanuel und seine Brüder
die Bank gründeten
träumten sie höchstens
von einem Baumwollimperium
und als Bobbies Vater Philip
es an die Börse brachte
träumte er von Zügen und Kerosin
doch jetzt
jetzt geht es um etwas ganz Anderes:
Wir sprechen hier vom ewigen Leben, Leute
davon, der Welt einen Sinn zu geben.
Wenn Sie verstehen, was ich meine:

»*I have a dream*
yes
I have a dream«
und dieser Traum
ist
nichts weniger als
die Unsterblichkeit.

Während die ganze Welt
in diesen sechziger Jahren
zu explodieren fürchtet
durch eine neue Atombombe
nehmen wir Lehmans Anlauf
springen über den Graben
und *voilà*
wir sind nicht nur überall
sondern werden es
von nun an
in alle Ewigkeit sein.

Lehman Brothers wettet darauf:
»*Ich stimme dafür*«
einstimmig
»*Ich stimme dafür*«
die ganze Runde
»*Ich stimme dafür*«
im dunklen Anzug
»*Ich stimme dafür*«
um den Glastisch.

Also her mit dem neuen Marketing.
Von nun an
lautet die Parole
schauspielern
ja, schauspielern
so tun als
könnte jeder alles kaufen

als wäre Luxus für alle da
als gäbe es keine Armen
als hätte nichts einen Preis
und wenn es einen hat
ist er erschwinglich
schauspielern
schauspielern
allen sagen
dass jeder Kauf ein Werbegeschenk ist:
Sonderangebote
Schnäppchen
Rabatte
Ratenzahlung
was zählt, ist verkaufen
was zählt, sind volle Kassen
was zählt, sind Leute, die kaufen
egal, ob uns Standard & Poor's
das Thermometer unter den Arm steckt
wir haben auch ein Thermometer
– o ja –
und das sind die Supermärkte.
Superstores.
Megastores.
Werbeflächen, groß wie Häuser.
Und ein Geldstrom, der jeden Tag fließt
wie ein Meer
ein gigantischer
unermesslicher
Ozean
aus Coca-Cola-Fahnen
rot
rot
rot wie die Fahnen Russlands
rot wie die Fahnen Chinas
rot wie der Neid
dieses ganzen Weltteils
der unter der Sichel

und unter dem Hammer
vor Wut vergeht
– o ja! –
weil er nicht kaufen kann
»*but I have a dream*
yes
I have a dream«
ich träume, früher oder später auch ihnen
zu verkaufen
verkaufen
allen und jedem
verkaufen
volle Einkaufswagen
Lieferung nach Hause
ohne Bevorzugung
ohne Unterscheidung
Weiße und Schwarze
das darf kein Unterschied mehr sein
wir sind alle gleich
denn wir alle haben eine Geldbörse
verkaufen
verkaufen
verkaufen
keine Ersten und Letzten mehr
keine Privilegien
Männer und Frauen
das darf kein Unterschied mehr sein
wir sind alle gleich
denn wir alle haben ein Bankkonto.
»*I have a dream*
yes
I have a dream«
ich träume, dass alles Geld
von nun an
gleich ist
unter der Sonne
und

nicht nur unter der Sonne
denn die NASA will Geld von uns
um einen Mann auf den Mond zu schicken.
»*I have a dream*
yes
I have a dream«
ich träume, auch dort oben Geld zu machen.

Siegesrausch des Bankiers.

Was für ein herrlicher Beruf
sich mit der Unsterblichkeit zu befassen.

Bobbie lächelt
Lehman Brothers in Ewigkeit.
Dann beißt er sich auf die Lippe.
Lehman Brothers in Ewigkeit.
Bobbie hat weiße Haare.
Lehman Brothers in Ewigkeit.
Aber
mit wem
nach mir?

Fünfundzwanzigstes Kapitel

EGEL HAZAHAV

Ja
es vergeht kein Tag
ohne dass unsere Soldaten
in Vietnam sterben
und jeden Tag
sieht man die Särge
im Fernsehen.

Ja
unten in Dallas
starb
John Fitzgerald Kennedy
ganz plötzlich
einfach so
in aller Öffentlichkeit
vor den Augen der Welt
vor den Augen Amerikas.

Ja
zwei Wochen später
ist Cousin Herbert
auch er
ganz plötzlich gestorben
Herzschlag.

Fest steht
dass so viel Tod um ihn herum
auf Bobbie Lehman
keinen Eindruck mehr macht

Im Gegenteil, er lächelt darüber.
Immer öfter.

Denn Bobbie hat endlich Gewissheit:
Er weiß jetzt
weiß es genau
dass er nicht sterben kann.

Auch die Patriarchen sind gestorben
ja, aber im Alter von 500, 600, 700 Jahren
wenn nicht noch mehr
was bedeutet
dass sie unsterblich waren
auch sie
wie die Bank
und das ist richtig
vollkommen richtig
denn *HaSchem* kann den Tod derer
die das Auserwählte Volk führen
nicht wollen.

Liegt es daran
dass Bobbies Hand
nicht mehr zittert?
Liegt es daran
dass er sich nicht mehr auf die Lippe beißt?
Und ihm die Zunge – o Wunder! –
nicht mehr am Gaumen klebt?
Bobbie lächelt, er lächelt.

Er lächelt, weil er 72 Jahre alt ist.
Was sind 72 verglichen mit 500, 600, 700?

Du bist noch jung, Bobbie Lehman.
Du bist ein Jüngling.
Und wie alle Jugendlichen
darfst du rebellieren, das ist jetzt Mode

du darfst, vielleicht musst du sogar:
Revolution?
Kopfüber hinein!

Du kannst die Welt umdrehen, Bobbie
kannst sie durchschütteln
sie dem System entziehen
sie ihnen aus der Hand reißen
dieser verfluchten sklerotischen Armee alter Männer.
Morgan Stanley ist eine Bank aus Greisen.
Goldman Sachs ist ein Altersheim unter freiem Himmel.
Lehman Brothers nicht.
Lehman Brothers ist ein College mit jungen Menschen.
Der Jüngste
heißt Bobbie.

Egal, ob die *partners*
beim Montags-Lunch
die Nase rümpfen.
Ist der Präsident nun der Boss oder nicht?
Darum Türen weit auf für die Jugend
sie kann uns nur Gewinne bringen
also
Jugend
Jugend mit Zukunft
Jugend hereinholen
so viel Jugend wie möglich.

Dieser Junge
zum Beispiel
der gerade in sein Büro kommt
mit Wangen wie zwei Melonen
wird höchstens dreißig sein.

Unter Gleichaltrigen versteht man sich.

Schaut dir direkt in die Augen, sogar zu sehr:
frech, dieser Kerl
ein knallharter Typ.

Von Nahem gesehen, scheint das Gesicht bekannt.
Doch was hat Bobbie mit einem Ungarn zu tun?
Obendrein in Soho aufgewachsen?
Vielleicht ...
Ach, wer erinnert sich denn? Es ist zu lange her.

Wie auch immer.

Dicker Bauch
ungepflegter Bart
der Mann ist ein Holzfäller
als Bankier verkleidet.
Der reißt der Welt den Arsch auf
mit der Axt.
»Mein Nachname ist ungarisch, ja.
Wir sind keine Feiglinge
wie andre die ihren Namen ändern.
Ihr Lehmans wart ja auch deutsche Juden, das weiß ich.
Wenn ihr Deutsche wart
kann ich Ungarn sein.
Oder können Sie Ungarn nicht leiden?
Wenn das so ist, sagen Sie's mir
dann gehe ich.
Sie mögen ja einen Haufen Geld hier in der Bank haben
aber ich habe einen Haufen Ideen
und die bringe ich nicht dahin, wo es mir nicht gefällt.«
»Sie nehmen kein Blatt vor den Mund, Mister Glucksman.«
»Man erzählt
Sie seien ein Pferdekenner
gut, dann wissen Sie besser als ich
dass die besten Pferde ausschlagen.«
»Und das Pferd hier vor mir
sucht einen Rennstall?«

»*Einen Rennstall, vielleicht*
einen Käfig, nein danke.«
»*Ich habe Sie kommen lassen, Mister Glucksman*
weil Ihnen ein guter Ruf vorausgeht:
Sie scheinen der beste Trader in Amerika zu sein.«
»*Habt ihr eine Trading-Abteilung?*«
»*Noch nicht.*
Aber ich möchte eine aufmachen
und vielleicht möchte ich, dass Sie sie leiten.«
»*Ich glaube, Sie wissen nicht, wovon Sie reden.*
Sehen Sie, Leute wie ich
arbeiten nicht mit dem Federhalter
gehen nicht zum Galadinner
und tragen keine Manschettenknöpfe.«
»*Dann erklären Sie es mir genau, damit ich verstehe:*
Was macht ihr Traders?«
»*Wir sitzen vor Computern, Mister Lehman*
mit einem Telefon an diesem Ohr
und einem zweiten Telefon am anderen.
Wir kaufen und verkaufen Aktien
gleichzeitig
in 10 Börsen weltweit
nicht nur in der Wall Street.
Wir kaufen, wo es günstig ist
und verkaufen, wo wir Profit machen.
Wir bewegen Wertpapiere und Aktien
mehrere hundert am Tag.
Ja, oft
und besonders gern
lassen wir ein beschissenes Wertpapier
der letzte Dreck
stark aussehen
und wenn sein Wert sich verdoppelt
drehen wir es Idioten an
die drauf reinfallen.
Sie leiten eine mächtige Bank
hier glänzt alles

*hier gibt's massenhaft Geld und viel Eleganz
wir aber machen die schmutzige Arbeit
wo nur Geld und Gerissenheit zählen.
Eine Trading-Abteilung
kann Ihnen jeden Tag Millionen einbringen
aber schlagen Sie sich aus dem Kopf
uns im Salon vorzuführen:
Wir sind die Leute im Maschinenraum
und pfeifen auf gute Manieren.«
»Sie haben mich überzeugt, Mister Glucksman.
Was denken Sie, wann können wir anfangen?«
»Um eine Abteilung aus dem Nichts aufzubauen
brauche ich ein paar Monate.
Die Trader wähle ich aus
alles aufgeweckte Typen.
Und ich sag's Ihnen nochmal:
In Ihrem Plüsch hier arbeiten wir nicht.
Geben Sie uns ein anderes Büro
das uns allein gehört.«
»Es ist schon fertig, wenn Sie wollen.
5 Minuten von hier
in der Water Street.
Möchten Sie es sehen?«*

Der Aufsichtsrat der *partners*
ist nicht Bobbies Ansicht.
Nicht, weil ihnen der junge Ungar missfällt.
Sie haben ihn nie gesehen
denn am Tag des vereinbarten Treffens
hatte der Holzfäller einen andren Termin.

Doch der Aufsichtsrat
– alle um den Glastisch sitzend –
zieht ein etwas anderes Profil vor
ein gepflegteres Curriculum
ein junger Mensch, natürlich
aber einer, der uns

vor allem
sagen wir
vor allem
ein Sicherheitsgefühl gibt ...

Paul Mazur, dem Senior Partner,
Bobbies Ratgeber
– er kannte sogar Bobbies Vater –
würde zum Beispiel
diesen jungen Mann aus Nebraska vorziehen
diesen Peterson
(scheint Schwede zu sein, es heißt aber auch, er sei Grieche)
der gerade aufsteigt
in die höchsten Ebenen
raffiniert
diskret
vornehme Erscheinung
und wird von allen auf Händen getragen ...

»Von wem allen?«, fragt Bobbie gereizt.
»Von anderen Banken, unseren Kollegen und Konkurrenten.«
»Also von Leichen, Scheintoten und Greisen.«

Gut gemacht, Bobbie!
Morgan Stanley ist eine Bank aus Greisen.
Goldman Sachs ist ein Altersheim unter freiem Himmel.
Lehman Brothers nicht.
Lehman Brothers wird eine Trading-Abteilung haben
getrennte Büros in der Water Street
ungarisches Imperium
weit weg vom Plüsch
weit weg von Manschettenknöpfen.
Hier weht eine andere Luft
so dass Paul Mazur
Senior Partner
als er mit Bobbie
dort eintritt

fast ohnmächtig umfällt:
»*Was ist denn das für ein Höllenpfuhl?*«

Aber Bobbie antwortet nicht, nein
Bobbie lächelt
Er lacht sogar laut.

Hakt Mazur unter
und zieht ihn hinter sich her
eine Besichtigungstour im Abgrund der Hölle:
Räume groß wie Hangars
Tische aus Holz und Plastik
lang wie Ladentheken
und Lampen, Lämpchen
Computerbildschirme
einer neben dem anderen
getrennt nur durch Kekspackungen
und Resten aus chinesischen *take aways*
elektronische Anzeigetafeln
die chaotisch blinken
Baseballschläger
Boxhandschuhe
junge Männer überall
in Hemdsärmeln
sie lachen, rennen
schreien wie Verrückte
fuchteln mit den Händen
und auf dem Boden
haufenweise Papier
zusammengeknüllt wie Laub
Cola-Dosen
Aschenbecher mit qualmenden Zigaretten.

Paul Mazur
der auf die 80 zugeht
redet pausenlos auf Bobbie ein
hält ihm, zu Tode erschrocken, eine Strafpredigt
die ganze Zeit über.

Und wären nicht beide ergraut
man hätte sie für einen Opa
mit seinem rotzfrechen Enkel gehalten.

Mazur nölt sein Lamento.
Bobbie nickt lächelnd.
In Wahrheit versteht er fast nichts
denn in diesem Tohuwabohu
aus Zahlen und Buchstaben
kann man Pauls Jeremiade fast nicht hören:

687.£.56856845%.3757%4975.9348.6974.58G.65832647532674537568$97.6905. 4895%7647.58637.463276%7658766590599.75i7.587.46535.4 »*Was auch immer dieses Chaos bedeutet, Bobbie, ich kann es moralisch nicht gutheißen*« 65.56%. 67.770083. 3311.8039.21.9071$.87565434.t22132567889775643.4£325444567465 84.3586.657 48.3975.8432.65073 »*Der Baum der modernen Zeit gibt nicht zwangsläufig essbare Früchte, Bobbie, und das weißt du genau.*« 653.7.7654.76 43.8769.76543$.6532.57954796476436.87%.78.90$.98 6875.90.45%.T34.SH 78...lk2t.r47q3s2q96t5.y7fm8.3s4b.65$8.3720.9564.375709.iy43.6583.2809567. »*Ich habe der Tätigkeit einer Bank immer hohe Wertschätzung entgegengebracht, aber sie ist unvereinbar mit dem, was du mir hier vorführst.*« 483658. 9789.SH5$.7£.32.78956.43.58712358.6$1.3892.5734.5684.73658.3258.63.8.95634 8956894.3658.4365643956895.6y8.34.6$5893426.5545235.45.39.35.5. »*Kannst du mir den tieferen Grund für dieses Delirium erklären, Bobbie, oder muss ich das selbst herausfinden?*« 543. 2434.876.895.835355.37872r.42.%7783.3.765.987 087g3502.175.9032.7598632857032.9900.65.45%.7509 »*Dein Vater Philip und ich waren einer Meinung in Bezug auf gewisse Grundwerte*« 832.65089386.3$ 29856.2308.95062.8635.08923.%596.9876466542.31.0.8965.8659$425.79650sd 236r...26590.4657.2354765634.9729057956.2395.7093658937209563295703Q2 86.5982315.3096.5790347908%6.7340.9.8756.7865.93 »*Außerdem hat Lehman Brothers eine Geschichte und einen Namen zu verteidigen*« 46 5372.6578.44. 9$040.675.5%38. 2489053. 2876.4783254$3.543245.5687.98.654.21.32235465£g y.89895.46.5.4255897.98.8753.%899,Sh%.76 »*Ich erinnere mich, dass ich einmal einen Brief deines Großvaters gelesen habe, der in diesem Punkt sehr erhellend war*« 34.55.87.69.8.69.89.8.4$3.5.43.1.2544786. 98:03.7.49.82.3.£70. 4.8320957.906.N34.57.09.3457093476.j093.47.6093475.73.4.9.05634 »*Hörst du mir zu, Bobbie?*« 8654.89.35. 67.8.43.5.78.324532458.73.2.$69.587.054684.5

9658.73.24.3651.23562.4763.4.56.4355.76f85.49657.32.6.45.6.3.72153.65 »Wer kontrolliert das alles hier? Denn ich hoffe, es ist nicht das Chaos, das es zu sein scheint« 7845.67.8.9874.32.6.7.875.G53.&5% 5648.56.78.47.6.95.88.8. 00.5.436 48.32.658.30.53.8.08569032849326546276fg.4356219874902136478 23123.5987. 43096843568.6437.76%.876$s315 »Meiner Meinung nach habe ich als Senior Partner das Recht auf eine ausführliche Erklärung« 64832175863.4832.7095. 76.1983265.9832.418. 9564 »Bleibt die Frage: Was kostet uns dieser Wahnsinn eigentlich?« 868834411.1753331.1.122.68.94478377.'3146.8905.48.7'.06.87.'.08. 540.976.549764.36.58.94362.5743.856.328.75.647836534659865164385 68945567 8 »Ich frage mich, wie dies alles mit den grundlegendsten Regeln für die öffentliche Ordnung vereinbar ist« 756&.54335$45.76$.%6.76%.76$.77.34653.5425.89 0587.5678.9054.76 5.873572.35.78.32.6598126.3.58.94.36.8.43.6578.32.5.14.62. 56. 3.45.21.4.76231587436987540976498687521873463249680942375687 43254 351256342ks315832849326546276fgmf »Wenn das deine Zukunftsperspektive ist, kann ich nicht mit dir übereinstimmen, Bobbie!« 78.23.1, 8643, 6532976556. 483 2175.8634.832.7095.7619.8325.64.83.21.7.58634.832.70.9576.198. 32.659.83 241.895.64389hwv658943.6.5.84.65486 .8753.75.7753.87653l77642.6530.97.84 9 »Ich bemerke eine fieberhafte telefonische Aktivität, aber ich fürchte, sie hat nicht den geringsten Bezug zur Realität.« 50.76.9824.3657.3254.725.984632.05 704.3967 09.5. 48.79065.87.0'8.6549.67348975462143 5623483. 658.9789.SH5$ 7£.3278956.43.58713458.6$1.3892.5734.5684.73568.3258.63.89563489.56894.36 58.4365643956895.6y8.34.6$58.93426.5535235.45.39.35.5. »Dies ist das erste Mal in vielen Jahren, dass ich deine Sicht der Dinge absolut nicht teilen kann.«543. 2434.876895.835355.37872r.42.%7783.3765.9870 87g3502.175.9032.75986.3285 7032.9900.65.45%.7509 »Du und ich, wir sind alt, Bobbie, und manchmal verführt das Alter dazu, Neuigkeiten übertriebenen Glauben zu schenken, verstehst du?« 832 65.8764,089386.3§29856.230.875.64$.8.8.95602.4657.23547.6 5634.98.76466542.31.0.8965.86598$42579650s.d23r...26590.4657.2354765634. 9829057956.2395.70936589372095632957 03Q286.5982315.3096.57.90347908% 7340.9.8756687.£56856845%.3757 3% 4975.9348.6974.56G.6582647 5326745. 37568$97.6905.4895%7647.58637.463276%765.8766590599.75i7.587.465345.4 »Außerdem dürfen wir als alte Männer nichts unterstützen, was den kommenden Generationen ein schlechtes Vorbild ist, ich weiß, dass du mich verstehst.« 65.56%.6777008322112.1432.221.8039.21.9071$.87565434.t22.132.576.8897756 43.4£32544.6568.7483.456746584.3586.657.48.3975.8432.65073 »Die Welt ist zu unterschiedlich für einen einzigen globalen Markt – er läuft Gefahr, zur Apotheose der Ungleichheit zu werden.« 65,6654.7689$.376476436,87%,78.90

$.98635846358738657384478365738783465763 28.95987549.46725466.875.90.4 5%.T34.SH78... lk2t.r47q3s2q96t5.y7fm8.3s4b65$8.3720.9564.375.709.iy43.65 83.280.9567 »Die Politik kann ebenso abrutschen wie die Börse, und wir können und dürfen das nicht unterstützen« 483658.9.789.SH5$.7£.32.78956.43.58 712358.6$1.3892.5734.5684.73.658.3258.63.8.9563 489.56894.36.87454487445. 58. »Wo liegt der Unterschied zwischen dem, was ich sehe, und einer Irrenanstalt?« 465372.6578.44.9$040.675.4%38.2489053.2876.4783.254$3.543245.5 687.98.654.2132235465£6y.89.895.46.5.42.55897.98.8753.%899.Sh%.76 »Angenommen, es gibt hier Gewinne, dann frage ich mich, ob all das, was es uns einbringt, automatisch akzeptabel ist, Bobbie.« 34.5.76580.5.87.6998'.03.7.49. 83.3.£.8.69.898.4$3.5.43.1.2.544786.70.4.83.20957.906.N34.57.09.3.457093.47 6.j093.47.6094375.73.4.9.05634 »In der heutigen Finanzwirtschaft gibt es ein aggressives Element, und ich habe nicht die Absicht, dem Vorschub zu leisten.« 8654.89.35.678.43.5.78.3.24532458.73.2$69.578.05468459658.73.24.3651.23562. 4763.4.56.4355.76f85.49.657.32.645.6.3.72153.1247.65 »Haben die Menschen, die ich hier sehe, einen Studienabschluss oder wurden sie von der Straße weg engagiert?« 7845.67.8.9874.3.7654.8643.3245.76490.$6.8642.6.7.875.G53. &5% 5648.56.78.47.6.95.88.8.00.5.43648.32658.30.53.80856903284932 6546276fg.43 56219874902136478231 23.5987.43096.843568.6437.76%.876$5315 »Wenn man bedenkt, dass die Wall Street auch zum Ruhm unseres Landes beigetragen hat.« 64832175863.4832.7095.76.19.83265.9832.418.95643 »Du wirkst erstaunlich ruhig.« 86883441 1.1753.331.1122.6894478.377.'3146.8905.48.7'.06.87.'.08.5 40.976.549.764.36.58.94362.5743.856.328.75647836534659865164385689455678 »Du selbst hast mir beigebracht, dass nicht alle moderne Kunst als aufgeklärt gelten kann.« 756&.54355$763790.64.45.76$.%6.76%.76$77.34653.5425.89 0587–5678.9054.76.3.58.94.36.8.43.6.578.32.5.14.62.56.345.21.47623158743698 7540.976498.687134.612355.873.572.35.78.32.65.981269.87430 9684356864374 2653521873463249680942375687432543512563 42ks3158569032849326542676f »Man kann nicht ewig den Saft aus einer Zitrone quetschen, lieber Bobbie: Irgendwann ist der Saft erschöpft, und man drückt die Schale, nicht mehr die Frucht.« 78.23.15.6523.8764.6543l.4247.42218.6532–6.48321755.8634.832.70 95.7619.83 25.64.83.21.7.58634832.70.9576.198.32659.8324189564389hwv65894 3.6.5.8465486... 8753.750.97849 »Das Ungestüm, das ich hier sehe, ist zweifellos ein Reflex der Welt, in der wir leben.« 50.76.9824.3657.3254.725.984632.05704. 3967.09.5.48.79065.87.0'8.6549.67348.975.4621435623483658.9789SH5$.7£.32 78956.43.58712358.6$1.3892.5734.5684.7687.£.56856845%.37573%4975.9348.6 974.58G.6583264753 2674537568$97.6905.4895%7647.58637.463276%765.876

6590599.75i7.587465345.4,76 »Hast du mich hierhergebracht, um mich zu begeistern oder zu schockieren? Ehrlich gesagt, ich verstehe es nicht«.7646542.65. 56%.67.77008322112.1432.221.8039.21.9071$.87565434.t22132576889775643.4 £32544.6568.7483.456.746584.3586.657.48.3975.8432.65073 »Ich erinnere mich, dass ich mir den Beruf des Finanziers ausgesucht hatte, weil ich die Stille liebte.« 653.7.765432.579.547964.7.54739375437474545474358$..466484064–46364 36.87%.78.90$986.875.90.45%.T34.SH78..lk2t.r47q3s2q96t5.y7fm8.3s4b.65$8. 3720.9564.375.709.iy43.6583.280.9567. »Dies ist der Punkt, wo es keine Rückkehr mehr gibt.« 483.658.9.789.SH5$.7£.32.78956.43.5.8712358.6$1.3892.5734.5 684.73.658.3258.63.8.956348956894.3658.4365643956895.6y8.34.6$5893426.55 35235.45.39.35.5.»Ich kann mir nicht erklären, Bobbie, welches Vergnügen man an einer rätselhaften Wirtschaft haben kann, die so tut, als wäre sie ein Geheimnis.« 543.2434.876895835355.37872r.42.%7783.3765.9870.7543986878350 2.175.9032.75986328.57032.9900.65.45%.7509 »Diese Individuen haben so viel mit der Würde der Bank zu tun, wie ich mit einem Rocksänger.« 83265089368. 3$29856.2308.95602.8635.08923.%596.9876466542.31.0.8965.86598.764.76$4 25.79650s.d23r...26590.4657.23547.6563497290.57956.2395.70936.589.37209.5 63295.703Q286.59.82315.3096.57.90.347908%6.7340.9.8756.7865.93 »Hast du dich wenigstens gefragt, ob ein Rodeo wie das hier, wirklich ganz legal ist?« 65 372.6578.44.9$040675.4%382489053.2876.4783254$3543245.5687.98.654.21.3 2235.465£6y.89.895.46.5.42.55897.98.8753.%899.Sh%.7 »Ich weiche keinen Fußbreit ab von meiner Überzeugung, dass auch heute ein Minimum an Regelbewusstsein nötig ist.« 34.55.87."69.8.69.89.8.4$3.543.1.2.544786.98'.03.7. 49.82.3.£70.4.83.20957.906.N

Doch im schönsten Moment
packt Paul Mazur
Bobbie am Arm
und mit zitternder Stimme:
»Ich will wissen, wer dieser Mann ist!«

Denn tatsächlich
steht
dort oben
auf einem Podest
ein Holzfäller mit Wangen wie zwei Melonen
und dirigiert das Orchester der Hölle

aber nicht mit dem Taktstock
sondern mit einer Axt.
Hinter ihm
an der Wand
das riesige Foto
einer nackten Schwarzen
der Körper mit Gold bemalt
und der Aufschrift
DIE GÖTTIN DER BÖRSE.

Paul Mazur
historischer *partner*
schwört
dass er nie wieder einen Fuß
in die Water Street
das ungarische Imperium
setzen wird
und beim Montags-Lunch
wird er vor den Kollegen
seine ganze Empörung ausdrücken.

Doch die Trading-Abteilung
hat nach einem Monat
den Profit verdreifacht.
Zumindest
hat Bobbie es so berichtet
und mit Grafiken illustriert
denn der Holzfäller
hatte
natürlich
keine Zeit.

Die Profite verdreifacht?
Das gefällt den Lehman *partners*.
Auch wenn man dort drinnen
in Ungarn
eine andere Göttin anbetet.

Paul Mazur
der auf die 80 zugeht
stirbt kurz darauf.

Bobbie lächelt:
Das ist nicht sein Problem.

> *Und Aaron nahm das Gold von ihren Händen und
> formte es und machte ein gegossenes Kalb.*
> Exodus 32, 4

Sechsundzwanzigstes Kapitel

TWIST

Bobbie Lehman ist 78.
Und tanzt den Twist.

Nicht er allein.
Die ganze Welt tanzt den Twist.
Breschnews Russen tanzen
die Chinesen tanzen beim Pingpong
die Araber, die uns Erdöl verkaufen, tanzen
und in Europa tanzt man Hand in Hand.
Sie tanzen in Japan, nonstop, immer weiter
sie tanzen in Amerika
wo du
wenn du nicht tanzt
aus dem Spiel bist.

Autos tanzen
Lastwagen
Motorräder
– denn wie tanzt man ohne Räder unter den Füßen? –
Häuser tanzen
Cottages
Bungalows
Villen
– denn jeder braucht ein Dach zum Tanzen! –
Kühlschränke tanzen
Mixer
Waschmaschinen
– denn Elektrizität gibt Kraft zum Tanzen! –
Kinos tanzen
Fernseher
Antennen

– denn keiner tanzt ohne Zuschauer! –
Telefone tanzen
Jetons
Telefonhörer
– denn auch nach Klingeltönen kann man tanzen! –
Aktien tanzen
Wertpapiere
Anleihen
denn die Börse – o ja – die Börse ist fürs Tanzen gemacht!

Lew Glucksman tanzt
tanzt mit der Axt in der Hand
und ob der tanzen kann!
Er tanzt mit der ganzen Trading-Abteilung
in der Water Street aufgebaut
ungarisches Imperium
wo die von der One William Street
keinen Fuß reinsetzen
ja, wenn sie können
nehmen sie einen anderen Weg
denn das da
dieser Höllenpfuhl
o nein
das ist nicht Lehman Brothers.
Schade nur, dass ihre Bank
Twist tanzt
über die Nullen hüpft
die Ungarn unendlich vervielfacht.
Also tanzt Lew Glucksman
tanzt den Twist und den Csárdás
mit Wangen rot wie Melonen
er tanzt mit seinen Computern
die von morgens bis abends laufen
ununterbrochen rechnen
Nullen Nullen Nullen ausspucken
und mit diesen Nullen
tanzen wir dann.

Bobbie Lehman ist 80.
Und tanzt den Twist.

Sein ganzes Leben lang
hat er gezittert.
Was ist falsch daran
wenn der Patriarch
jetzt
eine sakrosankte Tanzlust hat?

Er ist ja in guter Gesellschaft
denn mit ihm tanzen die Zahlen
alle Zahlen von 0 bis 9
kombiniert
alle zusammen
assortiert
wie Gemälde in Ausstellungen
Zahlen
die Zahlen
mit denen sie in der Water Street wie irre jonglieren
Die Tastaturen tanzen
die Computer tanzen
die Drucker tanzen
die neuen Angestellten tanzen
erstaunliche Kids
sie tanzen nicht mit Männern, nicht mit Frauen
sie tanzen Mazurkas und Polkas mit Zahlen.

Dick Fuld tanzt
der zuletzt ins Rennen kam
Dick Fuld tanzt
noch keine 30
Dick Fuld tanzt
begnadeter Tänzer
Dick Fuld tanzt
ein Meister im Tanz mit den Zahlen
Dick Fuld tanzt

an seinem Computer klebend
Dick Fuld tanzt
tanzt mit den Millionen
Dick Fuld tanzt
macht Pirouetten in der Börse
Dick Fuld tanzt
aber nur in der Water Street
Dick Fuld tanzt
er tanzt mit Lew Glucksman
nur mit ihm
denn Dick hasst die Banken
und jeden, der dazugehört.

Bobbie Lehman ist 85.
Und tanzt den Twist.

Er bringt auch die zum Tanzen
die nicht mehr tanzen wollen
wie die alten *partners*
aus der One William Street
die lieber nur
ein paar Takte Sirtaki
auf dem Glastisch tanzen
und um das zu lernen
haben sie
Pete Peterson geholt
Grieche
pardon
Schwede.

Pete Peterson tanzt
Banker von Kopf bis Fuß
er tanzt mit seiner Frau Sally
er tanzt mit seinem Gehalt von 300 000 $
er tanzt mit der Lehman Brothers Bank
die für ihn One William Street ist
und nur das.

Er tanzt weder mit den Ungarn
noch mit ihren Verrückten
er tanzt nicht mit Lew Glucksman
die Axt macht ihm Angst
er tanzt nicht mit Dick Fuld
beim Sirtaki wäre der ein Trampel.
Peterson hasst Glucksman
Glucksman hasst Peterson
die Bank hasst die Börse
die Börse hasst die Bank
sie tanzen trotzdem
auch wenn sie sich hassen
denn man darf nicht stillstehen.

Bobbie Lehman ist 90.
Und tanzt den Twist.

Er weiß, dass stillstehen
jetzt verboten ist
denn wenn man tanzt
muss man tanzen
solange der Atem reicht
ohne Pause
ohne Atemholen
immer schneller
und darum vielleicht
– damit sie besser tanzen –
hat Glucksman
seinen Leuten
Basketballnetze
hingestellt
und zwischen den Computern
reicht man einander
weißes Pulver
denn das ist gut fürs Tanzen.

Bobbie Lehman ist 93
und tanzt den Twist
nein, er ist 100
vielleicht 140.
Bobbie tanzt den Twist
tanzt wie verrückt
vielleicht
hat nicht einmal er gemerkt
dass der letzte Lehman
Twist tanzend
gestorben ist.

*Niemals wieder ist in Israel
ein Prophet wie Mose aufgetreten.*
Deuteronomium 34, 10

Siebenundzwanzigstes Kapitel

SQUASH

Auf dem Schild an der Tür des Büros
steht: PRÄSIDENT.

Früher hing es
an der Tür von Bobbie Lehman.
Jetzt ist ein anderer gemeint
seit mindestens zehn Jahren.

Der dunkle Sessel
nie ersetzt
gehörte Emanuel Lehman.
Der Schreibtisch aus Mahagoni
die Bücherregale mit den Trophäen
an den Wänden Gemälde
von einem Maler zu vier Nullen.
Auf dem Tisch ein Briefbeschwerer in Form einer Weltkugel
soll Henry Lehman gehört haben, in Alabama.
Tablett mit Karaffe
blankpolierte Gläser
neben dem Telefon
zwei Füllfederhalter.
Sträuße frischer Blumen.
Leicht laufende Klimaanlage.

Das Sofa ist dasselbe
das Philip gehörte.
Jetzt gehört das alles
ihm
dem neuen Lehman Brothers Boss.

In der Luft
aber nichts Griechisches, nichts Schwedisches.

Der Präsident Pete Peterson
sitzt an seinem Platz.
Die Morgenzeitungen.
Die Liste der Termine
für heute.
Der Wichtigste
aber
ist der erste.

Es klopft an der Tür.
Peterson steht auf
rückt die Krawatte gerade.
»*Herein!*«

Lew Glucksman
hat frühmorgens nie gute Laune.

Heute weniger denn je
denn die Büros in den oberen Etagen
mochte er nie
und wie sein Schützling
Dick Fuld sagt:
»*Je höher sie stehen, desto tiefer lasse ich sie fallen.*«

Glucksman geht durch das Zimmer.
Rückt die Krawatte nicht gerade
denn er trägt keine.
Und setzt sich.

Der Grieche und der Ungar
einander gegenüber.
Der Eine hat eine Kindheit aus Oliven und Kapern.
Der Andere aus Tischlampen.
Der Eine ist ein perfekter Banker.

Der Andere ein aggressiver Trader.
Der Eine ist Präsident von Lehman Brothers.
Der Andere leitet die Goldmine
und die, hat sein Schützling Dick Fuld
den Zeitungen gesagt:
»Wäre ohne uns nur Rauch, kein Feuer«
Mit Feuer kennt Dick Fuld sich aus
denn jeden Morgen
will er neben seinem Computer
vier Packungen
Beef-Burger sehen.

Der Grieche und der Ungar
einander gegenüber.
Ein Schweigen, jahrhundertelang.
Peterson lächelt.
Bei Richard Nixon in der Regierung
hat er gelernt, wie man auch Feinde anlächelt
er besitzt eine nützliche Gabe
Lächeln auf Kommando.

Glucksman nicht.
Er kommandiert nicht über das Lächeln
und wirklich
er sitzt da
wie ein Rhinozeros
das sein Horn reckt
und seltsame nasale Töne macht
denn
wie sein Schützling Dick Fuld sagt:
*»Die Wirtschaft teilt sich in Krawatten und Bestien
und weil Krawatten nicht atmen
ist es definitiv besser, Bestie zu sein.«*

Peterson erinnert sich gut
– er war bei Nixon in der Regierung –
dass die Vereinigten Staaten

die chinesischen Märkte öffneten
indem sie eine Pingpongmannschaft
nach Peking schickten.
Jetzt will er es hier ebenso machen.
Ist doch eine gute Idee
griechisch-ungarisches
Pingpong?

Aufschlag.

»*Lieber Glucksman, worüber möchtest du reden?*«
»*Ich? Über nichts.*«
»*Aber du bist hier.*«
»*Du weißt, warum.*«
»*Ich ahne es.*«
»*Kein Versteckspiel.*«
»*Wie du willst.*«
»*Raus mit der Sprache.*«
»*Sprich du.*«
»*Du bist der Präsident.*«
»*Das bin ich.*«
»*Eben.*«
»*Sprich weiter.*«
»*Du dürfest es nicht sein.*«

Ball im Aus.
Ungarn hat zu hart zurückgeschlagen.
Peterson lächelt.
Das kann er sehr gut.
1 zu 0 für Griechenland.
Nächster Aufschlag.

»*Was meinst du damit
lieber Glucksman?*«
»*Es reicht jetzt!*«
»*Was reicht?*«
»*Das Königspielen.*«

»*Ich ein König?*«
»*Du bist der Präsident!*«
»*Willst du vielleicht* ...«
»*Ich will die Bank!*«

Ball im Aus.
Ungarn ist nervös.
Peterson lächelt.
Das kann er sehr gut.
2 zu 0 für Griechenland.
Nächster Aufschlag.

»*Übertreibst du nicht, lieber Glucksman?*«
»*Keineswegs!*«
»*Eine Bank ist eine Bank.*«
»*Nur wir bringen sie voran.*«
»*Meinst du?*«
»*Ich habe die Daten.*«
»*Ich würde sagen* ...«
»*Es reicht jetzt!*«

Ungarn wirft den Schläger weg.
Nimmt den Ball, zerquetscht ihn unter dem Absatz.
Match beendet
denn Pingpong ist ein Ballett
und wie
der junge Dick Fuld sagen würde:
»*Squash, ja, das ist ein Sport für Männer.*«

Sehr gut.
Jetzt lenkt Glucksman das Spiel.
Und es wird Squash sein, bis zum letzten Schlag
wo der gewinnt, der härter schmettert.
Aufschlag.

»*Darum, Peterson, verdiene ich die Bank.*«
»*Die ganze Bank in der Hand deiner Meute?*«

»*Immer noch besser als euer Schimmel.*«
»*Ist es nicht besser, uns die Rollen zu teilen?*«
»*Der halbe Teller genügt mir nicht!*«
»*Du willst die ganze Schüssel verschlingen.*«
»*Ich will sie den Banker-Ratten entreißen!*«
»*Und wenn die Schüssel nicht einverstanden ist?*«

Ungarn verliert den Ball.
Der Punkt geht an Griechenland.
Peterson lächelt.
Das kann er sehr gut.
Nächster Aufschlag.

»*Ich sagte, dass du nicht beliebt bist.*«
»*Bei den* partners*? Sind mir scheißegal: Tattergreise.*«
»*Und wenn die Greise ihren Anteil rausnehmen?*«
»*Das tun sie nicht, und wenn, zahl ich sie aus.*«
»*Wenn ihr nur noch zehn seid, ist das viel Geld.*«
»*Das Geld liegt in der Kasse, kein großer Schaden.*«
»*Aber dann gehst du in die Baisse.*«
»*Ich will die Bank, ich will deinen Sessel!*«
»*Mich zu beseitigen, wird dich Millionen kosten.*«
»*Sag mir wie viel, morgen hast du das Geld!*«

Ein Punkt für Ungarn.
Doch da
unterbricht Griechenland das Spiel
und nimmt sich den Ball.

»*Ich will eine lange Reihe Nullen
und einen prozentualen Anteil an deiner Konkursmasse.*«
»*Und das wäre? Mach's kurz.*«
»*Wenn du die Anteile von Lehman Brothers verkaufen musst
wenn du sie abgeben musst, um die Kasse zu füllen
bekomme ich von jedem Verkauf
einen Prozentsatz.*«
»*Was für ein dämlicher Deal!*«

»Abgemacht?«
»Abgemacht!«
»Lewis Glucksman
du bist der neue Präsident!«

Wo Pingpong versagte
machte Squash *Bumm!*

Wo die Tischlampen versagten
triumphierten Oliven und Kapern.

Denn nicht mal ein Jahr
nach dieser Begegnung
war Lehman Brothers
– die unsterbliche Marke –
im Angebot
für den Meistbietenden.

Zu einem günstigen Preis
kauft sie
American Express.

EPILOG

Um den Tisch
den Glastisch
Glas, lang wie das ganze Zimmer
auf den schwarzen Sesseln
sieht es aus wie beim Montags-Lunch
obwohl Nacht ist
vielmehr
bald
der Morgen graut.

Im Raum herrscht Stille.

Ein Trupp alter Männer.
Sie warten auf die Nachricht.

Henry Lehman am Tischende.
Der Platz gebührt ihm, seit jeher.

Mayer *Bulbe*
sitzt neben ihm.

Emanuel ist ein Arm
er will handeln.
An Tagen wie diesem
darf man nicht stillsitzen.

Sein Sohn Philip
hat eine Agenda
vor sich.
Den Stift in der Hand
schreibt er Sätze in Blockschrift.

Der letzte, gerade geschrieben, lautet:
»ICH HATTE ES NICHT VORAUSGESEHEN.«

Bobbie Lehman
sitzt vor seinem Vater.
Seine Hand zittert wieder
er beißt sich auf die Lippe.
Am Revers seines weißen Jacketts
steckt eine Nadel in Form eines Pferdes.

Herbert, der Senator
stellt die Zeit auf der Pendeluhr ein
doch hier
ist die Zeit
eine seltsame Größe.
Noch hat er sie nicht begriffen.

Sein Sohn Peter in Uniform
sieht ihn traurig an und schüttelt den Kopf.

Auf seinem Sofa unter dem Fenster
sitzt Sigmund im Sommeranzug.
Runde Brille, dunkle Gläser
auf den Schiffsdecks brannte die Sonne.

Sein Bruder Arthur trommelt mit den Fingern auf dem Tisch:
»Sie werden doch berechnet haben
dass sich immer ein Ausweg findet?
Meinen Formeln zufolge
ist die Lage nicht aussichtslos.«

»Das Urteil ist schon gesprochen«, erwidert Irving
und rückt seinen Krawattenknoten gerade.

Im Raum herrscht Stille.

Ein Trupp alter Männer.
Sie warten auf die Nachricht.

Dreidel zündet sich eine Zigarre an
die Fünfte in Folge
denn seit gestern hat keiner ein Auge zugemacht.

Harold blickt seinen Bruder an:
»*Heißt es nicht, jeder Tod sei eine Geburt?*«
Doch Allan schüttelt den Kopf:
»*Mag sein. Doch bei Babys lacht man, nicht bei Toten.*«

Dawid schnäuzt sich heftig die Nase
bläst sie sich fast aus dem Gesicht.
Er hat nie gelernt, seine Kraft zu dosieren.
Steckt das Baumwolltaschentuch gefaltet zurück in die Hose
atmet tief ein
und blickt seinen Vater Henry an:
»*Wie hieß er noch?*
Ich vergesse den Namen immer.«

Keiner antwortet.

»*Ich meine, wer war*
zum Schluss der letzte Präsident?«

Philip blättert in seiner Agenda:
»*Dick Fuld.*«

Mayer *Bulbe*
verzieht das Gesicht
zuckt mit den Schultern.
Er ist eine gekochte Kartoffel.

Emanuel
der ein Arm war und bleibt
tritt gegen einen Stuhl
stößt ihn in die Mitte des Raums.

Bobbie seufzt.

Herbert Lehman
kratzt sich am Kopf:
»*Vielleicht gibt es noch Hoffnung.*«

»*Das Urteil ist schon gesprochen*«, erwidert Irving.

»*Vielleicht hilft uns eine andere Bank*«
sagt Sigmund lächelnd, der seine 120 *Mizwot*
wirklich komplett vergessen hat.

Bobbie seufzt:
»*1929 haben wir keine Bank gerettet.
Das war so beschlossen.*«

Und wieder herrscht Stille im Raum.
Ein Trupp alter Männer.
Sie warten auf die Nachricht.

Das Telefon klingelt.

Alle 14 blicken sich an.

Henry rührt sich.
Hebt den Hörer ab.
Sagt: »*Hallo.*«

Dann hört er zu.

Sieht die anderen an.

Legt wieder auf.

»*Sie ist vor einer Minute gestorben.*«

Sie erheben sich.
Rund um den Tisch.
Alle.

In den kommenden Tagen
werden sie ihren Bart wachsen lassen
wie der Ritus verlangt.
Schiwa und *Schloschim*.
Sie werden dem Gesetz gehorchen
wie es vorgeschrieben ist
in jedem Gebot.

Und von morgens bis abends
werden sie das *Kaddisch* sprechen.

Wie es Brauch war in Deutschland
drüben in Rimpar, Bayern.

GLOSSAR DER HEBRÄISCHEN UND JIDDISCHEN BEGRIFFE

ADAR Monat des jüdischen Kalenders, entspricht Februar-März.
ASARAH BE TEVET Festtag zum Gedenken an die Belagerung Jerusalems durch Nebukadnezar II. im Jahre 588 v.Chr. Wörtlich »10. Tag des Monats *Schevat*«, der mittlere Tag des jüdischen Monats *Schevat*.
AVRAHAM Abraham, der Prophet.
AW Monat des jüdischen Kalenders, entspricht Juli-August.
BANKIR BRUDER, DER Der Bruder Bankier.
BAR MIZWA (wörtlich: »Sohn des Gebots«), gebildet aus *bar* (Sohn) und *mizwa* (Gebot). Der Begriff bezeichnet die Zeremonie, welche den Eintritt in das Alter der religiösen Reife feiert. Von diesem Tag an hängt der Heranwachsende nicht mehr von seinem Vater ab, sondern wird für seine Taten selbst verantwortlich. Er hat die Rechte und Pflichten des Erwachsenen, ist also strafbar, wenn er eine Sünde begeht. Die Feier wird am ersten Sabbat nach der Vollendung des dreizehnten Lebensjahrs abgehalten. Die Familie des Jungen kommt in der Synagoge zusammen, und während der Zeremonie wird er aufgefordert, zum ersten Mal aus der Thora zu lesen.
BARUCH HASCHEM (wörtlich: »gesegnet sei der Name«). Gott sei gedankt. HaSchem (»der Name«) ist der gottesfürchtige Ersatz für den göttlichen Namen JHWH, der nicht ausgesprochen werden darf.
BAT MIZWA (wörtlich: »Tochter des Gebots«). Feier, bei der die junge Jüdin, die zwölf Jahre alt geworden ist, den Status der »Frau« erhält und die entsprechenden religiösen Pflichten übernimmt.
BEÌN HA-METZARÌM Festtag zum Gedenken an die Zerstörung des ersten und des zweiten Tempels von Jerusalem (587–6 v.Chr. und 70 n.Chr.). Wörtlich: »drei Wochen zwischen den Fastentagen« (dem 17. Tag des *Tammuz* und dem 9. des *Aw*).
BOYKHREDER, DER jiddisch, der Bauchredner.
BULBE jiddisch, Kartoffel.
CHAMETZ hebräisch, Sauerteig.

CHANUKKA/HANNUKKAH (wörtlich: »Weihe«), das Lichterfest zum Gedenken an die Wiedereinweihung des Tempels von Jerusalem im Jahr 164 v.Chr. durch Judas Makkabäus. Das Fest beginnt am 24. Tag des Monats *Kislew* (meist im Dezember) bei Sonnenuntergang und dauert acht Tage, in deren Verlauf nacheinander die Kerzen des achtarmigen Leuchters angezündet werden.

CHESCHWAN Monat des jüdischen Kalenders, entspricht Oktober-November.

CHUPPA Hochzeitsbaldachin, unter dem das Ritual der Eheschließung stattfindet. Er besteht aus einem auf vier Stangen gespanntem Tuch, die wiederum von vier Männern getragen werden. Wenn die Brautleute aus dem Baldachin heraustreten, sind sie ein Ehepaar.

DANIYEL Daniel, der Prophet.

DREIDEL jiddisch, Kreisel. Traditionelles Spielzeug beim Fest *Chanukka*. Der *Dreidel*, eine Art Kreisel, hat vier Seiten, auf jeder Seite steht ein Buchstabe des hebräischen Alphabets, sie bilden als Akronym den Satz »Nes Gadol Haja Scham« (»Ein großes Wunder ist DORT geschehen«). Diese Buchstaben sind auch Teil eines Satzes, der als Gedächtnisstütze an die Spielregeln des Glücksspiels mit dem *Dreidel* erinnert: *Nun* steht für das jiddische Wort *nischt* (»nichts«), *He* steht für *halb*, *Gimel* für *gants* (»alles«) und *Schin* für *shtel ayn* (»leg hinein«).

DUKAN Podest des Zelebranten in der Synagoge, es steht vor dem Schrein mit der Thorarolle, dem *Aron*.

EGEL HAZAHAV Das goldene Kalb, Symbol der Götzenverehrung, das Aaron formte, während Moses auf dem Berg Sinai war.

ELUL Monat des jüdischen Kalenders, entspricht August-September.

GEFILTE FISH jiddisch, Fischklößchen.

GEMARA (auf Aramäisch wörtlich »Abschluss«, »Vollendung«). Abschnitt des Talmud mit Kommentaren und Diskussionen über die mündliche Überlieferung der *Mischna* aus dem 4. bis 6. Jahrhundert n. u. Z. Das Wort wird auch als Synonym für den ganzen Talmud gebraucht. Diese Lehren sind in der ostaramäischen Sprache verfasst, dem sogenannten talmudischen Aramäisch.

GHEVER hebräisch, Mann.

GLAZ BIKER, A jiddisch, ein Glas Wassser.

GOLEM formlose Materie oder Masse. In der späteren Tradition Bezeichnung für ein durch den Namen Gottes beseeltes Wesen aus

Lehm, das geschaffen wurde, um die im Ghetto lebenden Juden zu beschützen und ihnen zu dienen.

HAFTARA (wörtlich: »Trennung«, »Abschied«, »Abreise«). Entstand wahrscheinlich aus der Wurzel *patar*, was »abschließen«, »beenden« bedeutet. Bezeichnet eine Auswahl aus den Büchern der Propheten oder Hagiographen, die beim Gottesdienst in der Synagoge am *Schabbat* und an Feiertagen auf die Lesung aus der Thora (*parascha*) folgt.

HALACHA (wörtlich: »Weg, den man gehen muss«), Verhalten, Benehmen. Der normative Teil der schriftlichen und mündlichen Thora, der die rechtlichen Vorschriften enthält, die das alltägliche Leben und Verhalten regeln. Die *Halacha* gilt als Teil der Offenbarung, die Moses auf dem Sinai empfing und ist in der schriftlichen Thora (Pentateuch), vor allem aber in der mündlichen Überlieferung enthalten. Diese wurde später in der *Mischna*, im Talmud und in den darum auch halachisch genannten *Midraschim* in Gesetzesform niedergelegt.

HASCHEM (wörtlich: »der Name«). Gottesfürchtige Bezeichnung als Ersatz für den göttlichen Namen JHWH, der in der Bibel und den traditionellen jüdischen Schriften benutzt wird.

HASELE jiddisch, Häschen.

IJAR Monat des jüdischen Kalenders, entspricht April-Mai.

JOM KIPPUR (wörtlich: »Tag der Sühne«). Der feierliche Tag des Fastens und Betens als Buße für die Vergebung der Sünden, der am 10. Tag des Monats *Tischri* (zwischen September und Oktober) begangen wird. Nur bei dieser Gelegenheit sprach der Hohepriester des Tempels den Namen Gottes im Inneren des Allerheiligsten aus. Heute sieht der Ritus in der Synagoge zum Klang des *Schofar* ein feierliches Bekenntnis der Sünden vor.

JONAH/IONAH Jonah, der Prophet.

KADDISCH (wörtlich: »Heiligung«), eines der ältesten und feierlichsten jüdischen Gebete, das nur gesprochen werden darf, wenn ein *Minyan* anwesend ist. Ein *Minyan* besteht aus zehn männlichen Juden, die mindestens dreizehn Jahre alt sind, also das Alter der religiösen Mündigkeit erreicht haben, die jeden Juden verpflichtet, von nun an die Vorschriften der Thora zu befolgen. Zentraler Gegenstand des *Kaddisch* ist die Lobpreisung, Verherrlichung und Heiligung des Namens Gottes.

KARTYOZHNIK jiddisch, Kartenspieler.

KATAN hebräisch, Kind.

KETUBA Der Ehevertrag. Das Pergament, auf das er geschrieben wird, ist oft reich verziert. Im Vertrag werden die finanziellen Verpflichtungen des Ehemanns gegenüber seiner Frau festgelegt, um sie im Fall einer Scheidung abzusichern. Nach jüdischem Ritus kann nämlich nur der Mann die Scheidung einreichen, doch dann muss er seiner Frau eine hohe Geldsumme zahlen. Die *Ketuba* wird vom Bräutigam unterzeichnet und der Frau überreicht, danach werden die Segenswünsche für das Brautpaar gesprochen.

KIDDUSCHIN Die Rituale der Hochzeitsfeier.

KISLEW Monat des jüdischen Kalenders, entspricht November-Dezember.

KOSCHER den jüdischen Speisegesetzen gemäß.

LAG BAOMER Religiöser Feiertag, der am dreiunddreißigsten Tag der Omerzeit gefeiert wird. Dies war der Tag, an dem die Seuche endete, an der die Schüler des Rabbi Akiva starben. Die Trauergebote und die Verbote, die während der Omerzeit eingehalten werden müssen, sind aufgehoben, man feiert den Tag mit Ausflügen, Musik und Vergnügungen für Kinder.

LIBE jiddisch, Liebe.

LUFTMENSCH jiddisch, Mann des Traums, Träumer.

MAMELE/MAME jiddisch, Mami, liebe Mama.

MAZEL TOV (wörtlich: »guter Stern«), »viel Glück«, »herzlichen Glückwunsch«. Die Wendung wird benutzt, um bei Feiern, zum Beispiel der *Bar Mizwa*, zu gratulieren und Glückwünsche auszudrücken.

MEZUZAH (wörtlich: »Türpfosten«). Der Begriff bezeichnet einen rituellen Gegenstand, eine Pergamentrolle mit den Sätzen der Thora, die den ersten beiden Abschnitten des *Schema* entsprechen, des wichtigsten Gebets der jüdischen Religion. Die *Mezuzah* wird am Türpfosten angebracht, rechts vom Eintretenden und etwa auf Zweidrittel Höhe der Tür, auf jeden Fall in Reichweite.

MIGDOL BAVEL hebräisch, der Turm zu Babel.

MILA Beschneidung. Ritual zur Bekräftigung des Bundes, der seit der Zeit Abrahams zwischen Gott und dem Volk Israel besteht. Es ist *mizwa* (Gebot), den jüdischen Jungen am achten Tag nach seiner Geburt der *mila* zu unterziehen, auch wenn dieser Tag auf einen *Schabbat*, ein hohes Fest oder den *Jom Kippur* fällt.

MISCHNA nach dem hebräischen Wort, das bedeutet »die Vorschriften sprechen«, »wiederholen«. Die *Mischna* ist der Kodex der mündlichen Überlieferung, die Sammlung der von Moses überlieferten Lehren, die zu einer der beiden Teile des *Talmud* wurde (der zweite Teil ist die *Gemara*). Die endgültige Fassung der *Mischna* geht auf das Ende des 2. Jahrhunderts n. u. Z. zurück, sie enthält dreiundsechzig in sechs Gruppen unterteilte Abschnitte. Die Gruppen gliedern sich nach den religiösen Vorschriften, den sozialen Beziehungen, dem Zivil- und Strafrecht, der Ehe usw.

MITZWOT Alle Gebote, die Gott jedem Juden auferlegt. Sie sind in der Thora enthalten und sollen den Menschen dazu erziehen, nach dem Willen Gottes zu leben. Es sind 613 Gebote, davon sind 365 negativ und 248 positiv. Nach einer anderen Unterteilung der *Mitzwot* gibt es horizontale *Mitzwot* über die zwischenmenschlichen Beziehungen und vertikale *Mitzwot*, die die Beziehungen zwischen dem Menschen und Gott betreffen.

MOSCHE Moses.

NER TAMID (wörtlich: »ewiges Licht«), Öllampe, die vor dem *Aron* von der Decke der Synagoge herabhängt und immer brennt. Das *Ner Tamid* erinnert an den siebenarmigen Leuchter im Tempel von Jerusalem.

NISAN Monat des jüdischen Kalenders, entspricht März-April.

PESSACH Ostern (wörtlich: »Übergang«). Fest zum Gedenken an die Flucht der Israeliten aus Ägypten. Pessach ist das wichtigste Fest des Jahres.

PURIM (wörtlich: »Schicksal«) Fest zum Gedenken an die Rettung der Juden vor ihrer Ermordung durch Haman, dem höchsten Regierungsbeamten des Perserkönigs Assuerus im 5. Jahrhundert v. Chr. Das Geschehen wird in der *Megilla* (Festrolle) des Buches Esther beschrieben. Purim wird am 14. Tag des Monats *Adar* gefeiert. Es ist das fröhlichste Fest des jüdischen Kalenders, vergleichbar mit dem Geist, in dem der christliche Karneval gefeiert wird. An diesem Tag pflegt man auf der Straße Masken zu tragen.

RAB/RAV/REB Abkürzungen für Rabbi (wörtlich: »groß«, »vornehm«), Meister oder Rabbiner, das religiöse Oberhaupt der jüdischen Gemeinde.

REB LASHON »Rabbiner Zunge«, Figur in einer Legende der jüdischen Tradition.

RIBOYNE SHEL OYLEM   jiddisch, Herr der Welt.

ROSCH HASCHANA   Religiöses Fest zur Feier des Jahresbeginns. Jüdisches Neujahrsfest, das in Israel am ersten Tag des Monats *Tischri* und in der Diaspora an den ersten beiden Tagen dieses Monats gefeiert wird. Es hat Bußcharakter und wird begleitet vom Klang des *Schofar*, einem rituellen Blasinstrument.

SCHABBAT   (wörtlich: »innehalten«, »aufhören«), Samstag, Wochentag der Ruhe. Am *Schabbat* wird gefeiert, dass Gott am siebten Tag nach Beendigung der Schöpfung ruhte. Der Tag ist geprägt vom Ruhen der Arbeitstätigkeit und von der Liturgie in der Synagoge.

SCHAMASCH   Diener, Messdiener, Sakristan in der Synagoge.

SCHAMMES   jiddische Version des *Schamasch*, Sakristan.

SCHAWUOT   (wörtlich: »Wochen«), Fest, das der Übergabe der Thora an das jüdische Volk auf dem Berg Sinai gedenkt. Es findet sieben Wochen nach *Pessach* statt. Auch als Pfingsten bekannt, weil es auf den fünfzigsten Tag nach Ostern fällt. Ursprünglich wurden an diesem Tag das erste Obst und Gemüse im Jahr und die Heuernte gefeiert. Es heißt, während dieses Festes öffne sich der Himmel für einen sehr kurzen Moment, und wer in diesem Moment einen Wunsch ausspricht, dem wird der Wunsch erfüllt.

SCHEMA   (wörtlich: »höre zu«). Zentrales Gebet im Judentum, es wird zweimal am Tag beim Morgen- und beim Abendgebet gesprochen.

SCHEVAT   Monat des jüdischen Kalenders, entspricht Januar-Februar.

SCHIWA   (wörtlich: »sieben«). Bezeichnet die traditionelle Trauerzeit von sieben Tagen nach dem Tod von Verwandten ersten Grades. In dieser Zeit versammeln sich die Trauernden im Haus eines von ihnen und empfangen Besucher. Trauernde Menschen zu besuchen gilt als wichtige *Mitzwa* (Gebot) der Höflichkeit und des Mitleids. Traditionell werden keine Begrüßungen oder andere Worte gesprochen, die Besucher warten, bis die Trauernden ein Gespräch beginnen. Wer trauert, ist nicht verpflichtet, Konversation zu machen, er darf seine Besucher sogar völlig ignorieren. Oft bringen die Besucher Speisen mit und servieren sie den Anwesenden, damit die Trauernden nicht kochen oder andere Tätigkeiten ausführen müssen.

SCHLOSCHIM   bezeichnet die dreißig Tage, die auf eine Beerdigung folgen (einschließlich der *Schiwa*). Während *Schloschim* dürfen die Trauernden nicht heiraten oder an einem *Seudat Mitzwa* (»religiöses

Festmahl«) teilnehmen. In dieser Zeit rasieren sich die Männer nicht, schneiden sich nicht die Haare und tragen keine neuen Kleider. Da das Judentum lehrt, dass *Mitzwot*, die zum Andenken an die Verstorbenen getan werden, diesen noch zugutekommen können, ist es Brauch, sich den Verstorbenen nützlich zu erweisen, indem man Gruppen bildet, die im Namen der Toten zusammen die Thora studieren.

SCHMALTZ jiddisch, deutsch »Schmalz«. Bei den osteuropäischen Juden ersetzte der aus Gänsefett hergestellte *Schmaltz* die Butter auf dem Brot.

SCHMOCK jiddisch, Idiot, Verrückter, Dummkopf. Wörtlich: »Penis«.

SCHNORRER jiddisch, Bettler, Schmarotzer.

SCHOFAR Horn des Widders. Der Klang des *Schofar* erinnert an das Opfer Abrahams (dem von Gott befohlen wurde, seinen Sohn Isaak Gott als Opfer darzubringen, doch im letzten Moment wurde Isaak durch einen Widder ersetzt), und er wird das Kommen des Messias ankündigen. Der *Schofar* erklingt bei einigen religiösen Festen (*Rosch Haschana*, *Jom Kippur*) und wird in Israel heute auch bei besonders feierlichen Ereignissen des weltlichen Lebens geblasen.

SHPAN DEM LOSHEK! Jiddisch: Gib dem Pferd die Sporen! Bezieht sich auf ein traditionelles jiddisches Lied.

SHVARTS ZUP jiddisch, wörtlich: »schwarze Brühe«.

SIWAN Monat des jüdischen Kalenders, entspricht Mai-Juni.

SUKKA Hütte.

SUKKOT hebräisch, Hütten, Plural von *Sukka*. Fest zur Feier und zum Gedenken an die Zeit, als das jüdische Volk in die Sinai-Wüste auszog, um das verheißene Land Israel zu finden. Es wird fünf Tage nach *Jom Kippur* gefeiert, zum Fest werden Hütten aus Laub gebaut, in denen gegessen und gebetet wird.

TALMUD (wörtlich: »Lehre, »Studium«, »Diskussion«). Der Talmud ist der heilige, maßgebliche und exegetische Grundlagentext des Judentums, das sogenannte mündliche Gesetz. Er vereint die *Mischna* und die *Gemara* und enthält die gesammelten rabbinischen Diskussionen aus der Zeit vom 4. bis 6. Jahrhundert n. u. Z.

TAMMUS Monat des jüdischen Kalenders, entspricht Juni-Juli.

TEFILLIN Gebetsriemen, zwei lederne Kapseln, die orthodoxe Juden sich mit Lederriemen am linken Arm und an der Stirn befestigen.

Die Kapseln enthalten zwei Pergamentblätter mit vier Texten aus der Thora. Die *Tefillin* werden, außer am *Schabbat*, an Feiertagen und am 9. Tag des *Aw* jeden Tag zum Morgengebet angelegt.

TERBYALANT jiddisch, wörtlich »turbulent«.

TEVET Monat des jüdischen Kalenders, entspricht September-Oktober.

THORA wörtlich: »Lehre«, »Gesetz«. Die Thora ist das Gesetz, das Gott auf dem Berg Sinai Moses übergab. Die schriftliche Thora besteht aus den ersten fünf Büchern der Bibel (Pentateuch): Bereschit (Genesis); Schemot (Exodus); Wajikra (Levitikus); Bambidbar (Numeri) und Devarim (Deuteronomium). Die mündliche Thora ist die überlieferte Auslegung durch die Rabbiner. Sie wurde in Werken der rabbinischen Literatur gesammelt und nie vollendet.

TISCHRI Monat des jüdischen Kalenders, entspricht Dezember-Januar.

TSU FIL RASH jiddisch, wörtlich: »zu viel Lärm!«

TSVANTSINGER Zwanzigermünze, auch: Kleingeld.

TU BISCHWAT Fest, auch Neujahrstag der Bäume genannt. Wörtlich bedeutet es »15. des Monats *Schewat*«, also die Mitte des jüdischen Monats *Schewat*.

TZOM GEDALJA wörtlich: »Gedalja Fasten«. Fest zum Gedenken an die Ermordung des jüdischen Statthalters Gedalja.

VEHAJA/WEHAYA der zweite Teil des *Schema*, des wichtigsten Gebets des jüdischen Glaubens.

YELED hebräisch, Junge.

YITZCHAK Isaak.

ZEKHARYA Zacharias, der Prophet.

INHALT

Erstes Buch
DREI BRÜDER

Erstes Kapitel
LUFTMENSCH 11

Zweites Kapitel
GEFILTE FISH 16

Drittes Kapitel
CHAMETZ 27

Viertes Kapitel
SCHMOCK! 34

Fünftes Kapitel
SCHAMASCH 42

Sechstes Kapitel
SÜSSE 49

Siebtes Kapitel
BULBE 64

Achtes Kapitel
CHANUKKA 73

Neuntes Kapitel
SHPAN DEM LOSHEK! 79

Zehntes Kapitel
SCHIWA 91

Elftes Kapitel
KISCH KISCH 95

Zwölftes Kapitel
SUGARLAND 106

Dreizehntes Kapitel
LIBE IN NEW YORK 122

Vierzehntes Kapitel
KIDDUSCHIN 130

Fünfzehntes Kapitel
SCHMALTZ 139

Sechzehntes Kapitel
A GLAZ BIKER 152

Siebzehntes Kapitel
JOM KIPPUR 161

Achtzehntes Kapitel
HASELE 171

Neunzehntes Kapitel
SHVARTS ZUP 177

Zwanzigstes Kapitel
DER BOYKHREDER 184

Zweites Buch
VÄTER UND SÖHNE

Erstes Kapitel
THE BLACK HOLE 197

Elftes Kapitel
BAR MIZWA 305

Zweites Kapitel
DER BANKIR BRUDER 208

Zwölftes Kapitel
UNITED RAILWAYS 322

Drittes Kapitel
HENRY'S BOYS 217

Dreizehntes Kapitel
WALL STREET 336

Viertes Kapitel
OKLAHOMA 228

Vierzehntes Kapitel
DER KARTYOZHNIK 350

Fünftes Kapitel
FAMILIE – LEHMANN 243

Fünfzehntes Kapitel
DER STILLE PAKT 363

Sechstes Kapitel
DER TERBYALANT
DAWID 252

Sechzehntes Kapitel
EINE SCHULE
FÜR SIGMUND 379

Siebtes Kapitel
STUDEBAKER 271

Siebzehntes Kapitel
LOOKING FOR EWA 393

Achtes Kapitel
TSU FIL RASH! 281

Achtzehntes Kapitel
TSVANTSINGER 410

Neuntes Kapitel
STOCK EXCHANGE 287

Neunzehntes Kapitel
OLYMPIC GAMES 423

Zehntes Kapitel
SCHAWUOT 295

Zwanzigstes Kapitel
THE GOLDEN PHILIP 440

Einundzwanzigstes Kapitel
SCHIWA 458

Zweiundzwanzigstes Kapitel
HORSES 463

Dreiundzwanzigstes Kapitel
PINEAPPLE JUICE 474

Vierundzwanzigstes Kapitel
BABES IN TOYLAND 486

Fünfundzwanzigstes Kapitel
MODEL-T 501

Sechsundzwanzigstes Kapitel
BATTLEFIELD 516

Siebenundzwanzigstes Kapitel
A LOT OF WORDS 531

Drittes Buch
DER UNSTERBLICHE

Erstes Kapitel
ZAR LEHMAN 543

Zweites Kapitel
THE ARTHUR METHOD 554

Drittes Kapitel
NOT 571

Viertes Kapitel
ONE WILLIAM STREET 584

Fünftes Kapitel
ROARING TWENTIES 593

Sechstes Kapitel
PELOPONNESUS 606

Siebtes Kapitel
A FLYING ACROBAT 616

Achtes Kapitel
BUSINESS IN SOHO 627

Neuntes Kapitel
THE FALL 637

Zehntes Kapitel
RUTH 645

Elftes Kapitel
YITZCHAK 661

Zwölftes Kapitel
THE UNIVERSAL FLOOD 669

Dreizehntes Kapitel
NOAH 683

Vierzehntes Kapitel
KING KONG 694

Fünfzehntes Kapitel
MELANCHOLY SONG 702

Sechzehntes Kapitel
EINSTEIN OR THE
GENIUS 710

Siebzehntes Kapitel
GOLIATH 723

Achtzehntes Kapitel
TECHNICOLOR 738

Neunzehntes Kapitel
SCHIWA 753

Zwanzigstes Kapitel
ENEMIES WITHIN 762

Einundzwanzigstes Kapitel
JONAH 769

Zweiundzwanzigstes Kapitel
SATURDAY GAME SHOW 779

Dreiundzwanzigstes Kapitel
MIGDOL BAVEL 787

Vierundzwanzigstes Kapitel
I HAVE A DREAM 798

Fünfundzwanzigstes Kapitel
EGEL HAZAHAV 805

Sechsundzwanzigstes Kapitel
TWIST 819

Siebenundzwanzigstes Kapitel
SQUASH 825

Epilog 832

Glossar 837